Katja Brandis

Freestyler

Katja Brandis

FREESTYLER

Roman

BELTZ
& Gelberg

Katja Brandis, geboren 1970, studierte Amerikanistik, Anglistik und Germanistik und arbeitete als Journalistin. Sie schreibt seit ihrer Kindheit und hat inzwischen zahlreiche Romane für Jugendliche veröffentlicht. Sie lebt mit Mann, Sohn und drei Katzen in der Nähe von München.
Bei Beltz & Gelberg erschienen von ihr bereits die Romane *Floaters. Im Sog des Meeres*, *Und keiner wird dich kennen*, *Vulkanjäger* sowie zusammen mit Hans-Peter Ziemek *Ruf der Tiefe* und *Schatten des Dschungels.*
www.katja-brandis.de

Für Robin

Dieses Buch ist auch als E-Book erhältlich
(ISBN 978-3-407-74711-2)

MIX
Papier aus verantwortungsvollen Quellen
FSC® C089473

www.beltz.de

in der Verlagsgruppe Beltz · Weinheim Basel
Werderstraße 10, 69469 Weinheim

Die Autorin wird vertreten durch die Autoren- und Projektagentur
Gerd F. Rumler, München
Lektorat: Frank Griesheimer
Neue Rechtschreibung
Einbandgestaltung: Johannes Wiebel | punchdesign, München
Gesamtherstellung: Beltz Bad Langensalza GmbH, Bad Langensalza
Printed in Germany
ISBN 978-3-407-82101-0
1 2 3 4 5 20 19 18 17 16

NUR EIN LÄCHELN

München, September 2030

Wieder mal zu spät. O Mann. Besser, sie verpasste die nächste Bahn nicht. Jola warf sich den Rucksack mit ihren Sportsachen über die Schulter und machte sich auf den Weg zur Station der U-Bahn-Linie 5, die erst letztes Jahr fertig geworden war. *Am Knie* hieß die, weil die Straße hier abknickte wie ein Gelenk. Zum Glück hatten ihre Freunde inzwischen aufgehört, Witze darüber zu reißen, wenn sie Jola besuchten. Ja, schon klar, *Am Knie* zu wohnen war deutlich besser als *Am Arsch,* total witzig.

Zwei Männer lungerten vor dem Café an der Kreuzung herum, rot unterlaufene Augen, Bierbäuche, mahlende Unterkiefer. Was hatten die da im Mund, *Intelli-Maxx*-Kaugummis? Ob die in diesem Fall noch was halfen? Leider musste sie an den Typen vorbei, war nicht zu ändern. Deren Blicke hatten sich an sie geheftet, gleich würden die ersten Bemerkungen kommen. Und jetzt musste sie auch noch stehen bleiben, weil die Fußgängerampel rot war und Autos vor ihr die Straße entlangströmten. Mist.

»Na, Süße?«, sagte einer der beiden Männer, sie konnte ihn selbst aus einer Armlänge Entfernung riechen. »Hast du ein bisschen Zeit für uns? Ich geb dir auch 'n Kaugummi aus. Oder 'nen Drink.«

Bloß nicht reagieren. Sonst kommen die richtig in Fahrt. Eisern starrte Jola auf den Eingang der Station, keine 50 Meter entfernt.

»Willste etwa noch die U-Bahn erwischen?« Der zweite Mann rülpste und warf einen Blick auf seinen Communicator, der die Form eines gewölbten rosa Busens hatte. »Vergiss es, Kleine. Die fährt in 30 Sekunden.«

»Krieg ich«, sagte Jola, ohne ihn anzusehen.

»Ja, ja, wer's glaubt, wird ...«

Die Fußgängerampel wurde grün.

Im Hochstart war Jola immer gut gewesen. Wie der Satz endete, hörte sie nicht mehr, weil ihre Füße bereits über den Asphalt flogen. Schon hatte sie den Eingang der Station erreicht und federte leichtfüßig die Treppen hinab.

Natürlich war sie rechtzeitig auf dem Bahnsteig. Sie ging oft zu spät los, aber sie hatte noch nie eine Bahn verpasst.

Die anderen waren schon vor ihr auf dem Olympiagelände eingetroffen – als Jola durch die Glasfront in die Werner-von-Linde-Halle hineinspähte, sah sie aus ihrer Sprintergruppe Samuel und Koray. Die beiden waren dabei, sich mit ein paar Steigerungsläufen aufzuwärmen. Es war unmöglich, dieses Duo zu übersehen, Samuel, der Star ihrer Trainingsgruppe, war über 1,90 und blond; Koray – dessen Eltern als Technologiebotschafter nach München gekommen waren – dunkelhaarig und fast einen Kopf kleiner.

Die gewaltige überdachte Leichtathletikanlage hatte mit der Turnhalle von Jolas Schule zum Glück überhaupt nichts gemeinsam: Es war warm und hell hier, und die Luft roch gut, keine Spur von Medizinball-Mief. Hier hatten sich damals, bei der Olympiade 1972, die besten Athleten der Welt aufgewärmt. Und durch diesen Tunnel dort – er war jetzt gerade abgeschlossen – waren sie ins riesige Stadion geleitet worden ...

Auf dem Weg zur Ecke der Halle, in der sich ihre Gruppe traf, ließ Jola den Blick über die Sandgrube der Weitspringer schweifen, über die Masten und dicken Matten der beiden Stabhochsprunganlagen, über die mit Netzen abgetrennten Bereiche, in denen die Kugelstoßer trainierten. Unter ihren Laufschuhen federte der raue rote Kunststoffbelag, aus dem auch das Herzstück der Halle bestand, die 200-Meter-Bahn. Auf der sie schon so oft gesprintet war, mit aller Kraft und hämmerndem Herzen.

Jetzt entdeckte sie auch Leni, das andere Mädchen in ihrer Trainingsgruppe – sie warf gerade ihre Sachen auf die Bank, verstaute die Datenbrille in ihrer Jacke und begann ihre braunen Locken zurückzubinden. Sie pendelte dreimal die Woche aus Rosenheim hierher. Gutes Training war buchstäblich Gold wert und hier am Olympiastützpunkt bekamen sie es.

»Hi, Jola – *what a beautiful day*«, sang Leni vor sich hin, strahlte sie an und wippte auf den Zehen. O Mann, der suppte das Glück ja aus allen Poren.

»Hi! Ihr seid also wieder zusammen?«, fragte Jola trocken. Leni und ihr Freund stritten, trennten und versöhnten sich ungefähr einmal im Monat. Vielleicht brachte das auch ein paar mehr Abonnenten für ihren Live-Feed – Leni streamte über ihre Datenbrille vieles von dem, was sie erlebte, live ins Netz. Zum Glück musste sie das Ding im Training absetzen.

»Nee, wir sind nicht wieder zusammen«, sagte Leni, während sie sich ihre Laufschuhe anzog. »Aber stell dir vor, er hat sich schon entschuldigt für das, was er mich alles genannt hat. Das macht er sonst erst nach zwei Wochen!«

»Oh, wow.« Jola versuchte, nicht zu grinsen. »Hat er die *Pixelschlampe* schon zurückgenommen?«

Leni verzog den Mund. »Das noch nicht.«

Ihre Trainerin Heike Appeldoorn war bisher nicht in Sicht, deshalb begannen sie schon mal, sich am Rand der Bahn warm zu laufen und zu dehnen.

Erst nach ein paar Minuten merkte Jola, dass ihnen jemand dabei zusah.

Jemand, den sie noch nie hier gesehen hatte.

Ein Junge im Rollstuhl. Etwas älter als sie selbst, vielleicht achtzehn, schätzte sie. Sehr aufrecht saß er da, ohne sich zurückzulehnen, seine Hände in Radlerhandschuhen ruhten auf den Antriebsrädern. Er trug ein ärmelloses Shirt, auf den glatten Muskeln seines Oberarms zeichnete sich ein Maori-Tattoo ab. Ruhig saß er am Rand der Halle hinter den Absperrseilen und sah zu, was in der Halle geschah.

Verstohlen warf Jola ihm einen Blick zu und fragte sich, ob der Junge mit jemandem hier war oder auf jemanden wartete. Doch er sprach mit niemandem. Leni schaute nur kurz zu ihm hinüber, dann begann sie im Innenraum der Bahn mit ein paar Koordinationsübungen.

Samuel beachtete den Jungen im Rollstuhl nicht, seine goldenen Augen glitten einfach über ihn hinweg. Mit einer knappen Geste deutete er auf Koray, dann auf seine Tasche. Sofort rannte Koray los, um ihm seine Trinkflasche zu bringen, wartete, bis er getrunken hatte, und brachte sie zurück. Jola seufzte. *Der Kleine ist netter, als gut für ihn ist.*

Sie schloss sich Leni für ein paar Übungen an. Unauffällig deutete Jola mit dem Kinn auf den fremden Jungen: »Was meinst du, ist das ein Blogger?«

»Nee, kein Blogger, sonst würde er ja irgendwas aufzeichnen«, meinte Leni und zupfte ihr pinkes Sporttrikot zurecht. »Ich glaub, der schaut nur.«

»Stimmt. Na ja, soll er doch.« Jola fühlte sich von ihm nicht angestarrt. Im Gegenteil, es war seltsam, wie regungslos er zusah. Irgendwie unbeteiligt. Als wäre er eigentlich hier, um nachzudenken. Manchmal ruhten seine Augen auf der roten Bahn mit den weißen Markierungen, auch wenn dort gar nichts geschah. Wieso war er hier? Er sah aus wie ein Athlet. Doch Jola war sicher, dass er zu keinem der anderen Teams gehört hatte, bevor ihm irgendetwas – was auch immer – passiert war.

»Vielleicht will er mit uns trainieren.« Samuel grinste und seine goldenen Effekt-Kontaktlinsen schimmerten im Licht.

Leni schnaubte.

»Ja, klar, bestimmt«, sagte Jola angewidert. »Dann kannst du ihm richtig zeigen, wie schnell du bist, Sam.«

Seltsam irgendwie. So wie alle anderen hatten sie, Leni und Samuel sich bei der letzten Olympiade 2028 für die Athleten in der neuen Kategorie Freestyle begeistert – in der Startklasse M starteten Athleten, die ihren Körper hatten optimieren lassen, und in der Klasse X traten Sportler mit und ohne Handicap gegeneinander an. Aber die Freestyle-X-Athleten mit ihren Hightech-Prothesen konnte man kaum *behindert* nennen. Vielleicht fiel es Samuel deshalb so leicht, sich über den Typ im Rollstuhl lustig zu machen.

Inzwischen war auch Heike Appeldoorn eingetroffen, eine drahtige, silberhaarige Gestalt im dunkelblauen Trainingsanzug. »Okay, Leute, rüber zu den Treppen«, verkündete sie, und Jolas Gedanken wandten sich wieder dem Training zu. Nach ein paar lockeren Bodenübungen ließ Heike sie seitlich stehend die Treppe zur Empore hochhüpfen. Jola schnellte nach oben, einmal, zweimal, zehnmal. Ihre Achillessehne schmerzte. Es war nicht das erste Mal, dass die Probleme machte. Egal. Wegen so etwas würde sie jetzt das Training nicht unterbrechen.

Neben ihr sprang Samuel die Stufen hoch. Er bewegte sich geschmeidig und elegant … und leider wusste er das. Jola hatte weniger Lust denn je, sich in seinen weiblichen Fanclub einzureihen. Die Freundin, die ihn diesmal von der Empore aus anhimmelte, war heute zum ersten Mal da und garantiert bald wieder Geschichte.

Auf Jolas anderer Seite hüpfte Leni. »Sag mal, hast du dich eigentlich für die *EuroChallenge* in Helsinki nächstes Jahr qualifiziert?«, flüsterte sie.

»Ja«, wisperte Jola zurück. »Heike hat mich für die 100 und die 200 Meter angemeldet.«

»Wie coool.« Lenis bewundernder Blick war Jola peinlich und eine Antwort bekam sie nicht heraus.

Nein, dachte Jola. *Nicht cool, sondern völlig irrsinnig!* Niemandem hatte sie bisher verraten, wie viel Schiss sie vor diesem Wettkampf hatte. Dort würde sie nicht bei den Junioren laufen, sondern zum ersten Mal bei den erwachsenen Frauen. *Ich bin noch nicht so weit, ich schaffe das nicht!*

Jedes Mal, wenn Jola an das Rennen dachte, bekam sie einen kurzen Panik-Flash. Zum Glück hatte sie noch ein paar Monate Zeit, dafür zu trainieren.

Sie hüpfte auf der Stelle, damit ihre Muskeln nicht auskühlten, während Heike die nächste Übung vorbereitete. Koray wanderte unauffällig zu seinem Rucksack hinüber, hatte der etwa wieder sein Eichhörnchen dabei? Tatsächlich, schon lief das Tierchen wie ein rotbrauner Blitz ins gelb gestrichene Strebengewirr der Linde-Halle hinauf.

»Koray!«, brüllte Heike Appeldoorn. »Ich habe dir schon zehn Mal gesagt, du sollst diese verdammte Baumratte daheimlassen!«

»Aber Faruk braucht Auslauf«, versuchte Koray zu argumentieren. Seine großen, dunklen Augen eigneten sich gut für einen herzerweichenden Bettelblick. Nur half der bei Heike nichts, obwohl sie sonst ein offenes Ohr für die Probleme ihrer Sprinter hatte. »Eins – zwei …«, begann sie streng.

Ein Pfiff. Das Eichhörnchen machte einen Abstecher über

die Hochsprunganlage, kehrte zurück, setzte sich auf Korays Kopf und klammerte sich mit den Pfötchen an seinen Haaren fest. »Oh, wie niiiiiedlich!«, quietschte Leni so wie jedes Mal, sie war so berechenbar wie ein Fahrscheinautomat.

Das letzte Mal hat das niedliche Tierchen mitten auf die Bahn gekackt, dachte Jola und kraulte das Eichhörnchen. Manchmal konnte sie kaum glauben, dass Koray schon sechzehn war, nur ein paar Monate jünger als sie selbst; er wirkte noch so kindlich.

Heike Appeldoorn seufzte. »Na gut, er darf noch ein bisschen herumklettern, aber wenn er Dreck macht, putzt du den selbst weg.« Sie warf einen Blick in die Runde. »Und jetzt zehn Sprungläufe. Los geht's!«

Koray strahlte und spendierte seinem Freund ein paar Nüsse, dann kehrte er mit ihnen auf die Tartanbahn zurück.

Erst nach dem Training fiel Jola der Junge im Rollstuhl wieder ein. Ja, er war noch da, obwohl die Halle gleich abgeschlossen werden würde. Die anderen gingen ohne einen zweiten Blick an ihm vorbei und streiften sich ihre Schals und Mützen über, als rüsteten sie sich für eine Antarktis-Expedition. Keiner von ihnen brauchte eine Dusche, in dieser Phase des Aufbautrainings schwitzten sie kaum.

Leni trug rasch ihr Trainingstagebuch nach, dann setzte sie ihre Datenbrille auf, ihre Lippen begannen sich lautlos zu bewegen. Sich außerhalb des Trainings mit Leni zu unterhalten, war Jola oft zu anstrengend, weil Leni gleichzeitig alles mitzukriegen versuchte, was in ihrem virtuellen Freundeskreis geschah.

Als Letzte strebte Jola zu ihrem Rucksack. Als sie die Absperrungen passierte, wandte der Junge im Rollstuhl ihr den Kopf zu und streifte sie mit einem Blick. Jola wusste selbst nicht, warum sie ihm zulächelte.

Einen Moment lang wirkte der fremde Junge überrascht. Dann lächelte er zurück.

Jola hob die Hand, um sich von ihm zu verabschieden, und beschleunigte ihre Schritte. Wenn sie daheim nicht noch eine Stunde für den Projektkurs Chemie lernte, dann würde es ein fieser Tag werden morgen in der Schule.

Ja, es wurde ein fieser Tag. Aber das lag nicht wie sonst an Chemie und ihrer fehlenden Ahnung davon.

»Wieso bist du schon wieder zu spät, Jola?«, fragte Frau Kallwey sie unwirsch. »Merkst du nicht, dass du dadurch die ganze Klasse störst?«

»Äh …« Nein, sie würde jetzt nicht erklären, dass sie daheim ihren Hausschlüssel nicht gefunden und eine Ewigkeit lang panisch gesucht hatte. Zu peinlich.

Mit einem Rundblick stellte Jola fest, dass heute ein Experiment auf dem Programm stand. Die anderen waren gerade dabei, sich in Zweiergruppen zusammenzufinden. »Also los! Du und Maximilian, ihr macht das zusammen.« Frau Kallwey scheuchte Jola handwedelnd zu einem der Tische.

»Aber …«, brachte Jola nur heraus. Das konnte Frau Kallwey nicht ernst meinen! Sie hatte erst vor einem Monat mit Max Schluss gemacht, das wusste doch jeder!

Protest war zwecklos. Schweigend stellten sie die Materialien für den Kohlehydrat-Nachweis bereit. Dann fragte Maximilian: »Und, wie läuft's beim Sprint, Johanna Larissa?« Seine Stimme vibrierte wie ein straff gespannter Draht.

»Gut«, sagte Jola kurz angebunden. Sie wusste, dass er alles, was sie sagte, gegen sie verwenden würde.

»Hast du schon einen Neuen?« Er hielt das Reagenzglas fest, das Jola für den ersten Versuch nehmen wollte.

Sie brauchte dringend einen guten Spruch. Einen, den sie

ihm hinknallen konnte und der ihm den Mund stopfte. Doch natürlich fiel ihr keiner ein, und so zischte Jola einfach zurück: »Erstens habe ich für einen Freund sowieso keine Zeit, und zweitens geht dich das einen Dreck an. Jetzt hör auf mit dem Mist, wir machen das Experiment und basta!« Sie riss ihm das Reagenzglas aus der Hand.

Frau Kallwey wandte sich ihnen mit gerunzelter Stirn zu. »Alles in Ordnung bei euch?«

»Ja, natürlich, Frau Kallwey.« Maximilian schenkte ihr ein herzliches Lächeln. Es war fast schon unheimlich, wie schnell er umschalten konnte. Dieser Typ war das totale Chamäleon. Das war ein Grund, warum sie sich von ihm getrennt hatte.

Nächster Projektkurs: Alle Teams arbeiteten an ihrer Gesellschaftskunde-Präsentation weiter, die sie auf Englisch halten sollten. Jola strengte sich an; Englisch brauchte sie für die internationalen Wettkämpfe. Trotzdem fiel es ihr nicht leicht, sich auf ihre Notizen zu konzentrieren. In der Grundschule hatten alle, inklusive ihrer Eltern, sie für hyperaktiv gehalten, und das Stillsitzen lag ihr immer noch nicht.

»Magst du noch mit zu mir kommen?«, fragte ihre Freundin Emily später, nach Schulschluss. Wegen ihrer auberginenfarbenen Haare, den dick mit Kajal umrandeten Augen, ihren Silberringen und den schwarzen Klamotten hielten die meisten Leute sie für einen Goth. »Vielleicht könnten wir was designen. Ich hab von meiner Tante noch einen Geburtstagsgutschein für einen 3-D-Druck.«

Jola zog sich ihre mit Perlen bestickte Hippie-Mütze – ein Geschenk ihres Vaters – über die glatten, hellblond gefärbten Haare. »Okay, aber ich hab nur ’ne Stunde Zeit.«

Mit hochgezogenen Augenbrauen blickte Emily sie an. »Du trainierst jetzt jeden Tag, oder? Machst du denn noch mit Querflöte weiter?«

»Ich spiele nicht mehr oft«, gab Jola zu; sie hatte jedes Mal ein schlechtes Gewissen, wenn sie den Kasten mit der Querflöte im Schrank sah. »Bringt irgendwie nichts.«

»Bringt nichts?« Emily blickte sie seltsam an, während sie sich auf den Heimweg machten. »Aber das sind doch Sachen, die du zum *Spaß* machst, wieso sollen die etwas bringen?«

»Ich kann ja später wieder damit anfangen«, meinte Jola und zuckte die Schultern. Die Musik machte ihr Spaß, aber ohne den Sport konnte sie nicht leben. *Born to run.*

Während sie die Straße entlanggingen, begannen sich Emilys Lippen lautlos zu bewegen, sie war online gegangen – und jetzt ganz sicher in Kontakt mit Christopher, einem unglaublich netten Kerl, mit dem sie seit der Sandkastenzeit zusammen war.

Emily war eher der Typ, der sich mit einem Roman und einer Katze aufs Sofa verzog. Auch ihre anderen Freunde hatten nichts mit Sport zu tun. Jola hielt meistens den Mund, wenn sie mal wieder eine Meisterschaft gewonnen hatte. Manche der anderen waren sowieso schon neidisch auf sie, weil sie sich vom Unterricht befreien lassen konnte, wenn irgendein wichtiger Termin unter der Woche anstand, so wie neulich ein Lehrgang mit dem Bundestrainer.

In Emilys Zimmer warfen sie sich erst mal aufs Sofa – ein Retro-Ding mit Plüschbezug, das Emily für zehn Euro gebraucht gekauft hatte.

»Was wollen wir designen? Einen Dildo?«, schlug Emily vor, und sie prusteten beide gleichzeitig los.

»Na klar«, sagte Jola zwischen zwei Kicheranfällen. »Ich kann mir schon vorstellen, wie du dich bei deiner Tante für viele schöne Stunden bedankst.«

Sie entwarfen dann doch lieber ein Kästchen für Emilys Schmuck, denn ihre schweren Silberringe quollen schon aus der alten Ananas-Konservendose, in der sie sie bisher aufbewahrte.

Als Jola heimkam, traf auch ihr Vater Anton gerade ein – in Jeans und abgewetzter Outdoorjacke, den Gitarrenkoffer in der Hand, die Haare verstrubbelt durch den Wind. Seit er seinen Burnout überwunden hatte, spielte er wieder ab und zu als Straßenmusiker in der Fußgängerzone – so hatten er und ihre Mum sich damals kennengelernt. »Na, wie viele Downloads?«, fragte ihn Jola, nachdem sie ihn gedrückt hatte.

»Über Zweihundert«, berichtete er stolz, und sie zeigte ihm den erhobenen Daumen.

Ihre Mum Theresa, schick in eng anliegendem Schwarz, das lange blonde Haar kunstvoll geflochten, stand im Flur und telefonierte mit jemandem, doch nun beendete sie das Gespräch und gab Anton einen flüchtigen Kuss. »War's gut?«

»Alles bestens«, sagte Anton.

Jetzt war Jola dran. Sie bekam ein warmes Lächeln, das die Fältchen um Theresas Augen tiefer werden ließ, und eine Umarmung. »Na, alles klar, Süße?«

Jola atmete aus und ließ sich hineinsinken in diese Umarmung. Wenn ihre Mum da war, war alles in Ordnung; sie stand immer auf Jolas Seite und konnte jedes Problem lösen – so kam es ihr jedenfalls vor.

»Bin ein bisschen ausgepowert«, gab Jola zu. »Und wieder die blöde Sehne … na ja.«

»Verdammt.« Ihre Mutter verzog mitfühlend das Gesicht und streichelte ihr kurz über die Schulter. Sie war einmal Deutsche Meisterin im Siebenkampf gewesen und wusste Bescheid über das Thema Leistungssport und Schmerzen.

Aus dem Keller kamen merkwürdige Geräusche. »Was geht denn da ab?«, fragte Jola.

»Einer von Jannis' Kunden hat eine bestimmte Sorte Anti-Aging-Creme bestellt, aber nun findet er das Zeug zwischen seinen ganzen Kartons nicht.«

»Ach so.« Ihr Bruder vertickte über seine *Pimp Yourself!*-Website allen möglichen Kram, den er billig in Asien einkaufte und hier weiterverkaufte.

Während Jola den Sajica-Barschen in ihrem Aquarium einen Snack spendierte, sah sie, dass irgendjemand – garantiert Jannis – eine geöffnete Tafel Schokolade hatte herumliegen lassen. Verdammt! Ausgerechnet Vollmilch-Nuss! Wie von selbst bewegten sich ihre Finger darauf zu. Brachen ein Stück ab. Nein, kein Stück, eine ganze Rippe. Zogen sich mit ihrer Beute wieder zurück. Hoben sich zum Mund, in dem schon die Spucke zusammenlief. So viel zu ihrem Ernährungsplan.

»Hey, das ist *meine* Schoko!« Jannis stapfte die Treppe hinauf.

»Jetzt nicht mehr.« Triumphierend schluckte Jola ihre Beute hinunter. »Ich dachte, du hattest beschlossen, dir weniger davon zu kaufen.«

»Ach, das Leben ist kurz. Genuss muss sein.« Jannis fummelte sich ebenfalls ein Stück aus dem Papier und lächelte sie an. Er war 15 und wog fast 90 Kilo. Was ihm nichts ausmachte, er fand sich genau richtig. Sport war ihm zu anstrengend, und er konnte nicht verstehen, warum Jola sich quälte, nur um ein paar Hundertstelsekunden schneller zu werden.

Sie packten alle mit an, damit möglichst schnell das Abendessen auf den Tisch kam, bevor Jola zum Training musste. Fast jeden Tag aßen sie zusammen – es gab immer so viel zu erzählen, zu lachen, zu besprechen. Doch diesmal war es sehr still am Tisch, auffallend still. Ihr Vater aß seine Portion Lamm-Curry schweigend, fast ohne aufzublicken, und ihre

Mutter schien in Gedanken versunken zu sein. Richtig unangenehm war dieses Schweigen. Irgendetwas war los, aber was? Ging es wieder um die Schulden? Jola hasste es, dass sie in der Familie so oft über Geld reden mussten – zum Glück hatte offiziell ihre Mum das Haus gekauft, sonst hätten sie es bei der Insolvenz von Antons Landschaftsgärtnerei letztes Jahr verloren.

»Hausaufgaben fertig, Jannis?«, fragte Theresa schließlich.

»Natürlich.« Gespielt beleidigt verschränkte Jannis die Arme und Jola musste ein Grinsen unterdrücken. Sie wusste, dass er schon ewig keine Hausaufgaben mehr gemacht hatte – er hielt sie für eine unnötige Schikane und steckte seine Energie lieber in irgendwelche Geschäfte. Seit er für diese französische Schauspielerin mit den großen Brüsten schwärmte, hatte er sich praktisch im Alleingang Französisch beigebracht. Seine persönliche Assistentin im Netz war – logisch – ihr Abbild.

»Ich gehe noch ein bisschen in mein Büro, zum Komponieren«, sagte ihr Vater, nachdem sie abgeräumt hatten, und schon verschwand er die Treppe hinauf in den ersten Stock. Beunruhigt blickte Jola ihm nach, und es fühlte sich an, als versuche ein kleines, fieses Tier unter ihre Haut zu kriechen. *O nein. So hat das beim letzten Mal auch angefangen, er hat sich zurückgezogen, war gar nicht richtig da.*

»Ich pack mal meine Sportsachen«, sagte sie zu Jannis, stellte ihren Teller in die Spülmaschine und flüchtete in ihr Zimmer im zweiten Stock. Es war in blaues Licht getaucht und ein Hai schien mitten durchs Zimmer zu schwimmen, genau auf sie zu. Er glitt durchs Wasser wie ein Torpedo mit Flossen – bis Jola mit den Fingern schnippte und ihr Lieblingstier verschwand. Stattdessen leuchteten Spots auf und tauchten die bunte Tagesdecke, die Kissen auf der Bettcouch und das, was sie selbst Reisesouvenirs nannte und Jannis ihre *Sammlung von Ethno-Kitsch*, in ein gemütliches Licht.

Während sie frische Tights – schwarze Sport-Leggins – aus dem Schrank holte, kam Jannis herein und kickte die Tür mit der Ferse hinter sich zu. »Hey, was ist los?«, fragte er, seine blauen Augen blickten besorgt. Wortlos streckte er ihr noch ein Stück Schoko hin, als wäre sie ein Kind, das sich das Knie aufgeschlagen hatte.

Jola seufzte, nahm es und stopfte es sich in den Mund. »Frag das mal unsere Eltern. Wär schön gewesen, wenn heute beim Essen überhaupt jemand etwas gesagt hätte.«

»Ja, die beiden waren irgendwie scheiße drauf«, meinte Jannis und zuckte die Schultern. »Vielleicht mussten sie mal wieder über das Thema Kohle reden.«

»Kann sein«, meinte Jola niedergeschlagen. Das Gehalt ihres Vaters würde wegen der Insolvenz noch jahrelang gepfändet werden – zum Glück verdiente Theresa genug, um sie alle zu ernähren. Sie war eine erfolgreiche Entwicklerin für Virtual-Reality-Umgebungen.

»Äh, ich glaube, du musst los«, sagte Jannis mit einem Blick auf die Zeitanzeige seines Communicators. Er lächelte ihr zu. »Hey, mach dir keine Sorgen. Vielleicht komponiert Dad heute einen fetten Superhit, bezahlt auf einen Schlag alles ab und kauft uns 'ne Villa mit Swimmingpool.«

Wie süß von ihm, dass er versucht, mich zu beruhigen. Jola drückte ihren Bruder, was der sich nachsichtig gefallen ließ – in ihrer Familie knuddelte ständig jeder jeden –, dann schnappte sie sich ihren Rucksack, stopfte ihre Laufschuhe hinein und düste los. Doch selbst als sie in der U-Bahn saß und wie so oft auf dem Weg zum Olympiapark war, fiel es ihr schwer, die trübe Stimmung abzuschütteln, die seit dem schweigenden Abendessen an ihr haftete.

Erst als Jola die Linde-Halle betrat, ging es ihr besser.

Sie sah sofort, dass der Junge im Rollstuhl wieder beim Training zuschaute. Es war schwer, ihn zu übersehen – in der riesigen Halle hielten sich nur zwanzig Menschen auf, da sie zwischen Mai und Ende Oktober Kaderathleten vorbehalten war. Denjenigen, die mit etwas Glück für ihr Land Medaillen holen würden.

Jolas schwarze Gedanken verebbten. *Was habe ich denn zu meckern im Leben? Nichts! Wie es sich wohl anfühlt, nicht mehr laufen zu können, keinen Schritt weit?* Allein der Gedanke war grauenhaft. Vielleicht ignorierten die anderen den Typ deshalb. Vielleicht konnten sie den Gedanken nicht aushalten, dass so etwas auch ihnen passieren konnte.

Jola gab ihrer Trainerin die Hand, dann lächelte sie dem Jungen zu, während sie an ihm vorbei auf die Bahn im Innenraum ging.

Nach dem Training siegte Jolas Neugier. »Hi«, sagte sie zu ihm. »Ich bin Jola. Wie heißt du eigentlich?«

»Ryan«, sagte er. »Wieso *eigentlich*?«

Jola musste lächeln. »Weil ich es schon das letzte Mal wissen wollte.«

»Letztes Mal hattest du es eilig«, stellte er fest.

»Sprinter haben es meistens eilig.«

Er lachte. »Dafür quatscht ihr aber ganz schön viel zwischen den Übungen.«

»Bist du ein Spion, oder was?« Jola zog eine scherzhafte Grimasse.

»Nö. Seh ich so aus?«

»Weiß ich nicht, ich kenn niemanden beim Bundesnachrichtendienst.« Sie musterte ihn, und was sie sah, gefiel ihr. Seine braunen, in Stacheln nach vorne gegelten Haare, seine wachen dunkelblauen Augen, sein kraftvoller, sehniger Körper. Ihr Ex Maximilian, in den viele Mädchen in ihrer Schule verknallt waren, hätte neben diesem Jungen gewirkt wie eine Hauskatze neben einem Puma.

»Cooles Tattoo, was bedeutet das?«, fragte sie ihn und deutete auf seinen Oberarm.

»Es ist ein *Toki blade*, das ist für die Maori ein Symbol der Stärke«, meinte er. »Die Spiralen stehen für Erneuerung.«

»Ah. Ich wollte mir auch mal …« Während sie sprach, ließ Jola fast verstohlen den Blick weiter nach unten wandern, versuchte festzustellen, was mit Ryans Beinen los war – sie hatte sich bisher nicht getraut, richtig hinzuschauen. Sie erschrak, als ihr klar wurde, dass seine Beine unter den Knien endeten. Ihm waren die Unterschenkel amputiert worden. Füße hatte er keine mehr.

Natürlich hatte er ihren Blick bemerkt. »Scheiße, was?«

»Ja«, sagte Jola, noch immer durcheinander. War es okay, ihn zu fragen, wie das passiert war? Sie blickte ihm wieder ins Gesicht und sah, wie angespannt er war. Besser, sie fragte das ein anderes Mal.

Auf einmal wollte Jola nichts so sehr, wie ihn noch einmal zum Lachen zu bringen. »Wie wär's mit einem Wettrennen morgen?«, schlug sie vor.

Und ja, es klappte. Er schaute sie verblüfft an, dann lachte er. »Okay«, sagte er. »Wenn ich mein Rennpferd mitbringen darf.«

»Das ist aber unfair«, wandte Jola ein.

Schon war der Moment vorbei. »Du weißt doch, das Leben ist nicht fair.« Noch während er es sagte, wendete er seinen Rollstuhl und fuhr davon. Kurz hob er die Hand zum Abschied, dann war er verschwunden.

Vielleicht hatte er nicht gewollt, dass sie in diesem Moment sein Gesicht sah.

Auf dem Weg durchs nachtdunkle Olympiagelände ging Leni neben ihr und passte sich Jolas langen Schritten an. »Und, wer ist der Typ?«, fragte sie neugierig. »Was habt ihr so geredet?«

»Er heißt Ryan – viel mehr weiß ich auch nicht über ihn«, sagte Jola kurz. Wieso interessierte sich Leni auf einmal für ihn? Das gefiel ihr nicht besonders, und sie wusste nicht einmal, warum. Sie und Ryan verband ja nichts, nur ein Lächeln und ein paar blöde Sprüche.

»Hat er seine Beine beim Attentat verloren? Du weißt schon, dem auf dem Marienplatz vor zwei Jahren?«

»Frag ihn doch selber«, sagte Jola, und ihr Magen krampfte sich zusammen, als sie an das Attentat dachte. Zwanzig Menschen waren dabei getötet worden. Manchmal musste sie dann an die Olympiade 1972 denken, die lange vor ihrer Geburt mit so viel Begeisterung und Hochsprung-Gold für Ulrike Meyfarth – erst 16, so wie sie selbst – begonnen hatte. Und als blutiges Massaker in die Geschichte eingegangen war.

»Werd ich machen«, sagte Leni.

Untersteh dich, dachte Jola.

ZU SCHNELL

Als Jola zurückkam, war daheim nicht viel los. Jannis hatte seine Zimmertür zugemacht, wahrscheinlich flirtete er wieder mit seiner virtuellen Assistentin. Im Erdgeschoss saß ihre Mum mit hochgezogenen Knien und dicken Wollsocken auf dem Sofa, nur das Licht einer kleinen Lampe erhellte ihr Gesicht. Sie nippte an einem aktivbiotischen Rotwein und las etwas auf ihrem Tablet, ohne wie sonst dabei Musik zu hören. Der Platz neben ihr auf dem Sofa – dort, wo sonst Anton saß, ebenfalls mit einem Wein in der Hand – war leer.

»Komponiert er immer noch?«, fragte Jola, während sie ihre Jacke aufhängte. Superhits brauchten eben Zeit. Und normale Songs auch.

»Nein, er ist noch mal weggegangen. Ich glaube, er trifft sich mit einem Freund.«

Jola stutzte. *Wieso weiß sie nicht, mit wem er weggegangen ist? Oder weiß sie es und … ? Nein, das kann nicht sein, das würde er nicht tun! Zwischen ihm und Mum, das war doch immer die große Liebe, das kann er doch nicht wegen einer beschissenen Midlife-Crisis wegwerfen!*

»Stört es dich, wenn ich was schaue?« Jola warf sich vor den 3-D-Fernseher; sie musste sich dringend ablenken.

Ihre Mutter schüttelte den Kopf, stand auf und ging nach oben.

Verdammte Scheiße! Sagt mir mal jemand, was hier vorgeht?

Beim nächsten Training schaute sich Jola vergeblich nach Ryan um. Sie ärgerte sich über sich selbst. *Blöder Einfall, das mit dem Wettrennen! Wahrscheinlich hat er gedacht, dass ich mich über ihn lustig machen wollte.*

Enttäuscht ging Jola hinüber in den Kraftraum, der heute auf dem Trainingsplan stand. Geduldig ging sie ihre Übungen an den Fitnessgeräten durch, um ihre Rumpf- und Beinmuskeln zu kräftigen. Samuel wankte unter 130 Kilo, die er sich auf die Schultern geladen hatte, und wohlwollend sah ihm Heike Appeldoorn zu. Währenddessen ließ Koray hinter ihrem Rücken ein paar Wiederholungen aus, aber das hätte er besser nicht getan – sie bekam so was mit. Immer. Wahrscheinlich hätte sie es auch gemerkt, wenn sie sich am anderen Ende der Stadt befunden hätte. Fünf Minuten später sagte sie zu Koray: »Die Übungen holst du bitte nach. Und leg noch ein paar Kilos drauf.«

Koray ächzte, aber er beschwerte sich nicht. Er wusste, dass Jammern hier nicht gerne gesehen wurde. *Wer gewinnen will, muss sich schinden, das war schon immer so und wird immer so sein*, ging es Jola durch den Kopf. Und Koray wollte gewinnen, so wie sie alle. Ein kalter Schauer überlief Jola, als sie wieder einmal an die *EuroChallenge* in Helsinki dachte. *O Gott, wieso hat Heike mich nur dafür gemeldet? Und wieso habe ich Ja gesagt dazu?*

Erst kurz vor Ende des Trainings sah Jola durch die Glaswände, die den Kraftraum von der Haupthalle trennten, Ryans Rollstuhl. Ein freudiger Schreck durchfuhr sie. Er war doch noch gekommen! Koray plauderte gerade mit ihm. Weil die beiden neben der offenen Glastür standen, konnte Jola hören, was sie redeten. »Sag mal, warum holst du dem Typ mit den goldenen Augen eigentlich immer die Wasserflasche?«, fragte Ryan ihn. »Kann der das nicht selber?«

»Na ja, schon, aber es ist irgendwie eine Ehre … Samuel ist schließlich so was wie berühmt … er ist dieses Jahr Europameister geworden …«

»Ja, und? Deshalb musst du dich nicht von ihm herumkommandieren lassen.«

Koray lächelte unsicher. »Ähm, nö. Stimmt.«

»Zumindest könnte er *bitte* sagen«, meinte Ryan, und Jola lächelte in sich hinein. In so was war Samuel noch nie sonderlich gut gewesen. Aber vielleicht konnte man das üben?

Ein wenig erschrocken sah Jola, dass Samuel gerade an Ryan und Koray vorbeiging – hatte er gehört, was die beiden geredet hatten?

Ja, offensichtlich. Der Blick, den er Ryan zuwarf, hätte Blumen verdorren lassen.

»Komm, wir gehen hoch«, sagte Leni, stand rasch auf und schnappte sich das Handtuch von ihrem Gerät. Wahrscheinlich wollte sie nicht sämtliche spannenden Entwicklungen verpassen. Jola nickte und folgte ihr.

»Hi«, sagte Leni zu Ryan, als sie mit einem Handtuch um den Hals zu ihrem Rucksack schlenderte. Sie bewegte sich, als wäre sie auf einem Catwalk, und Zufall war das garantiert nicht.

»Hi«, gab Ryan beiläufig zurück.

»Sag mal, was ist dir eigentlich passiert?«

»Hab ich heute schon sechs Mal erklären müssen«, meinte Ryan. »Ich kann's aber gerne noch mal machen.«

»Ja, bitte.« Leni schenkte ihm ihr schönstes Lächeln.

»Unfall«, sagte Ryan.

»Nicht das Attentat?« Leni klang enttäuscht.

»Nein.«

»Ach so.«

Jola musste schon wieder lächeln und trank einen Schluck

aus ihrer Wasserflasche, damit es niemand sah. *Die hat er ja sauber abblitzen lassen.*

In geheimem Einverständnis warteten Jola und Ryan damit, sich zu unterhalten, bis die anderen gegangen waren. Erst als sie die Halle verlassen hatten, wandte sich Ryan ihr wieder zu. »Sorry, dass ich so spät dran war«, meinte er.

»Du musstest erst noch ein paar furchtbar geheime Geheimagentensachen erledigen?«

»Genau.« Als er sich seine schwarze Jacke übers T-Shirt zog, blitzte in seinen Augen ein mutwilliger Funke. »Also, was ist jetzt mit diesem Wettrennen? Wo machen wir das?«

Jola dachte kurz nach, entschied sich. »Gibt genug Wege hier im Olympiapark.« Sie winkte ihm, ihr zu folgen.

Während er neben ihr fuhr, beobachtete sie ihn aus den Augenwinkeln. Er ließ den Blick über die geschwungenen Dächer der Olympiahalle schweifen, die im Mondlicht silbrig glänzten, über die meterdicken Befestigungskabel, die direkt neben der Linde-Halle im Boden verankert waren. Über die in der Dunkelheit kaum sichtbaren Rasenflächen und Baumgruppen jenseits davon. »Wir machen das Rennen also hier draußen, nicht auf der Bahn?«, fragte er.

»Ja, und ich dachte, wir ändern die Regeln ein bisschen.« Gut gelaunt wippte Jola auf den Zehen. »Wir geben beide Vollgas, aber ich muss auf einem Bein hüpfen.«

»Schade – ich dachte, du würdest in einen Sack steigen.« Er grinste.

»Hey, das Leben ist kein Kindergeburtstag.« Jola ging mit langen Schritten voraus, den Weg entlang, der zum Olympiapark führte.

Schließlich hatten sie ein Stück asphaltierten Weges erreicht, das im Licht der Straßenlaternen halbwegs eben aussah. Kein anderer Mensch war in Sicht, um diese Uhrzeit surrte nur hin und wieder ein einsamer Radfahrer vorbei. Jola deutete auf einen Baum in etwa 30 Meter Entfernung. »Hier ist der Start, bei der Buche dort das Ziel, okay?«

»Okay.« Er warf ihr einen kurzen Blick zu, dann blickte er konzentriert die Strecke entlang und packte die metallenen Antriebsräder des Rollstuhls fester.

»Action!«, rief Jola und hüpfte los.

Selbst auf einem Bein war sie noch ziemlich schnell. Verdammt. War das eine gute Idee gewesen mit dem Wettrennen?

Sie brach die eiserne Regel, sich nie nach den Konkurrenten umzusehen, und schaute, wo er gerade war. Nur ein paar Meter hinter ihr! Er hatte ein paar Sekunden gebraucht, um seinen Rollstuhl in Schwung zu bringen, doch jetzt holte er stetig auf. Jola war erleichtert. *Soll ich ihn gewinnen lassen? Nein, besser nicht, er würde es merken. Und irgendwie glaube ich nicht, dass er es gut fände.*

Jola gewann, aber knapper, als sie gedacht hätte.

»Fast hätte ich dich in Grund und Boden gerollt!«, sagte Ryan, und sie mussten beide lachen. Die Anspannung war aus seinem Gesicht gewichen und sie mochte das übermütige Blitzen in seinen Augen. Er atmete tief, keuchte aber nicht. Keiner von ihnen wollte nach Hause, und so bewegten sie sich weiter durch den Park, der nachts noch riesiger wirkte als tagsüber. Jola sog die klare, kalte Luft ein. »Weshalb schaust du uns eigentlich beim Training zu?«

»Gute Frage«, meinte Ryan. Er zögerte kurz, dann sprach er weiter. »Alle hätten gedacht, dass ich bei meinem alten Team vorbeischauen würde. Meiner Basketballmannschaft. Einmal war ich da, aber es war scheußlich. Mitmachen konnte ich sowieso nicht. Und aus jedem Blick sprach ein *O mein Gott, schau dir an, was aus ihm geworden ist.*«

Jola nickte schweigend und ging langsamer, weil sie jetzt am Olympiaberg angekommen waren und er die Steigung bewältigen musste. Er hatte versucht, gleichmütig zu sprechen, und doch hörte sie die Trauer in seiner Stimme. Eine Trauer, die ihr ins Herz schnitt. »Tja, und dann war ich mit meinem Dad auf einem Konzert hier im Olympiastadion«, fuhr Ryan fort. »Als wir zum Parkplatz zurück sind, haben wir euch beim Training gesehen. Ich fand's interessant.« Er zuckte die Schultern. »Warum bin ich wiedergekommen? Keine Ahnung.«

Sie waren am Rand des Olympiaparks angelangt, vor ihnen lag die Ackermannstraße. Es fühlte sich an, als seien sie plötzlich in die wirkliche Welt zurückgekehrt, viel zu früh.

»Schau mal, das Café dort hat noch offen«, sagte Ryan, und sie bewegten sich auf die erleuchtete Fassade zu. Auf den zweiten Blick war es kein Café, sondern ein Dönershop, aber das machte nichts, denn es roch darin lecker nach frisch gebackenem Fladenbrot und Knoblauchsoße. Jola stellte fest, dass sie Hunger hatte. »Das passt echt nicht in meinen Ernährungsplan, aber ich glaube, ich sterbe, wenn ich jetzt keinen Döner bekomme!«

Ryan grinste. »Dann kauf dir in Gottes Namen einen. Glaubst du, ich will eine Leiche wegschaffen müssen?« Er probierte aus, ob er mit seinem Rollstuhl durch die Tür passte, und Jola hielt die Luft an. Daran hatte sie überhaupt nicht gedacht.

Es war knapp, aber es ging.

Fünf Minuten später kauten sie beide. »Ich weiß gar nichts über dich«, meinte Ryan zwischen zwei Bissen und blickte sie an. »Wie alt bist du eigentlich? Du gehst noch zur Schule, oder?«

»Elfte Klasse. Im Januar werde ich siebzehn«, murmelte

Jola mit vollem Mund und wischte sich verlegen ein bisschen Soße vom Kinn. Die Hälfte des Döners hatte sie schon heruntergeschlungen, den Rest verstaute sie in ihrem Rucksack. So viele Kohlenhydrate waren in ihrer Ernährung nicht vorgesehen. »Und du?«

»Hab grad Abi gemacht. Im Krankenhaus hatte ich viel Zeit zum Lernen.«

»Aber hast du da nicht irre viel verpasst?«, fragte Jola.

Er lächelte schief. »Als meine Freunde gemerkt haben, dass ich wirklich dranbleiben will, haben sie das perfekt organisiert. Sie hatten in der Schule ständig eine Webcam laufen, damit ich keinen Stoff verpasse, und jeden Tag war irgendjemand bei mir und hat mit mir gelernt.«

»Und jetzt?«

Ryan zuckte die Schultern. »Jetzt sind die anderen irgendwo im Ausland oder im ersten Semester. Und ich kann mich irgendwie zu nichts aufraffen.« Er schaute aus dem Frontfenster auf die Kreuzung hinaus. »Heute wäre ich beinahe nicht gekommen, um euch zuzuschauen. Hab mich durch ein Game gezockt und konnte nicht aufhören.«

»Es wäre schade gewesen, wenn du nicht gekommen wärst«, sagte Jola.

Als ihre Blicke sich trafen, fühlte es sich an, als lande ein Schmetterling auf Jolas Herz. Ryan musterte sie nachdenklich, aber auch neugierig, und Jola hatte das Gefühl, dass ihm nichts entgehen würde, nicht die kleinste Regung. Das fühlte sich besonders an, und nach einem Moment fiel ihr auch auf, warum.

Er war offline. Er konzentrierte sich ganz und gar auf sie. Schön. Sie fühlte, wie ein Lächeln auf ihr Gesicht kroch.

»Wie viele Leute sind eigentlich süchtig nach diesem Lächeln?«, fragte Ryan, ganz ruhig, ohne Verlegenheit.

»Überschaubar«, gestand Jola und spürte, wie ihr das Blut ins Gesicht stieg. Ging das nicht alles viel zu schnell? Eigentlich hatte sie nicht vorgehabt, um zehn Uhr nachts in einem Dönershop zu flirten. Aber wenn man immer nur Dinge erlebte, die man geplant hatte, dann war das Leben so spannend wie das Müsliregal im Supermarkt. »Eigentlich nur einer, aber der ist gerade auf Entzug.«

»Cold Turkey? Du kannst ganz schön grausam sein.«

»Wer? Ich?« Jola musste lachen. »Er aber auch. Du hättest mal sehen sollen, wie er und ich uns neulich in Chemie duelliert haben.«

»Wer hat gewonnen?«

»Das Reagenzglas.«

Sie machten sich auf den Rückweg durch den dunklen Park, und Jola beobachtete die Motten, die um die Straßenlaternen flatterten und sich die winzigen Köpfe an den Glaskugeln einrannten. Bald würden sie ihre leuchtenden Götter verlieren – zwischen ein und fünf Uhr morgens wurde die Straßenbeleuchtung abgeschaltet. Stromsparmaßnahme.

Gerade wollte sie Ryan fragen, ob er auch mit der U-Bahn nach Hause fahren würde, da sagte er plötzlich: »Es war übrigens ein Autounfall. Wir waren auf dem Rückweg von einem Konzert in Augsburg. Ich saß am Steuer, den Wagen hatte ich von meinem Onkel geliehen.«

Es überlief Jola kalt. »Hattest du was getrunken?«

»Ja. Apfelschorle.«

Schweigend nickte Jola. *Wir* hatte er gesagt – also war außer ihm noch jemand im Auto gewesen.

»Die Karre hat sich halb unter einen Lkw geschoben und ist von hinten weiter zerdrückt worden, als noch ein Auto auf uns draufgeknallt ist. Schließlich hat mir der Motorblock die Beine zerquetscht.« Er blickte sie nicht an, als er es erzählte. »Im Rettungshubschrauber habe ich ziemlich viele Transfusionen bekommen. Unterwegs mussten sie mich zweimal wiederbeleben.«

Wie in Trance ging Jola neben ihm her. *Nein, ich will mir das nicht vorstellen, nein*, aber es war schon zu spät, ihr Kopf spielte das, was er erzählt hatte, als Film ab, die Special Effects waren gar kein Problem, so was hatte sie schon hundertmal in Filmen gesehen. Blut überall. Aber nicht irgendwelches. *Sein* Blut. *Seine* Beine. Jola bekam keine Luft mehr.

»Sorry«, sagte Ryan und schaute sie besorgt von der Seite an. »Wäre es besser gewesen, ich hätte es nicht …?«

»Nein. Nein!« Benommen schüttelte Jola den Kopf und schob die Bilder aus ihrem Kopf, so gut es ging. Stellte sich vor, eine Löschtaste zu drücken und eins nach dem anderen zu entfernen. Ging irgendwie.

Jola atmete tief durch. Irgendetwas war seltsam an seiner Geschichte. Er hatte sie rasch erzählt, als wolle er es hinter sich bringen. Vielleicht hatte sie deswegen geklungen wie auswendig gelernt. Hatte er manches erst später erfahren, weil er zu schwer verletzt gewesen war, um es mitzubekommen? Oder hatte sein Gehirn seine ganz eigene Löschtaste gefunden?

»Kannst du dich noch an den Unfall erinnern?«, fragte sie ihn.

Doch er überraschte sie. »Ja«, antwortete er. »Ich war ziemlich lange bei Bewusstsein. Ich habe sogar noch mitbekommen, wie sie mich in den Hubschrauber geschoben haben, aber nur so halb, ich war schon ziemlich weggetreten.«

Jola wollte sich nicht mal vorstellen, wie schlimm die Schmerzen gewesen sein mussten. »Und ein paar Monate später hast du dein Abi geschrieben? Du bist verrückt!«

»Es war gut für mich. Dadurch hatte ich ein Ziel.« Ryan

wischte sich die Finger mit der Serviette ab. »Wenn ich mir etwas in den Kopf gesetzt habe, kann ich ziemlich hartnäckig sein. So wie du.«

»Was?« Verdutzt blickte Jola ihn an.

»Wenn du das nicht wärst, wärst du nicht so weit gekommen«, sagte Ryan. »Ich weiß, was für Leute in dieser Halle trainieren.«

Wie unheimlich. Er kannte sie seit ein paar Stunden und verstand sie schon besser als viele ihrer Freunde.

Lebendig. Wie unglaublich lebendig Ryan sich fühlte. In seinem Kopf flirrte es, als hätte er Ecstasy eingeworfen.

Das Gefühl hielt vor, bis er kurz nach Mitternacht daheim war. Dann musste er wieder daran denken, dass ihn sechs verdammte Stockwerke erwarteten. Ryan drückte den Rufknopf und wartete nervös darauf, ob der Aufzug nach unten kam. Wenn das Ding kaputt war, hatte er ein Problem. Als er zehn gewesen war, nach ihrem Umzug von Manchester hierher, war er diese Treppen fast an jedem Tag hoch- und runtergerannt und hatte mit sich selbst gewettet, wie oft er es schaffte. Sein Rekord lag bei 32 Wiederholungen.

Jetzt war sogar eine einzige dieser Stufen zu viel.

Im Eingangsbereich roch es wie immer nach Schuhen – einer der Mieter ließ seine sämtlichen Treter vor der Tür stehen – und feuchtem Altpapier. Erleichtert sah Ryan, dass der Aufzug herankroch und er nicht hier unten übernachten musste. So leise wie möglich schloss er im sechsten Stock die Wohnungstür auf und warf seine Jacke über den Schirmständer, weil sein Vater immer noch nicht dazu gekommen war, einen Garderobenhaken weiter unten anzubringen.

Alles dunkel, alles still. Keiner da oder keiner wach? Eigentlich egal. Er wollte sowieso in Ruhe an Jola denken und daran, wie es sich angefühlt hatte, mit ihr in diesem Park unterwegs zu sein. Verdammt gut. Hatten sie tatsächlich drei Stunden lang geredet, über das Leben und den Tod, über England und Deutschland, über Filme, Musik und pure Geschwindigkeit? So viel wie ihr hatte er seit Monaten niemandem mehr erzählt, der Psychologin im Krankenhaus schon gar nicht. Doch was wirklich passiert war damals auf der Autobahn, würde er auch ihr nicht sagen. Ihr nicht und keinem anderen Menschen.

Seine Kehle fühlte sich ausgedörrt an, und er rollte in die Küche, um sich an der Spüle ein Glas Wasser zu holen. Das Problem war nur, dass irgendjemand die Gläser in den hohen Schrank geräumt hatte, wo er nicht an sie herankam. Wahrscheinlich sein Bruder Jake, konnte der nicht *ein Mal* nachdenken? Oder war es Absicht gewesen? *Bloody hell!*

Seine Fingerspitzen erreichten gerade noch die Unterkante des vordersten Glases. *Zack.* Da lag das Ding, aus dem Schrank auf die Küchenplatte gefallen. Silbrige Risse durchzogen das Glas.

Und er hatte immer noch Durst.

Wut jagte in ihm hoch, eine heiße, bittere Wut, die ihm die Tränen in die Augen trieb. *Verdammte Scheiße, ich will mein Leben zurück!*

Er schleuderte das Glas an die Küchenwand – mitten auf den Kalender mit den Frank-Gehry-Gebäuden, der schon seit zwei Jahren dort hing. Der Krach hallte durch die ganze Wohnung, Splitter regneten auf den Küchenboden.

Geht's noch? Drehst du jetzt völlig ab, Kid brother? Jakes Stimme in seinem Kopf. Wenn irgendetwas nicht klappte, war es immer sein Bruder, der in ihm sprach.

Die Sekunden tickten vorbei. Niemand tauchte auf.

Am liebsten hätte Ryan sich in sein Zimmer verzogen, doch

dann hätte seine Mutter morgen früh Glas in den Fußsohlen, wenn sie sich ohne Brille ihren Kaffee holte. Verbissen machte er sich daran, die Splitter aufzukehren. Vom Rollstuhl aus ein echtes Projekt.

»*What are you up to, Ryan?*« Eulenäugig blinzelnd stand sein Vater in der Tür, die Wangen mit graublonden Stoppeln bedeckt, sein Pyjama schlackerte um seinen großen, mageren Körper. Er sah aus, als gehöre er eigentlich nach Hogwarts.

»Nichts, geh wieder ins Bett«, erwiderte Ryan in Englisch – sein Vater weigerte sich seit Jahren, Deutsch zu lernen. Auch ein Grund dafür, dass er hier keine Stelle als Architekt gefunden hatte. »Wo sind die anderen?«

»Jake und Jonathan sind mit Freunden weg, deine Ma hat ein Schlafmittel genommen.« Gehorsam drehte sich sein Vater wieder um und schlurfte zurück.

Es dauerte ewig, die Küche zu säubern. Erschöpft und niedergeschlagen rollte Ryan ins Bad, das sein ältester Bruder Jonathan und sein Vater mit Baumarkt-Mitteln für ihn umgerüstet hatten, und dann in sein Zimmer. Es bestand nur aus einer Bettcouch, einem Schreibtisch und auf dem Boden gestapelten Klamotten. An der Wand hing noch das Zitat, das ihm ein Freund nach der Trennung von Cheyenne geschenkt hatte.

»Wenn du durch die Hölle gehst, geh weiter!«
Winston Churchill

Oh, well. Ryans Blick wanderte in die Ecke des Zimmers, zu den schlecht sitzenden Krankenhausprothesen. Sie hatten ihm die Haut so dermaßen aufgescheuert, dass gleich die nächste OP fällig geworden war. Mit denen zu laufen würde er garantiert nicht noch mal versuchen.

Ja, dass es im Haus Schlafmittel gab, wusste er. Seine Eltern hatten bisher nicht gemerkt, dass er seit Monaten einzelne Tabletten aus der Packung klaute und sie in einer Aludose unter der Matratze hortete. Inzwischen hatte er so viele beisammen, dass sie ihm manchmal mit dünnen Elfenstimmchen zuflüsterten. Ihm anboten, ihn mitzunehmen, wenn er es nicht mehr aushielt.

Klappe!, befahl er ihnen, wie schon so oft zuvor, und heute kuschten sie schneller als sonst. Denn diesmal hatte er einen Grund, sich auf den nächsten Tag zu freuen.

Jola hatte ihm ihre Nummer gegeben.

Aber ist das, was von mir übrig ist, gut genug für sie? Es fühlte sich an wie seine letzte Chance.

NUR EINE STUFE

»Wie bitte?«, fragte Emily. »Das meinst du nicht ernst, oder?«

Jola nickte bedrückt. »Doch. Mit meinen Eltern stimmt irgendwas nicht.«

»Aber … du hast so eine tolle Familie!«, meinte Emily. »Ihr haltet zusammen.« Sie seufzte, und Jola sah, dass ihre Augen feucht waren. Schnell umarmte sie Emily. Ihre Eltern steckten schon seit Jahren in einem erbitterten Scheidungskrieg, in dem um Emily und ihre Schwester, aber auch um die drei Katzen, die Wohnung und den letzten Teppich gefochten wurde.

»Zusammenhalten … ja, bisher war das so«, sagte Jola niedergeschlagen. »Aber jetzt …«

Der Schulgong unterbrach sie.

»Perfektes Timing«, sagte Emily und seufzte. »Wollen wir uns am Samstag treffen? Dann können wir weiter drüber reden.« Doch bevor Jola antworten konnte, stutzte ihre Freundin. »Oh, du trainierst ja auch am Samstag. Außerdem wollte ich noch zu Christopher. Dann vielleicht am Sonntag?«

Jola biss sich auf die Lippe. Sie hatte mit Ryan ausgemacht, Sonntag am Rotkreuzplatz ein Eis essen zu gehen, wenn das Wetter gut war. Aber vielleicht war es gar nicht verkehrt, wenn Emily mitkam, dann war das Treffen unverbindlicher, lockerer. Sie kannten sich schließlich kaum. »Ich glaube, ich bin dabei, mich zu verknallen«, erzählte Jola, während sie zu ihrem Klassenraum zurückgingen. »Wenn du magst, kannst du ihn am Sonntag kennenlernen.«

Emilys dunkle Augen leuchteten auf. »Logisch. Wie cool! Ist es jemand aus der Schule?«

»Nein«, sagte Jola. »Und ich sag's lieber gleich: Er sitzt im Rollstuhl.« Angespannt wartete sie auf Emilys Reaktion. Eine Sprinterin und ein Junge ohne Beine, war das nicht ein total guter Witz?

Doch Emily zuckte nur die Schultern und fragte neugierig: »Wie heißt er?«

»Ryan«, sagte Jola erleichtert. »Sein Vater ist Engländer.«

Seit der Nacht im Olympiapark hatte sie seine Mobilnummer. In der nächsten Pause schrieb sie ihm eine Nachricht, ob es in Ordnung war, wenn ihre beste Freundin mitkam. Sofort sandte er ein *Ja, kein Problem!* zurück. Ryan. Es machte ihr fast ein bisschen Angst, wie oft sie an ihn denken musste. Er hatte ihr nicht wie Maximilian den Vogel gezeigt, als sie ihm spätnachts im Dönershop gestanden hatte, dass sie einmal im Leben mit Haien tauchen wollte. Und auch nicht wie Emily »Cool, ich komm mit« gewitzelt. Sondern sie neugierig darüber ausgefragt, wo man so etwas machen konnte, welche Haiarten okay waren und was für Fehler man vermeiden sollte. Wenn er irgendwann sagte, dass er mitkommen wollte, dann würde das kein Witz sein.

Am Samstag schaute Ryan nicht beim Training zu. *Immerhin, er verpasst nicht viel,* dachte Jola. Heike Appeldoorn ließ sie auf der Außenanlage trainieren, obwohl der Himmel düster aussah und schon bald Regen auf den Boden prasselte wie Geschützfeuer aus den Wolken. Unbeeindruckt schlug Heike die Kapuze ihrer Jacke hoch. Nach einigen Aufwärmrunden kommandierte sie: »Jeder fünfmal 100 Meter mit submaximaler Geschwindigkeit. Erst Koray und Leni zusammen, dann Samuel und Jola. Drei Minuten Pause zwischen den Läufen.«

Leni seufzte. Sie wussten alle, dass sie auch bei Wettkämpfen möglicherweise im Regen laufen mussten, aber gefallen musste es ihnen deshalb noch lange nicht. Nur Jola war das Wetter egal, sie fühlte sich lebendig und voller Energie – ob das an Ryan lag?

Als Koray aus einem Vorort-Verein in ihre Gruppe gekommen war, war er nur ein stockdünner indischer Junge gewesen, der rennen konnte wie der Wind. Im letzten Jahr war er kräftiger geworden und hatte die richtige Sprinttechnik gelernt. Er und Leni kamen gemeinsam ins Ziel, ohne sich zu verausgaben. Völlig durchnässt, aber gut gelaunt nahm Jola neben Samuel ihre Position ein. Alle Muskeln angespannt, ihr Herzschlag ein klein wenig schneller als sonst, die gespreizten Finger am Boden abgestützt, nur Millimeter von der Startlinie entfernt. Wasser lief aus ihren Haaren über ihre Nasenspitze und tropfte von dort aus auf den Boden, während sie regungslos lauschte.

Heike pfiff auf zwei Fingern.

Sie schossen beide los und Tropfen schlugen Jola ins Gesicht wie winzige eiskalte Ohrfeigen. Samuel war einen Herzschlag zu spät gestartet, außerdem hasste er es, bei Regen zu laufen. Jola ging in Führung, voller Freude an der Geschwindigkeit. Normalerweise war Samuel schneller als sie, doch 100 Meter waren rasch vorbei, jeder einzelne Schritt zählte. *Wow, diesmal schlage ich ihn! Ich weiß es!* Der unbändige Drang zu gewinnen packte sie, und Jola stürmte voran mit allem, was ihr Körper hergab. Das ließ sich Samuel natürlich nicht bieten, er beschleunigte und holte auf.

»*Submaximale* Geschwindigkeit!«, brüllte Heike Appeldoorn, doch sie hörten beide nicht hin.

Vor Samuel warf sich Jola über die Ziellinie und bemühte sich, nicht allzu breit zu grinsen. Geduldig ertrug sie die

Strafpredigt und Samuels Miene. Die noch finsterer wurde, als ihn Heike Appeldoorn zur Rede stellte. »Wieso bist du so zögerlich gestartet, lässt du dich etwa durch ein bisschen Wasser beeindrucken? Eins ist klar, ich melde euch alle vier zur Crossmeisterschaft im November an!«

Na toll. Mal wieder mit den Spikes durch den Matsch. Sie alle hassten Cross-Rennen.

Als die Predigt vorbei war und Koray und Leni sich für ihren nächsten Lauf bereit machten, zeigte Heike Appeldoorn Jola wortlos die Stoppuhr. Jola schnappte nach Luft. 11,62 Sekunden – das war ohne Spikes und bei Regen eine verdammt gute Zeit!

»Wenn du so weitermachst, muss ich dich wohl zur Weltmeisterschaft anmelden«, meinte Heike und legte ihr kurz den Arm um die Schultern. »Verpatz die *EuroChallenge* nicht, ja?«

Jola schüttelte stumm den Kopf. *Weltmeisterschaft.* Das Wort vibrierte durch sie hindurch, als hätte jemand sie an den Schultern gepackt und durchgeschüttelt. Dann breitete sich in ihr eine goldene Wärme aus, die sich bis in die Fingerspitzen zog. Das war ein wichtiger Schritt auf dem Weg zur Olympiade und von der träumte sie schon so lange. Vielleicht würde sie Heike irgendwann mal erzählen, dass sie sich schon zahllose Male vorgestellt hatte, auf einer Bahn neben Ben Keel zu laufen, während er 2024 in Los Angeles nicht nur einmal, sondern gleich dreimal für Deutschland Gold gewann. In vielen anderen Träumen, die am besten in langweilige Mathestunden passten, stand sie selbst auf einem Siegertreppchen, während Hunderttausende ihr zujubelten und Laser die berühmten fünf Ringe über ihr in die Wolken zeichneten …

Aber das war ein bescheuerter Traum, wenn sie vielleicht nicht mal die *EuroChallenge* schaffte. *Ich bin gut genug, ich bin gut genug,* wiederholte Jola das Mantra, das sie im Mentalcoaching gelernt hatte. Immerhin, es beruhigte sie ein wenig. Aber das war etwas anderes, als wirklich daran glauben zu können, dass sie weiterkommen konnte. Wenn sie verlor, dann würden viele Leute mitleidig den Kopf schütteln. Taugt leider doch nichts, diese Jola Spiegler. Gehört nicht mehr in den Nationalkader.

Wenn es schlecht lief, konnte sie das um Jahre zurückwerfen …

Jola biss sich auf die Lippe. *Scheiße, schon wieder negative Gedanken! Weg mit denen! Ich muss eben richtig heftig trainieren, dann klappt das schon.*

»Ansonsten alles klar mit dir?«, fragte ihre Trainerin. »Du wirkst manchmal ein bisschen bedrückt in letzter Zeit.«

»Geht schon«, meinte Jola verlegen.

Heike schickte sie wieder auf die nasse Bahn. Jolas Körper fühlte sich noch völlig übersäuert an vom Lauf zuvor, das war ihre Strafe für das hohe Tempo. Diesmal schafften sie und Samuel es, sich im Zaum zu halten. Doch Samuel blickte sie nicht mehr an während dieser Trainingseinheit. Ohne ein Wort packte er seine Tasche und kontrollierte wie üblich drei Mal, ob er auch wirklich nichts vergessen hatte, bevor er sich mit einem kühlen Nicken verabschiedete.

Leni wartete noch damit, sich die Datenbrille aufzusetzen. »Wow, der ist sauer auf dich«, meinte sie und grinste. »Achten Sie in nächster Zeit auf fliegende Dolche, Frau Spiegler!«

»Und natürlich auf angreifende Kraniche«, frotzelte Jola. Samuels Vater war Chefpilot einer großen deutschen Fluggesellschaft.

Später, als sie und Leni sich auf den Heimweg machten, beobachteten sie, wie Samuel mit seiner neuesten Freundin in einen BMW Roadster stieg. »Heiße Karre«, sagte Leni anerkennend. »Die hat er doch letztes Mal noch nicht gehabt. Vielleicht haben seine Eltern ihm die geschenkt, weil er die Führerscheinprüfung geschafft hat.«

»Glück für ihn«, meinte Jola. Viele von ihnen waren darauf angewiesen, dass ihre Eltern sie mehrmals in der Woche zum Training fuhren. Samuel war es immer peinlich gewesen, dass seine Mutter bis vor Kurzem darauf bestanden hatte, ihn zu kutschieren und im Bistro der Halle auf ihn zu warten. »Aber vielleicht hat er das Ding doch selber bezahlt. Ich habe gehört, dass sein Vater ihn in eine Aktiengesellschaft umgewandelt und schon eine Menge Anteile verkauft hat.«

»Im Ernst?«, fragte Leni fasziniert. »Vielleicht sollte ich auch einen Anteil an ihm kaufen. Dann kann ich ihn viel besser anfeuern, weil ich etwas von seinen zukünftigen fetten Preisgeldern abbekomme.«

»Du bist echt eklig heute«, teilte ihr Jola mit. Wenn Leni das alles eben ins Internet gestreamt hatte, war das eine richtig gute Werbung für Samuels AG gewesen. Ob ihr das klar war?

Eisessen im Oktober, das konnte je nach Wetter eine bescheuerte oder geniale Idee sein. Jola stimmte eher für genial, sie liebte Eis, und am Rotkreuzplatz gab es, wie sie fand, das beste von ganz München. Zum Glück hatte sich das Wetter gebessert, es spannten sich zwar dichte Wolken über der Stadt, aber die Luft war sommerlich warm. Sie und Emily sahen sich schon in der U-Bahn und begrüßten sich, zusammen gingen sie zum Eiscafé am Rande der Kreuzung.

»Wow, du bist pünktlich!« Emily klang beeindruckt. »Du musst wirklich verknallt sein.«

Jola zog eine Grimasse in ihre Richtung und blickte sich gespannt um. Na toll. Jetzt hatte sie es endlich mal geschafft, rechtzeitig aus dem Haus zu kommen, und wer war nicht da? Ryan.

»Und er war wirklich zweimal klinisch tot?«, fragte Emily neugierig nach und rückte ihre Datenbrille zurecht.

»Ja«, sagte Jola knapp. Es tat ihr ein bisschen leid, dass sie Emily das verraten hatte – diese Geschichte gehörte Ryan; wenn er sie ihr erzählen wollte, dann würde er das tun.

Wieder blickte sich Jola um, und was sie diesmal sah, gefiel ihr nicht besonders. Aus Richtung des Rotkreuzplatzes schlenderten ein paar Leute aus ihrer Klasse heran, darunter – *shit!* – ihr Ex Maximilian, außerdem Bianca Hope, die Jola gerade so willkommen war wie eine Muskelzerrung, und zwei andere Mädchen, die deutlich mehr Oberweite als Gehirnmasse hatten.

»Oh, wow, die Prinzessin vom Dienst und ihre Hofdamen«, sagte Jola leise. Bianca zickte regelmäßig herum und erreichte dadurch, dass sie im Mittelpunkt stand und alle sich bemühten, ihre Wünsche zu erfüllen. Eine geniale Strategie, nur warum sprangen die meisten Jungen eigentlich, wenn sie pfiff? »Einfach nicht beachten, meint Christopher«, sagte Emily, und einen Moment lang bewegten sich ihre Lippen, während sie ihrem Freund antwortete. »Wir können ja schon mal unsere Eissorte aussuchen.«

»Wieso aussuchen?«, fragte Jola. »Ich nehme Marone und Himbeer-Grieß, wie immer.«

»Stimmt, die Kombination, die wie eine besonders fiese Krankheit aussieht«, mischte sich eine Stimme ein. Maximilian. Gerade drängten er und seine Prinzessinnen sich vor zur Theke, um ihre Kugeln zu bestellen.

»Geht dich nichts an«, ätzte Jola – und in diesem Moment sah sie Ryan. Er trug ein schwarzes T-Shirt, seine schwarze Jacke und Jeans. Vorsichtig, aber behände steuerte er seinen

Rollstuhl zwischen den anderen Passanten hindurch über den Bürgersteig und hielt Ausschau nach ihr. Freude durchfuhr Jola wie ein plötzlicher Stromstoß, scharf und hell mitten durchs Herz.

»Ist er das?« Emily klang beeindruckt. »Wow, der ist ja 'ne scharfe Schnitte. Wo hast du den denn abgegriffen?«

»Beim Training«, zischte Jola, und als sie Emilys verblüfften Gesichtsausdruck sah, fügte sie hinzu: »Und jetzt halt in Gottes Namen den Mund, bis die anderen weg sind!«

Als Ryan sie sah, hellte sich sein Gesicht auf. Leider entging das Maximilian und Co. nicht. Sie schleckten an ihrem Eis und lungerten in der Nähe der Theke herum wie Geier um den Kadaver einer Antilope. Bianca Hope lächelte auf eine Art, die Jola ganz und gar nicht gefiel.

»Hi«, sagte Ryan ganz selbstverständlich zu Jola und Emily. »Glück mit dem Wetter heute, was? Wenn's unter null ist, esse sogar ich kein Eis mehr.«

»Ich schon, aber nur neben dem Kaminofen«, sagte Jola und lächelte ihm zu. Ein Lächeln, das gezwungener war, als sie es sich wünschte. Doch es war schwer zu vergessen, dass Maximilian, Bianca Hope und die anderen Girls des Grauens sie beobachteten. Ihre Blicke schienen auf Jolas Haut zu kleben.

»Lasst uns reingehen«, drängte Emily, die sich ähnlich unwohl zu fühlen schien. »Wir können ja drinnen was bestellen.«

Doch Ryan bewegte sich nicht, er starrte auf etwas am Boden. Jola folgte seinem Blick und sah: eine Stufe. Grau. Aus Beton. Sie war genau zwischen ihnen und dem Inneren des Eiscafés.

»Bloody hell«, sagte Ryan. »Die hatte ich gar nicht mehr in Erinnerung.«

»Kommst du die hoch?«

»Einen Versuch ist es wert.«

»Das ist halt nicht behindertengerecht hier, geht am besten woanders hin«, sagte Bianca Hope und fuhr mit der Zunge einen Kreis um ihre Kugel Schoko.

Emily, Jola und Ryan ignorierten sie, doch Jola sah, dass Ryans Kiefermuskeln sich angespannt hatten. Er fuhr zur rechten Seite des Eingangs, wo die Stufe am niedrigsten war, nahm Anlauf, verlagerte sein Gewicht etwas nach hinten und versuchte, über die Stufe hinwegzukommen. Doch die Gummiräder prallten von dem Hindernis ab und Ryan geriet aus dem Gleichgewicht. Da er sich nicht mit den Füßen abstützen konnte, kippte er nach vorne. Eine ältere Frau, die in diesem Moment aus dem Café kam, packte ihn erschrocken am Arm. Sofort riss Ryan ihn ihr weg. »Ich komme schon zurecht!«, fuhr er sie an, und die ältere Frau ging erschrocken davon.

Ryans Gesicht war gerötet.

Jola brachte kein Wort heraus; es fühlte sich an, als hätte ihr jemand auf einen Schlag alle Lebensenergie abgesaugt.

»Wir tragen dich über die Stufe«, beschloss Emily kurzerhand. »Los, Jola, du packst rechts an, ich links.«

Dankbar darüber, dass Emily die Initiative übernahm, half Jola, den Rollstuhl ins Café zu heben. Als sie ein paar Barhocker beiseitegeräumt hatten, war der Weg ins Innere frei. »Danke«, sagte Ryan gepresst.

»Na, dann pass mal gut auf deinen Freund auf, Johanna Larissa«, hörte Jola Maximilians Stimme hinter sich.

Fick dich, dachte Jola, drehte sich um und zeigte ihm den Mittelfinger.

Als sie endlich zusammen an einem Tisch saßen, war keinem von ihnen mehr nach einem Eis und lockerem Geplauder zumute. Doch schon tauchte eine erschrocken wirkende Bedienung auf, die wissen wollte, ob auch wirklich alles in Ordnung sei. Bevor sie es sich versahen, hatten sie jeder einen Eisbecher bestellt, obwohl Jola nur eins wollte – möglichst schnell weg. Blöderweise ging das nicht, die Meute hing noch immer draußen herum und kicherte über irgendetwas. Es war nicht schwer zu erraten, über was.

»Das sind wahrscheinlich Leute aus eurer Schule?«, fragte Ryan.

»Ja, leider«, sagte Jola und atmete tief durch. Sie hatte nicht das Herz, ihm zu erzählen, dass Bianca Hope alles gefilmt hatte und die hässliche Szene wahrscheinlich schon mit witzig-ironischen Kommentaren versehen im Netz stand. Zum Glück wenigstens nicht unter Ryans Namen, den kannten sie nicht.

»Die Mädels denken, jemand entdeckt sie demnächst und macht sie zu Stars, aber darauf können sie noch ein paar Äonen warten«, versicherte Emily. »Und Max … na ja, der will Investmentbanker werden, muss ich noch mehr sagen?«

»Kaum zu glauben, dass ich mit diesem Deppen mal zusammen war«, meinte Jola wütend und warf einen Laserblick nach draußen, der in einem Superhelden-Film die Glasscheibe in Stücke geschnitten hätte.

Sie plauderten eine Weile darüber, wo Jola und Ryan sich kennengelernt hatten, und Jola erzählte von ihrem Rekordsprint im Regen. Ryan schien sich wirklich für sie zu freuen. Allmählich begann Jola sich zu entspannen. Zum Glück war es Bianca Hope, Maximilian und Co. inzwischen langweilig geworden, und Jola sah, wie sie abzogen. *Na endlich, Gott sei Dank!*

Dann kam die Bedienung, eine blonde Frau in mittleren Jahren, mit ihren Bestellungen. Als sie einen Haselnuss-Krokant-Becher vor Ryan abstellte, sagte sie: »Die Chefin sagt, der geht auf's Haus.«

Ryan runzelte die Stirn, als er zu ihr hochblickte. »Wieso?«

»Es tut uns wirklich leid, dass unser Café nicht behindertengerecht ist und …«

»Barrierefrei«, sagte Ryan.

»Ja, natürlich, barrierefrei, und äh, ich fürchte, wir haben kein Behinderten-WC. Aber möglicherweise gibt es eins in der U-Bahn-Station. Nur, falls Sie …«

Ryan nickte schweigend. Jola und Emily starrten in ihre Eisbecher, ohne sie anzurühren. *Weg hier*, dachte Jola. *Nur weg*. Sie hatte sich so auf dieses Treffen gefreut und jetzt war es eine einzige Katastrophe!

Als die Bedienung verschwunden war, zog sich das Schweigen in die Länge.

Plötzlich zog Ryan seine Geldbörse. Jola sah, dass seine Finger zitterten, als er einen 20-Euro-Schein hervorholte und auf den Tisch warf.

»Ich schaff das nicht«, stieß er hervor. »War nett, dich kennenzulernen, Emily. Ciao, Jola.«

Er manövrierte sich hinter dem Tisch hervor und rollte nach draußen, ohne sich noch einmal umzusehen. Stufen nach unten waren anscheinend kein Problem. Einen Moment später war er zwischen den Passanten verschwunden.

Jola spürte, wie sich Tränen in ihren Augen sammelten. Schweigend standen sie und Emily auf, zogen ihre Jacken an und ließen ihre unberührten Eisbecher auf dem Tischchen zurück.

Auf dem Rückweg kamen sie an einem halben Dutzend Restaurants vorbei.

Vor jedem Eingang gab es eine Stufe.

Er ging nicht ran, als sie ihn am Abend anrief. Das wunderte Jola nicht, es war zu demütigend gewesen, was beim Café geschehen war. Hoffentlich konnten sie Montag nach dem Training ganz in Ruhe darüber reden.

Morgens in der Schule schlenderte ihr Kumpel Matteo auf sie zu. »Muss scheußlich gewesen sein – hab den Clip angeschaut«, sagte er ohne Begrüßung.

»Du und die halbe Schule?« Jola fühlte sich sehr müde.

»Ja. Aber schau mal die Kommentare an«, meinte Matteo und hielt ihr seinen Communicator hin, der die Form eines Buchenblatts hatte.

Jola beugte sich näher heran.

Funkelstern*: :-(Richtig witzig, also echt. Ich glaub, ich schick dir 'n Virus, der ist auch total lustig.*

JesseTop: *Dies ist eine offizielle Mitteilung. Du bist gerade von meiner Party ausgeladen worden, Bianca!*

InXs2013*: Hast du nicht daran gedacht zu helfen???*

»Insgesamt sind's dreihundert«, sagte Matteo und lächelte. »Einwandfrei, was?«

»Ja«, sagte Jola etwas getröstet. *Das zeige ich ihm heute Abend*, dachte sie.

Das Problem war nur, dass er nicht auftauchte.

»Kommt Ryan heute nicht?«, fragte Koray erstaunt, während er sich seine neonroten Laufschuhe anzog.

»Anscheinend.« Jola zuckte gespielt gleichgültig die Schultern, um zu verbergen, wie enttäuscht sie war.

»Schade«, sagte Koray. Samuel dagegen wirkte zufrieden, und Jola konnte sich denken, warum. Seit Ryan mit ihm gesprochen hatte, bestand Koray auf einem »Bitte«, wenn Samuel ihn auf Botengänge schicken wollte.

Auf dem Nachhauseweg versuchte Jola wieder, Ryan zu erreichen, doch sein Communicator war aus.

Auch am Dienstag – kein Ryan. Ebenso wenig am Mittwoch.

Zuerst fühlten sich die Sorgen an wie Spinnen, die über ihre Seele kletterten und ein Netz darüber sponnen. Dann waren sie wie glühende Nadeln, die sich ganz langsam in ihr Herz bohrten. *Ist ihm etwas passiert? Was genau meinte er mit »Ich schaff das nicht«?*

»Und du weißt nicht, wie er mit Nachnamen heißt?«, fragte Jannis, als Jola sich verzweifelt in seinen silbergrauen Knautschsack geworfen hatte.

»Nein, so weit waren wir noch nicht.« Deprimiert starrte Jola an die Wand seines Zimmers, die von der Decke zum Boden mit einem selbst gemalten Stammbaum der verschiedenen *Game of Thrones*-Figuren bedeckt war.

»Aber er hat einen ungewöhnlichen Vornamen«, sagte Jannis. »Louna, suchst du mir bitte mal raus, wie viele Leute in München so heißen?«

Seine virtuelle französische Assistentin lächelte schmelzend vom Monitor herab. »Zweihundert, *mon cher* Jannis«, flötete sie.

Jannis lächelte zurück. »Danke, *Chérie.* Also, Jola, was weißt du noch über ihn?«

»Basketball! Er hat Basketball gespielt«, fiel es Jola ein. »Und sein Unfall war irgendwann Anfang des Jahres auf der A8.«

Seine Assistentin brauchte keine Sekunde, um den Bericht über den Unfall zu finden. Jannis vertiefte sich darin. »Ah. Drei Verletzte, er selbst und eine weitere Person in seinem Auto, außerdem noch ein Rentner, der ihm hintendrauf gefahren ist. Seine Karre hatte keine automatische Steuerung.«

Sie waren gerade dabei, die Basketballvereine abzuchecken, als es klingelte. Jola schreckte auf und überprüfte schnell, wer vor der Tür stand – es war Emily, mit frisch geschminkten lila Lippen und mitfühlendem Blick.

Kurz darauf ging die Konferenz in Jannis' Zimmer zu dritt weiter.

»Nur noch ein paar Sekunden, dann hab ich seinen Nachnamen«, verkündete Jannis großspurig. »Ah, voilà! Basketball war ein Treffer. Ist er das?«

Er warf ihr seinen Communicator zu, damit sie sich ein Foto ansehen konnte – das Foto eines Spielers im rot-weißen Vereinsdress, der sich gerade mit dem Ball in der Hand hochkatapultiert hatte, um einen Korb zu werfen. Ja, er war es. Ryan hätte dieses Foto gehasst, und auch Jola gab es einen Stich, es anzusehen. Das war der Ryan von *vorher*, stark und gesund, mit sehnigen Beinen und einem Draufgängergrinsen.

Ryan Telgart. So hieß er also. Und er hatte nicht einfach mal eben ein paar Körbe geworfen, sondern – wie die Beschriftung des Fotos verriet – in der U19-Mannschaft der *FC Bayern*-Basketballer gespielt. Das waren zukünftige Profis.

Einen Moment lang schwiegen sie alle.

»Ich glaube, er ist zu stolz, um sich wieder bei dir zu melden«, meinte Emily schließlich.

»Meinst du?«, fragte Jola entmutigt. »Absolut valide Theorie«, meinte Jannis und legte die Füße auf seinen mit Nanosilber beschichteten Schreibtisch. »Ich versteh ein bisschen was vom männlichen Ego, wisst ihr?«

»Ja, ja, schon klar, Männer sind Egoisten, müssen unbedingt bewundert werden und zerfallen sofort zu Staub, wenn sie Schwäche zeigen.« Jola wusste selbst nicht, wieso sie überhaupt widersprach. »Steht da eigentlich, wo er wohnt?«

»Jola!« Emily klang entsetzt. »Du wirst ihm doch nicht etwa *hinterherlaufen*?«

»Wieso hinterherlaufen? Ich mache mir Sorgen!«

»Der da ...«, sagte Jannis mit einem Blick auf das Foto, »der da sieht so aus, als ob er auf sich selbst aufpassen könnte.«

»Aber das da ist er nicht mehr.« Jola stützte den Kopf in die Hände. *Natürlich, Emily hat recht. Wenn ein Junge sich nicht mehr bei einem Mädchen meldet, ist das kein Anzeichen dafür, dass er in Lebensgefahr schwebt. Sondern dafür, dass er keinen Bock mehr auf sie hat. Einen schönen Abend haben wir zusammen verbracht, mehr nicht. Sei ehrlich zu dir selbst, er will einfach nichts von dir!*

»Soll isch das Fotoh für disch speichern, Jannis?«, fragte Louna mit diesem gefakten französischen Akzent, den Jannis niedlich fand und Jola nicht ausstehen konnte.

Jola warf einen letzten Blick auf das Bild, schaute in eine andere Richtung und schüttelte den Kopf.

»Nein, bitte lösch es«, befahl Jannis, und schon war es verschwunden.

Wie ging es Ryan jetzt? Wo war er, was dachte er? Immer wieder sah sie sein Gesicht vor sich, die Traurigkeit in seinen Augen. *Ich weiß so wenig über ihn*, dachte Jola. *Wie verkraftet er das alles? Wieso lässt er nicht zu, dass ich ihm helfe?* Rastlos streifte sie nach dem Training durch den dunklen Olympiapark. Wie anders es hier war ohne ihn, selbst der Wind kam ihr kälter vor.

Es war Ende Oktober, als Jola zum letzten Mal versuchte, Ryan anzurufen. Die Fehlermeldung, die folgte, war neu. *Diese Nummer ist nicht vergeben.*

An diesem Abend durchsuchte Jola zum ersten Mal die Jackentaschen ihres Vaters nach einem Hinweis darauf, was in ihrer Familie geschah. Ob ihr Vater ausgebrochen war aus ihrem verschworenen Viererteam. Was sie fand, waren ein 10-Terabyte-Speicherdiamant, ein Clickstick für Carsharing-Fahrzeuge, noch abgepackte vegane Kaugummis mit Spinatgeschmack, ein Schlüsselbund ... und eine eigenartige Visitenkarte. Es war kein Name daraufgedruckt, sondern nur – genau in der Mitte der Karte – eine Mobilnummer. Sonst nichts.

Hastig schrieb sie die Nummer ab und steckte die Karte wieder in die Jackentasche ihres Vaters. Dann glitt Jola zurück in ihr Zimmer und ließ ihren Communicator die Nummer wählen.

»Ja?«, sagte eine junge, etwas raue Männerstimme. Sie hatte einen eigenartigen Akzent, den Jola nicht einordnen konnte.

Eine Gänsehaut überzog Jolas Arme. »Wer sind Sie?«

»Wenn du das nicht weißt, dann schmeiß diese Karte weg«, sagte der Mann. »Am besten jetzt gleich.«

Freizeichen. Er hatte aufgelegt.

SPEED

Helsinki, Juli 2031
Nur noch eineinhalb Stunden, dann ging es los. O Gott! Jola nahm einen Schluck aus ihrer Trinkflasche und spürte, dass ihr Atem viel zu schnell ging. Klar, auch bei den Vorläufen war sie nervös gewesen, aber nicht so wie jetzt. Jetzt fühlte es sich an, als wäre in ihrem Brustkorb ein Kolibri eingesperrt. Dagegen half nur eines – loslaufen! Mit dem Aufwärmtraining für ihren Lauf beim 100-Meter-Finale zu beginnen, auch wenn es eigentlich noch zu früh war.

Zum Glück war dieser ganze Bereich für Publikum gesperrt und nur ein paar Fotografen und Kameradrohnen behielten sie im Fokus ihrer Linsen. Niemandem war jetzt erlaubt, sie mit Fragen zu belästigen.

Jola bemühte sich, ihre Konkurrentinnen zu ignorieren, die sich auf der gleichen Bahn aufwärmten – wenn die anderen sie anblickten, wollte sie es nicht wissen. Zum ersten Mal wäre sie froh gewesen, Samuel zu sehen, ein vertrautes Gesicht zwischen den vielen unbekannten. Doch sein Rennen bei der *EuroChallenge* war erst in drei Stunden, er chillte noch im Hotelzimmer.

Von fern hörte sie die Stimme des Ansagers aus dem Stadion dröhnen und das Applaudieren der Menge, ein dumpfes Geräusch, als würden Wellen gegen Felsen branden. Nein, ihre Beine zitterten nicht, wenigstens das. Jola atmete tief, versuchte die Aufregung wegzuatmen, die ihren ganzen Körper immer wieder flutete. Sie konzentrierte sich auf ihre

Übungen, darauf, ihren Körper für den Lauf warm und geschmeidig zu machen. Wieder und wieder lief sie über die Bahn des Aufwärmbereichs, mit hochgezogenen Knien, mit kleinen Sprüngen. Tiefstart, einmal, zweimal, dreimal. Die vertraute Routine aus der Werner-von-Linde-Halle. Jola griff nach ihrem Handgelenk und fühlte sich den Puls. Ihr Herz schlug wieder stark und gleichmäßig. Gut. Sie beugte sich vor, strich über die Muskeln ihrer Oberschenkel und ihrer Waden, über ihre Achillessehnen. Es fühlte sich alles gut an, keine Verhärtungen, nichts geschwollen oder zu warm.

»Alles klar?« Das war Heike, sie hatte Jolas Startnummer dabei und half ihr, sie mit *GripSpiders* an ihrem Trikot zu befestigen. Die winzigen Metallbeine kitzelten auf der Haut.

»Ja, geht schon«, sagte Jola und bemühte sich um ein Lächeln. Sie hätte so gerne vergessen, wie wichtig dieser Wettkampf war. Aber das ging nicht.

»Lass dich nicht unsicher machen im Call Room«, sagte Heike. »Die anderen werden versuchen, dich einzuschüchtern. Aber du wirst dich nicht einschüchtern lassen.«

»Nein«, sagte Jola. »Werde ich nicht.« Ihr Blick glitt hierhin und dorthin, sie konnte es nicht verhindern.

»Jola, schau mich an.« Heike Appeldoorn legte die Hände um ihre Wangen, zwang sie, sie anzusehen. Ihr Blick war eindringlich. Jola versuchte, sich auf Heikes vertrautes Gesicht zu konzentrieren. Ein Gesicht, das von kurzen, eisengrauen Haaren umrahmt wurde. Das beherrscht wurde von gletscherblauen Augen, die so warm blicken konnten, und von einem entschiedenen Mund, der so breit lächeln konnte. Doch Jola erschrak darüber, wie alt Heike wirkte. Ihr Gesicht war zerknittert wie Seidenpapier, jeden Tag ein bisschen mehr, seit im Frühjahr ihr Mann an einem Herzinfarkt gestorben war.

»Hör zu, du warst super in den Vorläufen, im Halbfinale warst du auch gut dabei. Und jetzt packst du das Finale, du wirst sehen.«

Jola nickte, sie spürte, wie sie ruhiger wurde.

»Besonders die Italienerin und die Rumänin sind stark, aber du kannst es schaffen«, sagte Heike ruhig. »Wenn du die Nerven behältst.«

Es war Zeit, sich für den 100-Meter-Sprint zum Call Room zu begeben, und Heike zeigte Jola zum Abschied den erhobenen Daumen. »Viel Glück!«

Mit einem mulmigen Gefühl in der Magengrube machte sich Jola auf den Weg zum Call Room. Dort saßen schon die anderen Athletinnen und warteten darauf, aufgerufen zu werden. Das waren sie also, ihre Konkurrentinnen, die schnellsten Frauen Europas. Rasch musterte Jola sie, blickte dann wieder auf den Boden. *O Gott, wie fit die alle aussehen! Und sie sind alle älter als ich.*

Ihr schräg gegenüber saß die rumänische Sprinterin, vor der Heike sie gewarnt hatte. Sie hatte unglaublich lange Beine. Und die Italienerin war viel muskulöser als sie selbst, blickte mit einem Lächeln, das in ihrem Gesicht festgeschweißt schien, im kleinen Raum umher und hatte sich auf der Bank breitgemacht, als gehöre sie ihr. Jola musste sich neben sie in eine Ecke quetschen und fühlte, wie Ärger in ihr hochstieg. Doch dann fiel ihr ein, was Heike gesagt hatte, und sie atmete tief, um sich zu beruhigen. Es durfte nicht sein, dass diese Frau sie schon im Call Room besiegte, bevor sie auch nur einen Fuß auf die Bahn gesetzt hatte.

Das dunkelhäutige Mädchen, das ihr gegenübersaß – es trug die Flagge Frankreichs auf der Brust –, starrte Jola unablässig an. Jola wandte den Blick ab, doch jetzt drängte sich das nervige, tonlose Pfeifen, das die Niederländerin von sich gab, in ihr Bewusstsein. Ihr lag schon ein *Kannst du bitte damit aufhören?* auf der Zunge, doch dann verkniff sie es sich. *Ruhig, ganz ruhig.* Nur die pickelige Irin sah genauso eingeschüchtert aus wie sie selbst, das war ein kleiner Trost.

Jola zwang sich, auf den Boden zu blicken und an etwas anderes zu denken, zum Beispiel daran, dass das Olympiastadion von Helsinki im Stadtteil mit dem irren Namen Töölö lag. Es wirkte, sie musste lächeln. Verwirrt blickte die Irin sie an, und Jola konnte sich denken, was ihr durch den Kopf ging: *Warum lächelt die jetzt, was hat sie vor?* Wahrscheinlich hielt sie es für ein Psychospielchen.

Ihre Gedanken schweiften weiter. Hier, in genau diesem Stadion, hatte die Olympiade von 1956 stattgefunden und war wie alle anderen vor und nach ihr in die Geschichte eingegangen. Genau auf dieser Bahn hatte der Tscheche Emil Zátopek, der beste Langstreckenläufer aller Zeiten, seine legendären Triumphe erlebt. Jemand hatte ihr mal erzählt, dass sein übliches Training fünfzig 400-Meter-Sprints hintereinander gewesen waren, mit jeweils 200 Meter Traben dazwischen. Und das alles oft mit schweren Militärstiefeln, damit ihm jeder Wettkampf vorkam wie ein Strandspaziergang. *Jeden anderen als ihn hätte so ein Training umgebracht,* dachte Jola. Auf einmal kam es ihr lächerlich vor, wie sie selbst sich vorbereitet hatte. Wieso hatte sie nicht noch härter trainiert?

Es kam ihr unendlich lang vor, bis sie endlich dran war. Kurz und sachlich überprüfte der Wettkampfrichter die Nummern auf ihren Trikots, die Länge ihrer Spikes und ihre amtsärztliche Bescheinigung, dass sie über keinerlei Körpermodifikationen verfügte. Die waren nur in der Freestyle-Startklasse M erlaubt. Danach ging es raus ins Stadion. Endlich, endlich. Dass Jola sich aufgewärmt hatte, war schon wieder eine halbe Stunde her.

Mit den anderen Läuferinnen wartete sie vor ihrer Bahn und federte ein paarmal auf und ab, um ihre Muskulatur zu lockern. Die Italienerin klatschte sich mit den flachen Händen seitlich auf die Schenkel und die Niederländerin fummelte an irgendeinem goldenen Anhänger herum, vermutlich ihrem Glücksbringer. Die Kameraroboter filmten sie dabei, und ihr riesenhaftes Gesicht erschien auf der Leinwand, die fast so hoch war wie das Stadion selbst.

Dann richtete sich die Fernsehkamera auf Jola, während der Stadionsprecher sie vorstellte und ihr Name durch die Lautsprecher schallte. »Auf Bahn 2 Johanna Larissa Spiegler, Deutschland …«

Lächeln jetzt, lächeln und winken, so wie die anderen!, schoss es Jola durch den Kopf. Doch was herauskam, waren eine kurze Grimasse und ein straffer Gruß, der eher militärisch aussah. Scheußlich, besonders wenn man es gewaltig vergrößert sah. Trotzdem applaudierte das Publikum auf den Tribünen höflich. Irgendwo dort saßen ihre Mutter und Emily, deren Eltern ihr nach langen Kämpfen erlaubt hatten, mitzukommen. Jola konnte sie nicht sehen, doch sie wusste, dass sie dort waren. Ein schönes Gefühl.

Gleich würde sich alles entscheiden. Ob sich das monatelange Training gelohnt hatte. Ob sie es noch weiter nach oben schaffen würde. Oder ob sie vor Tausenden von Zuschauern versagen würde. Gleich. Gleich.

»On your marks.« Die ruhige Stimme des Stadionansagers.

Jolas Puls schoss nach oben. Sie und die anderen bewegten sich nach vorne, richteten sich auf den Startblöcken ein, brachten ihre Füße in Position. Stützten probeweise die Finger auf, richteten sie dann an der Startlinie aus. Jola schaute nicht mehr nach links oder rechts, sie blickte nach unten, auf den roten Kunststoff der Bahn. Atmete tief. Sammelte ihre

Gedanken. Spürte ihre Entschlossenheit wie einen harten, schimmernden Kern in ihrem Inneren. *Ich besiege euch alle. Ich besiege …*

»Set.«

Sie hoben die Hüften. Es wurde still im Stadion, einen Moment lang hielt das Publikum den Atem an.

Startschuss!

Jola jagte los. Rannte mit aller Kraft. Aus dem Augenwinkel sah sie, dass einige Läuferinnen neben ihr waren, auch sie gaben alles. Sie erkannte die dunkelhäutige Französin, die Niederländerin, die Italienerin. Dann fiel die Italienerin zurück und stattdessen holte die Rumänin auf.

So kurz! Nur noch 50 Meter! Wie von fern brandete das Brüllen des Publikums und das Surren der Kameradrohnen, die über ihr schwebten, gegen ihre Ohren. Die Niederländerin war jetzt schräg vor ihr, und egal, wie schnell Jola sprintete, sie konnte sie einfach nicht einholen. Verbissen fixierte sie das Ziel und presste das letzte Quäntchen Kraft aus ihrem Körper. Schneller, noch schneller! Die Niederländerin fiel unmerklich zurück. Jetzt lief Jola ganz vorne.

Die Rumänin schaffte es nicht, ihr Tempo zu halten. Knapp vor ihr erreichte Jola die Ziellinie und auf den Tribünen brandete Jubel hoch.

Jolas Herz hämmerte, als würde es gleich zerspringen. Gold! Sie hatte Gold gewonnen! Tränen traten ihr in die Augen, als sie ihre Konkurrentinnen kurz umarmte und die Glückwünsche entgegennahm. Auf den riesigen roten Digitaluhren, die überall im Stadion aufgestellt waren, konnte sie ihre Zeit lesen. 11,21 Sekunden. Auf der Tribüne jubelten Heike, Mum und Emily. »Na, was sagst du jetzt?«, rief Heike ein ums andere Mal mit dem breitesten Grinsen der Welt. »Was sagst du jetzt?«

Ich habe es geschafft. Ich war gut genug. Das war eine solche Erleichterung, jetzt erst wurden ihr die Knie weich. Jola wischte sich über die Augen. Verdammte Fernsehkameras, sie waren überall, konnte man nicht mal in Ruhe heulen? Kameradrohnen umkreisten sie, und zwei, drei Mikrofone wurden ihr entgegengehalten. Es dauerte eine Weile, bis alle Journalisten ihr Zitat hatten und zufrieden abzogen.

Noch durfte Jola nicht unter die Dusche, erst kam der Dopingtest. Ein Herr im Jackett und eine Dame geleiteten sie in einen Raum im Verwaltungstrakt des Stadions, wo Jola ein halbes Dutzend Proben abgeben musste – Blut, Urin, Körperzellen für den DNA-Test. Selig ließ Jola alles über sich ergehen, sie hielt den Arm hin, wenn man es von ihr verlangte, und konnte doch an nichts anderes denken als daran, wie sie als Erste durchs Ziel gestürmt war. Gold! Durch ihre Adern suppte pures Glück, gleich würden diese Leute es merken, wenn sie etwas davon abzapften. Sie hatte schon genügend U18- und U20-Meisterschaften hinter sich, doch dieser Sieg war so viel schöner, weil kein »Junioren-« mehr vor dem Titel stand. Bis zur »richtigen« Europameisterschaft im nächsten Jahr war sie auf dieser Distanz die beste Sprinterin des Kontinents. Heike hatte es ihr zugetraut und sie hatte recht gehabt. Schritt für Schritt kam sie der Olympiade näher!

Eine Stunde später – Siegerehrung. Im Trainingsanzug, weiß mit den Deutschlandfarben, kletterte Jola auf die oberste Stufe des Siegertreppchens, als ihr Name aufgerufen wurde. Total albern, diese kleinen Treppchen, aber es war das coolste Gefühl der Welt, ganz oben zu stehen. Gab es irgendetwas, das sich damit vergleichen ließ? Jola beugte den Kopf, während zwanzigtausend Menschen applaudierten, und irgendein Offizieller hängte ihr die Medaille um. Gold! Wie groß dieses Ding war, und es glänzte makellos, als hätte noch kein

Mensch es berührt. Strahlend winkte Jola in die Kameralinsen, zu den Tribünen hoch, überall hin. Ob jemand, den sie kannte, sie jetzt im Livestream oder Fernsehen sah?

Am nächsten Abend gewann sie Bronze bei den 200 Metern, und Samuel strahlte mit einer Goldmedaille um den Hals, die perfekt zu seinen Kontaktlinsen passte. Seine AG hatte wieder etwas an Wert zugelegt. Beeindruckt beobachtete Jola, wie er einem asiatischen Sender ein Interview auf Chinesisch gab. Leni hatte mal herumerzählt, dass Samuels Eltern nur chinesische Kindermädchen eingestellt hatten, damit ihr Sohn die Sprache lernte. Sie hätte ihn und seine Eltern fragen können, ob das stimmte, doch darauf hatte sie keine Lust. Irgendwann vor zwei, drei Jahren war sie mal auf einer von Samuels Geburtstagspartys eingeladen gewesen, aber dass sie dabei mit ihrem Glas ein Designertischchen verkratzt hatte, hatten ihr die Dobows bis heute nicht verziehen.

Noch mehr Kameras, noch mehr Interviews. »Miss Spiegler, haben Sie vor, Ihren Körper modifizieren zu lassen?« Ein Journalist aus den USA.

»Nein, natürlich nicht«, erwiderte Jola. Wie kam der Typ darauf?

»Es heißt, Sie würden Sehnen aus Carbonfaser in Erwägung ziehen …«

Wie bescheuert! Nein, auf so eine Idee war sie noch nie gekommen. Ja, es gab immer mehr Top-Athleten, die ihren Körper modifizieren ließen, aber was hatte das mit ihr zu tun?

»Das Gerücht stimmt nicht!«, mischte sich Heike Appeldoorn mit fester Stimme ein, nahm Jola am Arm und lotste sie weg. »Meine Athletin muss sich ausruhen, bitte verstehen Sie das. Einen schönen Tag noch.«

»Uff«, murmelte Jola, als sie außer Hörweite waren. »Als

Nächstes fragen die wahrscheinlich, wie mein Liebesleben aussieht oder was ich zu Mittag gegessen habe.«

Heike seufzte. »Dann sagst du einfach *Kein Kommentar*, verstanden? Nichts, auch wirklich gar nichts anderes.«

Zurück in München, zurück in der Schule. Ein paar beiläufige Glückwünsche, danach alles wie sonst. Wie eigenartig. Erst all dieses Adrenalin, diese Euphorie, die Fernsehkameras, und jetzt hockte sie in einem Arbeitsraum und wischte mit den Fingern über ein Display, um das Wachstum einer virtuellen Pflanze zu verändern und in ihre Zellen hineinzuschauen, während ihr Bio-Lehrer irgendetwas über Stoffwechsel erzählte.

Welches ist eigentlich das wirkliche Leben? Das hier oder das andere?

Als Jola daheim ihren Koffer auspackte und ihr Souvenir aus Finnland – ein grinsendes Rentier – ins Regal stellte, kegelte sie mit dem Ärmel versehentlich die Mini-Cola-Flasche aus Atlanta herunter und das Bernsteinkästchen aus Estland gleich mit. Es sprang auf … und der Zettel fiel heraus, auf dem sie eine Nummer notiert hatte. Die Nummer von der eigenartigen Visitenkarte. Eine Nummer, die sie schon fast vergessen hatte, weil nach diesem ersten Anruf damals im Herbst nie wieder jemand drangegangen war. *Einen Versuch noch*, dachte Jola, zog ihren Communicator hervor und wählte.

»Ja?« Die gleiche Männerstimme wie damals, rau und mit leichtem Akzent.

Das war er! Er war drangegangen! *Nein, diesmal frage ich ihn nicht nach seinem Namen, sonst legt er sofort auf.* »Du bist ein Drogendealer, richtig?«

Er klang verblüfft. »Ich bin was?«

Okay, sie hatte falsch geraten. Aber jetzt war sie einen Schritt weiter. Dieser Mann war der Schlüssel dazu, was mit ihrem Vater los war, und sie hatte ihn immer noch in der Leitung. »Ich würde mich gerne mit dir treffen«, sagte Jola rasch.

»Soso, würdest du das.« Jetzt klang seine Stimme amüsiert. »Hm, mal schauen, wo du gerade bist. In München ... ah, nördliches Pasing ... soso, in der ...«

Blitzartig glitt Jolas Daumen auf *Aus*. Regungslos saß sie auf ihrer Bettcouch und versuchte, ihren rasenden Herzschlag zu beruhigen. *Beinahe hätte er rausbekommen, wo ich wohne. Oder weiß er es schon? Was passiert jetzt?*

Wahrscheinlich gar nichts. Immerhin war dieser Typ mit ihrem Vater in Kontakt gewesen, Dad hatte seine Nummer aufgehoben, er konnte ja wohl kaum gefährlich sein, oder? Sie stopfte den Zettel zurück ins Bernsteinkästchen.

Am Abend gingen sie alle zusammen feiern. Nein, fast alle – Korays Eltern hatten ihm verboten mitzukommen, sie hatten sehr strikte Ansichten zum Thema Clubs und Alkohol. Doch Jola, Leni und Samuel waren dabei, außerdem drei andere Sportler aus ihrem Verein, die ebenfalls bei der *EuroChallenge* gestartet waren, und der neue junge Trainer Till Ulrich. Er betreute hauptsächlich die Hürdenläufer, deshalb hatte Jola noch nicht viel mit ihm zu tun gehabt. *Schade eigentlich*, dachte Jola. *Interessanter Typ*. Er hatte kurz geschorene dunkle Haare, breite, etwas indianisch wirkende Züge und schöne dunkle Augen mit dichten Wimpern. Oft leuchteten seine Augen vor Begeisterung, wenn er redete. Jola wusste schon, dass er in Guatemala geboren und von einem Münchner Paar adoptiert worden war. Und dass er heute doppelt etwas zu feiern hatte, weil er gerade seinen Master-Abschluss in Sportmanagement geschafft hatte. Er war der einzige Mensch, den Jola kannte, der schon einmal an einer Olympiade teilgenommen hatte – er war 2028 in Istanbul dabei gewesen und mit einer Bronzemedaille zurückgekommen. *Also praktisch ein Halbgott,* ging ihr durch den Kopf. Halb neugierig, halb ehrfürchtig musterte sie ihn, als er gerade in eine andere Richtung schaute.

Auch Heike war gekommen, doch sie trank nur ein *Moon-Water* mit, dann machte sie sich wieder auf den Heimweg und Jola zog mit dem Rest der Truppe weiter.

»Ich wette, sie will die *Millionen-Euro-Frage* nicht verpassen, die schaut sie fast jeden Tag«, meinte Leni. Sie trug ihr neues Kleid – hier und da ein paar plastinierte Echtblumen über den Körper verteilt, aber auch ziemlich viele Lücken dazwischen.

»Garantiert«, sagte Jola fröhlich und strich ihr eigenes Outfit glatt, ein silbernes Minikleid mit schwarzem Flammenmuster. »Außerdem bekommen ihre zwei Alpakas noch ihr Betthupferl. Wenn sie das nicht kriegen, fangen sie an zu spucken.«

»Über Trainer zu lästern, gilt heute nicht«, sagte Till und ging ihnen ein paar Drinks besorgen. »Hier, Leute … auf euch!«, sagte er, als er zurückkam und seine Beute verteilte. »Ihr wart Spitze! Ich zähle bei der WM auf euch!«

Er drückte Jola einen lilafarbenen Cocktail in einem geisterhaft grünlich leuchtenden Becher in die Hand.

»Auf euren Erfolg!«, rief Till mit blitzenden Augen, und Jolas Cocktail schwappte beinahe über, als sie anstießen.

Sie hatte es nicht verpatzt. So oft hatte sie sich in die Halle geschleppt, wenn sie müde war oder keine Lust hatte oder jeder einzelne ihrer Muskeln zu schmerzen schien. All die Stunden auf der Bahn oder im Kraftraum, ohne zu wissen, ob es sich jemals lohnen würde. Aber es hatte sich gelohnt und jetzt gerade schien jemand all ihr Blut gegen Sekt ausgetauscht zu haben, sie hätte ewig mit den anderen lachen und herumfrotzeln können. Wahrscheinlich konnte allein dieses Gefühl süchtig machen. Manchmal kam ihr alles andere, der ganze Rest ihres Lebens, fade vor im Vergleich dazu, wie sie sich bei einem Wettkampf fühlte.

Auch Samuel – mit einem Tequila in der Hand – sah ausgesprochen gut gelaunt aus. Er hatte sich seine Goldmedaille umgehängt, sie blinkte im funkelnden bunten Laserlicht. Sein freier Arm lag um die Taille eines Mädchens, das ihr Gesicht zu einer Geisha-Maske geschminkt hatte. Gesagt hatte sie bisher nichts, aber lächeln konnte sie gut, und wenn jemand auf Samuels Medaille aufmerksam wurde und ein Foto von ihm machte, schmiegte sie sich enger an ihn.

Im Club roch es nach Bier, zu vielen Menschen und überhitzter Elektronik. Jola schob sich in die Menge und begann zu tanzen, ließ ihren Körper dem Beat folgen. Etwa zwei Meter weiter tanzte Till und Jola beobachtete ihn einen Moment lang. Ihr gefiel die elegante und übermütige Art, wie er sich bewegte, er hatte Spaß und dachte nicht daran, so wie Samuel einen auf cool zu machen und es zu verbergen. Nur sein quietschbuntes Hemd war nicht so ihr Fall.

Sie bestellte sich noch einen Cocktail, etwas Orangefarbenes mit Wodka diesmal. Neben ihr hing Leni an der Theke. »Cheers!«, sagte sie und ließ ihre Bierflasche gegen Jolas Cocktailglas knallen. Sie schaute in Tills Richtung und schaltete mit einer schnellen Bewegung ihre Datenbrille ab. »Gott, ist der süß. Vielleicht küsse ich den heute noch. Einfach so.«

»Spinnst du?« Vor Schreck wurde Jolas Kopf fast wieder klar. »Du kannst doch nicht mit einem Trainer …«

»Wieso nicht?« Leni setzte ihr fiesestes Lächeln auf. Gangsterbraut pur. »Ab und zu muss man sich was trauen, sonst bleibt man sein ganzes Leben lang *Durchschnitt.*«

Durchschnitt. Schon das Wort klang hässlich und kantig. Sie hassten es beide. *Vielleicht, weil wir Angst davor haben*, ging es Jola durch den Kopf, und plötzlich musste sie lachen. Wie lächerlich das war – gab es nicht schlimmere Dinge, vor denen man Angst haben musste? Plötzlich musste sie an Ryan denken, diesen Jungen, den sie vor einem Dreivierteljahr kennengelernt und seither nicht mehr wiedergesehen hatte …

Leni wirkte gekränkt, vielleicht dachte sie, dass Jola über ihre Worte gelacht hatte. »Wart nur ab, ich mach das wirklich«, sagte sie.

»Was?«, hätte Jola beinahe gefragt, dann fiel es ihr wieder ein. *Soll ich sie irgendwie von diesem Scheiß abhalten? Aber wie soll das gehen? Je öfter ich sage, sie soll das besser sein lassen, desto entschlossener wird sie werden. Kenn ich von mir selbst.*

Noch ein Cocktail. Schmeckte gut, das Zeug. Aber, der wievielte war das eigentlich? Plötzlich merkte Jola, dass ihr Magen sich anfühlte wie in der Achterbahn nach dem fünften Looping. Sie hatte sich in der Apotheke eine Packung *Nanobots* gekauft, die in der Leber halfen, Alkohol abzubauen. Aber dann hatte sie sie daheim liegen lassen. Jola schob ihren leeren Becher über den Tresen und bahnte sich einen Weg durch die feiernden Leute zu den Toiletten. Dahinter gab es eine Tür, die nach draußen in einen Innenhof führte.

Tief atmete Jola die Nachtluft ein, doch durch die Raucher, die hier herumstanden, roch die Luft wie mitten in einem Industrieschornstein. Überrascht entdeckte sie unter den Qualmern auch Till Ulrich.

»Hi«, sagte Till und zog an seiner Zigarette.

Schockiert blickte Jola ihn an. »Du verpestest deine Lungen mit *Nikotin*?«

Er zuckte die Achseln und grinste. »Wenn man Currywurst inhalieren könnte, würde ich lieber die nehmen«, sagte er. Dann warf er seine fast aufgerauchte Kippe auf den Boden und trat sie mit dem Absatz aus. Na toll, ein Umweltschwein war er auch noch. Einen Olympiasieger hatte sie sich irgendwie anders vorgestellt. Warum gefiel er ihr trotzdem so gut?

»Was würdest du eigentlich tun, wenn dich plötzlich ein hübsches Mädchen küsst, einfach so?«, rutschte es Jola heraus.

»Machen, dass ich wegkomme«, sagte Till.

»Ach so, du stehst eher auf Männer?« Jola stützte sich gegen die Mauer und hoffte, dass die Welt bald aufhören würde, sich zu drehen. *Hätte gerade noch gefehlt, dass ich hier den Boden mit meinem Mageninhalt dekoriere!*

»Nö, aber ich bin gerade erst wieder solo. Die blauen Flecken müssen erst heilen, wenn du weißt, was ich meine.« Er zündete sich eine neue Kippe an. Widerlich. »Wenigstens muss ich nicht mehr dauernd pendeln. Sie hat in Berlin gelebt. Elodie Weinmann, die Modemacherin. Sie hat mir immer gesagt, was ich anziehen soll. Ziemlich nervig.«

»Oje!« Jola wartete noch immer darauf, dass sie sich besser fühlte.

»Kotzt du mir gleich auf die Füße?«, fragte Till besorgt.

»Wenn ja, dann ist das deine Schuld – was war das eigentlich für ein ekliger Cocktail vorhin?«

»Ein *Zombie's Delight*.«

Jola verdrehte die Augen. »Oh, danke, bist du nicht auf die Idee gekommen, dass er bei Nicht-Zombies starke Nebenwirkungen haben könnte?«

»Ach, stell dich nicht so an, eine zukünftige Weltmeisterin muss das abkönnen. Was dich nicht umbringt und so.«

»Gut, dass du nicht mein Trainer bist!«, stöhnte Jola.

Still zog er an seiner Zigarette und blickte in die Dunkelheit.

»Was?«, fragte Jola bissiger, als sie vorgehabt hatte. »Bist du etwa auch froh, dass du mich nicht trainierst?«

»Ja«, sagte Till Ulrich.

Das verschlug Jola die Sprache. Sie vergaß ihren Magen. »Was hab ich getan?«, brachte sie schließlich heraus.

»Nichts. Aber du gefällst mir.« Diesmal warf er die halb gerauchte Zigarette einfach in die Büsche hinter dem Club. »Und es gibt ein paar Dinge, die Trainer und minderjährige Athletinnen möglichst nicht tun sollten.«

»Sich küssen?«, fragte Jola.

»Genau«, sagte er.

Komischerweise war es genau das, was sie als Nächstes taten. Er schmeckte herb und rauchig, und es fühlte sich unglaublich gut an, in seinen Armen zu sein. Wie lange hatte sie eigentlich niemanden mehr geküsst?

»Wir sollten das lassen«, murmelte Till, er klang beunruhigt.

»Ja«, sagte Jola und küsste ihn gleich noch mal. Wow. Was für ein Gefühl. Und die Art, wie seine Hände über ihren Körper wanderten, fühlte sich sensationell an. Nur mit Mühe schafften sie es, sich voneinander zu lösen.

Damit niemand Verdacht schöpfte, gingen sie nacheinander – mit einer Minute Abstand – zurück in den Club.

Leni war nirgendwo mehr in Sicht. Anscheinend war sie schon gegangen.

Immer noch kein bedrohlicher Unbekannter vor der Tür. Wusste der Typ, den sie angerufen hatte, wer sie war? Oder hatte sie noch rechtzeitig aufgelegt?

Jola zwang sich, die Gedanken daran wegzuschieben und wie sonst zum Training zu gehen. Würde Till da sein und seine Hürdenläufer trainieren? Ja, er war da. Ganz kurz nur begegneten sich ihre Blicke. Tat es ihm leid, was in der Disco geschehen war? Sie waren beide ein bisschen betrunken gewesen.

»Hi, alles klar?«, begrüßte Leni sie ganz lässig, und Jola lächelte ihr etwas gezwungen zu. Hatte Leni etwas mitbekommen? Sah ihr Gesichtsausdruck nicht irgendwie verkniffen aus? *Aber wenn sie mich und Till zusammen gesehen hätte, hätte sie das doch garantiert sofort gepostet, oder? Mit Beweisfoto natürlich.*

Jolas Nacken kribbelte, sie ertrug es immer weniger, dass Leni sie mit der Datenbrille auf der Nase anblickte. Doch sie konnte sie wohl kaum bitten, das Ding auszuschalten, das hätte sie sofort misstrauisch gemacht.

Als Jola nach dem Training ihren Communicator checkte, sah sie die Nachricht von Till sofort. *Wann sehen wir uns?*, schrieb er. *Muss dauernd an dich denken!*

Wenn sie ihm nicht antwortete, konnten sie beide so tun, als wäre gar nichts passiert. Dann konnten sie diesen Kuss einfach vergessen, nie würde jemand davon erfahren …

Aber eigentlich wollte sie ihn nicht vergessen, ihr wurden jetzt noch die Knie weich, wenn sie daran dachte.

Ihre Finger glitten über die Tastatur, tippten eine Antwort.

Eine Dreiviertelstunde später stand sie vor dem gelb gestrichenen Mietshaus, in dem Till wohnte, und fragte sich, ob es nicht besser gewesen wäre, sich erst mal in einem Café oder so was zu treffen. Ein Schauer überlief Jola, während sie auf die schlichte Glas-und-Alu-Tür starrte, die sich noch keinen Zentimeter bewegt hatte. *Ich muss völlig verrückt sein, wir kennen uns überhaupt nicht! Wir haben nur ein einziges*

Mal miteinander gesprochen! Und jetzt war sie hier. Wenn sie jetzt klingelte, war sie in einer Minute allein mit ihm. An einem Ort, an dem sie tun konnten, was sie wollten, ohne dass irgendjemand zusah.

Jola klingelte. Kurz darauf standen sie sich gegenüber. Seine dunklen Augen musterten sie aufmerksam, forschend. »Komm doch rein«, sagte er und lächelte schief, war auch er nervös? Seine Fingerspitzen fuhren über ihren Arm, leicht wie Regentropfen auf ihrer Haut, und Jolas Körper begann zu vibrieren auf eine Art, die sie nicht kannte. Während sie seine kleine Wohnung betrat, brachte sie kein Wort heraus, doch in ihrem Inneren jubelte eine winzig kleine Stimme wie ein Fan auf einer Tribüne. *Heilige Scheiße. Ein Trainer und du! Du und ein Trainer!*

Ja. Irre irgendwie. Außer Maximilian hatte sich bisher kaum ein Junge für sie interessiert. Und jetzt so was.

»Ich war nicht sicher, ob du kommen würdest«, sagte Till leise. Er hatte nur die Tür hinter ihr geschlossen, aber nicht das Licht eingeschaltet, sie standen im Dunkeln eng nebeneinander. Schon jetzt, obwohl sie sich nicht einmal berührten, stand jeder Zentimeter von Jolas Haut in Flammen. Das war so völlig anders als mit Maximilian! Was war los mit ihr?

Fast unmerklich bewegten sie sich aufeinander zu. Bis ihre Körper sich trafen.

Und der Tanz begann.

Eine Woche später, beim Frühstück vor der Schule, betrachtete Jannis sie skeptisch. »Hat dir schon mal jemand gesagt, dass du aussiehst wie eine tote Ratte, die man gerade aus dem Abwasserkanal gezogen hat?«

»*Tote Ratte*? Geht's noch?«, fauchte Jola zurück. *O Mann, kleine Brüder können wirklich nerven!*

»Mach nur, erschlag mich, ich sag nur die Wahrheit«, gab Jannis unbeeindruckt zurück.

Jola legte müde die Hände um ihre Kaffeetasse. »Das ist ja wohl meine Sache.«

Auch ihr Vater Anton, der sich ausnahmsweise nicht in sein Zimmer zurückgezogen hatte, sah besorgt aus. »Aber es geht dir gut?«

»Ich glaube schon.« Sie versuchte ein Lächeln. Till hatte sich in ihrem Kopf und Herzen breitgemacht wie noch niemand zuvor. In der letzten Woche hatte sie sich heimlich mit ihm getroffen, wann immer es ging, und oft war es spät geworden. Oder auch sehr spät, weil Till zusammen mit seinem Vater eine Kette von Self-Optimizing-Studios führte und manchmal erst nach elf Uhr abends Zeit für sie hatte. Dann trafen sie sich meist in seiner kleinen, vollgemüllten Wohnung in Sendling, obwohl sie auch einmal Salsa tanzen gegangen waren.

Doch als sie ihn an diesem Abend traf, war er seltsam zurückhaltend. *Es kann nicht sein, dass er jetzt schon genug von mir hat, oder?*, ging es Jola durch den Kopf, und vielleicht spürte Till, wie unsicher sie auf einmal war, denn er zog sie an sich und küsste sie. »Sweetie, du hast in drei Wochen eine verdammte Weltmeisterschaft«, sagte er, seufzte und ertränkte eine Kippe in seinem fast leeren Glas. »Du brauchst genügend Schlaf. Außerdem ist zu viel Sex schlecht für Leistungssportler.«

Ganz langsam entspannte Jola sich. »Ach, echt? Hättest du sonst Gold gewonnen in Istanbul?«, zog sie ihn auf.

»Ich hätte wahrscheinlich gar nichts gewonnen, wenn's beim Finale nicht 35 Grad im Schatten gewesen wären«, sagte Till trocken. »Mir hat das nichts ausgemacht, aber den Favoriten aus England hat das erledigt.«

Till hatte recht, sie mussten erst einmal aufhören, sich zu treffen. Die WM war verdammt wichtig, wichtiger als alles andere. Wichtiger als dieser Rausch zwischen ihnen. Wichtiger als die tiefen Seufzer ihrer Eltern, dass sie Jola fast nicht mehr zu Gesicht bekamen. Und ja, auch wichtiger als die nervige Schule, in der Jola gerade erst eine Physik-Klausur grandios verhauen hatte. Von der in Gesellschaftskunde ganz zu schweigen.

Wenn sie sich bei der WM gut hielt, war alles möglich. Alles. Dann konnte sie wirklich anfangen, über Buenos Aires im nächsten Jahr nachzudenken. Ihr Bildschirmhintergrund zeigte jetzt schon fünf Ringe. War das lächerlich? Total. Lieber wieder das Tigerhai-Foto, das sie sich neulich aus dem Netz gesaugt hatte. Sie wollte das Schicksal nicht herausfordern.

Nur noch eine Woche bis zu den Sommerferien. Gott sei Dank, dann konnte sie zweimal täglich trainieren. Bis Osaka musste sie möglichst noch zwei oder drei Hundertstelsekunden schneller werden, sonst hatte sie keine Chance auf eine Medaille. 11,21 auf den 100 Metern. Manchmal kamen ihr diese Zahlen kalt und gnadenlos vor, besonders wenn sie nicht so gut gewesen war, wie sie gerne wollte. Aber es half nichts, sie gehörten zu ihr.

»Ach, das hat mir gefehlt!« Ihre Mum Theresa bestrich sich eine Scheibe Schwarzbrot dick mit Butter und Honig und biss hinein. »Vielleicht hätte ich versuchen sollen, mir selber welches zu backen.« Sie war erst seit ein paar Wochen zurück, vorher hatte sie drei Monate lang in Singapur an einem Projekt gearbeitet. Es war traurig gewesen, so lange ohne sie auskommen zu müssen, und es half nichts, dass Jola sich immer wieder fragte, warum ihre Mutter nach all ihren Projekten in virtuellen Teams auf einmal eins angenommen hatte, bei dem sie vor Ort sein musste, weit von ihr und Jannis und Anton entfernt. Nun war sie zurück – und noch war nichts klarer als zuvor. Klar war nur, dass irgendetwas nicht stimmte.

Ihr Dad dachte gar nicht daran, auf das Thema deutsches Brot einzusteigen, sein Blick ruhte auf Jola. »Leg doch heute mal einen Ruhetag ein«, sagte er beunruhigt, doch Jola schüttelte sofort den Kopf. »Nein.« Sie zwang sich zu einem Lächeln. »Ich will gar nicht hören, was Heike mir dann erzählen würde.«

»Määp, määp – neueste Neuigkeiten: Heike ist nicht Gott«, gab ihr Bruder von sich, und Jola zog eine Grimasse.

»Wenn du willst, rede ich mit Heike«, bot ihre Mum an.

»Lass sie, sie hat doch schon gesagt, dass sie es nicht will«, fuhr Anton sie an, und erschrocken über seinen schroffen Ton, blickten Jola und Jannis ihn an.

»Was …«, begann Theresa gereizt, doch in diesem Moment klingelte es an der Haustür. Einen Moment lang verkrampfte sich Jola. Was, wenn das der Typ war, mit dem sie telefoniert hatte? Der, dessen Nummer sie auf der eigenartigen Visitenkarte gefunden hatte?

Wortlos ging Anton öffnen. Jola schielte hinterher. Wenn vor der Tür jemand stand, den er kannte, aber der Rest der Familie nicht … würde er es sich irgendwie anmerken lassen?

Doch zurück kam er mit einer fremden Frau, die eine schwarze Windjacke mit irgendeiner Firmenaufschrift und einen Aktenkoffer trug.

»Ja, bitte?«, fragte Theresa erstaunt, doch die Frau beachtete sie nicht. Es war Jola, die sie anblickte. Sie zog einen offiziell wirkenden Ausweis hervor und hielt ihn ihr so kurz vor die Nase, dass sie kaum ein Wort entziffern konnte. »Johanna Larissa Spiegler?«

»Äh, ja«, stammelte Jola. *Hat das alles etwas mit mir und Till zu tun?*

»Im Auftrag der Anti-Doping-Agentur führen wir heute bei Ihnen eine Trainingskontrolle durch.« Die Frau notierte etwas auf ihrem Tablet. »Wir brauchen eine Urinprobe von Ihnen.«

»Jetzt?« Jola warf einen schnellen Blick auf die Küchenuhr. »Ich muss in die Schule.«

»Die muss warten, fürchte ich«, sagte die Frau freundlich, aber bestimmt.

»Okay, geht ja auch schnell«, meinte Jola und versuchte ein Lächeln. Sie bekam ein Gefäß in die Hand gedrückt und bewegte sich, noch immer etwas durcheinander, in Richtung Klo. Warum genau folgte ihr diese Frau? Irritiert drehte sie sich um.

»Ich muss Sie dabei beobachten«, bemerkte die Kontrolleurin.

»Was?« Anton klang schockiert.

»Tut mir leid. Vorschrift. Sie wissen gar nicht, was manche Sportler für Tricks draufhaben.«

»Schon okay«, sagte Jola resigniert, auf diese Art hatte sie auch schon nach der *EuroChallenge* eine Probe abgeben müssen. Doch es fühlte sich eigenartig und unnatürlich an, die ganze Prozedur auch hier, in ihrem Zuhause, durchstehen zu müssen.

Sie gingen ins große Bad im ersten Stock. Erst nach ein paar Minuten schaffte es Jola, vor den Augen der Kontrolleurin zu pinkeln, und sie fühlte, dass sie knallrot angelaufen war. Wie lange es wohl dauern würde, bis sie sich an diese Kontrollen gewöhnt hatte?

Mit einem knappen »Danke« nahm die Kontrolleurin das Gefäß entgegen.

Zurück in der Küche, musste Jola eine Bestätigung unterschreiben, dann schickte ihr die Frau ein Merkblatt auf den Communicator. »Ab jetzt wird es solche unangekündigten Trainingskontrollen für Sie alle paar Wochen geben, zu jeder Tageszeit und an jedem Ort. Damit wir Sie dafür auch finden können, brauchen wir von Ihnen noch eine Vollmacht, dass wir mithilfe Ihres Communicators jederzeit Ihren Standort orten dürfen. Sie sind verpflichtet, das Gerät mitzuführen und natürlich angeschaltet zu lassen.«

Eisiger Schreck durchfuhr Jola. *Was ist, wenn denen auffällt, wie oft ich mich in Tills Wohnung aufhalte?*

»Was ist, wenn sie so was nicht unterschreibt?« Theresas Stimme war kühl, sie hatte auf Löwenmutter-Modus umgeschaltet.

»Tut mir leid, das ist Pflicht für eine Athletin im A-Kader.« Die Kontrolleurin klang, als habe sie all das schon oft erklärt. »Und wenn wir Ihre Tochter bei einer Kontrolle nicht finden konnten, gibt es beim ersten Mal eine Verwarnung, beim zweiten Mal eine Sperre von drei Monaten und beim dritten Mal …«

»Alles klar – das ist eben so, Mum«, sagte Jola grimmig, unterschrieb die Formulare, schnappte sich ihren Schulrucksack und gab der Kontrolleurin rasch die Hand zum Abschied. Immerhin war es noch nicht Pflicht, sich einen Chip implantieren zu lassen. Aber viele Eltern machten das bei ihren Kindern sowieso schon.

Die eigenartige Nummer von der Visitenkarte war noch in ihrem Communicator eingespeichert. Jola starrte so lange darauf, dass sie beinahe von einem Radler über den Haufen gefahren worden wäre. *Wenn ich sie nicht mehr anrufe, erfahre ich auch nichts über Dad. Es ist mein einziger Anhaltspunkt.*

Inzwischen war sie weit genug von ihrem Haus entfernt. Wenn er sie anpeilte, würde er nicht viel erfahren.

Zu Jolas Überraschung meldete sich der junge Mann sofort. Er klang amüsiert, so wie schon beim letzten Mal. Vielleicht machte ihm dieses Spiel Spaß. Diesmal meldete er sich nicht mit *Ja*, sondern sagte: »Du bist ganz schön hartnäckig.«

»Wie hoch ist Ihr Honorar?«, fragte Jola.

Der Mann lachte glucksend. »Du willst mich engagieren? Obwohl du nicht mal weißt, wofür?«

»Genau.«

»Kein Interesse«, sagte er und unterbrach die Verbindung.

Dieser Sausack! Wenn das so weiterging, bekam sie nie etwas heraus!

BLADES

Jolas Blicke glitten durch die Linde-Halle. Suchten nach Till. Fanden ihn nicht. Doch das Schlimmste war – statt in Ruhe an ihn denken zu können, musste sie sich den nervigen Fragen eines Magazinjournalisten stellen. Er hatte ein bisschen sauer gewirkt, weil sie zum Interviewtermin zu spät gekommen war. Aber nur zehn Minuten, er sollte sich nicht so anstellen.

»Wie beurteilen Sie Ihre Chancen bei der Leichtathletik-Weltmeisterschaft in Osaka?«, fragte der bärtige Journalist. Er hatte dicke, fleischige Lippen, und während er sprach, flog ein Spucketröpfchen in ihre Richtung.

»Recht gut«, sagte Jola und zwang sich ein Lächeln ab. Diesem ekligen Typ würde sie ihre Zweifel und Ängste unter Garantie nicht anvertrauen!

»Sie haben im Winter, beim Trainingslager in der Türkei, einen Anriss der Achillessehne erlitten«, sagte der Journalist und lehnte sich unmerklich vor. Unangenehm nah war er jetzt und noch unangenehmer war der Rest seiner Frage. »Haben Sie nicht Angst, dass es wieder passiert?«

Ja, natürlich. Sie hatte eine Scheißangst davor. Aber auch das ging ihn nichts an. Jola setzte zu einer Antwort an, doch dann sah sie etwas, dass sie stocken ließ. In der Halle tummelten sich zurzeit nicht nur die Sprinter, sondern auch Hoch- und Weitspringer. Und in einer Gruppe von jungen Sportlern, die gerade an der Sprunggrube trainierten, hatte sie eine Gestalt bemerkt, die ihr bekannt vorkam.

»Äh, ich … na ja, Verletzungspech hat jeder hin und wieder … und, äh, so was kann man doch heute …« Vergeblich versuchte sie, sich auf ihre Antwort zu konzentrieren, sie musste immer wieder hinsehen. Nein, das konnte nicht sein, oder? War das möglich?

»Sie meinen, so was kann man doch heute operieren?«

»Ja, genau«, sagte Jola schnell. *Ach du Scheiße, ja, er ist es. Das ist Ryan! Aber wo ist sein Rollstuhl?*

»Denken Sie über Körperoptimierungen nach? Eine ganze Reihe von Sportlern hat sich schon dafür entschieden, was halten Sie davon?«

Ryan lief auf zwei Carbonfedern. Blades! Es sah … krass aus. Wie aus einem *Terminator*-Film. Fasziniert beobachtete Jola, wie er losrannte, Anlauf nahm für seinen Sprung. Kaum zu fassen, er konnte nicht nur laufen, sondern *rennen*! »Nun ja, für mich ist das, äh, keine Alternative …«

O Mann, dieser Journalist musste sie langsam für hirngeschädigt halten! Er blickte sie ganz seltsam an. Wahrscheinlich überlegte er schon, was für fiese Dinge er über sie schreiben würde. *Wirkt überfordert. Ist offenbar an der Grenze ihrer Möglichkeiten. Mental nicht stark genug, um den Druck auszuhalten.*

Mühsam zwang sich Jola, nicht länger zu den Weitspringern hinüberzuschauen. »Sorry. Ich wollte sagen, das kommt für mich nicht infrage. Ich weiß, dass das Fernsehpublikum es toll findet, wenn modifizierte Sportler fast unglaubliche Leistungen vollbringen. Aber ich bin auch ohne künstliche Körperteile schnell genug.«

Jola warf noch einen raschen Blick zu Ryan hinüber und diesmal folgte der Journalist ihrem Blick. »Ah«, meinte er. »Hier trainieren auch Freestyler?«

»Sieht fast so aus.« Jola suchte in ihrem Kopf nach einem

klaren Gedanken und fand nur einen Schwarm wirrer Gefühle.

»Letzte Frage, gleich sind wir durch. Sie wissen ja, nur die wenigsten jungen Leichtathleten finden einen Sponsor, aber ich habe gehört, ein großes Unternehmen soll an Ihnen interessiert sein. Was können Sie dazu sagen?«

Ein Sponsor. Endlich jemand, der es ihrer Mutter ersparen würde, für Begleitreisen zu Wettkämpfen, für Spikes und Lauftrikots ihrer Tochter ihr Konto zu plündern – viel zu plündern gab es da sowieso nicht mehr, sie schrammten ständig am Dispo-Limit entlang. Jola hatte es kaum glauben können, als die Anfrage der *Coronado AG* – eines Süßwarenkonzerns – bei ihr eingetroffen war. Noch war nicht sicher, ob es klappen würde mit dem Sponsoring. Natürlich wollte *Coronado* die Ergebnisse der Weltmeisterschaft abwarten, bevor sie ein konkretes Angebot machten.

»Ja, es gibt Gespräche. Aber über die darf ich noch nichts verlauten lassen.« Jola rang sich ein Lächeln ab und stieß sich von der Bande ab, gegen die sie sich gelehnt hatte. »Ich muss leider los, bitte entschuldigen Sie.«

»Kein Problem, wir waren sowieso durch.« Ihr Interviewer schüttelte ihr die Hand und sah sich noch einmal in der Werner-von-Linde-Halle um. Er stutzte. »Das ist doch nicht etwa ein *Eichhörnchen* da oben?«

Jola schaute gar nicht erst hoch. »Nein, bestimmt ist es ein Kaninchen.« Mit gleichmäßigen Schritten ging sie über die Trainingsfläche.

Auf ihn zu.

Er hatte gewusst, dass sie da war, das merkte Jola – als er sich zu ihr umwandte, wirkte er nicht überrascht. Ryan lächelte ihr entgegen, wahrscheinlich freute er sich darüber, dass ihm die Überraschung gelungen war.

Jola ertappte sich dabei, dass sie ebenfalls lächelte. Sie hatte in den letzten Monaten immer seltener an ihn gedacht, doch als sie ihm nun gegenüberstand, kam ein Echo ihrer Gefühle von damals zurück. Wie seltsam es war, zu ihm hochschauen zu müssen, auf den nachtschwarzen, gebogenen Blades war er einen halben Kopf größer als sie. So groß, wie er wahrscheinlich früher gewesen war.

»Hi«, sagte sie, mehr bekam sie nicht heraus, denn plötzlich fühlte sich ihre Kehle furchtbar eng an.

»Schön, dich zu sehen, Jola«, sagte Ryan.

Sie wollte etwas Ähnliches sagen, ja, sie freute sich wirklich, doch plötzlich kam auch die Bitterkeit wieder hoch, die ganze Wut, die sich in ihr aufgestaut hatte. »Wieso zum Teufel hast du dich nicht gemeldet, Ryan? Nicht ein einziges beschissenes Mal hast du angerufen! Du hast sogar deine verdammte *Nummer* gewechselt! *Shit,* ich dachte, du hättest vielleicht versucht, dich ...« Sie stockte, denn auf seinem Gesicht las sie die Wahrheit. Einen Moment lang konnte sie nicht atmen. Ihr Blick glitt zu seinen Handgelenken, doch dort waren keine Narben zu sehen – falls er es versucht hatte, dann auf andere Art.

»*Don't worry* – hab's nur geplant, aber nicht gemacht«, sagte Ryan schlicht.

Jola spürte, wie ihr Kreislauf in die Knie ging, am liebsten hätte sie sich irgendwo hingesetzt. *Ich hätte mehr tun müssen, ich hätte irgendjemanden anrufen müssen, die Seelsorge, die Polizei, wen auch immer ...*

Erschrocken machte er einen Schritt auf sie zu. »Jola? Es war nicht deine Schuld, hörst du? Jola! Du hast mich ein paar Tage lang richtig aufgeheitert. Aber es ging mir zu schlecht, ich wollte mein altes Leben zurück und wusste, dass das nicht geht ...«

Mühsam bewegte Jola die Lippen. »Aber jetzt bist du hier.«

»Ja. Als meine Eltern nicht mehr weiterwussten, haben sie einen Paralympics-Sieger angemailt, den sie schon mal im Fernsehen gesehen hatten. David Behre.« Ryan dämpfte die Stimme, damit seine Trainingspartner nicht mithören konnten. »Er war zufällig in der Gegend und ist schon am nächsten Tag vorbeigekommen. Wir haben lange geredet – und danach hatte ich ein neues Ziel …«

»He, Ryan!« Mit einer kräftigen Armbewegung bedeutete ihm sein Trainer, nicht plaudernd herumzustehen und wieder mitzumachen.

Kurz wandte Ryan sich zu ihm um. »Komme gleich! Eine Sekunde, ja?«

Jola fiel auf, dass er ein neues Tattoo hatte – eine Art dreieckiges Muster auf seinem Nacken, nein, es war ein Rochen aus Maori-Ornamenten.

»Was bedeutet das?«, fragte Jola und deutete auf das Tattoo.

»Das ist der Bote des Todes«, erwiderte Ryan und grinste schief. »Hab ihn jetzt schon ein paarmal getroffen, ich dachte, das passt irgendwie.«

»Ja, stimmt wohl«, brachte Jola heraus, hob kurz die Hand zum Gruß und lief hinüber zu ihrer Trainingsgruppe, die bereits ohne sie mit dem Aufwärmen begonnen hatte.

»Sag mal, ist das *Ryan*?« Jetzt waren auch Leni und Koray darauf aufmerksam geworden, wer hier war.

»Ja«, sagte Jola einfach nur.

Koray strahlte. Er bat Heike um eine Pause, dann joggten er und Leni neugierig hinüber, um Hallo zu sagen.

»Aber wirklich nur zwei Minuten, ihr habt später noch Zeit zum Quatschen!«, rief ihnen Heike nach und wandte sich an Samuel. »Bist du richtig aufgewärmt? Dann fängst du bitte mit deinen Zugwiderstandsläufen an.« Samuel nickte, legte sich die Leine mit dem 10-Kilo-Gewicht um, ohne zu Ryan hinüberzuschauen, und sprintete los, das Gewicht hinter sich herziehend.

Jola versuchte, sich mit ein paar Runden warm zu laufen, doch es ging nicht, ihre Beine zitterten. Nachdem sie sich in der Umkleide kaltes Wasser ins Gesicht geklatscht hatte, fühlte sie sich besser. Aus dem Spiegel über dem Waschbecken blickte ihr ein schmales, blasses Gesicht entgegen, das von hellblondem Haar umrahmt wurde. *Das muss wohl meins sein. Jedenfalls stimmt die Haarfarbe.*

Heike merkte wohl, wie aufgewühlt Jola war, denn sie sagte nichts dazu, dass sie heute bei den Übungen nicht gerade glänzte und immer wieder hinüberschaute zu der Gruppe der anderen Sportler. Jola sah, dass Ryan nun bei der Hochsprunganlage war und andere Prothesen mit orangefarbener Markierung trug. Ein anderer Athlet war bei ihm, zeigte ihm anscheinend die Technik; Jola sah, wie sie Anläufe übten und sich probeweise auf der Matte abrollten. Später sprinteten die beiden ein paarmal entlang der Tartanbahn und durch eine Lichtschranke. War Ryan hier, um verschiedene Sportarten zu testen?

Er war vor ihr mit dem Training fertig, und fasziniert unterbrach Jola ihre Übungen, um zuzusehen, wie er seine Blades auszog – die Dinger hatten sogar Spikes – und seine Alltagsprothesen anlegte. Ein seltsamer Anblick. Er zog nicht seine *Schuhe* an wie andere Menschen ... sondern seine *Beine*. Komplett mit Socken, Schuhen und Trainingshose hatten sie neben einer Bank abgestellt auf ihn gewartet. Wie hatte sie die vorhin übersehen können?

Nachdem er die beiden Carbonfederpaare in einer Sporttasche verstaut hatte, verschwand Ryan in Richtung Dusche.

Jola wusste, dass er danach nicht heimgehen, sondern auf sie warten würde, und so war es.

»In den Park?«, fragte Jola, und Ryan nickte.

Schweigend wanderten sie nebeneinanderher durch den Olympiapark und folgten den Wegen, die sie auch vor einem Dreivierteljahr gegangen waren. Es war noch hell und diesmal roch die Luft nach frisch gemähtem Gras und dem brackigen Wasser des Sees. Auf den Wegen waren außer ihnen Radler und Spaziergänger unterwegs und hin und wieder kurvte ein Skater rasant an ihnen vorbei.

»Ich hab mir angeschaut, wie du die *EuroChallenge* gewonnen hast«, sagte Ryan. »Tolle Sache, ich hab mich gefreut.«

»Noch drei Wochen, dann bin ich bei den Weltmeisterschaften.« Doch darüber wollte Jola jetzt nicht reden; sie musste immer wieder auf Ryans neue Beine blicken. Er ging ohne die geringste Unsicherheit, rollte beim Gehen ganz normal ab und hatte keine Probleme mit dem Gleichgewicht. Sie deutete auf seine Füße. »Jetzt mal ehrlich, das ist ein Wunder«, sagte Jola aus tiefstem Herzen.

»Absolut«, sagte Ryan. »Aber ein paar Hundert Stunden Physiotherapie und eine gute Orthopädietechnikerin haben ein bisschen mitgeholfen.«

»Wieso hattest du letztes Jahr noch keine solchen Dinger? Ging das nicht?«

»Die Klinik, in der ich operiert worden bin, war überhaupt nicht auf Amputierte eingestellt.« Auf einmal klang Ryans Stimme fast schon wütend. Er ging schneller, wahrscheinlich ohne es zu merken. »Die Interimsprothesen, die ich bekam, waren ein Albtraum. Auf der Station war auch ein älterer einbeiniger Mann, der hat erzählt, er komme mit seiner Prothese auch nicht klar und ziehe sie nur ganz selten an, weil das jedes Mal scheußlich wehtäte. Ich sag dir, *das* macht einem Mut.«

Hatte denn niemand sonst ihm Mut gemacht? Jola musste schon wieder, bestimmt zum zwanzigsten Mal, daran denken, wie knapp es gewesen war. Dass Ryan beinahe sein Leben weggeworfen hätte. Sofort verkrampfte sich ihr Magen wieder.

Diesmal merkte Ryan nicht, wie seine Geschichte sie mitnahm. »Danach musste ich ewig auf einen Reha-Platz warten«, erzählte er weiter. »Ich glaube, meinen Eltern war nicht klar, *wie* schlecht es mir in dieser Zeit ging. Aber nachdem sie die Tabletten gefunden hatten, hat meine Mutter ordentlich Druck gemacht, und Mitte Oktober hatte ich endlich einen Platz.«

Tabletten also, dachte Jola. Es war nicht das, was sie erwartet hatte, irgendwie hatte sie sich vorgestellt, wie er sich eine Pistole an den Kopf hielt. *Aber wo hätte er auch eine Pistole herbekommen sollen? Im Supermarkt gibt's nur Laserschwerter.*

Inzwischen waren sie am Rand des Parks angelangt, vor ihnen lag die Kreuzung und auf der anderen Straßenseite konnten sie schon den Dönershop erkennen. Gleichzeitig wandten sie sich einander zu. Ryan grinste. »Und, Hunger?«

»Klar.« Jola grinste zurück. Das ging schon wieder.

»Erst Döner, dann Fortsetzung, okay?«

»Okay.«

»Ich hab Angst, dass du stirbst, wenn du den nicht bekommst.« Er grinste noch breiter.

»Äh, was?«

»Das hast du beim letzten Mal gesagt. ›Ich glaube, ich sterbe, wenn ich jetzt keinen Döner bekomme.‹«

Eine Datenbrille hatte er nicht getragen – hatte er sich

etwa jedes Wort gemerkt? O Mann, und ausgerechnet diesen Spruch, der im Nachhinein noch blöder wirkte. Jola knuffte Ryan gegen den Arm. »Keine Sorge. Ich überlebe auch ohne. Aber es kann sein, dass ich dann unterzuckere und unerträglich bin.«

»Dann nichts wie rein«, sagte er.

Diesmal musste er sich keine Sorgen machen, ob die Tür zu breit war, und über eine Stufe wäre er einfach hinweggestiegen. Es war, als falle ein enormes Gewicht von Jola ab, auf einmal fühlte sie sich unbeschwert wie lange nicht mehr.

»Hi, was kann ich euch machen?«, fragte der junge, kahl geschorene Mann mit dem *FC Bayern*-T-Shirt hinter der Theke. Routiniert klatschte er ihnen je einen Döner ohne Zwiebeln und mit viel Soße zusammen, und Jola wusste, dass ihm an Ryan nichts aufgefallen war. Sie staunte noch immer darüber. Behindert? Konnte man ihn überhaupt noch so nennen?

»Am besten, ich erzähl dir einfach alles«, meinte Ryan mit vollem Mund, sehr deutlich klang es nicht.

»Ja, bitte, aber kau ruhig erst fertig.«

»Oh, sorry, ich bin normalerweise nicht so ein Schwein. Na ja, für die Reha brauchte ich gescheite Prothesen. Zum Glück habe ich eine wirklich gute Orthopädietechnikerin in München gefunden, sie heißt Juliane. Also, sie hat mir gesagt, dass sie einen ganzen Tag für mich reserviert hat und dass ich am Abend aus der Tür ihrer Werkstatt *rausgehen* werde. Hab ich nicht geglaubt, aber so war es.« Ryan strahlte.

Jola spürte, wie ihr die Augen feucht wurden. »War es denn schwer? Wieder neu laufen zu lernen?«

Er nickte. »Hat ein paar Wochen gedauert und tat zu Anfang sauweh. Auch jetzt brauche ich noch für jeden Schritt doppelt so viel Kraft wie du, weil die Muskeln in meinen

Hüften all das mit erledigen müssen, was vorher die Waden gemacht haben.«

»Aber du sprintest.« Jola konnte es noch immer kaum glauben.

»Ja. Zum Glück hat mir die Krankenkasse Carbonfedern für den Sport genehmigt.« Ryans dunkelblaue Augen blitzten übermütig. »Damit das ein bisschen schneller ging, habe ich jeden Tag dort angerufen. Die Sachbearbeiterin ist fast ausgerastet.«

Einen Moment lachten sie sich an, beide in Hochstimmung. Weil es geklappt hatte und er hier war und sich das so gut anfühlte.

»Und wann hattest du dann deine Federn?«, fragte Jola.

»Im Februar.«

Was, schon im Februar? Und jetzt war es Juli! »Aber warum bist du dann nicht mal zwischendurch vorbeigekommen? Einfach mal zu Besuch?« Jola versuchte, nicht noch mal darauf zu pochen, wie verletzt sie sich gefühlt hatte. Das wusste er sowieso schon, nachdem sie es ihm netterweise ins Gesicht gebrüllt hatte.

An seinem Blick sah sie, dass Emily recht gehabt hatte. Er hatte auf keinen Fall riskieren wollen, sich noch einmal vor ihr zu blamieren.

Ryan zuckte die Schultern. »Mich laufen zu sehen, war in der ersten Zeit kein schöner Anblick. Es war eher so, dass die Federn mich beherrscht haben statt umgekehrt. Glaub mir, mit den normalen Prothesen zu laufen ist leichter.«

»Darf ich die anschauen?«, sagte Jola, sie schaffte es nicht mehr, ihre Neugier zu bändigen.

Ryan zog ein Hosenbein hoch und einen seiner Schuhe aus. Statt einer Wade und einem Schienbein kam ein glatter anthrazitfarbener Kunststoffschaft zum Vorschein, der nach unten in helles Metall überging. Daran war ein Fuß befestigt, ebenfalls aus Kunststoff.

Als Jola den Blick hob, sah sie, dass der Typ mit der Glatze, der hinter der Theke arbeitete, glotzte wie ein Kamel auf dem Jahrmarkt.

»Von den Knien abwärts bin ich praktisch ein Roboter«, meinte Ryan fröhlich zu ihm. »Cool, was?«

»Aber hallo«, sagte der Mann. »Kann ich mal gucken?«

Er durfte, und er und Ryan fachsimpelten einen Moment lang über Bauteile aus Titan und moderne Sensoren, weil sich herausstellte, dass der Döner-Typ Elektrotechnik studierte.

»Du machst jetzt ernst mit dem Sport, oder?«, fragte Jola, als Ryan sich Socke und Schuh wieder angezogen hatte. »Komm doch zu uns Sprintern!«

»Ich bin anscheinend ein paar ordentliche Zeiten gelaufen bei den Tests heute. 12,82 auf den 100 Metern.« Er klang noch etwas zögerlich. »Aber eure Frau Appeldoorn muss zustimmen, mich zu trainieren.«

»Das macht sie bestimmt«, sagte Jola. Sie konnte es noch immer nicht fassen. Ryan konnte gehen, nein *rennen*, und seine Zeit war sensationell dafür, dass er ganz neu laufen gelernt hatte! Ihre Freude war echt, und sie wusste, dass er sie spüren konnte. Jedenfalls blickte er sie wieder so an wie vor einem Dreivierteljahr und auch diesmal ließ es ihr Herz schneller schlagen. Aber das tat es auch, wenn sie mit Till zusammen war. Rasend schnell.

»Ich wollte dich suchen. Du weißt schon. Damals.« Jola blickte auf die Tischplatte, sie schaffte es nicht, ihn anzusehen. »Deinen Nachnamen habe ich herausgefunden, immerhin.« Sie musste wieder an das Foto von Ryan im Sprung denken. Dieses Foto davon, wie er gerade beim Basketball einen Korb warf. Sie sah es vor sich, als hätte sie es erst gestern gefunden. Bei diesem Foto, das sie nicht einmal in ihrem Communicator gespeichert hatte, hatte sie nie auf die geistige Löschtaste gedrückt.

»Ich deinen auch«, sagte er und beschäftigte sich intensiv mit dem Muster auf der Serviette.

Ja, scheiße, oder?, dachte Jola. *Das haben wir gründlich verpatzt.*

»In deinem Leben hat sich bestimmt auch ganz viel getan, oder?«, fragte Ryan. Hatte er gespürt, woran sie eben dachte?

»Ja«, sagte Jola und blickte auf das *Toki blade*-Muster auf seinem Oberarm. *Wärst du doch nur eine Woche früher bei uns aufgetaucht. Eine einzige Woche früher.* Es war zu spät, sie und Till waren zusammen, sie konnte sich nicht mehr vorstellen, sich von ihm zu trennen. Es war ja schon Folter, ihn einen einzigen Tag nicht zu sehen.

»Willst du darüber reden?«

Instinktiv schüttelte Jola den Kopf. Nein, das konnte sie Till nicht antun, es war zu riskant, es auch nur anzudeuten. Auf keinen Fall wollte sie, dass er wegen ihr seinen Job verlor.

»Komm, wir gehen zurück«, sagte sie und stand auf.

Auf dem Rückweg versuchte er nicht, ihre Hand zu nehmen.

NICHT FAIR

Inzwischen spürte Jola es, wenn Till in der Halle war. Es war ein Spiel zwischen ihnen, sich winzige Blicke zuzuwerfen, wenn niemand es bemerkte. Doch diesmal hatten sie sich anscheinend dabei verschätzt. »Ich glaube, der findet dich gut«, sagte Leni leicht eingeschnappt, als sie sich, an die Umrandung der Bahn gestützt, dehnten.

»Ach, Quatsch«, gab Jola rasch zurück. »Wieso glaubst du das?«

»Er hat dich angeschaut vorhin.«

»Wahrscheinlich deshalb, weil ich mich beim Staffeltraining so sehenswert blöd angestellt habe.«

Zum Glück schien Leni das zu schlucken. »Weißt du, was ich herausgefunden habe? Er isst dreimal in der Woche bei seiner Mutter – Adoptivmutter, du weißt schon – und lässt sich von ihr auch die Wäsche waschen!«

»Echt?« Jola versuchte, erstaunt zu wirken. Dabei wusste sie sogar, dass Till sich ansonsten hauptsächlich von Takeaway-Pizza ernährte, auch wenn er in seinen Self-Optimizing-Studios etwas ganz anderes predigte.

Kurz sah sie zu ihm hinüber. Er war sehr konzentriert beim Training, sprach viel mit seinen Hürdenläufern und war von seinem Communicator nicht zu trennen; ständig lief er umher und unterhielt sich halblaut. In der Welt der Leichtathletik kannte er alle und mit jedem hatte er schon mal ein Bier getrunken.

Mit Heike Appeldoorn klarzukommen, war nicht ganz so

leicht, sie konnte schroff sein, wenn sie jemanden nicht mochte. Deshalb war Jola nervös, als der Termin heranrückte, den sie für Ryan mit ihr vereinbart hatte. Sie hatten geplant, dass Ryan sich Heike nach dem Training vorstellen würde.

Ryan war pünktlich vor Ort, streifte seine Alltagsprothesen ab und legte seine Carbonfedern an. Damit zog er einige Blicke auf sich, doch er achtete nicht darauf. Er war nicht mehr so empfindlich wie damals.

»Was meinst du, wird sie mich irgendwie testen?«, fragte Ryan Jola unruhig, während er auf seinen Blades balancierte. Er konnte damit nicht gut still stehen, weil sie so gebaut waren, dass er quasi auf den Ballen lief – eine Ferse hatten sie nicht.

»Lass dich überraschen«, sagte Jola und lächelte ihm beruhigend zu. »Sie ist total nett, du wirst sehen.«

Koray hing neugierig in der Nähe herum und betrachtete mit dem Eichhörnchen auf der Schulter Ryans Federn. »Fühlt es sich gut an, mit solchen Dingern zu laufen? Ich würde die total gerne mal ausprobieren«, sagte er und lachte verlegen auf.

»Die würden dir den Rücken wegfetzen«, sagte Ryan trocken. »Gerade solche Rennfedern sind echt heftig. Ich musste erst wochenlang meine Rumpf- und Rückenmuskeln aufbauen, bevor ich die Dinger benutzen durfte.«

Erschrocken starrten Koray und Jola ihn an.

Noch redete Heike mit dem Bundestrainer Severin Wagner, der gerade diesen Olympia-Stützpunkt besuchte und auch Jola und Samuel schon begrüßt hatte. Doch nun kam Heike endlich herüber. Freundlich gab sie Ryan die Hand, aber Jola spürte ihre Zurückhaltung. »Du hattest also einen Autounfall, habe ich gehört?« Sie beäugte seine Rennfedern mit nüchternem Blick. »Wie lange benutzt du die schon?«

»Fast sechs Monate.« Ryan antwortete ruhig und selbstsicher.

»Was ist dein Ziel? Irgendwann bei den Paralympics mitzulaufen, bei den behinderten Sportlern?«

»Ja, das auch, aber noch interessanter finde ich die Kategorie Freestyle bei der normalen Olympiade, Startklasse X«, erwiderte Ryan. »Wenn ich schnell genug bin, will ich auch gegen nicht behinderte Läufer antreten.«

Irgendetwas stimmte nicht. Mit Heike stimmte irgendetwas nicht. Sie schwieg zu lange. »Ich halte nicht viel von dieser neuen Kategorie«, sagte sie schließlich. »Diese Prothesen funktionieren ganz anders als normale Beine, meiner Meinung nach verschaffen sie Läufern einen Vorteil.«

Jola fühlte sich wie vor den Kopf geschlagen, sie wusste nicht, was sie sagen sollte. Zum Glück war Ryan gefasster. »Das haben früher viele gedacht«, sagte er ruhig. »Aber solche Sprintfedern können dich nicht schneller machen, als du mit normalen Beinen wärst. Man muss nach dem Start wahnsinnig viel Bewegungsenergie in diese Dinger geben, bis man etwas rausbekommt. Auf kurzen Distanzen hat man damit also einen Nachteil, erst wenn man die 400 Meter läuft, wird daraus ein kleiner Vorteil.«

Es sah aus, als wolle Heike ein »Sag ich doch« loswerden, doch Ryan ließ sie nicht zu Wort kommen. »Und bedenken Sie bitte, dass ich mit diesen Sportprothesen den Boden nicht spüren kann. Allein das ist schon ein enormer Nachteil.«

»Es ist wahnsinnig schwer und schmerzhaft, *überhaupt* wieder laufen zu lernen, wenn man beide Beine verloren hat«, schob Jola verzweifelt hinterher. Aber sie spürte, dass Heike sich bereits entschieden hatte. Vielleicht hatte sie den Termin von Anfang an nur ihr zu Gefallen vereinbart. Sonst hätte sie sich wenigstens angeschaut, wie Ryan lief!

»Es tut mir leid«, sagte Heike zu Ryan. »Ich kann Sie nicht trainieren. Das ist mir alles zu fremd, mir fehlt die Erfahrung mit so etwas völlig.«

Ryans Gesicht war ausdruckslos, er war besser darin geworden, sich seine Gefühle nicht anmerken zu lassen. »Schade«, sagte er nur, verabschiedete sich und ging zu seinen Sachen zurück.

»Dann bis morgen«, sagte Jola knapp zu Heike und warf sich ihren Rucksack über die Schulter. *Toll war das nicht, wie sie ihn behandelt hat. Fair geht anders!*

Neugierig blickte Till Ulrich zu ihnen hinüber, und als er mit seinen Athleten fertig war, schlenderte er zu ihnen, nickte Ryan zu und wandte sich an Jola. »Ich habe noch einen Platz im Auto frei, soll ich dich nachher mitnehmen?«, fragte er und blickte sie mit seinen sanften, dunklen Augen an. Jola spürte, wie ein Schauer durch ihren ganzen Körper rieselte. Wie all ihre Gedanken in seine Richtung strömten. Wie ihre Sehnsucht wuchs, in seinen Armen zu sein.

Und doch schüttelte sie instinktiv den Kopf. Nein, diesmal würde sie Ryan nicht alleine lassen nach diesen schlechten Nachrichten. Außerdem trug Leni schon wieder ihre Datenbrille und hielt voll drauf, keine Sekunde länger als nötig durfte sie unter diesem Blick mit Till verbringen.

Als sie nebeneinander in der U-Bahn saßen, meinte Ryan: »Sie hatte nie vor, es sich ernsthaft zu überlegen, oder?«

»Das Gefühl hatte ich auch.« Noch immer brodelte in Jola eine giftige Suppe aus Wut und Enttäuschung. »Sie hat nicht mal nach deinen Zeiten gefragt.«

»Irgendwie kann ich sie verstehen«, sagte Ryan nachdenklich. »Es hat viele Diskussionen um Techno-Doping gegeben, bevor die Kategorie Freestyle geschaffen worden ist. Aus dieser Denke kommt sie wahrscheinlich nicht raus.«

Techno-Doping. Ja, diesen Begriff hatte Jola schon gehört. Nicht behinderte Athleten hatten sich früher einmal beschwert, dass behinderte Athleten Vorteile durch ihre Prothesen haben könnten. »Was wirst du jetzt tun? Vielleicht könntest du in einem anderen Verein …«

Als er sich ihr zuwandte, sah sie ein kampflustiges Blitzen in seinen Augen. »Nein. Ich habe mich schon entschieden. Für Hochsprung. Hab ich mal ein Jahr lang gemacht, als ich noch in der Schule war. Und ich weiß, dass in der Hochsprung-Gruppe niemand etwas dagegen hat, wenn ich mitmache.«

»Hochsprung? Okay … im Basketball bist du ja auch viel gesprungen.« Jola forschte schnell im Netz nach. »Heftig – der aktuelle Weltrekord in Freestyle X steht bei 4,46 Metern, das ist fast doppelt so viel wie der Rekord der Normalos. Wahnsinn, woran liegt das?«

Er grinste. »Es gibt spezielle Sprungprothesen, deshalb. Die sind wirklich besser als menschliche Beine, und klar, das ist unfair gegenüber Normalos. So, wie diese Freestyle-Schwimmerin mit Delfinschwanz, da kommt kein gewöhnlicher Schwimmer mit. Aber es wird ja kein Normalo gezwungen, in Freestyle X zu starten.«

»Bald wird es heißen ›Sie nannten ihn Känguru‹«, witzelte Jola erleichtert. *Er ist viel stärker geworden. Noch einmal gibt er sich nicht auf.*

Mit einem pfeifenden Singen hielt die U-Bahn am Odeonsplatz, und Jola stand auf – sie musste hier umsteigen. Auch Ryan erhob sich von seinem Platz, und verwirrt blickte sie ihn an, weil das hier noch nicht seine Station war.

Doch dann spürte sie schon seine Arme um sich, ganz selbstverständlich zog er sie an sich. »Danke«, sagte er einfach.

Jola drückte ihn zurück und spürte, wie eine große Wärme für ihn in ihr aufstieg. »Kein Problem. Tut mir echt leid, wie es gelaufen ist.«

»Ich weiß.«

Sie ließen sich los, Jola lächelte ihm zum Abschied zu und ging mit langen Schritten durch die gelb-weißen Tunnel bis zur Rolltreppe. Am liebsten hätte sie Till vorgeschlagen, sich nachher noch zu treffen, doch das ging nicht, sie brauchte den Schlaf. Anscheinend hatte Till ebenfalls an sie gedacht, mit einem leisen *Ping!* kündigte ihr Communicator eine Nachricht an. *Sweetie, wollte dir nur kurz sagen, dass du eine ganz tolle Frau bist! Kann gar nicht aufhören, an dich zu denken. T.*

Jola lächelte.

Sweetie. Es war Zufall, dass sie schon mal jemand so genannt hatte – Daniel, den sie damals beim Salsa-Tanzen kennengelernt hatte. Auch eine Ecke älter als sie. Ihre Eltern hatten es mitbekommen und ihr Vater war einwandfrei ausgerastet. Was sie wohl zu Till sagen würden? Einem Trainer? Das war nicht ganz so schlimm, wie sich in einen Lehrer zu verknallen, aber fast. Diesmal durfte niemand Verdacht schöpfen. Am allerwenigsten ihr Vater.

Ich will wissen, was er zu verbergen hat. Entschlossen wählte Jola wieder einmal die Nummer, die sie damals auf der eigenartigen Visitenkarte gefunden hatte. »Weißt du, wie ich heiße?«, fragte sie den Mann.

»Ja«, sagte er knapp.

Der Schreck verschlug ihr die Sprache.

»Du willst etwas über deinen Vater wissen.«

»Ja«, flüsterte Jola und spürte, wie ihr am ganzen Körper kalt wurde.

»Lass ihn einfach in Ruhe, du kannst ihm in dieser Sache sowieso nicht helfen.«

»Aber …«

Schon war die Verbindung weg.

Hochsprung. O Mann, wieso hatte er ausgerechnet Hochsprung gesagt? Noch vor zwanzig Minuten hatte Ryan vorgehabt, sich ein neues Basketballteam zu suchen, wenn es mit dem Sprinten nicht klappte. Aber wie oft würde er Jola dann noch sehen? Selbst jetzt wurde ihm ganz warm, wenn er daran dachte, wie sie sich für ihn eingesetzt hatte.

Ryan starrte aus dem Fenster der S-Bahn, direkt auf ein Plakat mit dem riesigen Konterfei von Larry »Diamond« Callahan, dem Freestyler-Basketballer, wie er gerade eine Coke schlürfte. Anstelle des Armes, den er bei einem Starkstrom-Unfall verloren hatte, trug er die mit Diamanten besetzte bionische Designerprothese, die ihn – neben seinen Leistungen bei den *Chicago Bulls* – berühmt gemacht hatte. Er sah so verdammt selbstsicher aus. Aber wie sollte man auch anders dreinblicken, wenn man Millionen scheffelte und gerade ein Topmodel geheiratet hatte?

Ryans linker Zeh juckte. Blödes Ding. Hatte noch nicht begriffen, dass es nicht mehr existierte. Dagegen half nichts, außer den Juckreiz zu ignorieren. Er war froh, dass ihm Phantomschmerzen bisher erspart geblieben waren.

Na toll, jetzt lief auf dem Monitor in der S-Bahn ein Werbespot mit dieser doppelt amputierten Schwimmerin, die sich statt Beinprothesen einen Delfinschwanz zugelegt hatte, fast nur noch im Wasser lebte und bei der letzten Olympiade Gold in Freestyle gewonnen hatte. Für was warb die denn? Jedenfalls nicht für Schuhe.

Er hatte genug, am liebsten hätte er die Augen geschlossen. Wieso fanden alle Leute Freestyler total cool, nur die Leute nicht, auf die es ihm gerade ankam? Und was war es überhaupt genau, was den Leuten an Freestylern gefiel? Schauten sie auf die gleiche Art zu, wie sie Behinderte auf der Straße anglotzten, nur ohne das schlechte Gewissen? *Für die sind wir so was wie Gladiatoren – kaputte Gladiatoren,* dachte Ryan. Er konnte spüren, wie die schwarze Stimmung wieder in ihm hochkroch.

Auf seinen Communicator zu starren, lenkte ihn nicht davon ab. Dabei fiel ihm nur ein, welche Leute aus seinem Freundeskreis es nicht verkraftet hatten, was mit ihm passiert war. Annalisa zum Beispiel. Als sie sich zuletzt getroffen hatten, war sie so furchtbar verlegen gewesen, dass sie sich über die meisten Dinge nicht zu reden traute. Und Jonas, mit dem Ryan schon befreundet war, seit Ryan mit seiner Chaosfamilie und seinem löchrigen deutschen Wortschatz in München angekommen war, hatte sich einfach nicht mehr gemeldet. War komplett auf Distanz gegangen. Ryan seufzte. *Aber kann ich ihnen das wirklich zum Vorwurf machen? Ausgerechnet ich? Seit ich aus dem Krankenhaus raus bin, habe ich kein Wort mit Cheyenne gewechselt. Kein einziges verdammtes Wort.*

»Ich würde mich gerne setzen, junger Mann.« Eine weißhaarige Dame in steinfarbenen Hosen und lilafarbener Bluse blickte ihn freundlich an.

»Ja, klar, natürlich«, erwiderte Ryan instinktiv, packte seine Tasche und stand auf, um seinen Platz freizugeben.

»Ach, das ist nett, danke!« Die alte Frau lächelte ihm zu und Ryan lächelte zurück.

Sie würde nie erfahren, warum er auf einmal so gut gelaunt war.

Lass ihn einfach in Ruhe, du kannst ihm in dieser Sache sowieso nicht helfen.

Jedes Mal, wenn Jola daran dachte, war es wie ein Schlag ins Gesicht. Sie fühlte sich hilflos. Vielleicht konnte sie ihrem Vater wirklich nicht helfen, aber sie konnte bei ihm sein. Zeigen, dass sie ihn lieb hatte. »Hey, Dad, könntest du bei deinem Auftritt heute Percussion gebrauchen?«

Erleichtert sah sie, dass Anton sich über ihr Angebot freute. »Aber klar doch«, sagte er lächelnd, und gemeinsam richteten sie sich mit Gitarre und Tamburin in der Fußgängerzone ein. Es war Ehrensache, dass Jola wieder ihre Hippie-Mütze trug, obwohl es dafür eigentlich zu warm war.

»Wie geht's eigentlich mit dem Komponieren voran?«, fragte sie ihren Vater, als sie nach einer Dreiviertelstunde und vielen Songs in einem Café Pause machten.

»Na ja, zwei oder drei Songs habe ich fertig«, meinte er.

Jola war schockiert. Nur zwei oder drei Songs? Aber er verzog sich doch fast Abend für Abend in sein Zimmer, um an seiner Musik zu feilen! Vielleicht war der Unbekannte von der Visitenkarte ein Musikproduzent, der ihm auf die Sprünge helfen sollte, weil er unter einer Blockade litt?

So kurz vor den Sommerferien passierte in der Schule nicht mehr viel. *Wieso gehe ich überhaupt noch hin?*, dachte Jola wütend. *In dieser Zeit könnte ich trainieren! Oder mit Till zusammen sein!* Stattdessen gab's einen Rhetorik-Wettbewerb, bei dem die Teilnehmer eine möglichst brillante Rede halten mussten über ein Thema, das einen interessierte.

»Wieso meldest du dich nicht an und erzählst, wie es sich anfühlt, bei einem Wettkampf anzutreten?«, meinte Emily, die selbst ein Loblied auf Bücher und das Lesen vorbereitet hatte.

»Vergiss es – solche Sachen kann ich nicht gut in Worte fassen«, brummte Jola. »Ich höre euch lieber zu.«

Aber das war nicht so einfach. Während der ersten Stunde kribbelte es Jola nur in den Füßen, sie sehnte sich danach, ein paar Runden zu rennen, statt hier herumzusitzen. Dann spürte sie, wie die Müdigkeit sie ein- und überholte. Zwar hielten sie nicht mehr die späten Treffen mit Till wach, doch dafür die Gedanken an die Weltmeisterschaft und an das, was der Unbekannte gesagt hatte. Drei Vorträge später – über ein Schuljahr in Neuseeland, die Biohacking-Bewegung und die neue, aus dem Nahen Osten stammende Musikrichtung Koran-Rap – merkte Jola, wie ihre Augenlider nach unten sackten, als versuche ihr Hirn, die Rollläden herunterzulassen. *Verdammt, ich darf jetzt nicht einpennen, gleich ist Emily dran!*

Sie riss die Augen auf und drückte die Hand vor den Mund, um ihr Gähnen zu verbergen. Doch die Rede war Emily arg lang geraten, und es dauerte, bis sie auf den Punkt kam. Irgendwann schreckte Jola hoch und merkte, dass ihr der Kopf heruntergesunken war. Geweckt hatte sie der Applaus, gerade ging Emily von der Bühne und ihr Lehrer kündigte eine Pause an.

Sofort merkte Jola, dass Emily stinksauer war. »Ich fasse es nicht, dass du *eingeschlafen* bist!« Mit ruckhaften, wütenden Bewegungen schenkte sie sich einen Tee ein und rührte Zucker hinein. »Ich kam mir vor wie die letzte Null!«

»Sorry«, sagte Jola kleinlaut.

»Was ist los mit dir?«, fragte Emily. »Und erzähl mir nicht, dass du nur fertig bist, weil du zu viel trainiert hast!«

»Doch, ich glaub schon«, sagte Jola, sie fühlte sich elend. Sollte sie ihr gestehen, mit wem sie zusammen war? An wen sie ständig denken musste?

»Seit wann lügst du mich an?« Emilys Augen waren hart und schwarz wie zwei Kohlestücke. Sie packte ihre Tasche, drehte sich um und ging davon. Als Jola sie später wiedersah, trug sie ihre Datenbrille – was nur in der Pause erlaubt war –, und ihre Lippen bewegten sich unablässig. Christopher bekam gerade einen Livebericht über Jolas Verfehlungen.

Mist gebaut. Ganz klarer Fall. Apathisch ließ Jola die restlichen Reden über sich ergehen. Als sie sich zum Training schleppte, fragte sie sich, ob sie womöglich dabei war, krank zu werden. Das durfte nicht sein, nicht jetzt, so kurz vorher! Doch wahrscheinlich lag es nur an ihren blöden Nerven. *Die können mich mal,* dachte Jola trotzig. *Ich werde schnell sein in Osaka, verdammt schnell! Alle anderen können sich meine Fersen anschauen!*

Sie drückte sich die Ohrstöpsel rein und wählte einen Song. *Hall of Fame.*

You can be a master, don't wait for luck …

Im Training ging es längst nicht mehr so entspannt zu wie im Herbst. Es gab keine Witze mehr und kein Geplauder. Heike setzte immer häufiger Tempoläufe auf den Wochenplan und dabei trugen sie nun auch ihre Spikes. Jola notierte es jeden Tag in ihrem Trainingstagebuch.

Heute kommandierte Heike: »Eine Runde Startübungen!« Bei ihren Sprints mussten sie mit explosiver Kraft hervorschießen aus den Startblöcken. Keinen Moment zu früh, keinen zu spät. Wer zu langsam reagierte, hatte Pech gehabt. Wer schon vor dem Startschuss losraste, auch. Die Sensoren der Startblöcke registrierten es, wenn man auch nur einen Sekundenbruchteil zu früh dran war. Und wer für einen Fehlstart verantwortlich war, wurde disqualifiziert. Während einer kurzen Pause fand sich Jola neben Samuel wieder. Ihr Trainingspartner wirkte grimmig. »Na, schon nervös?«, fragte er.

Sein Ton war nicht so arrogant wie sonst, deshalb entschloss sich Jola, ehrlich zu antworten. »Ja, ziemlich. Und du?«

»Klar«, sagte Samuel. »Aber du schaffst das schon, da bin ich sicher.«

Überrascht und dankbar lächelte sie ihn an. Das war nett von ihm, gerade konnte sie jede Aufmunterung gebrauchen. »Du auch.«

Doch sie wussten beide, dass er höchstens Chancen auf Silber hatte – der legendäre Ben Keel war als Starter gemeldet. In Los Angeles 2024 war es eine Sensation gewesen, dass ein deutscher Sprinter die Jamaikaner abhängte, die sonst sämtliche Medaillen abräumten. Seit Usain Bolt seine Karriere beendet hatte, war die Zeit von Ben Keel gekommen – und Millionen Deutsche fieberten mit, wenn er lief.

Völlig durchgeschwitzt trabten Jola und Leni unter die Dusche. Jola genoss das kühle Wasser, das auf ihr heißes Gesicht prasselte. Ihre Beinmuskeln fühlten sich bretthart und verkrampft an, hoffentlich hatte Mum heute Abend Zeit, sie zu massieren.

»Hast du eigentlich den Artikel gesehen?«, fragte Leni, als sie sich abtrockneten. Ihre Stimme klang seltsam.

»Was für einen Artikel?« Jola kämmte sich die nassen Haare durch.

»In der *SportWelt* war heute ein Porträt über dich. Von diesem Journalisten mit dem Rauschebart, der neulich da war. Wart mal.« Nach kurzem Suchen hatte sie den Link gefunden und schickte ihn an Jolas Communicator.

Deutschlands Goldhoffnung Johanna Larissa Spiegler wirkt angespannt, als ich sie auf dem Münchner Olympiagelände treffe. Die Sorge, ob ihr Körper bei der Weltmeisterschaft durchhalten wird, ist der 17-jährigen Sprinterin ins Gesicht geschrieben. Doch über eine Körperoptimierung hat sie bisher nicht nachgedacht …

»Ach, Scheiße«, sagte Jola und warf den Communicator in ihre Tasche zurück. »Was für ein Arsch.« Es fühlte sich an, als flösse alle Energie aus ihr heraus.

Die anderen wollten noch in einen Club gehen – es war Freitagabend –, aber Jola war nicht mehr in der Stimmung, sich ihnen anzuschließen. Niedergeschlagen zog sie sich an und lungerte am Rand der Halle herum, um zu sehen, wie Ryan sich beim Hochsprung hielt. Elegant wölbte er sich beim Sprung rückwärts über die Stange. Doch beim Abrollen auf der Matte verhedderte er sich in seinen gebogenen Sprungprothesen und Jola konnte ihn fluchen hören. Sie musste lächeln. Im Strom der Worte, die ihr Ohr erreichten, kamen ziemlich viele *bloodys* vor.

Sein Trainer hatte die Latte inzwischen auf drei Meter gelegt und schon diese Höhe kam Jola sehr, sehr hoch vor. Ihr wurde mulmig zumute, als sie sah, dass Ryan den Anlauf diesmal nicht gut hinbekam. Doch er sprang trotzdem. Am liebsten hätte Jola die Augen geschlossen, doch irgendetwas zwang sie, weiter hinzuschauen.

O nein, durch zu viel seitlichen Schwung fiel er halb neben die Matte! Der Sturz sah heftig aus; so, als müsse dabei irgendetwas zu Bruch gehen. Die Latte, seine Prothesen, sein Hals.

Noch bevor sie bei der Sprunganlage ankam, rappelte sich Ryan auf und knetete sich die Schulter. »Nichts passiert«, hörte sie ihn locker zu seinem Trainer sagen, dann bemerkte er Jola und zog eine Grimasse, als er ihr erschrockenes Gesicht sah. »Jetzt weiß ich, worauf's beim Hochsprung ankommt – unversehrt zu landen!«, rief er zu ihr herüber.

Pass auf dich auf, wollte Jola sagen, doch sie sah an seinem Gesicht, dass er das jetzt nicht hören wollte. Also meinte sie nur: »Schaffst du schon!«, und zeigte ihm den erhobenen Daumen.

DISASTER AREA

Es tat verdammt weh. Die Schulter ging noch, aber diesmal hatte er sich die Stümpfe wundgerieben. Ryan versuchte, sich nichts anmerken zu lassen, als er die Hochsprungfedern auszog. Während er trainierte, konnte er die Schmerzen ignorieren, doch jetzt stürmten sie auf ihn ein.

Es war fast so wie vor einem halben Jahr, als seine Orthopädietechnikerin Juliane ihm zum ersten Mal erlaubt hatte, seine neuen Rennfedern auszuprobieren. Wie herrlich das gewesen war, er hatte sich einfach geweigert, die Dinger wieder auszuziehen. Statt zehn Minuten wie geplant war er eine Stunde lang glückselig damit durch die Gegend gerannt – und hatte anschließend Blut aus dem Schaft kippen müssen.

Ryan blickte sich um. Jola hatte sich schon verabschiedet, aber die anderen waren noch da. »Und, wie läuft's?« Leni mal wieder, die Gazelle mit den großen Augen und braunen Locken. Erstaunlicherweise schien sie ihn zu mögen, obwohl er damals in seiner Rollstuhlzeit nicht gerade nett zu ihr gewesen war.

»Alles bestens«, log Ryan und zog sich seine Alltagsprothesen über, die er beim Duschen anbehalten konnte. »Hab gestern mal in deinen Livestream reingeschaut. Einfach aus Neugier.«

»Oh! Das freut mich!« Ein Hauch von Pink überzog ihre Wangen. »Wie fandest du es?«

»Nicht schlecht.« Das war höflich ausgedrückt. Sie hatte ziemlich dämliche Gesprächsthemen über den Sport hinaus –

das beste Styling, die neuesten Funktionen ihrer Datenbrille, die Hässlichkeit anderer Leute. Außerdem bemerkenswert, was sie alles so aß. Wie konnte man so dünn sein, wenn man den ganzen Tag irgendwelche Power-Riegel, Käsecroissants und Nuss-Mix-Großpackungen in sich hineinschlang?

»Dann weißt du vielleicht schon, dass wir heute in den Club gehen. Magst du mit?«

»Na ja, ich weiß nicht …« Eigentlich wollte er nur eins: nach Hause, sich verarzten und dann auf die Couch werfen.

»Ach, komm doch mit. Samuel, seine Freundin, ich und noch ein paar andere sind dabei, wir …«

Samuel. Das war der Große mit den goldenen Kontaktlinsen, dem Roadster und der Freundin, die nur Chinesisch sprach. Er hatte Ryan bisher so komplett ignoriert, wie das nur möglich war. Doch jetzt kam er gerade vorbei, hatte mitgehört und meinte: »Kannst du überhaupt tanzen? Mit diesen Dingern, meine ich?« Skeptischer Blick auf seine Prothesen.

»Klar«, sagte Ryan und grinste ihm ins Gesicht.

Damit war es entschieden.

Als er aufstand, achtete er darauf, sich nichts anmerken zu lassen. *Ich werde nicht hinken. Ich werde nicht hinken!*

Irgendwie schaffte er es, im Club eine Weile durchzuhalten. Keine Ahnung, wie. Immerhin wusste er jetzt, dass es ging. Mit *diesen Dingern* konnte man tatsächlich tanzen.

Als er heimkam, schmerzte jeder Schritt, als ramme ihm jemand Nadeln in die Haut. Leider sahen es seine Eltern.

»Ryan! Was ist passiert?« Seine Mutter bekam feuchte Augen vor Sorge. Er hasste es, wenn sie wegen ihm weinte. Es kostete ihn viel Kraft, sie zu trösten, vor allem, wenn er selbst Trost gebraucht hätte.

»Nicht viel, nur ein bisschen aufgerieben«, sagte Ryan und hinkte Richtung Bad.

»Das musst du unbedingt …« Seine Mutter hatte anscheinend vor, mit einer Tube Salbe in der Hand mit ihm ins Bad zu kommen. *Geht's noch?* Zum Glück schaffte er es, die Tür vorher zuzuknallen.

Auf dem Sofa lag leider schon jemand, sein mittlerer Bruder Jake. Jake der Wilde, nichts im Kopf außer Mädchen und Bier und 3-D-Games. Sein Studium – Virtual Reality Design – hatte er abgebrochen, trotzdem hatte er immer genug Geld, weil er ziemlich gut darin war, Apps zu programmieren. Nicht in Sicht war dagegen sein ältester Bruder Jonathan, genannt der Vernünftige, weil er schon seit mehreren Jahren online in Harvard Physik studierte. Und weil er hin und wieder Wasser trank.

»Und, erst mal ein paar Tage kein Training, oder?«, meinte Jake nach einem kritischen Blick. »Sonst fallen dir noch mehr Körperteile ab.« In der ersten Zeit nach dem Unfall hatte Jake ihn behandelt wie ein rohes Ei, doch inzwischen war wieder alles wie früher. Immerhin, er verprügelte ihn nicht mehr, das hatte Ryan ihm mit zwölf Jahren ein für alle Mal abgewöhnt, als er endlich der Stärkere gewesen war.

»Dienstag gehe ich wieder«, sagte er. »Und übrigens, ich hab *kein* Lepra.«

Er schickte schnell eine Nachricht mit Krankmeldung an seinen Trainer. Der hatte das mit dem Tanzen leider mitbekommen und schickte eine Standpauke, ob er irre sei und noch nicht kapiert habe, dass er als Leistungssportler auf seinen Körper aufpassen müsse. Ryan verzog das Gesicht. Ja, okay, das hatte er verdient. Schlimmer war, dass er sich mit der ganzen Aktion ein paar Tage Rollstuhl eingehandelt hatte, bis die wunden Stellen abgeheilt waren. Wie er diesen Rollstuhl hasste! Wenn er darin saß, sahen die anderen nur noch den Behinderten in ihm. Einen halben Mann. Jake warf ihm ein Tablet zu. »Schau mal, es ist was Neues über deine Sprinterin drin.«

Reflexartig fing Ryan das Tablet auf. »Sie ist nicht meine …« Warum nur hatte er den Fehler gemacht, neulich beim Abendessen von Jola zu erzählen? *Doch, sie ist meine Sprinterin,* ging es ihm durch den Kopf. *Seit diesem Lächeln in der Linde-Halle.*

»Scheiß drauf«, knurrte Jake. »Schau einfach.«

Ryan überflog das Interview und schleuderte das Tablet in eine Zimmerecke. Es verformte sich und hüpfte einmal hoch, bevor es auf den Teppich fiel. *Dem, der diesen Mist geschrieben hat, würde ich am liebsten eine Briefbombe schicken!*

Er machte sich Sorgen um Jola. Dieses Interview würde sie bestimmt runterziehen, und das kurz vor der Weltmeisterschaft. Hoffentlich ging in Osaka alles glatt.

In Jolas Kopf lief ein Countdown ab. Noch sieben Tage bis zum Beginn der Weltmeisterschaft. Sachen packen. Die Wettkampftrikots mit der Deutschlandflagge, Laufschuhe, Spikes, Trainingsanzüge, eine Jeans, ein Club-Outfit zum Feiern. Glücksbringer. Aber, äh, welche genau? So viele ihrer Freunde hatten ihr welche geschenkt. »Du, du und du – wehe, ihr funktioniert nicht«, murmelte Jola und fischte den Plüschgeparden von Emily, einen hübschen Kiesel, von dem Ryan behauptete, er habe ihm schon ein paarmal Glück gebracht, und die Kontaktlinsen in Deutschlandfarben, die Jannis ihr verehrt hatte, aus dem Stapel.

Noch sechs Tage. Auf ihrem Communicator liefen erste *Wir drücken die Daumen*-Nachrichten ein. Und nein, sie würde auf gar keinen Fall in nächster Zeit die Nummer des Unbekannten wählen, sie konnte es jetzt nicht gebrauchen, dass er sie durcheinanderbrachte.

Noch fünf Tage. Ab ins Flugzeug. O Gott.

Das Hotel *StarPlace Osaka*, in das das fahrerlose Taxi sie brachte – eine Automatenstimme flötete einen höflichen Abschied, erst in Japanisch, dann in Englisch –, war eine gigantische blau glänzende Säule. Jola wurde fast schwindelig, als sie an der Fassade emporblickte, die aus Solarzellen bestand. Winzige Punkte kletterten daran herum, in der neonflimmernden Dunkelheit kaum zu erkennen. »Was sind das denn für Dinger – Gebäudeflöhe?«, fragte Jola ihren Dad, der sie diesmal begleitete; das Geld hatte gerade so dafür gereicht.

»Eher unwahrscheinlich«, sagte Anton und spähte mit zusammengekniffenen Augen nach oben.

»Putzroboter«, sagte ein breitschultriger Athlet, der neben ihnen stand und ebenfalls hochblickte. »Hergestellt von *Mitsubishi Robotics,* steht jedenfalls drauf.«

»Sie können erkennen, was da draufsteht?« Erstaunt blickte Anton ihn an. »Aber ...«

Der Mann lächelte. »Freestyler«, sagte er und deutete auf seine Augen. Ihrem Dad fehlten die Worte.

Till Ulrich, der dicht hinter ihnen war, lachte leise. Später, als sie sich mit ihrem Gepäck in den Aufzug drängten, erzählte er: »Das war Fabian Küfer, ein Speerwerfer aus der Schweiz. Er hat als Junge bei einer Silvesterparty Mist gebaut mit Feuerwerk. Bei den letzten Paralympics war er noch blind, aber letztes Jahr hat er sich ein paar neue Augen geleistet mit Zoom und Nachtsicht-Funktion.«

»Cool«, sagte Jola fasziniert. »Dass es künstliche Netzhäute mit Infrarot-Sensoren gibt, wusste ich – aber das mit dem Zoom ...«

»Ich glaube, das war der erste Freestyler, den ich je kennengelernt habe«, meinte ihr Dad, er wirkte beeindruckt.

»Ein zweiter steht neben Ihnen«, sagte Till, und jetzt war er es, den ihr Dad anstarrte. Nur Jola war nicht überrascht, sie kannte die Geschichte schon.

»Ich hatte leider ziemlich schnell kaputte Knie – falsches Training«, erklärte Till. »Nach der Olympiade brauchte ich neue und hab mir gleich rückfedernde Sportmodelle bestellt.«

»Waren Sie damit auch auf Meisterschaften?«, fragte Anton interessiert.

»Nur auf zwei oder drei«, erklärte Till. »Danach wollte ich mich auf mein Studium konzentrieren und auf meinen Trainerjob.«

Jola war erleichtert. *Ich glaube, Dad mag ihn!* Als Till in ihre Richtung blickte, lächelte sie ihm verstohlen zu.

Sie fühlte sich aufgedreht, aber ruhig. Es war so schön, dass ihr Vater mitgekommen war, obwohl das bedeutete, dass sie in den nächsten Monaten sparen mussten. Außer, sie gewann hier in Osaka, bei einer Weltmeisterschaft gab es sogar Siegprämien. Etwas nervös machte sie, dass auch ein Vertreter der *Coronado AG* dabei sein würde, ihrem – wenn alles klappte! – zukünftigen Sponsor. Beim Abendessen in einer Stunde würde sie ihn zum ersten Mal treffen.

Jola teilte sich das kleine Hotelzimmer, das rundum verglast war und einen atemberaubenden Blick auf das nächtliche Osaka bot, mit Babette, einer jungen Hürdenläuferin aus Berlin. »Was meinst du, soll ich mich für den Sponsor eher schick machen oder lieber sportlich rüberkommen?«, rief ihr Jola zu und wühlte in ihrem Koffer. »Und sag jetzt bloß nicht *Sei einfach du selbst*!«

»Das hätte ich eh nicht gesagt, hätte ja sein können, dass du die totale Zicke bist«, tönte es dumpf aus dem Bad zurück. »Hey, das gibt's echt nicht, was sollen all diese Tasten am Klo? Ich will einfach nur abspülen. Iiiiih!«

»Was ist?«

»Hab die falsche Taste gedrückt. Das war 'ne Hinterndusche.«

Jola entschied sich für das schicke Outfit, ein eng anliegendes Samtdress mit rot-schwarzem Drachenmuster. Der hohe Kragen zwickte am Hals, aber egal. Sie konzentrierte sich darauf, ihr hellblondes Haar vor dem Spiegel im Flur hochzustecken, und hoffte, dass Babette bald aus dem Bad herauskam.

»Das ist so cool, dass du einen Sponsor in Aussicht hast – vielleicht kannst du bald davon *leben*, dass du Sportlerin bist«, seufzte Babette, als sie endlich wiederaufgetaucht war. »Ich wünschte, bei mir würde auch mal einer anklopfen.«

»Meine Daumen sind gedrückt«, sagte Jola und zeigte ihr die Hände.

»Aber die wollen ja nur noch Freestyler in letzter Zeit. Bessere Einschaltquoten. Dabei sind das doch fast nur *Behinderte*, in Gottes Namen!«

O Mann! Konnte man Daumendrücken irgendwie zurücknehmen?

Als sie und Babette ins Restaurant kamen, das ganz in Schwarz-Weiß dekoriert war mit einzelnen Farbtupfern durch exotische Blumen, war es schon voll mit Athleten, Trainern und Angehörigen. An einem Rundtisch in der Mitte schnitten drei Köche mit blütenweißer Kleidung Seetang und Fisch, die Bewegungen präzise und schnell.

Jola blickte sich nach ihrem Dad um, entdeckte ihn und sah, dass ein Mann in Hemd und Jackett an seinem Tisch saß. O Gott, das musste der Sponsoren-Mensch sein! Als er sie bemerkte, stand er höflich auf und drückte ihr die Hand. »Tag, Frau Spiegler. Clemens Braunhaag. Schön, Sie endlich kennenzulernen. Tolles Kleid.«

»Ganz meinerseits, äh, danke.« Jola lächelte fahrig und widerstand der Versuchung, ihre Frisur zurechtzurücken.

Braunhaag lächelte zurück. »Und, was sagt die Fitness?«

»Dass sie top ist«, gab Jola zurück – was sollte man auf so eine Frage auch anderes antworten?

»Jola hat sich sehr gut entwickelt im letzten Jahr«, fügte Heike Appeldoorn hinzu, die zwei Stühle weiter saß, und Jola war dankbar für ihre Unterstützung.

»Wunderbar. Wir erwarten große Dinge von Ihnen, Frau Spiegler.«

An der Miene ihres Vaters sah Jola, dass ihm die letzte Bemerkung nicht sonderlich gefallen hatte. Ihm war klar, dass sie noch mehr Druck im Moment nicht gebrauchen konnte. »Jola hat hart trainiert«, sagte er. »Und sie gibt immer ihr Bestes.«

»Natürlich.« Clemens Braunhaag nickte lächelnd.

Es war ein seltsames Gefühl, dass hier alle über sie redeten, als wäre sie ein besonders teures Rennpferd. Doch Jola protestierte nicht, das hätte sicher einen schlechten Eindruck gemacht. Unter dem Tisch schrieben ihre Finger eine Nachricht. *Nachher bei dir?* Sie hielt es nicht mehr aus ohne ihn! Die Sehnsucht fühlte sich an wie ein weiß glühender Stern gleich hinter ihrem Brustbein, er verbrannte sie von innen.

Till schaute sich nicht zu ihr um, natürlich nicht, doch innerhalb von Sekunden war seine Antwort da. *Bin im Zimmer 451. So um 21 Uhr?*

Wahrscheinlich gab es Kameras überall im Hotel, aber die konnten ihr egal sein, solange niemand aus ihrem Team die Aufzeichnungen sah. Sobald Till die Tür geöffnet hatte, schlüpfte Jola hindurch. Es war dunkel im Zimmer; im Neonlicht, das aus der Stadt zu ihnen herauf schien, war Till nur eine Silhouette. Sie pressten sich gegeneinander, kein Blatt

Papier hätte zwischen ihre Körper gepasst, und noch während Till sie küsste, lösten seine Hände den Reißverschluss ihres Kleides, streiften den Stoff von ihr ab. Fand sein Mund die Spitzen ihrer Brüste. Er fummelte nicht planlos herum, er wusste genau, was er tat. Genau das mochte sie.

Eng ineinander verschlungen lagen sie danach auf den steifen, gebügelten Laken und Jolas Gedanken wanderten davon. »Wie ist es eigentlich, bei einer Olympiade dabei zu sein?«, fragte sie, während sie mit den Fingerspitzen über die Muskeln seines Beins strich. Seines Hürdenläuferbeins, das sich anfühlte wie ihr eigenes, fest und muskulös.

Sie konnte sich noch genau erinnern, wie atemlos sie als Kind bei den letzten beiden Olympischen Spielen vor dem Fernseher gehangen hatte. Weil es die besten Athleten der Welt waren, die hier gegeneinander antraten, und es so unglaublich schön war, wie sie sich bewegten.

»Es ist das Größte, das ich jemals erlebt habe«, sagte Till, seine Stimme bekam einen träumerischen Klang. »Ich fürchte, das kann man nicht beschreiben. So ein Riesenereignis, die besten Sportler der Welt alle dabei und du selbst auch. Da denkst du dir einfach nur: Wow!«

»Aber wir sind hier doch schon auf einer Weltmeisterschaft – ist das so anders?«

Er wedelte mit der Hand. »Kein Vergleich! Jede Olympiade schreibt ein Stück Geschichte und verändert eine ganze Stadt, nein, ein ganzes Land. Aber das hier … pah, das ist ein Provinzfest! Die paar Kamerateams, lächerlich, bei jeder Olympiade schauen 100 Millionen Leute zu!«

Jola musste lachen. »Provinzfest? Oh yeah. Daran muss ich denken, wenn ich laufe. Dann bin ich lockerer.« Sie stützte sich auf einen Ellenbogen auf und betrachtete Tills Gesicht. Er war noch immer weit weg, fern in seinen Erinnerungen.

»Weißt du, die Stimmung bei den Wettkämpfen war einfach gigantisch … ich hatte Geburtstag am Tag meines Laufs, weißt du, und achtzigtausend Menschen im Stadion haben *Happy Birthday* für mich gesungen, ich hatte eine Gänsehaut … und später Bronze zu gewinnen … das war der schönste Moment meines Lebens. Als hätten sie mich gerade zum König von Deutschland gekrönt.« Er seufzte vor Glück. »Zwei Wochen lang waren wir der Mittelpunkt der Welt.«

»Meinst du, ich werde irgendwann mal dabei sein?« Jolas Herz klopfte. Sie sah es vor sich wie einen Film: *Jola Spiegler, im Dress der Nationalmannschaft, trägt die Fackel des olympischen Feuers. Sie ist für die letzten Meter des Weges ausgewählt worden, sie allein. Ihre Schritte sind leichtfüßig und sicher, als sie bei der Eröffnungsfeier ins Stadion läuft. Eine schmale Gestalt zwischen Hunderten von Statisten in bunten Fantasiekostümen. Klein, sehr klein wirkt sie im Licht der vielen Tausend Scheinwerfer, doch sie zögert nicht, und Hunderttausende sehen ihr zu, Millionen in aller Welt. Jola federt die Stufen hoch zur riesigen Fackel, in der das Feuer brennen wird während der Olympischen Spiele, und Jubel braust auf, umtost sie …*

Jola verzog das Gesicht. *Wahrscheinlich wäre es eher so, dass ich die Fackel fallen lassen würde. Oder sie würde mir mittendrin ausgehen – ups!*

Buenos Aires 2032. Nächstes Jahr schon. Wenn sie das nicht schaffte, musste sie wieder vier Jahre warten. Eine Ewigkeit!

»Ich wünsche dir, dass es klappt«, sagte Till und zog sie an sich, um sie zu küssen.

Während ihr Vater sich die Stadt anschaute, lief Jola ein paar Runden im gigantischen *Nagai Stadium*, um sich an Stadt, Stadion und Klima zu gewöhnen. Mit müden Gesichtern waren auch andere, gerade erst angereiste Sportler aus aller Welt auf den Bahnen unterwegs, doch Jola fühlte sich gut, ihr Körper bewegte sich mühelos und geschmeidig … jedenfalls, bis sie diesen Mann sah.

Großer Gott, das ist Ben Keel!

Jolas Schritte stockten, unwillkürlich hielt sie den Atem an. Der Held ihrer Kindheit – leichtfüßig wie eine Gazelle, stark wie ein Panther – lief sich schräg vor ihr ein, und sie hatte ihn auf den ersten Blick nicht mal erkannt. Was daran lag, dass er anscheinend seine Hautfarbe hatte optimieren lassen. Wie viele Rothaarige hatte er sehr blasse, sommersprossige Haut gehabt; jetzt war sie eine Schattierung dunkler und das stand ihm verdammt gut.

Konnte sie irgendwie mit ihm reden? Sie konnte doch nicht einfach hier trainieren, ohne ein Wort mit ihm zu sprechen, wer wusste, ob sie ihm jemals wieder begegnete! Aber was sollte sie ihm sagen? *Ihr 3-D-Poster hing früher an meiner Zimmerwand? Ich bewundere Sie sehr? Ich habe alle Ihre Rennen gesehen?*

Auf gar keinen Fall! Das Erste hätten sicher viele sagen können, das Zweite war zu peinlich, das Dritte stimmte nicht.

Einen Moment lang liefen sie nebeneinander. *Sag einfach Hi*, versuchte sich Jola zu überreden. *Sag Hi, und dann kannst du wenigstens behaupten, dass du mit ihm geredet hast!*

»Na, Jetlag schon überwunden?«

Er hatte sie einfach angequatscht! Jetzt bloß locker bleiben!

»Nee, leider nicht«, sagte Jola und grinste nervös. »Gestern konnte ich erst um vier Uhr früh einschlafen. Schäfchen zählen hat leider nicht geholfen. Vielleicht hätte ich es mit Hühnern versuchen sollen.«

Hühner! Wieso um alles in der Welt hatte sie Hühner gesagt?

Ben Keel lachte. Zum Glück schien er ihre blöde Bemerkung witzig zu finden. Das gab Jola den Mut zu einer Frage. »Sie haben Ihre Haut machen lassen, oder?«

»Nicht nur die«, sagte Keel und klopfte während des Laufens auf einen seiner Oberschenkel. »Ich starte jetzt in Freestyle. Klasse M. Es ist erst ab morgen offiziell, wäre also nett, wenn du das noch ein paar Stunden für dich behalten könntest.«

M wie Modifiziert. Schockiert starrte Jola ihn an und Keel lachte zum zweiten Mal auf. »Es ist keine Hexerei, weißt du? Ich habe schon alles bewiesen, was man beweisen kann. Es war Zeit, etwas auszuprobieren.«

»Ach so«, brachte Jola heraus.

»Also dann, man sieht sich.« Keel winkte ihr zu und startete durch. Zog mit einem dermaßen hohen Tempo ab, dass sie ihm nicht hätte folgen können. In tausend Jahren nicht.

Er war noch immer unbesiegbar.

Am liebsten hätte Jola Samuel beruhigt, ihm gesagt, dass Keel nicht mehr in seiner Startklasse lief. Aber dann hätte sie ihr Versprechen gebrochen. Also hielt sie den Mund an diesem Nachmittag, als das erste Training anstand.

Diesmal kommandierte Heike Appeldoorn sie nicht herum. »Ihr habt alles tausendmal geübt – wenn es losgeht, braucht ihr alles nur so zu machen wie sonst. Spult einfach euer Programm ab.«

»Klar«, sagte Samuel kurz, er war selten besonders gesprächig, und zu solchen Gelegenheiten war es schwierig, ihm überhaupt ein Wort zu entlocken.

Auch Jola nickte.

Sie bekamen heute nur leichte Übungen, vor dem Wettbewerb sollten sie sich schonen. Bald würden sie all ihre Kraft brauchen.

Bald. Bald.

Jetzt.

Volle Tribünen. Tausende von Augen, die sie beobachten. Tausende von Mündern, die darüber reden, ob sie am Ende des Tages eine Gewinnerin oder Verliererin sein würde. Verliererin? O Gott, nein!

Entspann dich, genieß es, sagte sich Jola, und ja, irgendwie liebte sie all das auch, diese Aufregung, das Adrenalin, das neugierige Summen der Menge, den Applaus.

Überall auf den Rängen der Tribüne japanische Flaggen. Wo waren die deutschen? Vergeblich suchten Jolas Augen nach Anton und Till und einen Moment lang fühlte sie sich unerträglich verloren und fremd hier am anderen Ende der Welt. Doch dann entdeckte sie keine zwanzig Meter entfernt hinter der Absperrung Heike Appeldoorn, die ihr aufmunternd zunickte. Heike, die sie niemals im Stich lassen würde, mit der sie in den letzten Jahren mehr Zeit verbracht hatte als mit ihrer Mutter.

Plötzlich war das Gefühl wieder da. Das Gefühl, dass sie es allen zeigen würde.

You can throw your hands up, you can beat the clock
You can move a mountain, you can break rocks
You can be a master, don't wait for luck …

Das Gefühl trug sie durch die Vorläufe und jedes Mal kam sie weiter. »Du hast im Semifinale leider sehr starke Gegnerinnen«, flüsterte ihr Heike Appeldoorn zu und tätschelte ihr die Schulter. »Diana Collins, Marija Petrova und zwei andere, vor denen du dich in Acht nehmen musst.«

Jola presste die Lippen zusammen und nickte. Diana Collins, die ihre letzten Weltmeisterschaften mit drei Metern Vorsprung gewonnen hatte – ihre Konkurrentinnen hatten gewirkt wie mechanische Spielzeuge, die hilflos hinter ihr herumzappelten. Im Semifinale rauszufliegen, wäre bitter. Jola wusste schon jetzt, was ihr Vater in diesem Fall sagen würde. »Dabei sein ist alles«, würde er versuchen, sie zu trösten, und er würde es sogar ernst meinen. Aber sie wollte nicht nur dabei sein. Sie wollte verdammt noch mal *gewinnen*!

Goldhoffnung. Der Begriff hatte sich in ihrem Kopf festgesetzt und rotierte jetzt darin wie ein bösartiger Ohrwurm. *Goldhoffnung.*

Die 200 Meter wurden aufgerufen. Jola versuchte vergeblich, ihr rasendes Herz zu beruhigen. Dieses verdammte Lampenfieber. Am schlimmsten war das Warten darauf, dass es losging.

Gleich war es so weit. Das fühlte sich an, wie am Rand einer Klippe zu stehen. Wie aus der offenen Seitentür eines Flugzeugs zu spähen kurz vor dem ersten Fallschirmsprung ins Nichts. Und die Kameradrohnen, die überall umherschwirrten, machten Jola noch nervöser.

Goldhoffnung. Neben ihr wiegten sich Diana Collins und Marija Petrova von einem Fuß auf den anderen. Jola federte auf und ab und blickte geradeaus, die Bahn entlang. Sie wollte ihre Konkurrentinnen nicht sehen, weder die Collins, die nach den Vorläufen nicht mal schwer geatmet hatte, noch Marija Petrova, die bei den letzten Weltmeisterschaften 11,10 gelaufen war.

»On your marks.«

Jola richtete ihre Füße auf den Startklötzen, wartete, bis die anderen ebenfalls bereit waren.

»Set.«

Jetzt nicht vergessen zu atmen. Einatmen, Ausatmen. Die weiße Startlinie dicht vor ihrem Gesicht. Ihr Körper eine straff gespannte Saite. Das Publikum totenstill, dreißigtausend Menschen, die die Luft anhalten.

Gleich, gleich …

Der Startschuss, endlich! Doch obwohl sie mit aller Kraft rannte, waren inklusive der Collins vier Frauen vor ihr. Sie musste wenigstens auf Platz drei kommen, sonst konnte sie morgen früh abreisen. Schneller! Schneller! Zentimeterweise näherte sie sich einer Konkurrentin, eine Sekunde lang liefen sie auf gleicher Höhe, dann war Jola vorne.

150 Meter geschafft. Jolas Muskeln begannen zu brennen. Jetzt bloß nicht nachlassen. Durchhalten, durchhalten, nicht mehr weit!

Von hinten näherte sich eine Konkurrentin. *Die darf mich nicht überholen! Nein, verdammt, nein!*

An dritter Stelle raste Jola über die Ziellinie.

Die japanische Sprinterin war hinter ihr ins Ziel gekommen und damit ausgeschieden. Aber sie schaffte es, sich nichts anmerken zu lassen. Höflich gratulierte sie Jola und verbeugte sich vor ihr. Jola verbeugte sich zurück.

Irgendwo auf der vollen Tribüne schrien Leute »Jo-la! Jo-la!« im Chor. Jola konnte es kaum erwarten, zu ihrem Vater und Heike zu kommen. Sie beantwortete ein paar Journalistenfragen und duschte rasch, dann konnten sie und ihr Vater sich endlich in die Arme fallen. Natürlich war auch Heike da. »Gut gemacht, prima Zeit«, meinte sie zufrieden und entfernte sich dann ein Stück, um zu telefonieren.

Auf Jolas Communicator liefen die ersten Gratulationen ein von ihren Freunden, die sich den Livestream angeschaut hatten. Ryan schrieb: *Glückwunsch! Das hätte ich nicht besser hingekriegt :-)*

Jola musste lachen. *Ich weiß, ich bin nur eine arme Normalo,* schrieb sie zurück, und er schickte einen dicken Smiley.

Braunhaag, der Sponsoren-Typ, war ebenfalls da, drückte ihr die Hand und musterte sie von oben bis unten. Jola war froh, dass sie schon wieder ruhiger atmete.

Doch ungefähr zu diesem Zeitpunkt merkte sie, dass etwas nicht stimmte. Ihre Achillessehne schmerzte mehr als sonst, das unangenehme Ziehen war viel stärker geworden. Als sie die Sehne unauffällig abtastete, stellte sie fest, dass sie angeschwollen war und sich heiß anfühlte. Das durfte doch nicht wahr sein! Zum Glück war das Finale erst morgen. Vielleicht erholte sich die Sehne bis dahin? Verzweifelt hastete sie auf Heike zu – und versuchte, dabei nicht zu hinken.

»Was ist?«, fragte Heike alarmiert und ließ ihren Communicator sinken. »Doch nicht etwa wieder …«

»Doch, die Sehne«, sagte Jola tonlos und spürte, wie sich Tränen in ihren Augen sammelten.

Schweigend und grimmig tastete Heike ihren Fuß ab. »Da muss sofort Eis drauf, ich schicke dir den Teamarzt. Noch ist nicht alles verloren, wir müssen schauen, wie das morgen aussieht.«

Doch am nächsten Morgen fühlte sich die Sehne nicht besser an, im Gegenteil. Schweigend schüttelte der Teamarzt den Kopf und Heike legte Jola den Arm um die Schultern. »Wenn du in diesem Zustand läufst, riskierst du, dass die Sehne reißt, und diesmal richtig.«

Es war aus. Sie würde nicht im Finale antreten können.

Jolas Atem kam in Stößen, aber ihre Augen waren trocken. Wahrscheinlich war das der Schock. Vorbei, vorbei. Ihr Dad war mit ihr um die halbe Welt gereist, nur um mitzuerleben, wie ihr Körper sie im Stich ließ.

ABGRUND

Wie betäubt wartete Jola, dass die Tür von Zimmer 451 aufging. Was ging denn da drinnen ab? Sie hörte Stimmen, Lachen und laute Musik. Aha, Siegesparty. Als Till die Tür öffnete – mit bester Laune, blitzenden Augen und einem Zahnputzbecher Sekt in der Hand –, da war es, als brande ein Tsunami aus Lärm ihr entgegen.

Sobald Till sie sah, wurde sein Gesicht ernst, er trat in den Gang und schloss die Tür fast ganz hinter sich. Seinen Sekt stellte er auf dem Boden ab. »Echt bitter«, sagte er, und Jola konnte nur nicken. Es tat so gut, seine Arme um sich zu spüren.

»Ich fühlte mich so …«, sagte sie, doch dann zog jemand die Zimmertür auf und polterte hinaus zu ihnen in den Gang. Jola erkannte einen von Tills Hürdenläufern, einen hochgewachsenen Studenten mit kantigem Kinn. Eine Goldmedaille baumelte um seinen Hals.

Till ließ Jola los, als wäre sie plötzlich glühend heiß geworden, doch der Läufer schenkte ihnen nur ein selig-wolkiges Lächeln und murmelte irgendwas von einer Flasche Whisky, die er aus seinem Zimmer holen würde. Als er weg war, strich Till Jola zärtlich über den Arm. »Du bist noch so jung, du probierst es einfach in zwei Jahren bei der nächsten WM noch mal, okay?«

Zwei Jahre. Sie hatte durch diese blöde Sehne zwei Jahre verloren. Jola drehte sich der Magen herum. Und was war mit Buenos Aires nächstes Jahr, der Olympiade?

Kontrollblick nach rechts und links, dann gab Till ihr einen schnellen Kuss. »Nicht aufgeben, okay?«

Die Tür des Hotelzimmers klappte zu.

Einatmen, ausatmen. Nicht heulen. Bloß nicht heulen.

Jola fühlte sich, als hätte jemand sie niedergeknüppelt. Schon zweihundert Nachrichten auf ihrem Communicator und es wurden immer mehr. Sie konnte sich denken, was drinstand. Mitleid. Aufmunterung. Häme. Eine Absage des potenziellen Sponsors. Anfragen von Medienmenschen, die wissen wollten, wie sie sich jetzt fühlte. *Sollen sie doch den Kopf ins Klo stecken, dann wissen sie Bescheid!*

Wenigstens war die Wettkampfsaison vorbei, nach dem Rückflug konnte sie ihrer Achillessehne Ruhe gönnen, bevor das Training wieder losging. Die Intensivbehandlung in Japan schlug bereits an.

Zurück in München, umarmte Emily sie lange. »Mein Glücksbringer hat wohl nicht gewirkt, den kannst du einfach wegwerfen«, sagte sie mit gekrauster Nase, als sie zusammen durch die Stadt schlenderten.

»Einen niedlichen Plüschgeparden wegwerfen?« Jola schüttelte entsetzt den Kopf. »Das gibt ganz mieses Karma. Ich schenke ihn irgendeinem Kind, okay? Ab und zu kommen bei Wettkämpfen welche und wollen ein Autogramm.«

»Gute Idee«, sagte Emily. Jola konnte förmlich sehen, wie sie nach einem anderen Thema suchte, einem, das nichts mit schlechtem Karma zu tun hatte. Dann hellte sich ihr Gesicht auf, aha, ein Geistesblitz. »Was hältst du eigentlich davon, unsere Endlich-18-Geburtstagspartys im Januar zusammenzulegen? Das wird so dermaßen mega!« Emily strahlte sie an, dann musterte sie sich in der spiegelnden Oberfläche eines Fensters und schminkte sich die Lippen dunkellila nach.

»Christopher meint, bei noch mehr Leuten wird die Stimmung viel besser.«

»Ja, das wird bestimmt cool«, sagte Jola. Januar? Der war gerade so fern wie ein anderes Jahrhundert, und was Christopher dachte oder meinte, interessierte sie gerade dermaßen überhaupt nicht. Sie fühlte sich furchtbar müde, wahrscheinlich lag das am Jetlag. Oder jemand hatte ihr die Akkus rausgenommen.

»Wir könnten dieses Kellergewölbe mieten, du weißt schon, und wie wäre es, wenn wir das bei einer Clubparty mal ausprobieren?« Emily stupste sie an, versuchte, ihr irgendeine Reaktion zu entlocken. »Das wird dir guttun! Weißt du was, du kommst morgen zu mir, und wir designen dir ein Kleid, überlegen, wen wir zu unserer Party einladen, und so weiter.« Ihre Lippen bewegten sich lautlos, sie blinzelte kurz und schon meldete Jolas Communicator eine neue Nachricht mit dem Link zum Design-Portal.

Es fiel Jola nicht ganz leicht, sich dafür zu interessieren. Aber so zu tun, das ging.

Am Nachmittag ging auf ihrem Communicator ein Anruf ein. Sie erschrak, als sie sah, von welcher Nummer.

Der Unbekannte mit dem seltsamen Akzent!

Völlig verwirrt nahm Jola den Anruf an. »Ja?« Diesmal war sie es, die sich so meldete.

»Ich wollte dir nur kurz Bescheid sagen, dass ich diese Nummer abschalte«, sagte der junge Mann. »Brauchst also nicht mehr anzurufen. Wollte dir den Frust ersparen.«

»Danke«, erwiderte Jola reflexartig.

Dann fiel ihr nicht mehr ein, was sie sagen konnte. Er hatte mehr als deutlich gemacht, dass er ihr keine Hinweise mehr geben würde.

Doch seltsamerweise unterbrach der Typ diesmal nicht die

Verbindung. Sie beide schwiegen, doch keiner von ihnen legte auf. Jola konnte seinen Atem hören, dann ein Geräusch, das klang, als würde er gerade eine Bierflasche öffnen.

»Ach ja«, sagte der Mann. »Viel Glück. Kannst du gebrauchen, schätze ich.«

Wusste er alles über sie?

»Wer bist du?«, fragte Jola – zum letzten Mal.

»Nicht dein Feind«, sagte der Mann, und dann legte er endgültig auf.

Keine Stunde später kam ein zweiter Anruf. Jola erkannte den Klang des Ruftons sofort – Heike Appeldoorn wollte sie sprechen. Ihr Magen krampfte sich zusammen. »Hallo, Jola.« Heikes ruhige, entschiedene Stimme. »Ich muss dir etwas Wichtiges sagen. Und das würde ich gerne persönlich tun. Morgen um acht Uhr abends in der Linde-Halle?«

Ein mattes »Okay« glitt Jola von den Lippen. Was hatte das zu bedeuten? Flog sie aus dem Nationalkader, der Gruppe von Spitzenathleten, die vom Staat besonders gefördert wurden? *Aber das können die doch nicht machen! Ich bin beim Semifinale eine gute Zeit gelaufen! Und mein Bein heilt wieder!*

Schon flogen ihre Finger über ihren Communicator, vielleicht hatte Till etwas gehört. Ein paar Sekunden später war die Antwort da. *Abwarten, Sweetie, ich weiß im Moment auch nicht viel mehr als du. Alles wird gut, okay? T.*

»Alles wird gut«, haha. Das war ungefähr so hilfreich wie der Tipp, es auf der WM in zwei Jahren noch mal zu versuchen.

Auf die Minute pünktlich war Jola in der Linde-Halle. Während sie auf Heike zuging – die wie immer einen dunkelblauen Trainingsanzug und Laufschuhe trug –, suchten ihre Augen nach Till. Vergeblich. Aber Ryan war da, er übte auf der Hochsprunganlage. Wie schön es war, ihn zu sehen. *Gott sei Dank, er hat sich in der Zwischenzeit nicht den Hals gebrochen!* Sie winkte zu ihm hinüber und Ryan winkte zurück.

»Erst mal gibt's heute eine Video- und Computeranalyse eurer Läufe in Osaka«, kündigte Heike an und ging voran in den Analyseraum. *Oh, toll,* dachte Jola, und auch Samuel blickte nicht begeistert drein. In Osaka war er im Finale nur Vierter über die 400 Meter geworden. Sie hatten beide *die Erwartungen enttäuscht*, wie es so schön hieß.

Schrittlänge, Schrittfrequenz, Haltung, Druck auf dem Fußballen – Jola versuchte vergeblich, sich auf die Analyse zu konzentrieren. Dann war es endlich so weit, Heike schaltete das Gerät ab und blickte sie, Leni, Koray und Samuel reihum an. Adrenalin schoss durch Jolas Körper.

»Es wird bald ein paar Veränderungen im Team geben.« Heike Appeldoorn atmete tief durch. »Ich höre nämlich zum Ende des Monats auf.«

Die Luft war zu Gelatine geworden. Zu dick, um sie zu atmen.

Jola senkte den Kopf, sie fühlte sich nicht fähig, Heike in die Augen zu blicken. *Ist das unsere Schuld? Weil wir bei der WM nicht gut gelaufen sind?*

»Leider ist mein Vertrag nicht verlängert worden«, sagte Heike und bestätigte ihre Befürchtungen. »Aber ich hatte sowieso nie vor, den Job zu machen, bis ich mit morschen Knochen aus den Schuhen kippe. Schon vor zwei Monaten habe ich mir eine Finca in Spanien gekauft, und nun ist es bald Zeit, umzuziehen. Selber Gemüse ziehen, viele Tiere, das ganze Jahr über Sonne, das wird himmlisch.«

Heike lächelte. Es war ein kleines, träumerisches Lächeln,

das Jola gleichzeitig freute und ihr im Herzen wehtat. *Sie ist froh, dass sie uns verlassen kann!*

»Es tut mir leid«, sagte Jola und spürte, wie ihre Augen zu brennen begannen. Was sollte sie nur machen ohne Heike? Niemand kannte sie so gut, niemand sonst konnte so viel aus ihr herausholen! Und nächstes Jahr war schon die Olympiade! »Das ist total schade, wir werden dich vermissen.«

Konnte das sein, hatte auch Heike feuchte Augen? »Ich euch auch, das könnt ihr mir glauben.«

»Weißt du denn schon, wer unser neuer Trainer wird?«, fragte Leni. Sie tat nicht mal so, als wäre sie betroffen – sie war mit Heikes schroffer Art nie besonders gut klargekommen.

»Das steht noch nicht fest. In einer Woche wissen wir mehr.« Heike stand auf, das hieß wohl, dass das Treffen beendet war. Leni wirkte heiß darauf, die Neuigkeiten zu diskutieren, doch Jola hatte nicht die Energie, mit den anderen zu reden, sie packte einfach ihren Rucksack und verabschiedete sich von ihr, Koray und Samuel, der sofort von einem hübschen asiatischen Mädchen in Empfang genommen wurde. Boah, schon wieder eine Neue. Aber das übliche Beuteschema.

Neben der Tür lehnte Ryan, er hatte sich schon umgezogen und trug Jeans, Sneakers und das T-Shirt irgendeiner Band, von der Jola noch nie etwas gehört hatte. Es war nichts davon zu sehen, dass er in irgendeiner Weise anders war als andere Jungen.

Er musterte sie forschend, und an seinem Blick sah sie, dass er Bescheid wusste. Wahrscheinlich hatte er sich in den Livestream eingeklinkt, den Leni ihren Fans und Freunden lieferte. »Hey«, sagte er.

»Hey«, erwiderte Jola mechanisch.

»Wenn es Kröten regnet, dann gleich richtig, was?«

»Stimmt.« Jola schaffte ein schwaches Lächeln. Einen Moment lang wünschte sie sich nichts mehr, als mit ihm durch den Park zu streifen und bei einem Döner zu erzählen, wie schlimm gerade alles war. Doch schon fragte die Neue von Samuel ihn fasziniert: »Ich hab gehört, du bist Freestyler, stimmt das?« Er setzte zu einer Antwort an und Jola hielt es nicht mehr aus. Sie murmelte: »Man sieht sich«, und ging mit schnellen Schritten los.

Sie blieb bis zur Endstation in der U-Bahn sitzen, fuhr zurück, stieg irgendwo aus. Leichter Regen streifte ihr Gesicht, unter ihren Füßen fühlte sie das Pflaster, fest und solide. Jola lauschte in ihren Körper hinein, von der Achillessehne kam nur ein leichtes Ziehen. Schon fast wieder geheilt, das verdammte Ding.

Sie wanderte die Goethestraße entlang, vorbei an einem Lädchen, das diese total angesagten afrikanischen Süßigkeiten anbot, durch 3-D-Projektionen hindurch, die für einen neuen Kinofilm warben, an zwei älteren Frauen vorbei, die sich über optimierte Haut unterhielten, vorbei an Menschen und noch mehr Menschen, die es alle eilig hatten. *Heike hört auf.* Auch jetzt noch war der Gedanke wie ein Hammerschlag. *Einfach so. Und garantiert wird sie erst ganz zuletzt eine Internetverbindung einrichten, diesen ganzen Online-Kram hasst sie ja sowieso …*

Jola stutzte und blieb stehen, als sie von hinten eine Gestalt im Regen-Trenchcoat erkannte, deren Gang ihr bekannt vorkam. Moment mal, das war doch Mum? War sie heute nicht auf einem Entwicklertreffen im *Baal*, dieser Kneipe in Neuhausen? Vielleicht war sie das da vorne auch gar nicht.

»Theresa?«, rief Jola, bevor sie darüber nachdenken konnte.

Die Gestalt drehte sich um. Ja, es war tatsächlich ihre Mutter und sie wirkte verblüfft. »Jola!«

»Was machst du denn hier, ist dein Treffen ausgefallen?«, fragte Jola, und ihre Mutter zögerte. Zögerte einen Moment zu lange mit der Antwort.

In dieser Sekunde begriff Jola, dass das Treffen ein Vorwand gewesen war und alles, was jetzt noch kam, eine Lüge sein würde.

Und ihre Mutter sah es wohl in ihren Augen, denn ihr Mund schloss sich wieder. Lange, unendlich lange Sekunden blickten sie sich an. Schließlich sagte ihre Mum: »Komm, wir gehen in das Café da vorne. Da können wir reden. Ich würde dir das gerne erklären.«

Jola nickte. Schweigend gingen sie nebeneinanderher, schweigend suchten sie sich einen Platz im Café. Als die Bedienung kam, sagte ihre Mutter: »Einen Jasmintee, bitte«, und blickte nach draußen, während Jola ein Wasser bestellte. Ihre schmalen Finger mit den farblos lackierten, perfekt ovalen Fingernägeln kneteten die Serviette.

Auf einmal war Jola zum Heulen zumute. Schon wieder, wie so oft in den letzten Tagen. *Wenn es Kröten regnet, dann gleich richtig, was?*

»Er heißt Andreas. Wir haben uns vor einem Jahr kennengelernt.« Ihre Mutter sprach leise. »Es war im *China Express* in der Nähe des Hauptbahnhofs. Ziemlich voll war es und wir saßen am gleichen Tisch.« Einen Moment lang schwebte ein Lächeln um ihre Lippen. »Ich habe gleich gemerkt, dass er ein besonderer Mensch ist. Wir mochten uns. Natürlich hätte ich ihm normalerweise nie meine Nummer gegeben, aber dann stellte sich heraus, dass er Marketing für Technologiefirmen macht. Ich dachte, da könnte vielleicht ein gemeinsames Projekt daraus werden …«

»Seit einem Jahr trefft ihr euch?« Jolas Lippen fühlten sich taub an. »So lange schon?«

»Nicht ganz.« Das von glattem blonden Haar umrahmte Gesicht ihrer Mum wirkte blass wie das einer isländischen Fee. »Wir haben beide Familien, wir haben beide lange gezögert. Ich wollte nicht, dass ihr darunter leiden müsst.«

»So lange haben wir also in einer beschissenen Scheinwelt gelebt?«, schrie Jola sie an. »Daran war doch nichts mehr echt!« Geahnt hatte sie es ja. Doch als sie keine Beweise gefunden hatte, hatte sie ihren Verdacht nach und nach vergessen über ihrem eigenen Leben, das sich oft wie ein Expresszug in voller Fahrt anfühlte.

Jetzt wusste sie also, wieso es ihrem Vater so schlecht gegangen war im letzten Jahr, wieso er sich zurückgezogen hatte, wieso er so oft gereizt gewesen war! War es das, was der Unbekannte gemeint hatte? Wobei sie ihm nicht helfen konnte? War der Unbekannte ein Privatdetektiv?

»Sei bitte ein bisschen leiser«, bat ihre Mutter nervös.

»Hast du es Dad gesagt oder nicht?«

»Bisher nicht, nein. Es war noch nicht der rechte …«

»Der ahnt das doch längst!« Jola stand so heftig auf, dass ihr Stuhl nach hinten kippte und auf den Boden knallte. »Wie recht muss der Scheißmoment denn noch sein? Wir sind doch keine Kleinkinder mehr, wir haben gemerkt, dass etwas nicht stimmt! Das ist alles so widerlich, Mum!« Fahrig suchte sie ihre Sachen zusammen, streifte ihre Jacke über. Keine Sekunde länger konnte sie hierbleiben, es ging nicht. Sie zitterte am ganzen Körper.

»Fair war es vielleicht nicht«, sagte Theresa, sie klang jetzt ebenfalls wütend. »Aber ich habe so wie jeder andere Mensch das Recht, mich zu verlieben. Und darüber zu reden oder auch nicht!«

Es fühlte sich an wie eine Ohrfeige. *Weiß sie von Till?*, schoss es Jola durch den Kopf. *Selbst wenn, ich bin bald volljährig! Und es gibt niemanden, den ich betrüge!* Wie von selbst bewegten sich ihre Füße fort, fort, fort. Mit einem leisen Zischen schloss sich die Tür des Cafés hinter ihr.

Sie schaffte es bis in die U-Bahn-Station *Goetheplatz*, in der aus den Lautsprechern Vivaldis *Vier Jahreszeiten* säuselten. Zwischen den grün gekachelten Säulen ließ Jola sich auf einen der Metallgittersitze fallen und krümmte sich zusammen, weil die Trauer sich anfühlte wie ein wildes Tier, das versuchte, ihr die Eingeweide aus dem Leib zu zerren. *Du hast eine so tolle Familie, ihr haltet zusammen.* Das klang jetzt wie etwas, das man auf einen Grabstein schreiben konnte.

Das Schluchzen schüttelte sie, sie konnte nicht aufhören. Halb merkte sie, dass jemand in ihrer Nähe stehen geblieben war. Gleich würden die Fragen kommen. *Geht es Ihnen nicht gut? Kann ich Ihnen helfen?*

Doch es kam nichts.

Jola blickte auf und sah, dass ein Mann in mittleren Jahren sie mit seinem Communicator filmte.

Als er merkte, dass sie ihn gesehen hatte, ging er rasch davon.

EINE ART VON FREIHEIT

Wie durcheinander sie gewirkt hatte. Beunruhigt blickte Ryan Jola nach, während sie die Linde-Halle verließ. Erst einen Moment später erreichte wieder seine Ohren, was das Mädchen sagte, das ihm gegenüberstand: »… und kannst du damit auch Auto fahren? Oder machst du das sowieso nicht mehr, seit du den Unfall hattest?«

»Doch, klar fahre ich Auto, ich hab nur keins«, antwortete Ryan und schnappte sich seine Sachen. »Sorry, ich muss los, *bye*!« Hastig verabschiedete er sich von seinem Hochsprung-Trainer, dann war er endlich draußen. Jola war nirgendwo mehr in Sicht. War sie losgerannt? Und wenn ja, in welche Richtung? Vielleicht erwischte er sie noch auf dem Bahnsteig der U-Bahn, wenn er sich beeilte.

Dort war sie nicht. Sie hatte nicht auf ihn gewartet.

Er fühlte sich seltsam. Als hätte er einen Schritt über eine Klippe hinaus gewagt und festgestellt, dass die Luft ihn wirklich nicht trug.

Daheim wartete eine Überraschung auf ihn. Da auf dem abgewetzten Ledersofa saß … Cheyenne. Ryan fühlte, wie sein Herz ins Stolpern geriet und sich die Erinnerungen in sein Hirn krallten, Gegenwehr zwecklos. *Sie sitzt mit glasigen Augen leise wimmernd auf dem Beifahrersitz, übersät mit Stücken von Sicherheitsglas. Ihr Gesicht ist blutüberströmt, sie muss gegen die nach innen gebogene Seitenstrebe des Führerhauses geprallt sein. Er will die Hand nach ihr ausstrecken, doch seine verdammten Finger gehorchen ihm nicht.*

Mühsam wendet er den Kopf und blickt nach unten, dorthin, wo der alte Golf sich um seine Beine geschlossen hat wie die gezackte Falle eines Wilderers. Komisch, es tut kaum weh …

Als sie sich zuletzt begegnet waren, ein paar Tage nach dem Unfall, hatte er es kaum ausgehalten, sie zu sehen, weil er sich bei ihrem Anblick – all die Narben, der zertrümmerte Arm – gefühlt hatte wie ein Stück Scheiße, das sich jemand am Bordstein vom Schuh gestreift hatte. Und er gleichzeitig so furchtbar wütend auf sie gewesen war.

Man sah Cheyennes Narben noch deutlich, obwohl sie versucht hatte, sie zu überschminken. Gab es nicht Wege, die wegzulasern? Und dabei hatte sie von einer Modelkarriere geträumt. Die hätte sie auch hinbekommen mit ihrem elfenhaften Gesicht, den langen, dunklen Haaren und den Barbie-Beinen. Die sie jetzt, die Füße eng zusammengestellt, unter den scheußlichen Couchtisch streckte, den ihnen Tante Ella aus Liverpool mal gekauft hatte, um ihrem Bruder, dem armen, arbeitslosen Architekten, etwas Gutes zu tun.

Seine Eltern waren nicht da, aber dafür Jake, seine sommersprossige Visage war das Zweite, das Ryan sah. Cheyennes gezwungenem Lächeln nach hatte sie schon ein Dutzend billiger Anmachsprüche aushalten müssen. Sie sah erleichtert aus, als sie ihn kommen sah … und unsicher.

»Setz dich doch, Kleiner«, sagte Jake mit einem fiesen Grinsen. »Ich hol euch ein Bier, ja?«

Wortlos schüttelte Ryan den Kopf, dann wandte er sich an Cheyenne: »Komm, wir gehen in mein Zimmer.«

»Viel Spaß, ihr beiden.« Jake tat so, als würde er hecheln. Ryan zeigte ihm den Mittelfinger.

Mit einem kurzen Kommando stellte er die Musik so ein, dass sie vor allem die Tür beschallte, dann konnte niemand sie belauschen.

Cheyenne nahm eine Lichtskulptur, die sie ihm mal gemacht hatte, und drehte sie abwesend in der Hand. »Also, deinen Bruder habe ich nicht vermisst«, meinte sie. Ein »Aber dich schon« klang darin mit oder bildete er sich das ein?

»Schön, dich wiederzusehen«, sagte Ryan, weil er keine Lust hatte, sie anzulügen. Damals hatte er so getan, als würde es ihm sonst wo vorbeigehen, dass sie sich von ihm getrennt hatte. Es wäre besser gewesen, sie hätten sich nach dieser Trennung nie mehr wiedergesehen. Dann hätte er seine Beine noch.

»Schön, mich zu sehen?«, echote sie. »Du meinst, du hast die Zeit nicht genutzt, um sechs oder sieben anderen Mädchen das Herz zu brechen?«

»Sei nicht albern«, sagte Ryan. Ja, er hatte seinen Spaß gehabt – hatte Mädchen, die ihm gefielen, einfach angequatscht und selten ein Nein gehört. Wie fern ihm das jetzt vorkam. Jetzt hätte er Angst haben müssen vor dem Blick, mit dem sie ihn ansahen. In dem womöglich Mitleid stand. Allein beim Gedanken daran wurde ihm schlecht.

Cheyennes Augen blitzten kampflustig. »Du meinst, das geht jetzt nicht mehr so leicht wie früher?«

Einen Moment lang blieb ihm die Luft weg. Dann sagte er so ruhig, wie er es schaffte: »Ist für mich zurzeit einfach kein Thema.«

»Wie, der größte Womanizer der ganzen Schule ist zahm geworden?« Sie lachte ihm ins Gesicht. Wider Willen spürte er, dass sie ihn noch immer reizte. So, wie sie ihn immer schon gereizt hatte. Weil sie das schönste Mädchen der Schule gewesen war, weil sie ihn so lange hatte zappeln lassen, weil sie ihm nichts hatte durchgehen lassen, keinen Fremd-Flirt, keine Gedankenlosigkeit. Cheyenne hatte ihn immer zu 100 Prozent gefordert. Und jetzt? Jetzt war er offiziell zu

100 Prozent schwerbehindert, und diese Zahl würde sie ihn niemals vergessen lassen, so wie es aussah.

»Ryan?« Jemand klopfte an seine Tür. Wie sich herausstellte, sein anderer Bruder, Jonathan. »Hast du gewusst, dass du dran bist mit Müll runterbringen?« Viel höflicher als Jake, aber ohne jede Gnade. Ryan konnte nur hoffen, dass Jonathan bald auszog. Oder dass er selbst bald die Kohle zusammenhatte, um sich ein eigenes Zimmer irgendwo leisten zu können. Aber danach sah es leider nicht aus. Sein Onkel bestand darauf, dass Ryan ihm den Golf abbezahlte, der durch den Unfall ein Totalschaden gewesen war, das fraß fast alles auf, was er durch verschiedene kleine Jobs – App-Design, Nachhilfe, Marktforschung – verdiente.

Leider konnte er Jonathan nicht anbrüllen, der war sonst einen halben Tag lang eingeschnappt. Also seufzte Ryan nur und sagte: »Komme gleich!«

»Ich geh dann mal«, sagte Cheyenne und stand abrupt auf. Sie strich sich das nachtdunkle Haar zurück und berührte dabei wie zufällig die größte Narbe von allen, die an ihrer Wange. »Dachte, es wäre ganz interessant, dich wiederzusehen und zu schauen, ob du was zu sagen hast? Außer dem, was du bisher gesagt hast.«

»Nicht wirklich«, sagte Ryan und stand ebenfalls auf. Nein, er würde nicht sagen, dass es ihm leidtat. Nicht, ehe sie das Gleiche zu ihm sagte! »Und, wie war's für dich im letzten Jahr? Stören sich die Typen daran?«

Sie wusste sofort, was er meinte. Statt zu antworten, wandte sie den Kopf ab, und er sah die Anspannung in jeder Linie ihres Körpers.

Plötzlich tat sie ihm unendlich leid. »So was stört doch nur Idioten«, sagte er und strich ihr Haar zurück, um ihre vernarbte Wange zu küssen. Sie ließ es geschehen, ohne ihn anzublicken. Dann drehte sie sich plötzlich zu ihm, nahm sein Gesicht und küsste ihn heftig, ihre Zunge eroberte seinen Mund, bevor er auf die Idee kam, sich zurückzuziehen. Einen Moment lang war Ryan verblüfft, dann küsste er sie ebenso heftig zurück.

Als sie sich losließen, spürte er, dass sie zitterte. Ohne ein weiteres Wort ging sie. Ryan blickte ihr einen Moment lang nach, bevor er ihr folgte. Der Kuss hatte sich nicht gut angefühlt, aber sie hatten ihn wohl beide gebraucht. Sie vielleicht noch mehr als er, wegen dieser Narben, wegen all ihrer Träume, die er zerstört hatte. Konnten sie jetzt endlich weiterleben? Mit einander, ohne einander?

Ryan bemerkte, dass Jonathan den Blick nicht von ihr ließ, als er sie zur Wohnungstür geleitete. »Ihr habt euch nicht versöhnt, oder?«, fragte er, als Cheyenne weg war. »Hättest du etwas dagegen, wenn ich sie frage, ob sie mit mir …«

»Ja, habe ich«, sagte Ryan und packte grimmig den prallvollen, mit UV-Licht desinfizierten Müllbeutel, um ihn seiner Bestimmung zuzuführen.

»Was ist, wenn du morgen auf dem Titelbild der BILD-Zeitung bist?« Emily durchsuchte grimmig das Netz. Immerhin, bisher hatte sie nichts gefunden. Ihre Lippen bewegten sich, schon war sie wieder in einer lautlosen Konferenz mit Christopher.

»Ach was, so berühmt bin ich nicht.« Jola fühlte sich wie ein Roboter, den jemand in Stand-by-Modus versetzt hatte. Sie lag auf Emilys superweichem, mit zahllosen bunten Kissen verziertem Bett und wollte nie wieder davon aufstehen. »Kann ich heute bei dir übernachten?«

»Klar.« Emily blickte sie besorgt an und reichte ihr einen Keks aus ihrer immer gut gefüllten Vorratsbox. Wieso dachten immer alle Leute, dass sie dringend etwas Süßes brauchte, wenn sie traurig war? »Aber besser, du gibst deinen Eltern Bescheid. Sonst rufen die wahrscheinlich die Bullen.«

»Ziemlich unnötig«, sagte Jola und lächelte schwach. Emilys Vater war Polizist, und da er von daheim arbeitete und nur virtuell auf Streife ging, war er gerade im Zimmer nebenan.

Sechs oder sieben Kekse und eine traumlose Nacht später fühlte sie sich ein wenig besser. Zum Frühstück trank sie nur eine Tasse Kaffee, mehr bekam Jola nicht herunter. Sie musste heimgehen, ewig konnte sie es sowieso nicht aufschieben. Doch ihre Füße wollten sich nicht bewegen. Die 100 Meter in zwanzig Komma drei Minuten.

Wie seltsam. In ihrem kleinen Haus in der Fritz-Berne-Straße schien alles wie immer: Jannis war irgendwo unterwegs, Anton hockte mit der Zeitung im winzigen Garten ihres Reihenhauses und ihre Mutter war in ihrem Arbeitszimmer, die Tür stand halb offen und Bluesakkorde wehten hinaus.

»Alles in Ordnung?«, fragte ihr Dad. An seinem Blick konnte sie sehen, dass Theresa ihm von dem Gespräch erzählt hatte. Hieß das, dass sie auch die Beichte hinter sich gebracht hatte? Oder hatte er sowieso schon gewusst, dass seine Frau ihn betrog?

Jola zuckte die Schultern. »Geht so.« Gut war immerhin, dass der Film von ihrem Zusammenbruch bisher nicht aufgetaucht war. Anscheinend war der Typ ein gewöhnlicher Spanner gewesen. Vielleicht waren weinende Mädchen sein Fetisch.

»Willst du darüber reden?«

»Nein, danke.« Sie hatte gerade nicht genug Kraft dafür.

»Ich verstehe, dass dich das sehr mitgenommen hat. Es

ist hart, wenn eine Trainerin aufhört, bei der man so lange war.«

Wie bitte? Sie hat Heike vorgeschoben? Jolas Mund öffnete sich, aber es kam kein Wort heraus.

Der Unbekannte, mit dem sie so oft telefoniert hatte, konnte kein Privatdetektiv sein. Sonst hätte ihr Vater Bescheid gewusst darüber, dass Theresa sich mit einem anderen Mann traf. Doch anscheinend wusste ihr Vater weniger darüber als sie.

An diesem Abend kochte ihre Mutter Jolas Lieblingsessen, Pilzrisotto. Doch nach drei Bissen schob Jola ihren Teller von sich, ihr Magen fühlte sich wie verknotet an. Theresa hakte nicht nach. Stattdessen ging sie gleich nach dem Essen in die Stadt, angeblich war sie mit einer Freundin verabredet. Jola schaute nicht auf, als die Tür ins Schloss fiel. Anton zog sich zurück, angeblich, um an seinen Songs zu arbeiten. Aber komponierte er überhaupt? Oder tat er da drin irgendetwas ganz anderes?

Mechanisch fütterte Jola ihre Fische – die Sajica-Barsche und Platys bekamen Artemia-Flocken, die Antennenwelse Wels-Chips und ein Stück Gurke. Jola warf sich aufs Sofa und schaute zu, wie die Welse mit ihren Saugmäulern am Gemüse herumnabbelten. Jannis hatte sie früher immer Gurkenpiranhas genannt.

Zeit fürs Training, im ruhigen September war es wieder Zeit für die Aufbauphase. Ihr Rucksack mit den Sportsachen war gepackt. Aber es war so schwer, vom Sofa aufzustehen. Die Automatik ihres 3-D-Fernsehers suchte unter den dreihundert Programmen nach einem, das ihr gefallen könnte. Jola richtete den Blick auf den Bildschirm und ließ ihn dort. Einen Clip mit dem neuesten Song ihrer Lieblingsband *Kraftklub*. Eine Reportage über ein paar Hundert mit Richtmikrofonen bestückte Kakerlaken, durch die Helfer nach dem Erdbeben in Mexiko viele Verschüttete rechtzeitig gefunden hatten. Ein Spielfilm über einen Läufer. *Once a Runner.* »Weiter«, befahl Jola der Automatik und geriet mitten in eine Spielshow, in der der Verlierer sich einen Finger abschneiden musste. Oder einen Zeh. Oder ein Ohr. Ganz nach Wahl. *»Weiter!«*, brüllte Jola den Fernseher an.

Inzwischen war Jannis von seiner Betriebswirtschafts-Vorlesung zurück, die er sich als Gasthörer reinzog. »Ach, lass doch, das war lustig«, behauptete er und befahl seiner virtuellen Assistentin, ruhige Musik auszuwählen. Dann begann er, auf dem Esstisch ein Schachbrett aufzubauen. »Was wetten wir, dass ich Dad runterlocken und im Schach schlagen kann?«

»Lustig ist, wenn du jede Figur aufessen musst, die du Dad abnimmst.« Jola wusste, dass ihre Stimme viel zu scharf klang, doch es war ihr egal.

Ihr Bruder schaffte es tatsächlich, Anton aus seinem Zimmer zu holen. Ihr Vater wirkte überrascht, Jola zu sehen. »Heute kein Training?«

Jola zuckte die Schultern. Sie blieb vor dem Bildschirm. Ihr Körper war ein Felsen. Von einem Riesen weggeworfen, dann liegen gelassen.

Sie teilte den Schirm ihres Fernsehers, damit sie vier Sendungen gleichzeitig verfolgen konnte. Das lenkte sie von dem komischen Gefühl in ihrer Magengrube ab.

Morgen begann die Schule wieder und ab morgen würde sie wieder zum Training gehen.

Ganz bestimmt.

Schule war gar nicht so schlecht. *Alltagstrott wird unterschätzt*, dachte Jola und brachte es fertig, in Bio und Englisch sinnvolle Beiträge zu liefern. Zum Glück war das mit der WM schon ein paar Wochen her und damit keine brandheiße Nachricht mehr. Nur Leute, die sie sowieso nicht ausstehen konnte, geilten sich noch daran auf, dass sie sich zwar fürs Finale qualifiziert hatte, aber nicht angetreten war. In der Pausenhalle schaffte sie es, Bianca Hope aus dem Weg zu gehen.

»Los, lass uns heute endlich dein Kleid designen«, schlug Emily vor und zog den Stift aus ihrem Stiefel, um sich irgendeine Notiz aufzukritzeln. »Ich hab eine neue App, mit der schaffen wir das nach der Schule, bevor du wieder losmusst.«

»Alles klar, ich komme zu dir«, sagte Jola. »Heute um drei?«

»Wird bestimmt cool, du wirst sehen.«

Weniger cool war, dass es Bianca und ihrem Gefolge schließlich doch gelang, sie abzufangen, als Jola sich von Emily verabschiedet hatte und auf dem Heimweg war. Vier waren es, Bianca, zwei Mädels und Maximilian.

»Na, was war los in Osaka? Hattest du Schiss, du wirst Letzte?«, feixte Bianca, und ihr Gefolge wieherte gehorsam. Die vier waren sogar so dreist, ihr den Weg zu versperren.

»Schiss? Wie schreibt man das?«, schoss Jola zurück und zwang sich, ihr ins Gesicht zu grinsen.

»Frag das deinen armen, kleinen Freund ohne Beine«, schob Maximilian grinsend nach. Er hatte wohl nicht so richtig mitbekommen, dass Ryan es längst wieder auf 1,89 brachte.

Jola blickte ihm in die Augen und setzte stur ihren Weg fort, genau in der Mitte des Bürgersteigs. Nur Maximilian blieb stehen, Bianca Hope und ihre Freundinnen machten ein paar zögernde Schritte rückwärts, um einen Zusammenstoß zu vermeiden. *Prima, nur weiter so*, dachte Jola, denn dabei sahen sie nicht, was hinter ihnen auf dem Gehsteig lag. Eine braune, noch leicht glänzende Wurst. Ganz frisch. Wenn die in der Nacht einer der Putzroboter fand und für die DNA-Analyse sicherte, war dem Hundebesitzer ein Strafzettel sicher.

»Ich glaube, ihr wisst ganz gut, wie man das schreibt«, sagte Jola in dem Moment, in dem Bianca Hopes linker Ballerina die braune Wurst platt drückte. »Es schreibt sich S-C-H-E-I-ß.«

Selten hatte sie einen angeekelten Aufschrei so genossen.

Und später am Nachmittag stellte sie fest, dass es ihr tatsächlich Spaß machte, mit Emily ein superscharfes Party-Outfit zusammenzuklicken, den Stoff auszuwählen, die Farbe. Es dauerte länger als gedacht, aber das machte nichts – als sie die Bestellung abgeschickt hatten, gingen sie noch mit Matteo und Christopher, der aus Augsburg hergekommen und endlich einmal live anwesend war, einen trinken. Er trug eins seiner gestreiften Hemden, die Jola etwas zu retro fand, und hielt die ganze Zeit über Emilys Hand.

Jola griff tief in die Schale mit Nachos, die Matteo bestellt hatte, und fühlte sich frei, wunderbar frei. Bald würde sie sich wieder ernähren wie eine Spitzensportlerin. Aber heute hatte das ewige schlechte Gewissen mal Pause.

Ihr Communicator summte los. Heike Appeldoorn, das war klar. »Was ist los mit dir, Jola? Es tut mir furchtbar leid, dass ich dir und den anderen das mit meinem Vertrag und meiner Finca sagen musste, aber das ist doch kein Grund, das Training zu schwänzen!«

Jola spürte, wie Wut in ihr hochkroch mit tausend schwarzen Spinnenbeinen. Wieso interessierte sich Heike überhaupt noch für sie? Sie würde sie keine zwei Wochen mehr trainieren! »Sorry, aber ich bin krank.«

»Das sagst du mir nächstes Mal *vor* dem Training. Und ich erwarte, dass du, wenn du krank bist, nicht in einer Kneipe herumhängst.«

Mist, sie hatte vergessen, den Hintergrundsound abzuschalten!

Was für ein Tag war heute? Jola war nicht ganz sicher.

Eine Tafel Schokolade ganz für sie. Wie lange war es her, dass sie sich das geleistet hatte? Eine Ewigkeit. Vollmilch-Nuss, ihre Lieblingssorte. Cremig-süß auf der Zunge und plötzlich zerkracht eine Haselnuss zwischen den Zähnen.

»Du hast also aufgegeben?«, fragte Jannis, er klang eigenartig.

»Wieso aufgegeben?«, fauchte Jola ihn an. »Wegen einer jämmerlichen Tafel Schokolade?«

»Sorry!« Er hob beide Hände. »Erschieß mich! Ich habe gewagt, dich zu kritisieren! Du willst dich selber unbedingt hassen, oder?«

Jola zeigte ihm den Vogel und befahl dem Fernseher, ihr den neuen Film von Romeo Beckham zu streamen.

Hin und wieder fiepte ihr Communicator, wenn wieder einmal eine Nachricht für sie eingetroffen war. Eine der vielen, auf die sie nicht zu antworten brauchte.

Wenn du jemanden zum Reden brauchst, ruf mich an, okay? Ryan

Sie hatten für heute einen Interviewtermin zugesagt – wo waren Sie, Frau Spiegler? Kevin Bell, NetSports

Sweetie, hab gehört, du bist krank, nichts Schlimmes, oder? Wann sehen wir uns endlich wieder? T.

Ja, sie wollte Till wiedersehen, warme Schauer wanderten über ihre Haut, wenn sie an ihn dachte. Der Treffpunkt, den er vorschlug, war seine Zweizimmerwohnung in Sendling, die Jola nicht besonders mochte. Sie war sowieso schon klein, doch dass sie mit Möbeln vollgestellt war – einem Sofa, das viel zu groß fürs Wohnzimmer war, einem Futonbett, an dem man kaum seitlich vorbeikam –, ließ sie noch kleiner erscheinen. In eine Ecke des Wohnzimmers hatte er einen Schreibtisch gequetscht, daneben war ein Regal, das fast platzte vor Ordnern. In der Küche war kaum Platz, einen Kaffee zu kochen, die Spüle war voller dreckiger Teller, die langsam von außerirdisch wirkenden Schimmelpilzen überwuchert wurden. Uäh. Wieso wusch er nicht einfach mal ab? Konnte man das tiefenpsychologisch erklären? Immerhin war er erst mit vier Jahren nach Deutschland gekommen, ein völlig verstörtes Kind aus Guatemala, das sich weigerte, auch nur ein Wort zu sprechen. Aber was konnte das mit der Tatsache zu tun haben, dass er so ein solcher Chaot war?

»Wie schön, dass du da bist!« Till umarmte sie herzlich zur Begrüßung und küsste sie. »Geht's wieder besser? Wirklich verdammtes Pech, das bei der WM. Aber Verletzungen gehören eben zum Sportlerleben dazu.«

»Ist es dir schon mal so kurz vor einem Wettkampf passiert?«, fragte Jola und ließ sich auf sein Sofa fallen.

»Klar«, meinte er nach kurzem Zögern

Ein Gewicht schien sich von ihr zu heben. Sie war nicht die Einzige, die so etwas erlebt hatte! »Wo war das denn? Wann?«

Er zögerte kurz, kramte dann in einer Kiste mit Schuhen herum, ohne sie anzusehen. »Na ja, drei Wochen vor Istanbul, kurz nach der Nominierung, hat mich so ein Magen-Darm-Ding erwischt.« Till verzog das Gesicht. »Ich war total schwach und dachte, es ist aus. Und das, nachdem ich mich zwei Jahre lang vorbereitet und jeden Tag geschunden hatte, um dabei zu sein. Damals habe ich zum ersten Mal gebetet. Keine Ahnung, ob es geholfen hat, aber ich war rechtzeitig wieder fit.«

Müde blickte Jola ihn an. »Das ist schrecklich, aber das ist was anderes als eine Verletzung.« Am liebsten hätte sie geweint, doch in ihr war einfach nur Leere.

»Alles easy, Jola.« Till kam auf sie zu, zog sie vom Sofa hoch und schloss sie wieder in die Arme. »Reg dich ab. Wird schon wieder.« Als seine Fingerkuppen über ihre Haut wanderten, spürte Jola ihre Knie weich werden. Sie blickte Till in die Augen, die die Farbe des Weltalls hatten, tiefschwarz mit kleinen Lichtern darin.

»Du hast einfach ein Motivationstief, das kommt vor.« Sie spürte seine Lippen an ihrem Hals. Doch Jola konnte sich nicht wirklich entspannen. Was wusste er schon von ihren Problemen? Was sie über ihre Mutter herausgefunden hatte, hatte sie niemandem erzählt, auch ihm nicht. Sie hatte das Gefühl, das ging nur sie und ihre Familie etwas an.

»Du meinst, ich muss einfach an meiner Motivation arbeiten?« Jola spürte, wie Ärger in ihr hochkroch wie ein kleiner Dämon. »Dann verrat mir bitte mal, wie das gehen soll, wenn ich bei jedem Wettkampf befürchten muss, dass so was wieder …«

In diesem Moment klingelte es an der Tür. Sie zuckten beide zusammen.

»Bestimmt meine Nachbarin – die wollte mir ein Stück Kuchen vorbeibringen«, sagte Till. »Schnell, die darf dich nicht sehen!« Er riss die Tür seines Schlafzimmers auf und wollte sie hineinschieben.

Doch Jola sträubte sich. Ihr Herz fühlte sich an wie ein

Dampfhammer in ihrer Brust. »Was ist, wenn das eine Dopingkontrolle ist? Dann dürfen die *dich* nicht sehen!«

Jetzt war sie es, die versuchte, ihn ins andere Zimmer zu drängen. Noch hatten sie eine Chance! Unten am Türschild stand nur *T.U. Self-Optimizing-Studios*, das verriet nicht viel. Aber wenn eine Kontrolleurin Till sah, kapierte die schnell, was Sache war. Sein Gesicht war nicht gerade eines, das man schnell vergaß.

»Nein, verdammt, du kannst nicht einfach aufmachen!«, sagte Till grimmig. »Was ist, wenn das meine Nachbarin ist? Wenn die mitbekommt, dass ich hier mit einem ziemlich jungen Mädchen …«

Verzweifelt blickte Jola zur Tür. »Willst du wirklich riskieren, dass ich gesperrt werde? Wenn das eine Dopingkontrolle ist, dann …«

Jemand klingelte. Und ließ den Daumen richtig lange auf der Klingel.

»Okay.« Till atmete schwer, seine Augen flackerten. »Gib mir eine Sekunde, dann machst du auf.« Er küsste sie, verschwand in der Küche und knallte die Tür hinter sich zu.

Okay, dachte Jola und versuchte, Luft in ihre Lungen zu bekommen. *Okay. Jetzt. Ich tu's einfach.* Sie drückte die Klinke nach unten und öffnete die Tür gerade so weit, dass sie hinausspähen konnte.

Draußen stand ein dunkelhaariger junger Mann mit weißem Hemd, roter Weste und zwei Schachteln in der Hand. »So, bitte sehr, einmal Pizza Mexicana, einmal Pizza Regina und einmal Pizza Vesuvio«, sagte er.

Völlig verwirrt starrte Jola ihn an. Dann dämmerte ihr etwas. »Ich glaube, Sie haben an der falschen Tür geklingelt.«

Der Mann fummelte seinen Auftragszettel heraus und las ihn sich noch mal durch. »Sind Sie nicht Meyerhuber?«

»Ich glaube, das sind die in der Wohnung gegenüber«, sagte Jola, schloss die Tür und sank aufs Sofa. Sie fühlte, wie ihr Tränen kitzelnd wie kleine Spinnen über das Gesicht liefen, erst wenige, dann immer mehr. Es war einfach alles zu viel gewesen in letzter Zeit. Eben hatte Till für sie riskiert, aufzufliegen, seinen Trainerjob in Gefahr gebracht … und sie? Sie hatte reagiert wie eine … nein, sie wollte das nicht aussprechen!

Wir tun einander nicht gut. Wie lange noch, bis wir uns kaputt gemacht haben? Vielleicht ist es besser, wenn wir das alles beenden. Bald. Egal, wie weh es tut. Wie in Trance nahm Jola ihre Jacke. Zog sie an. Öffnete die Eingangstür. Und schloss sie sorgfältig hinter sich, während sie hörte, wie Till aus der Küche herausgeschossen kam.

»Ruf mich an, okay?«, rief Till ihr ins Treppenhaus nach. »Das wird schon wieder, hörst du?«

Jola antwortete nicht.

Weg, weg, nur weg.

»Nimm den. Nein, lieber den. Und der ist genial gut! Ich lad dir den gleich mal drauf.« Emily war nicht zu stoppen. »Von dem hast du bestimmt gehört! Das ist der neue von John Green. Wegen dem ist Christopher neulich bis drei Uhr nachts aufgeblieben!«

Sie hatte es tatsächlich geschafft, Jola Lust aufs Selberlesen zu machen. Bisher hatte Emily ihr die Geschichten der Bücher, die sie gerade verschlungen hatte, halbe Abende lang erzählt, das war eine Show der Extraklasse. Wenn Emily vom Sofa sprang, sich in verschiedene Rollen versetzte und mit verstellten Stimmen den Bösen oder die Zicke sprach, konnte Jola sich wegschmeißen vor Lachen. Aber Selberlesen war auch nicht übel – wenn sie ein Buch erwischt hatte, das zu ihr sprach, dann zog es sie in eine andere Welt.

Auf Jolas Communicator ging mal wieder eine Nachricht ein.

Schwing deinen Hintern zum Training! Wir warten! Heike.

»Was ist?«, fragte Emily.

Schweigend zeigte ihr Jola die Nachricht. Emily blickte hoch und sah sie an – auf seltsame Art, ein wenig unsicher, oder war das Mitleid in ihrem Gesicht? »Du warst lange nicht mehr da, oder? Zwei Wochen?«

Jola verzog das Gesicht. »Kommt hin.«

Na gut. Vielleicht war das der Tritt, den sie gebraucht hatte.

Sie vertagten ihr Treffen, irgendwie brachte Jola es fertig, sich in die Senkrechte zu befördern, ihre Sachen zu packen und ihre Schritte neben Emily in Richtung der Station *Am Knie* zu lenken.

Eine halbe Stunde später stand sie vor der Werner-von-Linde-Halle im Olympiapark und blickte durch die Glastüren hinein. Die anderen hatten schon ohne sie angefangen. Es fühlte sich an, als ginge es sie gar nichts an, was dort drinnen geschah.

Wieso hatte sie sich das eigentlich all die Jahre über angetan? Fast jeden Tag Training, Quälerei, Schmerzen, und wofür? Um andere zu enttäuschen? Sie war mehr als diese Zahlen, die an ihrem Namen klebten!

Lautlos kehrte Jola um und ging zurück zur U-Bahn.

Glaub mir, du bist wichtig. Für mich und für die Gruppe! Bitte lass uns drüber reden. So was wie in Osaka kann jedem passieren!
Heike

Vielleicht sollte sie mal die Nummer wechseln. Gar keine so schlechte Idee damals von Ryan.

Er stand vor der Tür. Einfach so, um neun Uhr abends. Ohne vorher Bescheid zu sagen. Er hatte die Hände in den Taschen vergraben, sein herbstbraunes Haar stachelig in die Stirn gegelt. »Hi«, sagte er.

»Hi, Ryan«, sagte Jola verlegen – sie freute sich, ihn zu sehen, nur leider trug sie gerade ihre älteste Jogginghose und das Sweatshirt mit den Kakaoflecken darauf. »Magst du reinkommen?«

»Nein«, sagte Ryan. »Komm, wir gehen ’ne Runde.«

Jola warf einen Blick über die Schulter. Auf dem großen Bildschirm im Wohnzimmer lief gerade der zweite Teil von *Ice Garden*. »Jetzt? Aber dann verpasse ich, wie Zahara Jolie die Welt rettet.«

»Ich habe dich gesehen«, sagte Ryan. »Vorhin. Bei der Linde-Halle.«

»Oh.« Jola fühlte, wie ihr Gesicht heiß wurde. »Da habe ich, na ja, ich wollte nur kurz vorbeischauen und … willst du wirklich nicht reinkommen?«

»Nein. Schuhe an und los.«

Sie verdrehte die Augen. »Du meinst, ich brauche mal wieder jemanden, der mich herumkommandiert?«

Damit brachte sie ihn zum Grinsen. »Ich weiß nicht genau, was du brauchst. Aber Zahara Jolie ist es garantiert nicht.«

»Okay, okay«, sagte Jola und dann erst mal nichts mehr, weil sie mit ihren Laufschuhen beschäftigt war. Kaum hatte sie die Dinger angezogen, meldeten sie ihr schon ihren Puls, die Druckbelastung ihrer Fußsohle, die Distanz, die sie zuletzt zurückgelegt hatte. Genervt schaltete Jola die Info-Funktion ab. Sie rief ein kurzes »Tschüss« in die Tiefen des

Hauses, dann gingen sie nebeneinander die Fritz-Berne-Straße entlang. Jola sog die kühle Luft ein, die nach Erde und Herbstlaub und Abgasen roch.

Auch ohne hinzusehen, spürte sie, wie Ryan neben ihr ging. Er strahlte Kraft und Sicherheit aus.

»Wie geht's dir?«, fragte er.

»Gut, wirklich gut«, behauptete Jola. Schnell schob sie ein »Ehrlich« nach.

Er lächelte sie von der Seite an. »Du kannst so schlecht lügen, Jola. Total süß.«

Vielleicht hatte sie sich gewünscht, dass er es nicht glaubte. »Okay, es geht mir so na ja«, gestand Jola. »Eigentlich fehlt mir nichts, aber …«

Das »Aber« hing in der Luft, bis es in die Stille trudelte.

»Es ist nicht nur das mit Heike, richtig?«

Stumm schüttelte Jola den Kopf.

»Deine Familie, oder?«

Jola nickte, und bevor sie es sich versah, hatte sie Ryan alles erzählt. Ihre Mutter, die sich anderweitig verliebt hatte, ihr Vater, der stumm vor sich hin litt. Und überhaupt, die Schulden ihres Vaters, ihre Mutter, die mit Müh und Not alle finanziellen Dinge alleine stemmte.

»Hells bells«, sagte Ryan »Vielleicht sollten die sich trennen.«

»Vielleicht. Aber ich glaube, das wollen sie irgendwie nicht. Trotz allem.«

»Kenn ich.« Er seufzte. »Hab ich dir mal erzählt, was bei uns abgegangen ist? Als ich zehn war, hat sich meine Mutter von meinem Vater getrennt, weil der sich eher wie ihr viertes Kind als wie ein Ehemann benommen hat, und ist nach Deutschland zurückgegangen. Aber er ist ihr nachgereist und stand einfach mit dem Koffer vor der Tür. Tja, das ist jetzt auch wieder neun Jahre her. Warum sie ihn nicht einfach rauswirft? Das kapiert keiner so richtig.«

»Vielleicht liebt sie ihn?« Jola lächelte schief.

»Dann kann ich nur sagen, wow, dafür hat sie bezahlt.«

»Man kann sich nicht aussuchen, in wen man sich verliebt.«

»Stimmt«, sagte Ryan nachdenklich und – konnte das sein? – ein wenig traurig. »Aber man kann Nein sagen, wenn man genug hat. Oder es jedenfalls versuchen.«

Eine Weile gingen sie einfach nebeneinanderher, und Jola spürte, dass es ihr schon ein wenig besser ging. Endlich hatte sie jemandem davon erzählt, was los war. Und Ryan hatte genau so reagiert, wie sie gehofft hatte. Wie hatte sie einen Freund wie ihn verdient?

»Was machst du so? Du hast jetzt so viel Zeit«, sagte Ryan schließlich, und Jola war froh, dass er nicht gefragt hatte, warum sie aufgehört hatte, zum Training zu gehen, warum sie seine Nachrichten ignorierte, warum sie sich so gehen ließ.

»Ja, am Anfang kam mir das richtig komisch vor.« Sie bogen am Westbad auf eine Querstraße ein, die zu den offenen Feldern führte. Es tat gut, so zu gehen, und plötzlich war sie ihm dankbar, dass er sie rausgelockt hatte. Vielleicht ging es ihm auch so, dass er am entspanntesten war, wenn er sich bewegte. »Aber es tut mir auch gut, weißt du? Einfach mal abhängen. Mich mit Freunden treffen. Wir waren im Schwimmbad, im Kino, wir haben zusammen gekocht …«

Ohne zu antworten, nickte er. Wartete wohl darauf, dass sie weitersprach.

»Aber meistens bin ich einfach daheim. Schaue irgendwas, chatte, surfe herum …« Wie hohl das klang. Wie hohl das wohl auch war. Aber war es besser, sich endlos zu schinden, für ein Ziel, das sie vielleicht niemals erreichte?

»Das macht dich nicht glücklich, oder?«, fragte Ryan, und Jola spürte, wie diese Frage in ihr Herz hineinsank und ihr Tränen in die Augen traten. Sie schaffte es nicht, Ryan zu antworten, deshalb ging sie einfach weiter, ein Schritt und noch einer und noch einer. Er hielt ohne Mühe mit, und sie musste nach langer Zeit wieder einmal daran denken, dass in seinen Füßen keine Muskeln, Sehnen und Knochen verborgen waren, sondern Titanschrauben, Kunststoffteile und kleine Carbonfedern. Die meiste Zeit vergaß sie das einfach, wenn er lange Hosen trug.

Leise begann Ryan zu sprechen. »In der schlimmsten Zeit damals habe ich es nicht mehr geschafft, morgens aufzustehen. Ich bin einfach im Bett geblieben, manchmal den ganzen Tag. Und ich konnte mich nicht mehr freuen. Über nichts mehr. Alles, was mir früher Spaß gemacht hatte, war mir egal.«

Jola nickte. Manchmal spürte sie sie noch an ihm, diese Traurigkeit.

»Wenn es bei dir so schlimm wird, dann ruf mich bitte gleich an, ja?« Mit einer sanften Bewegung hielt Ryan sie an und drehte sie zu sich. Strich ihr über die Wange, bis sie ihm in die Augen blickte. Diese klaren dunkelblauen Augen, die sie so mochte. »Versprochen?«

»Versprochen«, sagte Jola, und sie meinte es ernst. Wenn sie jemanden anrufen würde, dann ihn. Er war dort gewesen, an diesem dunklen Ort. Und er hatte es irgendwie geschafft, von da zu fliehen. Er wusste, wie das ging.

Schon jetzt ging es ihr ein bisschen besser. Instinktiv machte sie lange Schritte, genoss es, wie das Blut in ihren Adern kreiste.

»Wenn du schon vorhast, vor mir wegzulaufen, dann können wir auch ein richtiges Wettrennen machen.« Ryan grinste sie an. »Wetten, ich kann dich abhängen?« Er ging leicht geduckt in Schrittstellung.

»Du kannst es ja mal versuchen.« Jola spürte, wie etwas in ihr erwachte. Sie grinste zurück und federte ein paarmal auf und ab, um ihre Muskeln zu lockern. Ihre Sehne fühlte sich okay an. Richtig aufgewärmt war sie nicht, aber es würde schon gehen. »Bis wohin?«

»Die Laterne dort? Das dürften 100 Meter sein.«

»Geht klar.« Auch Jola ging in Position, spannte ihren Körper an.

»*Go!*«, rief Ryan – und schoss im gleichen Moment auch schon los, der Bastard. Jola sprintete hinterher, sie lief locker auf den Ballen.

Nach 50 Metern hatte sie Ryan noch immer nicht eingeholt. Ein bisschen ärgerlich zog Jola das Tempo an und spurtete an Ryan vorbei, noch bevor sie die Laterne passierten.

»Soso, du kannst es noch«, zog Ryan sie auf. »Nur ein kleiner Test.«

»Wieso bist du so schnell? Du hast nicht mal deine Blades an.« Jola musterte seinen durchtrainierten Körper von oben bis unten, ohne es zu verbergen.

»Das hat nichts mit den Blades zu tun – du weißt doch, die machen einen nicht schneller, als man ist.« Ryan war wieder ernst. »Vergiss nicht, ich bin schon mit der Schule fertig. Ich trainiere zweimal am Tag, und zwar nicht nur Hochsprung.«

»Du willst also immer noch zu den Sprintern.« Aus zusammengekniffenen Augen blickte Jola ihn an. »Ist jetzt endlich raus, wer der Nachfolger von Heike wird, hast du irgendwelche Gerüchte gehört?«

»Ja«, sagte er, während sie den Weg zurück einschlugen zur Fritz-Berne-Straße. »Angeblich soll Till Ulrich euch in Zukunft trainieren. Ich kann nur hoffen, dass das stimmt.

Der ist ja selber Freestyler, der wird mir keine Steine in den Weg legen. Sobald er offiziell bestätigt ist, frage ich ihn.«

»Till Ulrich?« Jolas Puls beschleunigte sich, wie jedes Mal, wenn sie an ihn dachte. Wirklich überrascht war sie nicht. Hürdenlauf und Sprint waren eng verwandte Disziplinen. Und Tills Athleten hatten ordentlich Medaillen abgeräumt bei der WM, Verein und Verband waren ihm unter Garantie wohlgesonnen.

Inzwischen waren sie wieder vor Jolas Haus in der kleinen Querstraße angekommen.

»Ach ja, und das Neueste – Leni ist am Wochenende 11,30 gelaufen«, sagte Ryan beiläufig, während er sich verabschiedete.

Jola schnappte nach Luft. Hölle und Teufel, langsam kam Leni an ihre eigenen Zeiten heran! Sie mochte Leni, aber das zu hören fühlte sich nicht gut an.

»Und, was ist?«, fragte Ryan. »Sehen wir uns im Training?«

»Da kannst du was drauf wetten«, sagte Jola.

DER NEUE

Es fühlte sich seltsam an, wieder in der Linde-Halle zu stehen. So als sei nichts passiert. So als hätte jemand Jola in eine Zeitmaschine geworfen und in eine Zeit ohne Kummer und Sorgen gebeamt. Aber so war es leider nicht.

»Ja, es stimmt, Till Ulrich ist euer neuer Trainer«, bestätigte ihnen Heike.

»Aha«, sagte Jola nur. Sie wusste nicht, was sie davon halten sollte. Jedes Mal, wenn sie Till sah, fiel es ihr schwer, sich auf ihre Übungen zu konzentrieren, weil ein kleiner, gemeiner Stromstoß ihr Herz zum Flattern brachte. Seit der Sache mit der angeblichen Dopingkontrolle hatten sie sich nicht mehr getroffen, doch es war noch längst nicht aus zwischen ihnen, das wussten sie beide. Hin und wieder tauschten sie heimlich einen Blick oder eine Nachricht. Was war mit einem Kuss? Zu gefährlich. Nun, da er ihr Trainer geworden war, noch gefährlicher. Eine Woche lang begleitete er Heike bei ihrer täglichen Arbeit, ständig sprachen die beiden leise miteinander. Dann war es so weit, Heike verabschiedete sich und Till übernahm.

Heike drückte den riesigen Blumenstrauß, den sie gerade erst erhalten hatte, dem Vereinschef wieder die Hand, damit sie jeden der Reihe nach umarmen konnte – Samuel, Leni, Koray und als Letztes Jola. Einen Moment lang hielt sie Jolas Hände zwischen ihren eigenen, die sich rau und faltig anfühlten, und Jola senkte den Kopf, damit Heike ihre Tränen nicht sah.

»Du wirst deinen Weg gehen, da bin ich mir ganz sicher«, sagte Heike. »Wir vergessen uns nicht, ja? Schreib mir mal.«

Schweigend nickte Jola. Dann riss sie sich zusammen. Sie konnte Heike so nicht gehen lassen, ohne ein paar nette Worte. »Ich wünsche dir, dass du wahnsinnig glücklich bist auf deiner Finca«, sagte sie, und Heike zog sie noch einmal an sich. Dann packte sie ihre Tasche und ihren Blumenstrauß, winkte ihnen zu und weg war sie.

Jola horchte in sich hinein. Sie hatte Angst, zurückzufallen in den Sumpf, in dem sie die letzten Wochen gesteckt hatte. Doch die schwarzen Gefühle schwappten nur knöchelhoch, zahme kleine Wellen, die ihr nichts anhaben konnten. Obwohl das Training nicht leicht gewesen war seit ihrer Rückkehr, die Sofazeit war ihrer Kondition nicht gut bekommen.

»Also dann, herzlich willkommen«, sagte Till, der ihnen im schwarzen Trainingsanzug gut gelaunt gegenüberstand. »Schön, dass wir jetzt ein Team sind. Zusammen können wir eine Menge erreichen, da bin ich mir sicher.«

Jola stand unruhig zwischen Leni und Koray, verlagerte ihr Gewicht von einem Fuß auf den anderen und warf hin und wieder einen Seitenblick auf die anderen. Sie fühlte sich nicht wirklich wohl und auch Samuel wirkte abwartend. Koray dagegen sah ehrfürchtig und ein bisschen eingeschüchtert aus, wahrscheinlich weil er einen Olympiasieger vor sich hatte. Und Leni ließ die Augen nicht von Till und lächelte ihn begeistert an. *Die ist jetzt schon sein Fan,* ging es Jola durch den Kopf. *Aber warum nicht? Er ist ein cooler Typ und er wirkt viel weniger streng als Heike.* Was war, wenn sie sich von Till trennte? Würde er dann Lenis Blicke erwidern, sie in seine Wohnung einladen? Nein, nein, das würde er nicht, er war ein Chaot, aber kein Schwein. Im Gegenteil. Das neulich war ein Liebesbeweis gewesen, was sonst?

»Ich würde vorschlagen, nach dem Training setzen wir uns zusammen und besprechen, was bisher gut war und was ihr gerne anders machen würdet.« Till hob das Kinn, sein Lächeln schwand und auf einmal wirkten seine dunklen Augen weniger sanft. »Was bei mir gar nicht geht, ist Doping. Ich weiß, dass man es bisher nicht nachweisen kann, wenn sich jemand Wachstumsgene in einen Muskel spritzt. Aber irgendwann erwischen sie euch doch. Und widersteht bitte der Versuchung, euch Respirozyten zu besorgen. Wenn ich mitbekomme, dass einer von euch dopt, fliegt derjenige aus dem Team.«

Wachstumsgene waren eigentlich für Menschen mit Muskelschwund entwickelt worden. Klar, dass nicht nur die das Zeug nahmen. Von Respirozyten hatte Jola ebenfalls schon gehört – es waren Nanomaschinen, künstliche rote Blutkörperchen, die, in die Blutbahn gespritzt, das Atmungssystem unterstützten und fast zweihundertmal mehr Sauerstoff durch den Körper transportieren konnten als ein normales rotes Blutkörperchen. Und mehr Sauerstoff bedeutete mehr Ausdauer. Vorgesehen waren die Dinger für Lungenkranke, doch vor ein paar Monaten hatte jemand es geschafft, damit 20 Minuten lang ohne Tauchgerät unter Wasser zu bleiben – der trainierte Freitaucher, der zum Vergleich mitgekommen war, hatte schon nach drei Minuten aufgeben müssen. Dieses Zeug ließ Epo, mit dem sich früher so viele Sportler gedopt hatten, wie einen Witz erscheinen.

»Ihr seid sicher einverstanden, oder?«, hakte Till nach, weil niemand von ihnen etwas gesagt hatte. Ein stummes Nicken schien nicht zu reichen.

»Klarer Fall«, murmelte Samuel.

»Und wenn ihr noch irgendwelche Nahrungsergänzungsmittel daheim habt, einfach wegschmeißen«, fuhr Till fort.

»Wenn ihr krank seid, geht zum Teamarzt, der gibt euch nicht versehentlich verbotene Substanzen.«

Leni und Jola tauschten einen schnellen Blick. Sie wussten, dass Heike Appeldoorn zu ihrer aktiven Zeit als Läuferin mal Ärger mit einer positiven Dopingprobe gehabt hatte; sie hatte sich damit gerechtfertigt, dass ihr Arzt ihr das Mittel gegeben habe. Trotzdem war sie zwei Jahre lang gesperrt worden. Offensichtlich kannte ihr neuer Trainer den Fall.

»Noch Fragen?« Jetzt lächelte Till wieder.

»Wie stehen Sie zu Eichhörnchen?«, wollte Koray wissen. Kein Wunder, in seinem Rucksack rumorte es auch heute verdächtig.

»Solange es mich nicht beißt, sehe ich es gar nicht«, antwortete Till, ohne eine Miene zu verziehen. »Und du kannst mich ruhig duzen, Koray.«

Auf Korays Gesicht ging die Sonne auf. *Noch ein Fan*, ging es Jola durch den Kopf.

Nur Samuel wirkte etwas geknickt. Jola ahnte, warum. Bei der Geburtstagsfeier damals – dem ersten und letzten Mal, dass sie in seinem Elternhaus eingeladen gewesen war – hatte sie die 2-Kilo-Trommeln Aufbaupräparate in einem Regal seiner schicken Dachgeschosswohnung gesehen. Ob er die wirklich wegschmeißen würde?

Auch Ryan trainierte heute in der Linde-Halle, so wie jeden Tag; sie hatten sich schon begrüßt. Immer wieder blickte er während des Trainings zu ihnen herüber. Hatte er bei Till wirklich bessere Chancen als bei Heike? Jola wünschte es ihm so sehr. Nach dem Training wechselte er zu seinen Sprintprothesen und schritt auf Till zu, ein Tablet in der Hand. An seinem entschlossenen Gesichtsausdruck sah Jola, dass es so weit war. Ihr Herzschlag schoss nach oben. Wortlos zeigte sie ihm die gedrückten Daumen.

Vermutlich war es Till klar, worum es ging, denn er beobachtete Ryan genau. Jola folgte seinem Beispiel und war stolz auf ihren besten Freund. Sein perfekt proportionierter Körper wirkte geschmeidig und kraftvoll. Er strahlte Energie und Entschlossenheit aus und blickte Till geradewegs in die Augen, als er ihm die Hand schüttelte. Das war genau richtig – Jola hatte Heike oft genug sagen hören, dass Sprinter Alphawölfe sein müssten. Die meisten bauten ihre Arm- und Schultermuskeln viel stärker auf, als sie es für ihren Sport eigentlich brauchten, nur um ihre Konkurrenten zu beeindrucken.

»Ich würde gerne in Ihre Gruppe wechseln«, sagte Ryan, und Till nickte. Er warf nur einen kurzen Blick auf die schwarzen Carbonfedern, auf denen Ryan balancierte.

»Wo und wie hast du bisher trainiert?«

»Auf einem Schulsportplatz. Mit einer Trainings-App für Sprinter.«

Zum Glück war Samuel gerade auf der anderen Seite der Halle – er hätte sich bestimmt blendend amüsiert. Aber Till verzog keine Miene. »Hast du da allein trainiert oder mit Partnern?«

»Allein«, sagte Ryan ruhig. Jola ahnte, wie schwer diese Zeit gewesen sein musste. Monatelang allein zu trainieren, ohne jemanden, dem man Fragen stellen und an dem man sich orientieren konnte … Wie entschlossen musste man sein, um trotzdem durchzuhalten?

»Welche Zeiten läufst du im Moment?«

»12,87.«

Till wirkte beeindruckt. »Sauber. Damit wärst du bei Behindertenwettkämpfen schon ganz vorne dabei. Aber du willst Freestyle, was? Gegen Normalos antreten?«

»Ja«, sagte Ryan.

»Dann hast du noch ein Stück harte Arbeit vor dir. Okay, ich hätte von dir gerne einen Ganzkörper-Kernspin, eine sportärztliche Analyse, eine Blutuntersuchung und …«

»Bitte sehr. Brauchte ich auch schon für den Hochsprung.« Ryan streckte ihm ein Tablet mit den Unterlagen entgegen und sorgfältig ging Till die Dateien durch. »Hm, du hast sehr symmetrische Knie, das ist gut, das hast du mit Usain Bolt und den anderen jamaikanischen Läufern gemeinsam …«

Ryan verzog den Mund. »Dann ist's ja gut, dass ich die Knie noch habe.«

»… du hast einen großen Anteil an schnellen Muskelfasern, super, aber auch gar nicht wenige ausdauernde Muskelfasern, prima, du eignest dich für den Langsprint … hohe Laktatschwelle, sehr gut … und deine Wachstumsfuge ist zu, perfekt, dann kannst du gleich richtig hart rangehen beim Training …«

»Dann passe ich also in Ihr Team?«, fragte Ryan.

»Moment mal.« Till runzelte die Stirn. »Deine Blutwerte.«

Jola, die in der Nähe herumgelungert und zugehört hatte, verkrampfte sich. Was war mit seinen Blutwerten?

»Ich weiß«, sagte Ryan grimmig. »Aber die Dinger haben mir das Leben gerettet, die Transfusionen allein hätten nicht gereicht. Der Doc hat versprochen, dass sie so etwa in einem Monat, nach der nächsten Dialyse, endgültig raus sind.«

Erschrocken wurde Jola klar, dass er Respirozyten bekommen hatte und noch immer welche im Blut hatte. Ausgerechnet! Was war, wenn er bei einem Wettkampf deswegen disqualifiziert würde? Das wäre noch bitterer als ein Fehlstart!

Till blickte nachdenklich drein. »Hm, okay. Wenn du Glück hast, werden die Dinger in nächster Zeit sowieso für Freestyler freigegeben. Dann wird's noch ein paar spektakuläre neue Rekorde geben.«

»Aber sie entscheiden nur über die Ausdauer, nicht über die Schnelligkeit, oder?«, fragte Ryan.

Till nickte. »Wenn man die 400 Meter läuft, würde man die Wirkung schon spüren. Aber du hast ja nicht mehr viele von den Dingern im Blut.« Er deutete mit dem Kinn auf das makellose rot-weiße Oval der Tartanbahn. »Na, dann zeig mal, was du draufhast. 100, 200 und 400 Meter, dazwischen 20 Minuten Pause.«

In den vergangenen Wochen hatten sich Jola und die anderen Athleten an den Anblick von Ryan auf seinen Rennfedern gewöhnt. Doch keiner von ihnen hatte gesehen, wie schnell er wirklich sein konnte. Alle Augen waren auf Ryan gerichtet, als er losspurtete, und zwei Dutzend Ohren lauschten dem Tock-tock seiner Blades auf dem Kunststoffboden.

Die 100 und die 200 Meter meisterte er mit Bravour. Als Till auf die Stoppuhr seines Communicators blickte, wirkte er mehr als zufrieden, und nachdem Koray einen Blick riskiert hatte, flüsterte er Jola stolz zu: »Er ist echt schnell, was?«

Jola musste lächeln.

Doch bei den 400 Metern – in dieser Halle zwei Runden um die Bahn – wurde es kritisch, hier musste er mehr Kurven meistern als bei den anderen Distanzen, und das war mit Blades anscheinend nicht leicht. Jola sah, dass er in der zweiten Kurve aus dem Gleichgewicht geriet. Einen Moment lang kämpfte er darum, die Kontrolle über seine wackelnden Federn wiederzugewinnen.

Nein, nein, bitte nicht, betete Jola entsetzt, doch es half nichts.

Bei vollem Tempo ging Ryan zu Boden.

Till hob die Augenbrauen.

Jola wusste, dass niemand Ryan hochhelfen durfte, dass er

ihnen das nicht verziehen hätte. Auch die anderen schienen das zu spüren, denn niemand bewegte sich, während Ryan sich aufraffte, das Gesicht einen Moment lang vor Schmerz verzerrt. Er ließ kurz die Hand über seine Federn gleiten, überprüfte sie wahrscheinlich auf Risse, dann joggte er zurück zum Start und lief die Strecke noch einmal bis zum Ziel. Mit keiner tollen Zeit natürlich.

Mit einem entsetzlichen Gefühl in der Magengrube sah Jola zu, wie er zu Till und ihr zurückging. Schweigend, mit ausdruckslosem Gesicht, wartete er ab.

»Die Federn sind in der Kurve nicht leicht zu beherrschen, oder?«, meinte Till. »Ich vermute, wenn man die Dinger mit Bewegungsenergie aufgeladen hat, wirken da wahnsinnige Kräfte.«

Ganz langsam kehrte in Ryans Augen die Lebendigkeit zurück. »Das stimmt«, sagte er. »Das war nicht mein erster Sturz mit den Dingern und wird nicht mein letzter sein.«

Till zuckte die Schultern. »Du bist wieder aufgestanden. Das ist es was für mich zählt: ob du es schaffst, tausend Mal wieder aufzustehen.«

»Ja«, sagte Ryan schlicht.

Till streckte die Hand aus und Ryan ergriff sie.

»Weißt du, als ich ein Kind war, habe ich Oscar Pistorius laufen sehen«, sagte Till. »London 2012. Damals, als er durchgekämpft hatte, dass er als erster Athlet mit Handicap in der Olympiade bei den Nichtbehinderten antreten darf und nicht nur bei den Paralympics. Gewonnen hat er natürlich nicht. Aber er hat trotzdem Geschichte geschrieben, und das ist einer dieser Läufe, den ich nie vergessen werde.«

»Kann ich mir vorstellen«, sagte Ryan, und als er Jola anblickte, waren seine Augen hell vor Freude.

Am liebsten wäre Ryan jubelnd herumgehüpft wie ein Kind. Die anderen Mitglieder der Trainingsgruppe scharten sich um ihn, klatschten ihn ab, umarmten ihn. Was für ein unglaubliches Gefühl. Auch Jola drückte ihn an sich. Wie sie ihn anstrahlte – sie freute sich genauso sehr wie er. Am liebsten hätte er sie gar nicht mehr losgelassen.

Auch Samuel drückte ihm die Hand und klopfte ihm kurz gegen die Schulter, doch der Händedruck war matt, und der Schlag tat weh, weil Samuel Kraft hineingelegt hatte. Als sie sich beide in der Umkleide auszogen, Ryan seine Abschürfungen inspiziert hatte und sie beide Richtung Dusche strebten, bemerkte Ryan, dass Samuel einen kurzen Blick auf seine Beine aus Titan und Kunststoff warf. Neugier war Ryan schon gewohnt, doch in diesem Blick lag etwas anderes. Widerwillen.

»Eigentlich bist du ein Cyborg, oder?«, sagte Samuel, während er die Dusche aufdrehte. Es klang wie ein Schimpfwort.

»Ein Cyborg?« Im ersten Moment war Ryan verwirrt.

»Ein Mischwesen. Halb Mensch, halb Maschine.« Samuel begann, sich die Haare mit Shampoo einzureiben, und wandte sich von ihm ab. Es war klar, dass er keine Antwort erwartete.

Das war gut, denn Ryan fiel sowieso keine ein.

NICHT NORMAL

Cyborg. Der Begriff echote noch in Ryans Kopf, als er längst mit Jola im Dönershop saß und sie mit einer Cola darauf anstießen, dass sie jetzt Trainingskollegen waren. Er schmeckte kaum, was er aß und trank, weil er noch immer so aufgedreht war. Dieser Till Ulrich war schwer in Ordnung! Nie würde er ihm das vergessen.

»Ist das nicht cool, im Frühjahr können wir vielleicht schon zusammen zu Wettkämpfen fahren«, murmelte Jola mit vollem Mund. »Ich trete bei den Normalos an und du bei den Freestylern.«

»Bin dabei.« Ryan grinste sie an, einen Moment lang ließ er seine Fantasie schweifen. »Und irgendwann sind wir zusammen bei der Olympiade! Buenos Aires nächstes Jahr? Oder Rom 2036? Nee, nicht ›oder‹, wir nehmen einfach beides mit!«

Jolas Augen sprühten Funken. »Logisch! Wenn ich laufe, sitzt du zwischen den hunderttausend Leuten im Publikum, feuerst mich an und wickelst mich in eine Deutschlandfahne, wenn ich gewonnen habe. Und bei deinen Rennen mache ich das Gleiche bei dir.«

»Deal.« Sie gaben sich die Hand darauf. Doch Ryan spürte, dass seine übermütige Stimmung bereits verpuffte. Er wusste, wie schwer es war, sich für die Olympiade zu qualifizieren und tatsächlich dafür nominiert zu werden, weil für jedes Land nur eine begrenzte Anzahl von Teilnehmerplätzen zur Verfügung stand.

Und dann war da dieses Wort. *Cyborg.* Es ließ ihm keine Ruhe. »Jola, jetzt mal was ganz anderes … kannst du mir mal deine Meinung sagen, ganz ehrlich?«

»Nee, das geht gar nicht, ich lüge dich lieber an.« Sie trank einen großen Schluck Cola aus der Flasche.

»Nein, ohne Quatsch.« Ihm war nicht mehr nach Herumalbern zumute.

Jetzt wurde auch Jola ernst, neugierig blickte sie ihn an. »Okay. Leg los.«

Es fiel ihm schwer, es auszusprechen. »Findest du, dass ich … weniger Mensch bin, weil ich ein paar Metallteile im Körper habe? Dass ich ein Cyborg bin?«

Jola starrte ihn an. »Wie meinst du das?«

Er betrachtete das Muster der Tischplatte. Braunes Marmorimitat, ein bisschen verkratzt. Hier und da ein Fladenbrotkrümel. »Ich habe ja selber mal gesagt, dass ich von den Knien abwärts ein Roboter bin … das war mehr ein Scherz. Aber manche Leute stört so was wirklich.«

Ihre Augen waren nur noch Schlitze. »Drecksäcke gibt es überall. Hat jemand was zu dir gesagt?«

Nein, er durfte das nicht petzen. Er wollte sich in seinem neuen Team keinen Feind machen. Obwohl er den Verdacht hatte, dass es dafür schon zu spät war. »Das ist nicht wichtig«, sagte Ryan ruhig. »Was wäre zum Beispiel, wenn ich auch noch Armprothesen hätte? Dann wäre ich doch fast mehr Maschine als …«

Jola deutete erst auf seinen Kopf, dann auf sein Herz. »*Das* ist es, was dich ausmacht«, sagte sie. »Und damit stimmt alles.«

Wie herrlich, dass sie so dachte. Nur zu gerne hätte er es dabei bewenden lassen, doch das wäre nicht ehrlich gewesen. »Ich habe von einem jungen Chinesen gehört, der einen schweren Herzfehler hatte und ein künstliches Herz bekommen hat«, wandte Ryan ein. »Jetzt läuft er Triathlon.«

»Stimmt, von dem habe ich auch gelesen.« Kampflustig schob sie das Kinn vor. »Aber der hat noch seinen Kopf, und dort sitzt das, was die Persönlichkeit ausmacht. Ob es nun das Gehirn ist oder die Seele oder beides zusammen.«

»Schon – aber gerade für mich als Sportler ist mein Körper wichtig«, versuchte Ryan zu argumentieren. »Wäre ich mit einem anderen Körper geboren worden, wäre ich ein anderer Mensch. Dann hätte ich andere Erfahrungen ge…«

»Kann sein.« Jola schob ihren halb gegessenen Döner beiseite. »Aber …«

Ryan verdrehte die Augen. »Kannst du mal aufhören, mich zu unterbrechen? Ich wollte gerade sagen …«

»Und *ich* wollte gerade sagen, dass deine Prothesen jetzt ein Teil deines Körpers sind. Und du bist, wer du bist, *weil* du auf Carbonfedern läufst.«

Verblüfft blickte er sie an, er hatte vergessen, was er hatte sagen wollen. »Meinst du?«

»Ja. Meine ich.« Sie lehnte sich über den Tisch und blickte ihm in die Augen. »Vor ein paar Tagen habe ich im Netz einen Bericht der *Münchner Abendzeitung* über dich gelesen. Darüber, wie du den schweren Unfall hattest und jetzt im Leistungssport durchstartest.«

»Ach das. Stimmt.« Seine Eltern waren höllisch stolz gewesen, allein dafür hatte sich das Interview schon gelohnt. Sie hatten so viel aushalten müssen in den letzten eineinhalb Jahren.

»Das ist eine richtig gute Story.« Sie strich sich eine Strähne ihres hellblonden Haares zurück, noch immer wirkte ihr Gesicht ernst und konzentriert. »Was sind wir dagegen? Ganz gewöhnliche Sportler. Von denen gibt es viele.«

Wie warm ihre Augen waren, wenn sie ihn anblickte. Das machte ihn fertig. »*Gewöhnlich* wäre nicht gerade das Wort, das mir für dich einfallen würde«, sagte Ryan.

Es war keiner seiner Anmachsprüche, doch sie verzog trotzdem das Gesicht. »Hey, pack den Schleim wieder ein, okay?«

Ryan fiel auf, dass ihre Knie sich an einer Stelle unter dem Tisch berührten. Es war nur ein Zufall und normalerweise hätte er sein Knie einfach weggezogen. Doch diesmal tat er es nicht und wunderte sich darüber, wie stark er diese Berührung spürte. Vielleicht war es ihr noch gar nicht aufgefallen? Doch. Sie musste es gemerkt haben. Auch sie ließ ihr Knie absichtlich dort, wo es war. Wärme durchzog seinen Körper von den Zehenspitzen bis zum Scheitel.

Schon seit einer Minute hatte keiner von ihnen etwas gesagt. Stattdessen trafen sich ihre Blicke. Konnte er jetzt die Hand ausstrecken? Die seidige helle Haarsträhne zurückstreichen, die ihr über die Wange hing? Was würde dann passieren? Und seit wann war er so nervös, wenn es um ein Mädchen ging?

Ihr Communicator flötete und der Moment war vorbei. Fahrig kramte sie das Gerät hervor und überprüfte, von wem die Nachricht stammte. Ryan sah, wie eine leichte Röte ihre Wangen überzog. Wer hatte ihr geschrieben? Ihr Freund? Hatte sie einen? Warum hatte er nie den Mut gehabt, sie das zu fragen?

»Sorry, ich muss los«, sagte Jola abrupt und warf den Rest ihres Döners in den Recycler des Ladens. Schreckliche Angewohnheit von ihr, alles immer nur halb aufzuessen. »Du kommst noch mit zur U-Bahn, oder?«

Ryan nickte wortlos, sie standen auf und machten sich mit schnellen Schritten auf den Rückweg.

»Was ist los, bist du beleidigt?«, fragte Jola.

»Nein, wieso?«

In einem hatte Cheyenne, seine Ex, wohl recht. Er war kein Womanizer mehr. Aber das lag nicht an seinen neuen Beinen.

Es hatte sich richtig gut angefühlt, mit Ryan zusamme zu sein. Verdammt gut. Konnte er für sie mehr sein als ein Freund? Wollte sie das?

Aber dann war diese SMS von Till gekommen, und Jola war klar geworden, dass sie sich nicht länger davor drücken konnte, mit ihm über schwierige Dinge zu reden. *Vermisse dich*, hatte er geschrieben. *Ohne dich geht es mir dreckig. Wann können wir uns endlich wiedersehen? T.*

Dreckig, na ja. Till sah nicht gerade aus wie ein emotionales Wrack, als er ihr die Tür öffnete, noch in dem Trainingsanzug, den er vorhin getragen hatte. Aber es gefiel Jola, wie sehr er sich darüber freute, sie zu sehen. Hatte er sich ebenso in sie verliebt wie sie sich in ihn? Manchmal war sie nicht sicher.

»Endlich bist du da«, sagte er und schloss sie in die Arme. »Lass mich bloß nicht noch mal so lange zappeln.«

Sie hatte vorgehabt, ihm zu sagen, dass es aus war. Dass sie sich besser nicht mehr treffen sollten, jetzt, da er nicht nur irgendeiner, sondern *ihr* Trainer war. Dass sie einander nicht guttaten. Aber Jola wusste nicht, ob sie es schaffen würde, das zu sagen. Die Worte klebten auf ihrer Zunge fest und ihr Herz überschlug sich in einem *Salto mortale* nach dem anderen.

Und dann nahm Till ihre Hand. »Du hast es nicht immer leicht mit mir«, sagte er, und sein Blick ließ sie keinen Moment lang los. »Ich habe viel falsch gemacht, was? In Japan, zum Beispiel. Da hatte ich keine Zeit für dich, als es dir schlecht ging.«

»Ja, das stimmt«, sagte Jola.

»Manchmal weiß ich nicht, ob ich gut bin für dich. Ob es richtig ist, was wir tun.«

Jola nickte nur und spürte, wie sich ein harter, schmerzhafter Knoten in ihrem Inneren zu lösen begann, ganz langsam.

Er räusperte sich, wirkte plötzlich unsicher. »Ich möchte dir etwas geben«, sagte er und griff, ohne hinzusehen, mit der Hand zu einem Beistelltischchen neben der Couch. Dort fand er nicht auf Anhieb, was er gesucht hatte, aber dann ergriff seine Hand ein kleines Kästchen. »Ganz schön mies von mir, dass ich dir nie etwas geschenkt habe, was?«

»Darauf kommt es mir nicht an, das weißt du«, sagte Jola verlegen und fragte sich, was in diesem Kästchen sein konnte. *O Gott, sicher kein Ring, oder?* »Du bist schließlich kein Sugardaddy für mich, der mir tolle Klamotten kauft und so was … da käme ich mir echt vor wie eine …«

Lächelnd legte Till einen Finger auf ihre Lippen und drückte ihr das Kästchen in die Hand. Mit nervösen Fingern hob Jola den Deckel an … und staunte über den herrlichen silbernen Armreif darin, der mit dunkelblauem Lapislazuli besetzt war. Schwer war er, und als sie ihn sich über den Arm streifte, rankte er sich um ihr Handgelenk wie eine silberne Kletterpflanze.

»Der ist von meiner Mutter … sie hat ihn mir mal gegeben und gesagt, ich soll ihn einem Mädchen schenken, mit dem ich meine Zukunft teilen möchte.«

Es verschlug Jola den Atem. Kein Ring … aber so etwas Ähnliches. Eine Liebeserklärung in Stein und Metall. »Wow«, sagte sie und merkte, dass ihre Augen feucht wurden. Ein warmes Kribbeln lief durch ihren ganzen Körper. Konnte es doch sein, dass sie eine Zukunft miteinander hatten? Wie wunderbar, dass es auch für ihn mehr war als eine Affäre!

»Du musst jetzt nichts sagen«, meinte Till.

»Was, ich darf mich nicht bedanken?« Jola zog seinen Kopf zu sich und küsste ihn. »Weißt du was – diesen Armreif trage ich. Auch wenn es blöde Fragen geben wird, wo ich ihn herhabe. Dann sage ich eben, dass der Mann, den ich liebe, ihn mir geschenkt hat.« Damit konnte sie vielleicht ein bisschen wiedergutmachen, dass sie bei der vermeintlichen Dopingkontrolle neulich so egoistisch reagiert hatte. Es war feige, dass sie sich bisher nicht zu Till bekannt hatte … noch nicht mal anonym.

»So, und jetzt mixe ich uns Cocktails, okay?«, sagte Till fröhlich. Ihre ernsthaft-romantische Stimmung verflog nach und nach, während er in der Küche hantierte und sie über seinen Einstand als Trainer plauderten und darüber, wie die anderen in der Gruppe reagiert hatten.

»Und? War er zufrieden?«, fragte Till und drückte ihr den fertigen Cocktail in die Hand. Er musste keinen Namen nennen, sie wussten beide, um wen es ging.

»Aber hallo«, sagte Jola und lächelte bei der Erinnerung daran, wie aufgekratzt Ryan gewesen war, wie glücklich. »Das war eine gute Entscheidung von dir.«

»Den Jungen sehen wir noch bei Olympia, der hat einiges an Potenzial«, meinte Till und schob ein paar Ausdrucke, eine leere Pizzaschachtel und ein Paar zerschlissener Laufschuhe beiseite, dann erst konnte er sich auf sein Sofa fallen lassen. Mit einer lässigen Armbewegung schaufelte er noch etwas Platz frei, damit sie sich neben ihn setzen konnte.

»Wir haben uns schon mehr oder weniger für Buenos Aires nächstes Jahr verabredet«, erzählte Jola fröhlich und nahm einen Schluck von ihrer sahnig-süßen Piña Colada.

Till sagte nichts. Sagte nichts. Sagte nichts!

Der Cocktail wurde zu Säure in Jolas Mund. »Was?«, flüsterte sie.

»Jola …«

»Was?!«

»Als dein Trainer habe ich natürlich jetzt Zugang zu all deinen Unterlagen und gestern Abend habe ich mir mal gründlich deine Entwicklung angeschaut. Du bist gut, wirklich. Aber es kann sein, dass du in Osaka schon an deine Grenzen gekommen bist.«

Es fiel ihr schwer, die Lippen zu bewegen. »Du meinst, ich habe weniger Potenzial als Ryan?«

»Das habe ich nicht gesagt.« Till versuchte, ihr eine Hand auf den Arm zu legen. »Ich sage, sei nicht enttäuscht, wenn es für die Olympiade vielleicht nicht reicht. Von deinen Problemen mit den Achillessehnen jetzt mal ganz abgesehen.«

»Aber wieso?« Jola musste sich beherrschen, um ihn nicht anzuschreien. Sie riss ihren Arm weg, sodass seine Hand ins Leere tastete.

»Gott, wieso musste ich das jetzt erwähnen?« Er stöhnte und stützte einen Moment lang den Kopf in die Hände. »Jetzt ist der Abend hin. Besser, wir hätten das bei einem richtigen Zielvereinbarungsgespräch …«

Der Abend war hin? War das alles, was ihn interessierte? Es ging hier um ihre ganze Zukunft, all ihre Hoffnungen, ihre Träume! Mit flammenden Augen blickte sie ihn an, bis er mit der Sprache herausrückte. »Bleib bitte ganz ruhig, Jola, ja? Ich bin einfach nur ehrlich zu dir. Du bist in der Pubertät in die Länge geschossen … dieses Wachstum ist abgeschlossen, wie deine letzten Untersuchungen zeigen, und dein Körper wird nun eher breiter, weiblicher. Es ist ganz normal, dass in dieser Phase die Leistungen etwas zurückgehen. Aber wenn du dranbleibst, kannst du das Niveau halten, das du jetzt hast, und dich bestimmt auch noch steigern …«

Ihr Niveau halten! Das war nicht, wovon sie geträumt hatte. Was sie sich vorgestellt hatte, wenn sie nachts wach lag. *Fünf Ringe, in die Wolken graviert.*

Jola spürte, wie ihr die Tränen in die Augen schossen. Wütend wischte sie sie weg und zwang sich, ruhig zu sprechen. »Danke, dass du so ehrlich zu mir warst«, sagte sie. Dann stand sie auf, ging zur Tür und zog ihre Schuhe an.

Till ging ihr nach. »Jola. Geh jetzt nicht. Bitte.«

Sie drehte sich zu ihm um. »Wieso?«

»Deswegen«, sagte er und umarmte sie, hielt sie ganz fest. Jola wehrte sich nur einen Moment lang, dann ließ sie sich umarmen, schmiegte ihr Gesicht in seine Halsbeuge und sog seinen Geruch nach Zitronengras und Sahne ein. Ganz langsam wurde sie ruhiger, aber noch immer rannen ihr Tränen über die Wangen. Wieso konnte sie einfach nicht aufhören mit dieser blöden Heulerei?

»Verlier jetzt bitte nicht die Hoffnung«, sagte Till eindringlich. »Ich hätte da eine Idee, was du noch tun könntest, um bessere Chancen zu bekommen. Sie ist allerdings ein bisschen riskant.«

»Was für eine Idee? Was kann ich tun?« Jola hob den Kopf und starrte ihn an. Der silberne Armreif lag schwer und warm um ihr linkes Handgelenk, instinktiv tastete sie mit der anderen Hand danach.

»Darüber reden wir später«, sagte Till entschieden, zog irgendwoher ein Taschentuch hervor, wischte ihr behutsam das Gesicht ab und ließ das Tuch dann einfach fallen. »Du bist gerade viel zu aufgewühlt. Es ist etwas, über das du gründlich nachdenken musst. Und deine Eltern haben auch ein Wörtchen mitzureden.«

Verwirrt blickte Jola ihn an. *Meine Eltern? Wovon zum Teufel spricht er?* Doch sie sah an seinem Ausdruck, dass er jetzt nicht mehr darüber erzählen würde, egal, wie oft sie ihm versicherte, dass es ihr wieder besser ging.

»Wann später?«, bohrte sie nach.

»In ein paar Tagen. Ich muss erst ein paar Sachen recherchieren. Bis dahin – alles easy, ja?«

Seine Sprüche nervten, aber sie fühlte sich tatsächlich ein bisschen getröstet. Hoffentlich hatte er wirklich etwas in petto und tat nicht nur so.

Wie seltsam und irgendwie scheußlich es war, dass Till sie beim Training mit den anderen behandelte wie eine Fremde. Freundlich, aber distanziert. So als gebe es zwei Tills – der eine liebte sie, der andere trainierte sie. Noch immer ahnte niemand etwas von diesen beiden Tills. Ihre Eltern hatten ihren neuen Armreif nicht mal bemerkt, was Jola wirklich schwach fand. Und die letzte Dopingkontrolle hatte vor einer Woche in der Schultoilette stattgefunden, die Kontrolleurin hatte sie aus einer Chemiestunde geholt. Das passte wenigstens thematisch.

»Schöner Tag heute, was?« Ryan war sonniger Laune, als er in der Linde-Halle eintraf. Er war schon aufgewärmt, weil er als Langsprinter ein spezielles Ausdauertraining brauchte – er hatte schon einen sechs Kilometer langen Lauf kreuz und quer durch den Olympiapark hinter sich.

Nein, es war kein schöner Tag, aber Jola zwang sich trotzdem zu einem Lächeln. Sie wollte ihm seine erste Zeit in der Gruppe nicht vermiesen. Trotzdem merkte er schnell, dass sie heute verbissen, aber ohne Schwung an den Übungen teilnahm. »Alles klar mit dir?«, fragte er nach der Hälfte der Zeit.

»Ja, ja, geht schon«, antwortete sie schnell, und er blickte sie mit prüfendem Blick an. »Wenn du reden willst, ruf mich an. Das Angebot steht, das weißt du.«

»Ich weiß«, sagte Jola, und diesmal war ihr Lächeln etwas echter. Nein, sie konnte ihn nicht anrufen. Nicht, solange unklar war, wie es mit ihr weitergehen würde. Es schien unendlich lange her, dass sie im Dönershop herumgesponnen hatten, das Kinn voller Knoblauchsoße.

Die anderen in der Trainingsgruppe ließen es langsam angehen heute, denn schließlich war die Wettkampfsaison vorbei, und die nächste Aufbauphase hatte begonnen. Doch Ryan hängte sich natürlich selbst bei der ödesten Routineübung rein, um bei seinem neuen Coach einen guten Eindruck zu machen. »Sehr gut«, lobte ihn Till, als er sich bei den Frequenzwechselläufen geschickt anstellte.

Jola blickte in eine andere Richtung, es fiel ihr heute schwer, Ryan anzusehen.

Um fair zu sein, Till lobte auch sie und die anderen. Er lobte überhaupt viel, deutlich mehr als Heike Appeldoorn. Und – kaum zu glauben – manchmal fragte er sie sogar nach ihrer Meinung und hörte sich an, was sie zu sagen hatten.

Für Leni schien das genau das Richtige zu sein, sie wirkte viel fröhlicher und motivierter als sonst. Im Vergleich zu ihr fühlte sich Jola gerade schlaff und langsam. Das konnte so nicht weitergehen! Sie würde noch härter und länger trainieren. Aber ging das überhaupt? Sie hatte viel weniger Zeit als Ryan, im nächsten Frühjahr stand auch noch das Abi an inklusive ihrer Abschlussarbeit. Wie sollte das denn gehen?

»Du wirst sehen, du packst beides«, sagte Ryan, als er sie zur U-Bahn begleitete. »Bestimmt tut es dir gut, wenn du dich am Ende des Tages nach der ganzen Lernerei richtig auspowern kannst. Du brauchst die Bewegung, ohne die bist du bestimmt wie ein Gepard im Transportkäfig – extrem mies drauf und verdammt bissig. Stimmt's?«

Natürlich stimmte es. Und er hatte es geschafft, sie trotz allem zum Lachen zu bringen. Niemals durfte sie ihm sagen, dass sie sich nicht mehr so über seine Erfolge freuen konnte wie zuvor.

Wenigstens eine gute Nachricht gab es. Nach Monaten hatte sich die *Coronado AG* wieder gemeldet. Jola konnte kaum fassen, was Clemens Braunhaag schrieb.

Furchtbar schade, wie das bei der Weltmeisterschaft gelaufen ist, doch wir glauben an Ihr Potenzial und sind noch immer daran interessiert, Ihr Sponsor zu werden. Wäre es möglich, dass wir uns in ein paar Wochen zu einer Besprechung treffen?

Jola spürte, wie ihre Augen feucht wurden, während sie eine Zusage tippte. Ihr eigener Trainer glaubte nicht an sie, aber dafür ein großes Unternehmen? »Mir ist nicht ganz klar, warum die sich gemeldet haben«, sagte sie, als die Familie zusammen am Esstisch saß.

»Ist doch egal – kommt, darauf stoßen wir an!« Ihr Vater strahlte. »Du warst ihnen eben sympathisch beim Treffen dort in Osaka.«

Eins stand fest, sie würde Till erst einmal nichts davon erzählen, Erst, wenn der Vertrag stand, würde sie es ihm sagen. Ja, genau dann. Ganz beiläufig. So als sei es gar nichts Besonderes.

Doch erst mal wollte sie wissen, was für eine Idee Till für sie in petto hatte. Und ein paar Tage später, als Leni, Koray, Ryan und paar Hürdenläufer nach dem Training noch ins Kino wollten – Filme fanden Korays Eltern in Ordnung –, war es so weit. »Kommst du heute nach dem Training bitte in den Videoanalyseraum?«, fragte Till sie. Na endlich! Endlich rückte er damit heraus, was er neulich gemeint hatte.

Leider hatte Leni gehört, was er gesagt hatte, und sie blickte drein, als ginge ihr gerade ein *Wieso nimmt er sich so viel Zeit für dich, aber nicht für mich?* durch den Kopf. »Du hast es gut«, flüsterte sie Jola zu. »Mit dem würde ich gerne auch mal ein Stündchen allein verbringen! Geht dir auch so, oder?«

Jola überlief es kalt. »Na ja, weiß nicht«, sagte sie betont gleichgültig. »Ich würde viel lieber mit euch ins Kino gehen, als jetzt meine Sprinttechnik zu analysieren.«

Das brachte ihr einen kritischen Blick ein. »Hm, und das soll ich dir glauben?«

Diesmal hatte sie es übertrieben. »Aber klar, Till ist ein toller Typ«, schob Jola aus voller Überzeugung nach, und nun wirkte Leni überzeugt. Es war nur ein kurzes Gespräch gewesen, doch es hatte Jola mehr Kraft gekostet als das Training. *Ich habe diese Lügerei so satt. Ahnt Leni was?*

Der Analyseraum war nüchtern und grau, im Zentrum stand ein Bildschirm, der die ganze Wand einnahm, auf dem Tisch davor lag ein Bedienpanel, mit dem man die Wiedergabe steuern konnte. Es lief schon ein Film – eine Sprinterin mit kurzen schwarzen Haaren und olivfarbener Haut startete gerade in einem gewaltigen, modernen Stadion. Geballte Kraft, pure Geschwindigkeit. Fasziniert sah Jola einen Moment zu. »Wer ist das noch mal? Ich hab ihren Namen vergessen.«

»Maisie Freeburn«, sagte Till. »Istanbul 2028, so wie ich. Aber Freestyle, Startklasse M.«

M wie modifiziert. In dieser Startklasse liefen keine Behinderten mit Prothesen, sondern normale Athleten mit chirurgischen Optimierungen. Jolas Blick glitt über den Körper der

Sprinterin, suchte nach irgendetwas, das anders war. Doch sie fand nichts. Diese Frau hatte einen makellosen, durchtrainierten Körper und sie gewann das Rennen mühelos. »Wieso ist sie in Freestyle? Ich sehe nichts, was an ihr optimiert sein soll.«

Till hielt das Bild an und skizzierte mit dem Zeigefinger Maisie Freeburns Wadenmuskeln entlang. »Hier ist ein künstlicher Muskel implantiert, auf der anderen Seite ebenso. Ziemlich neues Modell, ein DF-566X.«

»Ach so.« Jola wusste, dass immer mehr Athleten ihren Körper chirurgisch optimieren ließen, hatte sich aber bisher nicht damit beschäftigt. Halb neugierig, halb abgestoßen vergrößerte sie den Bildausschnitt, bis das Bein der Sprinterin größer war als sie selbst. »Wo sind die Narben?«

»So was wird natürlich minimalinvasiv gemacht, ein winziger Schnitt reicht.«

Nur ganz aus der Nähe fiel ihr auf, dass die Form des Wadenmuskeln etwas anders wirkte als bei ihr selbst, ein klein wenig breiter.

Der Film startete immer wieder neu, wieder und wieder jagte Maisie Freeburn vor ihr über die Bildschirmwand. Doch Jola vermied es, sie anzusehen, stattdessen starrte sie Till an, der schräg neben ihr saß. »Das meinst du jetzt nicht ernst, oder? Willst du damit sagen, ich soll einen *Chirurgen* an meine Beine ranlassen?«

»Geh bitte nicht gleich an die Decke, ja?« Till legte die Fingerspitzen gegeneinander. »Meiner Meinung nach hast du in Freestyle mehr Chancen. Du könntest viel weiter kommen.«

»Sagst *du*.« Jola war immer stolz auf ihren Körper gewesen, der so viel mehr konnte als die meisten anderen – nur ein Mal hatte ihr ein Lehrer im Schulsport eine unfassbare Zwei verpasst, weil Bodenturnen einfach nicht ihr Fall war.

»Macht dir der Gedanke Angst, dass dich die Leute dann zu den Freestylern zählen würden?« Er beobachtete sie genau. »Das könnte ich verstehen. Ryan ist Teil des Teams, aber er wird immer anders sein. Nicht das, was man *normal* nennen würde.«

Nicht normal? Was sollte das denn jetzt? »Warst *du* das etwa, der ihn einen Cyborg genannt hat?«, platzte Jola heraus.

Ehrlich entsetzt blickte Till sie an. »Was?«

»Schon gut, vergiss es.« Jola winkte ab und ihre Gedanken schweiften zurück zu seinem haarsträubenden Vorschlag. Nein, eigentlich wollte sie ihren Körper nicht optimieren lassen, sie mochte ihn so, wie er war. Viele in ihrer Klasse sparten für eine Nasenkorrektur, Fettabsaugung oder Brustvergrößerung. Vanessa hatte sie mal gefragt, ob sie auch vorhatte, an ihrer Körbchengröße A etwas zu ändern – nein, was in aller Welt sollte sie mit Riesenmöpsen anfangen?

Stopp, dachte Jola ärgerlich. *Hier geht es nicht um deine verdammten Brüste, sondern um deine Beine!* Ihre Beine, die sich nur allzu oft mit Muskelverhärtungen oder Zerrungen beschwerten, wenn Jola ihnen zu viel zugemutet hatte.

»In deinen Akten stand, dass du immer wieder Probleme mit deiner Achillessehne hast«, sagte Till. »Es gibt jetzt richtig gute Sehnen aus Carbonfaser. Die machen keinen Ärger, und du musst nicht ständig Angst haben, dass du mit einem Sehnenriss eine Ewigkeit außer Gefecht bist.«

Unwillkürlich wanderte Jolas Hand an ihrer Wade nach unten, strich über die Sehne.

»Nein«, sagte Jola. »Ich will das alles nicht.«

»Denk in Ruhe darüber nach.« Till beobachtete sie genau. »So was ist keine Entscheidung, die man von heute auf morgen fällt, weißt du?«

»Nein heißt nein, Till!« Sie stand auf und er folgte ihrem Beispiel.

»War ja nur ein Vorschlag«, sagte Till. »Ich dachte eben, du willst gewinnen.«

»Ciao dann, bis morgen.« Jola küsste ihn flüchtig zum Abschied.

Ja, verdammt, sie wollte gewinnen – aber doch nicht so!

DER SPONSOR

Halb verwirrt, halb ärgerlich machte sich Jola auf den Weg nach Hause. Ihren Körper optimieren lassen! Was für ein krasser Vorschlag von Till; ihre Eltern würden sie ansehen wie nicht ganz normal, wenn sie das daheim erzählte. Was kostete so was überhaupt? Tausende garantiert, das konnte sie sich nie und nimmer leisten. Nach dem Abi würde es sowieso schwierig werden mit der Kohle, wenn sie sich erst mal nur auf den Sport konzentrieren wollte. Außer, das mit dem Sponsor klappte.

Schon als sie ihre Jacke an die Garderobe hängte, spürte Jola, dass schlechte Stimmung herrschte. Es fühlte sich an, als hingen Gewitterwolken mitten über dem Esstisch, bereit, Blitze und Hagel darüber abzuladen.

»Schälst du bitte die Kartoffeln?«, bat ihre Mutter knapp, und Jola übernahm die Bratkartoffelseite des Abendessens, während Jannis sich von seiner französischen Assistentin ein Salatrezept raussuchen ließ.

»Was ist los?«, flüsterte Jola ihm zu, während sie Kartoffelscheiben in die Pfanne schüttete.

»Bisschen Ärger in der Schule«, gab Jannis zurück.

»Du? Ärger in der Schule?« Jola starrte ihn an. Ihr genialer Bruder, der gute Noten einsammelte wie andere Leute Walderdbeeren?

Jannis verzog das Gesicht. »Zwei Verweise hintereinander. Noch einer und ich fliege.«

»Aber was …?«

Weiter kam sie nicht, schon tauchte ihr Vater in der Küche auf wie ein Geist, der sich in der Uhrzeit geirrt hatte. Schweigend aßen sie, bis ihre Mum aufschaute. »Stimmt es, dass du im Mädchenklo warst, Jannis?«

»Ähm, ja.«

»Aber?«

»Ich war nur dort, weil ich Melli die Prüfungsaufgaben geben wollte.«

»*Prüfungsaufgaben?* Was für Prüfungsaufgaben?«

Jannis seufzte. »Die für die nächste Matheprobe.«

Anton und Theresa sahen aus, als wäre für München ein Tornado gemeldet worden. »Bist du wahnsinnig? Wo hattest du die her?«

»Aus dem Account der Lehrerin.«

»Aus dem *Account der Lehrerin*?«

»Und wieso musstest du ins Mädchenklo, um Melli die Aufgaben zu geben?«, bohrte Theresa nach.

Jannis warf ihr einen *Rette mich!*-Blick zu und Jola sprang sofort in die Bresche.

»Wollt ihr mal was Lustiges hören?«, begann sie in unbeschwertem Ton. »Ich hab euch doch von Till, meinem neuen Trainer, erzählt, oder? Stellt euch vor, der hat allen Ernstes gemeint, ich soll meinen Körper optimieren lassen.«

Das wirkte. »Ist er verrückt? Dein Körper ist wunderbar so, wie er ist!« Antons gutmütiges Gesicht lief rot an. »Ich finde es scheußlich, dass immer mehr Sportler sich operieren lassen. Das ist doch total unnatürlich. Wieso machen die so was?«

»Auf andere Art gibt's fast keine Rekorde mehr«, versuchte Jola zu erklären. »Der menschliche Körper ist am Limit angekommen.«

»Ich finde diese Optimierungen genauso furchtbar wie all

diese Schönheitsoperationen«, sagte ihre Mum und attackierte ihren Salat, als hätte er versucht, sie zu beißen. »Alles muss perfekter sein, nein, perfekter als perfekt, das ist krank!«

»Wieso krank?«, fragte Jola irritiert. »Wenn wir alles hinnehmen müssten, was die Natur uns so austeilt, dann wären viele Leute unglücklich!«

»Aber du meinst eher die mit Segelohren oder Klumpfüßen, oder?«, fragte Jannis.

»Die sowieso.« Es war schon lange her, dass Jola ein Kind mit abstehenden Ohren gesehen hatte. Die Eltern ließen ihre Kinder mittlerweile operieren, bevor sie in die Schule kamen, damit sie nicht gehänselt wurden.

»Man kann auch ohne Operationen glücklich sein, Jola.« Ihre Mum hatte schmale Lippen. »Und die Natur hat dir einen Körper gegeben, mit dem die meisten Leute mehr als glücklich wären. Also hör bitte auf mit diesem …«

»Scheiß? Oder was genau wolltest du sagen?« Jola spürte, wie ihr Kampfgeist erwachte. Wieso griffen ihre Eltern auf einmal sie an? Sie und Theresa funkelten sich an. *Scheiß ist das, was du machst, Mum*, ging es Jola durch den Kopf. *Wann sagst du es ihm endlich? Oder bist du dazu zu feige?*

»Richte deinem Trainer bitte aus, dass er das ganz schnell wieder vergessen soll«, sagte ihr Vater. »Eine unnötige Operation kommt gar nicht infrage, für so was geben wir dir kein Einverständnis. Wer mag noch Bratkartoffeln?«

Gereizt schob Jola ihren Teller von sich. »Ich weiß leider schon, was er dazu sagen würde. Er würde sagen, die Operation ist nicht *unnötig* – wenn ich die Einzige bin, die nicht optimiert ist, dann habe ich in Zukunft schlechte Karten.«

»Louna, *Chérie,* wie viel Prozent aller Spitzenathletinnen sind bislang optimiert?«, fragte Jannis seine Assistentin.

»Zehn Komma zwei«, flötete Louna aus dem Nichts.

»Na, seht ihr, nur zehn Prozent – es kann nicht sein, dass alle anderen Athletinnen so etwas machen«, sagte Anton, schabte die Pfanne aus und beförderte die halb angebrannten Kartoffelkrümel auf seinen Teller. Die mochte er am liebsten, weil sie seiner Meinung nach genau richtig knusprig waren. »Übrigens, Jola, die Bratkartoffeln waren sehr lecker.«

»Freut mich«, sagte Jola knapp. *Es kann nicht sein, dass alle anderen Athletinnen so etwas machen?* Manchmal war ihr Vater wirklich arg naiv. »Und übrigens, euer Einverständnis brauche ich nicht mehr lange, ich werde demnächst achtzehn, falls ihr es vergessen habt.«

»Du denkst nicht ernsthaft darüber nach, das machen zu lassen, oder?« Jannis schaute sie besorgt von der Seite an.

»Nein, keine Sorge«, gab Jola zurück, sie hatte es mehr als satt, darüber zu reden. »Wie war euer Tag sonst so?«

Es hatte geklappt, ihre Eltern auf eine andere Spur zu bringen – ihr Vater erzählte von Stadtführungen zu bestimmten Themen, die er gerne anbieten wollte, und ihre Mum lästerte über ihre Entwicklerkollegen aus Indien, deren Englisch manchmal eine Zumutung war und die ständig irgendwelche Insiderwitze austauschten, bei denen sie sich ausgeschlossen vorkam. Langsam entspannte sich Jola.

Nach dem Essen kam Jannis in ihr Zimmer. »Danke. Hast was gut bei mir, Jo.«

»Eine Packung deiner besten Anti-Aging-Creme? Oder ein paar Anti-Alk-Nanobots?« Jola grinste. »Weswegen warst du denn jetzt mit den Prüfungsaufgaben in der Hand im Mädchenklo?«

Jannis seufzte. »Weil sich Melli dort verschanzt hatte. Sie hat irre Angst vor Prüfungen, weißt du. Wenn ich ihr die Aufgaben gegeben hätte, hätte sie sich auch rausgetraut. Nur blöd, dass in dem Moment Bianca Hope und noch eine Tussi reingekommen sind. Die haben geschrien, als hätten sie Godzilla entdeckt.«

Jola prustete los. Als sie wieder zu Atem gekommen war, sagte sie: »Du bist zwar nicht perfekt, aber zwischen Godzilla und dir gibt's einige Unterschiede!«

»Danke. Das ist genau das, was ich versucht habe, ihnen zu verklickern. Hat nur nicht funktioniert.«

Seit wann setzte sich ihr Bruder so für ein Mädchen aus seiner Klasse ein? Verliebte er sich endlich in jemand Echtes, statt mit seiner virtuellen Assistentin zu flirten?

Beim Training am nächsten Nachmittag vermied Jola es, Till anzusehen. *Wenn der wüsste, dass meine Eltern mich dazu gebracht haben, seine bescheuerte Idee zu verteidigen!*

Weil andere dabei waren, beachtete Till sie kaum, so wie üblich. Doch in allem anderen verhielt Till sich ungewohnt heute, er lief sich mit ihnen warm und beteiligte sich an den Dehnübungen. Was hatte er vor? Kurz darauf erfuhr sie es. »Nein, das ist noch nicht optimal so«, sagte er zu einer seiner Nachwuchs-Hürdenläuferinnen, die gerade über die Strecke geholpert war. »Moment, ich zeig dir, was ich meine.«

Alle Augen wandten sich ihm neugierig zu. Sie wussten alle, dass er in seiner aktiven Zeit zur Weltspitze gehört hatte, aber keiner von ihnen hatte ihn bisher laufen sehen. Till sprintete los, überwand in vollem Tempo und makelloser Technik eine Hürde nach der anderen. Ungläubig beobachtete Jola ihn. Wie machte er das? Bei jeder Hürde schien er an Boden zu gewinnen, statt Zeit zu verlieren. Seine Sprünge waren keinen Zentimeter höher als nötig, aber unglaublich lang.

Sie alle starrten ihn an, als er auslief und zu ihnen zurückging. Till zuckte die Schultern. »Freestyler-Knie eben. 2029 eingebaut. Fast schade, dass ich sie so selten nutze.«

Er blickte ihr voll ins Gesicht, als er das sagte.

Jola wandte sich ab. *Mein Körper bleibt so, wie er ist!*

»Morgen Nachmittag komme ich nicht ins Training«, teilte sie ihm mit, nachdem die anderen zum Umziehen gegangen waren.

»Du hast bestimmt einen wichtigen Grund dafür.« Tills Blick war so sanft wie üblich, provozieren ließ er sich von ihr nicht.

Ja, ich brauche ein bisschen Abstand von dir. Jola betrachtete sein Gesicht und stellte sich vor, über seine weiche karamellfarbene Haut zu streichen. Beinahe hätte sie ihm gesagt, dass sie endlich einen Sponsor in Aussicht hatte, doch im letzten Moment presste sie die Lippen zusammen. Nein, sie durfte niemandem etwas sagen. Auch den anderen in ihrer Gruppe nicht. Bisher hatte nur Samuel einen Sponsor – die Bäckerei, in der sein Onkel arbeitete. Die örtliche Sparkasse wollte es sich überlegen.

Vier Wochen noch bis zum Termin mit der *Coronado AG* in Nürnberg. So lange musste sie noch dichthalten. Der Termin war am Freitagnachmittag, kurz bevor sie, Leni und Ryan bei den Bayerischen Hallenmeisterschaften starten würden. Da konnte sie ihm und dem Sponsor gleich zeigen, dass sie in Topform war – auch ohne irgendwelche bescheuerten Zusatzmuskeln.

Jemand zwickte sie von hinten. »Na, von wem träumst du gerade?« Ryan tänzelte in übermütiger Stimmung rückwärts von ihr weg.

»Von einem Cheeseburger!« Jola holte ihn ein und versuchte, ihm den Arm um den Nacken zu legen und seinen Kopf nach unten zu drücken. Klappte leider nicht.

Feixend joggte Ryan davon.

Dem ging es richtig gut. Till hatte ihn für die Bayerischen

Hallenmeisterschaften gemeldet, und zwar zum ersten Mal als Freestyler. Wieso konnte sie ihm das nicht einfach gönnen?

Weihnachten, Silvester. Es fiel Jola schwer zu entspannen. Noch im letzten Jahr hatte sie mit Jannis im Schnee herumgetobt. Das fiel dieses Jahr aus, Schnee gab es sowieso keinen. Und nach den Feiertagen ging das Training voll wieder los, denn im Januar standen gleich mehrere Hallenwettkämpfe an.

Am Mittwoch vor den Meisterschaften begann Jolas Nase zu laufen. Am Donnerstag früh schmerzte ihr Hals. Till eröffnete ihr: »Tut mir leid, Jola, aber so kann ich dich nicht starten lassen.«

»Okay«, gab Jola zahm zurück. Dieses Schicksal teilte sie mit Koray, der durch eine Bänderdehnung ausfiel. Viel wichtiger war sowieso der Termin mit dem Sponsor, und den würde sie höchstens absagen, wenn sie sich mit diesem neuen Pekingfieber ansteckte.

Kurze Pause am Telefon.

»Ich vermisse dich«, sagte Till leise, und zum ersten Mal, seit sie ihn kannte, klang er niedergedrückt. »Es tut mir leid, wenn ich dich neulich überfordert habe. Habe ich doch, oder?«

Besser, sie ging zum Telefonieren in ihr Zimmer. »Deinen Hürdenlauf fand ich ein bisschen daneben«, sagte Jola. »Wir wissen sowieso, wie toll du bist.«

»Verdammt, Jola, darum ging es nicht. Ich glaube nur, dass du Vorurteile hast, und gegen die wollte ich etwas tun. Ist wohl falsch rübergekommen. Wann sehen wir uns wieder?«

»Wir sehen uns jeden Tag im Training.«

»Du weißt, was ich meine.«

Jola schwieg. Einen Moment lang hörte sie nur zu, wie er atmete. Dann sagte sie ihm die Wahrheit. »Ich vermisse dich auch. Aber ich hasse diese Heimlichtuerei.«

»Geht mir genauso«, sagte er. »Wir könnten damit aufhören, wenn du in eine andere Trainingsgruppe gehst.« Seine Stimme klang angespannt. »Es gibt eine gute Sprintgruppe in Leverkusen.«

Ganz langsam setzte sich Jola, ihre Finger strichen über den silbernen Armreif, den sie außer im Training ständig trug. »Aber … das ist etliche Hundert Kilometer entfernt!«

»Ich weiß«, sagte Till gepresst.

»Vergiss es. Ich bleibe hier in München.« Ihre Sehnsucht nach ihm wurde stark und stärker. Es war nicht so leicht gewesen, ohne ihn auszukommen, wie sie gehofft hatte. »Wir könnten uns wieder treffen.«

Sie hörte ihn ausatmen. »Was hältst du davon, wenn wir mal wieder irgendwo Salsa tanzen? Oder zusammen essen gehen, in irgendeinem Ort, wo uns niemand kennt? Ich werde auch nicht über Optimierungen reden. Versprochen.«

»Okay«, sagte Jola.

Ein automatisches Taxi hatte sie in Nürnberg zu ihrem Ziel gebracht, einem gläsernen Bürogebäude am Rand der City. *Coronado AG.* Der Schriftzug glühte in blauen Lettern an der Außenfront. Jolas Mum schob ihre Kreditkarte in den Zahlschlitz des Taxis, dann stiegen sie aus und das Elektroauto glitt lautlos davon.

Jola ging auf Zehenspitzen vor Aufregung. Sie schaute an sich hinunter, und das, was sie heute Morgen aus dem Schrank gezogen hatte, gefiel ihr schlagartig überhaupt nicht mehr – schwarzer Rollkragenpullover, Minirock mit pinken Leggins und schwarze Mokassins.

»Ganz cool, okay?« Ihre Mum schien zu spüren, wie sie sich fühlte. »Die finden dich gut, nur deswegen sind wir hier.«

»Klar«, sagte Jola mit trockenem Mund. Noch immer musste Jola fast jedes Mal, wenn sie Theresa anblickte, an das furchtbare Gespräch im Café, an die Probleme ihrer Eltern miteinander denken. Doch sie schaffte es irgendwie, diese Gedanken wegzuschieben.

Am Empfang meldeten sie sich bei einem Terminal an, wurden von einem Wachmann durch eine Sicherheitsschleuse geleitet und durften erst dann ins Gebäude hinein. »Was ist das hier, Fort Knox?«, flüsterte Jola ihrer Mum zu. »Ich dachte, die stellen nur Süßwaren her?«

»Ja, und? Die haben halt auch keine Lust auf einen Anschlag, nur weil ihre Kaugummis vielleicht irgendein muslimisches Tabu verletzen.« Ihre Mum wirkte wunderbar ruhig und gelassen und Jola war froh darüber.

»Ich bin Katharina Junghans aus dem Marketing, Herr Braunhaag kommt sofort.« Eine junge Managerin geleitete sie in einen großen Konferenzsaal, in dem etwa zwanzig Stühle um einen Tisch herumstanden. Alle paar Meter waren Mineral- und Saftwasserflaschen zu kleinen Inseln arrangiert worden. An den Wänden prangten Plakate mit Hochglanzfotos der neuesten *Coronado*-Produkte: Die aktuellsten fünf Sorten HollyMood-Schokolade sprangen Jola fast vom 3-D-Bild entgegen. Daneben eine Flut rot glänzender Granatapfel-Bonbons und in Mustern arrangierte bunte Kaubonbons. Besonders die Schokolade sah saulecker aus.

Aus der Nähe gesehen bemerkte Jola, dass diese Frau Junghans nicht mehr so taufrisch war, wie sie auf den ersten Blick gewirkt hatte. Sie hatte sich die Haut nano-optimieren lassen, das erkannte man an dem fast unnatürlich perfekten, samtenen Schimmer, den man nicht mal mit Make-up so hinbekam. Auf den zweiten Blick bemerkte Jola eine kleine silberne Spange an der Seite ihres Kopfes – wow, das war eine Hirnschnittstelle! Sie kannte niemanden, der so ein Ding trug, damit konnte man in unglaublicher Geschwindigkeit, ohne Tastatur und Monitor, ins Netz gehen.

»Ich grüße Sie, schön, dass Sie kommen konnten!« Clemens Braunhaag, den Jola aus Osaka kannte, kam mit festen Schritten und ausgestreckter Hand auf sie zu.

Nach einer Runde Geplauder und Mineralwasser ging es zur Sache. »Wir sind nach wie vor an Ihnen interessiert, weil Sie einfach den Typ verkörpern, der zu unseren Produkten passt. Jung, hübsch, fit, erfolgreich.« Er ließ die letzten beiden Wort einen Moment lang im Raum hängen. Jola zwang sich zu einem Lächeln. *Der hat Osaka noch kein bisschen vergessen.*

»Uns ist bewusst, dass Sie noch am Anfang stehen, doch wir wollen Sie schon jetzt unterstützen. Sie könnten genau die richtige Sympathieträgerin für uns werden.«

»Das hoffe ich«, sagte Jola.

»Glauben Sie denn, dass Sie es schaffen könnten, zur Olympiade zu kommen?«, fragte Katharina Junghans. Ihre perfekt geschminkten Lippen waren noch immer zu einem Lächeln verzogen.

»Jedenfalls ist das mein ganz großes Ziel«, sagte Jola und holte tief Luft. *Ein Mal dort starten. Ein Mal nur. Ein Mal im Leben.*

»An was für eine Unterstützung haben Sie denn gedacht?« Ihre Mutter klang keineswegs aufgeregt, sondern cool und businesslike. Zum Glück.

»Wir dachten an 6000 Euro pro Monat, erst mal ein Jahr lang«, sagte Braunhaag, und Jola stockte der Atem. Damit konnte sie ihre Familie ganz gehörig entlasten und all die

Kosten bezahlen, die sie im Moment durch ihre Wettkämpfe hatten! Das wäre ein Segen und ihre Mutter würde nicht mehr so oft über ihr überzogenes Konto stöhnen müssen. Und vielleicht konnte sie sich vom Rest der Summe eine Wohnung suchen und sich erst mal ganz auf ihr Training konzentrieren!

»Was für eine Gegenleistung erwarten Sie dafür?«, hakte Jolas Mutter nach.

»Unser Logo mindestens zehn Zentimeter groß auf ihrer Kleidung, sieben PR-Termine und eine Garantie, dass Johanna und damit unser Logo in mindestens fünf Fernsehauftritten zu sehen sein wird«, mischte sich Frau Junghans, die Marketingfrau, ein.

Jola tauschte schnell einen Blick mit ihrer Mutter. Fünf Fernsehauftritte? Wie sollte sie das hinkriegen? Das würde nur funktionieren, wenn sie in der Olympiade startete!

Clemens Braunhaag hatte diese Blicke sicher bemerkt, er räusperte sich. »Um ehrlich zu sein, wir sehen Sie in Zukunft in der Kategorie Freestyle M. Dort könnten Sie richtig durchstarten ...«

»Moment mal – wie bitte?« Jola wollte sicher sein, dass sie richtig gehört hatte. »Aber ich ...«

»Wissen Sie, was für gute Sehnen aus Carbon es inzwischen gibt?« Katharina Junghans' Augen leuchteten. »Fünfmal bessere Elastizität, Zuglast 30 Tonnen, Immunverträglichkeit hervorragend. Solche Sehnen würden Ihre gesundheitlichen Probleme aus der Welt schaffen – Verletzungspausen sind ärgerlich für alle, auch den Sponsor.«

»Und die künstlichen Muskeln, die es zurzeit auf dem Markt gibt, sind wirklich eine tolle Sache«, bekräftigte Braunhaag. »Sie ergänzen Ihre bisherigen Beinmuskeln, es ist ganz unproblematisch, sie operativ einsetzen zu lassen. Zwei kleine Narben, das war’s. So eine Operation ist natürlich nicht billig, aber als Ihr Sponsor würden wir die Kosten tragen. Schließlich geht es hier um Ihre Chancen, an der Weltspitze mitzumischen.«

»Eigentlich hatte ich nicht vor, zu Freestyle zu wechseln«, sagte Jola ernüchtert. Sie hatte sich so viel von diesem Treffen versprochen, und nun sah es so aus, als würde gar nichts dabei herauskommen! Na toll.

»Wir würden ihr das sowieso nicht erlauben«, ergänzte ihre Mutter entschuldigend.

Clemens Braunhaag wandte sich ihr zu, sein Lächeln gewann noch eine Spur Wärme. »Es wäre eine tolle Gelegenheit für Jola, sich weiterzuentwickeln. Selbst weltberühmte Sportler wie Ben Keel lassen ihren Körper optimieren, es ist wirklich nichts dabei.«

Ben Keel. Natürlich. Ben Keel, ihr Idol, der beste Sprinter der Welt, lief ja seit der Weltmeisterschaft inzwischen als Freestyler, sie hätte es eigentlich lieber vergessen. Doch das war schwer. Keel liebte seinen optimierten Körper und man sah ihn auf Hunderten von Werbedisplays in der ganzen Stadt. Tausenden im ganzen Land. Millionen in der ganzen Welt.

»Es würde Sie als Mensch nicht verändern«, sagte Katharina Junghans, die Marketingfrau. »Die gleiche Jola … nur schneller.«

»Sie wissen ja selbst, wie viel Aufmerksamkeit die Freestyler gerade in den Medien bekommen«, hakte Braunhaag nach.

»Ja, das ist mir nicht entgangen.« Jola musste die Zähne zusammenbeißen. Unter dem Tisch scharrten ihre Füße wie zwei kleine Tiere, die sich befreien wollten. Sie zwang sich, sie ruhig zu halten.

»Schauen Sie es sich einfach mal an.« Clemens Braunhaag tippte etwas auf einem Tablet und schob es Jola über den Tisch. »Die neuen WL8B – das sind Wadenmuskeln – sind wirklich Wunderwerke der Medizintechnik. Die Modelle für die Oberschenkel ebenfalls.«

Schweigend scrollte sich Jola durch die Prospekte. Betrachtete rötlich-weiße künstliche Muskelstränge, die, im Nichts schwebend, irgendwie obszön aussahen. Weg damit. Jetzt trabten gut gelaunte Sportlerinnen durchs Bild, stützten dann ihren Fuß auf einen Stein und hielten lächelnd ihre Beine in die Kamera. Eine von ihnen erkannte Jola – was, die hatte sich auch operieren lassen?!

»Tut mir leid, so was kommt für uns nicht infrage.« Ihre Mum stand auf und einen Moment später folgte Jola ihrem Beispiel. Sekundenbruchteile später erhoben sich auch Clemens Braunhaag und die Marketingfrau. Erstaunlicherweise wirkten sie nicht enttäuscht. »Denken Sie einfach darüber nach«, sagte Braunhaag, als er ihnen die Hand gab. »Wer nicht operiert ist, bleibt in Zukunft außen vor, fürchte ich. Aber das ist Ihre Entscheidung. Wir halten das Angebot eine Woche lang aufrecht, es würde mich freuen, wenn Sie sich melden würden, Frau Spiegler.« Er blickte Jola an, als er es sagte. Nicht ihre Mutter.

Bevor ihnen eine Antwort einfiel, ließ sich Katharina Junghans von einem Mitarbeiter ein großes Paket geben und reichte es an Jola weiter. »Dürfen wir Ihnen das verehren?« Bevor Jola es sich versah, hielt sie es schon in den Händen. Ein kurzer Blick ins Innere offenbarte ein komplettes *Coronado*-Sortiment, von A wie Apfelbonbon bis V wie veganer Gummi-Elch.

Später, als sie vor dem Gebäude standen und nach ihrem Taxi Ausschau hielten, zischte Jola ihrer Mutter ins Ohr: »Die erwarten doch nicht, dass ich das alles esse? Sonst verliere ich glatt eine Zehntelsekunde bei der nächsten Meisterschaft!«

»Für Jannis ist das auch nicht gut.« Ihre Mutter seufzte.

Jola überlegte. »Vielleicht können wir es einfach beim nächsten Kindergarten abliefern?«

»Bist du wahnsinnig? Die Eltern würden Amok laufen!«

»Dann schmeißen wir es eben weg. Ist mir egal.« Jola fühlte sich schlaff und mutlos. Kein Sponsor. Nur Worte, die sie einfach nicht aus dem Kopf bekam. *Wer nicht operiert ist, bleibt in Zukunft außen vor.* Würde sie wieder dieses Gefühl haben müssen, nicht gut genug zu sein? Sie hasste es und doch kam es immer wieder zurück zu ihr wie ein anhänglicher Hund.

Schließlich stellten sie das Paket einfach am Bahnhof auf einer Sitzbank ab und nahmen nur ein paar Sachen daraus für die Familie mit.

Während der Heimfahrt im ICE waren sie beide schweigsam. Vor dem Zugfenster verwischte sich die Landschaft zu einem graugrünen Brei und in Jolas Kopf kochten die Gedanken zu einer ungenießbaren Suppe zusammen. *Stimmt das? Dass man ohne Optimierung bald nicht mehr mithalten kann? Mache ich einen Riesenfehler, wenn ich das alles abblocke?*

Erschöpft schloss sie die Augen, aber die Gedanken ließen ihr keine Ruhe.

Die gleiche Jola, nur schneller. Die gleiche Jola …

»Woran denkst du?«, fragte ihre Mutter.

»An Schokolade«, sagte Jola bitter und steckte sich ein Stück *HollyMood Weißer Nougat* in den Mund.

Dann stopfte sie den Rest der Tafel in den Bordmülleimer des Zuges.

CARBON COWBOY

Konnte das süchtig machen, dass die Leute ihm zujubelten? Ryan ertappte sich dabei, dass er dem Publikum zuwinkte und dabei auf seinen Carbonfedern herumstolzierte wie ein Hahn auf dem Misthaufen. *Komm wieder runter, Kleiner. Du bist kein beschissener Rockstar!* Jakes Stimme in seinem Ohr.

Und sowieso, es waren nur die Bayerischen Hallenmeisterschaften, das Publikum bestand hauptsächlich aus Angehörigen und die Konkurrenz in Freestyle war überschaubar. Ein paar Normalos, eine Handvoll Amputierte, ein paar Leute mit kleineren Optimierungen, alle zusammen in einer Startklasse. Till hatte ihm versichert, dass er die allesamt von der Bahn putzen konnte, und so war es. Die 100 Meter hatte er locker gewonnen und bei den Vorläufen für die 400 Meter war er mit 30 Metern Vorsprung durchs Ziel gekommen. Nebenbei neuer Landesrekord. Das hatte einen recht ordentlichen Applaus gebracht. Vielleicht fragten sich die Zuschauer gerade, wer er war. Wo er herkam. Warum sie noch nie etwas von ihm gehört hatten. *Brauchst dir nichts einzubilden. Heute Abend, bei der nächsten* KrassKwizz-*Sendung, haben sie dich schon vergessen.*

Wie es üblich war, gratulierten ihm seine Konkurrenten, darunter ein Athlet, dem das rechte Bein amputiert worden war; er lief mit einer schicken schwarz-roten Feder.

Inzwischen war Cheyenne von der Empore herabgeeilt, sie warf Ryan die Arme um den Hals und lachte. »Hey, das war cool!«

Es war lange, sehr lange her, dass er sie lachen gesehen hatte. Unwillkürlich lachte Ryan mit und umarmte sie zurück. Er war nicht begeistert gewesen, als sie angekündigt hatte, sie würde gerne mitfahren zu den Meisterschaften. Weil sie nicht in diese Welt gehörte und er nicht sicher war, ob sie nur versuchte, auf seine Kosten Frieden zu finden. In Tills Auto war kein Platz mehr für sie gewesen, aber eisenhart hatte sich Cheyenne ein Bahnticket gekauft. Jetzt war er froh darüber.

»Gut gemacht«, sagte Till mit einem breiten Grinsen und klopfte ihm auf die Schulter. »Einfach so weitermachen, okay?«

»Okay.« Ryan grinste zurück.

In den ersten Wochen hatte Till ihn nur bei Wettkämpfen im Behindertensport starten lassen – es war ein Risiko gewesen, dass er schon jetzt in der Kategorie Freestyle angetreten war, in der sich auch viele Sportler ohne Handicap tummelten. Ein Risiko, das sich gelohnt hatte.

Und jetzt das Finale über 400 Meter. Seine beste Disziplin. Doch kurz nach dem Start spürte Ryan, dass mit seinen Federn etwas nicht stimmte. Die eine saß locker. Viel zu locker. *Scheiße!* Von einem Moment auf den anderen trat sein Bein ins Leere. Mit vollem Tempo flog er durch die Luft, knallte auf die Bahn und schrammte über den Kunststoff.

»Was ist passiert?« Till eilte zu ihm. »Wieso ist das Ding abgegangen?«

Die Schürfwunden an Ryans Gesicht und Arm brannten, doch er beachtete es nicht. Er kroch zu seiner Carbonfeder, die ein paar Meter weiter lag, und drehte sie in den Händen. »Kein Wunder, das verdammte Ventil ist abgefallen!« Der Schaft der Prothese lag normalerweise fest um seinen Stumpf und wurde vom Unterdruck förmlich daran festgesaugt. Aber wenn das Ventil defekt war, funktionierte das nicht mehr.

»Mann, was für ein Pech.« Auch Leni war herangekommen, sie stützte ihn, während er einbeinig von der Bahn humpelte. Nett von ihr. Garantiert hatte sie seinen Sturz schon gefilmt und gepostet, das war weniger nett.

Cheyennes kalkweißes Gesicht kam in sein Blickfeld, Schneewittchen frisch aus dem Glassarg. »Oh, Ryan, du siehst furchtbar aus! Als wärst du in einem Faustkampf gewesen oder so was?«

Das machte sie also immer noch, dass sie normale Sätze wie eine Frage klingen ließ. Nein, er war offensichtlich nicht in einem beschissenen Faustkampf gewesen. Seine Rennfeder war kaputt, und was war jetzt mit dem 60-Meter-Sprint, der noch anstand? »Könnt ihr bitte mal schauen, ob ihr das Ventil findet? Das liegt wahrscheinlich irgendwo hier«, presste Ryan hervor und ließ sich auf dem Boden nieder, während das Publikum noch immer für den Sieger der 400 Meter applaudierte.

»Ich fürchte, das war's dann«, sagte Till. »Nimm's nicht so schwer.«

Samuel dagegen grinste. Der fand das alles furchtbar lustig. Er hatte seine Disziplinen natürlich alle gewonnen, klar. Er war hier sowieso amtierender Champion, der Goldjunge vom Dienst.

Leni kam mit dem Ventil angerannt. »Hier! Meinst du, du bekommst das wieder hin?« Am Rand der Halle sitzend – dort, wo ihre Trainingsgruppe Rucksäcke, Taschen und Jacken deponiert hatte –, versuchte Ryan vergeblich, das Ventil wieder dorthin zu drücken, wo es hingehörte. Ohne Erfolg. Eine graue, trostlose Stimmung breitete sich in ihm aus.

Er schaute nicht auf, als er merkte, dass ein paar andere Läufer sich um ihn scharten. Ihr Mitgefühl konnten die sich sonst wohin stecken!

»Ich glaube, ich habe ein Ersatzventil, das passen könnte«, sagte eine Stimme. »Wart 'ne Minute, ich schau mal in meiner Tasche nach.«

Ganz langsam hob Ryan den Kopf und erkannte einen seiner Konkurrenten, den Sprinter mit der schwarz-roten Feder. Dreieckiges Unterlippenbärtchen, orangerote, kunstvoll verwuschelte Haare, silberner Ohrring. Wollte der ihm tatsächlich helfen? Obwohl ihn Ryan in den Vorläufen haushoch geschlagen hatte und zu erwarten war, dass er das mit reparierten Prothesen auch im Finale der 60 Meter schaffen würde?

Keine Minute später war der andere Sprinter wieder da, inklusive Ventil. Gemeinsam schraubten sie unter den besorgten Blicken von Till, Leni und Cheyenne an der Prothese herum und schafften es tatsächlich, das Ersatzteil provisorisch anzubringen. »Könnte halten«, sagte der Junge. Irgendwie brachte Ryan ein *»Thanks«* heraus.

»Das war echt fair von dir«, sagte Cheyenne beeindruckt zu dem rothaarigen Jungen.

Er wandte sich ihr zu und zuckte die Schultern. »Unter Freestylern hilft man sich«, sagte er. »Die meisten von uns haben ziemlich viel durchgemacht, weißt du?« Sein Blick streifte die Narben an der Seite ihres Gesichts und einen Moment lang wanderte sein Blick zwischen Ryan und ihr hin und her. Dann nickte er Ryan zu und ging davon.

»Willst du damit wirklich starten?« Till runzelte die Stirn und blickte auf die geflickten Carbonfedern herab. »Das hält doch höchstens ein paar Meter. Und wenn du dich ernsthaft verletzt, ist die ganze Hallensaison für dich gelaufen.«

Schon jetzt fühlte Ryan sich nicht gerade gut, sein Gesicht brannte wie Feuer und auch sein Knie schmerzte. »60 Meter sind kurz«, sagte er und versuchte, entschlossener zu klingen, als er sich fühlte. »Beim letzten Mal ist das Teil erst auf der Mitte der Strecke rausgeflogen.«

»Du spinnst doch! Willst du so was wie eben noch mal riskieren?« Cheyenne kriegte sich gar nicht mehr ein.

Ryans und Lenis Blicke trafen sich und Leni lächelte schief. Sie hatte Ryan im Training oft genug stürzen sehen, wenn auch nicht bei Renntempo. Till sagte nur: »Deine Entscheidung.« Er legte viel Wert auf Eigenverantwortung. Das war sehr praktisch.

Am späten Nachmittag war es so weit. Das Publikum auf der Empore und die anderen Athleten schauten interessiert zu, als Ryan mit den anderen an die Linie trat und seine Blades in den Startblöcken positionierte. *Wie viele wollen mich gewinnen sehen, und wie viele warten nur darauf, dass ich mich auf die Schnauze lege?* Bei Samuel war der Fall klar. Der gluckerte gerade entspannt seinen isotonischen Lieblingsdrink und stellte sich in der Nähe des Ziels auf, um die Show nicht zu verpassen.

Zwei Bahnen neben Ryan machte sich der Junge mit den roten Haaren bereit, der ihm vorhin geholfen hatte. Kurz nickten sie sich zu.

Als der Startschoss ertönte, sprintete Ryan mit voller Kraft los, doch der Sturz war nicht spurlos an ihm vorübergegangen. Auch diesmal lief er ganz vorne, doch er hatte nur ein paar Schritte Vorsprung. Als er sich der Ziellinie näherte, spürte er, wie sich die Prothese erneut lockerte. Wie Till es vorhergesagt hatte. *Nein, nein, nicht jetzt! Halt noch ein paar Meter! Bitte, du Scheißding!*

Immerhin, diesmal wusste er, was passieren würde. Er warf sich nach vorne und hoffte, dass er damit über der Ziellinie war. Nicht sonderlich elegant rollte er ab, während die anderen Sprinter ihm auswichen.

Hatte es gereicht? Es hatte! Auf der Anzeigetafel leuchtete der Name des Siegers auf. *R. Telgart.* Es fühlte sich an wie eine Entschädigung für all das, was er seit dieser Januarnacht vor zwei Jahren hatte ertragen müssen. Behindert? Ja, er war vielleicht behindert, aber deswegen war er trotzdem verdammt schnell, schneller als alle anderen hier! Nur schade, dass er sich fühlte, als hätte Jake ihn mal wieder verprügelt.

»Das sah aus wie ein Rodeo – wenn du nicht aufpasst, nennen sie dich irgendwann den Carbon Cowboy«, sagt der rothaarige Junge, der auf den dritten Platz gekommen war. Er hob Ryans störrische Carbonfeder auf und brachte sie ihm.

Ryan kam kaum dazu, sich zu bedanken, schon stürzte sich Cheyenne erleichtert auf ihn, umarmte ihn … und küsste ihn voll auf die ramponierten Lippen. Auch diesmal war es ihr gelungen, ihn zu überraschen. Es war, als hätte ihn eine Zeitmaschine zurückgeschleudert in eine andere Epoche, eine, in der zwischen ihnen alles in Ordnung war, in der er normale Beine hatte, in der die Zukunft noch ein heller, verheißungsvoller Ort war. Ehe er genau wusste, war er tat, küsste er sie zurück.

Und doch. Als er die Augen schloss, war es nicht mehr Cheyenne, die er küsste. Sondern Jola. Er küsste ihre unglaublich weichen Lippen, strich über ihre zarten Wangenknochen, ihre …

»Das ist bestimmt ein Fehler?«, sagte Cheyenne.

Mit schlechtem Gewissen öffnete Ryan die Augen wieder.

Cheyennes Wangen waren gerötet. »Man kann die Uhr nicht zurückdrehen«, flüsterte sie. »Wir sind nicht mehr die gleichen Menschen. Außerdem, so wie ich jetzt aussehe …«

Ganz spontan küsste er sie noch einmal und diesmal ließ er die Augen offen. »Um Himmels willen, hör doch auf, Blödsinn zu reden.«

Sein Communicator meldete sich. Er hatte ihn auf Bildfunktion gestellt und verdutzt blickte er in Jolas Gesicht. Hatte sie gespürt, dass er eben an sie gedacht hatte? Nein, irgendetwas war los mit ihr. Sie sah total fertig aus, hatte sie geweint? Einen verrückten Moment lang dachte Ryan, dass sie im Netz gesehen hatte, wie er und Cheyenne sich geküsst hatten, dass sie deswegen so neben der Spur war. *Dream on, Kid brother*, höhnte die Stimme seines Bruders in seinem Kopf. *Sie will nichts von dir, schon vergessen?*

»Ryan, ich …«, begann sie, doch dann stutzte sie und näherte ihr Gesicht der Webcam. »Großer Gott, was ist denn mit dir passiert?«

»Zweimal Gold«, sagte Ryan.

»Ah, okay, und du hast offensichtlich mit dem Gesicht gebremst.« Ein Lächeln huschte über ihre Lippen, dann sah sie wieder aus, als wäre jemand gestorben.

»Alles in Ordnung?«, fragte Ryan besorgt.

»Ich … gestern hatte ich das Treffen mit dem Sponsor, und meine Eltern sagen … und ich weiß nicht … Ryan, ich weiß nicht, was ich tun soll! Bitte, kannst du kommen? Ich habe die ganze letzte Nacht nicht geschlafen, ich …«

Es zog ihm das Herz zusammen, sie so zu sehen. »Wo bist du gerade?«, unterbrach er sie.

»Daheim.« Sie stützte das Gesicht in die Hände.

»Ich fahre sofort los. In einer Stunde bin ich da.«

Jola nickte erleichtert und schon war der Bildschirm wieder dunkel.

Hastig packte Ryan seine Sachen, stopfte seine Rennfedern zurück in ihre Tasche, wischte sich nur kurz mit dem Handtuch über die Stirn – zum Duschen war keine Zeit. Nichts wie los!

»Moment mal … Ryan? Ryan!«

Cheyenne. Er hatte sie ein paar Momente lang völlig vergessen. Und das hatte sie offensichtlich gemerkt, ihr Gesicht war verkniffen.

»Ich melde mich«, sagte Ryan. Er schenkte ihr ein besänftigendes Lächeln, das nicht mehr half als ein Pflaster auf einem Beinbruch. Rasch verabschiedete er sich von den anderen und von Till, der versprach, die Medaille für den Sieg über 60 Meter für ihn entgegenzunehmen. Dann ging er mit schnellen Schritten los, noch während er sich über seinen Communicator eine Mitfahrgelegenheit organisierte. War vielleicht besser, dass er nicht mit einem eigenen Auto da war. Er wäre gefahren wie ein Pistenschwein.

Die gleiche Jola, nur schneller.

Mit zitternden Händen klatschte sich Jola kaltes Wasser ins Gesicht und stützte sich am Rand des Waschbeckens ab. Ihre Haut sah käsig aus, ganz und gar nicht wie die der Sportlerinnen im Werbefilm. Unperfekt. Verbesserbar.

Wieso hatte sie eben nicht Emily angerufen? Die wäre auch für sie da gewesen, ganz sicher. Doch konnten sie und der allgegenwärtige Christopher wirklich beurteilen, worum es ging und was auf dem Spiel stand? Es war Ryan, mit dem sie reden wollte, den sie jetzt brauchte – weil es kaum jemanden gab, dem sie so sehr vertraute. Ihre Eltern? Wollten auf keinen Fall, dass ihre Tochter irgendetwas machen ließ, egal, wie wichtig das vielleicht war. Till? Wollte sie sowieso bekehren. Die anderen in ihrer Trainingsgruppe? Würden vor Neid grün anlaufen, wenn sie hörten, dass sie einen Sponsor in Aussicht hatte, der ihr sogar eine Optimierung bezahlen wollte.

Wer nicht operiert ist …

Heike! Sie musste unbedingt Heike fragen, was sie von der

ganzen Sache hielt. Plötzlich vermisste Jola ihre harte, klare Art wie nie zuvor. Ihre Finger huschten über die Tasten, setzten Wort für Wort einen Hilferuf zusammen. Aber wann würde Heike sich melden? Hatte sie überhaupt schon Netzverbindung auf ihrer Finca?

Eine tolle Gelegenheit für Jola, sich weiterzuentwickeln.

Eine Stunde, hatte Ryan gesagt. Eine Stunde musste sie noch durchhalten, dann würde er endlich da sein. Um herauszufinden, was bei seinen Läufen passiert war, klinkte sie sich in Lenis Livestream ein und sah sich die Aufzeichnung der Meisterschaften an. Uff. Ryan hatte die Veranstaltung ganz schön aufgemischt! Es brachte sie zum Schmunzeln, wie triumphierend er nach seinem ersten Sieg ins Publikum winkte. *Mangelndes Selbstbewusstsein ist nicht gerade sein Problem!*

Aber Moment mal, was machte er jetzt? Er küsste ein Mädchen, das wie Cinderella persönlich aussah! Wer war das? Kein Groupie, offensichtlich kannten sich die beiden.

Bleischwere, teerschwarze Traurigkeit machte sich in Jola breit. Sie hörte kaum, wie ihre Eltern nach Hause kamen und mit den Vorbereitungen zum Essen begannen. »Keinen Hunger«, teilte Jola ihnen mit und schloss ihre Zimmertür.

»Was ist? Hast du PMS?«, rief Jannis durch die geschlossene Tür, und Jola schrie zurück: »Du kannst mich mal!« Wieso musste er gerade jetzt den nervigen kleinen Bruder herauskehren?

Nach unendlich langer Zeit hörte sie endlich die Türklingel. Ihr ganzer Körper spannte sich an. Ryan. Das war Ryan. Gleich konnten sie reden. Über die Optimierung natürlich. *Das mit dem Mädchen ist seine Sache. Ja, ganz seine Sache. Ryan und ich sind schließlich nur befreundet …*

Sie schaltete die Hai-Projektion aus, damit er sich nicht

erschreckte. Gerade noch rechtzeitig, schon klopfte jemand leise an ihre Zimmertür. Ja, er war es. Seine kurzen braunen Haare waren verstrubbelt, er roch nicht allzu gut und hatte sich das Gesicht aufgeschürft. »Ja, ja, du musst mir nicht sagen, dass ich aussehe wie etwas, das die Katze reingeschleppt hat«, murmelte er, während sie ihn am Ärmel ins Zimmer zog.

Da musste sie ihn einfach umarmen. Wortlos hielt er sie fest, und am liebsten wäre Jola den ganzen Abend so geblieben, genau so, aber schließlich sagte Ryan: »Also, erzähl mal«, machte sich vorsichtig los und ließ sich aufs Sofa fallen. Dabei knallte sein linker Fuß gegen ihren Nachttisch, doch er fluchte nicht – klar, er hatte das nicht gespürt.

Jola erklärte ihm, was Sache war, und schaffte es sogar, dabei halbwegs ruhig und vernünftig zu klingen.

»Die versuchen, dich zu erpressen«, sagte Ryan nachdenklich. »Allein das wäre ein Grund, ihnen ihr Angebot in den Hals zurückzustopfen.«

»Aber was ist, wenn sie recht haben?« Jola spürte, wie ihre Augen wieder zu brennen begannen.

Er dachte einen Moment nach. »Du meinst, wenn es quasi Pflicht wird, seinen Körper zu optimieren? Tja, dann haben wir wirklich schlechte Karten. Wir alle. Aber im Moment ist es noch nicht so, dass jeder es macht.«

»Aber Ben Keel hat es getan … «

Ryan lachte bitter auf. »Ben Keel ist 34 Jahre alt! Der weiß, dass seine Karriere ohne die Optis vorbei wäre. Jetzt läuft er in Freestyle wieder 9,56 auf den 100 Metern wie zu seinen besten Zeiten, aber soviel er auch machen lässt, irgendwann kommt der nächste große Star und er ist raus.«

»Kann sein. Und dieser große Star bist du, was?« Es war ihr so rausgerutscht.

»Keine Ahnung«, sagte Ryan, und sie sah in seinen Augen, dass er enttäuscht war. Enttäuscht von ihr.

»Sorry! Sorry, Ryan! Das war total bescheuert.« Jola sagte es, so laut sie konnte. Am liebsten hätte sie es herausgeschrien. Wieso kam das gerade jetzt raus, nachdem er alles hatte stehen und liegen lassen, um ihr zu helfen? »Ich wünsche mir, dass du gewinnst, das tue ich wirklich! Nur manchmal ... manchmal ist es ein bisschen schwer.«

Einen Moment lang blickte er zu Boden und der tätowierte Rochen auf seinem Nacken schien die Flügel um seinen Hals zu schließen. Es war so still, dass sie seinen Atem hören konnte, den Vertigo-Beat, der aus Jannis' Zimmer drang, und die ferne Unterhaltung ihrer Eltern ein Stockwerk tiefer. Dann hob er den Blick wieder. »Ich weiß, was du meinst. Danke, dass du so ehrlich warst.«

»Sind wir noch Freunde?« Jola konnte kaum atmen.

Sein Blick war so intensiv, dass er sich in sie einzubrennen schien. »Wir sind noch Freunde, *weil* du es gesagt hast.« Sein Mund verzog sich zu einem wölfischen Grinsen. »So, und jetzt bin ich mal ein komplettes Arschloch und sage, ich hätte gerne deine Beine.«

Jola stockte zum zweiten Mal der Atem. »Dir wäre es lieber, wenn ich diejenige wäre, die ...?«

»Nur Spaß. Hey, das war *Spaß*!« Ryan packte sie bei den Schultern und starrte ihr ins Gesicht, bis sie wieder schaffte, ihm in die Augen zu sehen. In diese Augen, die jetzt voller Wärme und Besorgnis waren. »Nein, das wäre mir nicht lieber. Und ich glaube, wir brauchen dringend was zu trinken, um ein bisschen runterzuchillen!«

»Stimmt.« Jola schubste ihn so heftig, dass er beinahe von ihrer Bettcouch gefallen wäre. »Mach das nie wieder, ist das klar?«

»*Aye aye, Sir.*« Jetzt grinste er wieder. »Also, was willst du trinken? Wenn du mir sagst, wo ich was finde, hole ich's dir.«

»Apfelschorle. Kühlschrank. Küche. Erdgeschoss.«

Erst, als er schon die Zimmertür hinter sich geschlossen hatte, fiel ihr ein, dass er zum allerersten Mal bei ihr daheim war. Ihre Eltern kannten ihn ebenso wenig wie Jannis. Hastig stand sie auf und öffnete ihre Zimmertür, um ihm nachzugehen. Jannis hatte manchmal einen fiesen Humor und Ryan konnte empfindlich sein – es war keine gute Idee, die beiden ohne Warnung aufeinander loszulassen!

Zu spät.

»Du bist der Typ ohne Beine, oder?«, hörte sie Jannis sagen, er war anscheinend auch gerade in der Küche.

»Ja, genau.« Ryan klang völlig entspannt. »Und du bist der kleine Bruder mit der virtuellen französischen Freundin?«

Jannis gluckste. »Noch besser, sie ist meine persönliche Assistentin. Sie macht alles, was ich ihr befehle.«

»Cool. Auch abspülen?« Jola hörte, wie der Kühlschrank geöffnet wurde. »Ah, da ist die Apfelschorle. Ist es okay, wenn ich die mit nach oben nehme?«

»Klar. Sag Bescheid, wenn du auch Pflaster brauchst.«

»Nee, lass mal, das heilt besser, wenn Luft drankommt.«

»Mit Jola alles klar?«

»Versuche ich gerade rauszufinden«, sagte Ryan.

»In Ordnung. Sag Bescheid, wenn ich die Zwangsjacke oder das Valium bringen soll.«

»Alles klar.«

Obwohl sie sich noch immer elend fühlte, musste Jola lächeln. Nein, um die beiden musste sie sich keine Sorgen machen.

»Also, sagst du ihnen ab? Den *Candy guys*?«, fragte Ryan, als sie wieder auf ihrer Bettcouch saßen.

»Das weiß ich eben nicht«, gab Jola zurück, und all die Zweifel quollen wieder in ihr nach oben, ätzend wie Salzsäure. »In zwei Wochen bin ich 18. Dann ist es egal, was meine Eltern mir erlauben oder nicht. Dann könnte ich die Operation machen lassen. Wäre das nicht lustig, wenn wir beide Freestyler wären?« Sie lachte auf, selbst in ihren Ohren klang es furchtbar unecht.

»Mach das nicht.« Seine Stimme war eindringlich. »Du kennst das Reglement. Überall, sogar bei den Paralympics, sind Modifizierungen verboten. Wer einmal in Freestyle Klasse M ist, kann nicht mehr zurück. Selbst wenn du das Zeug wieder herausoperieren lassen würdest – und ich weiß nicht mal, ob das geht.«

Jola stand auf und begann fahrig, ihre Reisesouvenirs zu ordnen. Die kleine Flamenco-Tänzerinnen-Puppe, das lächelnde Rentier aus Finnland, die Kirschblüte aus Stoff, die sie aus Osaka mitgebracht hatte. »Was ist so schlimm an Freestyle? Du bist schließlich selbst …«

»Ich bin in Freestyle, weil mir ein verdammter Motorblock die Beine zerquetscht hat«, sagte Ryan grimmig. »Du hast deine noch und sie sind wunderbar. Du weißt das gerade nicht zu schätzen. Versteh ich. Aber denk dran, über die Spätfolgen dieser ganzen Optimierungen weiß man gar nichts. Der Leistungssport macht uns sowieso schon kaputt, da müssen wir nicht auch noch nachhelfen!«

Schweigend nickte Jola und setzte sich wieder. Er hatte recht und das wusste sie längst. Was sie machten, war hart für den Körper, besonders für die Gelenke. Sie hatte schon vor langer Zeit entschieden, das in Kauf zu nehmen.

»Dein Körper ist toll, so wie er ist, glaub mir«, sagte Ryan, und einen Moment lang blitzte in seinen Augen etwas auf, das Jola ahnen ließ, wie er vor seinem Unfall gewesen war.

Einer dieser Jungs, die es ausnutzten, dass die Mädchen bei ihrem Anblick weiche Knie bekamen. Irgendwann würde sie ihn mal danach fragen, aber nicht jetzt.

»Till sagt, es wäre der richtige Schritt, mich jetzt optimieren zu lassen«, wandte Jola ein. »Und du weißt, dass er ein erstklassiger Trainer ist!«

Sie sah, wie er mit sich kämpfte. Normalerweise ließ Ryan auf Till nichts kommen. Doch diesmal sagte er: »Wenn er dir zu so was rät, ist er eben *kein* guter Trainer.« Er nahm ihre Hand, fest und kraftvoll schlossen sich seine Finger um ihre. »Im Grunde willst du doch gar keine Operation, oder? Hör auf dein Bauchgefühl, bitte, Jola! Du bist eine Top-Athletin, auch ohne irgendwelche Hilfsmittel. Du wirst noch weit kommen, da bin ich mir sicher. Ganz weit.«

»Was ist, wenn es nicht reicht?« Jetzt flüsterte sie, es ging nicht anders, mehr schaffte sie gerade nicht. »Was ist, wenn ich trainiere wie ein Pferd und es reicht trotzdem nicht?«

Sie sah, wie er die Zähne zusammenbiss. »Es wird reichen«, sagte er schließlich, und sie konnte dem eindringlichen Blick seiner dunkelblauen Augen nicht ausweichen. »*Bloody hell*, du bist noch nicht mal 18. Du entwickelst dich noch. Viele sind erst mit Mitte 20 richtig gut, das weißt du. Wenn du in Buenos Aires nicht dabei bist, dann eben in Rom oder Doha.«

Wie gerne hätte sie ihm geglaubt. Was er sagte, klang alles so vernünftig. Doch sie musste immer wieder an das Angebot denken, das in fünf Tagen auslief. An ihre Sehne, die vermutlich immer wieder Probleme machen würde, und an das überzogene Konto ihrer Mutter.

Willst du gewinnen oder nicht?

ACHTZEHN

Ja. Sie wollte gewinnen.

»Na, konntest du heute besser schlafen?«, fragte ihr Bruder, als sie sich am Sonntag um vier Uhr morgens in der Küche über den Weg liefen. Er wirkte völlig munter und das war für ihn normal. Er holte sich oft nachts etwas aus dem Kühlschrank – seine geheimen Leidenschaften waren Schmelzkäseecken und Granatapfelsaft –, las ein paar Seiten und schlief wieder ein, als sei nichts gewesen.

»Sehr witzig«, sagte Jola matt. Sie fühlte sich wie ein Pullover, den jemand zu oft gewaschen hatte. Labbrig und an den Rändern ausfransend. »Übrigens, wahrscheinlich werde ich es machen.«

»Was, absagen?« Jannis legte den Kopf zurück und gluckerte sein Glas leer. Wie wunderbar unperfekt er war. Unter dem ausgeblichenen grüngrauen T-Shirt spannte seine Wampe, und seine Beinmuskeln sahen aus, als hätte er sie seit Jahren nicht mehr benutzt. Was wahrscheinlich auch der Fall war.

»Nein. Zusagen und einen OP-Termin vereinbaren.« Jetzt hatte sie es ausgesprochen. Ein kaltes Kribbeln durchlief sie.

Jannis verschluckte sich und prustete Granatapfelsaft auf den Boden, der nun aussah wie der Schauplatz eines Massakers. Eine Gänsehaut überlief Jola und einen Moment lang konnte sie die Augen nicht von diesen roten Sprenkeln lösen.

»Du lässt sie an dir herumschnipseln?« Jannis starrte sie an. »Jola, du bist ja irre. Es ist doch noch gar nicht erforscht, wie lange solche künstlichen Muskeln halten, stimmt doch, Louna, oder? Wenn die Dinger versagen, kann es sein, dass du in 20 Jahren nicht mehr laufen kannst!«

Lounas Stimme hauchte aus dem Nichts: »Bislang geht man von einer 'altbarkeit von mindestens …«

»Das ist Quatsch, Jannis«, unterbrach Jola sie trotzig. »Sie nehmen meine echten Beinmuskeln ja nicht raus, zumindest nicht komplett. Und notfalls bekomme ich eben neue Optis, wenn die alten kaputt sind.«

Mit einem Ächzen ließ sich Jannis auf einen Küchenstuhl sacken. »Dein Sprinter-Freund hat es also nicht geschafft, dich zu überzeugen. Mist. Ich dachte, der kriegt das hin.«

»Es lag nicht an ihm, er hat alles richtig gemacht«, sagte Jola, und beim Gedanken an Ryan fühlte sich ihr Herz an wie ein Klumpen Beton. »Es liegt an mir. Ich will jetzt aufs Ganze gehen, verstehst du das?«

Mit zusammengekniffenen Augen blickte er sie an. »Nein, ich verstehe das nicht. Mich könntest du jagen mit so was. Operationen und all diesem Kram.«

»Kein Wunder, du hast schließlich eine Krankenhausphobie seit deiner Mandeloperation«, sagte Jola liebevoll. Es war schrecklich gewesen damals – ein schlechter Arzt, der nicht mit Kindern umgehen konnte, und dann diese drei fiesen Kinder in seinem Zimmer, die sich gegen ihn verbündet hatten. Jola konnte sich noch gut daran erinnern, wie er sich in ihre Arme geworfen und gebettelt hatte, sie solle ihn rausschmuggeln aus diesem »Krankihaus«. Sechs war er damals gewesen.

»Sagst du Mum und Dad, was du vorhast?«, fragte Jannis und holte sich einen Lappen, um die Schweinerei auf dem Boden aufzuwischen.

Jola zuckte die Schultern. »Wenn alles vorbei ist. Ich habe

keine Lust auf das ganze Tamtam und die Vorwürfe und all diesen Scheiß.« Noch vor ein paar Monaten hätte sie es ihnen erzählt, gleich am Frühstückstisch, bei dem sich ihr Vater fingerdick Honig aufs Brot schmierte und ihre Mutter sich über ihren selbst gepressten Saft freute. Aber etwas war anders geworden an diesem Abend, als sie ihre Mutter zufällig in der Stadt getroffen hatten. Etwas war weg, etwas, das sie durch ihre ganze Kindheit getragen hatte, und Jola wusste nicht, ob es jemals wiederkommen würde.

Und ihr Vater? In letzter Zeit hatte sie manchmal das Gefühl, dass sie stärker war als er. Dass es zu viel für ihn wäre, wenn er alles wüsste, was in ihr vorging.

»Ich soll also dichthalten?«, fragte Jannis.

»Bitte.« Nicht mal Till würde sie es erzählen, bevor alles geklappt hatte. Sie wollte seinen Hab-ich-dir-doch-gesagt-Blick nicht sehen.

»Okay.« Jannis seufzte tief. »Jetzt kann ich auch nicht mehr schlafen. Danke, Jo.«

»Du kannst mir helfen, an der Deko für die Party weiterzubasteln«, bot Jola an.

»Mach ich«, brummte ihr Bruder und goss sich noch einen Granatapfelsaft ein. »Aber erst morgen.«

Es war nicht irgendeine Party. Endlich 18! Sie würde wie geplant mit Emily zusammen feiern, die schon im Dezember Geburtstag gehabt hatte. Das Kellergewölbe, das sie gemietet hatten, war cool – bogenförmig gewölbte Decken, alles roher Backstein –, und seit einer Ewigkeit waren sie dabei, Deko, Catering und Einladungsliste zu planen. Und das Schönste: Emilys Eltern bezahlten alles, obwohl sich Jola natürlich höflich dagegen gewehrt hatte. Aber Emilys Eltern hatten darauf bestanden, die Kosten zu übernehmen. Das war so süß von ihnen. Sie wussten natürlich von Antons Insolvenz.

Am nächsten Wochenende war es so weit. Und danach war sie endlich volljährig und konnte mit ihrem Körper machen, was sie wollte. Morgen früh würde sie anrufen, dem Sponsor Bescheid geben und einen OP-Termin vereinbaren.

»Gibst du mir auch einen Schluck?«, fragte Jola, holte sich ein Glas und hielt es ihrem Bruder hin.

Als Jannis ihr einschenkte, merkte Jola, dass ihre Hände zitterten.

Ein letztes Mal checkte Jola ihre Nachrichten und hoffte, dass endlich eine Antwort von Heike Appeldoorn eingetroffen war. Nein. Wieder nichts. Mutlos atmete sie aus. *Ihr eine Mail zu schicken, ist, wie eine Botschaft in die Wüste hineinzubrüllen. Noch nicht einmal ein Echo!*

Eigentlich brauchte sie Heikes Rat nicht. Schließlich hatte sie sich schon entschieden. Sie ging Emily aus dem Weg, suchte sich eine stille Ecke des Pausenhofs und rief erst die *Coronado AG* an und anschließend die Klinik, deren Nummer ihr Clemens Braunhaag gegeben hatte. »Weil jemand abgesagt hat, hätten wir einen Termin am nächsten Sonntagnachmittag frei«, sagte die freundliche Sprechstundenhilfe. »Sonst könnte ich Ihnen erst wieder etwas im April anbieten.«

Jola biss sich auf die Lippen. Sonntag? Das war direkt nach ihrer Endlich-18-Party. Doch April war zu spät, wenn sie sich für Buenos Aires qualifizieren wollte. »Ich nehme den Sonntag.«

Es graute ihr davor, ganz allein in die Spezialklinik nach Frankfurt zu fahren. Sollte sie Till bitten, mitzukommen? Vielleicht. Oder Jannis? Nein, der musste am Montag wieder zur Schule, so wie Emily auch. Ryan kam nicht infrage – er war zu heftig dagegen, dass sie das durchzog.

Sie würde das schon schaffen. In der Schule würde sie sich krankmelden.

Zeit für Erklärungen war noch genug, wenn sie zurückkam.

Ryan hatte seit einer Woche kaum ein Wort mit Jola wechseln können, ständig hatte sie es eilig. *Klar, so kurz vor ihrer großen Party. Oder geht sie mir absichtlich aus dem Weg? Weil ich sie fragen könnte, wie sie sich entschieden hat? Aber es kann eigentlich nicht sein, dass sie diese bescheuerte OP machen will, oder?*

Im Sorgenmachen war er früher nicht sonderlich gut gewesen. Jetzt kam es ihm manchmal vor wie seine zweitbeste Disziplin, gleich nach den 400 Metern.

In Gedanken versunken, kam er bei der Adresse in der Innenstadt an, die auf der Einladung gestanden hatte. Krass, sie und Emily hatten einen Türsteher angeheuert. War vielleicht besser so, in letzter Zeit waren viele Party-Spotter unterwegs, die sofort posteten, wo man sich kostenlos durchfressen und besaufen konnte.

Der große, schlaksige Junge mit den leuchtenden Schaltkreisen auf den Klamotten und dem Zylinderhut hatte sich mitten in den Eingang gestellt und betrachtete ihn kritisch. Einen Moment lang kam sich Ryan albern vor – weil das Motto der Party »Steampunks & NeoRomantics« war, hatte er sich ein schwarzes Jackett ausgeliehen, ein paar alte Orden vom Flohmarkt an die Brusttasche geheftet und sich die schwarz getönten Haare nach oben gegelt. *Ganz schön bescheuert siehst du aus, kid brother,* flüsterte Jakes Stimme in seinem Kopf.

»Name?«, sagte der Junge.

»Ryan.«

»Parole?«

Das brachte Ryan kurz aus dem Konzept. »Äh, von einer Parole weiß ich nichts. Da müsst' ich …«

Doch der Junge grinste schon. »Nur Spaß. Du bist der Freestyler, oder?«

»Genau.« Wie schnell sich das herumgesprochen hatte. Dabei vergaß Ryan mittlerweile oft, dass er Prothesen trug, weil sich das Gehen so normal anfühlte. Er zog die Dinger einfach morgens an wie andere Leute ihre Schuhe und zog sie abends wieder aus.

»Einfach runter in den Keller, dein Zeug kannst du im Raum links lassen. Viel Spaß.«

Mit Rollstuhl wäre er diese steile Treppe nicht runtergekommen. Gott, war er froh, den los zu sein. Das *Zeug*, das der Türsteher meinte, waren seine reparierten Carbonfedern, die er gerade erst von Juliane, seiner Orthopädietechnikerin, abgeholt hatte. Sorgfältig verstaute er sie in einer Ecke der Garderobe. Zum Glück sah man ihnen nicht an, dass sie ein paar Tausend Euro wert waren. Dort hinter den Mänteln und Jacken stand auch eine kleine Reisetasche. Vielleicht von jemandem, der vorhatte, hier zu übernachten.

Das Kellergewölbe war genauso cool, wie Jola versprochen hatte, und Ryan sah sich beeindruckt um – versteckte Scheinwerfer zeichneten die Bögen des Gewölbes nach, auf Stehtischen standen Kerzen, die ein goldenes Licht verbreiteten, und überall hingen Gemälde mit schnörkeligen Rahmen, die Partyteilnehmer in viktorianischem Kostüm und würdevoller Miene zeigten, manchmal als Einzelporträt, manchmal als Gruppe. »Jetzt nicht lächeln!« Gerade war auch er fotografiert worden. In ein paar Minuten würde auch er in einem der Gemälde auftauchen.

Etwa dreißig Leute waren schon da, hier und da standen sie

in Grüppchen vor den Samtvorhängen, wühlten sich durchs Buffet und kippten orangerot glühende oder bläulich weiß strahlende Drinks. Amüsiert beobachtete Ryan die kleinen Roboter aus unlackiertem Metall, die überall herumwuselten, sich die Tische hochhangelten und dort die Snacks auffüllten. Im Nebenraum lärmte eine Band, die aus einer Frau an der E-Harfe und zwei Männern an Turbobässen bestanden. Nicht so sein Fall, aber Koray schien es zu gefallen, der tanzte schon – ohne Eichhörnchen – wie wild. Beinahe hätten seine Eltern ihm nicht erlaubt, herzukommen. Doch Ryan hatte es geschafft, sie zu überzeugen, dass ihr Sohn hier keinen größeren Versuchungen ausgesetzt war und er, Jola und Leni auf ihn aufpassen würden. Armer Kerl. Zum Glück hatten seine eigenen Eltern nichts dagegen gehabt, dass er sich austobte. Nur einmal hatte es richtig Krach gegeben – sein Vater hatte ihn nachts um drei von der Polizeiwache abholen müssen, weil er mit einem Freund über parkende Autos gelaufen war.

Ryan schlenderte herum, hielt Ausschau nach Jola und ließ sich von einem kleinen Luftschiff, das über seinem Kopf herumdampfte, einen Cracker mit Fake-Kaviar bringen. Zwischendurch unterhielt er sich mit einem hübschen Mädchen, dessen Kopf fast in einer hoch aufgetürmten Masse von silberblonden Locken verschwand. »Macht was her«, meinte Ryan. »Ausgeliehen?«

Das brachte ihm einen verständnislosen Blick ein. »Was? Ach so, nee, das ist keine Perücke! Ich hab mir die Haare optimieren lassen. Sie wachsen jetzt so, und zwar total schnell. Cool, was?«

»Äh, ja, cool«, sagte Ryan und sagte lieber nicht, dass sie mit diesen Locken aussah wie ein Schaf aus den Highlands. Ein *mutiertes* Schaf.

»Hey, Ryan!« Emily hatte ihn entdeckt und umarmte ihn

herzlich. Sie trug ein Ballkleid aus perlenbesticktem blauem Samt und ihren Communicator, der wie ein großer Saphir geformt war, als Schmuckstück um den Hals. Ihr Freund Christopher hielt sich geduldig an ihrer Seite; er hatte sich das gutmütige Gesicht mit einem viktorianischen Schnurrbart verziert.

»Wow, du siehst aus wie eine Prinzessin, Em«, sagte Ryan beeindruckt.

Emilys Lächeln wurde noch ein bisschen breiter. »Oh, danke, so fühle ich mich auch. Ich sag Jola gleich Bescheid, dass du da bist. Muss sie allerdings erst suchen.«

»Ach ja, und herzlichen Gl…«, mehr bekam er gar nicht erst raus, schon war sie mit Christopher im Schlepptau wieder abgezischt.

Schon wieder das Mädchen mit den vielen Locken. »Und, tanzen?« Sie lächelte und legte den Kopf schief, was wohl niedlich aussehen sollte. Fasziniert wartete Ryan darauf, dass ihr Haarturm vor der Schwerkraft kapitulieren und umkippen würde.

»Nee. Ich warte auf jemanden.«

»Schade. Aber wenn du später Lust hast, dann ping mich einfach an, ja?« Schon schickte sie ihm ihre Daten auf den Communicator.

»Mach ich«, sagte Ryan und lächelte zurück, während er mit der Hand in der Tasche ihre Daten löschte.

Fünf Minuten später kam Jola auf ihn zu, strahlte ihn an und drückte ihn, als sei er es, der Geburtstag hätte. Ihre Wangen waren gerötet, und ihre Augen blitzten, als er ihr gratulierte. Hoffentlich merkte sie nicht, dass er kaum die Augen von ihr lassen konnte. Und das lag nicht nur an ihren elegant hochgesteckten Haaren und an ihrem silbernen, eng anliegenden Kleid, auf dem ein Stadtplan aufgedruckt war – eine historische Karte von London. Witzige Idee. Der Palace of Westminster thronte genau auf ihrem Solarplexus, der Hyde Park verschwand halb unter ihrer linken Achsel. Sogar ihre Ohrringe passten dazu, sie sahen aus wie alte Gaslaternen und leuchteten flackrig.

»'ne Runde tanzen?«, fragte Jola, noch während sie ihn in den Nebenraum zog, wo es schon ziemlich abging. »Deine Alltagsbeine sind ja nicht kaputt, oder?«

Ryan schüttelte den Kopf und ließ sich in den Rhythmus gleiten. »Was ist mit deinen?«

»Meinen Beinen? Wie kommst du denn darauf?« Jola drehte eine schnelle Pirouette.

So langsam spürte Ryan, wie er ärgerlich wurde. Er hatte nichts dagegen, Hals über Kopf irgendwo abzureisen und Siegerehrungen zu verpassen, um Mädchen in Not beizustehen. Aber dann sollten diese Mädchen nicht anschließend so tun, als wäre nichts gewesen. »Weißt du noch?«, fragte er und hielt sie einfach an der Hand fest, als sie sich mit der nächsten Drehung von ihm entfernen wollte. »Du hattest da so eine Art inneren Konflikt? Oder war das nur schlechte Laune?«

Dass er sie festhielt, brachte Jola aus dem Takt; sie funkelte ihn irritiert an. »Ich will heute einfach Spaß haben, Ryan«, sagte sie und blieb so abrupt stehen, dass ein Mädchen sie beinahe über den Haufen getanzt hätte. »Können wir bitte ein anderes Mal darüber reden?«

»Okay«, sagte Ryan. Wahrscheinlich hatte sie recht. Es war ihre Party, und er hatte kein Recht, sie ihr mit unangenehmen Themen zu verderben. Doch bevor er ihr das sagen konnte, war sie schon in einem anderen der vielen Kellerräume verschwunden.

Auch Till war da, er hatte sich irgendwoher einen Frack

organisiert und dazu eine Weihnachts-Lichterkette um den Kopf gewickelt. Ryan musste grinsen. »Ist das ein Heiligenschein oder eine Erleuchtung?«

»Beides«, behauptete Till fröhlich, und sie steckten einen Moment die Köpfe zusammen.

»Hab dich für die Deutschen Hallenmeisterschaften im Februar angemeldet«, berichtete Till. »Aber du müsstest dort noch eine halbe Sekunde schneller sein als bisher, damit du eine Chance auf Buenos Aires hast.«

Mit zusammengekniffenen Lippen nickte Ryan. Eine halbe Sekunde, das war verdammt viel! Er würde trainieren müssen bis zum Umfallen.

»So, und jetzt Schluss mit dem Gequatsche über Sport!«, sagte Till und trank einen Schluck aus seiner Bierflasche. »Hab einfach Spaß, okay?«

»Klar«, sagte Ryan amüsiert. »Das war der Plan.«

Er tanzte, bis er durchgeschwitzt war und die Sensoren in seinen Füßen ausfielen, die ihm eigentlich den Bodenkontakt melden sollten. Mist! Dabei war er gerade erst bei Juliane gewesen.

Ryan quatschte mit Leuten aus Emilys Buchclub, einem rundum gepiercten Kindergartenfreund von Jola und einem dunkelhäutigen Mädchen mit abstehenden Ohren und ziemlich schrägen Ansichten, das Jola Nachhilfe in Mathe gab. Schließlich versuchte Ryan, ihren Bruder Jannis darüber auszuhorchen, ob Jola einen Freund hatte.

»Wenn ich gemein bin, dann petze ich, dass du das gefragt hat.« Jannis grinste.

Ryan grinste zurück. »Ach, du magst es, wenn man deinen Kopf ins Klo tunkt?«

»Nee, lass mal.« Jannis senkte geheimnisvoll die Stimme. »Irgendwie habe ich schon den Eindruck, dass sie jemanden hat – zum Beispiel trägt sie einen Armreif, der garantiert das Präsent von irgendeinem Typen ist. Aber sie redet nie darüber.«

Zwei Bier und einen Cocktail später – Ryan diskutierte gerade mit einem Jungen über die letzten Anschläge veganer Extremistengruppen – sah er Jola in einem Pulk von Leuten und ruhte seine Augen auf ihr aus. Wie schön sie war, wie lebendig und echt. Till stand neben ihr, aber die beiden redeten gerade nicht miteinander, sondern mit anderen Leuten, sie drehten einander beinahe den Rücken zu. *Till ist wenigstens jemand, den man zu so einer Party einladen kann,* ging es Ryan durch den Kopf. Ihm war ein bisschen schwindelig, der letzte Cocktail war einer zu viel gewesen. *Heike Appeldoorn wäre gar nicht erst gekommen, oder wenn doch, hätte sie es hier keine fünf Minuten ausgehalten!*

Er stutzte. Von dort, wo er stand, konnte er sehen, dass sich Jolas und Tills Hände gerade halb hinter ihrem Rücken verborgen berührten. Obwohl Till in eine andere Richtung blickte, schlossen sich seine Finger einen Moment lang um Jolas, und ihre erwiderten den Druck. Schon lösten sich ihre Hände wieder voneinander, als sei nichts gewesen.

Geschockt starrte Ryan die beiden an. *Till! Sie ist mit Till zusammen! Bloody hell, kann das wirklich sein?*

Ausgerechnet jetzt näherte sich ihm Emily und stieß ihn in die Rippen. »Hey, Ryan. Wer war eigentlich die Tussi, die du neulich geküsst hast? Ist die ein Model oder so was? Christopher meint, er hätte sie schon mal in irgendeinem Werbespot gesehen.«

Ryans Hirn fühlte sich an, als wäre es in einen Mixer geraten. Wahrscheinlich kannte Christopher nur die Seite ihres Gesichts, die nicht vernarbt war. »Ein Model? Nein … äh, sie ist eine Exfreundin von mir, und …«

Emily lachte. »Du brauchst gar nichts zu sagen! Ich weiß, ich bin manchmal schrecklich neugierig …«

Irgendwie schaffte er es, sie anzulächeln. »Macht gar nichts. Ich auch.« *Ausgerechnet Till! Unser Coach! Und so furchtbar lange habe ich nichts kapiert, gar nichts!*

»Ich glaube, ich brauche jetzt einen Drink«, sagte Ryan.

Vom Rest der Nacht bekam er nicht mehr viel mit. Er wollte nicht mehr hier sein, aber gehen ging irgendwie auch nicht. Irgendwann hatte er die letzte S-Bahn verpasst, fand aber zum Glück in einem Nebenraum ein paar unbezogene Matratzen, Decken und Schlafsäcke. *Till. Ausgerechnet Till. Verdammt.* Ihm war elend zumute, als er die Prothesen vorsichtig von seinen Stümpfen zog und neben die Matratze legte. Eigentlich hätte er das Innere der Schäfte desinfizieren müssen, um keine Entzündungen zu riskieren. Aber er hatte ja nicht mal daran gedacht, eine Zahnbürste mitzunehmen, geschweige denn Desinfektionsmittel.

Als er aufwachte, rollte gerade jemand nicht weit von ihm einen Schlafsack und eine Isomatte zusammen – das dunkelhaarige Mädchen mit den abstehenden Ohren, Jolas Mathe-Coach. »Ich glaube, es gibt Kaffee«, kündigte sie an und schaute neugierig, aber ohne Kommentar zu, wie er seine Beine anzog. Ihm fiel ein, dass heute der zweite Jahrestag seines Unfalls war. Der 11. Januar.

Zum Glück war er schon halb vorbei. Viertel nach zwölf zeigte sein Communicator. Mit einem scheußlichen Geschmack im Mund und Haaren, die wahrscheinlich aussahen wie eine Wiese nach einem Atomschlag, schlurfte Ryan in den Teil des Kellers, in dem es nach Kaffee roch, und schnappte sich ein Croissant aus der Papiertüte, die dort herumlag. Daneben saß Emily, beide Hände um eine Tasse geschlossen, das Gesicht zerknautscht und müde. »Na, alles klar?«, fragte sie ihn, lehnte sich an Christophers Schulter und gähnte.

»Geht so«, sagte er. »Jola auch schon wach?«

»Allerdings – Jola ist schon vor zwei Stunden mit ihrer Tasche abgedüst, die hatte noch etwas vor.« Emily nippte an ihrem Kaffee. »Ich war da noch nicht wach, aber Christopher hat erzählt, dass sie ein bisschen komisch drauf war.«

Christopher nickte. »Sie wollte nicht mal Frühstück und hat nur ein Glas Wasser getrunken.«

»Abgedüst?« Auf einen Schlag war Ryan hellwach. Sie wollte doch nicht etwa heute zum Training? Sonntag war doch ihr Ruhetag. War sie mit Till weg? Doch den hatte er schon um ein Uhr nachts gehen sehen, und zwar allein. Und was für eine Tasche sollte sie mitgenommen haben?

Diese Reisetasche fiel ihm ein, die er gestern hinter der Garderobe gesehen hatte, und ein Schauer überlief ihn.

Endlich 18. Volljährig.

»Weißt du, wo sie hin ist?«, fragte er alarmiert, doch Emily schüttelte den Kopf.

»Scheiße!« Konnte das sein? Wollte sie das wirklich machen lassen? Es passte zusammen – dass sie ihm aus dem Weg gegangen war in letzter Zeit, dass sie keine Lust gehabt hatte, über ihre Entscheidung zu sprechen. Sie hatte ihn nicht angelogen, sie hatte einfach den Mund gehalten. Und jetzt war sie dabei, einen Riesenfehler zu begehen!

»Was ist?«, fragte Emily erschrocken.

Keine Zeit, ihr das alles zu erklären. Er musste sie finden, bevor es zu spät war!

GEGEN DIE UHR

Ryan zog sich in einen dunklen, kühlen Nebenraum mit gestapelten Getränkekästen zurück, um Till anzurufen. »Ulrich«, meldete sich eine verschlafen klingende Stimme, die Bildverbindung hatte Till geblockt. »Was gibt's, Ryan?«

»Wo ist sie hin? Wenn du irgendetwas weißt, dann sag es mir verdammt noch mal jetzt!«

»Äh, Moment mal, wer ist wo hin?«

»Jola!« Ryan musste sich beherrschen, um nicht in seinen Communicator zu brüllen.

Jetzt klang Till schon etwas wacher. »Warum sollte ich wissen, wo Jola an einem Ruhetag ist?«

In Ryans Magen ballte sich hilflose Wut. »Till, ich würde vorschlagen, wir sparen uns das ganze Blabla und reden gleich Klartext. Ich habe nicht die Absicht, dir irgendwelche Vorwürfe über dein Privatleben zu machen. Ich will nur wissen, ob sie dir irgendetwas darüber gesagt hat, wo sie heute hinfährt.«

Ein langes Schweigen in der Leitung. Wahrscheinlich ging dem gerade die Düse, weil jemand herausgefunden hatte, was zwischen ihm und Jola lief. Sehr viel nüchterner kam es dann: »Nein. Ich habe keine Ahnung, wo sie ist. Wieso? Ihr ist nichts passiert, oder?«

»Noch nicht«, sagte Ryan grimmig, und in seinem Inneren war ein Abgrund. *Es stimmt also. Die beiden sind zusammen.* »Du hast ihr geraten, es machen zu lassen, oder?«

»Du meinst, sie ist losgefahren, um …«

»Ich glaube schon.« Ryan lehnte sich gegen die unverputzte Kellerwand, die sich sehr kalt anfühlte. Das passte. Ihm war sowieso schon kalt durch und durch.

»Ja.« Tills Stimme klang jetzt kräftiger, entschiedener. »Ich habe ihr tatsächlich geraten, sich optimieren zu lassen, weil sie dadurch bessere Chancen hat, an der Spitze mitzumischen.«

»Bist du wahnsinnig? Sie hat einen völlig gesunden Körper …«

»Völlig gesund? Hast du vergessen, was mit ihr bei der Weltmeisterschaft los war?« Till schnaubte. »Was weißt du überhaupt über Jola, Ryan? Kennst du sie wirklich oder denkst du das nur?«

»Aber *du* kennst sie, was?«, gab Ryan bitter zurück.

»Ich habe sie nicht gedrängt, klar? Wenn sie sich modifizieren lässt, ist es ihre eigene Entscheidung.«

Ryans Wut kochte über. »Du Arschloch! Meinst du, das ist kein Drängen, wenn ihr Coach so was sagt? Wem soll sie denn sonst vertrauen außer dir?«

Till setzte zu irgendeiner Antwort an, doch mit einer kurzen Bewegung unterbrach Ryan die Verbindung. Es machte keinen Sinn, dass er versuchte, Till zu überzeugen. Wichtig war nur eines: Jola zu finden. Würde er noch einen Trainer haben, wenn er zurückkam? Nach all dem, was er eben gesagt hatte?

Schnell checkte er, wo es im Umkreis Kliniken gab, die Optimierungen durchführten. Es gab nur fünf davon, immerhin. Dresden, Hamburg, Frankfurt, Salzburg, Saarbrücken. Davon war Salzburg am nächsten, aber auf deren Homepage war nur die Rede von Augen- und Haut-Optimierungen, das Einzige, was irgendwie mit Leistungssport zu tun hatte, waren Schwimmhäute zwischen den Fingern. Ebenso in

Saarbrücken. In Frankfurt, Hamburg und Dresden dagegen wurden auch die richtig großen Sachen gemacht – künstliche Muskeln für Arme oder Beine, rückfedernde Gelenke, titanverstärkte Wirbelsäulen. Für welche Stadt hatte sie sich entschieden? Sollte er die Kliniken durchtelefonieren? Oder könnte Jannis es wissen? Auch er war längst daheim und vermutlich noch im Bett. Sein Pech.

»Jola ist nicht bei euch, oder?«, überfiel ihn Ryan, nachdem Jannis endlich abgehoben hatte.

Er hörte Jannis gähnen. »Glaube, nein. Ich hab noch nicht unter dem Bett nachgeschaut.«

»Brauchst du auch nicht, fürchte ich.« Hastig erklärte Ryan, dass sie mit einer Reisetasche verschwunden war. »Sie hat nur ein Glas Wasser getrunken und nichts gegessen, das heißt wohl, dass es schon heute so weit ist. Vor der Operation muss sie nüchtern bleiben. Und in Privatkliniken wird auch am Wochenende operiert.«

»Kacke! Sie zieht es also durch.« Auch Jannis wusste also, worum es ging. Wussten es alle?

Hastig erklärte Ryan, was er tun wollte, dass er aber keine Ahnung hatte, wo er Jola suchen sollte. Jannis überlegte. »Sie hat neulich eine komische Bemerkung gemacht …«

Draußen tat sich etwas. Ein dumpfer Schlag – ein Junge, der zwei leere Getränkekästen wuchtete, kickte die Tür des Abstellraums mit dem Fuß auf. Er zuckte zusammen, als er Ryan im Halbdunkel sah, erholte sich aber schnell wieder von seinem Schreck. »Du trinkst nicht heimlich das übrige Bier aus, oder?«

Ryan schüttelte den Kopf. Sein pochender Schädel erinnerte ihn daran, dass er gestern sowieso zu viel von dem Zeug geschluckt hatte. Ungeduldig wartete er, bis der Junge wieder weg war. »Was für eine Bemerkung?«, drängte er Jannis.

»Sie hat vorgestern ganz plötzlich angefangen, von unserer Tante Kati zu reden, obwohl wir mit der länger nichts zu tun hatten. Die wohnt in Neu-Isenburg.«

Neu-Isenburg. Ortschaft in Hessen mit 39548 Einwohnern, informierte ihn sein Communicator.

»Frankfurt also«, sagte Ryan und fragte sich, wie um alles in der Welt er rechtzeitig von München aus dorthin kommen sollte. Er hatte keine 40 Euro in der Tasche. Seine ganze Familie war so gut wie pleite – nach dieser furchtbaren Nacht, in der er verunglückt war, hatte sich seine Mutter monatelang unbezahlt von ihrem Job als Buchhalterin freistellen lassen. Und die Unfallversicherung weigerte sich mit fadenscheinigen Ausflüchten noch immer, das Geld rauszurücken, das ihm eigentlich zustand.

Beunruhigt warf er einen Blick auf die Uhr. Schon halb eins. *Shit!*

Der Junge schon wieder. Er kam mit den nächsten Kästen in den Abstellraum, geräuschvoll stapelte er sie aufeinander. »Bist du noch lange hier drin? Nur so aus Interesse.«

»Bin schon weg«, sagte Ryan und drängte sich an ihm vorbei.

Plötzlich tauchte Emily im Kellergang auf – eine sehr zerzauste Prinzessin, der wirre schwarze Haarsträhnen in die Stirn hingen – und stellte sich ihm in den Weg. »Ryan! Was hast du herausgefunden? Wo ist sie?«

»Wahrscheinlich in Frankfurt«, sagte Ryan, während er seine Jacke vom Garderobenhaken zerrte und sich die Tasche mit seinen Rennfedern schnappte. »Kannst du mir ein bisschen Kohle leihen?«

»Sollen ich und Christopher nicht besser mitkommen?« Fahrig kramte Emily in ihrem Portemonnaie.

»Nee, ich schaff das schon«, gab Ryan zurück. Allein

würde er schneller sein. Auch wenn sie Beine hatten und er nicht.

Aus den Tiefen ihrer Geldbörse förderte Emily zwei 20-Euro-Scheine zutage. Ryan riss sie ihr aus der Hand. »Bekommst du irgendwann zurück.«

Sie rief ihm etwas nach, doch er rannte schon die Kellertreppe hoch zum Ausgang.

Erschöpft wischte Jola durch die Dokumente auf dem Tablet, das die Klinikmitarbeiterin ihr gereicht hatte. Merkblätter, was sie vor der OP tun durfte und was nicht, Erklärungen über den Verlauf der Operation, Behandlungsvereinbarungen, Checklisten, Einzugsermächtigungen, Bestätigungen.

Jolas Lider bestanden aus Blei und sie fühlte sich so furchtbar allein. Wieso nur hatte sie niemanden gebeten, hierher mitzukommen? Die Buchstaben flimmerten vor ihren Augen.

»Bitte hier unterschreiben und dann noch hier, hier und hier«, sagte die Frau und reichte ihr einen Displaystift. »Ach, ich sehe, Sie hatten gestern Geburtstag – herzlichen Glückwunsch!«

»Danke«, sagte Jola und schaffte eine Art Lächeln. Sie unterschrieb, unterschrieb, unterschrieb. Sekunden später hatte sie eine Kopie auf ihrem Communicator.

»Melden Sie sich bitte in Zimmer 382 für das Gespräch mit dem Anästhesisten. Ihr operierender Arzt wird im Laufe der nächsten Stunde zur Voruntersuchung in Ihrem Zimmer vorbeikommen.«

Ihr Zimmer war ein pfirsichfarben gestrichener, mit Kunstdrucken geschmückter Raum, in dem zwei Krankenhausbetten aus grauem Metallrohr standen. Eine leere Vase stand auf einem Seitentischchen, Jola wandte die Augen davon ab. Es gab ein kleines Bad, aber keine Handtücher. Die hätte sie mitbringen müssen. Hatte sie nicht gewusst.

»Hier sind noch ein paar Merkblätter zu Ihrem Aufenthalt bei uns«, sagte die dunkelhaarige, stämmige Krankenpflegerin, auf deren Namensschild *Carmen* stand. Papier diesmal. »Das hier ziehen Sie bitte an.« Sie drückte ihr ein in Plastik verpacktes Paket Stoff in die Hand und verschwand wieder.

Ganz langsam ließ sich Jola auf das Klinikbett nieder und versuchte, an Till zu denken und daran, wie überrascht und begeistert er sein würde, wenn sie nächste Woche ins Training kam mit ihren neuen, besseren Beinen. Doch es klappte nicht und stattdessen stiegen ganz andere Bilder in ihr hoch. Ryans Gesicht, als sie ihm erzählt hatte, was sie plante. Das Entsetzen in seinen Augen, seine Besorgnis. Völlig übertrieben war seine Reaktion gewesen, und doch wünschte sie sich mit aller Kraft, er wäre hier bei ihr. Oder Emily, die sie einfach in den Arm nehmen würde, ohne Fragen zu stellen.

Noch kannst du zurück, sagte sie sich und blieb bewegungslos auf dem Bett sitzen, dessen weiße Bettdecke sich steif und kühl anfühlte unter ihren Fingern. *Nein, das geht nicht. Du bist hier. Du hast unterschrieben. Jetzt ziehst du es durch.*

Es dauerte ein paar Minuten, ehe Jola die Kraft aufbrachte, den Plastikbeutel auszupacken, den die Pflegerin ihr in die Hand gedrückt hatte. Eine Art Nachthemd aus weißem Gewebe war darin, nach hinten offen. Ein grobmaschiger Wegwerf-Slip, zwei weiße Anti-Thrombose-Strümpfe, die bis zum Oberschenkel reichten. *Wow, supersexy*. Jola verzog das Gesicht.

Dann holte sie ihren Communicator aus der Jackentasche, um ihre Eltern anzurufen und ihnen zu erzählen, dass sie heute bei einer Freundin übernachten würde. Sie hatte mit ihrer Familie schon gestern Vormittag gefeiert, erwartet wurde sie nicht.

Noch fünf Minuten, bis sein Mitfahr-Anbieter ihn hier am Hauptbahnhof abholen würde. Besser, er beeilte sich. Es war ein echter Glücksfall, dass er jemanden gefunden hatte, der nach Frankfurt durchfuhr. Ryan beugte sich tiefer über das stählerne Waschbecken, schrubbte hastig noch ein letztes Mal über seine Zähne und spülte sich dann den Mund unter dem Wasserhahn aus. Hastig verstaute er die brandneue Zahnbürste in der Innentasche seiner Jacke, lief die Rolltreppe hoch und stellte sich auf dem Bahnhofsvorplatz so, dass er gut Ausschau halten konnte und möglichst wenig Schneeregen abbekam.

Kurz darauf erspähte er einen neuen senfgelben Audi, dessen Fahrer sich nach jemandem umzusehen schien. Das musste er sein, nicht viele Leute kauften Autos in einer so bescheuerten Farbe. Ryan drängte sich an ein paar japanischen Touristen vorbei, die, sich gegenseitig fotografierend, herumstanden, öffnete die Beifahrertür und ließ sich auf den Sitz gleiten. Drinnen roch es nach Aftershave und nassem Hund.

»Hi, ich bin der Erwin.« Eine große, feuchte Hand schob sich in seine und drückte sie, zum Glück nur kurz. Heimlich wischte sich Ryan die Hand an der Jeans ab. Nachdem er sich vorgestellt hatte, warf er seine Tasche auf den Rücksitz, auf dem schon eine nagelneu wirkende Babyschale befestigt war. Im nach oben offenen Kofferraum erspähte er eine Art Sporttasche und eine Großpackung *Pampers*, noch nicht angebrochen. Aha, junger Familienvater.

»Willst du das Geld für den Sprit jetzt oder später?«, fragte Ryan.

»Ach – reicht, wenn wir da sind.« Erwin lächelte. Er hatte leicht hervortretende Augen und feuchte rosige Lippen. Konzentriert fädelte er seinen Audi wieder in den fließenden Verkehr ein, lotste ihn auf die Autobahn und schaltete die automatische Steuerung ein. »So, alles paletti. Jetzt müssen wir uns nur noch auf einen Film einigen.«

»Such du was aus, mir ist es egal.« Ryan begann sich ein wenig zu entspannen. Wenn sie keinen größeren Stau hatten, würde er bald bei Jola sein – bestimmt noch rechtzeitig! »Auf dem Weg in den Urlaub?«, fragte er seinen Fahrer, um sich von den düsteren Gedanken abzulenken.

»Nee.« Erwin lachte und fummelte am Entertainment-System des Audis herum. Er hatte einen arg seltsamen Film ausgesucht, einen aus dieser uralten *Drei Fragezeichen*-Serie. Hatte er vergessen, dass sein Nachwuchs gerade nicht an Bord war? »Ich hole jemanden vom Frankfurter Flughafen ab. Meinen Sohn.«

»Ach, war der im Ausland?« Ryan versuchte, genug Konzentration für eine Runde Small Talk zusammenzukratzen.

Erwin amüsierte sich köstlich. »Ja, ziemlich lange sogar. Der Kleine ist gerade erst dort geboren worden. In Südkorea.«

»Ach so. Leihmutter?« Ryan schielte auf seinen Communicator und drückte die Kurzwahl für Jolas Nummer. Verdammt, sie blockte noch immer alles ab, sogar Textnachrichten!

»Genau. Hab extra Südkorea ausgesucht, dort geht das auch mit dem Klonen. Hab die Gene ein bisschen optimieren lassen, mehr Haare, weißt du. Aber sonst Erwin Nummer zwei.«

So langsam wurde Ryan mulmig zumute. Er mochte sich nicht vorstellen, was für eine Kindheit Erwin II bevorstand.

Garantiert noch schlimmer als seine eigene, die nicht sonderlich lustig gewesen war. »Wie habt ihr ihn genannt? Euren Kleinen?«

»Was meinst du mit *wir*? Ich bin sein Papa, das reicht. Muss ja nicht sein, dass die Gene von irgendeiner Frau sich da reinmischen. Da weiß man ja nicht, was man da bekommt.«

»Ach so«, brachte Ryan heraus.

Es schien Erwin völlig zu entgehen, wie sich sein Beifahrer fühlte. Während der ???-Film schon lief, plauderte er munter weiter. »War ein bisschen schwer, die richtige Leihmutter zu finden. Bin ja ganz schön groß, weißt du, stramme 1,90, das gibt natürlich auch ein großes Baby. Da müssen die schon aufpassen, dass es sie bei der Geburt nicht zerreißt. Doch diese Asiatinnen sind zwar klein, aber zäh …«

»Ich will aussteigen«, sagte Ryan. Ihm war übel.

»Was? Wieso? Ich dachte, du willst nach Frankfurt?« Verwirrt blickte Erwin zu ihm hinüber.

»Schon, aber wenn ich deinen Scheiß noch länger anhöre, muss ich leider kotzen.«

»Ach, so ist das.« Erwins Mund war verkniffen. Mit einem schnellen Handgriff schaltete er die automatische Steuerung ab, dann fuhr er auf die Standspur und ging so heftig auf die Bremse, dass Ryan in den Gurten nach vorne gerissen wurde. »Du bist einer dieser Deppen, die denken, Biotech ist Teufelszeug. Na, dann mach, dass du aus meiner Karre rauskommst, und zwar *presto*!«

»Aber gerne, dann muss ich mir wenigstens deinen beschissenen Egotrip nicht mehr anhören!« Ryan zerrte seine Tasche vom Rücksitz und löste seinen Gurt. Nichts wie raus hier. »Mir tut bloß das Kind leid. Das kann nicht so einfach abhauen!«, stieß er noch hervor.

»Fick dich!«, brüllte Erwin ihm hinterher.

Ryan knallte ihm die Faust auf die Kofferraumabdeckung. Mit quietschenden Reifen beschleunigte der senfgelbe Audi und schoss davon.

Wow. Das hatte er toll gemacht. Keine zwei Meter von ihm entfernt rasten Laster mit 130 Stundenkilometern vorbei und bespritzten ihn mit Dreck, während sich nasse, eisige Flocken auf seinen Schultern und seinem Kopf niederließen.

Wie sollte er es jetzt noch schaffen, rechtzeitig zu Jola zu kommen?!

Das einzig Gute an seiner Lage war, dass er keine kalten Füße bekommen würde. Aber seine Finger waren dabei, einzufrieren, während er verzweifelt auf seinem Communicator herumtippte, um eine Mitfahrgelegenheit aufzutun. Es gab zwar Fahrten nach Frankfurt, doch sobald er seinen Standort mitteilte, war er aus dem Rennen – die Fahrer waren ja nicht blöd, denen war klar, dass irgendjemand ihn rausgeschmissen haben musste. Normalerweise lungerte ja niemand auf dem Standstreifen herum. Und der Mistkerl von vorhin hatte ihm natürlich schon eine Ein-Sterne-Bewertung verpasst. Half auch nicht.

Tausende von Wagen waren schon an ihm vorbeigezischt, die meisten Insassen hatten ihn sicher nicht einmal bemerkt, weil sie auf automatische Steuerung geschaltet hatten und nicht daran dachten, auch mal nach draußen zu schauen.

Gegen den Wind geduckt, begann Ryan, an der Lärmschutzmauer entlangzugehen. Irgendwann nach ein paar Kilometern würde er zu einer Ausfahrt kommen, und wenn er runter war von der beschissenen Autobahn, dann hatte er eine Chance. Schon zwei Uhr! Wann wurde Jola operiert? *Ich darf nicht zu spät kommen, ich darf nicht zu spät kommen!*

Aber er würde zu spät kommen, wenn nicht bald ein Wunder geschah. Ryan spürte, wie Tränen in seinen Augenwinkeln festfroren. Wütend wischte er sich übers Gesicht.

Irgendwann, nach einer Ewigkeit, fuhr ein schwarzer BMW Hybrid vor ihm auf die Standspur, bremste und schaltete den Warnblinker an. Wollte der etwa …?

Ryan lief los, so gut es durch den Schneematsch ging.

Kurz bevor er den BMW erreichte, hörte er, wie dessen Fenster auf der Beifahrerseite heruntersurrte. »Bist du in Schwierigkeiten? Brauchst du Hilfe?«, hörte er die Stimme einer Frau.

»Ja!« Das war nicht mal gelogen.

»Dann steig ein.«

Drinnen war es wunderbar warm, und nach einem Blick auf ihn drehte die gepflegte Geschäftsfrau auf dem Fahrersitz – perfekt lackierte Fingernägel, Seidentuch – die Lüftung noch höher. Dankbar hielt Ryan die Hände in den warmen Luftstrom. Die Beschleunigung drückte ihn in den Sitz, als die Frau losfuhr. »Und, was ist passiert? Panne gehabt?«, fragte sie und lächelte ihn an. »Und wohin willst du überhaupt?«

»Frankfurt«, antwortete Ryan, es waren einfach zu viele Fragen auf einmal.

»Ich fahre leider nur bis Weinheim an der Bergstraße.« Wieder bekam er einen freundlichen Blick. »Aber von dort aus hast du es nicht mehr weit.«

»Klingt gut.« Ryan lehnte sich aufseufzend im Sitz zurück und öffnete seine Jacke, damit die warme Luft an seinen Körper gelangte. Endlich kam er weiter. Besser keine Unterhaltung anfangen, er hatte keine Lust, sich noch einmal in die Nesseln zu setzen. Er versuchte wieder einmal, Jola auf dem Communicator zu erreichen. Nichts. Dafür klingelte ein paar Sekunden später sein eigenes Gerät. Till war dran.

Verdammt, nein, mit dem wollte er jetzt nicht sprechen. Er drückte den Anruf weg.

Nach ein paar Minuten fiel ihm auf, dass die Atmosphäre im BMW irgendwie frostig geworden war. Die Frau machte keine freundlichen Bemerkungen mehr, sondern warf hin und wieder einen eigenartigen Blick in seine Richtung. Hatte er irgendwas falsch gemacht? Fand sie es unhöflich, dass er versucht hatte, aus ihrem Auto heraus jemanden anzurufen? Oder hatte sie gemerkt, dass er behindert war, hatte sie was gegen Menschen mit Prothesen? Aber normalerweise merkte keiner, was mit ihm los war, wenn er lange Hosen trug …

»Bist du einer dieser Neuen Militaristen?« Ihre Stimme klang kühl.

»Was?« Völlig verdutzt blickte Ryan sie an. »Wer? Nein! Bin ich nicht, wieso?«

Schweigend deutete sie auf sein schwarzes Jackett, an dessen Brusttasche er all die Orden befestigt hatte, die er auf dem Flohmarkt gekauft hatte. Er hatte total vergessen, dass er noch sein Party-Outfit trug.

»Du weißt also nicht, was dieser da bedeutet?« Sie zeigte auf den silbernen Orden, der ihm wegen der gekreuzten Schwerter am besten gefallen hatte.

»Nein, das war nur ein Gag, ein Kostüm, ich …«

»Das ist ein Kriegsverdienstkreuz 1. Klasse mit Schwertern, gestiftet von Adolf Hitler und verliehen zwischen 1939 und 1945.«

Ryan verzog das Gesicht. Mit noch immer klammen Fingern klaubte er sich den Orden herunter, ließ das Fenster auf seiner Seite heruntersurren und warf das Ding in den Schnee hinaus, als gerade kein anderes Auto auf der Spur neben ihnen war.

»Deine gute Tat für heute«, sagte die Frau und lächelte

wieder. Ryan lächelte zurück und steckte sich die restlichen Orden in die Tasche, bis er sie am nächsten Mülleimer loswerden konnte.

Deine gute Tat. Die kam hoffentlich noch.

Mit samtig grollendem Motor fraß der BMW Kilometer um Kilometer und jeder trug ihn näher an Jola heran. Ryan hätte sich gerne entspannt, doch er schaffte es nicht. Diese Frau fuhr wie eine Wildsau. Sie machte sich mit 230 auf der linken Spur breit, blinkte jeden aus dem Weg und klebte denen, die nicht sofort auswichen, dicht auf dem Heck. Und das bei dem Dreckswetter. Völlig verkrampft hielt Ryan im Beifahrersitz aus. *Das wäre unheimlich witzig, wenn es mich am Jahrestag meines Unfalls noch mal zerlegt!*

»Würde es Ihnen etwas ausmachen, langsamer zu fahren?«, presste er hervor.

Erstaunter Blick von der Seite. Jetzt bemerkte sie gleich den kalten Schweiß auf seiner Stirn. Blass war er vermutlich auch.

»Na ja, ich muss meinen Termin in Weinheim einhalten«, sagte die Frau, ohne vom Gas zu gehen und leider auch ohne die automatische Steuerung einzuschalten. »Tut mir leid.« Wahrscheinlich hielt sie ihn für eine Memme.

Ryan schloss die Augen. Er wollte nicht mehr sehen, wie sie kleinere Autos von der linken Spur mobbte. Nichts wollte er mehr sehen.

Immerhin, sie setzte ihn direkt am Bahnhof von Weinheim ab. Sein »Vielen Dank« traf sich mit ihrem »Viel Glück«, dann glitt der BMW davon wie ein Hai auf der Jagd. Jetzt schnell eine Weiterfahrt nach Frankfurt finden. Sein Herz schlug schneller. Halb fünf. Jola war bestimmt noch nicht operiert worden. Bestimmt. Bestimmt! Nicht mehr lang. Eine Stunde, dann war er dort.

Doch nach ein paar Klicks merkte er, wie sehr die fiese Ein-Sterne-Rezi ihm geschadet hatte. Ein Fahrer nach dem anderen überging seine Anfrage. Ryans Haut kribbelte, als liefen tausend Ameisen darunter umher, am liebsten hätte er den Communicator auf den Beton geschleudert und zugesehen, wie er in Stücke zersplitterte. Nein, auf keinen Fall. Seine Finger flogen über den Kristall, um einen Fahrplan aufzurufen. Schließlich war er hier auf einem verdammten *Bahnhof,* da musste doch …

Zwei Gleise weiter fuhr ein Intercity ein, hellgraues, eckiges Metall – eines dieser Modelle aus dem letzten Jahrhundert. Auf der Anzeigetafel entzifferte er: *Frankfurt am Main (Hbf).*

Das muss Schicksal sein! Ryan warf sich seine Tasche über die Schulter und rannte los, Treppe zum Gang hinunter, Treppe zum Gleis hinauf. Als er fast oben war, glitt er auf dem Schneematsch aus und knallte auf die Kante einer Stufe. Unschönes Knacken in seiner linken Prothese. *Fuck.*

Kurz bevor die Türen des Zugs sich schlossen, schlüpfte Ryan hindurch. Sein Herz hämmerte. Er ließ sich in einen Sitz fallen, klopfte sich den Dreck von den Knien und atmete tief durch. Auf der anderen Seite des Fensters zogen graue Häuser, graue Straßen und die grünbraune Hügelkette der Bergstraße vorbei.

Erst als er den Kontrolleur sah, der sich mit gebeugtem Kopf die Reihen entlangarbeitete, fiel ihm ein, dass er kein Ticket hatte. *Oh, bloody hell!* Er war es nicht mehr gewohnt, in Zügen zu bezahlen, im Nahverkehr fuhr er mit seinen 100 Prozent Schwerbehinderung umsonst. Heute hätte sein Geld sogar für eine Fahrkarte gereicht, aber Nachlösen machten die nicht mehr.

Unauffällig stand Ryan auf, schob sich den Gang hinunter

und legte die Hand auf die Klinke der Toilettentür. Da drin würde er vorerst sicher sein. Dauerte ja nicht lange bis Frankfurt. Nur 40 Minuten. War bestimmt auszuhalten.

Die Tür ging nicht auf. Rotes Symbol. Besetzt. Na toll. Der Kontrolleur war nur noch einen halben Wagen entfernt. Nicht zu dem hinschauen. Machte den nur aufmerksam.

Klick, das Schloss ging auf und eine junge Frau kam heraus. Ohne ihn anzusehen, schob sie sich an ihm vorbei. Nichts wie rein in die Kabine. Es roch nach Urin und feuchten Papierhandtüchern, aber das war auszuhalten. Ryan setzte sich auf den geschlossenen Klodeckel, nahm seine Tasche auf den Schoß und wartete ab. *Entweder er geht einfach vorbei oder er …*

Ein Klopfen an der Tür. »Fahrscheinkontrolle«, sagte eine männliche Stimme.

Konnte er sich irgendwie rausreden? Ticket versehentlich gelöscht? Ticket ins Klo gefallen? Haha. Witz des Monats.

»Moment bitte!«, rief Ryan und wartete weiter. *Irgendwann wird der Typ ungeduldig werden und weitergehen. Oder er wird …*

Energischeres Klopfen.

»Schon gut, komme gleich«, sagte Ryan nervös – und hatte eine Idee. Es war nicht leicht, seine Beine auf so engem Raum zu wechseln, doch nach ein paar Minuten hatte er es geschafft. Er stopfte die Alltagsprothesen in seine Sporttasche, ließ seine Hosenbeine hochgerollt und richtete sich auf seinen Carbon-Blades auf. Die Federn bogen sich ein wenig unter seinem Gewicht und die Spikes gruben sich in den Kunststoffboden.

Ryan entriegelte die Tür und blickte dem Kontrolleur in die Augen – und der Kontrolleur, ein älterer Mann mit Vollbart, starrte die Federn an. Ja, wenn man den Anblick nicht gewohnt war, sahen die ziemlich krass aus, wenn man an ihrer Stelle Beine erwartet hatte.

»Tut mir leid, ich brauche manchmal ein bisschen länger«, log Ryan, lächelte dem Kontrolleur zu und nutzte dessen Schrecksekunde, um an ihm vorbeizustaksen, zurück in den Wagen. Dort schob er seine Tasche in ein Gepäckregal neben der automatischen Tür und setzte sich neben eine ältere Dame, die versuchte, ihn nicht allzu offen anzustarren.

Ryan drehte den Kopf weg, damit sie nicht auf die Idee kam, ihm Fragen zu stellen. Er fühlte sich mies. *Den Behinderten raushängen lassen, soso,* höhnte Jakes Stimme in seinem Kopf. Und Ryan war nicht mal sicher, ob es ihm lange helfen würde.

Noch 30 Minuten bis Frankfurt. 30 endlose Minuten. Was war, wenn er zu spät kam?

Jola. Bitte lass das nicht machen. Bitte.

ASPHALT

Ob Jannis dichtgehalten hatte? Oder wussten ihre Eltern schon, wo sie war? Jetzt saßen sie bestimmt alle im Wohnzimmer, vielleicht hatten sie Kaminfeuer gemacht und kochten gerade etwas zusammen. Jolas Magen fühlte sich an wie ein Stein. Sie selbst hatte den ganzen Tag noch nichts gegessen – für die Operation musste sie nüchtern sein. Eine Stunde noch. Nur eine Stunde.

»Ich freue mich schon so auf meine Operation morgen früh«, verkündete ihre Zimmernachbarin, eine fast unerträglich muntere, etwa 50-jährige Frau mit blondierten Haaren. Gerade knotete sie energisch den Gürtel ihres goldfarbenen Morgenmantels neu, dann machte sie sich über das Krankenhausessen her, zwei Scheiben Algenbrot mit Butter und bioaktiver Aufstrich mit Käsegeschmack. »Es sollte sich wirklich jeder zusätzliche Muskeln an der Wirbelsäule implantieren lassen. Nie wieder Rückenschmerzen, das ist doch was! Ich hatte die in den letzten Jahren jeden Tag, und ich sag Ihnen, die fühlen sich an wie …«

Kann man aus diesem Gürtel einen Knebel basteln? Jola gab es auf, Interesse oder Verständnis zu heucheln, legte sich auf dieses Bett, das sich so fremd anfühlte, und starrte auf das Display ihres E-Readers. Sonst fing diese Frau wieder an, von ihren Premium-Rückenmuskeln zu erzählen, die aus Bulgarien kamen, weil sie dort nur halb so viel kosteten.

Die Tür öffnete sich und ein hochgewachsener Mann im weißen Kittel kam herein. Kantiges Filmstar-Gesicht, Haut zu einer ewigen leichten Bräune modifiziert. *Puh, direkt aus 'ner Vorababendserie entsprungen,* dachte Jola und wollte den Blick schon wieder abwenden, als sie merkte, dass der Weißkittel auf *sie* zuging.

»Dr. Andreas Grub. Ich werde Sie nachher operieren, Frau Spiegler.«

Verlegen setzte sich Jola auf, schüttelte ihrem Arzt die Hand und versuchte ein Lächeln.

»Würden Sie bitte Ihre Beine freimachen?«, forderte er sie auf.

Verlegen streifte Jola das Krankenhaushemd ein Stück hoch, und der Chirurg fuhr prüfend ihre Wade entlang, dann ihren Oberschenkel. Schon so oft hatte das Physio-Team ihre Beine massiert, wenn die Muskeln sich verhärtet hatten, nach dem Training oder zwischen den Läufen eines Wettkampfs. Dieser Chirurg berührte sie anders, nüchterner, distanzierter. Als wäre ihr Bein etwas, das er gerade im Supermarkt erstanden hatte und nun auf seine Qualität prüfte. Seine Hände waren warm und doch überzog eine Gänsehaut ihre Schenkel. Wie peinlich.

»Ist Ihnen kalt?«, fragte der Arzt.

Jola schüttelte den Kopf. »Geht schon.« Sie ärgerte sich darüber, dass ihre Stimme so heiser klang.

Er zückte einen Stift und begann, einfach so zu skizzieren – direkt auf ihrer Haut. »Hier werden wir den Einschnitt machen und dann von hier bis hier den zusätzlichen Muskel implantieren. Am Oberschenkel dann von hier bis hier ...«

Diese Beine. Die sie bei der *EuroChallenge* an die Spitze getragen und bei der WM in Osaka ins Finale gebracht hatten.

Nie hatte Jola sich so allein gefühlt. Sollte sie das hier wirklich durchziehen? Noch konnte sie zurück. Oder?

War er schon zu spät? Ryan konnte nichts anderes tun, als aus dem Fenster zu starren. Wieso hielt der Zug hier so lange? Na gut, jetzt fuhr das verdammte Ding weiter … aber wieso trödelte es dermaßen die Strecke entlang? Mit dem Rennrad wäre er schneller gewesen! Er beschäftigte sich damit, seine Alltagsbeine wieder anzulegen.

Noch 20 Minuten bis Frankfurt. Und wieder stand dieser Kontrolleur-aus-der-Hölle neben ihm. »Ihre Fahrkarte bitte«, sagte er höflich, aber unerbittlich. Diesmal würde er nicht aufgeben. Und ihn beim nächsten Halt in irgendeinem Vorort raussetzen, wenn ihm nicht schnell etwas einfiel.

»Muss ich erst suchen«, behauptete Ryan und begann verzweifelt, in seinen Taschen zu kramen. Als er kurz hochschaute, merkte er, dass der Mann auf der anderen Seite des Ganges alles, was geschah, mit schmalen Augen beobachtete. Er wirkte wie ein Bankangestellter – ordentliches Hemd, das schon etwas dünne schwarze Haar im Seitenscheitel, unauffällige, modische Brille. *Ja, klar*, dachte Ryan mit plötzlichem Hass. *Du würdest niemals schwarzfahren. Du findest, ich sehe verwahrlost aus. Du weißt schon genau, dass aus mir nie was wird.*

Ernst und konzentriert blickte der Kontrolleur auf ihn herab, er hatte hier eine wichtige Pflicht zu erfüllen. »Sie wissen, dass Beförderungserschleichung strafbar ist?«

Ryan starrte wütend zurück. *Na, dann zeig mich doch an! Nur Jola ist jetzt wichtig, sonst nichts!*

»Er fährt mit mir«, sagte der Mann auf der anderen Seite des Ganges.

Wie bitte? Ich fahre mit … Ryan und der Kontrolleur starrten ihn beide an.

»Weekend XXL«, sagte der Mann, holte seinen Communicator aus der Brusttasche und zeigte ihn dem Kontrolleur.

»Na, wenn Sie sicher sind, dass Sie das machen wollen«, sagte der Kontrolleur ohne Begeisterung.

Ryan schwieg, bis der Kontrolleur weitergegangen und außer Hörweite war. Dann sagte er über den Gang hinweg: »Nette Leute gibt's hier in Hessen.«

»Bestimmt.« Auf einmal waren da Lachfalten um die schmalen Augen herum. »Aber ich selber komm aus Köln.«

Endlich am Hauptbahnhof. Jetzt war es nicht mehr weit. Ryan verabschiedete sich schnell von seinem Retter, sprang aus dem Zug und drängte sich durch die Fahrgäste am Gleis. Eine junge Frau ging rückwärts, während sie jemandem zum Abschied zuwinkte, und er schaffte es nicht mehr, ihr auszuweichen. *Zack!* »Oh, tut mir schrecklich leid, sind Sie okay?«

»Ja, ja, geht schon.« Doch als Ryan versuchte, das Gleichgewicht zu halten, merkte er, dass mit seiner Alltagsprothese etwas nicht stimmte, die sowieso schon angeschlagen war vom Sturz auf der Bahnhofstreppe. Irgendwas knirschte und knackte darin, Mist, ausgerechnet jetzt! Das durfte doch nicht wahr sein! Und Viertel nach fünf schon!

Er hinkte weiter, doch nun deutlich langsamer als zuvor. Und das ätzende Gefühl, hilflos zu sein, stieg wieder in ihm hoch. *Ein Krüppel bist du, nichts als ein Krüppel.* Nein, Jake hätte das nicht gesagt, nicht mal er hätte so was rausgehauen. Es war sein eigener beschissener Kopf, der diese Gedanken hervorbrachte. Manchmal kam es ihm vor, als sei es schwerer, mit seinem Kopf klarzukommen, als mit Beinen, die unter dem Knie endeten.

Ryan ballte die rechte Hand in seiner Jackentasche zur Faust, packte mit der linken die Federn fester und hinkte weiter zum Taxistand. Ungewohnt, wie viel Platz seine Finger in der Jackentasche hatten. Viel, viel Platz … weil etwas fehlte!

Sein Geldbeutel!

Abrupt blieb er stehen. Menschen fluteten um ihn herum, Hunderte von Füßen, die sich irgendwohin bewegten, nur er stand still. Suchte alle Taschen ab, vielleicht hatte er es doch irgendwo anders hingesteckt, nein, dort nicht, dort auch nicht! *Shit,* diese junge Frau, die ihn angerempelt hatte! Nee, oder? Die hatte so normal ausgesehen!

In dieser Brieftasche war sein ganzes Geld gewesen, dazu noch seine Krankenkassenkarte, sein Schwerbehindertenausweis, sein Universalschlüssel fürs Haus. Ryans Herz pochte wie ein Dampfhammer. Er musste zur Polizei, den Diebstahl melden. Aber später, irgendwann später. Keinen Cent Geld mehr! Taxi konnte er vergessen. Wie sollte er jetzt noch rechtzeitig kommen?

Seinen Communicator hatte er noch. *Bis zur Galluswarte mit der S-Bahn, von dort noch zwei Kilometer zu Fuß,* teilte ihm die App mit. Ryan kniff die Lippen zusammen und hinkte weiter, die Rolltreppe hinunter, in die gekachelte Unterwelt. Nächste S-Bahn Richtung *Messe.* Eine Station nur. Und dann? Zwei Kilometer mit einer Prothese, die sich benahm wie ein gebrochenes Bein? Er würde ewig brauchen. Und es war schon zwanzig nach fünf!

Ryan belegte einen der Wartesitze aus Metallgitter und holte zum zweiten Mal an diesem Tag seine Blades aus der Tasche. Es tat ihm in der Seele weh, was sie heute schon durchgemacht hatten, wahrscheinlich waren sie schon ein paarmal in der Tasche gegeneinandergekracht und dadurch an den Kanten abgesplittert. *Und den Asphalt halten die erst recht nicht aus, dafür sind sie nicht gebaut! Zwei Kilometer, kann ich die danach wegschmeißen? Egal, alles egal!*

Bahnsteig *Galluswarte,* die Treppe runter, auf dem Bürgersteig entlang. Kurzer Blick auf den Communicator, der ihm den Weg vorgab, die Tasche wie einen Rucksack auf dem

Rücken. Seine Spikes klickten auf den Steinplatten. Im ersten Moment waren seine Bewegungen noch stockend, doch dann kam Ryan in den Rhythmus, lief lockerer, fließender. Was für ein gruseliges Geräusch, wenn seine Federn über die Straße schabten.

Nicht hinhören, weiter, weiter.

Mit klopfendem Herzen lag Jola auf der Operationsliege. Eine Krankenschwester hatte sterile grüne Tücher über sie gebreitet, durch einen Schlauch lief irgendeine Flüssigkeit in ihre Vene. Gleich war es so weit, dann würde sie in den OP-Saal gebracht werden – und plötzlich stellte Jola fest, dass ihr Tränen übers Gesicht liefen. Sie dachte daran, wie es gewesen war, als Kind über eine Wiese zu laufen – fast wie Schweben. Nie war sie langsam gegangen, überallhin war sie gerannt, einfach so, weil es sich gut anfühlte. Noch war nicht klar, wie viel Gefühl sie in ihren neuen Beinen haben würde. Diese Operation kostete den kompletten Vorschuss ihres neuen Sponsors, und würde sie danach wirklich so schnell sein, wie die Hersteller es versprachen?

Jola biss die Zähne zusammen und schob die Zweifel weg. *Willst du gewinnen oder nicht?*

Ein Stück durch die Allee zwischen den Fahrbahnen entlang, ein schmaler, ungeteerter Weg mit noch schmalerem Grünstreifen auf beiden Seiten. Ryan sprintete jetzt.

Ein Typ in schwarzer Lederjacke bog auf den Weg ein, einen Staffordshire-Terrier an der Leine. Ohne abzubremsen, jagte Ryan an beiden vorbei. »Ey, hast du ’n Arsch offen!« Der Typ schlug nach ihm, doch Ryan war längst zehn Meter weiter. Schon verklangen das Fluchen und Kläffen hinter ihm.

Gleich da. Noch zwei Straßen. Da, die Privatklinik, ein unscheinbares Haus, hätte genauso gut ein Bürogebäude sein können. Ryan nahm zwei der Eingangsstufen auf einmal, stieß die Glastür auf und lehnte sich über den Anmeldetresen, hinter dem eine stark geschminkte junge Frau ihn anstarrte. »Jola Spiegler«, stieß er hervor.

»Wie bitte?«

»In welchem Zimmer liegt Johanna Spiegler?«

»Darf ich fragen, wer Sie sind?« Ein kühler Blick aus grüngrauen Augen. »Ein Angehöriger, nehme ich an?«

Ganz ruhig. Wenn du sie anbrüllst, sagt sie nichts mehr. »Ja«, log Ryan mit trockenem Mund. »Ist sie schon operiert worden?«

Die Frau ließ sich dazu herab, auf ihren Monitor zu blicken. »Sie wird gerade operiert, in etwa einer Stunde können Sie im Aufwachraum zu ihr.«

Er war nicht schnell genug gewesen. Sie hatte ihre Beine hergegeben. Diese wunderbaren Beine, die nie wieder sein würden wie zuvor.

Auf einmal war Ryan zum Heulen zumute.

Eine Stunde später konnte er endlich zu ihr. Endlich. Wie verletzlich Jola aussah, bewusstlos in diesem weißen Bett. Ihr Gesicht wirkte blass und fleckig. *So habe ich wohl auch ausgesehen vor fast genau zwei Jahren …*

Erschüttert nahm Ryan ihre Hand, auf der mit medizinischem Klebeband eine Butterfly-Kanüle befestigt war. Während er dem leisen Piepen lauschte, das ihren Herzschlag meldete, streichelte er sanft ihre Wange.

Jola – modifiziert. Freestylerin. Was sollte jetzt nur aus ihnen werden?

FLASHBACK

Eben bin ich eingeschlafen … und jetzt schon wieder wach? War es das etwa schon? Hat die Operation geklappt? Jolas Körper fühlte sich so schwer und unbeweglich an, als hätte man ihn in Gips eingegossen, und ihre Gedanken robbten mühsam voran wie Soldaten durch gefährliches Terrain. Eine Weile dämmerte sie noch mit geschlossenen Augen dahin und lauschte auf das Piepen des Herzschlag-Monitors. Dann fiel ihr auf, dass ihre Hand sich irgendwie seltsam anfühlte. Mühsam hob sie die Augenlider – und stellte fest, was mit ihrer Hand los war.

Jemand hielt sie. War das Till, hatte sie ihn sich hergewünscht? Es dauerte einen Moment, bis ihre Augen fokussierten. Nein, nicht Till!

»Ryan?«, murmelte Jola verblüfft. Das konnte nicht sein, oder? Sie bildete sich nur ein, dass er hier war.

»Ja«, sagte die Gestalt, die wie Ryan wirkte. Sie klang auch wie Ryan. Nur ziemlich erschöpft. »Hier, trink mal was«, sagte er und reichte ihr einen Becher. »Du klingst wie ein Zombie, der ein paar Jahrhunderte lang in irgendeiner Gruft eingeschlossen war.«

Es tat gut, ihre trockenen, rissigen Lippen zu benetzen. Zwischen den einzelnen Schlucken blickte sie immer wieder zu ihm hinüber. Woher hatte er gewusst, dass sie hier war? Niemandem hatte sie es gesagt, nicht einmal ihrer Familie! Aber es fühlte sich so unendlich gut an, dass er hier war.

Jola drückte seine Hand fester, dann ließ sie sie los, denn

sie musste wissen, ob alles geklappt hatte. Unruhig tastete sie unter der Bettdecke nach ihren Beinen. Da war der feste Stoff von Verbänden, war Haut, die sich ein wenig taub anfühlte … noch hatte sie keine Schmerzen, aber die kamen vermutlich noch. »Haben sie irgendwas darüber gesagt … ob es geklappt hat?«

»Anscheinend ja«, sagte Ryan, und sein Lächeln sah ein wenig gequält aus. »Und, wie fühlt man sich als Superwoman?«

»Hilf mir mal«, bat Jola, und gemeinsam gelang es ihnen, die Decke zurückzuschlagen. Fasziniert betrachteten sie Jolas Beine – sie sahen fast aus wie zuvor, doch als Jola ihre Oberschenkel und Waden betastete, konnte sie die neuen, unvertrauten Muskelstränge unter der Haut fühlen. Ihre neue Achillessehne war unter dicken Verbänden verborgen, aber Moment mal, was waren das für Dinger? Diese dunklen Quadrate an ihrem Sprunggelenk? Sie konnte die Beine noch nicht beugen und nachsehen, doch Ryan warf einen näheren Blick darauf. »Das sind Tattoos, dauerhafte anscheinend«, sagte er verblüfft. »Zwei verschiedene. Sieht ein bisschen aus wie Markennamen oder so was.«

»Was?«, schrie Jola auf.

Ihr Schrei rief eine der Krankenpflegerinnen herbei, die fast geräuschlos im Hintergrund gearbeitet hatten. »Alles in Ordnung, Frau Spiegler?«

»Nein! Was ist das da?« Jola deutete auf die Tattoos.

»Das sind die Herstellerzeichen Ihrer Modifikationen – eins für die Sehne, eins für die Muskeln«, erklärte die Pflegerin ungerührt. »Es ist Standard, sie dort anzubringen, oder hätten Sie sie lieber woanders gehabt? Dafür ist es zu spät, fürchte ich.«

»Ich will mit Dr. Grub sprechen!«

»Der wird Sie sowieso heute auf Visite anschauen. Jetzt bringen wir Sie erst mal zurück in Ihr Zimmer.« Die Pflegerin drückte ein paar Tasten, und Jola spürte, wie ihr Bett sich in Bewegung setzte.

Zehn Minuten später tauchte Dr. Grub auf und bat Ryan, während der Untersuchung kurz das Zimmer zu verlassen. »Besser ohne Zeugen, was?«, fragte Ryan, bevor er ging, doch Dr. Grub ignorierte seine Bemerkung. Er schien nicht zu verstehen, worüber Jola sich aufregte. »Diese Modifikationen sind so teuer, dass es eben nicht ohne Werbung geht, und Sie haben doch unterschrieben, dass das in Ordnung sei«, erklärte er.

Jola biss die Zähne zusammen. Sie hätte das Kleingedruckte gründlicher lesen sollen. Während er sprach, untersuchte der Chirurg ihre Beine, die von der Hüfte bis zu den Zehen orange eingefärbt waren – durch das Desinfektionsmittel wahrscheinlich. Schließlich nickte er zufrieden und drückte ihr noch ein weiteres Merkblatt in die Hand. »So, hier steht drauf, was Sie wann machen dürfen. In einer Woche lassen Sie bitte die Fäden ziehen … zweimal die Woche Physio, in drei Wochen ist schon leichter Sport möglich …«

»Erst in drei Wochen?« Jola war entsetzt. Wie sollte sie Till beibringen, dass sie so lange beim Training aussetzen musste? Und was war mit dem Trainingslager in Florida, mit der Olympia-Qualifikation?

Allmählich sah der Chirurg aus, als habe er genug von ihren Einwänden. »Ihr Körper muss die neuen Muskeln erst akzeptieren. Es dauert einfach eine Weile, bis Sie sie vollständig benutzen können. Wenn Sie in drei Tagen entlassen werden …«

»In drei Tagen erst? Erst hieß es, ich bin in zwei …«

»Was denken Sie denn? Dass Ihr Körper eine solche Operation einfach so wegsteckt?« Dr. Grub warf einen Blick auf die Uhr, bestimmt wollte er nach Hause. Schließlich war es Sonntag, wahrscheinlich wartete seine sicher entzückende Familie mit dem Abendessen auf ihn. »Und Sie müssen in Zukunft unbedingt das Service-Intervall einhalten. Im ersten Jahr müssen Ihre Modifikationen alle zwei Wochen von einem Spezialisten überprüft und notfalls nachjustiert werden. Danach alle vier Wochen.«

»Alle vier Wochen? Aber das auch nur eine Zeit lang, oder?«, fragte Jola verwirrt.

»Nein. Solange Sie die Modifikationen tragen.«

Das Entsetzen machte Jola sprachlos.

Neugierig blickte ihre Zimmernachbarin mit dem goldenen Morgenmantel zu ihr herüber. Und freute sich wahrscheinlich immer noch auf ihre verdammten Rückenmuskeln, die ihr eine wunderschöne Tätowierung in bulgarischer Sprache einbringen würden. Was sie vielleicht schon wusste und vielleicht noch nicht.

Als Dr. Grub gegangen war, ließ sich Jola apathisch in ihr Bett zurücksinken, sie fühlte sich so schwach, als wäre sie wochenlang krank gewesen. Wieso kam Ryan nicht zurück? Schon kroch diese furchtbare Einsamkeit wieder in ihr hoch, und es wurde nicht besser, als sie hörte, dass Ryan draußen im Flur telefonierte, wahrscheinlich direkt unter einem *Communicator verboten*-Schild. Eine furchtbare Unruhe überfiel Jola. Wen rief er da an? Sprach er gerade mit jemandem über sie? Das durfte er nicht, sie selbst wollte Till und ihrer Familie schonend beibringen, was sie getan hatte!

»Wen hast du angerufen?«, schleuderte sie ihm entgegen, als er wieder hereinkam und sich einen Stuhl heranzog, um sich setzen zu können. »Meine Eltern? Emily?«

»Die Polizei.«

»Was?!« Eine eiskalte Welle durchlief Jola. Weswegen hatte er das getan? Wegen der Sache mit den Herstellerzeichen? Aber die waren doch …

»Keine Panik. Es ging nur um mich.« Einen Moment lang stützte Ryan den Kopf in die Hände, sie konnte das Tattoo auf seinem Nacken erkennen, das so viel schöner war als die beiden, die man ihr verpasst hatte. Zum ersten Mal fiel ihr auf, wie fertig er aussah. Am liebsten hätte sich Jola neben ihn gesetzt und den Arm um ihn gelegt … und vielleicht hätte er das sogar geschehen lassen. Aber sie konnte sich kaum bewegen.

»Um dich? Was ist passiert?«

»Ach, nicht viel. Bin auf dem Weg hierher beklaut worden, Geldbörse weg. Hab mich am Hauptbahnhof angestellt wie ein Dorfdepp.«

Jola blickte ihn an, und plötzlich begriff sie, dass es kein leichter Weg gewesen sein konnte von München hierher. Er musste direkt von der Party hergekommen sein, aber wieso? Auf einen Schlag begriff sie. »Du wolltest verhindern, dass ich mich operieren lasse, oder?«

»Ist jetzt egal«, sagte er und starrte die Wand an.

»Wie hast du herausgefunden, dass ich in genau dieser Klinik bin?«

»Jannis hat gemeint, du hättest plötzlich von deiner Tante geredet, die hier in der Nähe wohnt …«

Ungläubig blickte Jola ihn an, dann musste sie lächeln. »Aber das habe ich nur gemacht, weil diese Tante gerade Geburtstag hatte. So was vergisst Jannis immer, weil er seiner blöden virtuellen Tussi gesagt hat, sie soll ihn nicht mehr daran erinnern.«

Geschockt starrte Ryan sie an. »*Bloody hell.* Ist es okay, wenn ich deinem Bruder den Hals umdrehe?«

»Wieso? Der Tipp war doch gut. Außerdem macht er immer, wenn ich das mit dem Halsumdrehen versuche, echt eklige Geräusche.« Jola wunderte sich darüber, dass sie schon wieder herumfrotzeln konnte. Und das, obwohl die Schmerzen nun durch die Betäubung hindurchdrängten, mit jeder Minute heftiger. Es war bald Zeit für eine der Tabletten auf ihrem Nachttisch.

Ryan atmete tief durch und stand auf. »Ich fürchte, ich muss mich jetzt erst mal um eine Unterkunft in der Nähe kümmern – ich hab keine Lust, unter einer Brücke zu schlafen. Kannst du mir ein paar Euro leihen?«

»Klar, ich … Moment … kannst du mir mal meinen Rucksack bringen?«

Er steckte die beiden Fünfziger, die sie ihm reichte, in die Tasche seiner Jeans, dann stand er neben ihrem Bett und sah auf sie herab. »Ich schaue morgen noch mal vorbei, ja?«, sagte er. »Und, Jola …«

»Ja, was?« Plötzlich klopfte ihr Herz so heftig, dass sie es kaum noch aushielt.

»An deiner Stelle würde ich jetzt mal meinen Communicator einschalten. Es gibt ziemlich viele Leute, die versuchen, dich zu erreichen.«

Der Wagen entgleitet ihm, er bremst mit aller Kraft, doch es reicht nicht, es reicht nicht! Ihr Schrei gellt in seinen Ohren. Rote Hecklichter, nah, näher, sie krachen ihm ins Gesicht. Tausend Spiegel, die gleichzeitig zu Boden fallen …

Ryan erwachte mit einem Ruck. Kalter Schweiß bedeckte seinen ganzen Körper, und sein Herz raste wie nach einem 400-Meter-Sprint, bei dem er alles gegeben hatte. Unruhig tastete er um sich – wo war er hier überhaupt? Seine Finger fanden einen Lichtschalter, halb aus Zufall.

Blaugrauer Teppichboden, ein einfacher Tisch, ein Stuhl. Ach so, das Zimmer in der Pension. Über der Lehne des Stuhls trockneten seine Boxershorts und die Stumpfstrümpfe, die er gestern im Bad gewaschen hatte.

Ganz langsam richtete Ryan sich auf und setzte sich nackt, wie er war, auf die Bettkante. Er hatte lange keinen dieser Flashback-Albträume mehr gehabt, wieso kamen sie jetzt zurück? Wegen dieses Krankenhauses, in dem ihm alles so furchtbar vertraut vorgekommen war, die Gerüche, das glatte Linoleum der Gänge, die Betten aus grauem Gestänge? Oder lag es an Jola, an dem, was sie mit ihren Beinen gemacht hatte? Ihren Beinen, die ihr doch heilig hätten sein müssen?

Eine halbe Stunde später war er zurück in der Klinik. Unterhielt sich mit Jola über nichtssagende Dinge, um sie nicht zu belasten mit dem, was in ihm vorging. Machte eine lustige Geschichte daraus, wie er sich zu ihr nach Frankfurt durchgeschlagen hatte. Umarmte sie, wünschte ihr Gute Besserung und machte sich auf den Rückweg nach München mit der günstigsten Mitfahrt, die er finden konnte. Er hatte ein neues Profil anlegen müssen, sonst hätte ihn niemand mitgenommen.

Ihm graute vor dem Nachmittagstraining, und nicht nur, weil der Asphalt seinen Rennfedern sämtliche Spikes abgerissen hatte und seine Prothesen allesamt dringend einen Techniker brauchen. Wie sollten er und Till jetzt miteinander umgehen? Wieso hatte er sich ausgerechnet mit dem besten Trainer weit und breit angelegt, mit einem Trainer, der ihn akzeptierte, so wie er war? Der ihn an die Spitze bringen konnte, wenn er das Zeug dazu hatte?

Es gab nur einen Weg, er musste sich bei Till für das entschuldigen, was er ihm an den Kopf geworfen hatte.

Das Blöde war nur – er war nicht sicher, ob er das schaffte.

Zurück auf dem altvertrauten Olympiagelände. Alles wie immer. Er tauschte ein herzliches Hallo mit Leni und Koray. Sogar Samuel nickte ihm zu, es geschahen noch Wunder!

»Oh, hi, wo warst du denn gestern?«, fragte Leni und lächelte ihn an.

»Bisschen unterwegs«, sagte Ryan.

Korays Eichhörnchen kletterte seinen Arm hoch. »Hey, Baumratte«, begrüßte Ryan es, und Koray schmiss sich fast weg vor Lachen.

Der Gedanke, dass er vielleicht bald nicht mehr Teil dieser Trainingsgruppe war, brannte in ihm, als hätte er Säure getrunken. Noch mal monatelang ganz allein auf einem verlassenen Schulsportplatz zu trainieren, würde er nicht schaffen, beim Gedanken daran gruselte es ihn.

Es war üblich, den Trainer mit Handschlag zu begrüßen. Doch Till und er standen sich nur gegenüber und blickten sich an, keiner von ihnen rührte sich. Wie unheimlich das war. Ryan kannte Till nur in Aktion – er war immer dabei, mit jemandem zu reden, zu lächeln, zu gestikulieren, eine bestimmte Bewegungsfolge zu demonstrieren. Doch jetzt wirkte sein Gesicht wie das einer aztekischen Statue. Als Ryan dachte, dass er es keinen Moment länger aushalten würde, wandte Till sich ihm und den anderen zu. »Es gibt Neuigkeiten, die unsere Gruppe und mich betreffen.«

Ryan spürte, wie sein Magen in die Tiefe sackte, doch dann sah er, dass Till Ulrich lächelte. »Heute früh kam ein Anruf, über den ich mich sehr gefreut habe«, sagte Till. »Tja, Leute, vor euch steht der neue Landestrainer Sprint.«

Landestrainer? Das hieß, wenn Till ihn fertigmachen wollte, konnte er das nun im ganzen Bundesland tun. Großartig.

»Wie cool! Glückwunsch!« Leni fiel Till spontan um den Hals. Ryan beobachtete es nüchtern. *Wenn sie denkt, dass sie bei ihm landen kann, dann hat sie sich bös geschnitten. Da ist Jola ihr zuvorgekommen.*

Scheiße, tat das noch immer weh.

Ohne sich lange bei den Glückwünschen aufzuhalten, schickte Till sie zum Aufwärmen. Doch als Ryan loslaufen wollte, hielt er ihn mit einem kurzen Kopfschütteln auf. »Du nicht. Wir gehen ins Trainerbüro.«

Wortlos nickte Ryan und folgte Till.

Das Trainerbüro war ein kleiner Raum in den Tiefen der Linde-Halle – auf dem Schreibtisch stand aufgeklappt Tills Laptop, im Regal standen Ordner mit Trainingsplänen, Anmeldungen zu Wettkämpfen, Olympia-Unterlagen. An den Wänden hingen Poster vergangener Olympiaden – Rio 2016, Tokio 2020, Los Angeles 2024, Istanbul 2028. Auf dem Regal drängten sich Pokale wie ein kleiner Wald aus Edelmetall.

Doch statt sich hinter seinen Schreibtisch zu setzen, blieb Till stehen und winkte Ryan, ihm ins Büro zu folgen. Dann schloss er sorgfältig die Tür hinter ihm.

Schlechtes Zeichen, ganz schlechtes.

»Wie geht es Jola?«, fragte Till, als sie allein waren, und zu seinem Erstaunen las Ryan echte Sorge in seinen Zügen. »Ich habe zwar mit ihr telefoniert, aber sie hat nicht viel gesagt.«

»Geht so«, sagte Ryan. »Sie war enttäuscht, dass sie nach der OP nicht direkt loslaufen konnte, und es gab da ein paar Probleme mit dem Kleingedruckten.« Als er alles erzählt hatte, was er wusste, standen sie sich noch immer gegenüber. Ryan fühlte, dass seine Muskeln sich durch die Anspannung verkrampft hatten. Egal, was bei diesem Gespräch herauskam – hoffentlich war es bald vorbei.

»So, jetzt zu dir«, sagte Till Ulrich und kreuzte die Arme vor der Brust. »Wir müssen das klären, sonst kann ich dich nicht weiter trainieren.«

»Ja, das ist mir klar«, meinte Ryan schweren Herzens.

»Also, Ryan – hast du ein Problem damit, dass ich mit Jola zusammen bin?«

»Ja«, sagte Ryan und wich Tills Blick nicht aus.

»Ah. Hm, es gibt viele Gründe, warum man dagegen sein könnte. Aber ich glaube, es gibt nur einen Grund, der hier zählt. Du bist selbst verknallt, oder?«

»Kann sein«, presste Ryan hervor. Ja, er liebte sie schon seit diesem ersten Lächeln damals, das war ihm in den letzten Monaten klar geworden.

»Das ist Pech, denn sie hat sich für mich entschieden.« Nun waren Tills dunkle Augen hart. »Wie hast du mich noch mal genannt, gestern am Telefon?«

»Arschloch«, sagte Ryan kühl.

»Lauter, ich kann dich nicht hören.«

»Arschloch!«

»Lauter!«

»Arschloch!« Ryan schrie es ihm entgegen, brüllte es ihm ins Gesicht.

Das Wort hallte noch einen Moment lang nach im Trainerbüro, in dem es nun wieder furchtbar still war.

»So, das wäre raus. Geht's jetzt wieder?« Till lehnte sich an die Kante seines Schreibtischs.

Es ging ihm tatsächlich besser. Ein klein wenig zumindest. Ryan nickte schweigend.

Till seufzte. »Glaub mir, ich fühle mich manchmal selbst so. Aber ich meine es ernst mit Jola. Und ich bin immer noch der Meinung, dass es richtig für sie war, sich optimieren zu lassen.« Sein Blick sondierte Ryan. »Ich kann akzeptieren, wenn du anderer Meinung bist.«

Noch einmal nickte Ryan, so schwer es ihm auch fiel. Irgendwie hatte er gehofft, dass es nur eine Affäre war, die nicht viel bedeutete. Da hatte er sich wohl selbst belogen. Ihm war elend zumute.

»Also, was ist? Möchtest du, dass ich dich weiterhin coache?« Till beobachtete ihn genau.

Ryan atmete tief durch. »Ja«, sagte er.

»Du willst zu den Olympischen Spielen.«

»Stimmt.« Der Gedanke daran war wie ein ferner, schimmernder Traum.

»Dann erwarte ich, dass du in den nächsten Monaten so schnell läufst wie noch nie in deinem Leben. Und dass du *nie wieder* so etwas zu mir sagst wie das gerade eben.« Till ging zur Tür des Trainerbüros und öffnete sie. »Jetzt geh und wärm dich auf.«

Noch rührte sich Ryan nicht. Es gab noch etwas zu sagen. »Sorry. Ich hatte nicht vor, so laut zu werden.«

»Schon vergessen«, meinte Till ruhig.

Ryan hatte erwartet, dass er erleichtert sein würde, und das war er auch ... irgendwie. Doch während er mit seinen beschädigten Federn rund um die Bahn trabte, wollte das miese Gefühl in ihm einfach nicht vergehen.

Du hast deine Sprinterin aufgegeben, flüsterte Jakes Stimme in ihm. *Eingetauscht gegen eine Chance auf die Olympiade. Also wer ist hier das Arschloch?*

Klappe!, dachte Ryan bitter und zog das Tempo an.

Immerhin, sie konnte schon ohne Krücken laufen, als ihr Vater sie am dritten Tag aus der Klinik abholte. Das mit dem Lächeln und So-tun-als-sei-alles-prima fiel Jola schwerer, viel schwerer. Noch fühlten sich ihre Beine bleiern und tot an, jeder Schritt schmerzte. Grauenhaft. Gestern war, wie ein Hohn, doch noch eine Nachricht von Heike Appeldoorn eingetroffen.

Liebe Jola,
entschuldige, dass ich jetzt erst schreibe, ich bin gerade erst dazu gekommen, meine Mails zu checken, weil ich dringend das Dach abdichten musste. Lass dir bloß nicht einreden, dass du so eine Optimierung brauchst! Das halte ich für ganz großen Blödsinn! Später mehr, muss jetzt los, noch mehr Dachziegel kaufen. Es umarmt dich deine
Heike

»Geht's?«, fragte Anton sie besorgt, während er ihr die Treppenstufen am Eingang hinunterhalf, und Jola nickte. Sie hatte eben noch eine Schmerztablette eingeworfen, die musste für den Rückweg reichen.

Und dann – daheim. Alle schienen sich vorgenommen zu haben, furchtbar nett zu ihr zu sein. Jannis machte ihr einen Chai Latte, brachte ihn ihr zum Sofa und erzählte, dass er mit Melli im Kino gewesen war. Emily – die mit fünf Minuten Vorankündigung zu Besuch gekommen war – legte den Arm um sie. Und ihre Eltern hatten sich offensichtlich vorgenommen, einen auf heile Welt zu machen, solange es Jola schlecht ging. Das war so dermaßen zum Kotzen. Weil es wieder nur Fassade war. Aber Jola hatte nicht die Kraft, ihre Mum deswegen zur Rede zu stellen.

»Meinst du, du kannst am Donnerstag schon wieder zur Schule?«, fragte Theresa mitfühlend. »Herr Friedrich hat extra hier angerufen und gemeint, er mailt dir den Stoff, den er gerade wiederholt, weil der wichtig sei fürs Abi.«

Abi. Ein tonnenschwerer Begriff, der durch sie hindurchstürzte wie ein Felsbrocken durch eine Wolkenschicht. Jola wollte sich gerade keine Gedanken um dieses verdammte Abi machen, sie wollte gerade nur eines, schlafen. Ganz lange schlafen, bis dieser Albtraum vorbei war.

Doch das ging nicht, die anderen ließen sie nicht. Ihr neuer Sponsor schickte Glückwünsche zur gelungenen Operation und ein Fresspaket – o Mann, wussten die überhaupt, wen sie sponserten? Leni kam zu Besuch mit selbst gestrickten Handschuhen und begeisterte sich für die Antennenwelse, die nimmermüde die Scheiben von Jolas Aquarium ablutschten. Emily las ihr aus einem dicken Roman von Beatrix Gurian vor, der so wie versprochen richtig gut war. Till rief an und empfahl ihr, sich mit Aquagymnastik und Krafttraining fit zu halten, bis ihre Beine geheilt waren. Und weil gerade niemand zuhörte, fügte er leise hinzu: »Ich vermisse dich.«

»Echt?«, sagte Jola nur, mehr brachte sie nicht heraus. Wieso war *er* es eigentlich nicht gewesen, der sie in dieser Klinik aufgespürt hatte, um bei ihr zu sein?

Zwei Tage später rief auch Ryan wieder an, um sich zu erkundigen, wie es ihr ging. Zum Glück hatte sie inzwischen einen bunten Strauß von Floskeln zu diesem Thema. Nachdem sie ihm eine davon überreicht hatte, herrschte Schweigen in der Leitung. Gleich würde er es sagen. *Du kannst wirklich schlecht lügen, Jola.* Oder: *Hey, Jola, ich weiß, es ist eine harte Zeit gerade. Aber du wirst sehen, mit jedem Tag wird es besser, ich kenn das.*

Aber er meinte nur: »Das ist schön«, und irgendwie war sie enttäuscht.

»Und, was macht das Training?«, fragte sie ihn. »Weiterhin zweimal am Tag, oder?« Sie wusste selbst nicht, wieso sie das fragte. Es sich selbst reinrieb, dass er trainieren konnte und sie nicht.

»Ja, und muss ich auch, ich hab ein bisschen nachgelassen in letzter Zeit«, sagte er. »Aber bis zu den Deutschen Hallenmeisterschaften passt das bestimmt wieder. Drück mir die

Daumen, dass ich dort richtig schnell bin. Dann gibt's Hoffnung, dass ich die Norm für Buenos Aires schaffe.«

»Klar, die Daumen sind gedrückt«, sagte Jola und spürte, wie die Traurigkeit in ihr hochquoll. »Du, ich muss Schluss machen«, log sie. »Ich muss 'ne Runde fürs Abi lernen, heute ist Bio dran …«

»Na dann, viel Erfolg und gute Besserung, Jola.«

Gerade noch rechtzeitig konnte sie auflegen, bevor das Schluchzen aus ihr herausbrach.

SUPERWOMAN

»Ich weiß wirklich nicht, wie du das hinkriegst, Ryan.« Mit Juliane Ortwein, seiner Orthopädietechnikerin, war Ryan inzwischen per Du. »Diese Prothese, die du geschrottet hast, sollte eigentlich zwei Jahre halten. Mindestens!«

Sie schüttelte den Kopf, während sie ein neues Verbindungsstück aus Titan an sein kaputtes Alltagsbein montierte. »Ich weiß nicht, ob die Krankenkasse das bezahlt. Ähnliches Problem bei deinen Federn.«

Ryan, der in einem geliehenen Rollstuhl saß, seufzte. Inzwischen schuldete er mindestens der Hälfte seiner Freunde Geld, Jola und Emily eingeschlossen. Er wusste nicht mal, wie er das zurückzahlen sollte, geschweige denn, wie er Geld für neue Ausrüstung auftreiben sollte. »Hast du die Federn denn schon fertig, kann ich die wieder mitnehmen?«

Juliane nickte seufzend. »Weißt du was, ich schenk dir ein paar meiner alten Joggingfedern. Mit denen kannst du meinetwegen auch in tiefem Matsch oder in Geröll laufen, wenn dir danach ist. Die anderen sind für die Bahn und nur für die Bahn!«

»Yes, ma'm, thank you, ma'm«, sagte Ryan und salutierte. Er mochte Juliane, auch wenn sie jedes Mal eine Schimpftirade über ihn niedergehen ließ, wenn sie sich sahen. Sie war studierte Biologin, hatte ihr linkes Bein bei einem Zugunfall verloren und danach kurz entschlossen eine Lehre als Orthopädiemechanikerin begonnen, um sich ihre Prothesen selbst bauen zu können. Zusammen mit ihrer Lebensgefährtin und

ihrem aus Somalia adoptierten Sohn betrieb sie eine kleine Werkstatt, in der Weltklasse-Sportprothesen entstanden.

»Ich sag dir was«, sagte Juliane energisch und nahm seine Prothese vom Tisch, auf dem sie sie montiert hatte. »Wenn du bei den Deutschen Hallenmeisterschaften gut läufst, baue ich dir so viele neue Federn, wie du willst. Kostenlos, mit meinem Firmenlogo drauf.«

Ryan blieb fast die Luft weg. Ein Paar Federn inklusive maßgefertigter Sportschäfte waren rund 10 000 Euro wert! »Meinst du das ernst?«

»Nee, ich sag so was jedem, den ich treffe.« Juliane verdrehte die Augen. »So, dein Bein ist fertig, probier das bitte mal an.«

»Hey, meine erste Sponsorin. Wie cool ist das denn!« Ryan strahlte sie an. Zum ersten Mal seit Tagen fühlte er sich richtig gut. Die Sorgen um Jola und die bitteren Gedanken hatten ihn einiges an Schlaf und Kraft gekostet, aber jetzt würde es wieder aufwärtsgehen. Er musste es nur schaffen, sich von Jola fernzuhalten, damit diese Gefühle ihn nicht kaputtmachten.

»Ich jedenfalls finde es sehr cool, jemanden zu sponsern.« Juliane lächelte ihn an, doch dann wurde sie ernst. »Als deine Sponsorin darf ich dir auch Vorschriften machen, oder?«

»Du kannst es jedenfalls versuchen«, sagte Ryan amüsiert.

»Okay. Ryan, bitte pass besser auf dich auf. Du gehst immer aufs Ganze, oder? Wenn du so weitermachst, wirst du keine 25.«

Ryan zuckte die Schultern. Doch er merkte, dass sie sich damit nicht zufriedengeben würde. Und sie verdiente eine ehrliche Antwort. »Ich will alles rausholen aus der Zeit, die ich habe«, sagte er. »Keine Ahnung, wie lange mein Leben dauern wird. Ist mir gerade egal. Ich lebe *jetzt*.«

Er konnte an ihrem Blick sehen, was sie gerade dachte. *Hast du nichts gelernt aus deinem Unfall, gar nichts?*

Doch netterweise sprach sie es nicht aus. Stattdessen sagte sie: »Hab gerade mit einem der Docs aus dem Krankenhaus telefoniert, in dem du damals warst. Sie haben da gerade einen Jungen, elf Jahre alt. Dem soll das Bein abgenommen werden. Krebs.«

Ryan drehte sich der Magen um. *»Oh shit.«*

»Könntest du da mal vorbeifahren? Dem Jungen ein bisschen Mut machen? Du bist ja fast so was wie ein Vorbild geworden …«

»Vorbild? Ich?« Ryan grinste schief.

Das entlockte Juliane ein Lächeln. »Na ja. Nicht gerade darin, wie du mit deinen Prothesen, deinem Körper oder deinen Exfreundinnen umgehst. Aber so generell.«

»So generell. Ah.« Das reparierte Bein funktionierte perfekt und Ryan zog sich die lange Hose wieder an. Es war eine unglaubliche Erleichterung, wieder auf eigenen – wenn auch künstlichen – Füßen zu stehen. Ryan widerstand der Versuchung, dem geliehenen Rollstuhl einen Tritt zu geben. »Also dann. Bis zur nächsten Druckstelle.«

»Vergiss den Jungen nicht!«

»Don't worry«, sagte Ryan und gab seiner neuen Sponsorin zum Abschied die Hand. »Ich mach's heute noch.«

Elf Jahre. Ein beschissenes Alter, um irgendein Körperteil zu verlieren. Als Ryan durch die Flure des Krankenhauses ging, spürte er, dass seine Schritte unwillkürlich immer langsamer wurden. Elf Jahre. Wie redete man überhaupt mit einem Kind? Von so was verstand er nichts. Er war immer der Jüngste in seiner Familie gewesen, derjenige, der herumgeschubst wurde, der sich durchbeißen musste. Wahrscheinlich war er ein unerträgliches Kind gewesen, vorlaut, trotzig und immer genau da, wo er nicht sein sollte.

Zimmer 15. Ryan hob die Hand, um anzuklopfen, ließ sie wieder sinken, hob sie noch mal. *Bring's hinter dich. Du hast es Juliane versprochen.*

Elf Jahre. In diesem Alter hatte er Hardrock gehört, seinen abgewetzten alten Fußball durchs ganze Viertel gekickt und sämtliche Lehrer mit unverschämten Fragen in einem Mischmasch aus Englisch und Deutsch in den Wahnsinn getrieben.

Ryan atmete einmal tief durch, dann betrat er das Zimmer. Drinnen war es ganz still. Eines der beiden Betten war leer und frisch bezogen. Im anderen lag eine kleine, bewegungslose Gestalt, das Gesicht abgewandt. Auf der Bettkante saß eine Frau, etwa Mitte 30, das Gesicht fleckig und ungeschminkt. Sie sagte nichts, hielt einfach die Hand des Jungen.

»Mein Name ist Ryan Telgart, man hat mir gesagt, dass …«, begann Ryan verlegen. Die Frau nickte sofort, anscheinend wusste sie, wer er war. Sie rang sich ein kleines Lächeln ab. »Danke, dass Sie so schnell gekommen sind. Ich lasse euch dann mal allein.« Sie warf einen Blick auf die regungslose Gestalt im Bett. »Sein Name ist Noah. Er … er hat gerne Fußball gespielt. Vor dem … vor der Krankheit.«

Schon war sie draußen und Ryan war allein in dieser unendlichen Stille. Er setzte sich auf die Bettkante. »Hi, Noah.«

Der Junge regte sich nicht. Taub war er ja wohl nicht, oder? Das hätten sie ihm sicher gesagt.

»Hi!«, sagte Ryan lauter.

Ohne ihn anzusehen, holte der Junge seinen Communicator aus dem Nachtschränkchen, steckte sich die Stöpsel in die Ohren und wählte ein paar Tracks aus.

Kurzerhand rupfte ihm Ryan die Stöpsel heraus. »Sag mal, was soll das? Bist du zu all deinen Besuchern so unhöflich?«

»Sind Sie ein Psychologe?«, fragte der Junge, noch immer, ohne ihn anzusehen. Seine Stimme war dünn. »Warum hauen Sie nicht einfach wieder ab?«

»Gute Idee, eigentlich müsste ich längst beim Training sein«, sagte Ryan, und das stimmte sogar.

Mit plötzlicher Hoffnung wandte sich der Junge ihm zu, doch nachdem er Ryan kurz gemustert hatte, wurden seine Augen wieder so teilnahmslos wie zuvor.

»Du hast gedacht, sie schicken dir einen berühmten Fußballer vorbei, weil du Krebs hast, oder?« Es war nur ein Schuss ins Blaue gewesen, aber an Noahs Blick sah er, dass es ein Treffer gewesen war.

»Irgendeinen Vorteil muss diese Scheißkrankheit ja haben«, sagte der Junge.

»Stimmt. Mir fallen auch nicht gerade viele ein«, gestand Ryan und ließ den Blick über das Nachtschränkchen gleiten. Eine Blechdose *Space me up*-Kaubonbons, die nicht nur Brause, sondern auch Schmerzmittel enthielten, eine *Jurassic Universe*-Figur, eine Flasche Limo. Das war alles, was Noah in sein neues Leben begleiten würde. »Fußball spiele ich auch ab und zu und Basketball, wenn ich Zeit habe. Aber eigentlich bin ich Sprinter.«

»Ach, echt«, sagte Noah, und seine Augen füllten sich mit Tränen. Ryan wusste so genau, warum. Schon waren sie wieder da, die Gefühle von damals, schwer und brennend.

»Bin gleich wieder da«, sagte Ryan, ging ins kleine Bad, das zum Zimmer gehörte, und schloss die Tür hinter sich – gerade noch rechtzeitig. Er ließ kaltes Wasser über seine Hände strömen und tauchte sein Gesicht hinein, wartete darauf, dass er wieder ruhiger wurde. Verdammt, er hielt das nicht aus.

Aber da musste er jetzt durch, das schuldete er Noah.

»Wann ist die OP?«, fragte Ryan, als er wieder auf der

Bettkante saß. Er versuchte, seine Stimme nüchtern klingen zu lassen.

»Morgen früh.« Das Gesicht des Jungen war leichenblass.

»Die Zeit danach wird erst mal hart. Aber du wirst wieder laufen können«, sagte Ryan. »Du wirst rennen und springen und Fußball spielen.«

»Was wissen Sie schon davon? Sie haben doch keine Ahnung!« Jetzt weinte Noah, ein tiefes, verzweifeltes Schluchzen.

Wortlos krempelte Ryan seine Hosenbeine hoch bis zu den Knien. Erst das eine, dann das andere. Dann stand er auf und ging ein paar Schritte zurück.

»Wenn ich von irgendwas eine Ahnung habe, dann davon«, sagte er.

So, wie der Arzt es vorhergesagt hatte, fühlten sich Jolas Beine langsam besser an. Kräftiger, nicht mehr so schwer. Zum Glück hatte sie auch Gefühl darin, nur der eine Oberschenkel war manchmal etwas taub.

Rastlos ging Jola ihre Physio-Übungen durch. Und schließlich wagte sie einen leichten Lauf über die Wege hinter dem Westbad. Ja, es tat noch weh, als sie über den Pfad trabte, doch Jola ignorierte die Schmerzen. Es war unheimlich – der Sandboden schien unter ihr zurückzubleiben, sie fast von sich wegzustoßen. Musste an ihren neuen Beinen liegen. Probeweise sprang sie mit beiden Füßen ab, schnellte hoch, staunte – hatte ihr jemand Sprungfedern angeschnallt? Vorsichtig machte Jola größere Schritte, raschere Schritte. Nichts ging kaputt, nichts riss, kein brennender Schmerz.

Jola rannte los. Und ihre Schuhe trommelten auf den Boden in einem Rhythmus, den sie nicht kannte – einem härteren, schnelleren Rhythmus.

Oh, das ist gut. Das ist verdammt gut!

»Du bist so weit«, sagte Till, als sie es ihm erzählte. »Komm bald wieder ins Training, ja? Es ist Zeit.«

»Nein, bitte noch nicht!« Ein kurzer Schwall Panik flutete in Jolas Gehirn.

Es fühlte sich sehr seltsam an, diese neuen Muskeln und Sehnen zu haben. Vorher hatte sie ihren Körper und seine Reaktionen in- und auswendig gekannt. Nun war alles neu, und Jola ertappte sich dabei, wie sie ihre Beine, die ihr bisher so vertraut gewesen waren, immer wieder abtastete. Fremd. Noch immer fühlten sie sich furchtbar fremd an. So, als gehörten sie nicht zu ihr, als wären sie nur ausgeliehen. Würde sich das irgendwann geben?

»Na, schon dran gewöhnt?«, fragte Jannis, als Jola in Shorts aus dem Bad kam. Sein Blick wanderte zu ihren Waden.

»Hey, starr mir nicht auf die Beine!«, motzte Jola ihn an, und im gleichen Moment tat es ihr leid. Jannis konnte nichts dafür, dass sie so hin- und hergerissen war.

»Ja, ja, ich weiß, du bist keine Gazelle und das hier ist kein Zoo«, frotzelte Jannis, aber er wurde schnell wieder ernst. »Jetzt mal im Ernst, wie fühlt sich das an?«

Jola seufzte. »Als hätte mir jemand irgendein technisches Gerät geschenkt und leider vergessen, mir die Betriebsanleitung zu geben Und runterladen kann ich sie auch nirgendwo.«

Da nahm ihr Bruder sie einfach in den Arm. »Das wird schon, ganz bestimmt.«

Süß von ihm. Jola drückte ihn zurück und hoffte, dass er recht hatte.

Im Schulsport wurde sie angeglotzt – nein, nicht sie, sondern nur der untere Teil ihres Körpers. Das kannte Jola nun schon.

Auch ihrem Lehrer, dem schon etwas älteren Herrn Klinke, fiel es schwer, seine Neugier zu bezähmen. »Du hast dich optimieren lassen, habe ich gehört?«, fragte er, als Jola sich umgezogen hatte und darauf wartete, dass der Unterricht losging.

Jola versuchte ein Lächeln und nickte. *Hoffentlich findet der das nicht schrecklich, sonst wird's schwer mit meinem Sportabitur*, schoss es ihr durch den Kopf. Spontan beschloss sie, so wenig wie möglich über die Optimierungen zu erzählen. »Es tut noch ein bisschen weh. Aber ich merke, dass es anders ist als vorher.«

»Hat es sich gelohnt?« Immerhin, Herr Klinke wirkte nicht abgestoßen davon, dass sie sich hatte operieren lassen. Wahrscheinlich, weil er es schon kannte, dass seine Schülerinnen nach den Ferien oft mit neuen Nasen oder einer veränderten Silhouette auftauchten, weil ihre Eltern ihnen endlich erlaubt hatten, etwas an sich machen zu lassen.

»Ich weiß noch nicht«, wich Jola aus und hielt sich beim Waldlauf im Mittelfeld, was ihr nicht schwerfiel. Hier musste sie niemandem etwas beweisen, es machte keinen Sinn, vor den anderen mit ihren Optis anzugeben. Auch ohne sie war sie in Sport immer besser gewesen als die anderen.

»Na los, zeig uns, was du jetzt draufhast – oder funktionieren deine Carbonsehnen nicht richtig?«, stichelte Bianca Hope.

»Ja, mach doch mal!«, rief auch einer der Jungs.

Emily warf ihr einen warnenden Blick zu, doch der wäre nicht nötig gewesen. Jola hatte nicht vor, den anderen zu zeigen, was mit ihren neuen Muskeln so ging. Sonst hätte sie sich auch gleich in großen roten Buchstaben das Wort »Angeberin« auf die Stirn malen können. Und nach einer Weile ließen die anderen sie in Ruhe. Als sie am Schluss der Stunde unter der Dusche standen, hatten die anderen schon längst neue Themen – dass der Klassenschönling mit einem unscheinbaren Mäuschen aus der Nachbarklasse zusammen war. Wo sie ihren dreimonatigen Sozialen Einsatz machen würden, der seit ein paar Jahren für alle Jugendlichen Pflicht war. Dass die neue Kunstlehrerin eine amerikanische Künstlerin sein würde, die durch das neue internationale Lehrer-Austauschprogramm angeheuert worden war.

Vier Tage später ging Jola mit klopfendem Herzen durch den Olympiapark, zog die Tür der Werner-von-Linde-Halle auf und blickte sich um. Die anderen waren schon da und quatschten, während sie sich aus ihrer Winterkleidung schälten. Neugierige Blicke trafen sie, als Jola Till begrüßte und sich zu den anderen gesellte. Jola spürte Tills Blick im Rücken, sie wusste, dass er jede ihrer Bewegungen kritisch beobachtete. Ryan und Koray saßen bereits auf dem Boden und dehnten sich, Ryan schaute hoch und lächelte, als er sie sah. Er wirkte mitgenommen, was war los mit ihm?

»Oh, Jola, endlich bist du wieder da!« Leni warf sich auf sie, Küsschen rechts und links. »Zeig mal – sieht man irgendwas?« Natürlich trug sie die Datenbrille – streamte sie gerade ihre Eindrücke ins Netz? Beim Gedanken daran verkrampfte sich Jola, doch sie zwang sich, zu entspannen. *Bring's hinter dich.*

»Nicht viel«, sagte sie achselzuckend und schob über ihrem Knöchel die Tights hoch, sodass Leni eine der kleinen rötlichen Narben sehen konnte.

»Das ist alles?«, meinte Leni, sie klang enttäuscht. »Aber was hast du da am anderen Knöchel, ist das ein Tattoo? Äh, *Vale X Biotech*, was soll das denn sein?«

Koray hatte offensichtlich schneller begriffen, er schaute betroffen drein, gab aber keinen Kommentar ab und streichelte das Eichhörnchen, das gerade auf seiner Schulter hockte und sich an seinem Ohr zu schaffen machte.

»Du hast jetzt *Werbung* am Fuß?«, fragte Samuel kopfschüttelnd, und Jola biss sich auf die Lippen.

»Auch nicht schlimmer als Werbung über dem ganzen Trikot«, sagte Till, der mit der Stoppuhr um den Hals dabeistand.

»Oder ein Blanko-Trikot, weil nicht mal die Pommesbude nebenan einen sponsern wollte«, fügte Ryan hinzu.

Oh, oh, wunder Punkt, dachte Jola und lächelte Ryan zu, dankbar für seine Unterstützung. Samuels Gesicht war vor Wut versteinert. Er hatte es nicht gut aufgenommen, dass sie im Gegensatz zu ihm einen großen Sponsor gefunden hatte, und ein paar unschöne Kommentare dazu gepostet. Fast zeitgleich hatte er – vermutlich mit Unterstützung seines Vaters – eine Werbekampagne für seine AG gestartet. Wie viele Anteile an sich er wohl danach verkauft hatte?

Jola holte eines ihrer brandneuen Tops mit dem *Coronado*-Logo aus ihrer Tasche. Sie konnte sich genauso gut daran gewöhnen, die zu tragen. Der Sponsor erwartete, sein Logo auf möglichst jedem Foto zu sehen.

Beim Aufwärmen und den Laufübungen hielt sich Jola zurück, obwohl sie wusste, dass die anderen sie gespannt beobachteten. Dann trafen sich ihre und Tills Blicke, ganz kurz nur. »Jetzt ein paar Tempoläufe gemeinsam«, sagte er, so wie sie es abgesprochen hatten. »Fünfmal 100 Meter, Hochstart bitte.« Ach, er war so höflich zu ihnen. Heike Appeldoorn hätte das »bitte« einfach weggelassen.

Sie gingen zur Startlinie. Koray und Leni plauderten über ihr Wochenende – Koray war mit seinen Eltern bei einer großen deutsch-indischen Hochzeit gewesen – und warfen hin und wieder Seitenblicke auf Jola, als wäre sie ein Dschungeltier, das gleich anfangen würde, irgendein spektakuläres Verhalten zu zeigen. Samuel, der Jola um einen halben Kopf überragte, lockerte seine Muskeln neben ihr, ohne sie anzusehen. Ryan wirkte ernst und konzentriert. Er balancierte auf seinen Carbonfedern und blickte die Bahn entlang. Auf den Muskeln seines Oberarms zeichnete sich tiefblau, fast schwarz, sein Maori-Tattoo ab, das *Toki blade*.

Till nickte ihnen zu und Jola sprintete mit den anderen los. So mühelos und kraftvoll wie früher, ihr Körper gehorchte ihr wieder! Heiße Freude durchflutete sie.

Schon nach den ersten Schritten war niemand mehr neben ihr. Sie fühlte kaum, wie ihre Füße den Boden berührten, und schon – holla, so bald schon! – hatte sie die Ziellinie erreicht. Erst als sie locker auslief, schaute sie zurück. Die anderen trafen erst jetzt nach und nach am Ziel ein. Wow! Das hieß, sie hatte mindestens fünf Meter Vorsprung gehabt.

Auch vor Samuel, dem Goldjungen. Samuel, dem zukünftigen Olympioniken.

Niemand sagte etwas, alle wirkten fassungslos – Koray, Samuel, Leni und auch Ryan. Selbst die anderen Athleten, die in der Halle trainierten, schauten überrascht zu ihnen herüber. Nur Till blickte völlig gelassen auf das Gerät, das ihm Zeiten, Puls und Atmung seiner Schützlinge anzeigte. »9,92. Nicht schlecht, selbst für deine neue Startklasse. Ich denke, Olympia ist drin, wenn du dich jetzt wieder richtig reinhängst beim Training.«

Olympia. So wie er es ihr versprochen hatte. Einen Moment lang war es Jola schwindelig. Er hatte recht gehabt. Till hatte recht gehabt!

»Sieht so aus, als wärst du jetzt Superwoman.« Lenis Lächeln sah ein wenig gezwungen aus. »Ich glaube, ich fang schon mal an zu sparen.«

Koray starrte Jola noch immer an. »9,92? 9,92! Das ist …«

»Keine Kunst ist das! Du bist ja jetzt eine von *denen.*« Samuel musterte sie angewidert, und Jola war sich plötzlich ganz sicher, dass er derjenige war, der Ryan *Cyborg* genannt hatte. Sams Blick ließ keinen Zweifel daran, was auch sie jetzt für ihn war. Ein Kunstgeschöpf. Eine halbe Maschine.

»Ja«, sagte Jola hart, um sich nicht anmerken zu lassen, dass dieser Blick sie getroffen hatte. »Ich bin jetzt Freestylerin. Was habt ihr erwartet?«

Sie blickte zu Ryan hinüber. Er sagte nur schlicht »Glückwunsch«, dann ging er zur Startlinie zurück. Hatte er Probleme mit ihrer Leistung? Nein, nicht Ryan! Das sah ihm überhaupt nicht ähnlich. Wahrscheinlich musste auch er den Schock erst einmal verdauen.

»Superwoman – das ist doch ein Witz«, hörte sie Samuel murmeln.

Fick dich, dachte Jola, und an jedem anderen Ort hätte sie ihm noch ein paar Dinge mehr dazu gesagt. Ohne ihn zu beachten, ging sie zurück zum Startpunkt, um ihm und allen anderen zum zweiten Mal ihre Fersen zu zeigen. Hey, das machte richtig Spaß. Hier und heute war sie unschlagbar! Das Gefühl der Fremdheit war noch nicht weg, doch es störte sie nicht mehr, wenn sie jetzt über ihre neuen Muskeln strich. Weil diese Optimierungen sich endlich anfühlten wie die Geheimwaffe, die Till ihr versprochen hatte. Zumindest waren sie das, bis der nächste Modifizierte des Weges kam. Denn bei Wettkämpfen würde sie in ihrer neuen Startklasse Freestyle M nur noch gegen solche Leute laufen. *Am Ende wird es wieder darauf hinauslaufen, wie man trainiert und mit seinem Körper umgehen kann,* ging es Jola durch den Kopf.

Als sie nach dem Training aus der Dusche kam, sah sie, dass Ryan mit jemandem telefonierte.

»Der verabredet sich gerade mit Schneewittchen«, flüsterte ihr Leni zu.

»Mit wem?«, fragte Jola verblüfft.

»Dieser Tussi, die ihn bei den Bayerischen Meisterschaften abgeknutscht hat.« Leni grinste vielsagend, während sie die neuesten Daten in ihr Trainingstagebuch eintrug. »Wenn ich gewusst hätte, dass er auf die Masche steht, hätte ich es auch mal so probiert.«

Alle Energie floss aus Jola heraus. Ja, an dieses Mädchen erinnerte sie sich noch. Schön war sie gewesen, sehr viel schöner als sie selbst. Früher hätte sie ihn einfach gefragt, wer das gewesen war. Aber jetzt? Sie hatte nicht mehr das Gefühl, dass sie an Ryan herankam. Er entglitt ihr und sie konnte nichts dagegen tun.

»Nachher bei dir?«, flüsterte sie Till ins Ohr, als sie einen Moment lang allein im Gang standen.

»Geht heute leider nicht, ich hab noch eine Videokonferenz mit Severin Wagner, dem Bundestrainer«, wisperte er zurück und küsste sie flüchtig. »Aber ich bin stolz auf dich – du kommst bis ganz nach oben, was wetten wir?«

Jola zwang sich zu einem Lächeln. Sie hatte gehofft, dass sie noch irgendwie zusammen feiern würden nach dieser Premiere.

Frisch geduscht kam Ryan aus der Herrenumkleide, er wirkte abwesend, sah sie kaum an. Plötzlich hatte Jola es satt, dass er sie dermaßen ignorierte in letzter Zeit. Sie ging neben ihm her und passte sich seinen langen Schritten an. »Was ist los, Ryan?«, fragte sie. »Gehst du mir aus dem Weg? Oder kommt mir das nur so vor?«

»Quatsch«, sagte er. »Wieso sollte ich dir aus dem Weg gehen?«

Dafür gab es viele Gründe. Zum Beispiel, dass sicher nur

ein Mitglied dieser Trainingsgruppe, oder höchstens zwei, für Olympia ausgewählt werden würden, selbst wenn sich mehrere von ihnen qualifizieren konnten. Doch wenn es mit Olympia nicht klappte, dann hatte Ryan noch eine Chance auf die Paralympics. Und sie hatte den Verdacht, dass das Problem eher ihre Läufe vorhin waren.

Jola holte tief Luft. »Warum du das tun solltest? Vielleicht, weil du nicht einverstanden bist mit dem, was ich getan habe. Wer ich jetzt bin.«

Jetzt schaute er sie immerhin an, kurz nur, von der Seite. »Es ist ganz deine Sache, was du mit deinem Körper anstellst.«

»Ja, genau«, sagte Jola und blickte zurück, besorgt diesmal. Ging es ihm womöglich nicht gut? »Sonst alles okay mit dir?«, fragte sie und legte ihm kurz die Hand auf den Arm.

»Passt schon.« Ryan lächelte sie kurz an, bevor er sich wieder abwandte. Es war ein Lächeln, das Jola im Herzen wehtat, weil es sie daran erinnerte, wie schön ihre Freundschaft einmal gewesen war. Und wie wichtig für sie beide.

Ryan fühlte sich furchtbar niedergeschlagen. Jolas Läufe hatten die anderen beeindruckt, so viel war klar – hieß das, dass sich die anderen auch optimieren lassen würden? Samuel vielleicht, soviel er jetzt auch gegen Freestyler hetzte. Wie ging noch mal der Spruch? *Die schärfsten Kritiker der Elche waren früher selber welche*. Und Leni. Ja, Leni bestimmt, die würde garantiert noch heute Abend ihre Eltern anpumpen. Koray? Hoffentlich nicht. Der war noch so jung, so unbeschwert. Heute hatte er unwillkürlich an Noah – den Jungen im Krankenhaus – denken müssen, als er Koray angeblickt hatte. Keine Ahnung, warum, die beiden sahen sich nicht mal ähnlich.

Bei seinem ersten Anruf hatte Cheyenne ihn nach dem ersten »Hallo« weggeklickt. Ryan ließ seinen Communicator noch ein paarmal ihre Nummer wählen, und irgendwann nahm sie an – sogar mit Bildverbindung.

»Also, was genau ist so dringend?«, sagte sie und wirkte ziemlich genervt.

»Sorry, dass ich neulich beim Wettkampf so komisch drauf war – ich würde dich gerne wiedersehen«, sagte Ryan, zwang sich zu einem Lächeln und sah auf seinem Bildschirm, wie Cheyenne mit widerstreitenden Gefühlen kämpfte. Schon bereute er halb, dass er sie angerufen hatte und nicht irgendeinen seiner Freunde, die noch in München lebten. Zu spät. Sie sagte: »In einer Stunde im *Joker's*?«

Das *Joker's* am Hohenzollernplatz war früher ihre Lieblingskneipe gewesen. Als sie noch zusammen gewesen waren. Bevor er zwei Dinge getan hatte, die sich nie wiedergutmachen ließen.

Es war eine Kneipe nach seinem Geschmack – nicht trendy, eher ein bisschen abgewrackt und mit einer guten Auswahl an britischem und irischem Bier. Für genau eins davon reichte seine Kohle noch. Ryan spürte über die Sensoren seiner Füße, dass das zerkratzte dunkle Parkett des Bodens rutschig war – es war wohl jemandem ein Drink runtergefallen. Vorsichtig ging er zur Bar und ließ sich auf einem der Hocker nieder. Während er in den Spiegeln hinter den Gin- und *Aperol*-Flaschen beobachtete, was hinter ihm vorging, gab er sich düsteren Gedanken hin. Hatte Till recht gehabt, würden sich irgendwann alle Sportler operieren lassen? Und warum brachte die Medizin es nicht fertig, die Spuren des Unfalls von Cheyennes Gesicht zu tilgen? Oder Noahs Tumor die rote Karte zu zeigen? Gab es eigentlich auch Momente, in denen das Leben fair war?

Nein, wohl eher nicht. Das hatte er Jola einmal gesagt und es stimmte immer noch.

Fast lautlos ließ sich Cheyenne auf den Hocker neben ihm gleiten, hängte ihre Jacke an den Haken unter der Bar und bestellte einen *Aperol* Spritz, ohne ihn anzusehen. Eine Weile saßen sie einfach nur schweigend nebeneinander, dann sagte Cheyenne: »Irgendwie unheimlich, wieder hier zu sein. Weißt du noch, wie wir in der Toilettenkabine …?«

Ryan grinste. Oh ja, daran erinnerte er sich noch gut. »Geht jetzt nicht mehr, die Türen sind seit Neuestem DNA-gesichert. Mit XY-Chromosomen kommst du nicht in die Damentoilette.«

»Schade«, sagte Cheyenne knapp.

Im Fernsehen lief Hockey und immerhin die Hälfte der männlichen Barbesucher schaute hin. »Was würdest du sagen, wenn du mich im Fernsehen dabei sehen würdest, wie ich bei der Olympiade gewinne?«, entfuhr es Ryan.

»Ich würde sagen, das hat der Bastard nicht verdient«, sagte Cheyenne grimmig und fügte hinzu: »Was ist, wirst du? Bei der Olympiade gewinnen?«

»Keine Ahnung, ich weiß noch nicht mal, ob ich dabei sein werde.« Warum hatte er sie überhaupt angerufen? Ryan fühlte, wie die alte schwarze Stimmung über ihn kroch und ihn nach unten riss, tief, tief nach unten. »Wahrscheinlich bin ich sowieso nicht gut genug.«

»Genau, bist du nicht.« Sie stand auf. »Ich weiß gar nicht, warum ich hergekommen bin. Damit ich mir anhören darf, wie du mit deiner tollen neuen Karriere prahlst? Du hast mir nicht mal erklärt, warum du so überstürzt abgehauen bist von diesen Meisterschaften neulich!«

Ihre Augen flammten vor Zorn, und plötzlich konnte er nicht anders, er packte sie und presste seine Lippen auf ihre.

Wie krank ist das denn, schoss es ihm durch den Kopf. *Immer dann, wenn wir uns am meisten hassen, müssen wir uns ganz dringend küssen?*

Diesmal war das mit dem Küssen eine noch schlechtere Idee als sonst. Im ersten Moment küsste sie ihn zurück, doch schon nach ein paar Sekunden stieß sie ihn weg und atmete tief durch. »Sonst fällt dir nichts ein? Hat dir schon mal jemand gesagt, dass du zwischenmenschlich eine Zumutung bist? Und wann stellst du dich endlich dem, was damals passiert ist? Wann? Sag mir das mal!«

Damit ging sie und ließ ihn mit einer Rechnung sitzen, die er nicht bezahlen konnte. Verdammt.

TIEFE DUNKELHEIT

Zum Glück war der Barmann ein langhaariger ehemaliger Bundeswehrsoldat namens Jens, der Ryan kannte, weil er früher öfter hier gewesen war. Er hatte ihm nach dem Unfall sogar eine Karte ins Krankenhaus geschickt.

»Macht nix, bring die Kohle halt bei Gelegenheit vorbei«, sagte er, und seine Freundlichkeit tat Ryan gut.

Ryan vergrub die Hände in den Taschen seiner Jacke, als er die Straßen entlangging. Nein, er konnte jetzt nicht nach Hause, wo Jake ihn mit seinen blöden Sprüchen erwarten würde und seine Mutter mit vorwurfsvollen Blicken, weil er so selten daheim war.

Was Cheyenne gesagt hatte, echote in ihm, ob er wollte oder nicht. *Wann stellst du dich endlich dem, was damals passiert ist?* Sie machte sich das wirklich leicht! Hatte sie es denn selbst geschafft? Nein! Soweit er wusste, hatte auch sie nie jemandem die bittere Wahrheit über diesen Unfall erzählt. Diesen verfluchten, überflüssigen Unfall.

Nein, an die Vergangenheit wollte er gerade nicht denken. Und die Zukunft? Er hatte eine Scheißangst vor der Zukunft. Wenn er bei den Deutschen Hallenmeisterschaften Mist baute oder sich vorher irgendwie verletzte, dann war seine brandneue Karriere als Leistungssportler schon wieder vorbei. Er konnte sie sich einfach nicht mehr leisten. Stattdessen musste er sich dringend für irgendeinen Beruf in Stellung bringen – er hatte noch keine Ahnung, welchen – und sich bessere Nebenjobs besorgen, damit er nicht länger pleite war.

In diesem roten Golf ohne Selbststeuerung, den er von seinem Onkel geliehen hatte, waren Cheyennes Träume gestorben. Welches Recht hatte er, sich an seine zu klammern?

Sein Fuß, der aufs Gaspedal tritt. Rücklichter blühen vor ihm auf wie rote Blumen im Nebel … ihr Schrei, der in seinen Ohren gellt …

Ohne es zu merken, war er immer schneller gegangen. Jetzt lief er, in einem leichten, meilenfressenden Trab, der sich mit seinen Alltagsprothesen gut anfühlte. Noch lieber wäre er jetzt gesprintet, bis er vor Erschöpfung umfiel. Bis er nicht mehr nachdenken musste, nichts mehr anderes tun konnte, als ein belegtes Brot hinunterzuschlingen und ins Bett zu fallen.

Dass er instinktiv den Weg zum Olympiapark eingeschlagen hatte, wurde Ryan erst klar, als er die Gegend erkannte und das silbrige, geschwungene Dach des Stadions sich gegen den Nachthimmel abzeichnete. Er lief weiter, immer weiter, über die schwach erleuchteten Wege des Parks, die er so gut kannte.

Noch immer war der Olympiapark ein Ort, an dem Jola gut alleine sein konnte – und ganz besonders in einer milden Winternacht wie dieser, wenn sonst niemand hier war. Sie hatte nie Angst vor der Dunkelheit gehabt, sie fühlte sich geborgen in ihr. Unsichtbar. Es gab nicht mehr viele Orte, an denen man unbeobachtet war, weil so viele Leute mit Datenbrillen herumliefen und alles filmten, was ihnen vor die Augen kam.

Es gab so viel, über das sie nachdenken musste. Über sich und Till. Über ihre neuen Beine. Über Freundschaften, die zu Ende gingen, ohne dass man wusste, wieso. In Ratlosigkeit und Schweigen.

Sie vermisste Ryan. Vermisste ihre Gespräche, ihre Vertrautheit, ja sogar seinen wütenden Stolz, der so anstrengend sein konnte.

Als Jola den einsamen Läufer bemerkte, konnte sie es kaum glauben. Nein, das war sicher nicht Ryan, oder? Er war doch längst gegangen. Das da war jemand anderes, auch wenn er ihm ähnlich sah und den gleichen Laufstil hatte, den eines Sprinters, der mit Langstrecken nichts anfangen konnte und Energie verschwendete, indem er die Füße bei jedem Schritt viel zu hoch vom Boden hob.

Nach dem Gespräch vorhin hatte sie keine Lust mehr, ihm zu begegnen. Lautlos wechselte Jola die Richtung und lief einen anderen Weg entlang. Nur um kurz darauf festzustellen, dass Ryan das Gleiche getan hatte. Auch er war ihr ausgewichen und dadurch hatten sich ihre Wege unabsichtlich gekreuzt. Oje. Jetzt standen sie sich plötzlich auf dem dunklen Weg gegenüber. Sie konnte Ryans Gesicht nicht sehen, er hatte sich die Kapuze seines Sweatshirts übergezogen. Doch sie wusste, dass er es war.

»Hi«, sagte Jola zögernd. Es war irgendwie unheimlich, dass er nichts sagte – was war los mit ihm? Eine leise Angst kroch in ihr hoch und hangelte sich ihr Rückgrat aufwärts. Das da war Ryan und doch irgendwie nicht … das da war jemand, den sie noch nicht kannte. Vielleicht war es besser, wenn sie jetzt abhaute und sich auf den Heimweg machte.

In diesem Moment wandte Ryan sich um und begann, den Weg entlangzulaufen. »Kommst du?«, hörte sie seine vertraute Stimme sagen.

Instinktiv folgte sie ihm. Ryan trug keine Sportsachen, sondern Jeans, Winterstiefel und seine normale Jacke. Bestimmt schwitzte er schon in diesem Zeug, aber er wirkte, als sei ihm alles egal. Das war auch der Grund, warum Jola nicht umkehrte. Nichts fragte. Einfach neben ihm lief.

Als Ryan sprach, klang seine Stimme seltsam verzerrt. »Hast du schon mal richtig Mist gebaut in deinem Leben?«

»Ja, klar«, sagte Jola spontan. »Schon oft. Und du?«

»Garantiert noch öfter.« Ryans Atem kam in Stößen. »Zum Beispiel habe ich mal meine Freundin betrogen. Wir wollten zusammen in Urlaub fahren, aber es hat nicht geklappt ... ich war dann mit einer Gruppe auf einer Berghütte ... und in der Gruppe war dieses Mädchen ...«

Es war nicht das, was Jola erwartet hatte. »Hast du es deiner Freundin erzählt?«

»Ja. Sie hat sich von mir getrennt, ich hab gelitten wie ein Hund. Geschah mir wohl recht.« Einen Moment lang schwieg er, während sie am Olympiasee vorbeiliefen, dunkel erhob sich die Seebühne aus dem Nebel. Dann erzählte Ryan weiter. »Einen Monat lang war totale Funkstille. Aber sie hatte mir zum Geburtstag zwei Karten für das *XRay Brothers*-Konzert im Januar geschenkt. Da wollten wir eigentlich zusammen hinfahren. Weil sie sich inzwischen abgeregt hatte, kamen wir auf die Idee, das nun doch so zu machen wie geplant. Wir sind zu zweit gefahren, sonst wollte keiner mit.«

Schweigend nickte Jola. Sie ahnte, worauf das hinauslief.

»Das Konzert selbst war super. Aber schon währenddessen haben wir angefangen zu streiten. Erst über irgendeinen Scheiß – dass sie sich ständig über die anderen Leute auf dem Konzert beklagte, mir damit die Stimmung versaute, so was –, dann ging's richtig rund. Das mit dem anderen Mädchen war plötzlich wieder Thema, obwohl wir nicht mal mehr zusammen waren. Cheyenne kann das totale Biest sein.«

Jola nickte schweigend. Cheyenne. Sie hatte plötzlich eine Ahnung, wer das Mädchen gewesen war, mit dem sich Ryan heute verabredet hatte.

»Auf dem Heimweg wurde es noch schlimmer, weil wir uns nicht ausweichen konnten. Ich habe auf dem Fahrersitz gesessen und sie angebrüllt, sie war auf dem Beifahrersitz und hat zurückgebrüllt, immer blödsinnigere Anschuldigungen. Sie hat sogar versucht, auf mich einzuschlagen. Irgendwann hätte ich sie am liebsten erwürgt.«

Jola spürte, wie ein Schauer sie überlief. Sie war nicht sicher, ob sie hören wollte, was jetzt kam.

»Eigentlich hätte ich langsamer fahren müssen, weil es neblig war. Stattdessen bin ich schneller gefahren. Hab das Gaspedal durchgetreten bis zum Anschlag. Aus Trotz und weil ihr das Angst machte. Das fand ich gut in dem Moment. Als sie mich noch lauter ankreischte, bin ich auch noch zu dicht auf den Laster vor uns aufgefahren. Absichtlich.«

Seine Stimme war leiser geworden, aber Jola verstand jedes Wort, das er sagte. Eis kroch durch ihre Adern, auf ihr Herz zu, auf ihren Kopf. Sie spürte ihre Füße auf dem Boden nicht mehr, sie bewegten sich ohne ihr Zutun weiter.

»Tja, und dann hat der Laster plötzlich gebremst. Keine Ahnung, wieso. Cheyenne hat geschrien und ich bin heftig auf die Bremse gegangen …« Seine Stimme erstarb. Ganz plötzlich blieb er stehen, und überrascht lief Jola noch ein paar Schritte weiter, ehe sie ebenfalls anhielt.

Ryan hatte den Kopf gesenkt, der Kapuzenpullover verbarg sein Gesicht. Doch Jola hörte, dass er weinte. »Ich habe … es nicht mal geschafft … mich zu entschuldigen. Bis heute nicht. Kannst du dir … das vorstellen?«

Jola fühlte sich, als hätte jemand sie festgenagelt. Mit Riesennägeln an den Boden getackert. Die Gedanken waren in ihr festgefroren.

Eine Sekunde verging, dann noch eine. Eine Ewigkeit. Dann drehte sich Ryan weg.

Mit wenigen Schritten war Jola bei ihm, riss ihn herum. Und umarmte ihn, so fest sie konnte. Hielt ihn einfach fest, während sein Körper von Schluchzern geschüttelt wurde.

Es war zu kalt, um einfach so herumzustehen. Doch Jola fror nicht, Ryans Körper wärmte sie und ihr Körper wärmte seinen. Oder kam es ihr nur so vor?

Nach und nach beruhigte sich Ryan, und schließlich schlug Jola vor: »Ich weiß, was du jetzt brauchst. Du brauchst ganz dringend einen Döner.«

Damit schaffte sie es tatsächlich, ihn zum Lachen zu bringen. Obwohl er noch ein bisschen zittrig klang. »Ich dachte, du würdest *ein Taschentuch* sagen.«

Als sie sich im Dönershop gegenübersaßen, waren Ryans Augen noch immer gerötet, doch er wirkte schon viel gefasster. Er sah sie an, auf diese aufmerksame, wache Art, die Jola so mochte.

»Okay, also jetzt einen Döner, ernsthaft?«, fragte Jola.

»Nee, doch lieber nicht.«

»Ach, für mich eigentlich auch nicht. Dann vielleicht eine Limo?«

Sie wunderte sich darüber, warum Ryan so verlegen wirkte, und als er den Kopf schüttelte, dämmerte ihr etwas. Er war mal wieder pleite. »Ich hole uns zwei Limos«, sagte Jola entschieden und bezahlte für sie beide.

»Jetzt weißt du alles – was denkst du jetzt über mich?«, fragte Ryan.

»Der Junge, der das damals gemacht hat, war das totale Arschloch«, sagte Jola und blickte ihm geradewegs in die Augen. »Bist du immer noch der Gleiche, der du damals warst?«

»Manchmal«, sagte er müde.

»Mir scheint, eher nicht. Und wenn jemand gebüßt hat, dann ja wohl du, oder?« Jola musste daran denken, wie er ihr genau hier zum ersten Mal seine neuen Beine gezeigt hatte, diese Beine aus Titan und Kunststoff.

»Irgendwie schon.« Ryan blickte nicht auf seine Füße, sondern auf seine Hände, die die schönsten waren, die Jola je gesehen hatte, kraftvoll und feinfühlig zugleich. »Aber ich fürchte, genau das hält mich davon ab, meinen Frieden mit Cheyenne zu machen. Weil ich das Gefühl habe, dass ich zu hart bestraft worden bin. Dass mir das Leben noch was schuldet.«

»Das Gefühl wirst du garantiert nicht mehr haben, wenn du zu den Olympischen Spielen oder zu den Paralympics darfst«, sagte Jola trocken. »Jeder, der dabei war, sagt, es sei der Höhepunkt seines Lebens gewesen.«

»Aber selbst wenn ich Gold gewinne ...« Ryans rechte Hand verkrampfte sich auf dem Tisch, zerknüllte eine Serviette. »Ich glaube, das reicht nicht.«

»Wie bitte? Das *reicht nicht*?« Jola starrte ihn an. »Was brauchst du denn noch, um dich gut zu fühlen? Einen *Oscar*? Den Nobelpreis?«

»Das meine ich nicht, Jola.« Ryan sah hoch, ruhig blickten seine dunkelblauen Augen sie an. »Klar, die Ehre, die Berühmtheit, die Siegprämie, alles schön. Aber wenn andere Leute nichts davon haben, dass ich gewinne, bin ich anschließend genau dort, wo ich jetzt bin.«

Jola nickte. Sie hatte eine Idee. »Vielleicht könntest du mit deiner Siegprämie eine Stiftung gründen.«

Einen Moment lang richtete sich sein Blick in die Ferne. »Ja, könnte ich. Vielleicht für Jugendliche, die einen schweren Unfall hatten. Ich denke mal drüber nach.«

»Gute Idee«, meinte Jola. »Damit denen besser geholfen wird als dir damals, wenn sie aus dem Krankenhaus kommen.«

Ryan grinste schief. »Und wenn sie an ihrem Unfall selbst schuld waren, gebe ich ihnen noch 'nen Drink extra aus.«

Darauf stießen sie mit ihren Limoflaschen an.

Sein Blick, mit dem er sie ansah, veränderte sich, war plötzlich so warm, dass Jola es kaum aushielt. »Weißt du noch, wie wir rumgesponnen haben? Dass wir beide zur Olympiade fahren und uns dort gegenseitig anfeuern?«

»Ja, das weiß ich noch«, sagte Jola, und plötzlich war diese Stimmung wieder da, übermütig, unbeschwert. Zwei, die sich aufmachten, Pferde zu stehlen. Oder zumindest ein paar Medaillen abzuräumen. »Ich glaube, der Plan hat sich gerade ein bisschen geändert. Wir feuern uns an, damit wir gewinnen – und diese Stiftung gründen können.«

»Wir?«, echote Ryan.

»Falls du es machst, bin ich dabei. Ist doch klar.« Es hatte Jola keine Sekunde gekostet, sich zu entscheiden.

Ryan streckte die Hand aus, Jola ergriff sie, und feierlich schüttelten sie sich die Hände, bis Jola mit dem Ellenbogen ihre Limo umwarf. Ein grüner Wasserfall floss über die Tischkante, und Jola sprang reflexartig auf, damit sie das Zeug nicht auf die Klamotten bekam. Ryan folgte ihrem Beispiel. Und plötzlich – Jola hatte keine Ahnung, wie das passiert war – hielten sie sich in den Armen. Ryans Hand strich über ihre Wange, ganz langsam, ganz zärtlich, und Jola fühlte ihr Herz hämmern. Ihre Lippen näherten sich seinen, sie wusste nicht, wie sie es verhindern sollte, nein, sie wollte es gar nicht verhindern …

Doch dann spürte sie, wie Ryan sich von ihr zurückzog. Sich behutsam von ihr löste. Zum zweiten Mal an diesem Tag wirkte er aufgewühlt und durcheinander. »Sorry … ich … das ist einfach keine …«

Jolas Hochgefühl war verpufft. »Du musst nichts erklären.« *Optimiert. Ich bin jetzt optimiert und er war von Anfang an dagegen.*

»Lass uns gehen«, sagte Ryan und nahm seine Jacke, ohne sie anzusehen. Sie sprachen wenig auf dem Weg zur nächstgelegenen U-Bahn-Station, doch als sie auf dem Bahnsteig standen, atmete Ryan tief durch und umarmte sie noch einmal. »Ich weiß gar nicht mehr, wie oft du mich schon gerettet hast«, sagte er.

»Wir sollten mal ’ne Strichliste führen«, sagte Jola; sie spürte, wie ein Lächeln sich auf ihr Gesicht schlich.

Und Ryan lächelte zurück.

Ihre Freundschaft würde überleben. Was wollte sie mehr?

Ich weiß es nicht, dachte Jola beunruhigt und dachte schuldbewusst an Till, mit dem sie nun schon seit sieben Monaten zusammen war, ohne dass sie aufgeflogen waren. Der die meiste Zeit über – jedenfalls, wenn sie allein waren – ein echter Traummann war. Und trotzdem hatten sie noch nie über Liebe gesprochen, kein einziges Mal.

Sie musste dringend ihre Gefühle sortieren, im Moment fühlten sie sich an wie ein Knäuel aus vielen verschiedenen Wollsorten – alle hübsch, aber dermaßen verknotet, dass es keine Chance gab, sie jemals zu entwirren. Und was ging eigentlich in Ryan vor? War er in sie verliebt, und wieso verhielt er sich dann manchmal so abweisend? Wegen dieser Cheyenne, die ihm anscheinend sehr viel bedeutet hatte?

Jola seufzte. Hin und wieder hatte sie das Gefühl, dass sie Ryan verstand, und dann *zack*! Schon wieder war alles neu und anders.

Ryan stieg an einer anderen Station aus als sonst. *Hohenzollernplatz*. Was wollte er da?

Sie fragte nicht.

Jens stand noch immer hinter der Theke und spülte Gläser, als Ryan durch die Tür des *Joker's* trat und auf ihn zuging. »Ach, hi – das ging ja schnell«, sagte er. »Hast wohl nicht gern Schulden.«

»Die Kohle hab ich noch nicht dabei«, sagte Ryan verlegen. »Ich habe nur eine Frage.«

Mit hochgezogenen Augenbrauen blickte Jens ihn an. »Lebenshilfe kostet extra.«

»Danke, nein. Aber hast du 'nen Job für mich? Teller spülen. Bedienen. Getränkekisten schleppen. So was in der Art. Am besten abends, denn tagsüber mache ich was anderes.« Die Lebenshilfe hatte zum Glück schon Jola übernommen. Aber es war grauenhaft peinlich gewesen, dass sie ihm sogar die Limo ausgegeben hatte – vermutlich hatte sie geahnt, dass er keine Kohle hatte. Er brauchte einen Job, irgendeinen.

Jens lehnte sich gemütlich an den Rand der Theke und musterte ihn, ohne es zu verbergen. Er sah aus wie eine Mischung aus Alt-Hippie und Psycho – sein längliches Gesicht war von tiefen Falten durchzogen, die glatten blonden Haare trug er im Pferdeschwanz. Seine silbrig schimmernden Augen verrieten, dass er ein paarmal zu oft *Green Giant* genommen hatte. Schließlich sagte er: »Gebrauchen könnt' ich schon jemanden, der hilft. Aber warum sollte ich ausgerechnet dich nehmen?«

Ryan musste nur kurz nachdenken. »Na ja, ich lerne schnell, bin zuverlässig, flink, ehrlich …«

»Und du hast keine Beine.«

»Doch«, sagte Ryan. »Und die waren gar nicht so billig!«

Als Jens lachte, wusste Ryan, dass er gewonnen hatte.

»Okay«, sagte sein neuer Chef. »Du darfst maximal einen Drink pro Tag verschütten und einen Teller fallen lassen. Alles, was darüber hinausgeht, zieh ich dir vom Lohn ab. Wann kannst du anfangen?«

»Sofort«, sagte Ryan erleichtert.

Jetzt war er Sprinter – und Kellner.

Er würde sich bald entscheiden müssen, was er noch sein wollte.

IN DIE FALLE

»Herzlichen Glückwunsch, Herr Telgart. Sie sind wirklich unser Shooting Star heute. Ihren Namen wird man sich merken müssen.«

»Danke«, sagte Ryan schlicht und beugte den Kopf, damit ihm der Offizielle die Goldmedaille um den Hals legen konnte. Applaus brandete von den Tribünen der Halle auf. Er war völlig fertig, ihm tat alles weh, aber wow, was für ein Gefühl. Deutscher Hallenmeister über 400 Meter! Der schnellste Freestyler im ganzen Land über diese Distanz. Das Trainingslager in Florida hatte ihm den letzten Kick gegeben, den er gebraucht hatte.

Die Kampfrichter waren ein bisschen irritiert gewesen, dass ein Nobody wie er gestandene Athleten – darunter nicht wenige mit gesunden Beinen – abhängte, und er war auf sämtliche Dopingmittel unter der Sonne getestet worden. Gefunden hatten sie bisher: nichts. Weil es nichts zu finden gab. Aber manche Tests, zum Beispiel die brandneue Untersuchung auf Gen-Doping, dauerten ein paar Tage, bis dahin würden ihn die Leute misstrauisch beäugen.

Nur in seiner eigenen Trainingsgruppe war niemand irritiert.

»Hey, Champion!« Till schlug ihm strahlend auf die Schulter, Jola – ebenfalls mit Goldmedaille –, Koray und Leni tauschten ein High five mit ihm. Nur Samuel verzichtete, er wirkte wütend auf sich selbst und die ganze Welt, obwohl er Silber in den 200 Metern mit nach Hause nehmen konnte.

Leni wirkte ein bisschen geknickt, dass sie selbst nur Vierte geworden war. Koray hatte einen schlechten Tag gehabt, vielleicht weil er es in der Schule gerade nicht leicht hatte, bei ihm hatte es nur für einen sechsten Platz gereicht.

Bedeutsam blickte Till in die Runde. »Jola. Samuel. Ryan. Ihr seid heute großartige Zeiten gelaufen, die Norm für Buenos Aires könnt ihr schaffen. Aber ihr wisst, dass selbst die besten Zeiten euch keinen Platz in der deutschen Nationalmannschaft garantieren.«

Buenos Aires. Olympia. Als hätten sie sich abgesprochen, wurden sie ernst. Wortlos nickten sie, alle drei. Unwillkürlich glitten Ryans Finger zu seiner Medaille, schlossen sich um die glatte, geprägte Oberfläche.

Jolas Blick begegnete seinem. Ja, ihr Deal galt noch.

Sie wussten beide, wie die Olympia-Nominierung funktionierte. Man musste in einem festgelegten Zeitraum – von Anfang Mai bis Anfang Juli – die Norm schaffen. Das bedeutete, bei einem Wettkampf die vorher definierte Weltklassezeit zu laufen, um zu beweisen, dass man gut genug war. 11,25 auf den 100 Metern für die Nichtmodifizierten, für sie selbst dagegen waren es 9,79 Sekunden, die Zahl hatte sich in Jolas Kopf eingebrannt. Außerdem war es Pflicht, an bestimmten Nominierungswettkämpfen teilzunehmen, zum Beispiel den Deutschen Meisterschaften.

»Wenn wir alle die Norm schaffen … wie viele werden sie auswählen?«, fragte Samuel.

»Wahrscheinlich nominieren sie nur einen von euch«, sagte Till. »Vielleicht zwei, mit ganz viel Glück.«

»Wann erfahren wir das?«, fragte Ryan mit klopfendem Herzen. Die Olympischen Spiele, das war etwas, das im Fernsehen lief, über das jeder sprach, bei dem die Weltstars antraten. Konnte das wirklich etwas mit ihm zu tun haben?

Nein, das konnte nicht sein, auch wenn er und Jola schon so oft darüber gesprochen hatten.

»Erst drei Wochen vor Beginn der Olympiade«, erklärte Till und seufzte. »Macht euch bis dahin nicht verrückt, ja?«

Das quittierte Jola mit einem tiefen Seufzer. *Klar, sie muss vorher noch ihr Abi schaffen,* dachte Ryan. *Die Arme.*

»Also, Leute, noch ein paar Tipps für die Pressekonferenz nachher …«, begann Till, doch Ryan schüttelte den Kopf. »Sorry, aber ich muss zurück.«

»Was?« Till wirkte entgeistert. Doch bevor er ihm eine Standpauke über Teampflichten und schlechte Selbstvermarktung verpassen konnte, flötete wieder einmal sein Communicator. Mit einem strafenden Blick in Ryans Richtung entfernte er sich, um in Ruhe reden zu können.

Enttäuscht blickte Koray Ryan an. »Du gehst also auch nicht mit feiern?«

»Würde ich gerne, aber ich hab 'ne Spätschicht im *Joker's*«, erklärte Ryan und hoffte, dass jetzt keine blöden Bemerkungen kamen.

»Mist.« Jola blickte ihn mitfühlend an. Sie wusste, wie erledigt man war, wenn man die 400 Meter im Wettkampf gelaufen war. »Schaffst du das?«

»Klar«, sagte Ryan und ließ sich auf dem Boden nieder, um die Rennfedern gegen seine Alltagsbeine zu wechseln. Er brauchte das Geld ebenso dringend, wie Jens an diesem Abend Hilfe brauchte, weil eine große geschlossene Gesellschaft sich angemeldet hatte.

»Sie nennen ihn auch den rennenden Kellner«, mischte sich Samuel ein und blickte auf ihn herab. Seine Stimme klang locker, doch um seinen Mund war ein grausamer Zug.

Niemand lachte – Jola sowieso nicht, die war gerade zu Till hinübergegangen, um irgendetwas mit ihm zu besprechen.

Das reicht, mach ihn fertig, kid brother! Jakes Stimme wieder einmal, obwohl ihr Besitzer garantiert irgendwo mit einer Pulle Bier auf dem Sofa herumlungerte.

Ja. Lange genug hatte er Samuels fiese Bemerkungen heruntergeschluckt. Ryans Blick blieb an Samuels kurzen blonden Haaren hängen, und ihm fiel ein, wie gerne sein Bruder Blondinenwitze riss. »Pass auf, ich kenn' 'nen Witz«, meinte er. »Warum lieben blonde Sprinter Gewitter? Weil sie denken, jemand macht ein Foto von ihnen!« Koray machte den Fehler, zu grinsen, und Samuel funkelte ihn an. Wahrscheinlich wäre es Zeit gewesen, aufzuhören, doch es tat so gut, endlich einmal zurückzuschießen. »Warte, ich kenn noch einen«, schob Ryan nach und überlegte schnell. »Was denkt der blonde Sprinter, wenn er in zehn Meter Entfernung eine Bananenschale rumliegen sieht?«

»Dass die ihn noch schneller machen könnte, wenn er drauf surft?«, vermutete Leni fröhlich.

»Nee. Er denkt: ›So ein Mist, jetzt flieg ich auf die Schnauze.‹«

»Also, ich geh dann schon mal duschen«, sagte Koray hastig und machte sich gemeinsam mit Leni aus dem Staub.

Samuel ging, ohne Ryan noch einmal anzusehen.

War das jetzt ein Sieg gewesen? Irgendwie nicht. Jedenfalls fühlte sich Ryan kaum besser als vorher.

Till und Jola standen ein paar Meter weiter, anscheinend in ein Strategiegespräch vertieft. Oder war es eine Beziehungsdiskussion? Einen Moment lang blickte Ryan ihnen nach, dann zwang er sich dazu, den Kopf abzuwenden. *Habe ich mir das nur eingebildet, dass wir uns neulich beinahe geküsst hätten? Wenn sie irgendwas für mich fühlt, wieso bleibt sie dann bei Till? Weil er cooler ist als ich? Witziger, warmherziger?*

Er hätte Till so gerne gehasst. Aber es ging einfach nicht.

Die Umkleiden waren in einem schlecht beleuchteten Gang in den Katakomben des Stadions, in denen viel Kommen und Gehen herrschte. Ryan war so in seine Gedanken versunken, dass er zu spät merkte, dass jemand dort auf ihn wartete. Samuel inklusive seiner Tasche, die er garantiert wieder x-mal auf Vollständigkeit überprüft hatte – langsam hatte Ryan den Eindruck, dass er an irgendeiner Zwangserkrankung litt.

»Hi«, sagte Samuel. Es klang nicht besonders freundlich.

Ein gutes Gefühl hatte Ryan nicht dabei, an ihm vorbeizugehen. Er ging langsam, ohne seinen Teamkollegen aus den Augen zu lassen, und blieb schließlich stehen.

»Mit einem Platz bei den Paralympics wärst du gut bedient«, raunte Samuel. Seine goldenen Augen glänzten unirdisch im schwachen Licht. Die anderen Athleten in Trikots und Läufershorts drängten sich auf dem Weg zur Dusche an ihnen vorbei, ohne auf sie zu achten.

»Ja, absolut, das stimmt«, gab Ryan zurück. Das Maori-Tattoo des Todesboten kribbelte in seinem Nacken. »Da sollen sowieso die netteren Leute dabei sein, hab ich gehört.«

»Jedenfalls sind da die *Behinderten* gut aufgehoben.« Samuels Stimme klang sanft und genau das warnte Ryan. Der Tritt kam blitzschnell und mit voller Kraft, er hätte seine Prothesen außer Gefecht gesetzt, wenn er getroffen hatte. Doch Ryan schaffte es, auszuweichen.

Was er nicht schaffte, war, sich zu beherrschen. Sein Faustschlag, schnell und hart, traf Samuel genau in den Magen. Es fühlte sich an, wie auf ein Holzbrett einzudreschen, Samuel hatte seine Bauchmuskeln rechtzeitig angespannt. Trotzdem ging er ächzend in die Knie – Show, alles Show! –, und jetzt blieben einige der anderen Athleten stehen.

»Sagt mal, spinnt ihr?« Einer der Hürdenläufer aus ihrem Verein zerrte sie auseinander und drückte Ryan grob gegen die Wand. Ryan wehrte sich nicht. Samuel tat so, als hielte er sich mühsam aufrecht, aber auf seinen Lippen lag ein winziges Lächeln.

Erst jetzt begriff Ryan, was gerade geschehen war. *Ich bin ihm in die Falle gegangen! Wenn gegen mich ein Verfahren wegen Körperverletzung läuft, werde ich für gar nichts nominiert. Weder für die Olympiade noch für die Paralympics!*

Ihm wurde schlecht.

Und dann fiel ihm ein, was genau Till gesagt hatte. Was sie eigentlich alle gewusst hatten, schon vor den Meisterschaften. *Wahrscheinlich nominieren sie nur einen von euch …*

Er musste Jola warnen! Jetzt! Jetzt sofort!

Doch er hatte das furchtbare Gefühl, dass es schon zu spät war.

Als Jola sich anzog und Leni gerade aus der Dusche kam, hämmerte irgendjemand an die Tür der Damenumkleide. »Jola! Jola, bist du da?«, rief eine männliche Stimme, und sämtliche halb bekleideten, mit Handtüchern umwickelten Sportlerinnen wandten sich verblüfft erst der Tür zu – und dann Jola, denn die meisten kannten den Namen ihrer wichtigsten Konkurrentin.

Mit rotem Kopf zerrte sich Jola ihr Sweatshirt über den Kopf, hastete nach draußen und schloss die Tür mehr oder weniger vor Lenis Nase. Draußen stand Ryan, er war kalkweiß.

»Was ist?«, fragte Jola ihn entgeistert.

Ryan packte sie am Handgelenk und zerrte sie in eine Ecke des Ganges neben den Trainerbüros, in der niemand hörte, was sie zu bereden hatten. »Du darfst deine Zahnpasta nicht mehr benutzen!«

»Wie bitte? Meine Zahnpasta?« War Ryan jetzt total durchgeknallt?

Hastig berichtete Ryan, was gerade passiert war, dass ihm Samuel eine Falle gestellt hatte. Doch Jola fiel es schwer, ihm zuzuhören. »Du hast ihn *zusammengeschlagen*? Ryan! Bitte sag mir, dass du das nicht gemacht hast!«

»Ja. Nein. Er ist nicht verletzt. Was ich meine ... Jola, wir waren letzte Woche alle zusammen im Trainingslager«, fuhr Ryan fort, er klang noch immer, als wäre ihm ein Rudel Dämonen auf den Fersen. »War Samuel da mal bei euch, im Apartment der Mädels? War er in eurem Bad?«

Jola versuchte, einen klaren Gedanken zu fassen. »Moment ... äh, ja, er hat uns mal abgeholt und ist dann bei uns aufs Klo gega...«

»Verdammt. Erinnerst du dich an den Fall von Dieter Baumann? Weltklasseläufer aus dem 20. Jahrhundert ...«

»Moment«, stammelte Jola und schaute schnell auf ihrem Communicator nach. Danach wusste sie auch, warum Ryan so nervös war. Dieter Baumann war positiv auf den Dopingwirkstoff Nandrolon getestet worden ... der schließlich in seiner Zahnpasta gefunden wurde. Wer den Anschlag begangen hatte, war nie geklärt worden.

»Sorry, ich kann nicht glauben, dass Samuel eine dermaßen linke Ratte ist«, sagte Jola hilflos. »Wir trainieren seit Jahren zusammen! Er hat ein Ego so groß wie das Empire State Building, geht mit Mädchen um wie mit Joghurtbechern und ist nicht gerade das, was man einen schlechten Verlierer oder einen guten Kumpel nennen könnte ... aber *so was* ...«

Ryan reagierte nicht, kraftlos hatte er sich gegen die Wand gelehnt.

»Aber«, fuhr Jola verwirrt fort, »ich hätte mir auch nicht vorstellen können, dass er versucht, dich von den Füßen zu treten.«

Sie sah, wie er zusammenzuckte, irgendetwas war ihm eingefallen. »Das mit dem Ventil! Bei den Bayerischen Meisterschaften. Als ich so fies gestürzt bin. Vielleicht war das auch kein richtiger Unfall. Ich hatte meine Sachen nicht ständig im Auge …«

Ein Schauer überlief Jola. *Schwimmen mit Haien? Vielleicht geht das vor meiner eigenen Haustür.* »Das wirst du nicht beweisen können. Aber er hat genug Zeugen dafür, dass du ihm eine verpasst hast, oder? Was wird da jetzt draus?«

»Samuel ist gerade dabei, mit Unterstützung seiner Eltern Anzeige gegen mich zu erstatten«, sagte Ryan tonlos. »Ich bin draußen. So einfach ist das.«

Jola spürte, wie sich ihr ganzer Körper zusammenkrampfte. War's das schon gewesen? All ihre Träume und Pläne, für nichts? Kaputt gemacht durch einen Tritt, einen Schlag? »Nein! Du wirst sehen, Till wird ihn überzeugen … Samuel kann doch nicht … er ist doch kein …«

»Das werden wir bald wissen«, sagte Ryan leise. »Sobald deine Dopingergebnisse aus dem Labor kommen. Bis dahin – sei vorsichtig, okay? Und kauf dir neue Zahnpasta.«

Dann ging er.

Einen Tag später kam die Nachricht. Nicht Jolas Dopingprobe war positiv ausgefallen. Aber dafür die von Leni.

»Ich hab nicht gedopt!«, schrie Leni verzweifelt. »Till, ich HAB NICHT … bitte glaub mir doch!«

Till zögerte einen Moment zu lange mit der Antwort. Am ganzen Körper zitternd, die Locken wirr und verschwitzt, packte Leni ihre Sachen und rannte aus der Halle, bevor Jola sie in die Arme nehmen konnte. Die anderen blickten sich erschrocken an, niemand sagte etwas.

»Was ist los mit dieser beschissenen Gruppe?«, brüllte Till. Es echote durch die ganze riesige Anlage und ein paar Stabhochspringer hielten erschrocken in ihrem Anlauf inne. »In einer Woche zwei Leute verloren, das darf doch wohl nicht wahr sein!«

Jola dachte an ihr Waschtäschchen, das blaue mit den silbernen Ornamenten. Das dem von Leni ziemlich ähnlich sah, weil sie es sich im gleichen Laden gekauft hatten. Und sie benutzten auch die gleiche Zahnpastamarke.

»Kennst du Dieter Baumann?«, fragte sie Samuel.

»Wer soll das denn sein?«, fragte Samuel zurück, und seine goldenen Augen betrachteten sie so ausdruckslos und gelassen wie die einer Sphinx.

»Los, geht euch aufwärmen«, sagte Till angewidert. Doch nur Samuel und Koray folgten der Anweisung. Steif vor Wut, ging Jola auf Till zu. »Können wir einen Moment reden? Unter vier Augen?«

»Hast du mir was zu gestehen?«, fragte Till kühl, als sie im Trainerbüro waren und die Tür sorgfältig hinter sich geschlossen hatten. »Hast du's auch gemacht? Gedopt? Und ich dachte, es läge nur an der OP, dass du …«

Jola musste sich auf die Lippe beißen, um ihn nicht anzuschreien. »Till, kommt dir nichts daran komisch vor? Dass diese Gruppe auseinanderfliegt, ausgerechnet jetzt?«

»Was kann ich denn dafür, dass die Hälfte von euch entweder total unbeherrscht ist oder anscheinend Pillen einwirft wie *Smarties*?« Till stand auf und ging wütend umher, von der Tür zum Fenster, dann wieder zurück. So aufgebracht hatte sie ihn noch nie erlebt. »Ich kann's immer noch nicht fassen! Ausgerechnet Leni!«

»Ich glaube nicht, dass sie es getan hat«, sagte Jola ruhig.

»Ach, wirklich?«

»Ja.« Jola erzählte ihm, was Ryan vermutete. »Und diese Prügelei ... Ryan hat nicht angefangen. Es gibt Zeugen, die das bestätigen.«

»Es gibt aber auch Zeugen, die sagen, dass sie nur den Faustschlag von Ryan gesehen haben.«

»Weil man erst hinschaut, wenn es ein Geräusch gibt. Und ein Tritt, der ins Leere geht, macht kein Geräusch.«

»Du magst ihn!«, schleuderte ihr Till entgegen. Soso, er war eifersüchtig.

»Klar mag ich ihn. In diesem Fall würde ich ihn aber auch verteidigen, wenn ich ihn nicht mögen würde.« Trotzig kreuzte Jola die Arme. »Ich hab mir die Mitschnitte der verschiedenen Datenbrillen angeschaut. Man sieht zwar nicht den Tritt selbst, aber eine schnelle Bewegung von der Seite. Samuel *hat* ihn angegriffen.«

Till stöhnte und ließ sich auf seinen Bürostuhl fallen. »Was soll ich machen? Samuel eine Spritze mit Wahrheitsserum verpassen, damit er uns was vorsingt? Waterboarding? Gegen beides hätten seine Eltern vermutlich was, und die haben gute Anwälte, glaub mir, ich habe gerade mit einem von denen telefoniert. Hast du gewusst, dass Samuel irgendwann mal Jura studieren soll, wenn es nach seinem Vater geht?«

»Du könntest ihm zumindest Druck machen. Richtig Druck.« Jola spürte ein eigenartiges Ziehen im Herzen. Ryan war die letzten Tage nicht beim Training gewesen. »Ich habe Angst, dass Ryan nicht zurückkommt.«

»Okay«, sagte Till grimmig. »Ich schaue mal, was ich tun kann. Aber ich hab leider nur ein Zauberer-Diplom zweiter Klasse.«

Ryan merkte, dass jemand mit ihm sprach. »Ähm, ich hatte einen Latte Macchiato bestellt und keinen Milchkaffee.«

»Oh, sorry«, sagte Ryan angemessen zerknirscht, trug die Tasse zurück und stützte sich kurz am Tresen ab, während er die Bestellung weitergab.

»Das ist schon dein dritter Bestellfehler heute.« Jens wirkte noch nicht ärgerlich, aber auf dem Weg in diese Richtung.

»Kommt nicht wieder vor«, antwortete Ryan und nahm heimlich einen Schluck des falsch bestellten Kaffees. Wie konnte das sein, dass er sich so erschöpft fühlte? Er hatte heute kaum etwas gemacht – Chemie-Nachhilfe gegeben, sich an der Programmierung einer Trainings-App für Freestyler die Zähne ausgebissen und seinem Bruder Jonathan geholfen, sein Zimmer neu zu streichen. Wahrscheinlich fehlte ihm die Bewegung. Aber er brachte es momentan nicht über sich, mit Samuel in einer Halle zu laufen.

Als er gerade dabei war, einen Tofu-Burger und eine Zucchiniblütensuppe an Tisch 7 zu bringen, bemerkte er, dass ein neuer Gast hereinkam. Ein Gast, der stutzte, als er Ryan sah. Der sich zögernd an einen Tisch setzte, als würde er am liebsten wieder flüchten.

Es hatte keinen Sinn, so zu tun, als hätten sie sich nicht erkannt. Das war Jonas, mit dem er früher hin und wieder Fußball gespielt hatte. Der sich nicht mehr gemeldet hatte nach Ryans Unfall. Er hatte wohl nicht gewusst, dass Ryan jetzt im *Joker's* arbeitete.

»Hi, Jonas, wie geht es denn so?«, fragte Ryan ihn, als er die Getränkebestellung aufnahm.

Toll, wie sich Jonas wand vor Verlegenheit. Fast bekam Ryan Lust, ihn zu fragen, warum er ihm nicht mal eine Mail ins Krankenhaus geschrieben hatte.

»Ach, ziemlich gut – ich studier jetzt BWL, bald fange ich

ein Gastsemester in Edinburgh an«, erzählte Jonas. Lustig, wie er es vermied es, in Richtung von Ryans Füßen zu schauen. »Gerade bin ich mit meiner Freundin zusammengezogen – Luisa, die habe ich bei einem Praktikum kennengelernt. Und bei dir, alles klar?

»Ja, ja, alles bestens.«

»Was machst du so?«

»Hin und wieder ein wenig Sport«, sagte Ryan.

Erleichtert blickte Jonas an ihm vorbei. »Ach, da kommt übrigens Luisa, meine Freundin ... Hi, Lu, das hier ist Ryan, er war früher an meiner Schule.«

»Hi!« Herzlich schüttelte Luisa ihm die Hand. Sie hatte Grübchen in den Wangen, wenn sie lächelte, und einen hellwachen, humorvollen Blick. Was hatte dieser Bastard für ein Glück.

»So, muss leider weiterarbeiten. Viel Spaß euch beiden.« Ryan nickte den beiden zu und verzog sich an die Kasse. Er hatte keine Lust, davon zu erzählen, dass er keinen Beruf, keinen Studienplatz *und* keine Freundin hatte. Selbst seine Trainingsgruppe war er wohl endgültig los. »Coach beleidigen« war gerade noch durchgegangen, aber »andere Sprinter angreifen« war zu viel gewesen.

Um halb zwölf ging Jonas endlich. Um eins war Ryans Schicht beendet. Furchtbar müde – irgendein Vampir hatte ihm alle Kraft ausgesaugt – schleppte er sich in den sechsten Stock und bekam es gerade noch hin, auf seinem Communicator eine Liste von Studiengängen aufzurufen.

Accounting and Finance
Allgemeiner Maschinenbau
Architektur
Aviation Management
Bauingenieurwesen ...

Das interessierte ihn alles nicht. Und bevor er wie sein Vater Architektur studierte, würde er sich lieber die Kugel geben. Erst in der Mitte der Liste fand er ein Fach, das etwas in ihm zünden ließ.

Aber war das zu studieren nicht pure Kamikaze?

Wie in Trance lernte Jola weiter fürs Abitur. Schrieb Übungserörterungen und Gedichtinterpretationen für Deutsch, die Jannis anschließend stilecht zerpflückte. Rechnete Matheaufgaben durch, einmal, zweimal, zehnmal. Feilte an ihrer Seminararbeit über Plastikmüll in den Ozeanen und Benjamin Lessers großes Experiment, ihn zu entfernen. Beschäftigte sich mit Sporttheorie, denn natürlich hatte sie als eines ihrer Abifächer Sport ausgewählt. Überredete Ryan, mit ihr Basketball zu trainieren, das sie neben der Leichtathletik für den praktischen Prüfungsteil brauchte.

Ryan wirkte wie ein Zombie, aber das Basketballspielen schien ihm gutzutun. So wie ihr selbst – nach fünf Stunden Lernen am Stück musste sie ganz dringend raus aus dem Haus.

»So, how's Leni?«, fragte er zwischendurch, nachdem er mit ihr Korbwürfe geübt hatte. Sie hatte mit ihm vereinbart, dass sie bis zu ihrer mündlichen Abiprüfung miteinander Englisch sprechen würden. *»Is she alright?«*

»Ich weiß nicht«, antwortete Jola traurig, ebenfalls in Englisch. »Ihr Live-Feed ist tot, sie postet nichts mehr und geht nicht an ihren Communicator.«

»Und ihre Zahnpasta?«

»Wird gerade untersucht. Aber was ist, wenn sie da drin was finden? Das beweist gar nichts. Sie kann das Dopingzeug ja nachträglich selbst reingetan haben.«

Sie sah die Anspannung in jeder Linie seines Körpers. »Du

bist dran mit dem Dribbling«, sagte er und warf ihr den Ball zu.

Erst zwei Tage später rief Till sie an. »Ich hab Samuel fast so weit, dass er seine Anzeige zurückzieht«, sagte er. »Aber nur fast. Komm rüber, dann erzähle ich dir die Details.«

»Wie hast du ihn überhaupt so weit gebracht?«, fragte Jola, als sie sich mit Till in dessen Apartment traf. Inzwischen hatte sie sich an die Unordnung dort gewöhnt, sie fühlte sich schon fast gemütlich an. Aber es war kein Platz, sich zu setzen, weil auf dem Sessel leere Pizzakartons gestapelt waren. Egal. Es war ihr sowieso lieber, wenn sie beim Diskutieren in Bewegung bleiben konnte.

Till verzog das Gesicht. »Erst hab ich an seine Großmütigkeit appelliert. Fehlanzeige. Dann kam ich mit der sportlichen Fairness und dem Teamgeist, den wir von unseren Athleten erwarten. Pustekuchen. Schließlich habe ich gedroht, Samuel aus dem Verein zu werfen. Und zwar sofort. Kein Training mehr bei uns, keine Reisekostenübernahme zu Wettkämpfen, keine Förderprogramme.«

Vor Schreck setzte sich Jola auf einen der Kartons. Dem widerlichen Geräusch nach waren noch ein paar Stücke prähistorischer Pizza drin gewesen. »Du hast riskiert, dass unsere Gruppe endgültig den Bach runtergeht?«

»Wer hat gesagt, ich soll richtig Druck machen? Du!« Till fuhr sich mit beiden Händen durch das dichte schwarze Haar. »Du hattest sogar recht. Auf Druck haben die Anwälte der Familie Dobow viel besser reagiert als auf Verhandlungen.«

»Okay. Wo ist jetzt das Problem?« Jola stählte sich für die schlechten Nachrichten.

»Samuel will, dass Ryan sich entschuldigt. Persönlich und mehr oder weniger auf Knien, die er ja zum Glück noch hat.«

Die Stille fühlte sich an wie ein Klotz Granit.

»Das macht er nie im Leben«, sagte Jola schweren Herzens und dachte an eine neblige Nacht auf der Autobahn, an einen Streit, der zwei Menschen beinahe zerstört hätte.

Till hob langsam den Kopf und blickte sie an.

»Vielleicht unterschätzt du Ryan«, sagte er.

Schweigend saßen sie nebeneinander, Samuel und er. Ryan fühlte, wie die schneidend kalte Luft seine Lunge füllte, er hielt einen Moment den Atem an, stieß ihn wieder aus und blickte den Wolkenschleiern nach, ohne den Kopf zu heben.

Um sie herum erstreckten sich Tausende von grünen Schalensitzen aus Kunststoff. Reihen um Reihen, bereit dafür, Zigtausende von menschlichen Hinterteilen aufzunehmen. Doch die Sitze waren leer, sie waren die einzigen Menschen, die hier saßen und ins gewaltige Oval des Olympiastadions hinabblickten. Wie das Netz einer Spinne spannte sich das Dach um sie herum auf, gehalten von Blattstängeln, die in Wirklichkeit meterdicke Pfeiler aus Metall waren.

»Es muss schwer für dich sein«, sagte Ryan, ohne den Kopf zu wenden. »Nicht zu wissen, ob es klappt. Du trainierst schon jahrelang dafür, oder? Du hast dir schon oft vorgestellt, wie es wäre, dort zu sein. Und dann kommt ein Neuling wie ich. Noch nicht ganz trocken in den Kniekehlen, aber gewinnt alles Mögliche.«

Samuel schwieg. Wahrscheinlich starrte er ebenso stur geradeaus, die Ellenbogen auf die Knie gestützt.

»Es brennt in dir, oder? Du willst das so stark, mehr als alles andere. Wahrscheinlich hast du dich ab und zu gefragt, ob es das wert ist. Wenn es besonders mühsam war oder scheißweh tat oder du wieder mal keine Zeit für deine Kumpels hattest. Und jedes Mal hast du mit Ja geantwortet.«

Der große junge Mann neben ihm gab nicht mal ein Zeichen, dass er ihn überhaupt gehört hatte.

»Was ich damit meine, ist – ich kann's irgendwie verstehen«, fuhr Ryan fort. »Es war richtig, richtig mies, was du getan hast. Aber ich werde nicht derjenige sein, der den ersten Stein wirft.«

Jetzt regte sich Samuel neben ihm. »Steinewerfen? Hier geht's nicht ums Steinewerfen, was soll der Scheiß? Till hat gesagt, dass du dich entschuldigen wolltest, und jetzt textest du mich zu! Also, was ist jetzt?«

»Es war falsch, dass ich dir eine verpasst habe«, sagte Ryan. »Tut mir leid.«

Wie einfach das gewesen war. Erstaunlich einfach. Vielleicht wegen all dem, was er zuvor gesagt hatte. Vielleicht hatte er es eigentlich für sich selbst gesagt ... um sich daran zu erinnern, wie ähnlich er und Samuel sich im Grunde waren.

»Okay«, sagte Samuel. »Gut, dass du das auch so siehst.«

»Und jetzt bist du dran.«

»Womit?«

»Mit dem Entschuldigen.«

»Vergiss es.«

»Wir sind alleine hier. Keine Kameras. Keine Mikros. Keine Anwälte.«

»Ich sagte, *vergiss es*!« Samuel stand auf, sein großer Körper schien vor Kraft zu vibrieren. Ryan blieb trotzdem sitzen. So entspannt, wie er es schaffte. Ohne Samuel anzublicken. *Nein, verdammt, wir prügeln uns jetzt nicht. Bringt mich nur in Schwierigkeiten und von denen habe ich schon genug.* Er betrachtete einfach weiter das leere, rot-grüne Oval dort unten, in dem sicher schon viele Siege errungen und Tränen der Enttäuschung vergossen worden waren.

Es wirkte. Nach ein paar Momenten sanken Samuels kampfbereit erhobene Hände wieder herab. Doch als er wieder sprach, war seine Stimme so kalt, dass es Ryan fröstelte. »Leute wie du sollten an den Paralympics teilnehmen, nicht bei der Olympiade. Und wenn du das nicht begreifst, *Cyborg*, helfe ich nach. Klar?«

Damit drehte er sich um und ging die Betontreppen hinunter, bald waren seine Schritte in der Ferne verklungen.

Ryan horchte in sich hinein. Wie ruhig er war, erstaunlich. Er fühlte sich den Puls. Siebzig Schläge in der Minute, nur fünfzehn mehr als sonst.

Gar nicht so übel. Vielleicht habe ich doch was gelernt.

Er nahm seinen Communicator heraus und ließ ihn Cheyennes Nummer wählen. Wie hypnotisiert beobachtete er, wie das Gerät anklopfte, anklopfte …

»Was willst du denn jetzt noch, du …«

Blitzartig glitten seine Finger auf *Aus*.

Schwitzend, mit weichen Knien, stand Ryan auf, um zur Linde-Halle zurückzugehen. Doch es dauerte lange, bis er es geschafft hatte, Samuels Worte aus dem Kopf zu bekommen.

Wenn du das nicht begreifst, Cyborg, helfe ich nach!

Es fiel Jola schwer, im ersten der Nominierungswettkämpfe zu laufen – trotz ihrer neuen Freestyler-Beine, mit denen sie gerade erst beim Medizintechniker gewesen war und die sich richtig gut anfühlten. Bronze in der Staffel, darüber konnte man sich freuen, außer, man hatte mehr erwartet.

Sie war nicht die Einzige, der es so ging. Samuel kam in seinen Disziplinen nicht über Platz vier hinaus, Ryan wurde über die 400 Meter Fünfter.

Gleich nach ihrer Rückkehr flötete Jolas Communicator. Clemens Braunhaag hielt sich kaum mit einer Begrüßung auf. »Das war ja nicht so das brüllend gute Ergebnis in Estland – was war los?«, fragte er in einem mitfühlenden Ton, der einen Würgereiz in Jola aufsteigen ließ.

Es hätte genug Gründe gegeben. Abitur. Ärger in der Trainingsgruppe. Doch Jola war nicht danach, sich zu entschuldigen, nachdem sie so hart trainiert hatte, um ihren operierten Körper wieder in Form zu bringen. *Ich werde nicht jedes Mal Gold gewinnen, das ist Ihnen klar, oder? Und übrigens, Sie sind nicht mein Chef, haben Sie das schon gewusst?*

»Ich war topfit«, sagte Jola. »Aber die Konkurrenz war sehr stark diesmal.«

»Schade«, meinte Clemens Braunhaag und bat sie, sich einen PR-Termin und ein Fotoshooting in den Kalender zu schreiben. Jola im Laufdress auf der Bahn, aus ihrer Tasche lugt eine Tafel Fitness-Schokolade.

Klingt cool. Und darf ich die dann auch behalten?

»Alles klar, ich werde da sein.«

»Wir freuen uns und drücken die Daumen für die anderen Nominierungswettkämpfe, wir hoffen sehr, dass Sie für Olympia ausgewählt werden.«

Auf eure Daumen kann ich verzichten, Jungs.

»Danke, sehr nett von Ihnen.«

Über gemeinsame Freunde hörte Jola, dass Leni in den USA war und sich dort gerade an ein paar Unis umschaute. Das mit der Zahnpasta hatte ihr niemand geglaubt – trotz der eindeutig verseuchten Tube.

Jola schickte ihr mehrere Nachrichten und sprach ihr auf die Mailbox, doch es kam keine Antwort. Irgendwann gab Jola es vorübergehend auf, denn das Abi war das nackte Grauen. Sie schwitzte und litt in einer Prüfung nach der anderen. Schrieb, bis ihr fast die Hand abfiel. Präsentierte ihre Seminararbeit. War zufrieden mit ihrer Abinote von 2,7 und ärgerte sich nicht, als Ryan ihr seine eigene 1,2 gestand. Stürzte auf der Abiparty dermaßen ab, dass sie einen Filmriss hatte. Und ging am nächsten Nachmittag wieder zum Training.

Prompt zerrte sie sich dabei einen Muskel im Oberschenkel – einen ihrer eigenen unperfekten, nicht einen der neuen implantierten. Zwangspause. Was allerdings richtig erholsam war nach dem harten Frühjahr. Endlich kam Jola mal wieder dazu, mit Emily, Christopher und Matteo im Westbad schwimmen zu gehen. Einen neuen Filter an ihrem Aquarium zu installieren, während die Sajica-Barsche sie mit ihren hellblauen Augen anglotzten. Sich anzuhören, wie Jannis von seiner neuen Flamme Melli schwärmte, und sich anschließend mit ihm Game-Duelle um die Weltherrschaft zu liefern. Und natürlich mit Ryan in seiner Stammkneipe, dem *Joker's*, zu chillen.

Zum Glück war es bei den weiteren Nominierungswettkämpfen super gelaufen, Jola hatte ihren Platz auf der Weltrangliste gehalten und die Norm geschafft. Auch Ryan und Samuel waren die für Olympia nötigen Zeiten gelaufen. Jetzt hieß es Warten. Erst im Juli kam der Brief. Ein richtig gedruckter, adressiert an »Frau Johanna Larissa Spiegler«. Es war zwölf Uhr mittags, als sie hörte, wie der Postroboter ihn einwarf. Wow, wann hatte sie zuletzt einen *Brief* bekommen? Die Postroboter lieferten fast nur noch Versandhandelspäckchen aus. Und erst mal der Absender: *Deutscher Olympischer Sportbund (DOSB).*

Jola fühlte ihren Herzschlag in ihren Ohren donnern. *Die werden ja wohl kaum schreiben, dass sie mich nicht nominiert haben, oder? Wäre sinnlos, sich die Mühe zu machen.*

Mit zitternden Fingern riss sie den Umschlag auf.

Sehr geehrte Frau Spiegler,
zu unserer Freude dürfen wir Sie informieren, dass Sie als Teil der Nationalmannschaft für die Olympiade in Buenos Aires ausgewählt worden sind. Bitte schicken Sie uns einen Bodyscan, damit wir Ihnen passende Mannschaftskleidung und andere Ausrüstung zukommen lassen können …

Sie würde dabei sein. *Sie würde dabei sein!*

»Was ist? Keine Krebsdiagnose, oder?« Jannis war auf den Weg zum Kühlschrank bei ihr vorbeigekommen. Als sie versuchte, zu sprechen, kam nichts aus Jolas Kehle, nur ein eigenartiges Krächzen.

»Du klingst wie eine erkältete Schildkröte«, sagte Jannis und pflückte ihr den Brief aus der Hand. Dann stieß er einen Schrei aus, der Theresa aus ihrem Arbeitszimmer schießen ließ. Sie umarmten sich alle drei. Hüpften im Flur herum wie verrückt, lachten und schrien, ihre Mum inklusive. Ihre Mum, die ehemalige Siebenkämpferin. Theresa hatte genau wie sie selbst feuchte Augen und bemühte sich nicht, es zu verbergen. »Zur Olympiade, ich kann's noch gar nicht glauben! Dafür war ich nie gut genug, bei Weitem nicht. Aber du! Das ist … das ist …« Sie brach in Tränen aus.

Hatte schon einmal jemand wegen ihr vor Freude geweint? Nein, noch nie. Wie schade, dass Anton gerade nicht daheim war, es wäre so schön gewesen, wenn sie sich alle gemeinsam hätten freuen können. Affäre hin oder her.

»Könnt ihr mal aufhören zu heulen? Das ist ja widerlich«, beschwerte sich Jannis.

»Ja, ja, gleich«, schoss Jola zurück, umarmte ihre Mum und eilte zurück in ihr Zimmer, das in blaues Meereslicht getaucht war. Ohne auf den Hai zu achten, dessen Abbild durch sie hindurchglitt, warf sich Jola auf ihr Bett und schnappte sich ihren Communicator. Ein paar Minuten später hatte sie die Neuigkeiten gepostet, mit Till telefoniert und ihrem Sponsor Bescheid gesagt.

Till war außer sich vor Freude. »Wir machen einen Sekt auf! Ich komm zu dir und wir machen einen Sekt auf!«, wiederholte er immer wieder. Süß.

Was war mit den anderen?

Von Samuel und Ryan – nichts.

Eigenartig. Garantiert wurden die Briefe gleichzeitig verschickt. Und die Jungs hätten doch bestimmt in alle Welt hinausposaunt, wenn sie nominiert worden wären.

Konnte es sein, dass nur sie selbst ausgewählt worden war? Oder kam in deren Stadtteil einfach nur der Postroboter später vorbei?

Beunruhigt schickte sie Ryan eine Nachricht und überprüfte alle paar Sekunden, ob eine Antwort da war. Nein, nichts.

Dann, fünf Minuten später, postete auch Samuel, dass er dabei sein würde. In zehn Zentimeter großer Goldschrift. Gott, wie peinlich. Und das Schlimmste war, seine Neuigkeiten bekamen innerhalb von ein paar Minuten hundert Likes. Wie schaffte es ein Kotzbrocken wie Samuel, dass so viele Leute ihn gut fanden? Wahrscheinlich lag das an der großen Clique aus Freunden, die er mehr oder weniger seit dem Kindergarten kannte und mit denen er oft herumhing. Außerdem war er ja ziemlich erfolgreich, erst letzte Woche war eine sechsminütige Fernsehreportage über ihn gesendet worden. Bestimmt waren danach noch ein paar seiner Anteile verkauft worden.

Schließlich fiel ihr ein, dass Ryan vielleicht gerade unterwegs war und seine Nachrichten nicht gecheckt hatte. Hastig ließ sie ihren Communicator seine Nummer wählen. Wirklich begeistert klang er nicht, als sie ihn schließlich erreichte. »Was ist denn, Jola? Ich bin gerade beim Basketball und …«

»Vergiss Basketball!«, schrie Jola ihn an. »Schwing deinen Hintern nach Hause und schau in deinen verfickten Briefkasten!«

»Äh, was soll denn da sein, in meinem verfickten …« Seine Stimme versiegte, als er begriff. »Alles klar. Ich ruf dich zurück, sobald ich daheim bin.«

Regungslos saß Jola auf ihrem Bettsofa. Zählte ihre Atemzüge. Und fühlte ihr Herz klopfen.

Zwanzig Minuten später flötete ihr Communicator. Kaum hatte sie den Ruf angenommen, musste sie das Gerät schon ein Stück von ihrem Ohr weghalten, weil ein unglaublicher Krach herausdrang – mehrere Stimmen johlten und schrien. Noch aus einem halben Meter Entfernung verstand Jola mühelos, was Ryan brüllte: »Buenos Aires! Jola, wir fahren nach BUENOS AIRES!«

Das Wunder war geschehen. Sie würden alle drei dabei sein.

Kurz darauf war Ryan bei ihr, leichtfüßig sprintete er die Treppe hoch. Jola winkte ihn in ihr Zimmer, sie war gerade dabei, auf einen Kommentar zu antworten – doch dann sah sie, welche Neuigkeiten Samuel zu verkünden hatte. Vor Verblüffung traf sie die richtigen Tasten nicht mehr. »Ryan! Schau dir das an.«

Er beugte sich über sie, um auf dem Bildschirm mitzulesen. »Das glaub ich einfach nicht«, sagte er.

Samuel verriet gerade ein paar Details – zum Beispiel, dass er sich nicht nur bei den nicht behinderten Sprintern angemeldet hatte, sondern auch in der Freestyle-Startklasse X, in der Behinderte und nicht optimierte Normalos gegeneinander antreten konnten.

»*What the bloody hell ...?*«, brummte Ryan. »Ich dachte, er hasst Freestyler?«

»Das war nicht immer so«, sagte Jola nachdenklich. »Zuerst fand er das Ganze irgendwie spannend. Aber dann hat er sich immer öfter aufgeregt über alles Mögliche, was mit euch zu tun hat. Eure mechanischen Körperteile, die Aufmerksamkeit der Medien ...«

»Ach, so ist das.« Ryans Stimme klang gepresst. »Bei Freestyle kommt seine Aktiengesellschaft mehr ins Rampenlicht und vermutlich rechnet er sich gegen Behinderte größere Chancen aus.«

»Vielleicht hat es auch etwas mit dir zu tun«, meinte Jola, und sie und Ryan tauschten einen kurzen Blick.

»Kann sein«, sagte Ryan. »Wenn er so blöd ist. Jemanden zu hassen, kostet verdammt viel Kraft und Energie. Die braucht er jetzt für anderes.«

»Genau.« Ganz kurz strich ihm Jola über den Arm. »Und du auch.«

GOLDEN DOLPHIN

Buenos Aires, August 2032

»*Qué es esto? No es declarado!*«

Der Sicherheitsbeamte zeigte anklagend auf das Röntgenbild von Ryans Handgepäck und schoss eine weitere Salve Spanisch auf ihn ab. Ryan verstand kaum ein Wort. »Das sind meine Füße«, versuchte er auf Englisch zu erklären. »Für Sprint, verstehen Sie? Sport! *Deporte*!«

»Füße für Sport?« Jetzt hatten sich gleich mehrere Beamte um ihn geschart. Misstrauisch machten sie sich daran, seine Ausrüstungstasche zu öffnen, die er sicherheitshalber nicht als Gepäck aufgegeben, sondern mit in die Kabine genommen hatte. Gleich zwei Beamte gleichzeitig wühlten nun darin herum, der eine drehte verständnislos eines seiner beiden Carbonfedernpaare in den Händen, der andere räumte den Beutel mit Ersatzteilen und Zubehör aus. Ein erneuter Schwall Spanisch ging auf Ryan nieder.

Ryan deutete eine Rennbewegung an. »Olympia, *comprende*? Das sind meine Prothesen fürs Rennen.«

Niemand verstand ihn, und Ryan fummelte nervös mit seinem Communicator herum, um die Übersetzungsfunktion zu aktivieren. »Wahrscheinlich hat der Vokabeln wie ›Carbonfeder‹ überhaupt nicht in seiner Datenbank«, sagte er zu Jola, die hinter ihm in der Schlange stand und ebenfalls ihr Gerät gezückt hatte.

»Also, Prothese heißt *la próstesis*«, meldete Jola. »Versuch's mal damit.«

Verständnislose Blicke und Kopfschütteln bei den Beamten. Und ein genüssliches Grinsen von Samuel, der in der Nähe darauf wartete, dass sein Gepäck überprüft wurde. Ryan wandte den Blick ab und versuchte Samuel so gut es ging zu ignorieren, so wie in den letzten Monaten auch.

Inzwischen hatte Severin Wagner, der schmale, grauhaarige Bundestrainer Sprint, mitbekommen, dass es Probleme gab, und war nach vorne gekommen. Sogar wenn er radebrechte, schaffte er es, ruhig und besonnen zu klingen. Doch zu seinem Pech konnten die argentinischen Sicherheitsleute auch mit dem Begriff »Freestyler« nichts anfangen.

»Ganz klar ein Fall für Lilli, die kann gut Spanisch – aber wo ist die?« Jola verrenkte sich fast den Hals. »*Lilli!* Wo bist du?«

»Huhu! Hier!«, kam es von weit, weit hinter ihnen. Lilli, ihre kaugummikauende Team-Ingenieurin mit den bunten Hosenträgern, steckte fest in der gewundenen Menschenschlange, die sich, in Zaum gehalten von Absperrbändern, vor dem Kontrollpunkt staute. Sie begann sich zu ihnen durchzudrängen, aber das fanden die anderen wartenden Passagiere aus aller Welt ungefähr so lustig wie die Nachricht, dass ihr Gepäck gerade ohne sie auf der anderen Seite der Erde angekommen war. Eine Familie mit zwei Kleinkindern, die sowieso mit 90 Dezibel krakeelten, begann loszuschimpfen, und eine streng blickende Flughafenmitarbeiterin bewegte sich auf Abfangkurs in Lillis Richtung.

Inzwischen war die Zahl der Sicherheitsbeamten auf fünf gestiegen. Und alle, alle wollten ihre Fragen und unverständlichen Erklärungen loswerden.

»Die begreifen das nicht«, brummte Severin Wagner. »Jetzt hilft nur noch eines – zeigen Sie es ihnen, Ryan.«

Ryan nickte. *Gut, dass ich dafür nicht komplett die Hose*

runterlassen muss. Die würden mich verhaften, bevor ich ganz fertig wäre damit. Er machte sich daran, eines seiner Hosenbeine hochzuziehen, sodass Titan und Kunststoff hervorschimmerten. »Sehen Sie? Und davon hab ich sogar zwei.«

Fünf Köpfe beugten sich nach unten, fünf Münder liefen auf Hochtouren, um Eindrücke auszutauschen. Die argentinischen Beamten richteten sich wieder auf. Blickten sich an. Musterten noch einmal die Rennfedern. Am Aufleuchten ihrer Gesichter sah Ryan, dass es *Klick* gemacht hatte. *»Ah! Está bien.«* Freundlich lächelnd und gestikulierend winkten sie Ryan, weiterzugehen. *»Bienvenida a Argentina! Mucha suerte! Olympia olé!«*

Erleichtert winkte Ryan zurück. *»Gracias. Adiós.«*

Mucha suerte – viel Glück. Ja, das hatte er bis jetzt gehabt. Hoffentlich hielt die Glückssträhne noch ein wenig länger. Aber Glück allein reichte nicht. In den letzten Monaten hatte er sich unter Tills kritischem Blick geschunden wie nie zuvor, seinen Körper bis an seine absoluten Grenzen getrieben. Fitter als jetzt würde er nicht mehr werden. Angemeldet war er für die 200 und die 400 Meter in der Startklasse Freestyle X, und nach Tills Ansicht hatte er auf beiden Distanzen gute Chancen, ins Finale zu kommen.

»Wieso war hier überhaupt noch ein Kontrollpunkt?«, knurrte Wagner, rückte seine randlose Brille zurecht und schob seinen Gepäckwagen weiter. »Was für einen Sinn macht es, das komplette Gepäck *nach* dem Flug noch mal durch den Scanner zu schicken? Wir sind doch vor dem Boarding schon mal kontrolliert worden, wo sollen wir denn hoch in der Luft eine Bombe herkriegen?«

»Wieso Bombe?«, sagte Jola fröhlich. »Die jagen bestimmt Leute, die Besteck aus dem Flugzeug klauen.«

Ryan setzte seinen besten Arme-Sünder-Blick auf. »Äh, na ja, ich hab mir gedacht, so was gibt's vielleicht im olympischen Dorf nicht«, sagte er und tat so, als würde er etwas aus seiner Jackentasche hervorkramen.

Jola musste lachen, als Ryan nur eine Minipackung Erdnüsse zum Vorschein brachte. »Mann, schäm dich – stell dir vor, die hätten dich richtig durchsucht.«

Sie standen mit den anderen deutschen Olympiateilnehmern in der Empfangshalle des Flughafens Ezeiza und warteten, bis es auch die letzten Gruppenmitglieder durch die Kontrollen und den Zoll geschafft hatten. Leicht zu sehen, wer alles dazugehörte – weil sie am Flughafen in einer pompösen Zeremonie vom Bundespräsidenten und einem paar Dutzend Medienleuten verabschiedet worden waren, hatten sie alle ihr einheitliches Dress angezogen, weiße Trainingsanzüge mit Deutschlandflagge. Ihre Gruppe hatte ein ganzes Flugzeug gefüllt, denn begleitet wurden sie von einem Tross Betreuern, Trainern, Physiotherapeuten, einem Orthobionic-Manager – einer Art Kreuzung zwischen Arzt und Orthopädietechniker – und Lilli, die bei der Reparatur von Prothesen angeblich reine Wunder vollbringen konnte. Sie hatte mehrere Kisten Material, darunter vier verschiedene 3-D-Drucker, mit nach Argentinien gebracht.

Neugierig beäugt von den anderen Passagieren, durchquerte Jola mit den anderen die Empfangshalle des Flughafens, draußen wurden sie zu den Bussen mit Fünf-Ringe-Logo dirigiert. Sie drängten sich durch das Gewimmel von Passagieren, schwarz-gelben Taxis und Gepäckstücken.

»Und, kannst du's schon richtig glauben?«, fragte Jola, als sie und Ryan nebeneinander im Bus saßen.

»Oh yes«, sagte er und schenkte ihr sein breitestes Grinsen.

Neugierig starrte sie aus dem Fenster und beobachtete, wie sie an Palmen, struppigem Gebüsch, Häusern, an denen Wäscheleinen flatterten, und knallig-bunten Werbedisplays für Bodyscanner, Mode und die neuesten Virtual-Reality-Games vorbeikamen. Schon seltsam, dass daheim alle unter der Augusthitze stöhnten und hier gerade Winter war – aber ein Winter ohne Schnee bisher, mit klarem Himmel und handzahmen zehn Grad plus.

»Wann kommt Till eigentlich nach?«, fragte Ryan, er klang beunruhigt.

»Er versucht, es bis zur Eröffnungszeremonie in zwei Wochen zu schaffen. Das hat er dir auch gesagt, oder?« Jola zuckte ratlos die Schultern. »Ich weiß auch nicht genau, was los ist. Ich weiß nur, dass er ins Krankenhaus musste wegen irgendwas.«

»Und er hat dir nicht verraten, was er hat?«

Jola schüttelte den Kopf und hoffte, dass es nichts Ernstes war. Und dass Till bald wieder bei ihnen – und bei ihr! – war. Seinen Silber-und-Lapislazuli-Armreif hatte sie im Handgepäck dabei, bisher jedoch nicht angezogen. Rasch schrieb sie ihm eine Nachricht. Es war seltsam, ohne ihn hier zu sein, er hatte der Olympiade genauso entgegengefiebert wie sie. Und wünschte sich nichts so sehr, wie sie hier gewinnen zu sehen. *Hoffentlich muss er nicht mit ansehen, wie wir das vor den Augen der ganzen Welt vergeigen,* dachte Jola und spürte, wie sie sich verkrampfte. *Vielleicht hätte ich ein paar weniger Filme anschauen sollen.* Zu spät. Sie hatte alles aufgesogen, was es zum Thema Olympiade im Netz zu sehen gab, die Bilder waren in ihrem Kopf. Der Moment, in dem Michaela Pauli in Istanbul 2028 ausgerutscht war, als erste Läuferin der Sprintstaffel. Der Fehlstart von Jalena Flannery, nach dem sie disqualifiziert worden und weinend zusammengebrochen war. Ezra Blake, die einstige Sprint-Legende, abgeschlagen auf dem vorletzten Platz, weil seine Form nicht gut genug gewesen war.

Nicht ganz ihr Problem. Am wahrscheinlichsten war, dass sie schlicht nicht mithalten konnte mit all den lebenden Legenden, die hier antraten.

Cool bleiben, redete sich Jola zu und dachte an das, was ihr Vater vor der Abreise zu ihr gesagt hatte: *Du läufst dort so schnell wie noch nie in deinem Leben, und wenn das nicht reicht, reicht es eben nicht. Okay?*

Jola seufzte. Es war lieb gewesen, dass er das gesagt hatte. Aber ihr Vater hatte keine Ahnung von Wettkämpfen und die Ergebnisse waren ihm egal. Er wusste nicht, welch gewaltigen Unterschied es machte, ob man an der Spitze ins Ziel einlief oder als Letzte. Wie man sich fühlte als Gewinnerin und als Verliererin. Und wie anders man behandelt wurde.

Im olympischen Dorf, das wie ein von gepflegten Rasenflächen umgebenes Wohnviertel mit sechsstöckigen Häusern wirkte, stiegen sie aus. An jedem der Gebäude hing eine riesige Länderflagge herab und verriet, welche Nation dort untergebracht war.

»Ryan Telgart, Sie sind in Apartment 8«, teilte ihm der Organisator mit, und Ryan nickte und nahm seine beiden Taschen, die mit seiner Kleidung und die mit seinen Carbonfedern.

Alarmiert sah Jola, dass der Organisator Samuel ins selbe Apartment eingeteilt hatte. Samuel nahm das ohne Regung zur Kenntnis, doch Jola und Ryan tauschten einen schnellen Blick.

»Ich schaue mal, ob sich das noch ändern lässt«, sagte Ryan hastig, und sie sah ihn mit dem Organisator sprechen. Doch der schüttelte den Kopf.

Mist. Armer Ryan. Und schade, dass sie nicht in derselben WG gelandet waren. Seit sie beide nominiert worden waren, hatten sie noch mehr Zeit miteinander verbracht – einfach zum Spaß und um zu diskutieren und zu planen, wie sie ihre Stiftung aufziehen wollten.

Aber vielleicht war es doch besser, dass sie stattdessen mit einer Schwimmerin, einer Marathonläuferin und einer Bogenschützin zusammenwohnen würde. *Vielleicht wäre es mir zu viel der Nähe geworden, mit Ryan in einer Wohnung zu leben*, ging es Jola durch den Kopf. *Ich kann gut darauf verzichten, dass er meine frisch gewaschenen Slips auf der Heizung trocknen sieht!*

Eine nicht sehr große junge Freiwillige mit dunklem Teint und strahlend blauen Augen flatterte um sie herum und verkündete aufgeregt lächelnd: »Mein Name ist Caridad, ich bin als Freiwillige speziell für Sie zuständig. Wenn Sie irgendein Problem oder Anliegen haben, können Sie mich jederzeit anrufen.« Eifrig bemüht, ihnen jede Frage zu beantworten, erklärte sie ihnen, wo die Kantine war, wo der Shuttlebus zu den verschiedenen Stadien abfuhr, wie sie sich bei Bedarf vom argentinischen Physio-Team durchkneten lassen konnten, und tausend Dinge mehr.

»Danke, das ist sehr nett, Caridad«, sagte Jola. Ihr schwirrte schon der müde Kopf, mindestens die Hälfte ihrer Gehirnmasse schien in Europa zurückgeblieben zu sein. Wie hießen ihre Mitbewohnerinnen noch mal?

»Du läufst in Freestyle?«, fragte die Marathonläuferin und musterte sie, wahrscheinlich um abzuchecken, ob sie irgendwelche künstlichen Superkörperteile hatte. »Bist du optimiert?«

»Genau«, sagte Jola, sie fühlte sich unwohl unter diesem kritischen Blick.

»Ich hab gehört, das ist ganz schön riskant. Eine Freundin von mir hat das auch machen lassen und sie hat seither ständig fiese Zerrungen und Muskelfaserrisse. Nicht an den neuen Muskeln, sondern an ihren echten.«

»Oh« war das Einzige, was Jola dazu herausbrachte. Ihr fiel die Zerrung ein, mit der sie sich im Mai herumgeplagt hatte. Aber so was hatte jeder Sportler hin und wieder, das war nichts Besonderes – und dass ihre Muskeln nach dem Training in den letzten Monaten manchmal ziemlich wehgetan hatten, war bestimmt auch normal. Schließlich hatte sie, seit sie das Abi hinter sich hatte, zweimal am Tag intensiv trainiert, das ging nicht spurlos an einem vorbei.

»Puh, hier in der Küche ist die Farbe noch nicht mal trocken«, rief Alexa, die Schwimmerin, von der anderen Apartmentseite. »Die haben auf die letzte Minute alles fertig bekommen!«

»Hey, wollen wir zu zweit in ein Zimmer?«, fragte Jola die rothaarige, sehr hübsche Bogenschützin Maike, die zumindest auf den ersten Blick nett und unkompliziert wirkte. *Und Bogenschützen lassen im Gegensatz zu Leichtathleten sicher nicht überall verschwitzte Klamotten liegen!*

»Klar«, sagte die Bogenschützin.

Jola wuchtete ihre prallvolle Reisetasche auf ihr neues Bett. Es war furchtbar nett gewesen, dass die Organisatoren ihr solche Berge maßgefertigter Kleidung in den deutschen Teamfarben geschickt hatten. Aber jetzt hatte sie ein bisschen Angst davor, die Tasche zu öffnen, weil ihr dann all die Sachen, die sie mit roher Gewalt hineingequetscht hatte, entgegenquellen würden: Trikots, Tights verschiedener Länge, Trainingshosen und -jacken, langärmlige Shirts, T-Shirts mit dem Sponsoren-Logo, die Kleidung für die Eröffnungszeremonie und Abschlussfeier … Um nicht den Überblick zu verlieren, scrollte Jola auf ihrem Communicator durch die lange Liste mit der Kleiderordnung. Es war genau vorgeschrieben, was man wann anziehen sollte und durfte.

Dann schrieb Jola an ihre Eltern und an Emily, um ihnen zu berichten, dass sie gut im olympischen Dorf angekommen war. Kaum war sie fertig, summte ihr Communicator auch schon, es war Ryan. »Und, Lust, auf Erkundung zu gehen?«

»Logisch«, sagte Jola. Jetzt musste es sein. Todesmutig zog sie den Reißverschluss der Tasche auf. Kurz darauf sah es aus, als wäre auf dem Bett eine Sportlerin explodiert. Jola fischte ihren Waschbeutel aus dem Chaos. »In fünf Minuten bei dir, okay?«

Ryan ließ die Finger über seine besten Federn gleiten, die mit dem Härtegrad 3, perfekt geeignet für die 400 Meter. Das schwarze Carbon glänzte matt im Licht. Nirgendwo eine Macke. Sie hatten den Flug gut überstanden. Sorgfältig packte Ryan sie in die Tasche zurück und verstaute sie im Schrank. Auf seinen Nachttisch stellte er eine von Dutzenden Viel-Glück-Botschaften, die er vor dem Abflug bekommen hatte. Noah, der Junge aus dem Krankenhaus, hatte sie ihm geschrieben. Auf die Vorderseite der Postkarte hatte er mit Buntstift einen jungen Mann mit braunem Haar gemalt, in dem Ryan sich mit viel gutem Willen selbst erkannte. Er stand auf einem Siegertreppchen und trug drei Medaillen – sorgfältig mit goldenem Filzstift ausgemalt – um den Hals.

Dreimal Gold? Ryan lächelte schief. Nein, er war leider keine Inkarnation von Usain Bolt, sondern nur ein ziemlich fitter Junge aus Manchester, der lustigerweise für Deutschland antreten durfte, weil seine Mutter ihn als Zehnjährigen nach München verschleppt und ihm einen deutschen Pass organisiert hatte. Außerdem war er sowieso nur für zwei

Disziplinen gemeldet, mehr als zwei Medaillen waren nicht drin.

»Ich hoffe, du schnarchst nicht«, sagte Markus, ein schon etwas älterer blonder Freestyle-Weitspringer, mit dem er sich das Zimmer teilen würde.

»Nee, und du?«

»Nur, wenn ich erkältet bin.«

»Na, dann wirf noch ein bisschen Vitamin C ein«, empfahl ihm Ryan.

Doch der Weitspringer schüttelte den Kopf. »Vergiss es, ich nehme absolut nichts ein vor einem Wettkampf, nicht mal 'ne Vitamintablette. Hab keine Lust, falsch positiv auf irgendwas getestet zu werden.«

Falsch positiv. Unwillkürlich musste Ryan an Leni denken und diesen heftigen Tag, der mit einer Goldmedaille und einer Anzeige geendet hatte.

Nein, es war ihm nicht geheuer, mit Samuel in einer Wohnung zu leben. Alles andere als das.

Ryan inspizierte seine neue Zimmertür und in seinem Inneren breitete sich ein mulmiges Gefühl aus. »Mist, nur von innen abschließbar.«

»Ja, und?« Markus begann, den Schaft seiner Beinprothese zu desinfizieren.

»Nur so«, sagte Ryan.

Wenn du das nicht begreifst, Cyborg, helfe ich nach!

Er durfte diesen Spruch nicht an sich heranlassen. Sonst würde er ihn zermürben. Dann brauchte Samuel gar nichts weiter zu tun – er musste einfach nur abwarten … und konnte zuschauen, wie Ryans eigene Sorgen und Ängste ihn fertigmachten.

Das wird nicht passieren, schwor sich Ryan. *Ich bin stark. Ja, verdammt, das bin ich!*

Nicht immer war es leicht, daran zu glauben.

Nach einer schnellen Dusche rief er Jola an. »Und, Lust, auf Erkundung zu gehen?«

Als er das Apartment verließ, putzte Samuel sich gerade die Zähne. Er schaute etwas verblüfft, als Ryan ins Bad kam und sich seine eigene Zahnpasta in die Jackentasche steckte. Aber Ryan hatte keine Lust, ein unnötiges Risiko eingehen. Es war schlimm genug, dass er seine Federn unbewacht im Apartment lassen musste. Am liebsten hätte er sie in einem Tresor deponiert. Vielleicht sollte er ein Paar jemandem zur Verwahrung geben, nur zur Sicherheit. Falls es Samuel einfiel, heimlich das Ventil zu lockern oder so etwas.

Sie trafen sich vor seinem Apartment und machten sich gemeinsam auf Erkundungstour. Als Erstes schauten Jola und er sich natürlich das brandneue Leichtathletikstadion an, in dem auch die Eröffnungs- und Schlussfeier stattfinden würden. Sie schafften es, einen Wachmann zu überzeugen, dass er sie ins Stadion ließ. Er bestand darauf, sie zu begleiten, hielt sich jedoch im Hintergrund.

Ryans Herz klopfte, als Jola und er in die Mitte des Stadions gingen und auf dem smaragdgrünen, kurz geschorenen Rasen stehen blieben. Schweigend musterten sie die gewaltigen Tribünen, das weite Oval der Bahn, die hoch über ihnen schwebenden Flutlichtscheinwerfer, von denen jeder größer war als ein Lastwagen. Noch war alles still hier, still und tot, der haushohe Monitor, auf dem ihre Bilder und ihre Zeiten eingeblendet werden würden, war schwarz. Aber in zwei Wochen würden er und Jola genau hier sein, im Schnittpunkt von 100 000 Blicken und zahllosen Kameras, und entweder siegen oder versagen. *Olympiasieger Ryan Telgart.* Ryan spürte, wie sich eine Gänsehaut auf seinen Armen bildete.

Auf einmal schweiften seine Gedanken zu Jake und die

Welt vor seinen Augen verschwamm. *Dieser Irre. All sein gespartes Geld, nur um mich hier laufen zu sehen. Dabei weiß keiner, ob ich überhaupt ins Finale komme.* Niemand sonst aus seiner Familie würde anreisen, das war viel zu teuer. Nur sein zweitältester Bruder, der ihm schon so oft das Leben schwer gemacht hatte. Der sich erstaunlicherweise ehrlich gefreut hatte, als Ryan nominiert worden war. Mehr jedenfalls als seine Mutter, die sofort wieder daran gedacht hatte, was alles passieren könnte in diesem fernen südamerikanischen Land, das gerade erst mühsam aus einer Wirtschaftskrise herausgeklettert war und immer noch große Probleme mit Armut und Kriminalität hatte.

»Ist das nicht Wahnsinn?«, unterbrach Jolas gedämpfte Stimme seine Gedanken. »Es ist kein Jahr her. Du weißt schon. Dass wir herumgesponnen haben …«

»Ja«, sagte Ryan schlicht. Genau hier würde, wenn alles klappte, auch ihre Stiftung geboren werden. Die hoffentlich verhindern würde, dass es anderen Jugendlichen so dreckig ging wie ihm in den Monaten nach dem Unfall.

Spontan legte er den Arm um Jola, einfach so, und Jola lehnte sich an ihn. Wandte ihm das Gesicht zu, strahlte ihn an. Ryan spürte, wie sein Herz sich in etwas verwandelte, was wahrscheinlich einer Pfütze Schmelzkäse ähnlich sah. Er fühlte sich ihr so nah, dass es fast wehtat. Hundert Mal hatte er seinen Deal mit Till verflucht, hatte gehofft, dass Jola den ersten Schritt tun und damit den Bann brechen würde. Aber das war nicht geschehen, vielleicht würde es nie geschehen … und in seinem Leben fehlte etwas.

Lots of other chicks out there, flüsterte Jakes Stimme, und Ryan schüttelte den Kopf. *Nicht für mich, Brother. Die oder keine.* Ein unhörbarer Seufzer in seinem Kopf. *Sorry, das ist zu hoch für mich.*

Dachte ich mir schon, schickte Ryan zurück und wunderte sich über den milden Ton seines Kopfgesprächs. Lag es daran, dass Jake herfliegen und bald mit ihm hier sein würde? Oder daran, dass sein eigener großer Traum sich vielleicht bald erfüllte? *Olympiasieger Ryan Telgart.* Er schauderte, als er an die Stufe vor dem Eiscafé damals dachte. Nie, nie wieder würde er an einem solchen Hindernis scheitern.

Sie nahmen den Shuttlebus zur Basketballarena und wanderten von dort weiter über das brandneue Olympiagelände, in dem hier und da noch Gärtner, Handwerker und Bauarbeiter hektisch am Werk waren. Eine gewaltige Kuppel aus Glas, schimmernd wie das Facettenauge eines Insekts, ragte vor ihnen auf. »Also, entweder ist das ein Raumfahrtzentrum oder die Schwimmhalle«, sagte Ryan beeindruckt.

»Reingehen und rausfinden«, meinte Jola. »Falls wir das dürfen, wir sind ja keine Schwimmer.«

»Wird schon hinhauen.« Ryan liebte es, an Orten zu sein, an denen er eigentlich nichts zu suchen hatte. So wie damals, vor so langer Zeit, in der Linde-Halle auf dem Münchner Olympiagelände.

Am Eingang der Schwimmhalle standen zwei wichtig aussehende Uniformierte mit Funkgeräten an den Gürteln und blickten ihnen entgegen. Jola und Ryan zeigten ihre Athletenausweise vor.

»Sprinter?«, fragte einer der beiden Uniformierten und schaute skeptisch drein.

»Wir trainieren, auf dem Wasser zu laufen«, erklärte Ryan ernsthaft, und Jola schaffte es irgendwie, keine Miene zu verziehen.

Der eine Uniformierte blickte verdutzt drein, vielleicht traute er Spitzensportlern alles zu, aber der andere Mann lächelte verschmitzt und winkte sie durch.

Jetzt wölbte sich das gigantische Auge über ihnen, und vor ihnen erstreckte sich das azurblaue olympische Becken, umgeben von einigen Tausend leeren Zuschauerplätzen. Feuchte, warme Luft schlug ihnen entgegen, es roch nach Chlor und frischer Farbe. Mehrere Schwimmer trainierten gerade, zogen kraftvoll ihre Bahnen und ließen ein V-förmiges Kielwasser hinter sich. Eine der Gestalten schwamm schneller als alle anderen, scheinbar ohne Anstrengung bewegte sie sich fort, jede Bewegung pure Eleganz. Was daran lag, dass sie die Schwanzflosse eines Delfins hatte.

»Das ist Amber Howard!«, stieß Jola begeistert hervor. »Die hab ich im Fernsehen gesehen!«

Ryan war beeindruckt. Amber Howard war eine der berühmtesten Freestylerinnen, in den Medien wurde sie nur noch *The Golden Dolphin* genannt, seit sie bei der letzten Olympiade – der ersten, bei der es die Kategorie Freestyle gab – Gold gewonnen hatte. Gegen Konkurrentinnen, die mit ihren Prothesenflossen, die ihnen Arme oder Beine ersetzten, längst nicht so gut zurechtkamen. Amber Howard war völlig daheim in diesem Element, eine Meerfrau wie aus dem Märchen.

Ryan fühlte, wie sein Herz dieser Frau entgegenflog. Ihr waren vor ein paar Jahren beide Beine auf Höhe der Oberschenkel amputiert worden, sie war noch schlimmer dran gewesen als er. Und was für ein Leben hatte sie sich erobert. »Ich habe gehört, sie verbringt den größten Teil der Zeit im Wasser und lebt inzwischen auf den Bahamas, damit sie jeden Tag mit wilden Delfinen trainieren kann.«

»Stimmt das, dass sie *Gefühl* in dieser Flosse hat?«, fragte Jola.

Ryan nickte. »Garantiert. In dem Ding sind bestimmt Sensoren, so wie in meinen Füßen. Sie spürt die Flosse, sie ist ein

Teil von ihr. Sonst wäre ja auch gar nicht erlaubt, dass sie sie bei Freestyle-Wettkämpfen benutzt.« Technische Hilfsmittel waren bei der Olympiade nach wie vor verboten, nur Prothesen waren genehmigt. Sie mussten aus frei verkäuflichen Teilen bestehen, doch ihr Design war nicht reglementiert. Das war damals für viele behinderte Sportler eine ganz neue Chance gewesen.

Sie schauten noch im Velodrom vorbei, in dem Radrennen stattfinden würden, dann kehrten sie zurück ins olympische Dorf und erkundeten die Aufenthaltsräume, in denen Athleten schon einige der Billardtische belegt hatten, sich mit Computerspielen entspannten oder auf den Sofas hockten und quatschten. Im gleichen Gebäude konnte man sich von argentinischen Freiwilligen kostenlos die Haare schneiden lassen, sich für eine Schönheitsbehandlung anmelden oder gratis sein Gebiss durchchecken lassen. Schon von draußen sah Ryan, dass das Wartezimmer der Praxis voll war wie eine Londoner U-Bahn zur Hauptverkehrszeit. »Wow, dieser Service kommt am besten an«, sagte er verblüfft.

Neugierig blickte Jola durch die Scheibe ins Innere der Praxis. »Viele Athleten kommen wahrscheinlich aus Ländern, in denen du es dir entweder nicht leisten kannst, zum Arzt zu gehen, oder es eh keinen gibt.«

Ryan nickte und blickte auf seinen Communicator – Fabian, der schweizerische Speerwerfer mit dem Hightech-Auge, fragte an, ob sie Lust hatten, mit ein paar anderen Freestylern mitzukommen in die Kantine des olympischen Dorfs. *Klar*, schickte Ryan sofort zurück, alle anderen Bereiche – bis auf das Pressezentrum und Ähnliches – hatten sie sowieso schon abgecheckt.

In der Kantine angekommen, blickten Ryan und Jola sich beeindruckt um.

»Man könnte den einen oder anderen Jumbo-Jet hier parken«, meinte Ryan.

»Aber dann tunkt er die Flügelspitze ins Buffet«, wandte Jola ein und winkte Fabian zu, den sie aus Osaka kannte.

An einer Seite der Kantine war das größte Vor- und Nachspeisenbuffet aufgebaut, das Ryan jemals gesehen hatte – und an fünfzig Stationen bereiteten Köche die Hauptmahlzeiten zu. Auf den ersten Blick sah Ryan argentinisches, arabisches, indisches, chinesisches, italienisches, spanisches, französisches und amerikanisches Essen, und von irgendwo her zog ihm sogar der Duft von Bratwurst und Sauerkraut in seine Nase. Aber auf die konnte er hier gut verzichten. »Und das ist wirklich alles kostenlos?«, fragte Ryan beeindruckt.

»Aber hallo«, sagte Fabian, der sich sehr bemühte, Hochdeutsch zu sprechen. »Und die Kantine ist rund um die Uhr geöffnet. Du kannst hier um drei Uhr morgens frühstücken oder dir um vier Uhr nachmittags ein Grünes Curry servieren lassen. Alles saulecker.«

»Wie kriegt man das hin, sich hier nicht zu überfressen?«, fragte Ryan.

»Denk an die Medaille«, sagte Fabian.

Jola seufzte. »Das ist so gemein. Ich könnte das alles, alles essen, aber ein einzelnes Salatblatt wäre vermutlich besser für mich.«

»Salatblatt?« Ryan tippte sich gegen die Stirn. »Hey, du bist eine Sprinterin, du brauchst Eiweiß! Schnapp dir eins dieser dicken argentinischen Steaks.«

»Du kannst gut reden, du isst, was du willst, und nimmst nicht ein Gramm zu«, beschwerte sich Jola. Als sie sich in der Kantine umblickte, stieß sie einen leisen Freudenschrei aus. »Da vorne! Da vorne ist Amber, die Delfinschwimmerin! Wollen wir uns nicht zu der setzen?«

Aber Fabian hatte inzwischen seine Freunde entdeckt, winkte ihnen zu und stellte sich hinter ihnen in die Schlange vor dem argentinischen Essen. »Carrie aus Kenia«, stellte er eine junge dunkelhäutige Frau vor, die sie fröhlich begrüßte. »Sie macht Freestyler-Basketball.«

»Bevor ihr fragt: Ich bin blind, habe aber Ultraschall-Sensoren im Kopf«, erklärte Carrie. »Praktische Sache, ich weiß immer genau, was vor *und* hinter mir vorgeht.«

Der andere Athlet, ein schmächtiger Blonder mit fast weißen Wimpern, winkte munter in die Runde. »Hi, ich bin Gustav«, verkündete er. »Fechten und Tischtennis, beides Freestyle. Wollt ihr raten?«

»Künstlicher Arm«, sagte Ryan trocken. »Hab was über dich gelesen. Du bist als Kind bei einem epileptischen Anfall auf die Schienen gefallen.« Er fühlte sich unglaublich wohl unter all diesen ungewöhnlichen Leuten. Daheim in Deutschland fiel er auf, sobald er seine Rennfedern trug – hier würde niemand zweimal hinschauen, wenn ein Blade Runner hereinkam. Doch er merkte, dass Jola noch ein bisschen befangen wirkte.

»Wie kann man ohne Arm zum Tischtennis-Champion werden?«, erkundigte sie sich.

»Ich hab die Killer-Kombination«, erzählte Gustav fröhlich, er sprach sehr gutes Englisch. »Sie mussten mir sowieso Elektronik ins Hirn pflanzen, um die Epilepsie unter Kontrolle zu kriegen, da hab ich mir gleich ein paar bionische Steuerungsbauteile für meine Armprothese einsetzen lassen. Ich sag dir, mein Arm ist *schnell.*«

»Das ging bei den Paralympics nicht mehr durch, oder?«, erkundigte sich Carrie.

»Nö. Gut, dass es jetzt Freestyle gibt. Da können ehrgeizige Normalos gegen mich zeigen, was sie draufhaben.«

Gustav grinste zufrieden. Kein Zweifel, die meisten Normalos spielte er in Grund und Boden. Das fühlte sich wahrscheinlich an wie Großmeister gegen Schachcomputer.

Als sie alle mit ihrem Essen an einem der Tische Platz gefunden hatten – Ryan hatte sich ein Steak mit Tomatensalat gegönnt, so wie Jola –, merkte er, dass ihn besonders Gustav faszinierte. Vielleicht, weil er von ihnen einem Cyborg, einem Mensch-Maschine-Mischwesen, noch am nächsten kam. Und das ganz offensichtlich genoss. »Wenn du deinen alten Arm zurückhaben könntest, würdest du annehmen?«, fragte er ihn.

Der junge Schwede zog eine Grimasse. »Bist du irre? Mit zwei normalen Armen wäre ich Sachbearbeiter in einer Versicherung in Stockholm und kein Olympionike.« Er lächelte Jola an. »Und du? Ich tippe mal auf Ex-Rollifahrerin, du hast so wunderbare Oberarme ...«

Ryan überlegte, ob er einhaken sollte, aber dann ließ er es sein. Jola konnte sich selbst behaupten, obwohl ihr Lächeln ein wenig verlegen wirkte. »Oh, danke, das hat mir noch nie jemand gesagt«, meinte sie. »Aber ich bin nur optimiert. An den Beinen.«

»Ach so, alles klar.« Genießerisch verzehrte Carrie eine Garnele. »Macht nichts, du darfst trotzdem bei uns sitzen bleiben.«

»Kennt ihr den?«, fragt Fabian. »In Lourdes stehen die Leute Schlange vor dem heiligen Wasser. Erst kommt ein Blinder dran. Er benetzt seine Augen mit heiligem Wasser und ruft: ›Ich kann wieder sehen!‹ Als Nächstes ist ein Taubstummer an der Reihe. Er reibt sich das Wasser über Ohren und Hals, dann trinkt er einen Schluck und verkündet: ›Ich kann wieder hören! Ich kann wieder sprechen!‹ Jetzt ist ein Rollifahrer an der Reihe. Er fährt mit seinem Rollstuhl durch das Wasser und ruft dann begeistert: ›Neue Reifen, neue Reifen!‹«

Ryan musste grinsen, obwohl er den Witz schon kannte. »Hier ein ganz kurzer«, meinte er. »Kommt ein Einarmiger in einen Second-Hand-Shop.«

Diesmal war es Gustav, der sich amüsierte. »An der roten Fußgängerampel stehen einige Leute, darunter ein Blinder, und ein Hund«, legte er nach. »Plötzlich hebt der Hund ein Bein und pinkelt den Blinden an. Der beugt sich hinunter und streicht dem Tier über den Rücken. ›Was für eine Tierliebe!‹, schwärmt eine Frau. ›Der Hund pinkelt Sie an und Sie streicheln ihn auch noch.‹ – ›Ich streichle ihn doch gar nicht‹, sagt der Blinde. ›Ich will nur wissen, wo sein Arsch ist, damit ich ihm reintreten kann!‹«

Carrie verschluckte sich vor Lachen, aber Jola sah ein bisschen erschrocken aus. Und irgendwie schien Carrie es zu spüren, denn sie wandte sich in ihre Richtung. »Wenn Freestyler unter sich sind, geht's manchmal ein bisschen derb zu«, sagte sie. In ihren blinden Augen war kein Ausdruck, doch die Wärme strahlte aus ihrer Stimme, aus der Art, wie sie sich Jola zuwandte, aus jeder Regung ihres Gesichts.

Schon wegen dieser Leute hat es sich gelohnt, nach Buenos Aires zu kommen, ging es Ryan durch den Kopf.

Ganz selbstverständlich und herzlich hatten die Freestyler sie in ihrer Mitte aufgenommen. Jola mochte ihre Lebensfreude und ihre Selbstironie – wieso schaffte sie es dann trotzdem nicht, sich zu entspannen?

Freaks, ging es ihr durch den Kopf. *Im Grunde sind sie Freaks.* Sie schämte sich für den Gedanken, noch während er ihr durch den Kopf schwirrte – doch einen Gedanken konnte man nicht zurücknehmen.

»War es schwer, in Kenia eine Freestyle-Basketballmannschaft zusammenzukriegen?«, fragte sie Carrie, um sich davon abzulenken – und weil es sie wirklich interessierte.

»Ja, das ging nur in Nairobi«, erzählte Carrie. »Aber wir sind ein wirklich gutes Team: Jeder weiß genau, was der andere gut kann und was weniger gut. Wir waren begeistert, als wir Ndika dazubekommen haben, die hat durch eine Blutvergiftung ihr Bein verloren, darf also eine Sprungprothese verwenden. Mann, wenn die in Richtung Korb fliegt, das ist ein Anblick! Die Zuschauer lieben es.«

Jola bemühte sich, zu nicken und zu lächeln. Schon klopfte der nächste giftige Gedanke an. *Zirkus. Freestyle hat was von einem Zirkus. Dazu da, dass die Fernseh- und Webzuschauer staunen und ihren Spaß haben können!*

Aber was war dann mit ihr selbst? Sie war jetzt in Freestyle, auch wenn sie vielleicht nur eine Optimierte war. Wahrscheinlich gab es genug Leute wie Samuel, die sie für einen Freak hielten, weil sie sich künstliche Muskeln hatte einsetzen lassen. Noch immer konnte Jola kaum fassen, dass sich Samuel für die 400 Meter in der Freestyle-Kategorie X angemeldet hatte. Auch Till vermutete, dass er sich dort bessere Chancen ausrechnete.

Während Ryan und Gustav darüber stritten, ob es überhaupt fair von Freestylern war, gegen Normalos anzutreten, verabschiedete sie sich und stand auf. »Ich hol mir Nachtisch«, sagte sie, doch eigentlich wollte sie nur ein paar Minuten Zeit gewinnen, um nachzudenken.

Ziellos irrte sie durch die Kantine, drängte sich zwischen Dutzenden von Athleten durch, die plaudernd vor der Essensausgabe anstanden oder mit ihrem Tablett einen Tisch suchten ... und sah wieder die Schwimmerin Amber Howard, eine schlanke, nicht besonders große Frau mit kurz geschorenen dunklen Haaren. Sie hatte sich einen Platz an einem der Tische gesucht und verzehrte gelassen, ohne einen Blick nach rechts oder links, ihre Spaghetti. In diesem Raum, der erfüllt war von Geschirrklappern, Stühlerücken und tausend Gesprächen in zwei Dutzend Sprachen, schien Stille sie zu umgeben.

Jola besorgte sich einen Obstsalat und ging entschlossen in Richtung der Schwimmerin. Sie zeigte auf den Stuhl ihr gegenüber. »Ist hier noch frei?«

Amber Howard hob den Kopf. Sie hatte ein ruhiges, nachdenkliches Gesicht und das schönste Lächeln, das Jola jemals gesehen hatte. »Ja, natürlich«, sagte sie und tupfte sich den Mund ab, bevor sie sorgfältig die nächste Portion Spaghetti auf ihre Gabel wickelte. Sie hielt sich sehr gerade, und unwillkürlich straffte Jola selbst den Rücken, während sie ein Stück Mandarine aufspießte. Es fühlte sich an, als seien sie bei einem formellen Dinner.

Eine Weile aßen sie schweigend. »Ich habe Sie heute gesehen, in der Schwimmhalle«, wagte Jola schließlich zu sagen.

Amber Howard lächelte sie ein wenig schüchtern an und schien nicht zu wissen, was sie sagen sollte. »Das ist schön«, meinte sie schließlich.

Los, frag sie. Sie kann nicht ahnen, was du von ihr wissen willst. Jola gab sich einen Ruck. »Wie … kommen Sie damit klar, Freestylerin zu sein? Ich meine, es ist …«

Die Schwimmerin nickte, sie hatte schon begriffen. »Es ist anders«, sagte sie zögernd und begegnete Jolas Blick. »Ich bin nicht mehr behindert, wissen Sie? Jedenfalls nicht, wenn ich im Wasser bin.«

»Und an Land? Es gibt so gute Beinprothesen inzwischen …«

»Ich habe natürlich welche.« Ihr Blick wanderte einen

Moment lang nach unten, zu ihren Füßen. »Aber das Land ist mir fremd geworden. Es ist nicht mehr mein Element.«

Jola nickte und versuchte sich vorzustellen, wie das war.

Sorgfältig legte Amber Howard ihr Besteck auf den Teller und wischte einen winzigen Fleck auf der Tischdecke mit der Serviette weg. »Ich hätte nach dem Unfall nie gedacht, dass ich mich wieder so … so frei fühlen könnte.«

Wie logisch das auf einmal klang. »Manche Leute kommen damit nicht klar, oder? Mit Ihnen?«

Ein tiefer Seufzer. »Deswegen bin ich aus Amerika weggezogen. Es ist deprimierend, wenn man von einem Kirchgänger nach dem anderen ›Lästerung der Schöpfung‹ genannt wird.«

»Ich wünsche Ihnen, dass Sie auch diesmal Gold gewinnen«, sagte Jola aus ganzem Herzen.

»Danke.« Wieder dieses Lächeln, schüchtern, aber voller Lebensfreude.

Als Jola zum Tisch ihrer neuen Freunde zurückging, fühlte sie, dass ein Echo dieses Lächelns sie noch immer begleitete.

AUSBRUCH

Drei Läufe mit hoher Intensität, damit war Ryans Training für heute erledigt, er durfte sich ab jetzt nicht mehr verausgaben. »Bis später, ich geh duschen«, sagte er zu Jola und dem Bundestrainer. Jola hob kurz die Hand zum Gruß.

Als Ryan seine Rennfedern auszog, entdeckte er an seinem linken Stumpf eine gerötete Stelle. Nein, eigentlich war es ein roter Knoten. Es überlief ihn kalt. Das sah aus wie eine Haarbalgentzündung! Für die meisten Leute harmlos. Aber nicht für einen Prothesenläufer. Schließlich lastete auf seinen Stümpfen ein enormer Druck, wenn er sprintete.

Sein erster Gedanke war, es niemandem zu erzählen. Einfach weiterzumachen. Die Schmerzen auszuhalten, so wie er sie schon oft ausgehalten hatte. Aber das war vermutlich eine miese Idee. *Keine Woche mehr, dann fangen die Spiele an. Ich muss zum Team-Arzt. Jetzt gleich! Vielleicht kriegt der mich wieder hin.*

Den Team-Arzt Hakan Demirci – einen Orthopäden – kannte Ryan schon. Ein Mann wie ein Schrank, früher war er Kugelstoßer gewesen. Er war sportbegeistert, völlig mitleidsfrei und hatte nach dem, was Ryan über ihn gehört hatte, mehr Gewehre daheim als jeder andere Mensch, den Ryan kannte. Wenn Obdachlose in München Rehrücken mit Preiselbeeren aßen, war der Grund dafür, dass Demircis Tiefkühler voll gewesen war und er einer Tafel der Umgebung ein komplettes Reh geschenkt hatte. Natürlich chirurgisch exakt ausgenommen.

»Ah, sieh an – *wondersome surprise*«, sagte Demirci, als Ryan ihm die gerötete Stelle zeigte. Er war sehr stolz auf sein schreckliches Englisch.

»Sieht nicht gut aus, oder?«

»Schaue ich mir gerade an.« Demirci desinfizierte die Haut und schnitt dann mit einer schnellen Bewegung den Knoten auf. Ryan zuckte zusammen und der Team-Arzt sah ihn mit gerunzelter Stirn an. Wahrscheinlich fand er ihn furchtbar wehleidig.

Rasch untersuchte Demirci das Gewebe unter seinem tragbaren Mikroskop. »Ah. Bakteriell. Dagegen hab ich was.« Er kramte eine antibiotische Salbe hervor und reichte sie Ryan. »Wenn du ganz sichergehen willst, leg ein paar Tage Rollstuhl ein und versuch, dich mit Gymnastik fit zu halten.«

Verzweifelt blickte Ryan ihn an. Er hasste jeden Moment, den er im Rollstuhl verbringen musste, und der Gedanke, hier – unter all diesen Spitzenathleten – ganz offen sein Handicap zur Schau zu stellen, war unerträglich. Das hier waren nicht die Paralympics! Und war das Apartment, in das sie ihn gesteckt hatten, überhaupt barrierefrei?

»Selbst mit Gymnastik geht meine Form ganz schnell den Bach runter, wenn ich im Rollstuhl sitze«, sagte er.

»Na gut. Kein Rollstuhl. Aber vier Tage Trainingspause.« Hakan betrachtete ihn aus zusammengekniffenen Augen. »Bewegen schon. Nur nicht sprinten. *Sure?*«

»Okay«, sagte Ryan dumpf, zog seine Prothesen wieder an und versuchte zu ignorieren, wie weh sein linkes Bein dabei tat. Vier Tage kein Training? Es war zwar geplant, dass sie direkt vor ihren Wettkämpfen nicht mehr trainierten, damit sie für ihre Rennen frische Beine hatten. Aber wenn er so lange vorher nichts tun konnte … hatte er dann überhaupt noch Chancen auf eine Medaille?

Gleichgültig ließ er die anderen Untersuchungen über sich ergehen, die Hakan bei der Gelegenheit gleich noch durchführte, um zu checken, wie sein Organismus mit der Klima- und Ernährungsumstellung klarkam. Blut- und Urinprobe, das Übliche.

»Leider dauert es ein paar Tage, bis ich die Ergebnisse habe, das medizinische Zentrum hier ist nicht rechtzeitig fertig geworden«, kündigte Hakan Demirci an, und Ryan nickte, ohne wirklich zuzuhören.

Natürlich fiel es Samuel schon an diesem Nachmittag auf, dass etwas nicht stimmte. Nämlich dann, als er selbst sorgfältig seine Tasche packte und Ryan einfach auf dem orange-blau gemusterten Sofa des Wohnraums sitzen blieb.

»Na, kein Training heute?«, fragte Samuel beiläufig.

»Nein«, erwiderte Ryan grimmig. »Coach sagt, ich soll lieber Zen-Meditation praktizieren.«

»Ach, echt. Und deswegen warst du beim Arzt?«

»Das geht dich so dermaßen überhaupt nichts an.«

Es war leicht zu raten, was Samuel durch den Kopf ging. *Leute wie du sollten an den Paralympics teilnehmen, nicht bei der Olympiade!* Schon klar, Arschloch.

Ryan ignorierte ihn, sagte dem Bundestrainer Bescheid und schickte Jola eine Nachricht. Sofort kamen ein paar aufmunternde Worte zurück. Am liebsten hätte er alles, was geschah, auch mit Till besprochen, aber Till war noch immer nicht eingetroffen. Sie tauschten mehrere Nachrichten täglich, aber die Bildverbindung ließ er abgeschaltet. Ryan vermisste ihn. Seine hilfreichen Hinweise und seinen Sachverstand. Seine Art, ihn zu motivieren und auf einen Wettkampf einzustimmen. Seine Fähigkeit, ihn an seine Leistungsgrenzen zu führen und darüber hinaus.

Als Ryan niedergeschlagen an einem der Snack- und Getränkeautomaten vorbeikam, die überall auf dem Gelände standen, stutzte er. Ein junger Asiate mit der schmalen Statur eines Langstreckenläufers und einer chinesischen Flagge auf dem Trainingsanzug stand davor, aber was machte der da? Sah fast so aus, als würde er den ganzen Automaten abtasten. Und wow, jetzt kniete er sogar vor ihm nieder. War das irgendein asiatisches Dankesritual oder so was?

»Kann ich helfen?«, fragte Ryan.

»Da kann man nirgendwo Münzen reinstecken«, beklagte sich der junge Mann.

»Warum willst du denn Münzen reinstecken?«

»Damit ich was rausbekomme!«

Ah, ein Neuankömmling im olympischen Dorf. »Schau mal.« Ryan hielt seinen Athletenausweis vor das Lesefeld, eine Leuchtdiode blinkte grün und eine Sekunde später erschien eine Flasche im Ausgabeschacht.

»Kostet nichts?«, fragte der Chinese verwirrt.

Ryan schüttelte den Kopf und auf dem Gesicht des jungen Mannes ging die Sonne auf. Kurz darauf war er dabei, eifrig auf ein halbes Dutzend Knöpfe zu tippen und sich zu freuen wie ein Kind, wenn er dafür eine Getränkeflasche, einen Riegel oder ein Eis bekam. Der Typ war echt witzig.

»Ich bin übrigens Ryan«, sagte Ryan und streckte die Hand aus.

Der junge Mann streckte einen Finger zurück. Mehr ging nicht, weil er den Arm voller Zeug hatte. Selig lächelte er Ryan an. »Ao Yun«, sagte er.

»Ao Yun?« Der Name kam Ryan irgendwie bekannt vor und Sekunden später hatte er eine Erleuchtung. »Du bist der Junge mit dem künstlichen Herzen, der hier als Triathlet antritt!«

Ao Yuns Lächeln wurde noch breiter. »Ja, das bin ich«, sagte er feierlich.

Eine halbe Stunde später saßen er, Jola und Ryan zusammen auf den Sofas des Aufenthaltsraums. »Ich bin geboren im Jahr 2008, als die Olympiade war in Peking«, erklärte Ao Yun stolz. »Meine Eltern haben mich danach benannt, *Ao Yun* bedeutet Olympiade.«

Ryan bezweifelte, dass das ein toller Name war, wenn man mit einem schweren Herzfehler zur Welt gekommen war. »Wie alt warst du, als du das künstliche Herz bekommen hast?«

»Oh, schon alt – achtzehn Jahre. Ich konnte wenig tun vorher. Nicht spielen mit den anderen Kindern, nicht gehen zur Schule. Nach dem Waschen morgens war ich schon erschöpft! Nur im Bett liegen ging.« Seine Hände erzählten die Geschichte mit, während er sprach. »Ich wäre gestorben fast, aber dann wurde ich ausgewählt für das Programm als geeignete Person!«

»Musstet ihr etwas bezahlen dafür?«, fragte Jola neugierig.

»Nein, meine Eltern sind Bauern, sie hätten mir nie kaufen können so was. Es war ein Test, wisst ihr? Ich habe das neueste und beste Herz bekommen, das es gibt.« Jetzt strahlte er wieder. »Ironman 2031, zweiter Platz!«

Aus irgendeinem Grund konnte Ryan sich nicht mehr selbst leidtun. Was war schon eine Haarbalgentzündung? In ein paar Tagen hoffentlich Geschichte.

»Wie wär's mit einer Runde Billard?«, fragte er Ao Yun und Jola. Beide nickten und sie sicherten sich einen der zehn Tische und ein Queue für jeden.

Innerhalb von 30 Sekunden stellte sich heraus, dass Ao Yun noch nie Billard gespielt hatte. Er fuchtelte so wild mit dem Queue herum, dass ein mexikanischer Springreiter lieber in

Deckung ging, als einen Treffer zu riskieren. »Wie wär's mit einem Waffenschein?«, schimpfte er.

»Okay, falls es den hier auch umsonst gibt«, sagte Ryan grinsend, zielte auf die nächstbeste Kugel und versenkte sie.

Im olympischen Dorf taten die Veranstalter alles, damit die Athleten sich wohlfühlten, und Ryan fand es spannend, ständig neue Leute aus aller Welt kennenzulernen. Doch nach zwei Tagen in dieser sterilen Welt, ohne Training, mit dem er sich ablenken konnte, hielt er es nicht mehr aus. *Bloody hell, wenn ich weiter hier abhängen muss, drehe ich durch. Ich brauche dringend eine Dosis echtes Leben!*

Und er wusste auch schon, wo er die herbekam.

»Du spinnst«, sagte Jola erschrocken, als Ryan ihr erzählt hatte, was er vorhatte. »Wir müssen uns auf das konzentrieren, was vor uns liegt …«

Ryan starrte sie an. »Du willst wirklich wieder abfahren, ohne Buenos Aires angeschaut zu haben? Das olympische Dorf steht mir bis *hier*.« Er legte die Handfläche knapp unter seine Nase. »Ich jedenfalls gehe mir die Stadt ansehen. Ao Yun und Carrie haben schon gesagt, dass sie mitkommen.«

Jola musste lächeln. »Eine Freestyler-Verschwörung?«

Ryan lächelte zurück. »Ja, und du darfst dich mit verschwören. Ich würd' mich freuen.«

»Na gut«, sagte Jola, aber sie war alles andere als sicher, ob das eine gute Idee war.

Zwei Stunden später hatten sie sich ein Taxi in die Stadt genommen und staunten über die 14-spurige Avenida 9 de Julio, die Ao Yun zu Begeisterungsstürmen hinriss, und die Casa Rosada, das rosa getünchte Regierungsgebäude.

»Die Farbe sollten wir für den Reichstag vorschlagen«, meinte Jola fröhlich.

»Wenn das durchgeht, zieh ich wieder nach England«, sagte Ryan.

Auf der Suche nach gemütlicheren Ecken der Stadt landeten sie im Innenstadtbezirk Recoleta. Bewunderten palmenbestandene Parks, in denen Jungen Fußball spielten und kleine grüne Papageien in den Bäumen lärmten. Wanderten vorbei an den Steinfassaden von Stadtpalästen mit Klingelschildern aus poliertem Messing. Neugierig spähte Jola ins Innere – dort war meist alles mit Marmor ausgekleidet und an einem Schreibtisch saß ein gelangweilter Portier in Uniform.

Jola genoss es, mit Ryan hier zu sein. Es gefiel ihr, wie offen und neugierig er alle Eindrücke aufsaugte. Um sich abzulenken, hatte er sich im olympischen Dorf einen Spanischkurs besorgt, und sie musste sich das Lachen verbeißen, als er versuchte, sich an einem der allgegenwärtigen Zeitschriftenkioske, an denen man Medien aller Art kaufen und downloaden konnte, mit dem Verkäufer zu unterhalten. Nie hatte sie ihn so viel gestikulieren sehen.

Doch ansonsten kam er mit der Stadt nicht besonders gut klar. Hier und da hatten sich die kleinen, kachelartigen Gehsteigplatten hochgewölbt, und besorgt sah Jola, dass Ryan immer wieder stolperte. Bei einem solchen Untergrund merkte man, dass er den Boden nicht wirklich spüren konnte. Einmal ergriff sie schnell seinen Arm, um ihn zu stützen. »Alles okay? Was macht dein Bein?«

»Ist noch dran«, gab Ryan gereizt zurück und schüttelte ihre Hand ab.

»Toll, das freut mich – meins auch«, schoss Jola zurück. Sie wusste längst, dass er in solchen Momenten nicht auf sie wütend war, sondern auf seine eigene Hilflosigkeit.

Schon grinste er wieder. »Gut. Wär schade drum gewesen.«

Wahrscheinlich hatte er durch diese Entzündung bei jedem

Schritt Schmerzen, doch er ließ sich nichts anmerken. Dieser Sturkopf!

»Ist schon besser geworden, ehrlich«, sagte Ryan zu ihr, als hätte er ihre Gedanken gespürt. »Bis es losgeht, bin ich wieder fit.«

Sie tranken eine Kleinigkeit in einem mit dunklem Holz getäfelten Café, in dem tiefentspannte Argentinier sich miteinander oder mit ihrem Communicator beschäftigten. Schlenderten über den Friedhof, der mit seinen schmalen Gassen und prunkvollen Häusern für die Verstorbenen eher eine Totenstadt war.

»So wunderschön!«, schwärmte Ao Yun und schoss Dutzende Bilder von drei Meter hohen weißen Engeln, die den Eingang eines Grabmals bewachten.

»So schön protzig«, sagte Jola beeindruckt. »Vielleicht kriege ich die als Figürchen? Für meine Sammlung?«

»Ihre Sammlung ist der Schrecken dreier Kontinente«, sagte Ryan zu Carrie, und Jola knuffte ihn in die Seite.

Carrie wandte den Kopf von links nach rechts, scannte mit ihren Ultraschallsensoren die Umgebung wie eine Fledermaus. Wahrscheinlich konnte sie Umrisse und Bewegungen gut erkennen, aber keine Details wie zum Beispiel Gesichtsausdrücke. Hin und wieder nahm sie die Hände zu Hilfe, ließ ihre Fingerspitzen über ein Familienwappen, über ein Ornament, über die raue Borke einer Zypresse gleiten. Manchmal ertappte Jola Carrie dabei, wie sie den unirdischen Blick über sie und Ryan wandern ließ, fühlte sich einen Moment lang unwohl und kam sich gleich darauf albern vor. *Haha, sich von einer Blinden beobachtet fühlen, sehr witzig, Jola.*

»Ihr seid so süß zusammen«, flüsterte Carrie Jola ins Ohr, als sie gerade nebeneinander durch eine der engen Friedhofsgassen gingen.

»Süß? Was meinst du damit?« Jola fühlte sich, als hätte jemand sie vom Bürgersteig auf die Straße gestoßen, wo sie jeden Moment überfahren werden würde.

»Ihr liebt euch doch.« Die Basketballerin lächelte verschmitzt.

»Aber ich ...« *Aber ich bin mit Till zusammen*, wollte Jola sagen, doch die Worte durften und wollten nicht über ihre Lippen. Aufgewühlt und schweigsam ging sie neben den anderen her, nein, neben Ryan. Den ganzen Tag lang kam es ihr schon so vor, als seien sie durch ein unsichtbares Gummiband verbunden, er achtete auf sie und sie verlor ihn nie aus den Augen.

Ihr liebt euch doch. Ihr liebt ...

Ein anderes Taxi brachte sie nach La Boca, das Touristenviertel von Buenos Aires. Der Fahrer war ein Mann mit vollem, gewelltem Haar, das schon von erstem Grau durchzogen war, und beeindruckendem Bizeps. Er bemerkte Jolas Blicke und klopfte sich lächelnd auf den Arm. »Nicht schlecht, *verdad*? Hab mir vor sechs Jahren ein paar Muskeln extra einsetzen lassen, hab lang gespart dafür.«

»Wahrscheinlich könnten Sie hochheben und umkippen Ihr Auto, wenn Sie wollten?«, fragte Ao Yun.

Ihr Fahrer lachte. »Ja, eine Weile war Carlos der stärkste Mann im Viertel.«

»Nur eine Weile? Hat sich jemand noch mehr Muskeln einsetzen lassen als Sie?«, hakte Ryan interessiert nach.

»Nein. Die Scheißdinger tun es nicht mehr so, wie sie sollen«, knurrte Carlos. Jetzt fiel es Jola auf, dass seine Bewegungen mühevoll waren, während er lenkte – eine automatische Steuerung hatte das Taxi nicht. »Fühlen sich auch oft mies an. Der Arzt sagt, er weiß auch nicht. Wahrscheinlich müsste man die austauschen. Aber so viel Geld hab ich nicht.«

»O Mann«, sagte Ao Yun mitleidig. »Das ist nicht schön.«

Unwillkürlich strich Jola mit der Hand über ihre eigenen modifizierten Beine und ein Schauer überlief sie. Stumm saß sie neben den anderen und versuchte, sich selbst gut zuzureden. *Sechs Jahre her? Er hat noch die künstlichen Muskeln der ersten Generation. Und wer weiß, ob die nicht gepfuscht haben in der Klinik, wo er das hat machen lassen.*

Ryan schien wie so oft ihre Gedanken zu spüren. Kurz nahm er ihre Hand und drückte sie beruhigend. *Don't worry*, sagten seine Augen.

Trotzdem dauerte es eine Weile, bis sie ihre Beklemmung abschütteln konnte, und Jola war froh, als Carlos sie endlich in La Boca absetzte, einem Viertel mit in vielen Farben gestrichenen Häuschen, in denen früher Hafenarbeiter gelebt hatten. Jetzt buhlten in den meisten der bunten Häuser Restaurants oder Andenkenshops um Kunden, Horden von Touristen schlenderten durch die Straßen. Ohne Begeisterung blickte Jola sich um. Wo auch immer das echte Argentinien zu finden war, hier war es jedenfalls nicht.

»Wow, wie authentisch«, sagte Ryan, als sich vor ihnen ein Tänzer im schwarzen Anzug und eine Frau im eng anliegenden blauen Kleid in eine feurige Tango-Pose gleiten ließen. Begeistert begann Ao Yun zu knipsen. Sofort hielt ihm ein Mann einen umgedrehten Hut vor die Nase. *»You want a photo? Little tip, please.«*

Sie flüchteten schließlich in eine Seitenstraße abseits des Trubels, wo noch normale Menschen zu leben schienen, auch wenn die Häuser heruntergekommener aussahen. Ein Hund döste auf dem Gehsteig und jemand hatte in der Erde um einen Straßenbaum herum ein eingezäuntes Gärtchen angelegt. Ein Junge bastelte an seinem Motorroller herum und nickte ihnen zu, als sie vorbeigingen.

Immer wieder ertappte sich Jola dabei, dass sie Ryan von der Seite anblickte. Ja, er sah gut aus, aber gut aussehende Männer gab es viele, das war nicht, was ihre Blicke immer wieder zu ihm hinzog. Vielleicht waren es der starke Wille und die Selbstsicherheit, die aus seinen Augen sprachen und aus jeder seiner Bewegungen. Seine Lebendigkeit und Kraft. Ihr Blick schweifte zu seinem Nacken, zu dem Maori-Tattoo darauf. Wenn der Bote des Todes jetzt zu ihm kam, dann würde er ihm ins Gesicht lachen und ihm sagen, er solle sich verpissen.

Sie zwang sich, den Blick von Ryan abzuwenden, ihre Umgebung wieder wahrzunehmen. Inzwischen waren sie am Rand von La Boca angelangt. Auf der anderen Seite der Wasserstraße erhoben sich schimmernd wie ein Traum die Stadien des Olympiageländes. Einen Moment lang blickten sie alle schweigend hinüber.

»Ich hab gelesen, dass dafür eine alte Werft, ein Elendsviertel und ein Stück des Naturschutzgebiets plattgemacht worden sind«, berichtete Carrie.

Jola verzog das Gesicht. »Was haben sie mit den Leuten gemacht? Den aus den Slums?«

»Angeblich dürfen sie, wenn alles vorbei ist, ins olympische Dorf einziehen, in unsere Apartments«, erzählte Carrie. »Keine Ahnung, wo sie jetzt gerade hausen. Vielleicht hat man sie in andere Elendsviertel reingezwängt? *Villa Miseria* heißen die hier, eine davon ist gleich hinter dem Busbahnhof.«

»So malerisch ist alles hier!« Ao Yun knipste eine Katze, die sich auf der Motorhaube eines halb wracken Autos rekelte und sie mit unergründlichem Blick musterte. Ob das Tier spürte, dass sie hier fremd waren?

Jola blickte sich um, musterte die farbigen Häuser, die nur

so bunt waren, weil ihre Bewohner sich von den Werftarbeitern viele halb leere Farbtöpfe zusammengeschnorrt hatten. Ja, Armut konnte auch malerisch sein. »Wollen wir nicht langsam zurück?«, fragte sie unruhig. Es wurde bereits dunkel, und der Bundestrainer würde ohnehin nicht begeistert sein, wenn er erfuhr, dass sie sich hier dem Risiko aussetzten, sich den Knöchel zu verstauchen, überfallen zu werden oder sich an Touristenfraß den Magen zu verderben.

»Hey, Jola, wir haben noch nicht mal einen winzigen Teil der Stadt gesehen – du willst nicht wirklich zurück, oder?« Als Ryan sie ansah und ihren Arm berührte, ganz leicht nur, spürte Jola die Berührung im ganzen Körper.

Ihr liebt euch doch.

Auf einmal wollte sie nicht mehr zurück, um keinen Preis, sie wollte hier sein, genau hier. Weil irgendetwas anders war heute, weil irgendetwas mit ihnen geschah und sie nicht sicher war, was.

»Also, Jola – *all the way*?«, fragte Ryan leise.

»Ja«, sagte Jola.

»Was wollen wir uns noch anschauen, Leute?«, fragte Ryan in die Runde.

»Tango-Bar!«, schlug Ao Yun übermütig vor.

»Klingt gut«, meinte Jola, obwohl sie sonst nur Salsa tanzte oder im Club herumhüpfte. »Wenn man es da selbst ausprobieren kann.«

»Ich weiß nicht, ob die schon offen haben«, wandte Ryan ein, der nicht völlig überzeugt wirkte. »Angeblich gehen Argentinier erst um drei Uhr nachts aus.«

Carrie ächzte. »Das schaff ich nicht, sorry, Leute. Außerdem würde mein Coach mich *umbringen*.«

»Vielleicht finden wir eine, die schon jetzt offen hat«, meinte Jola.

Und so war es. Eines der Neonschilder leuchtete schon und Livemusik driftete die Stufen hoch. Neugierig ging Carrie voran in die Bar, in der ein geheimnisvolles Halbdunkel herrschte, Jola folgte ihr und spürte Ryan direkt hinter sich. Carrie blieb jenseits des Eingangs stehen, um sich zu orientieren. Sah sie, wie in einer Ecke ein Pianist, ein Akkordeonspieler und ein Geiger ihre Instrumente bearbeiteten? Dass an Cafétischchen am Rand – die Gesichter von Kerzen kaum erhellt – Menschen saßen, Touristen wohl? Dass auf der Tanzfläche gerade ein Tango-Paar sein Können zeigte, in präzisen Bewegungen von unglaublicher Eleganz? Ja, wahrscheinlich. Aber nicht, dass das Licht der Lampen auf roter Seide und auf dem Lack der Instrumente glänzte.

Sie drückten sich am Rand der Tanzfläche entlang, um zu ein paar freien Plätzen zu gelangen. An ihren Tischchen sitzend, verfolgten Ao Yun und Carrie völlig fasziniert den Tango keinen Meter vor ihnen, die gebändigte Leidenschaft, die aus jedem Schritt sprach. Alle Gäste beobachteten die Tänzer.

Fast alle.

Nur Ryan nicht. Stattdessen blickte er Jola über das Cafétischchen hinweg an, als würde er sie am liebsten für immer betrachten. Als sei sie das Einzige, das ihn in dieser Welt interessierte. Er lächelte nicht, doch in seinem Blick lag so viel Wärme, dass ihr die Knie weich wurden.

Jola musste nicht nachdenken. Sie wandte sich ihm zu und erwiderte seinen Blick. Minutenlang? Stundenlang? Zeit war nicht mehr wichtig, vielleicht gab es sie nicht einmal mehr.

Ihre Hand bewegte sich auf seine zu, begegnete ihr. Ganz langsam strichen seine Finger über ihre, dann verwoben sie sich mit ihnen. Was sich wie ein Wunder anfühlte, ein unbegreifliches Wunder.

»Wollen wir gehen?«, fragte Ryan, ohne den Blick von ihr abzuwenden. Sie verstand seine Worte über die Musik hinweg kaum, und doch wusste sie, was er gesagt hatte.

»Ja«, antwortete Jola wie in Trance und nahm ihre Jacke. Sie sah, wie Ryan aufstand, sich hinunterbeugte und etwas zu Ao Yun und Carrie sagte. Der junge Chinese blickte verblüfft drein, doch Carrie nickte nur lächelnd. Jola lächelte zurück, bedankte sich lautlos bei ihr für diese vier Worte vorhin. *Ihr liebt euch doch.*

Draußen, in der kühlen Nachtluft vor der Bar, blieben Ryan und sie stehen und wandten sich einander zu. Noch war seine Jacke offen, und Jola schob die Hand darunter und legte sie auf seine Brust, links, dorthin, wo sein Herz schlug. Genauso schnell schlug wie ihr eigenes?

So wie etwas, das er schon lange vorgehabt hatte, ganz selbstverständlich, streckte Ryan die Arme aus und zog sie an sich. Einen Moment lang schmiegte sich Jola einfach an ihn, atmete aus und schloss die Augen. Weil es sich anfühlte wie Heimkommen, bei ihm zu sein. Seine Lippen streiften ihr Haar, ihre Stirn und Jola lächelte in die Dunkelheit. *Wann war ich zuletzt so glücklich? Keine Ahnung. Lange her …*

Sie öffnete die Augen wieder und hob die Hände, um damit über sein Gesicht zu streichen, es zu erfassen mit allen Sinnen. Wie vertraut er ihr war, seine Augen, die in diesem Licht fast schwarz wirkten, die Konturen seiner Nase, seines Kinns. Das war Ryan, ihr bester Freund Ryan, Blade Runner, Carbon Cowboy, nein, einfach nur Ryan. Den sie jetzt küsste mit all ihrem Glück, all ihrer Hoffnung, all ihrer Energie. Wie von selbst wanderten ihre Finger unter sein Hemd, strichen über die warme, bloße Haut dort, die festen Muskeln. Noch einmal küssten sie sich, intensiver diesmal, während sich ihre Finger verschränkten. Jola wollte nur noch eines: allein mit ihm sein. Es kam ihr vor, als hätten sie beide schon Jahre darauf gewartet … und ja, hatten sie das nicht auch?

Was hätte er getan, wenn sie verlegen weggeschaut hätte, dort in der Tango-Bar? Wenn es ihr unangenehm gewesen wäre, wie er sie angestarrt hatte?

Nein, er hatte sie nicht angestarrt. Er hatte nur die Barrikaden, die er so mühsam um sich gebaut hatte, umgestoßen. Seinen Stolz unter den Tisch gestopft. Und ihr dann mit den Augen eine Frage gestellt. Die wichtigste Frage von allen. Eine Frage, die man ein Mal stellt und dann nie wieder.

Es war nicht nötig, sie noch einmal zu stellen. Denn sie hatte so geantwortet, wie er es sich schon tausendmal erträumt hatte.

Zum Glück fanden sie schnell ein Taxi. Falls der Fahrer sich darüber wunderte, dass sie sich die ganze Fahrt über auf dem Rücksitz küssten, sich keinen Moment loslassen konnten, ließ er sich nichts anmerken. Ihre Hände blieben verschränkt, als sie zu Jolas Haus gingen und zu ihrem Apartment hochfuhren. Ryan bekam das Lächeln nicht mehr aus dem Gesicht. Jemand hatte ihm einen Kübel Glück übergegossen, er war durchtränkt davon, es kribbelte bis in seine Zehen … nein, kein Phantomschmerz. Das Gegenteil. Wie lange er auf sie gewartet hatte, wie unendlich lange – und jede Minute davon hatte sich gelohnt!

Übermütig schob Ryan Jola gegen die Wand des Aufzugs, hielt sie so fest, dass sie sich nicht mehr rühren konnte, und küsste sie noch einmal. »Du willst dir heute noch eine Ohrfeige fangen, was?«, murmelte sie zwischen zwei Küssen. »Das ist sexuelle Belästigung, ganz eindeutig.«

»Na, dann schrei doch«, murmelte er und fuhr mit der Zunge ihren Hals entlang. Wie unfassbar gut sie schmeckte, nach Honig und Thymian.

»Gleich schreie ich«, flüsterte sie. »Gleich. Vielleicht.«

»Was machen wir, wenn deine Mitbewohnerinnen da sind?«

»Sie rausschmeißen«, sagte Jola, doch er konnte das nervöse Beben in ihrer Stimme hören.

»Selbst wenn sie alle da sind …«, sagte Ryan und legte die Hand auf ihre Wange. Wie zart Jolas Haut war, er hätte stundenlang darüber staunen können. Darüber, wie lang ihre Wimpern waren. Wie klar und tief ihre Augen.

»Selbst wenn … dann was?«

Auf einmal war er wieder ernst. »Dann ändert sich nichts zwischen dir und mir. Was man einmal kapiert hat …«

Noch einmal umarmten sie sich, ganz fest, so, wie sie sich

immer getröstet hatten. Nach jeder Krise, nach jeder Katastrophe. Und der Gedanke an all diese Krisen ließ einen Gedanken in Ryan wachsen, der sich anfühlte wie eine kleine Dornenranke. Er hatte seit dem Unfall mit keiner Frau geschlafen – außer Jola hatte ihn keine interessiert. Aber was war, wenn sie sich von seinem Körper abgestoßen fühlte, so wie er seit dem Unfall aussah? *Verstümmelt. Unvollständig.* Lange hatte Ryan nicht mehr so von sich gedacht, doch jetzt drängten die Worte nach oben. Und am schlimmsten war, es war nicht mehr Jakes Stimme, die sprach.

Sondern seine eigene.

Jola hat schon oft mitbekommen, wie du deine Prothesen an- oder ausziehst, versuchte Ryan dagegenzusetzen. Aber das war etwas anderes, als ihn nackt zu sehen. Sollte er seine Alltagsbeine im Bett anbehalten? Nein, das war feige und sah noch viel krasser aus durch den technischen Look, den er sonst eigentlich gut fand, aber jetzt gerade überhaupt nicht.

Wenn jemand dich so liebt, wie du bist, dann ganz sicher Jola, versuchte Ryan sich zu beruhigen, während Jola das Apartment aufschloss.

Sofort sahen sie, dass eine der Mitbewohnerinnen – die dunkelhaarige Schwimmerin Alexa – mitten im Wohnraum stand und die Fäuste gegen die Seiten gestemmt hielt. »Wer denkst du, dass du bist?«, schmetterte sie.

»Kannst mich Ryan nennen«, sagt Ryan und legte entschlossen den Arm um Jola.

»Stopp! Pause.« Irgendetwas auf dem 3-D-Schirm vor Alexa erlosch. Sie ließ die Arme sinken, von einem Moment auf den anderen wirkte ihr Gesicht wieder nett und entspannt. »Sorry. Keine Absicht. Bin gerade mitten in einer interaktiven Soap. Ich spiele die Zicke vom Dienst.«

»Machst du prima, Alexa«, versicherte ihr Jola.

»Übrigens, Maike ist gerade bei ihrem Freund, 'nem Triathleten in Haus 22, und Mila hängt mit ein paar Leuten in der Kantine herum.« Alexa drehte sich eine dunkle Locke um den Finger und wandte sich wieder dem Bildschirm zu. »Die kommen nicht so bald heim, also tut euch keinen Zwang an, okay? Ich dreh einfach den Ton lauter.«

Jola lief rot an, was Ryan sehr niedlich fand, und zog ihn an der Hand hinter sich her in eines der Zimmer. Zum Glück ließ es sich von innen abschließen.

Im warmen gelben Licht der Nachttischlampe schob Ryan ihr das Kleid ein Stück weit über die Schulter und küsste die glatte Haut, die darunter zum Vorschein kam. Ihm war schwindelig. Glücklich zu sein ging bei ihm eindeutig auf den Kreislauf.

Ganz kurz dachte er an Till, doch sein Gewissen stach nur eine Sekunde lang. *Sie hat sich für mich entschieden. Das gilt. Für heute und so lange sie will.*

Er schob den Gedanken weg, überließ sich den Gefühlen, die in ihm tobten. Wann war er zuletzt so verliebt gewesen? So rasend verliebt, dass es sich anfühlte, als würde in seinem Inneren ein Feuerwerk zünden? Wenn da drinnen Schmetterlinge herumschwirrten, sengten sie sich gerade die Flügel an.

Jolas setzte sich auf seinen Schoß, ihre Finger wanderten über seine Haut, streiften ihm das Hemd über den Kopf. Gute Idee, und weg mit diesem Kleid, das störte. Seine Hände lagen auf ihren Hüften, sein Mund kostete zum ersten Mal ihre Brüste, und das alles fühlte sich so neu an, so einzigartig. Zum Heulen schön. Er ließ einen Finger in die Nässe tief zwischen ihren Schenkeln gleiten, dann zwei Finger, und ihr Körper bäumte sich über seinem auf.

Sie passten gerade so nebeneinander in dieses Einzelbett.

Jola ließ ihre Lippen über seine Haut gleiten, bis sein ganzer Körper zu vibrieren schien. Bis er kaum noch Luft bekam und nicht mehr viele Gedanken in seinen Kopf passten außer den beiden, dass er Jola jetzt sofort haben wollte. Und dass er sie auf keinen Fall in Schwierigkeiten bringen wollte.

»Sorry, ich hab nicht … hast du was zum Überziehen?«, murmelte er, nur noch halb bei Sinnen.

»Mist. Ich nicht, aber vielleicht Maike.« Ihr nackter Körper lag quer über ihm, als sie hektisch in der Schublade ihrer Zimmergenossin wühlte. Erleichtert sah er, dass sie ein halbes Dutzend Kondome daraus hervorkramte. Treffer. *Thank God!*

Er griff danach, doch Jola hielt die verdammten Dinger außer Reichweite. »Nee, nee, erst mal richtig *ausziehen*«, neckte sie ihn leise, und Ryan wurde klar, dass es jetzt ernst wurde, denn Kleidung hatte er schon längst keine mehr am Leib.

Mit klopfendem Herzen setzte er sich auf den Rand des Bettes, rollte den Silikonliner über seinem linken Stumpf nach unten und zog die erste Prothese ab. Dann die zweite. Stellte die Dinger neben das Bett. Legte sich wieder neben sie.

Es machte keinen Unterschied. Gar keinen.

Wofür zum Teufel brauchte man Füße zum Liebemachen?

Eben.

Es hatte sich so richtig angefühlt. So wie etwas, das sie schon längst hätten tun sollen. Aber vielleicht war das in München, in ihrer gewohnten Umgebung, nicht gegangen. Sondern nur hier. An einem Ort, an dem sie neu anfangen konnten. Sie würde sich eines dieser Figürchen kaufen, die ein Tango-Paar darstellten. Als Erinnerung daran, was sie in Buenos Aires *nicht* gesehen hatten.

Der Gedanke brachte Jola zum Lächeln. Schläfrig schmiegte sie ihren Rücken an Ryans warmen Bauch, eng aneinandergekuschelt lagen sie in ihrem Einzelbett, sein Arm lag schützend über ihr. Zärtlich küsste er ihren Nacken und vergrub seine Nase in ihrem Haar.

»Und, glücklich?«, flüsterte er.

»Ja«, sagte Jola aus ganzem Herzen.

»Wann sagst du es ihm?«

»Wem?«

»Till.«

Vor Schreck fuhr sie hoch und rutschte ein Stück von ihm weg, kühle Luft streifte ihre nackte Haut. »Du … hast das gewusst? Wie lange weißt du das schon?«

Jetzt setzte auch Ryan sich auf, ruhig blickte er sie im Halbdunkel an. »Seit deiner Party im Januar.«

»Oh«, brachte Jola nur lahm heraus. War das der Grund, warum er vor gestern Abend nie versucht hatte, etwas mit ihr anzufangen? Immerhin, er war nett genug gewesen, sein Wissen mit niemandem zu teilen – das hätte Leni keine fünf Stunden geschafft, geschweige denn ein halbes Jahr.

Ihr Communicator leuchtete auf und meldete mit einem leisen Summen, dass gerade eine Nachricht eingegangen war. Wie Jola sich fast gedacht hatte, war sie von Till.

Bei mir alles prima, ich treffe rechtzeitig zur Eröffnungsfeier ein und freue mich auf dich, Sweetie! T.

Das schlechte Gewissen traf sie wie ein Vorschlaghammer. Ihre Finger schwebten über der eingeblendeten Tastatur, doch sie weigerten sich, die Buchstaben zu tippen. Ihm zu sagen, dass es diese *Sweetie* nicht mehr gab, wer auch immer sie gewesen war. Jola gab auf. »Ich kann das nicht. So was mit einer Nachricht zu machen, finde ich scheußlich. Ich muss ihm das selber sagen, wenn er hier ist.«

Beunruhigt blickte Ryan sie an. »Bist du sicher? In zwei Tagen ist es so weit. Dann geht das hier los. Dann wirst du alle Kraft brauchen, die du hast.«

Das hier. Die Olympischen Spiele.

Nur, dass die mehr als ein Spiel waren. Für jeden von ihnen.

WAHRHEIT

Langsam, fast feierlich, zog Jola die blau schimmernde Jacke und schwarze Hose für die Eröffnungsfeier an, die einheitliche Kleidung der deutschen Olympiamannschaft. Von der sie ein Teil war. Ab jetzt würde sie alles tun, um Erfolg zu haben … für sich und für ihr Land. Wie furchtbar altmodisch das klang. Aber so war es. Gold für Deutschland. Das war es, was die Leute von ihr erwarteten, dafür war sie ausgewählt worden, dafür bekam sie diese Reise und sämtliche Ausgaben von der Bundesregierung bezahlt.

Eines war klar: Diesmal kam es nicht infrage, zu spät zu kommen. 20 Minuten vor der vereinbarten Zeit stand sie mit den anderen deutschen Athleten in den Katakomben des Stadions, vor dem Tunnel, durch den sie gleich gehen würden. Vor ihnen wartete das knallbunt gekleidete Team aus Georgien, hinter ihnen die Mannschaft aus Ghana im orange-silbernen Dress – die Nationen würden in alphabetischer Reihenfolge aufgerufen werden.

»Los geht's«, kommandierte ihr *Chef de Mission*, und Jola setzte sich gemeinsam mit den anderen in Bewegung. Marschierte hinter einem Judoka, der die Flagge trug, in einen Sturm aus Licht und bunten Bannern, aus Applaus und Feuerwerk, das hoch über ihnen in tausend Farben aufblühte, Kaskaden aus Licht. Die mehr als 100 000 Menschen im ausverkauften Stadion jubelten ihnen aus voller Kehle zu und Jola winkte ergriffen zurück, winkte und lächelte und winkte. Eine Woge purer Euphorie trug sie. Noch nie hatte sie so etwas erlebt und vielleicht würde sie es nie wieder erleben. Großer Gott, sie war bei einer *Olympiade* dabei. Ein paar Milliarden Menschen in aller Welt verfolgten gerade im Fernsehen, wie sie hier ins Stadion einmarschierten. Nichts war mehr unmöglich. Zwei unglaubliche Wochen lagen vor ihnen, in denen alles geschehen konnte, einfach alles. Auf allen Gesichtern um sie herum sah Jola das gleiche Strahlen.

Ryan, der in den deutschen Teamfarben neben ihr ging, wirkte ebenfalls völlig überwältigt. In nur zwei Jahren hatte er es aus dem Rollstuhl bis an die Weltspitze geschafft, wahrscheinlich konnte er noch nicht ganz glauben, was mit ihm geschah. Sie sah, wie seine Augen das Publikum absuchten, in dem irgendwo ihre Eltern, Jannis und Ryans Bruder Jake saßen – ob sie stolz waren? Ganz entsetzlich stolz?

Nach dem Einmarsch nahmen sie in den vorderen Reihen der Tribüne Platz, und wie betäubt verfolgte Jola die Reden, die prachtvolle Show über die Geschichte Argentiniens, den Auftritt der berühmten Sänger und Bands. Doch am stärksten berührte es sie, wie das olympische Feuer entzündet wurde – es hatte einen weiten Weg zurückgelegt, von Griechenland aus quer über einen Ozean, durch halb Südamerika. Jetzt trug ein argentinisches Mädchen es ins Stadion, und die Fackel wanderte von Hand zu Hand, bis das große Feuer in den dunklen Himmel über Buenos Aires loderte.

Die Spiele hatten begonnen.

Erschöpft fiel Jola an diesem Abend ins Bett, so getränkt von Eindrücken, dass nichts mehr in ihren Kopf passte. Nur ganz kurz hatte sie Till begrüßt, seinen Kuss halbherzig erwidert, mit ihm ihre Taktik für die Wettkämpfe besprochen. Als Trainer hatte er ein Zimmer im olympischen Dorf beziehen dürfen, doch es hatte keine Gelegenheit gegeben, mit ihm unter vier Augen zu reden. Das fühlte sich an wie ein Stein in ihrem Magen, der sie hinabzog. Till dachte, dass sie einfach nervös war, dass er ihr gut zureden musste. »Es ist völlig normal, dass du aufgeregt bist – jetzt kommt es erst mal darauf an, die Vorläufe zu überstehen. Konzentrier dich darauf, ins Finale zu kommen, okay?«

»Mach ich«, sagte Jola, die Worte quälten sich über ihre Lippen. Wie würde er reagieren, wenn sie es ihm sagte?

»Wir sehen uns morgen«, sagte Till und strich ihr beruhigend über die Schulter.

»Geht's dir denn gut? Weshalb warst du im Krankenhaus?«, fragte Jola ihn.

Wieso schaffte er es auf einmal nicht mehr, ihrem Blick zu begegnen? »Erzähle ich dir auch morgen, jetzt schlaf dich erst mal aus.«

Leicht gesagt. Furchtbar leicht gesagt.

Ryan konnte es kaum fassen. Nur achtzig Menschen durften am ersten Tag die deutsche Olympiamannschaft besuchen. Jola war bitter enttäuscht gewesen, dass ihre Familie heute nicht dabei war – und ausgerechnet Jake hatte einen Ausweis bekommen, er hatte alle Sicherheitskontrollen ohne Probleme passiert und Ryan hatte ihn an einem der Tore abgeholt. Jetzt war es neun Uhr morgens, Jake saß auf dem Sofa neben einem hünenhaften Ringer aus Ostwestfalen und sah aus, als fühle er sich hier ein kleines bisschen unwohl. »Ganz schön protziger Firlefanz, diese Eröffnungsfeier«, sagte er. »Mann, ich dachte, ich übersteh das nicht lebend. Kitsch, lass nach.«

Ryan fühlte sich getroffen. »Das war zufällig der erhebendste Moment meines Lebens, falls es dir nichts ausmacht.«

»Ging mir auch so – der Wahnsinn.« Der Ringer seufzte. »Mir sind fast die Tränen gekommen.«

»Mir nicht«, log Ryan.

»Na ja, wie ihr da einmarschiert seid, das sah schon irgendwie cool aus und irgendwie schön bunt«, gab Jake zu, grinste und machte sich eine Dose Bier auf. »Aber vergiss nicht, warum du hier bist, *kid brother.* Du sollst verdammt schnell rennen und sonst nichts.«

»Ja, ja, hab ich nicht vergessen.« Ryan hatte auch nicht vergessen, dass Jake all sein Geld zusammengekratzt hatte, um ihn hier anzufeuern, obwohl er sich sonst nur für *Manchester United* und sein neuestes Game interessierte. Er war bereit, ihm heute fast alles zu verzeihen. »Okay, die Feier war so was wie ein galaktisches Mega-Musical mit Gladiatoren, aber *so what*? Heute sind die ersten Vorläufe, darauf kommt es an. Hab leider starke Gegner.«

»Yeah, und du wirst sie alle, alle schlagen«, sagte Samuel, der gerade aus seinem Zimmer in den Wohnraum gekommen war. Sein ironischer Tonfall machte daraus das Gegenteil einer Ermutigung.

Jake erhob sich vom Sofa. Ganz langsam. Er war nicht so groß wie Samuel, aber breiter gebaut, und seine Haltung inklusive Pitbull-Blick verriet auch dem kurzsichtigsten Gegenüber, dass dieser Bursche im Laufe seines Lebens nicht nur eine Kneipenschlägerei gewonnen hatte. »Sag mal, machst du dich über *meinen Bruder* lustig?«

»Auf gar keinen Fall«, gab Samuel locker zurück, seine Mundwinkel hatten sich zu einem grausamen Lächeln verzogen. »Lächerlich macht der sich schon selber, wenn er mal wieder auf die Nase fliegt mit seinen Blades oder wie man diese Scheißdinger nennt …«

Es war nicht einfach, Jake zurückzuhalten, wenn er voranstapfte wie ein wütendes Nilpferd. *»Whoa, easy, no sweat«*, redete Ryan auf ihn ein und stemmte sich gegen ihn. Instinktiv war er ins Englische gewechselt, das sie daheim oft sprachen. *»Easy. Come on, sit down.«*

Noch immer schnaubte Jake vor Wut, aber er setzte sich tatsächlich. »Pass auf«, sagte er zu Samuel. »Ich sag dir nur, pass auf, Wichser! Und übrigens, deine komischen Augen sehen aus wie zwei Pisslöcher im Schnee.«

Das hatte gesessen. Samuels Lippen waren schmal, als er sich seine Trainingsjacke überzog und ging.

Der Ringer grinste. Er mochte Samuel auch nicht besonders.

»Thanks, bro«, sagte Ryan zu seinem Bruder und stellte fest, dass er ihn in diesem Moment liebte. Und das war keine geringe Leistung, wenn er an ihre Kindheit zurückdachte.

»Hat dieser Depp dich überhaupt schon mal laufen sehen? Hat er das?«, grollte Jake.

»Äh, ja, hat er«, musste Ryan zugeben. »Und er hat auch gesehen, wie ich im Training ab und zu mal die Schwalbe gemacht habe.«

»Echt jetzt?«, sagte Jake.

Ryans Communicator klingelte. Hakan Demirci war dran, aha, der wollte sich bestimmt erkundigen, ob alles klar war mit seinem Bein. Zum Glück gab es in dieser Richtung gute Nachrichten, trotz der Herumlauferei in der Stadt. Doch es wirkte nicht so, als wolle Hakan über irgendwelche fast abgeheilten Entzündungen sprechen. Sein Gesicht auf dem Display sah seltsam verkniffen aus. »Du wirst nicht glauben, was wir in deiner Blutprobe gefunden haben«, sagte er.

Einen wirklich guten Ort für Vieraugengespräche gab es im olympischen Dorf nicht, außer man schloss sich im Bad ein. Jola entschied sich, mit Till zusammen in der riesigen Kantine frühstücken zu gehen – unter Tausenden von Menschen konnte man ziemlich gut allein sein. Sie achtete darauf, dass niemand aus einer deutschsprachigen Mannschaft und keine Freestyler, die sie kannten, in der Nähe waren, dann stellte sie ihr Tablett mit dem Kaffee und dem Obstmüsli ab und setzte sich Till gegenüber. Einen Moment lang betrachtete sie Tills breites, indianisches Gesicht, seine sonst so lebendigen schwarzen Augen, die heute wie Obsidian wirkten.

Keiner von ihnen rührte sein Frühstück an.

»Mir kommt es nicht so vor, als hättest du mich vermisst«, sagte Till mit flacher Stimme.

»Nicht so sehr, wie ich erwartet hätte«, gab Jola zu. Sie musste jetzt ehrlich sein, so ehrlich wie überhaupt möglich. Schlimm war das alles sowieso schon – sie fühlte sich völlig ausgelaugt, und das nur Stunden vor ihren ersten Rennen!

»Lass mich raten. Ist es Ryan?«

War es so offensichtlich? Und wenn ja, wieso habe ich dumme Nuss es erst jetzt kapiert? »Ja. Es tut mir leid, Till.« Mechanisch rührte Jola in ihrem Kaffee, um etwas mit ihren Händen anzufangen. »Ich habe das Gefühl, Ryan und ich … das soll einfach sein.« Als sie seinen Namen aussprach, packte sie ein tiefes Glücksgefühl. So heftig, dass ihre Kehle eng wurde und sie kaum weitersprechen konnte.

»Das ist in Ordnung, völlig in Ordnung«, sagte Till und blickte an ihr vorbei. »An dem Jungen ist nichts verkehrt.«

So ruhig, so vernünftig. Dieser Mann ihr gegenüber war nicht der energiegeladene, fröhlich alle Regeln brechende Till, den sie kannte. Es war ein Trainer, der sich gerade mit furchtbarer Selbstbeherrschung zwang, seinem Schützling einen Wettkampf nicht zu versauen.

Nur leider funktionierte das nicht. Er konnte nicht gut genug lügen.

»Bitte, Till, lass uns richtig darüber sprechen, okay?«, bat

Jola ihn, am liebsten hätte sie jetzt seine Hand genommen. »Sonst hilft es nichts.« Es war schlimm genug gewesen, dass sie die halbe Nacht lang im Kopf mit ihm diskutiert hatte. Sie mussten jetzt beide loswerden, was es zu sagen gab, sonst drehten sich die ungesagten Sätze noch stundenlang, tagelang in ihnen im Kreis.

»Okay«, sagte Till und fummelte an seiner Jackentasche herum, suchte wohl nach einer Kippe. Aber Rauchen war hier natürlich verboten, wahrscheinlich hatten sie ihm die Packung gleich am Tor abgenommen. »Was war das eigentlich mit uns? War das von Anfang an eine schlechte Idee?«

Jola atmete tief durch. »Nein. Natürlich nicht. Sonst wären wir nicht so lange zusammen gewesen. Am Anfang ging es darum, zusammen Spaß zu haben ... aber später war da mehr. Bei mir zumindest.«

Ausgerechnet jetzt rief Ryan an. Sie drückte seinen Anruf weg.

»Bei mir auch, sonst hätte ich dafür nicht meinen Job riskiert«, sagte Till gepresst. »Aber ich war ein beschissener Egoist. Geschieht mir recht, dass ich jetzt eins in die Fresse bekomme.«

»Was meinst du damit?«, fragte Jola erschrocken.

»Ich wollte euch ... und ganz besonders *dich* hierherbringen. Vielleicht wollte ich es ein bisschen zu sehr. Der Ruhm bleibt auch am Trainer hängen, weißt du?«

»Aber ich wollte auch hierher«, wandte Jola ein. »Mehr als alles andere. Was ist daran verkehrt?«

Er wollte es ihr nicht sagen, das sah sie deutlich. Es tat ihm offensichtlich leid, dass ihm das eben überhaupt rausgerutscht war. »Wir reden nach den Wettkämpfen darüber, dann ist noch genug Zeit.«

Jola ballte die Fäuste. »Nein, wir reden *jetzt* darüber!«

»Jola. Vertrau mir nur noch ein Mal.« Beunruhigt blickte Till sie an. »Es ist nicht gut für dich, das jetzt zu erfahren. Du kannst jetzt keine Ablenkung gebrauchen. Gar keine.«

»Verdammt noch mal, *sag schon*!« Er hätte es niemals erwähnen dürfen, sie hätte nicht nachhaken dürfen, aber jetzt war es zu spät. Jetzt würde ihr die Ungewissheit genauso sehr schaden wie das, was er zu sagen hatte.

Ein paar Köpfe wandten sich ihnen zu, doch den Trainingsanzügen nach kamen ihre Besitzer aus Indonesien. Die konnten hoffentlich kein Deutsch.

»Na gut«, sagte Till, und der Ausdruck in seinem Gesicht machte Jola Angst. »Es geht darum, warum ich im Krankenhaus war. Ich hatte ziemliche Probleme mit einem meiner Knie.«

»Aber damit hast du doch schon lange …«

»Mit einem meiner Freestyler-Knie.«

»Aber die hast du doch erst seit drei Jahren?«

»Genau. Ich musste trotzdem eines davon austauschen lassen. Gestern bin ich zum ersten Mal ohne Krücken aus dem Haus gegangen.«

Jola musste an den Taxifahrer Carlos und seine schmerzenden Arme denken und ihr wurde durch und durch kalt. »Was heißt das für mich? Dass meine tollen optimierten Beine vielleicht nicht mal bis zum Ablauf der Garantie halten? Und dann wieder eine OP, und noch eine, bis ich kaum noch laufen kann?« Also hatte Ryan recht gehabt. Er hatte die ganze Zeit recht gehabt!

»So schlimm wird es schon nicht sein. Du hast die besten Modelle.«

Beste Modelle. Das klang wie Hohn. Carlos hatte wahrscheinlich auch die besten Modelle gehabt, aber auch die waren irgendwann veraltet. So wie sie selbst? Jola spürte, wie ihre Wut sich entzündete. Es interessierte sie nicht mehr, ob jemand hörte, was sie sagte. »Solche Probleme bekommt man nicht über Nacht! Du hast sie schon länger gehabt, stimmt's? Und mir verschwiegen, richtig? Im Gegenteil, du hast noch angegeben mit deinem tollen Freestyler-Körper!«

Die indonesischen Sportler packten ihre Tabletts und verschwanden fluchtartig.

»Jola, sprich in Gottes Namen leiser«, krächzte Till und blickte sich erschrocken um. »Sonst sind wir morgen damit in der Presse.«

Bebend vor Wut packte Jola ihr Tablett und marschierte davon.

Zehn Minuten nach dem Anruf war Ryan im Medizinzentrum, stand neben Hakan Demirci und Severin Wagner, dem Bundestrainer, und scrollte fassungslos durch die Ergebnisse seines Bluttests. »Ich weiß nicht, wie das sein kann«, wiederholte er immer wieder. »Das ist total verrückt!«

»Fakt ist, es sind Respirozyten in Ihrem Blut, Telgart.« Wagner musterte ihn mit kühlem Blick durch die randlose Brille. »Wo haben Sie die herbekommen? Sind die aus Deutschland oder aus Argentinien?«

»Ich habe mir die nicht beschafft!« Ryan merkte, dass er laut wurde. »Ich bin doch kein Irrer! Wir hatten alle paar Wochen Trainingskontrollen. Das wäre doch aufgefallen, wenn ich gedopt hätte.« Er blickte zu Hakan Demirci hinüber – der hatte ihn schon oft untersucht, der musste ihm doch glauben!

»Es sind nicht viele Respirozyten – sich mit so wenigen zu dopen, wäre wirkungslos«, wandte Hakan Demirci ein, er wirkte beunruhigt, aber auch kühl und analytisch. Zum Glück. »Richtig gut erforscht sind diese Dinger nicht, das weißt du selbst, Severin. Es soll Fälle gegeben haben, in denen sie sich aus dem Blutstrom heraus im Gewebe festgesetzt haben und erst viel später ausgespült wurden. Durch starke körperliche oder seelische Belastungen zum Beispiel.«

»Aber es ist *zwei Jahre* her, dass er nach seinem Unfall damit behandelt wurde!« Severin Wagner wirkte alles andere als überzeugt. »Glaubst du wirklich, das ist möglich? Wo sollen die Dinger denn gewesen sein?«

Ryan massierte sich die Schläfen mit den Fingerspitzen und versuchte, nachzudenken. Er wusste, dass er nicht gedopt hatte – es war für ihn immer eine Frage seiner Sprinttechnik und seines Trainings gewesen, noch schneller zu werden – aber wie sollte er das beweisen? Konnte Samuel irgendetwas damit zu tun haben? Nein. Unmöglich. Dafür hätte er ihm schon eine Spritze verpassen müssen, und das hätte er ja wohl gemerkt. Schon eher kam das mit den körperlichen und seelischen »Belastungen« hin, wenn man Liebe so nennen konnte.

»Das ist eine absolute Katastrophe!« Wagner stützte sich mit beiden Händen auf dem Tisch ab, sodass seine silberne Trillerpfeife nach vorne schwang, und fixierte Ryan. »Sie waren einer unserer besten Freestyler, Telgart, und jetzt das!«

»Was heißt *waren*?« Ryan konnte nur hoffen, dass er sich verhört hatte.

»So können wir Sie natürlich nicht starten lassen. Sie würden sofort disqualifiziert werden.«

Ryan spürte, wie alles Blut aus seinem Gesicht wich. Ja, das war leider die Wahrheit. Diese verdammten Nano-Maschinen in seinem Blut hatten ihn gerettet, aber jetzt ruinierten sie sein Leben! Nein, das durfte nicht sein – es hatte ihn so viel Energie und Mühe und Hoffnung gekostet, überhaupt so weit zu kommen. Seine nächste Chance war erst in vier Jahren, und wer sagte denn, dass es bei der nächsten Olympiade anders sein würde? Vielleicht war es so, dass man diese Respirozyten immer im Körper trug, wenn man sie einmal erhalten hatte. Dass man sie niemals ganz entfernen konnte.

»Gut, denken wir mal realistisch«, sagte Hakan Demirci und warf Ryan einen Blick zu, unter dem er sich fühlte wie ein Laborkaninchen. »Nehmen wir mal an, diese wenigen Respirozyten waren in seinen Nieren oder seiner Leber oder wo auch immer. Aber jetzt sind sie im Blutstrom und aus dem können wir sie rausholen.«

»Dialyse?« Ryan bekam kaum noch Luft. »Aber ist dafür genug Zeit? Die Vorläufe starten heute Nachmittag!«

»Und wenn Sie bei denen nicht auftauchen, sind Sie ganz automatisch draußen.« Severin Wagner rückte grimmig seine Brille zurecht, dann nahm er sie ab, steckte sie in sein Hemd und wandte sich an den Teamarzt. »Wie lange würde so eine Blutwäsche dauern, Hakan? Könnt ihr das hier im olympischen Dorf durchführen?«

Verkniffen schüttelte Demirci den Kopf. »Hier? Nein. Das müsste man schon in der Klinik machen, am besten im Hospital Alemán, hoffentlich haben die ein Gerät, das Nano-Objekte entfernen kann. Eine komplette Hämodialyse sollten wir in drei bis vier Stunden hinbekommen.« Nach einem kurzen Blick auf Ryan griff er nach seinem Communicator. »Ich rufe gleich an.«

Ryan ließ sich auf einen Stuhl sinken. Er war nicht sicher, ob er Hakan Demirci mochte, aber er vertraute ihm. Wenn Demirci glaubte, dass man die Respirozyten noch rechtzeitig loswerden konnte, dann gab es eine Chance. Nur leider fühlten sich seine Beine gerade so weich an wie Gummischläuche – mit solchen Beinen konnte er keine vernünftige Zeit laufen. *All meine Konkurrenten haben die ganze Woche über trainiert, strotzen vor Kraft und haben keinen solchen Schock verdauen müssen. Selbst wenn ich heute Nachmittag laufen kann … werde ich wahrscheinlich Letzter.* Und damit würde er sich blamieren vor der Weltöffentlichkeit, seinen Coaches, vor Jola, Jake und dem Rest der Familie, vor allen, die an ihn geglaubt hatten. Allein Juliane, seine Orthopädietechnikerin, hatte um die hundert unbezahlte Arbeitsstunden in seine neuen Federn investiert, weil die alten zu weich geworden waren. Sogar Cheyenne hatte unfassbarerweise eine Botschaft geschickt und ihm viel Erfolg gewünscht.

Aber Wünschen half leider nur im Märchen was.

Jola war zufrieden. Das Make-up, das Alexa ihr geliehen hatte, taugte was. Schon nach der zweiten Lage sah man die Herstellerlogos an ihrem Sprunggelenk kaum noch, und wenn die Kameras nicht gerade darauf zoomten, würde man aus der Entfernung gar nichts mehr erkennen können. Jola lächelte grimmig und zog ihren Schuh wieder an. *Das wird ihnen nicht gefallen und das ist auch völlig okay so!* Sie überlegte, ob Till eine Provision bekommen hatte dafür, dass er sie zu den Optimierungen überredet hatte. Nein, das traute sie ihm nicht zu. Aber sie hätte ihm auch nicht zugetraut, dass er ihr etwas so Wichtiges verschwieg wie diese Sache mit seinen Knien.

Was ist eigentlich nach der Olympiade? Gibt es dann unsere Trainingsgruppe überhaupt noch? Nein, wahrscheinlich nicht. Der Gedanke daran war wie ein Schmerz tief in ihrem Inneren. Sie und Ryan würden ganz neu anfangen müssen, in einem anderen Verein, mit einem anderen Trainer.

Jola zwang sich, die Gedanken wegzuschieben. Mit so viel Müll im Kopf konnte sie nicht laufen. Sie konzentrierte sich darauf, die Startnummer an ihrem Trikot zu befestigen – Caridad, ihre junge argentinische Freiwillige, hatte sie schon am Tag zuvor vorbeigebracht und ihr eine Liste ihrer minutengenau getakteten Termine für die nächsten Tage auf den Communicator geschickt. Und Ryans Termine gleich dazu.

22.8.2032, 16.23 Uhr – Vorläufe 100 Meter /
Ryan: 15.02 Uhr, Vorläufe 200 Meter
24.8.2032, 14.05 Uhr – Vorläufe 200 Meter /
Ryan: 17.36 Uhr, Vorläufe 400 Meter

Es folgten die Termine für Halbfinale, Finale und Staffel.

Eines war klar, übermorgen würde Ryan richtig fertig sein – er liebte die 400 Meter, aber die waren eine harte Strecke.

Ihr fiel ein, dass er vorhin angerufen hatte und sie noch nicht dazu gekommen war, seine Nachricht abzuhören. Aber das konnte sie ja jetzt machen. Sie freute sich schon darauf, seine Stimme zu hören.

Fünf Minuten später war Jola auf dem Weg zur Klinik.

BLUT

Es ging alles so schnell. Bevor Ryan es sich versah, saß er schon in einem Taxi, das in Richtung Innenstadt raste – Severin Wagner hatte absichtlich keinen Wagen aus der Fahrbereitschaft angefordert, um Aufsehen zu vermeiden. Hakan Demirci füllte einen großen Teil der Rückbank aus, der restliche Platz reichte gerade noch für einen schmal gebauten Athleten. »Ja, genau jetzt!«, schnauzte der Team-Arzt in seinen Communicator. »Bauen Sie das Zeug schon mal auf, denn in fünf Minuten sind wir da. Rechnung? Schicken Sie die an die deutsche Mannschaft. Und Gnade Ihnen Gott, wenn Sie mit den Medien sprechen!«

Das Hospital Alemán lag mitten im Innenstadtbezirk Recoleta, den sie neulich besichtigt hatten, und das Taxi wühlte sich durch dichten Verkehr. Vor einem Gebäude, das einem großen Hotel ähnlich sah – inklusive Säulen und edler Messingschrift über dem Eingang –, hielt das Taxi, und der Fahrer staunte über den großen Geldschein, der ihm in die Hand gedrückt wurde. Hakan Demirci stürmte ins Krankenhaus wie eine Naturgewalt und Ryan blieb ihm irgendwie auf den Fersen. Er fühlte sich, als hätte jemand versucht, ihm mit einer Bratpfanne den Schädel einzuschlagen. Und zwar ziemlich erfolgreich. Er war nur noch nicht dazu gekommen, umzufallen.

Im Hospital erwarteten sie zwei Ärzte, von denen wider Erwarten – obwohl es ein »deutsches Krankenhaus« war – keiner Deutsch sprach. Aber Englisch konnten sie. Ryan musste seinen Ausweis zeigen, und er war froh, dass er trotz der Hektik daran gedacht hatte, seine noch ziemlich neue Brieftasche einzustecken. Nach einer etwas chaotischen Besprechung, bei der Ryan hin und wieder übersetzen musste, ging es in den vierten Stock und in ein nüchternes Zimmer mit einer Liege und einem mannshohen Dialysegerät, das aussah wie ein Kneipenspielautomat, den jemand hellgrau angestrichen hatte.

Während eine Pflegerin die Liege so einstellte, dass Ryan zurückgelehnt sitzen konnte, übernahm es Hakan Demirci höchstpersönlich, ihm den Shunt zu legen, durch den sein Blut abgezapft und wieder zurückgeleitet werden würde. Als Ryan den Arm hinhielt, schien Demirci zum ersten Mal zu merken, wie er sich fühlte. Er schenkte ihm ein schnelles Lächeln und tätschelte ihm die Schulter. »*Everything good.* Du wirst sehen, das klappt und du kannst nachher laufen.«

Ryan brachte kein Wort heraus, er nickte nur. Diesmal brauchte sich Demirci nicht über seine Wehleidigkeit zu beklagen, es war Ryan völlig egal, mit wie vielen Nadeln sie ihn stachen. Diese Ärzte konnten mit ihm machen, was sie wollten – es zählte nur eines: dass er laufen durfte.

Er ließ den Kopf gegen das Polster zurücksinken und schloss die Augen.

Wie blass Ryan aussah, als Jola ihn endlich in diesem Klinikzimmer fand. Blass, aber gefasst. Nein, unterkriegen lassen würde er sich nicht. Seine Augen leuchteten auf, als er sie sah, doch er wirkte auch erschrocken. »Ich habe doch gesagt, dass du nicht herkommen sollst!«, sagte er, als sie sich umarmten.

»Ich wollte nur, dass du weißt, was los ist und wo ich bin.«

Ihm war bewusst, was für ein Opfer sie gebracht hatte, als sie hierhergekommen war. Normalerweise hätte sie niemals wenige Stunden vor ihrem Lauf das olympische Dorf verlassen und womöglich würde das ihre Leistung gefährden.

»Schon klar – wir haben uns ja versprochen, dass wir uns immer hängen lassen«, frotzelte Jola, obwohl ihr nicht danach zumute war. Sie zog sich einen Stuhl heran und nahm seine Hand. Er erwiderte ihren Druck dankbar.

Es sah irgendwie gruselig aus, wie durch diese vielen Schläuche ein steter Strom seines Blutes durch die Maschine floss. Ryan bemerkte ihren Blick und versuchte zu lächeln. »Mein Blut kriegt den kompletten Vollwaschgang. Wenn jemand das mitkriegt, dann denkt er, ich hab was zu vertuschen. Die Ärzte hier haben ein bisschen komisch geschaut.«

»Die kennen deine Geschichte nicht«, sagte Jola fest. Sie war sicher, dass er nicht gedopt hatte – er war zwar ein Draufgänger und ziemlich ehrgeizig, aber Doping, nein, das war nicht sein Stil. »Wie lange musst du noch hierbleiben?«

»Etwa zweieinhalb Stunden, hat der Doc gesagt.«

Sie rechnete schnell nach. Jetzt war es elf Uhr, inklusive Rückfahrt konnten sie knapp vor zwei Uhr da sein, um drei war sein erster Vorlauf. Eigentlich musste man eineinhalb Stunden vor den Rennen vor Ort sein, um sich aufzuwärmen und sich und seine Ausrüstung im Call Room kontrollieren zu lassen. Aber vielleicht reichte diesmal eine Stunde. Jola bemühte sich um ein beruhigendes Lächeln. »Das klappt noch, wenn wir uns von hier aus direkt zum Stadion fahren lassen.« In letzter Sekunde hatte sie sich noch ihre Tasche mit ihrem Trikot und ihren Spikes geschnappt, aber – wie blöd konnte man sein? – nicht daran gedacht, dass auch Ryan seine Sachen brauchen würde.

»Soll ich unsere Lieblingsfreiwillige schicken, um deine Federn zu holen?«

Ryan wirkte ziemlich durcheinander, sie musste die Frage

zweimal wiederholen, bevor er nickte. »Ja, okay. Okay. Ich brauche das Paar mit der Härte 4. Sie soll es direkt zum Stadion bringen und am Call Room auf mich warten. Ich will die Dinger nicht durch die ganze Stadt schleifen.« Diesmal war es Ryan, der versuchte, locker zu klingen. »So was hab ich schon mal gemacht und es war keine gute Idee.«

»Vielleicht hättest du sie damals nicht anziehen sollen.« Jola beugte sich über ihn und küsste ihn. Mit seinem freien Arm zog Ryan sie näher an sich heran, und eine Minute lang war Jola einfach nur glücklich, bei ihm zu sein.

Nachdem Ryan mit Caridad, ihrer Freiwilligen, telefoniert und alles arrangiert hatte, hätte Jola ihm am liebsten erzählt, wie es mit Till gegangen war. Aber sie ließ es sein. Es hätte gerade noch gefehlt, dass er sich vor dem Wettkampf noch mehr aufregte. Später war noch genug Zeit dafür.

Hakan Demirci kam herein. »Wie läuft's?«, fragte er und kontrollierte rasch die Einstellungen des Dialysegeräts.

»'ne Stromschnelle ist nichts dagegen«, sagte Ryan.

»*Heads up.* Wir schaffen das.«

Als er gegangen war, schaute Jola Ryan an und zog die Augenbraue hoch. *»Heads up?«*

Ryan grinste. »Schon in Ordnung. Ich kann meistens raten, was er meint.«

Es kam nicht infrage, dass sie ihn hier alleine ließ mit seinen quälenden Gedanken, diesen Nanomaschinen in seinem Blut und diesem Typen, der einer Dampfwalze ähnlicher war als einem Orthopäden. Doch als die Minuten dahinzogen, zu Stunden wurden, musste Jola sich zwingen, nicht ständig auf die Wanduhr zu schauen. Um 16 Uhr begannen ihre eigenen Vorläufe. Sie hatte zwar übermorgen noch eine Chance, aber die 100 Meter heute waren ihre beste Disziplin. Jola merkte, wie ihre Nerven zu flattern begannen. Klar, sie war nicht die

Pünktlichste, und meist machte es ihr nichts aus, hetzen zu müssen, weil sie spät dran war. Aber bei Wettkämpfen war sie bisher immer rechtzeitig vor Ort gewesen. Immer. *Was ist, wenn es knapp wird – auch für mich?* Jola blickte in sich hinein und fand dort etwas, das so hart und scharfkantig war wie ein Diamant. *Nein. Nicht mal für Ryan würde ich riskieren, diese Olympiade zu vergeigen.*

»Du musst wirklich nicht bleiben«, sagte Ryan gepresst. »Besser, du bist früh am Stadion.«

Nein, er war nicht mehr der Egoist, der er in der nebligen Nacht auf einer fernen Autobahn gewesen war.

Jola warf noch einen Blick auf die Wanduhr und zwang sich dazu, den Kopf zu schütteln. »Wir können sowieso bald los. Eine halbe Stunde noch.«

»Na dann«, sagte Ryan und stand von der Liege auf, den Schlauch noch im Arm. »Aufwärmen ist das, was man daraus macht.« Er begann, sich zu dehnen.

O Mann. Unter schlechteren Voraussetzungen als heute war er sicher noch nie gelaufen.

Als Hakan Demirci die Dialysemaschine abstellte, eine letzte Blutprobe nahm und die Nadeln aus Ryans Arm entfernte, war es halb zwei.

»Werft euch in ein Taxi zum Stadion«, brummte er. »Ich bleibe hier und kümmere mich darum, dass die hier keinen Unsinn mit deiner Blutprobe anstellen. Wenn ich denen im Nacken sitze, haben wir vielleicht heute noch ein Resultat.«

Und weg war er.

Ryan und Jola verloren keine Zeit damit, auf den Aufzug zu warten – auch die Treppen zählten schon fürs Aufwärmen –, und hasteten hinunter ins Erdgeschoss. Es standen keine Taxis vor der Klinik, und Jola wollte schon ihren Communicator zücken, doch in diesem Moment kam ein Mann im dunklen Anzug auf sie zu. *»You need a taxi?«*

»*Yes!*«, gab Ryan sofort hoffnungsvoll zurück.

Der Mann signalisierte jemandem, und ein schwarzer, schon etwas älterer Wagen fuhr in die Auffahrt und bremste neben ihnen. Hastig kletterten sie auf den Rücksitz. »Zum Olympiastadion, bitte«, sagte Ryan in Englisch, der Fahrer nickte und das Taxi fädelte sich in den dichten Verkehr ein.

Jetzt kann nicht mehr viel schiefgehen. Aufseufzend lehnte sich Jola gegen das abgewetzte Leder des Rücksitzes zurück und umklammerte die Tasche mit ihren Sachen. Doch Ryan wirkte noch nicht entspannt, er sah sich suchend um. »Sag mal, hat der überhaupt ein Taxameter?«

Jola beugte sich nach vorne und musterte das ziemlich verstaubte Armaturenbrett, das mit Aufklebern verziert war. Am Rückspiegel bewegte sich der Fanwimpel irgendeines Fußballvereins im Luftzug. Aber nein, auch sie entdeckte kein Taxameter. »Ich glaube, das ist einer, der auf eigene Rechnung fährt. Wahrscheinlich berechnet er uns den dreifachen Preis.«

»Scheiß auf den Preis«, sagte Ryan knapp.

Beim genaueren Nachdenken fiel Jola auf, dass diese Karre komplett schwarz war, nicht schwarz mit gelbem Dach wie die anderen, die sie bisher benutzt hatten. »War dumm, dass wir den erstbesten Wagen genommen haben. Es ist bestimmt eine Masche, dass die vor dem deutschen Krankenhaus geschwächte Touristen abgrei…«

»Jola«, sagte Ryan.

»Was?«

»Ich glaube, das ist nicht der Weg zum Stadion.«

Unwillkürlich stöhnte sie auf. »Vielleicht hat er uns nicht richtig verstanden.«

Ryan beugte sich vor zum Fahrer, der ein kleiner, drahtiger Mann war und stur geradeaus starrte, er hatte noch nicht einmal versucht, sich mit ihnen über Fußball oder das Wetter zu unterhalten. *»Perdón! Por favor … el Estadio Olympico!«*

Der Fahrer nickte, ohne sie anzusehen. *»Sí, sí, un momento.«*

»*Bloody hell*, wir sind auf der anderen Seite der Bahngleise!« Wütend starrte Ryan aus dem Fenster des Wagens. »Dabei hätten wir parallel daran entlangfahren müssen!«

Es fühlte sich an, als kralle sich ein kleines, bissiges Tier irgendwo in Jolas Magengegend fest. »Das ist der falsche Weg – lassen Sie uns aussteigen!«, herrschte sie den Fahrer an. Doch diesmal reagierte der Mann nicht einmal.

Anrufen. Jetzt schnell jemanden anrufen. Irgendjemanden. Doch ihre zitternden Finger bewirkten gar nichts, ihr Communicator reagierte zwar auf sie, doch er bekam keinen Empfang. »Ryan! Ich komm nicht durch!«

»Wahrscheinlich ist hier irgendwo ein Störsender in der Karre«, sagte Ryan grimmig und steckte sein eigenes Gerät wieder ein.

»Entführen die uns? Aber warum?« Noch während Jola es fragte, fielen ihr die vielen Sicherheitsleute ein, die das olympische Dorf schützten und auch in der ganzen Stadt zu sehen waren. Weil es so viele Gründe gab, wie sie Finger an den Händen hatte. Sie alle ratterten ungebeten durch Jolas Gedanken. *Anschlag auf die Olympischen Spiele. Lösegeld. Raubüberfall …*

Ryan atmete schwer. »Ich glaube, ich weiß, wohin der uns fährt.«

Verzweifelt blickte Jola ihn an.

»Gleich sind wir in einer Villa Miseria«, sagte Ryan. »Der Slum hinter dem Busbahnhof.«

MISERIA

Das sah hier nicht mehr aus wie die gepflegte, edle Innenstadt – hier begannen die Slums. Sosehr Ryan sich auch wünschte, umkehren zu können, eine Minute später waren sie schon mittendrin. Ein wildes Durcheinander selbst gemauerter Häuser, die aussahen, als wären sie nie fertig geworden. Übereinandergestapelte Schuhschachteln, auf die hier und da jemand Verputz geklatscht hatte, bei den meisten sah man den rohen Ziegelstein. Selbst konstruierte Treppen führten an der Fassade nach oben. Kein Glas in den Fenstern, die Türen nur dunkle Höhlen. Manche Dächer nur Plastikfolie, mit Metallstangen beschwert. Ryan sah nur wenige Menschen auf der staubigen, ungeteerten Straße.

Erschrocken spähte Jola aus dem Autofenster. Wortlos legte Ryan den Arm um sie. Konnte er sie beschützen? Er konnte es nur versuchen, mit aller Kraft.

Sie schien zu ahnen, was er dachte. »Wenn die uns ausrauben wollen … wir dürfen uns nicht wehren«, flüsterte sie ihm zu. »Bitte versuch, ruhig zu bleiben, okay?«

»Immerhin, ich glaube nicht, dass sie uns was antun wollen. Wenn hier zwei Athleten während der Olympischen Spiele umgenietet werden … das gibt richtig Ärger.« Ryan starrte nach vorne zu ihrem Fahrer und versuchte, ihm mit seinem Blick ein Loch durch den Körper zu brennen. »Aber vielleicht wollen sie das ja. Weißt du noch, was Carrie erzählt hat? Um die neuen Stadien zu bauen, ist auch eines der Elendsviertel abgerissen worden.«

Jola nickte und sagte kein Wort mehr.

Gibt viele arme Leute hier, verdammt viele, dachte Ryan. *Und die interessiert es einen Scheißdreck, ob wir bei den Vorläufen dabei sind oder nicht. Weil sie wahrscheinlich keinen Fernseher haben. Geld für eine Eintrittskarte ins Stadion sowieso nicht.*

Doch irgendwie beruhigte ihn, was er draußen an normalem Leben erkennen konnte. Ein paar Kinder spielten auf der Straße, eine Frau hängte auf einem Dach Wäsche auf. Sogar einzelne »Läden« gab es, vor einem Haus breitete ein Mann auf einem wackelig wirkenden Tisch Gemüse und Früchte zum Verkauf aus.

Waren das Leute, die man um Hilfe bitten konnte?

Plötzlich lachte Jola nervös auf. »Vielleicht können wir einfach *wegrennen*, sobald sie uns aussteigen lassen«, flüsterte sie ihm ins Ohr. »Die wissen garantiert nicht, wen genau sie erwischt haben.«

Zwei der schnellsten Menschen der Welt. Ryan überlegte rasch. »Ja, aber es ist wichtig, dass wir gleichzeitig loslaufen – wenn wir uns hier verlieren, sind wir aufgeschmissen. Wir brauchen ein Codewort.«

»Pfeffer«, sagte Jola.

»Pfeffer?«

»Oder Knoblauch. Ist doch egal. Wir brauchen nur irgendein Scheißwort. Und ich glaube, wir sind da.« Ihre Hand krampfte sich um seine.

Der Wagen kam zum Stehen. Ryans ganzer Körper war angespannt, doch er zwang sich, tief zu atmen, seinen Körper mit Sauerstoff vollzutanken. Selbst auf seinen Alltagsprothesen, ohne seine Wettkampffedern, war er ziemlich schnell. Vielleicht würde er den Sprint seines Lebens nicht in einem Stadion laufen.

Fast gleichzeitig öffnete jemand die beiden hinteren Türen des Autos, Hände griffen nach ihnen, zerrten sie nach draußen. Ryan wurde von Jola weggerissen, ein Moment der puren Panik. *Ich verliere sie, die bringen sie irgendwo anders hin!* Aber dann standen sie wieder nebeneinander, die Kerle hatten sie nur aus der Karre herausgeholt.

Sie standen in einer schmalen Gasse irgendwo im Gewirr der Bruchbruden. Über ihnen spannte sich wie ein riesiges graubeiges Dach eine Autobahn, ihre Betonpfeiler ragten neben ihnen auf. Ryan konnte das Brausen der Autos hören, ein gleichförmiges Geräusch wie der Wind. Wahrscheinlich schaute keiner der Fahrer jemals nach unten.

Ryan musterte ihre Entführer, die sie so umringten, dass an Flucht erst einmal nicht zu denken war. Vier schlecht rasierte Männer mit harten Augen. Ihre Hosen und Hemden waren staubig grau, so als hätte die Verzweiflung schon lange alle Farbe aus ihrem Leben gesogen. Nur der Vierte, ein junger Typ, trug ein buntes T-Shirt. Anfang 20 war der vielleicht. So wie er selbst. Aber wie anders er lebte. Fließendes Wasser? Eine Heizung, wenn es kalt war? So viel Luxus gab es hier für niemanden.

Du wolltest doch mehr echtes Leben. Hier hast du's! Dosis zu groß, oder was?

Der junge Mann hatte bemerkt, dass Ryan ihn beobachtete. War das Neugier in seinen Augen?

Einer der älteren Männer – er trug ein Messer – spuckte ein paar Sätze Spanisch in Jolas und Ryans Richtung, doch er sprach so schnell, dass Ryan kaum ein Wort verstand. Und wenn er jetzt seinen Communicator rauskramte, der ihm das hier übersetzen konnte, dann war er ihn schneller los, als er blinzeln konnte. Noch hatte er die Hoffnung nicht aufgegeben, wenigstens das Gerät zu retten.

Zum Glück fiel ihm das Wort für Geld ein. »*Dinero?*«, fragte er, kramte seinen Geldbeutel hervor und legte ihn auf die flache Hand, die er ausstreckte. Wie eine Opfergabe. Jola folgte seinem Beispiel.

Los, nehmt. Nehmt und lasst uns gehen! Das ist der Deal, oder nicht?

Doch die Männer zögerten, sich das Geld zu schnappen, der junge Typ deutete auf sie und sagte etwas. Es klang, als diskutiere er mit den anderen. Ryan schöpfte Hoffnung. Legte er ein gutes Wort für sie ein? Ihm musste so wie den anderen klar sein, dass sie Olympiateilnehmer entführt hatten – er und Jola trugen wie schon die ganze letzte Woche einen ihrer Trainingsanzüge mit den fünf Ringen und der deutschen Flagge.

»*Let us go*«, sagte Ryan und hoffte, dass sie Englisch verstanden. »*Please. We have to compete.*« Sein Vorlauf! Jolas Vorlauf! Noch war es nicht zu spät.

Es hatte keinen Sinn. Sie waren Beute und sonst nichts, das sah er in den Augen der anderen drei Männer. Schon traten zwei von ihnen auf sie zu, ergriffen ihre Portemonnaies. Als sei damit ein Bann gebrochen, kamen sie noch näher und begannen, sie grob auf weitere Wertgegenstände abzuklopfen. Wütend fixierte Ryan die Kinnspitze des Mannes, der ihn filzte. Stellte sich vor, wie er genau dort mit der Faust traf. Doch er zwang sich, die Hände unten zu behalten. Noch war die Situation halbwegs unter Kontrolle.

Auch Jola wehrte sich nicht, sie biss sich auf die Lippe und schwieg. Sekunden später waren sie auch ihre Communicators los. Aber ihre Ausweise durften sie behalten, die wurden kurz beäugt und für wertlos befunden.

Aus den Augenwinkeln sah Ryan eine Bewegung. Ein Adrenalinschub durchfuhr ihn. War das jemand anders, ein

Unbeteiligter? Jemand, der vielleicht nicht mit dem einverstanden war, was hier passierte? Der Hilfe holen konnte?

Einer der Männer klopfte Ryans Beine nach Waffen ab – und hielt ungläubig inne. »Ja, ganz recht, Metall«, sagte Ryan sarkastisch. »Echtes Titan. Guter Schrottwert. Könnt ihr vielleicht verticken.«

»Um Himmels willen, hör auf«, zischte Jola.

Er hätte ihr so gerne zugelächelt.

Einer der Männer, anscheinend der Anführer, runzelte die Stirn und bedeutete Ryan, ein Hosenbein hochzukrempeln. Wenn er alleine gewesen wäre, hätte er ihnen spätestens jetzt gesagt, was sie ihn mal konnten. Mit aller Verachtung, die er aufbringen konnte, blickte Ryan den Mann an, dann beugte er sich herunter, um dem Befehl zu folgen. Schweigend musterten die Argentinier seine Prothese.

Die Gestalt, die er vorhin bemerkt hatte, drückte sich währenddessen hinter ihren Entführern an den bröckelnden Mauern der Häuser entlang. Von einem Schatten zum nächsten. Bis sie in sein Blickfeld kam.

Ryans Hoffnung verflog. Das war nur ein Mädchen, sechs oder sieben Jahre alt. Ein Kind konnte ihnen nicht helfen.

Er sah wachsame dunkle Augen, einen Mopp wirrer brauner Haare, bloße zerschrammte Beine … nein, nur ein Bein! Das andere endete knapp unter dem Knie. Daran war eine Konstruktion aus Lumpen und einem Kunststoffrohr mehr schlecht als recht befestigt. Der Stumpf sah aufgescheuert und entzündet aus.

Einen Moment lang konnte Ryan kaum atmen, die Luft passte nicht mehr durch seine Kehle. Er und das Mädchen starrten sich an. Halb neugierig, halb fassungslos musterte das Kind seine maßgefertigte Hightech-Prothese …

… bis ein Schlag es von der Seite traf und es auf den Boden kippte. Einer der Männer hatte bemerkt, dass das Mädchen sie beobachtet hatte, und ließ Flüche und Schläge auf es herabregnen. Ohne einen Laut rollte es sich auf dem Boden zusammen und schützte den Kopf mit den Armen. Fassungslos sah Ryan, dass der Mann mit dem Fuß ausholte und dem Mädchen einen Tritt in die Seite versetzte. Jola stieß einen erstickten Laut aus. *»No, por favor, no«*, bettelte sie, doch niemand beachtete sie.

Niemand beachtete sie!

Während der Kerl zu seinem nächsten Tritt ansetzte, waren ihre Entführer einen Moment lang abgelenkt. Und Ryan war nicht der Einzige, der das gemerkt hatte. »Pfeffer«, flüsterte Jola und sah ihn nicht an dabei.

Nein, wollte Ryan ihr sagen. *Das geht nicht.* Er konnte nicht mehr hier weg. Ohne das Mädchen würde er nicht fliehen, aber wie konnte er ihr das erklären?

Jola verlor die Nerven. »Ryan, jetzt!«

Keine Zeit, etwas zu erklären. Nein, er konnte so nicht weg. Aber es gab einen anderen Weg.

Ryan stürzte nach vorne. Riss das Kind vom Boden hoch, wie furchtbar leicht es sich anfühlte. Warf es sich über die eine Schulter wie einen Sack Mehl.

Und sprintete los.

Ihre optimierten Beine trugen sie. Trugen sie schnell und sicher, obwohl es Jola eben noch so vorgekommen war, als habe die Angst sie an den Boden gekettet. Jetzt ließ die gleiche Angst sie voranfliegen wie einen Pfeil, der von der Bogensehne geschnellt war. Sie und Ryan rasten weiter, irgendwohin, zwischen den Bruchbuden entlang. Durch einen schmalen Durchgang, an einem verblüfften alten Mann mit Handwagen vorbei, an aufgestapelten Wasserkanistern, mit Plastikfolie verhängten Hauseingängen. *Weiter, weiter, wir müssen weiter weg! Kommen die hinterher?*

Ein Köter bellte sie an und verfolgte sie ein paar Meter weit, dann gab er auf. Jola hörte nichts mehr außer ihren Schritten und ihrem eigenen schnellen Atem.

Das Kind auf Ryans Schulter zappelte nicht, krallte nur beide Hände in seine Trainingsjacke, damit es nicht abstürzte, und wimmerte leise vor Schmerzen. Dass er es weiterhin trug, kostete ihn Kraft und Balance, außerdem hatte er seine Sprintfedern nicht. Jola bremste etwas, damit er sie einholte und sie Seite an Seite laufen konnten. Waren sie jetzt in Sicherheit? Nein, solange sie an diesem furchtbaren Ort waren, konnte es keine Sicherheit geben! Doch von ihren Verfolgern war nichts mehr zu sehen oder zu hören.

»Ich glaube, die sind wir los«, hörte sie Ryan sagen.

Jola fiel in einen Laufschritt und blieb dann ganz stehen. Erst jetzt merkte sie, dass sie am ganzen Körper zitterte.

Vorsichtig ging Ryan in die Knie und setzte das Mädchen ab, sodass es aufrecht stehen blieb. Besorgt musterten sie beide das Kind, das noch keine einzige Träne vergossen hatte. Das Mädchen blickte Ryan an wie eine Erscheinung, zeigte aber keine Scheu vor ihm. Jola wusste nicht, wie sie es fragen sollten, wo ihm etwas wehtat. Wahrscheinlich hätte es sowieso »überall« gesagt.

»Hoffentlich hat der Drecksack ihr keine Rippen gebrochen, vielleicht könntest du sie mal abtasten?«, fragte Ryan.

Jola nickte. »Jetzt haben wir auch jemanden entführt«, sagte sie und musste plötzlich lachen, ein schrilles, hysterisches Lachen, vor dem es sie selbst gruselte.

Ryan umarmte sie und hielt sie fest, bis der Anfall vorüber war. Es tat so gut, seinen warmen, lebendigen, unverletzten Körper an ihrem zu spüren. Behutsam strich er ihr eine

Haarsträhne aus der Stirn. »Ich konnte nicht anders – stell dir vor, die hätten sie totgeprügelt«, sagte er. »Geht's dir gut?«

»Ungefähr so gut wie dir«, sagte Jola und küsste ihn. Sie hatte sich einfach nur hilflos gefühlt, nichts getan – und er hatte gehandelt. Dafür liebte sie ihn noch ein wenig mehr. Trotzdem hatte sie ein schlechtes Gewissen wegen des Mädchens. Egal, aus welchen Gründen sie es getan hatten, sie hatten dieses Kind einfach mitgenommen. Durfte man ein Kind rauben, nur weil es schlecht behandelt wurde? *Dann müsste man auch in Deutschland eine Menge Kinder entführen,* ging es Jola durch den Kopf.

Sie blickte sich um. Die Gasse, in der sie standen, war winzig, kaum eine Armlänge entfernt lehnten sich schiefe, krumme Unterstände aus Brettern und Wellblech an Wände aus rohen Ziegeln. Die Luft roch nach trockener Erde, überlaufenden Sickergruben und Rost.

Jola kamen die Tränen, als sie an die Vorläufe dachte. Sie hatte keine Ahnung, wie viel Uhr es war, aber es gab sicher keine Chance, rechtzeitig hier heraus und zurück zum Stadion zu kommen. Und wahrscheinlich mussten sie ohnehin erst zu einer Polizeiwache, um zu Protokoll zu geben, was ihnen passiert war.

Als sie sich umwandte, sah sie, dass Ryan neben dem Mädchen hockte. *»Cómo te llamas?«*, fragte er. Wie heißt du?

»Maria«, sagte das Mädchen leise.

»Wir müssen sie irgendwo abliefern – bei einem Arzt«, sagte Jola hilflos. Sie hatte keine Ahnung, was sie nun mit der Kleinen anfangen sollten. »Vielleicht hat sie Eltern, die sie schon suchen …«

»Ja, wir werden sie abliefern, aber nicht bei irgendwelchen Eltern, die sie vielleicht hat und vielleicht auch nicht.« Ryan klang nicht so, als wolle er gerade Einwände hören. »Sondern bei Hakan und Lilly. Lilly soll ihr verdammt noch mal eine richtige Prothese machen. Und falls ihr dazu ein Teil fehlt, soll sie es mit ihren beschissenen 3-D-Druckern herstellen!«

Er war genauso fertig mit den Nerven wie sie selbst.

Ziellos irrten sie durch die Siedlung, Maria an der Hand, und hielten die erstbeste Frau an, an der sie vorbeikamen. Eine Frau mit breiten Hüften, einer geblümten Bluse und sorgfältig frisierten hennaroten Haaren, die ein Baby auf dem Arm trug und die beiden Fremden verblüfft anblickte. Jola überlegte vergeblich, was »Helfen Sie uns« auf Spanisch hieß, ihr Communicator war weg, alles war weg, sie konnten niemanden anrufen, der sie hier herausholte.

Doch das Problem löste sich so schnell, wie es entstanden war. Maria ließ Ryans Hand los, ging auf die Frau zu und redete in einer hohen, piepsigen Stimme mit ihr. »Die erklärt ihr, was passiert ist«, sagte Ryan, er wirkte erschöpft, aber erleichtert. »Schließlich hat sie alles gesehen.«

Und so war es. Die Frau seufzte, warf ihnen einen mitfühlenden Blick zu und winkte sie voran. Zwei Straßen weiter hielten sie vor einem der selbst gemauerten Häuser an, auf die jemand *Lavandería* – Wäscherei – gepinselt hatte; der Geruch nach billigem Waschmittel stieg Jola in die Nase. Hoch über ihnen, auf einem Mauervorsprung im zweiten Stock, saß ein Junge, ließ die Beine baumeln und spähte herab. Die Frau rief ihm etwas zu, es klang nach einem Scherz. Dann ging sie voran ins dunkle Innere der Wäscherei und zögernd folgten ihr Jola und Ryan, Maria an der Hand.

Es stellte sich heraus, dass die Wäscherin ein altes Smartphone mit Solarladegerät besaß. Zahnlos strahlend zeigte sie es Jola, es schien ihr ganzer Stolz zu sein. Jola bedankte sich – und stöhnte. »Ryan, weißt du irgendeine Nummer auswendig?«

»Nur die der Zentrale«, presste er hervor, nahm ihr das Gerät aus der Hand und tippte die Nummer ein. Hastig erklärte er, was passiert war, und gab das Gerät an die Wäscherin weiter, die dem Menschen am anderen Ende der Leitung geduldig erklärte, wo sie hier genau waren.

»Sie holen uns ab – in fünf Minuten kommt ein Fahrer«, berichtete Ryan, er klang ungläubig.

Jola starrte ihn an. »In *fünf Minuten*? Bist du sicher?«

»Anscheinend sind wir hier nur einen Kilometer von der City entfernt. Und Jola, es ist erst kurz vor zwei Uhr!«

Unglaublich. Obwohl es ihnen vorkam wie ein halbes Leben, war es noch nicht einmal 20 Minuten her, dass sie vor dem Hospital Alemán in dieses Auto gestiegen waren.

Sie wandten sich einander zu, und Jola sah an Ryans wildem Blick, dass er dasselbe dachte wie sie.

Noch war nicht alles verloren!

VERRAT

Ryan fühlte sich befreit, als sie das Tor zum olympischen Dorf passierten. Sie waren zurück in ihrer Welt. Eine kleine Menschengruppe wartete schon auf sie, darunter die hagere, breitschultrige Gestalt von Severin Wagner, Till und ein paar verschreckt wirkende Freiwillige. Ryan, Jola und das Mädchen stiegen aus dem Wagen und wurden sofort umringt. »Seid ihr verletzt?«, fragte Wagner beunruhigt, und Jola schüttelte stumm den Kopf.

»Wir nicht, aber vielleicht jemand anders«, sagte Ryan und blickte auf Maria hinunter, die all die Zeit so tapfer gewesen war. Sanft schob er sie einem der jungen Freiwilligen entgegen. »Sie heißt Maria, bitte bringt sie zu Hakan Demirci und Lilly, unserer Team-Ingenieurin.« Er drückte noch einmal ihre Hand, bevor er sich ihrem Griff entziehen musste. »Wir treffen uns später dort, okay?«, sagte er zu Maria, doch er hatte keine Ahnung, ob sie ihn verstanden hatte. *Bloody hell*, nach dem Rennen würde er der Polizei beichten müssen, dass sie dieses Kind praktisch entführt hatten. Doch er würde nicht zulassen, dass sie Maria wieder zurückbrachten, bevor er und das Team ihr geholfen hatten. Till, das Gesicht ganz verkniffen vor Sorge, hatte dem Fahrer signalisiert, dass er nicht mehr gebraucht würde, und selbst das Steuer übernommen. Nun trat er ordentlich aufs Gas. »Hakan hat angerufen, das Ergebnis deiner Blutprobe ist da. Du bist clean.«

»*Thank God*«, war das Einzige, das Ryan dazu einfiel.

»Was ist mit deinen Rennfedern?«

»Ich habe unsere Freiwillige gebeten, meine ganze Tasche inklusive Federn zum Stadion zu bringen«, sagte Ryan und lieh sich Wagners Communicator, um Caridad anzurufen. Er musste wissen, ob alles in Ordnung war! Caridad meldete sich sofort. »Bist du vor dem Call Room?«, überfiel er sie, noch ehe sie Zeit gehabt hatte, ihren vollen Namen zu nennen. »Hast du meine Tasche? Wir sind in zwei Minuten da!«

»Ich bin gerade bei der Schwimmhalle, aber ich habe deine Tasche deinem Kollegen mitgegeben – der sagte, er fährt sowieso zum Stadion und kann sie mitnehmen.«

»Du hast *was*?«, fragte Ryan entsetzt. »Welchem Kollegen? Dem Freestyle-Weitspringer?«

»Nein, dem Sprinter. Samuel heißt er. Er hat gesagt, er ist dein Freund.«

»Samuel? Nein. Nein, das ist er nicht.« Ryans Hand sank herab, seine Finger waren kaum stark genug, den Communicator zu halten. *Hätte ich mein Zeug nur mitgenommen ins Krankenhaus! Hätte ich nur Jola geschickt, es zu holen, statt mich dort in der Klinik an sie zu klammern wie ein kranker Welpe! Zeit genug wäre gewesen! Hätte ich nur ein Paar jemand anderem in Verwahrung gegeben, wie ich es vorhatte ...*

Mit einem furchtbaren Gefühl im Magen wählte er Samuels Nummer. Keine Verbindung, er hatte sein Gerät ausgeschaltet. Und das war ganz sicher kein Zufall. Wahrscheinlich hatte Samuel schon lange, sehr lange auf eine solche Gelegenheit gewartet, ihn fertigzumachen. Und sie sofort genutzt.

»Was, Samuel hat deine Federn?«, fragte Till entsetzt.

Jolas Stimme klang dünn. »Vielleicht wartet er schon ... oder wir finden sie gleich ...«

O ja, bestimmt, dachte Ryan. Jede Sekunde war unerträglich, er hielt die Ungewissheit keinen Moment länger aus.

Seine ganze Haut schien zu brennen. *Halb zwei. Um drei beginnen die Läufe. Das kann noch klappen. Wenn! Wenn! Wenn!*

Schon sah er die drei Zelte aus heller Leinwand, die für die Athleten neben dem Stadion aufgebaut worden waren – der Aufwärmbereich, der Wartebereich und der Call Room. Eine Garderobe, in der man irgendetwas abgeben konnte, gab es nirgendwo, jeder behielt seine Tasche bei sich.

»Zur Sicherheit bitte ich jemanden, deine Ersatzfedern zu holen und die anderen Sachen, die du brauchst.« Severin Wagner wirkte grimmig ernst. »Hast du deine Schlüsselkarte noch?«

»Nein. Geklaut.« Das durfte alles nicht wahr sein. Bitte nicht. Seine erste Olympiade, und es ging alles schief, was nur schiefgehen konnte. Selbst Murphys Gesetz konnte nicht so grausam sein!

Ryan hastete durch den Aufwärmbereich, suchte mit den Augen nach Samuel, hoffte zum ersten Mal in seinem Leben, ihn zu finden, hoffte es so sehr, dass es ihn fast zerriss.

Währenddessen überprüfte Jola den Wartebereich, und Till und Severin Wagner standen im Call Room auf der Matte, um alles zu erklären und zu bitten, dass man ihn noch starten ließ, auch wenn er vielleicht eine neue Startnummer brauchte und ein bisschen mehr Zeit, ausnahmsweise, nur ein paar Minuten mehr Zeit.

Samuel war nicht da. Er war einfach verdammt noch mal nicht da! Und die Tasche mit den Rennfedern ebenso wenig. Oder die Ersatzfedern. Ryan stützte die Hände auf die Oberschenkel, versuchte gleichmäßig zu atmen, damit er kein Seitenstechen bekam. Versuchte, nicht loszubrüllen vor Wut und Verzweiflung.

Ein paar Minuten hatten sie anscheinend für ihn herausgeschunden. Erst um zehn vor drei hörte er, wie sein Name aufgerufen wurde, als einer der Letzten. Alle anderen Freestyle-Sprinter waren schon in den Katakomben des Stadions verschwunden.

»Ryan Telgart, Nummer 303.«

Er ging trotzdem. Obwohl er mit leeren Händen gehen musste und die Kampfrichter eigentlich darauf warteten, dass sie seine ganze Ausrüstung wiegen und ausmessen und daraufhin prüfen konnten, ob nur frei verkäufliche Teile für seine Prothesen verwendet worden waren.

An den Gesichtern der Kampfrichter sah er sofort, dass es keine Ausnahme für ihn geben würde. Die 200 Meter musste er abschreiben.

Um fünf Minuten nach drei Uhr fand er seine Sporttasche unter dem Waschbecken der Herrentoilette. Wer wusste, wie lange sie hier schon stand.

Ryan war ruhiger, als Jola erwartet hatte. *Vielleicht deshalb, weil das hier nur das Zweitschlimmste ist, was ihm bisher passiert ist*, ging es ihr durch den Kopf.

Sie war es, auf die er sich jetzt konzentrierte. Sanft nahm Ryan ihr Gesicht in beide Hände und blickte sie so intensiv an wie in der Tango-Bar. War das wirklich erst ein paar Tage her? »Bei dir wird es klappen. Du bist hier, weil du es verdient hast. Renn sie alle in Grund und Boden, okay?«

»Okay«, sagte Jola.

Sie standen eng beieinander – Ryan, Till und sie selbst. Seltsam, es schien Äonen her zu sein, dass sie mit Till Schluss gemacht und wutentbrannt aus der Kantine marschiert war. Hier und jetzt, in diesem fremden Land unter lauter fremden Menschen, fühlte sie sich diesen beiden Männern so eng verbunden wie nie zuvor, und es schien Ryan gutzutun, dass Till ihm den Arm um die Schultern gelegt hatte. Till war für sie beide so viel mehr als ein Freund.

»Aufwärmen, Jola«, erinnerte sie Till sanft. »Alles wie sonst, ja?«

Ein paar Runden traben, gründlich dehnen, dann Steigerungsläufe, Prellsprünge. Als sie das nächste Mal hinschaute, sah sie, dass Ryan verschwunden war und Severin Wagner und Till sie besorgt beobachteten. Jola wusste, worüber sie sprachen. Es war schon immer fast unheimlich gewesen, wie Till Stimmungen spüren konnte: Ein paar Sekunden nachdem seine Athleten durch die Tür gekommen waren, wusste er schon, wie sie an diesem Tag drauf waren. Und heute war es keine Kunst, zu ahnen, wie es ihr ging – das Zittern war endlich weg, doch die Tränen lauerten dicht hinter ihren Augen. Der Schock steckte ihr tief in den Knochen.

»Jola, vielleicht ist es besser, du startest nicht«, sagte Severin Wagner schließlich zu ihr. »Es ist keine zwei Stunden her, dass du entführt und ausgeraubt worden bist. Jeder wird es verstehen, wenn du heute nicht antrittst.«

Schweigend schüttelte Jola den Kopf. Weil sie wusste, dass ihre Stimme kippen würde, wenn sie jetzt sprach. Und allen bestätigen würde, dass sie am Ende war. Trotzdem musste sie es gleich schaffen, sich an die Spitze zu setzen. Nur die ersten beiden Läuferinnen jedes Vorlaufs durften im Halbfinale antreten und hoffen, sich fürs Finale zu qualifizieren.

»Du solltest dich heute ausruhen und übermorgen bei den 200 Metern dein Bestes geben«, beharrte der Bundestrainer.

»Aber die Entscheidung liegt bei dir«, fügte Till hinzu, und einen Moment lang blickten sie sich an. Verstanden sich.

»Ich laufe«, sagte Jola kurz. *Für mich und Ryan.* Sie kehrte zurück zu ihren Übungen, bis sie aufgerufen wurde.

Eigentlich gab es abgetrennte Bereiche für Athleten, die gerade nicht starteten. Doch Ryan dachte nicht daran, sich dort einsperren zu lassen.

Es war leicht, einen Platz auf der Tribüne zu finden, bei den Vorläufen waren etwas weniger Zuschauer als bei einem Finale. Ryan setzte sich und starrte hinunter ins Oval des Stadions. Stumm und bewegungslos hockte er neben einer Gruppe von Argentiniern, die sich Picknicksachen mitgebracht hatten und das Spektakel dort unten genossen. Auf seiner anderen Seite johlten Familienmitglieder und Freunde eines italienischen Athleten, hüpften in ihren grün-weiß-roten Klamotten auf und ab und schwenkten Fahnen.

Es fühlte sich so falsch an, hier oben zu sein. Und es war fast mehr, als er ertragen konnte, dort unten die letzten 200-Meter-Vorläufe der Männer zu beobachten, bevor gleich die Frauen dran waren. Aber er hatte es Jola versprochen, damals in diesem Dönershop, als sie zum ersten Mal über die Olympiade gesprochen hatten. Er hatte versprochen, da zu sein und sie anzufeuern, wenn sie lief.

Und da war sie auch schon, er sah ihr sonnenhelles Haar und spürte, wie seine Kehle eng wurde. Weil er ahnte, wie dieser Lauf enden würde, und er am liebsten die Augen geschlossen hätte. Doch auch das wäre Verrat gewesen. Er musste es aushalten. Um ihretwillen.

Diese optimierten Freestyler waren unglaublich schnell. Ihre 100 Meter schienen in einem Wimpernschlag vorbei zu sein.

Jola ging mit gesenktem Kopf auf der Bahn zurück. Sie war von acht Läuferinnen Siebte geworden.

»Ryan, du hast 59 Interviewanfragen, Jola, bei dir sind es 47, ups, jetzt 48. Wir brauchen unbedingt eine Pressekonferenz!

Zwischendurch will noch die Polizei mit euch beiden sprechen. Und, ach ja, ein ärgerlicher Hersteller lässt anfragen, wieso du, Jola, sein Logo auf deinem Bein überschminkt hast, vielleicht könntest du dem noch kurz antworten.« Mona Lampe, die Presse- und PR-Frau der deutschen Mannschaft, war immer perfekt gestylt bis zur Spitze ihrer markanten Nase und berüchtigt dafür, dass sie ein Gewitter epischen Ausmaßes auf Athleten niedergehen ließ, die unschöne Dinge im Fernsehen sagten. Ryan musste jedes Mal einen Fluchtreflex unterdrücken, wenn er sie sah.

»Muss das alles jetzt sein?«, fragte Jola müde. »Ich würde mich gerne ausruhen. Wenigstens kurz.«

Ryan legte den Arm um sie. Er musste Jola rausbringen aus diesem Büro, auch wenn diese Frau dann versuchen würde, ihm jedes Haar einzeln auszureißen. »Frau Lampe, eigentlich ist es Ihr Job, uns vor den Medien abzuschirmen – gerade nach dem, was passiert ist.«

Das Problem war, dass sie einfach nicht zuhörte. Sie machte sich nicht mal die Mühe, etwas zu erwidern. »Ach ja, und vor der Konferenz müssen wir dringend absprechen, wie wir diese Geschichte präsentieren.«

»Wieso?«, fragte Ryan gereizt. »Wir erzählen es einfach so, wie es gelaufen ist.«

»Nein, nein, Kinder, das geht nicht.« Mona Lampe wedelte mit einem Stift vor seinem Gesicht herum. Ryan hatte eine kurze Vision davon, wie er ihr das Ding aus der Hand riss. »Das würde die deutsche Mannschaft in ein schlechtes Licht rücken. Ihr erwähnt also nur, dass es eine Verkettung unglücklicher Umstände gab – das stimmt ja auch, nicht wahr? – und die Übergabe der Tasche schiefgegangen ist. Reicht völlig.«

Ryan ballte die Fäuste. *Nein, das reicht mir nicht! Aber*

wie es aussieht, muss es genügen. Ich hatte sowieso nicht vor, öffentlich herumzujaulen, wie ungerecht das alles gewesen ist. Wenigstens hatte Till Samuel vor einer halben Stunde mit harten Worten aus der Trainingsgruppe geworfen, das war ein kleiner Trost, und eine Verwarnung vom Bundestrainer hatte Samuel ebenfalls kassiert. Besser als nichts.

»Na gut«, stieß Ryan hervor.

Mit dem Mistkerl zusammenzuwohnen, ging natürlich nicht mehr – eher hätte Ryan draußen unter einem Baum geschlafen. Doch auch hier war Till schon aktiv geworden, er hatte arrangiert, dass Ryan mit einem Mountainbiker aus Apartment 19 das Zimmer tauschen würde. Sobald er einen freien Moment hatte, würde Ryan umziehen.

»Was ist mit den Respirozyten?«, fragte Jola. Sie hing so schlaff in seinem Arm, dass Ryan Angst bekam, sie würde gleich kollabieren. »Dürfen wir sagen, weswegen Ryan im Krankenhaus war?«

»Wir *müssen* es sagen, es ist leider durchgesickert, und wir dürfen nicht in Verdacht geraten, Doping zu vertuschen. Aber keine Sorge, wir haben eine Studie aufgetrieben, die bestätigt, dass einzelne Respirozyten noch Jahre später aus dem Gewebe ins Blut gelangen können.«

»Wir machen heute Abend bei einer Pressekonferenz mit – wenn wir uns ausgeruht haben«, sagte Ryan und blickte Mona Lampe fest in die Augen. Damit sie nicht verpasste, dass ihm jedes Wort ernst war. »Aber morgen keine Interviews. Wir haben nur noch eine Chance, verstehen Sie? Und nur noch einen Tag, um uns darauf vorzubereiten.«

»Keine Interviews? Aber …« Mona begann aufzuzählen, welche superwichtigen internationalen Medien schon um ein Gespräch gebeten hatten und wie bekannt sie das alles machen würde. Doch das interessierte Ryan in etwa so viel wie die Frage, von welcher Marke ihr Make-up war. Mit einem letzten besorgten Blick auf Jola entschuldigte er sich und zog sich in einen ruhigen Winkel des Büros zurück. Einer der Freiwilligen hatte ihm einen neuen Communicator organisiert, und das war auch gut so, weil er dringend jemanden anrufen musste. Zum Glück ging Lilly gleich dran. »Ist das Mädchen bei dir angekommen?«, fragte Ryan. »Konntest du was für sie tun?«

Als Lilly mit der Antwort zögerte, wusste Ryan, dass es schlechte Nachrichten gab. Sofort verkrampfte er sich. War Maria schwerer verletzt gewesen, als es den Anschein gehabt hatte?

»Ja, sie ist hier angekommen«, sagte Lilly. »Hakan hat sie verarztet, sie hatte eine gebrochene Rippe und ziemlich viele Prellungen.«

Ryan war erleichtert. So was war schmerzhaft, aber es heilte wieder. »Und, kannst du ihr eine Prothese machen? Das wäre großartig und die Kosten würde ich irgendwie …«

»Sie ist weg, Ryan.«

»Weg?«, wiederholte er ungläubig.

»Sie war höchstens ein paar Sekunden allein im Zimmer. Das ist wirklich dumm gelaufen. Wir haben sie sofort suchen lassen, aber eine Wache am Tor 3 hat auf einem Überwachungsvideo gesehen, wie sie unter der Schranke durch nach draußen geschlüpft ist.«

»Mist!«

»Ach, übrigens – als sie abgehauen ist, hat sie meinen Kraftfeld-Ionisierer mitgenommen.«

»Ich bezahl ihn dir«, sagte Ryan wie betäubt.

»Nein, nein, lass nur.« Lilly klang, als täte ihr das alles furchtbar leid. »Ryan … ich hätte ihr sowieso kein neues Bein machen können, jedenfalls nicht auf die Schnelle. Das

Gewebe an ihrem Stumpf war abgestorben, weil dieses Lappen-und-Kunststoff-Ding dagegengedrückt hat. Sie hätte erst nachamputiert werden müssen.«

Irgendwie hatte er es gewusst, aber nicht wahrhaben wollen. »Ja. Wahrscheinlich schon. Trotzdem danke, Lilly.« Ryan legte auf und spürte, wie ihm schließlich doch noch die Tränen über die Wangen liefen.

Er hatte so eine Ahnung, dass er Maria nicht wiedersehen würde.

Weil er sie alleingelassen hatte, war sie zurückgekehrt in ihre Welt.

DIE UNSICHTBARE MAUER

Maike war eindeutig eine Heilige. Die große, rothaarige Bogenschützin zog vorübergehend aufs Sofa, damit Jola und Ryan in dieser Nacht ein Zimmer für sich haben konnten. Alle hatten davon gehört, was passiert war, und alle waren unglaublich nett zu ihnen, ganz besonders die Mädels in ihrer WG und die anderen Freestyler – Carrie, Fabian, Gustav und Ao Yun.

Ganz langsam merkte Jola, dass sie sich erholte. Heute würde ihre Familie zu Besuch ins olympische Dorf kommen. Dann ein leichtes Training, ansonsten viel Ruhe. Wenn es schiefging morgen, hatte Jola noch eine dritte Chance – ihren Lauf mit der Staffel. Aber in Ryans Kategorie gab es diesmal keine deutsche Staffel. Er hatte nur noch dieses eine Rennen.

»Ich weiß jetzt, was für eine Stiftung ich gründen will«, flüsterte Ryan ihr ins Ohr, als sie sich am frühen Morgen in den Armen hielten. »Eine, die Leuten wie Maria hilft. Überall auf der Welt, falls das irgendwie geht.«

Jola wusste sofort, dass das die richtige Idee war. »Wie wollen wir das machen? Ihnen Prothesen herstellen? Vielleicht in den Krankenhäusern …«

Ryan schüttelte den Kopf. »Solche Leute kommen gar nicht erst ins Krankenhaus. Zu teuer. Wir müssen zu ihnen.« Er verschränkte die Arme hinter dem Kopf und blickte zur Decke hoch. »Vielleicht könnte die Stiftung ein paar robuste Lkws kaufen, wüstengängig, leicht zu reparieren. Unimogs oder so was. Und innen drin installieren wir eine komplette Orthopädietechniker-Werkstatt, in der man vor Ort Prothesen fertigen kann.«

»Die verteilen wir dann kostenlos«, ergänzte Jola. Seine Begeisterung war ansteckend und ihre Fantasie kam in Gang. Sie sah den staubigen Laster vor sich, wie er über eine Wüstenpiste holperte. »Wahrscheinlich könnte man die Prothesen günstiger machen, wenn man die wichtigsten Teile einfach ausdruckt.«

»Und je mehr Spenden wir bekommen, desto mehr dieser Lkws können wir losschicken.« Ryan blickte sie an und lächelte. Im Halbdunkel sah sie, wie seine Augen blitzten. »Ja, das gefällt mir. Das gefällt mir richtig saumäßig gut. Und wenn du mir hilfst, schaffen wir das wirklich, so eine Stiftung aufzuziehen.«

»Jetzt müssen wir nur noch die Kohle dafür auftreiben.« Jolas Stimme war leiser geworden, ohne dass sie es wollte. Ohne Sieg keine Kohle. Wenn sie nicht mindestens Bronze gewannen, würde es schwer werden, diese Pläne zu verwirklichen.

Als Ryan gerade im Bad war, klingelte Jolas neuer Communicator. Erstaunt schaute sie das Ding an. Es war ein beinahe unbenutztes Gerät – ein blauer Kristall, der von innen leuchtete –, und ihre Nummer war ebenfalls neu, nur ein halbes Dutzend Menschen hatten sie bisher. Ihre Eltern, Emily, Ryan ...

»Hallo, Jola«, fragte die Stimme eines jungen Mannes – eine Stimme, die Jola sofort erkannte. Es war der Unbekannte, dessen Visitenkarte ihr Vater mit sich herumgetragen hatte!

»Woher hast du diese Nummer?«, stieß Jola ungläubig hervor.

Sie hörte, wie der Mann tief Luft holte. »Von meinem Bruder«, sagte er dann.

»Moment mal«, sagte Jola. Bruder, wessen Bruder?

Dann war auf einmal alles klar.

»Du bist Jake!« Ihr raste alles durch den Kopf, was Ryan schon von ihm erzählt hatte. Videospiele. Sofa. Bier. Das passte so überhaupt nicht zu der Person, mit der sie schon so oft telefoniert hatte. Aber sie wusste, dass er die Wahrheit sagte. Wieso hatte sie nie kapiert, dass es ein *britischer* Akzent war, der in seiner Stimme durchklang?

»Stimmt. Jake Telgart. Vielleicht hätte ich dein Angebot annehmen sollen. Das mit dem Treffen, du weißt schon. Dann wär's jetzt leichter.«

»Was wäre leichter?« In Jolas Kopf drehte sich ein Karussell mit doppelter Geschwindigkeit. Oder jedenfalls kam es ihr so vor.

»Ich glaube, wir haben ein Problem, und dabei brauche ich deine Hilfe.«

Wenn Jola eine Wölfin gewesen wäre, hätten sich ihre Nackenhaare gesträubt. »Moment mal, du hast dich die ganze Zeit über geweigert, mir zu helfen, und …«

»Das Problem heißt Samuel«, sagte Jake.

Schon bei der Erwähnung dieses Namens spürte Jola, wie heiße Wellen des Zorns sie durchliefen. »Ja.«

»Ryan hat mir erzählt, was wirklich gelaufen ist. Wurmt es dich auch so, dass dieser Wichser so einfach davonkommt? Ohne richtige Strafe?«, fragte der Unbekannte, nein, Jake, endlich konnte sie ihn beim Namen nennen. Es war so seltsam, dass sie nun wusste, wer er war. »Das liegt an meinem Bruder, der immer noch nach den Regeln spielt. *Great God Almighty!* Manchmal ist er ein Depp.«

»Hin und wieder, ja«, sagte Jola und warf einen Blick in

Richtung Badezimmertür. Ryan ließ sich Zeit, weil er sowieso der Letzte im Bad war. Gut so. »Du hast einen Vorschlag?«

Sein Akzent war jetzt stärker, er hatte ihn absichtlich unterdrückt, wenn er vorher mit ihr telefoniert hatte. »Mein Vorschlag ist, dass ich das in die Hand nehme. Weil man vielleicht ein Arschloch braucht, um ein anderes Arschloch zu besiegen.«

Jola musste lächeln. »Ich kenn dich ja nicht, aber wenn du es sagst. Was kann ich helfen?«

»Wir brauchen Beweise. Vielleicht prahlt er damit, was er gemacht hat? Bei seinen Kumpels, falls so ein Mistkerl welche hat? Kannst du mir das als netten kleinen Videoclip besorgen? Alles Weitere mache ich dann.«

»Ich werd's versuchen«, versprach Jola. »Was hattest du mit meinem Vater zu tun?«

»Das musst du ihn selbst fragen. Aber ich sage dir, was ich mache.«

Eine Sekunde tickte vorbei, noch eine. Dann fuhr er fort. »Ich lebe ziemlich gut davon, dass ich für andere Leute Dinge erledige. Dinge im Internet.«

»Bist du … Hacker?«

»Ja, das trifft es noch am ehesten.«

»Und mein Vater hat dich angeheuert?«

»Yep.«

Jola ahnte, was ihr Vater getan hatte, und eine Mischung aus Mitleid und Abscheu stieg in ihr auf. Ja, sie würde ihn fragen müssen. Aber jetzt war nicht die rechte Zeit dafür.

Weil sie noch immer die Dusche prasseln hörte, rief sie gleich Gustav an, den schwedischen Tischtennisspieler mit dem künstlichen Arm. »Gustav, sag mal, kennst du einen Freestyler mit neuen Ohren?«, fragte sie ihn, nachdem sie ihm das Problem geschildert hatte.

»Aber klar doch, Michiko aus Japan«, sagte Gustav sofort. »Sie kann sogar aufzeichnen, was sie hört. Heiß, oder?«

»Absolut. Aber wie kriegen wir die Bildaufzeichnung dazu? Wenn jemand mit Datenbrille oder einem Com in der Nähe ist, sagt Samuel garantiert keine Silbe.«

»Vielleicht kann Fabian mitmachen, der hat im Auge ein Zoom und außerdem ein Modul, mit dem er was speichern kann.« Gustav versprach, die anderen Freestyler zusammenzutrommeln und in kürzester Zeit eine Rund-um-die-Uhr-Beschattung zu organisieren.

»Aber niemand darf plappern«, warnte Jola.

»Keine Sorge.« Gustav klang grimmig. »Keiner von uns wird reden. Wir Freestyler halten zusammen. Und was Ryan passiert ist … so was kennen wir alle. Gibt viele Leute, die uns Freaks nennen, weißt du?«

»Ja, ich weiß«, sagte Jola mit schlechtem Gewissen. »Sag Ao Yun viel Glück von mir, der läuft morgen seinen Triathlon, oder?«

»Stimmt«, meinte Gustav und lächelte sie aus ihrem Kristall heraus an.

Schon klingelte Jolas Familie und fegte, als Jola öffnete, herein wie ein Taifun. »Mensch, Große, was machst du denn für Sachen!« Jannis schaffte es als Erster, sie zu fassen zu bekommen. »Wir hatten grandios Angst um euch!«

Auch Theresa und Anton – ihr Dad, was hatte er getan? – waren ein bisschen blass um die Nase und fragten besorgt, ob es ihr schon besser ging und was die Polizei gesagt hatte und ob sie irgendwas brauchte, bis es Jola schließlich zu viel wurde. »Alles gut, okay? Das ist total lieb von euch, dass ihr euch Sorgen gemacht habt, aber das Schlimmste ist vorbei und ihr dürft mir gerne Glück wünschen für den letzten Vorlauf.«

Weil Ryan jetzt aus dem Bad zum Vorschein kam, wurde

er ebenfalls reihum gedrückt. Er wirkte im ersten Moment etwas überfordert, und Jola musste lächeln – sie wusste, dass ihre Familie ein bisschen anders drauf war als seine. Aber anscheinend gefiel es ihm, dass er von einem hemmungslos knuddelnden Clan adoptiert worden war.

Ryan und sie mussten natürlich minutiös erzählen, was passiert war. Als sie damit endlich fertig waren, gingen sie zusammen in der Kantine zum Frühstücken. Danach wollten Jannis und ihre Eltern bei ihrem Training zuschauen, was sie schon lange nicht mehr getan hatten. Vielleicht, weil es so normal für sie war, dass Jola auf irgendwelchen Tartanbahnen herumflitzte.

Erst spät am Abend kam Jola dazu, sich mit Gustav kurzzuschließen. *Gibt's schon was Neues?*

Sekunden später kam die Antwort. *Leider nein. Der Typ ist clever und vorsichtig. Außerdem hat er hier nicht viele Freunde, mit denen er quatscht.*

Aber du bleibst dran?

Wir. Wir bleiben dran.

Endlich begannen die 200-Meter-Vorläufe der Frauen. Sie durfte laufen! Was für eine Erleichterung. Diesmal fühlte Jola sich ausgeruht und voller Kraft – wenn auch unglaublich aufgeregt, und ein bisschen verkrampft, weil die Pleite bei den 100 Metern in ihrem Hinterkopf lauerte. *Nein, so was wird nicht noch mal passieren, nein, diesmal ist alles gut. Alles gut!*

Sie sehnte sich nach Ryan, der ihr das noch einmal sagte, doch hier war sie allein. Furchtbar allein mit ihren Gedanken, die ihren Mut auseinandernehmen konnten. *Alles gut, alles gut*. Ihr neuestes Mantra.

Bei den 200 Metern starteten die Sprinterinnen in einer Kurve und liefen erst danach in die Zielgerade, deshalb starteten sie versetzt hintereinander. Jola hatte eine Bahn in der Mitte, das war gut: Dadurch waren die Konkurrentinnen auf den äußeren Bahnen vor ihr, es würde ihr helfen, ihnen nachzujagen.

Sie zwang sich, gleichmäßig zu atmen, ging zu ihrer Bahn und blickte sich um. Das Stadion war wie ein mit Menschen gefüllter Canyon – nur etwa die Hälfte der Plätze war besetzt, schließlich waren das hier nur die Vorläufe. Zeitgleich fanden im Stadion die Vorkämpfe beim Hochsprung und Kugelstoßen statt, das zog ebenfalls nicht viele Zuschauer an. Gleißend strahlten die LED-Scheinwerfer auf die Tartanbahn herab, auf sie und die anderen Läuferinnen. Nein, nicht die weltbesten … aber die weltbesten modifizierten. Freestyle M. Nie waren schnellere Frauen als sie und diese anderen Sprinterinnen auf dieser Bahn gelaufen, doch nie hatte sich Jola weniger als eine Superheldin gefühlt. Sie fragte sich, welche Optimierungen die muskulöse schwarze Läuferin Marie Leveque aus Trinidad hatte, die neben ihr das Gewicht von einem Fuß auf den anderen verlagerte. Die afrikanische Läuferin, Ellen Maputo – derzeitige Weltrekordhalterin –, hatte sich sogar die Oberschenkel modifizieren lassen.

So viel Medizintechnik hier, wie bitter, schoss es Jola durch den Kopf. Sie selbst hatte teure und aktuelle Modelle, erst in diesem Jahr eingesetzt … aber was war in zwei Jahren, in drei? Würde sie dann auf einer anderen Bahn stehen, irgendwo in der Welt, und voller Neid auf andere Sprinterinnen blicken, die noch modernere Optimierungen hatten?

Da vorne, auf Bahn 7, war die Amerikanerin Maisie Freeburn, deren Aufnahmen ihr Till gezeigt hatte, um sie zu überzeugen. Sie blickten einander nicht an, natürlich nicht, sie ignorierten einander alle vor dem Start. Nie würde diese Frau ahnen, dass sie eine Rolle gespielt hatte bei Jolas Entscheidung. Auch Ben Keel würde es nicht erfahren – wenn sie ihn jemals wiedertraf, würden sie etwas anderes finden, über das sie reden konnten.

Jola schob die Gedanken weg. *Du bist hier. Jetzt. Das ist es, wovon du immer geträumt hast! Genieß es, los! Freu dich gefälligst!*

Ihr Herz klopfte so heftig, dass es fast schmerzte. Wie naiv sie gewesen war. Sie hielt es kaum aus, an die dämlichen Jola-trägt-die-Fackel-Olympiafantasien zu denken, mit denen sie sich in den letzten Jahren die schlaflosen Nächte versüßt hatte. Die Wirklichkeit war brutal: neun Läuferinnen. Jede hatte einen großen Traum. Jede hatte sich halb das Herz heraustrainiert in den letzten Jahren. Doch nur die ersten beiden würden weiterkommen ins Halbfinale.

Jola spürte, wie ihr Kampfgeist erwachte. *Eine davon werde verdammt noch mal ich sein!* Ihr Körper fühlte sich so gut an heute, inklusive ihrer neuen Achillessehne aus Carbonfaser. Gut zu wissen, dass die nicht reißen würde, was auch immer passierte. Endlich gelang es ihr, sich zu konzentrieren. Sie achtete nicht mehr auf die Kampfrichter, die neben der Bahn standen, um den Start zu überwachen, nicht mehr auf die Freiwilligen, die hinter jeder Sprinterin standen und beobachteten, wie sie die Startblöcke für sich einstellten. Jola zog ihr T-Shirt aus, das ihre Muskeln warm gehalten hatte, jetzt trug sie nur noch ihr Lauftrikot. Schließlich war alles vorbereitet und die Freiwilligen zogen sich zurück, Jolas Kleidung und Trinkflasche nahmen sie mit. Kameras schwenkten auf die anderen jungen Frauen, dann auf Jola. Ihr Gesicht erschien auf den riesigen Bildschirmen … und auf einmal war alles so, wie sie es sich vorgestellt hatte, verschmolzen Traumfilm und Wirklichkeit. Wie eine warme Welle umspülte sie der Applaus des Publikums und Jola bekam zu ihrer Überraschung ein echtes Lächeln hin. Es war ein Lächeln für diese Leute … und für Ryan, der auf der Tribüne saß und ihr zujubelte.

This is it. Dies hier ist Olympia. Und diesmal habe ich eine echte Chance! Ich darf nur keinen Fehler machen. Nicht gegen solche Gegnerinnen.

»On your marks.«

Jola setzte die Füße in die Startblöcke, stützte ihre Hände an der Linie ab, senkte den Kopf. Endlich gelang es ihr, einzutauchen in den Tunnel. Es gab nur noch sie und diese rote Bahn zwischen den weißen Linien, die sie gleich entlangstürmen würde.

»Set.«

Chance, Chance, Chance, echote es in ihrem Kopf.

Mit allen Sinnen lauschte Jola auf den Startschuss.

Jetzt!

Sie kam glatt los, keinen Sekundenbruchteil zu früh und keinen zu spät. *Ein guter Start und es wird verdammt noch mal gut weitergehen! Ich schaffe das!*

Jola spürte, wie ihre Spikes sich in den Boden gruben und sie tief über der Bahn voranschoss. Instinktiv spürte sie, wann es Zeit war, sich aufzurichten. Perfekt bisher. Würde das einer dieser Sprints werden, bei denen einfach alles stimmte, jeder einzelne Schritt?

Sie lief mit voller Kraft und hämmerndem Herzen, und ihre neuen Beine trugen sie, als hätte sie Flügel an den Füßen. Doch die anderen waren ebenso schnell, nie zuvor war sie gegen solche Gegnerinnen gelaufen. Marie Leveque, Ellen Maputo und die Sprinterin auf der Bahn neben ihr, die Australierin Sally LaTour, legten ein scharfes Tempo vor, aber Jola dachte gar nicht daran, sich abhängen zu lassen.

Mach richtig Druck aus der Kurve!, hörte sie Tills Stimme in ihrem Kopf. Das war sein Lieblingstrick, und er hatte ihn ihr beigebracht – während andere Sprinterinnen mit der Kurve kämpften, sollte sie versuchen, aus ebenjener Kurve Schwung zu gewinnen. Es klappte auch diesmal.

Nun waren sie in der Zielgeraden und Ellen Maputos lange, muskulöse Beine trugen sie an die Spitze. Auch Marie Leveque schien sich noch zu steigern, wie machte sie das? Sie selbst war auf Position drei knapp vor Sally LaTour – *verdammt,* das ging nicht! Sie musste wenigstens Marie Leveque noch irgendwie überholen! Hier ging es nicht um Bronze, sondern um alles oder nichts!

Das Blut rauschte in Jolas Ohren. *Halt das Tempo, du schaffst das!* Tills ruhige, warme Stimme in ihr. Jola war dankbar, dass er im letzten Jahr so viel Wert darauf gelegt hatte, an ihrer Schnelligkeitsausdauer zu arbeiten. Früher hätte es sich ungefähr jetzt angefühlt, als würde jemand langsam Blei in ihre Beine pumpen. So ging es wahrscheinlich Sally LaTour, sie fiel unmerklich zurück, ein paar Schritte nur, aber das konnte sie nicht mehr aufholen.

Gleichauf mit Marie Leveque raste Jola auf die Ziellinie zu und holte verbissen Schwung aus den Armen. Ihr Atem raspelte durch ihre Kehle und ihre Lungen brannten. Schneller, schneller! Nein, schon jetzt gab sie alles, schneller ging nicht! Und da war schon die Ziellinie. Jola heftete die Augen aufs Ziel. Ignorierte die andere Sprinterin. Konzentrierte sich darauf, sich genau im richtigen Moment durch die Lichtschranke zu werfen.

Hatte sie es geschafft? Hatte es gereicht?

Auf den riesigen Displays im Stadion leuchteten Buchstaben und Zahlen auf. *Johanna Larissa Spiegler, Germany, Platz 2, 19,82 Sekunden.* Erleichterung flutete sie, dann erst kam auch die Freude. Gott sei Dank – das war ihr Ticket ins Halbfinale! Sie und die anderen Sprinterinnen umarmten einander. Ein seltsames Gefühl bei Maisie Freeburn. Sie hatte nur Platz 5 erreicht und war damit draußen.

Diesmal war es keine solche Qual, auf der Tribüne zu sitzen – er, Fabian und Till hatten sich auf den Plätzen ganz vorne breitgemacht, die für Trainer und Angehörige der Athleten reserviert waren. Auch Jolas Familie war da, lächelnd winkte Ryan ihnen zu.

Als Jola mit den anderen Läuferinnen dem Ziel des 200-Meter-Sprints entgegenraste, riss es Ryan vom Sitz hoch, er brüllte Jolas Namen, bis sie über der Ziellinie war, und er wusste, dass sie unter den ersten zwei gewesen war. *Bloody hell*, das alles war nicht gut für seine Nerven.

»Ganz nette Sprinttechnik«, sagte Fabian, der Speerwerfer, gleichmütig.

»Ganz nette Sprinttechnik?« Ryan verdrehte die Augen. »Ich glaube, du hast kein Herz!«

»Doch, doch, *ich* schon«, sagte der junge Schweizer und schaute auf seinem Communicator nach, wie Ao Yun sich bei seinem Triathlon hielt.

»Sie hätte die Knie noch ein bisschen höher nehmen können«, sagte Till.

»Ihr spinnt doch alle«, sagte Ryan verärgert, doch dann blickte er Till ins Gesicht, sah, dass er übers ganze Gesicht lachte, und begriff, dass sie ihn nur veralberten.

Dann konnte er Jola endlich wieder in die Arme schließen, und es tat ihm so gut, wie glücklich sie war. »Hast du meine Zeit gesehen? Gar nicht schlecht, oder? Jetzt brauche ich nur noch ein bisschen Glück im Halbfinale, und …«

In letzter Zeit war er abergläubisch geworden. »Lieber nicht davon reden, sonst verjagst du das Glück vielleicht.« Er legte den Arm um ihre Taille, weil er es einfach nicht schaffte, die Finger von ihr zu lassen. »So, jetzt bin erst mal ich dran. Ab auf die Tribüne mit dir, wehe, du vergisst unseren Deal.«

»Never ever«, sagte Jola und küsste ihn.

Nein, entspannen konnte Jola sich noch nicht. Ihr war durch und durch warm vor Glück, doch erst wenn auch Ryan seine Vorläufe geschafft hatte, würde sie wieder richtig aufatmen können. Sie saß am Rand des Warm-up-Bereichs auf dem Boden, beobachtete, wie Ryan sich mit Skippings, Koordinationsübungen und Steigerungsläufen aufwärmte – und hatte kein gutes Gefühl dabei, dass Samuel kaum 100 Meter entfernt das Gleiche tat.

Hin und wieder warf sie einen Blick auf ihren Communicator. Sie hatte die App auf Ao Yuns Startnummer programmiert, sodass sie ihn bei seinem Triathlon ständig im Bild behalten konnte. Gerade war er mit einem Höllentempo auf der 40 Kilometer langen Radstrecke entlanggejagt und nun rannte er die zehn Kilometer bis zum Ziel. Sein Gesicht war rot und verzerrt vor Anstrengung, aber er hielt in der Spitzengruppe mit.

Bis es plötzlich wirkte, als wäre er gegen eine unsichtbare Mauer gelaufen. Er verhielt mitten im Schritt, streckte Halt suchend die Hände aus, tastete in die Luft.

Hey, was ist da los?, fragte Jola sich beklommen. *Was machst du da?*

Einen Moment lang stand er ganz still. Dann brach Ao Yun in die Knie und sackte zu Boden. Ganz kurz zuckte sein linkes Bein, dann lag er still, während die anderen Läufer vorbeiströmten, ohne anzuhalten.

Von Grauen geschüttelt, schaute Jola zu, sie konnte die Augen nicht von der reglosen Gestalt abwenden. Von diesem Jungen, der noch vor ein paar Tagen übermütig mit ihnen

Billard gespielt, Tangotänzer angestaunt und sich über die kostenlose Limo im olympischen Dorf gefreut hatte. *Heb einfach nur den Kopf, bitte! Los, Ao Yun! Bitte!*

Doch eigentlich wusste sie schon, was passiert war. Und die Sanitäter, die herbeigeeilt waren, wussten es auch. Sie versuchten nicht einmal, ihn wiederzubeleben, denn ein Herz aus Metall ließ sich nicht zusammenpressen, selbst wenn es einwandfrei funktionierte. Vorsichtig trugen sie den jungen Chinesen an den Rand der Strecke, wo er mit offenen, starren Augen lag, bis die Sanitäter ein Tuch gefunden hatten, das sie über ihn decken konnten.

»So, jetzt muss ich es nur noch schaffen, warm zu bleiben, bis die Läufe losgehen.« Gut gelaunt kam Ryan zu ihr herüber, balancierte neben ihr auf seinen Federn und nahm einen Schluck aus seiner Wasserflasche.

Jola blickte zu ihm hoch, und im ersten Moment begriff sie kaum, wer er war und was er von ihr wollte. Doch etwas in ihr, ihr Instinkt, schaltete schneller als ihr Gehirn. Sie ließ den Communicator in die Tasche ihres Trainingsanzugs gleiten und schaltete ihn gleichzeitig ab. Gott sei Dank konzentrierte Samuel sich darauf, seinen Körper bereit zu machen, der hatte nichts mitbekommen.

»Alles klar mit dir?« Natürlich merkte Ryan, dass irgendetwas nicht stimmte.

»Bisschen nervös«, behauptete Jola und zwang sich zu einer Art Lächeln. Es fühlte sich an, als müsse sie mit ihren Mundwinkeln den Mount Everest hochstemmen.

Zärtlich küsste Ryan sie. »Was wetten wir, dass ich nervöser bin als du?«

»Sorry, ich nehme heute keine Wetten mehr an.« Die Worte quälten sich aus ihrem Mund. Hoffentlich, hoffentlich wurde Ryan gleich aufgerufen. Drinnen war er sicher. Im Call Room wurde nicht geredet, im Stadion liefen keine News von außen auf dem großen Monitor und die Athleten durften keine elektronischen Geräte mitnehmen auf die Bahn.

Till hatte seine Aufmerksamkeit zwischen Ryan und seinem Communicator geteilt, während Ryan sich aufgewärmt hatte. Als er sich näherte, sah Jola an seinem Gesicht, dass er Bescheid wusste. *Gib dir mehr Mühe*, sagten seine Augen zu ihr. *Und wehe, du fängst an zu heulen, Jola!*

»Hast du die Ventile kontrolliert?«, fragte er Ryan in nüchternem Ton.

»Ja, aber ich mach's noch mal.« Er zog seine Federn aus und kontrollierte jedes Ventil sorgfältig auf Schmutz und Flusen. Denn mit einem undichten Ventil saß der Schaft nicht mehr fest, die Prothese konnte sich lockern.

Dann wurde Ryan endlich, endlich aufgerufen. Jola umarmte ihn, gab ihm einen Abschiedskuss und war zum ersten Mal froh, ihn gehen zu sehen.

»Viel Glück«, sagte Till und klopfte Ryan auf die Schulter. »Denk dran, mach aus der Kurve heraus Druck bis zum Ziel.«

In eisernem Schweigen warteten sie, bis er mit seinen Sachen im Call Room verschwunden und außer Hörweite war.

Erst dann ließ sich Till neben Jola auf den Boden nieder, er sah elend aus. »Wie schnell das gegangen ist. Die hatten ja nicht mal Zeit, einen Arzt anzurufen. Oder die verdammte Service-Hotline des Herstellers. Ich begreife nicht, warum der Junge sich ein ganz neues, unerprobtes Modell hat implantieren lassen!«

»Weil er kein Geld für etwas anderes hatte, deswegen!« Wie sollte sie dieses Bild, wie Ao Yun zusammengebrochen war, diesen Blick in seinen Augen, jemals wieder aus dem Kopf bekommen? Diesen entsetzten und doch irgendwie abgeklärten Blick, als er begriffen hatte, dass er nun sterben würde? War es das, was es bedeutete, ein Freestyler zu sein? Immer an der Grenze zu leben, bis zum letzten Atemzug, bis zum letzten Herzschlag?

»Los, gehen wir auf die Tribüne«, sagte Till, reichte ihr die Hand und zog sie vom Boden hoch. »Reiß dich zusammen! Du musst nicht jubeln. Du musst nur da sein. Das reicht schon, okay?«

»Okay«, sagte Jola apathisch.

Ryan gewann seinen Vorlauf.

Doch gefeiert wurde an diesem Abend nicht.

Zwei Stunden später standen Ryan und Jola inmitten einer bunt gekleideten, aber bedrückten Menge, die sich zwischen den Wohntürmen um die Statue eines Läufers herum gesammelt hatte. Irgendwann, irgendwo würde es eine offizielle Trauerfeier geben, doch Jola spürte, dass es dieser Moment war, der zählte. Es waren fast tausend Menschen gekommen – und es wären sicher noch mehr gewesen, hätten nicht viele Athleten zu ihren Wettkämpfen antreten müssen.

Auf dem Sockel der silbern schimmernden Statue standen eine Chinesin mittleren Alters – Ao Yuns Mutter? –, ein junger Asiate und Gustav, dessen Aufruf sich so rasch im olympischen Dorf verbreitet hatte.

»Einer von uns hat sein Leben verloren«, sagte Gustav mit seiner kräftigen Stimme, die über die vielen Menschen hinweg trug. »Ein Junge namens Olympiade. Bitte schweigt einen Moment lang für ihn.«

Jola beugte wie alle anderen den Kopf und fühlte Ryans Arm um ihre Schultern, fest und tröstend. Sie musste daran denken, wie viele Jahre Ao Yun als Kind kraftlos im Bett verbracht hatte, wie sehr er sich über sein neues Leben gefreut hatte. *So furchtbar wenig Zeit hatte er, es zu genießen*, ging es ihr durch den Kopf, und sie spürte, wie sich ihre Augen mit Tränen füllten.

Nun ergriff die Chinesin, die auf dem Sockel stand, das Wort; ihr Gesicht wirkte vor Kummer wie erstarrt. Sie sprach einen Moment lang, dann übersetzte der junge chinesische Athlet neben ihr, was sie gesagt hatte. »Er war sehr tapfer, als er ein Kind war. Traurig war er oft, aber nie hat er gejammert, dass er sein will wie die anderen. Er mochte Filme mit viel Action und Cola mit Grüntee und seine Katze mit Namen Yoda. Aber jetzt wollen sie sein Herz behalten. Sein Herz?« Verblüfft blickte der Athlet zur Frau neben ihm, als sei er unsicher, ob er richtig übersetzt habe. Leise fragte er nach und erklärte dann in Richtung der Menge: »Sein Körper soll nach China gebracht werden, aber ohne die … die mechanischen Teile.«

Auch Gustav wandte sich jetzt an Ao Yuns Mutter, redete leise mit ihr und wandte sich dann wieder an die Athleten. »Soweit sie weiß, soll Ao Yuns Herz an die *SymTec Corporation* zurückgesandt, repariert und wiederverwendet werden. Anscheinend war es nur geleast.«

»Bloody hell«, sagte Ryan leise.

Und das war auch, was Jola durch den Kopf ging.

Spät in der Nacht am nächsten Tag rief Gustav sie an. Jola stand so leise wie möglich auf, damit ihre Mitbewohnerin Maike nicht wach wurde, und schlich ins Bad. Gustavs Stimme klang grimmig. »Bingo«, sagte er.

»Ihr habt was gefilmt?« Jolas Füße fühlten sich an wie Eisklumpen auf den kalten blauen Fliesen, doch sie spürte es kaum.

»Ja. Erst hat Samuel mit ein paar Kumpels über Ao Yun

geredet. Ich kann nicht wiederholen, was er gesagt hat, sonst muss ich kotzen. Dann ging's um Ryan und wie er ihn in die Pfanne gehauen hat. Mann, ich könnte den Kerl erwürgen!«

»Wenn du all das wirklich auf Band hast, werden dir ein paar Millionen Leute gerne dabei helfen«, sagte Jola.

Mit einem leisen Flötenton meldete ihr Com, dass eine Datei eingetroffen war.

Let's roll. Sie leitete den Film an Jake weiter.

HEISSE WUT

Es war so weit: Das Finale. 400 Meter Sprint in der Startklasse Freestyle X. Es würde eine Qual werden – und wie sehr Ryan sich trotzdem darauf freute!

Als ein Freiwilliger sie durch den Tunnel ins Stadion führte, konnte Ryan die Menge schon hören, sie klang wie ein großes, murmelndes, atmendes Tier. Sein Herzschlag dröhnte ihm in den Ohren. Noch ein Schritt und noch einer. Auf die Helligkeit vor ihnen zu.

Mit den anderen Sprintern trat er hinaus in das Gleißen der LED-Scheinwerfer, in die riesige, menschengefüllte Muschel des Stadions, der Nachthimmel war nur zu ahnen jenseits davon. Ryan hörte die Stimme des Kommentators, der erst einige andere Läufer, dann ihn selbst ankündigte, und Applaus rauschte ihnen von den ausverkauften Tribünen entgegen. Die Luft im Stadion schien vor Aufregung und Begeisterung zu prickeln.

Eine Gänsehaut überzog Ryans Arme. *Allein für diesen Moment hat es sich schon gelohnt, hierherzukommen.*

Vier Tage war sein Vorlauf nun schon her, vor zwei Tagen hatte er das Halbfinale geschafft. Ryan hatte jeden dieser Tage gebraucht, um nach all dem, was geschehen war, seine innere Ruhe wiederzufinden. Es half, wenn man sich nach außen abschottete – keine Anrufe, keine Mails, keine Neuigkeiten aus der Welt. Wenn man ein wenig trainierte, vernünftig aß, viel schlief und das unglaubliche Glück genoss, von genau der richtigen Frau geliebt zu werden.

Seine Kraft und Gelassenheit waren zurück. Und er brauchte schon jetzt, während er mit den anderen sieben Sprintern zum Start ging, jedes Quäntchen davon. Weil ihm sowieso schon schlecht vor Aufregung war und Samuel jetzt neben ihm ging. »Wie nennt man das eigentlich bei euch Freestylern, wenn jemand abkratzt? Totalschaden?«

Mühsam ignorierte Ryan ihn. Tausendmal hatte Till es wiederholt – ein Sprinter musste vor dem Start ruhig und ausgeglichen sein. In Einklang mit sich selbst. Alles andere verschwendete nur Energie.

»Sah aus wie ein kaputter Roboter, als er auf der Strecke zusammengeklappt ist.« Samuel redete einfach weiter, er wusste, dass Ryan seine Ohren nicht verschließen konnte. »Was machen sie jetzt mit diesem Herz? Ab zum Schrottplatz?«

Ryan schaffte es nicht mehr, so zu tun, als wäre er allein auf der Bahn. Er wandte den Kopf und blickte Samuel an – weil er wissen wollte, wie jemand aussah, der so dermaßen die Kontrolle über seinen Hass verloren hatte.

Erstaunt bemerkte Ryan, dass Samuel nicht gut aussah. Blass und gehetzt wirkte er. Das Grinsen, mit dem er Ryans Blick erwiderte, hatte etwas Verzweifeltes.

»Was ist los? Schlecht geschlafen?«, fragte Ryan in seinem arrogantesten Tonfall.

»Du denkst wohl, du hast schon gewonnen? Hast gedacht, du kriegst mich mit diesem Psychoterror klein? Kannst du vergessen!« Abrupt drehte Samuel sich von ihm weg und ging zu seiner Startposition auf Bahn 2 hinter Ryan.

Halb verdutzt, halb ärgerlich blickte Ryan ihm nach. *Psychoterror? Was ist so schlimm daran, jemanden zu fragen, wie er geschlafen hat?* Er bemühte sich, seine Verwirrung auszublenden, als er auf seinen Rennfedern zum Startblock von Bahn 4 stelzte. Er hatte eine gute Bahn – in der Mitte, nicht zu weit innen, wo er mit engeren Kurven hätte klarkommen müssen.

Schräg vor ihm und schräg hinter ihm in der Kurve der Bahn lockerten sich die anderen Läufer auf ihren Positionen. Nur die Hälfte von ihnen hatte Handicaps, die anderen waren Normalos.

Direkt vor ihm auf Bahn 5 wartete Stephane Belique, der Mann aus Haiti – er war Weltrekordhalter über diese Strecke und lief mit einer Feder rechts. Eine Bahn weiter der erst 19-jährige Amerikaner Hayden Cooke, ein Normalo. Er hatte sich mit einer extrem guten Zeit qualifiziert, vor dem hatte Till ihn gewarnt. Auch Faris Abdullah, der Marokkaner, der bei der letzten Olympiade Silber gewonnen hatte, sah topfit aus. Er hatte zu Beginn seiner Karriere bei einem Terroranschlag das halbe Gesicht verloren und es sich absichtlich mit Metall rekonstruieren lassen. Der Terminator-Look sah cool aus. *Wow, wer hätte gedacht, dass ich jemals gegen Faris laufen würde? Das ist eine Ehre!*

In der letzten Minute vor dem Start sprach keiner von ihnen mehr. Ein leichter Regen hatte eingesetzt. Nicht gut. Mit Federn rutschte man trotz der Spikes leichter aus als mit Füßen.

Ryans Magen hatte sich wieder etwas beruhigt; besser, dass er Samuel hinter sich nicht sehen konnte. Der Start war die schwierigste Phase, weil in seinen Federn noch keine Spannung war, wie tot fühlten sie sich an. Doch das kannte er längst, und das vertraute Ritual, seine Beine zu strecken und die Blades in die Startblöcke zu setzen, gab ihm Sicherheit. Er spürte, wie die Nervosität von ihm abglitt und er eintauchte in die *Zone*. Einen Ort völliger Konzentration.

In ihm war Stille.

Startschuss! Mit voller Kraft schoss Ryan los, warf sich

nach vorne und hämmerte seine Federn mit kurzen, raschen Schritten gegen den Boden, damit sie sich mit Energie aufluden. In dieser Phase war er, wenn er Pech hatte, langsamer als die Normalos. Verbissen arbeitete er sich vor, doch er durfte sich nicht verausgaben, sonst ging ihm in der Zielgeraden die Puste aus!

Er und die anderen rannten mit langen, kraftvollen Schritten, noch war das Feld weit auseinandergezogen, weil manche auf der längeren Außenbahn liefen und andere auf der kürzeren Innenbahn. Faris, der Marokkaner mit dem Terminator-Gesicht, bewegte sich mit unglaublicher Leichtigkeit, scheinbar ohne jede Anstrengung. Er hängte einen großen Teil des Feldes – auch den Haitianer – gleich zu Anfang ab. Aber nicht Ryan. Auch Hayden, der Amerikaner, blieb dran.

Wo Samuel war, konnte Ryan nicht sehen, weil der auf der Innenbahn hinter ihm lief. War er noch dabei? Garantiert.

Die Fliehkräfte in der Kurve waren enorm. Ausgerechnet hier griff Hayden an und Ryan hielt mit. Das Tempo war Wahnsinn, aber er fühlte sich so stark, in seinem Körper schien pures Adrenalin zu kreisen. *Jetzt, jetzt, jetzt ist der Moment, jetzt oder nie!* War er jemals so schnell gewesen? War er gerade wirklich an *Faris* vorbeigelaufen?

Wo war Samuel? Da, fast neben ihm, der setzte nun zum Endspurt an.

Die letzte Kurve! Wie lebendig sich die Federn jetzt anfühlten, sie gaben ihm die Energie zurück, mit der er sie aufgeladen hatte. Doch ansonsten begann der Lauf verdammt wehzutun. Der Sauerstoff in seinen Muskeln war fast verbraucht, er bekam die Knie immer schwerer hoch, verbissen holte er Schwung aus den Armen. Jetzt begannen auch die Krämpfe. Egal. *Verdammt noch mal, ich werde dieses Ding gewinnen, koste es, was es wolle!*

Er konnte Hayden einfach nicht abschütteln – sie lieferten sich auf der Zielgeraden ein Kopf-an-Kopf-Rennen. Das Publikum schrie sich die Kehle aus dem Leib, um sie anzufeuern, das beflügelte ihn noch mehr.

Faris hatte natürlich noch Reserven, er überholte ihn und den Amerikaner wieder. Damit hatte Ryan gerechnet. Aber auf der Hälfte der Zielgeraden schob sich auch Samuel an ihm und Hayden vorbei. Ein Schritt, zwei Schritte, drei Schritte Vorsprung arbeitete er heraus.

Scheiße, nein! Der nicht! In Ryan explodierte die Wut, die er so lange mühsam unterdrückt hatte – wie Starkstrom schoss sie durch jede Faser seines Körpers. Er warf sich voran, holte auf, ließ den Amerikaner endlich hinter sich. Gleichzeitig merkte er, dass Samuel seinem dunkelhäutigen Gegner, der schräg vor ihm an der Spitze lief, einen Blick zuwarf und einen winzigen Moment lang zögerte. Vielleicht begriff er in diesem Moment, dass er, Goldjunge Samuel Dobow, von diesem Terminator-Imitat, diesem *Maschinenwesen*, geschlagen werden würde. Weil er hier nicht unter gewöhnlichen Sprintern war, sondern aus Gründen, die nur ihm einleuchteten, in Freestyle X angetreten war.

Das war exakt der Sekundenbruchteil, in dem Ryan ihn überholte. Und in dem sie die Ziellinie überquerten.

Silber! Er hatte Silber!

Ryan taumelte. Konnte sich kaum aufrecht halten. Trotzdem musste er noch ein paar Meter auslaufen, um den restlichen Schwung aus seinen Federn zu holen. Überwältigt starrte er auf die großen gelben Ziffern der Uhr, die ihnen und dem Publikum die Zeiten anzeigte. *Bloody hell*, der Marokkaner war einen neuen Weltrekord gelaufen und er selbst war noch nie so schnell gewesen! Kein Wunder, dass er sich fühlte wie frisch ausgekotzt.

Er hielt sich an einer Absperrung fest, damit er nicht einfach umfiel.

Faris, der Sieger, lief an den Tribünen entlang, strahlend und in eine marokkanische Flagge gehüllt, winkte er seinen Fans zu. Kameradrohnen umschwirrten ihn. Mit leichtem Neid beobachtete Ryan, wie locker er durch die Gegend trabte – bis er selbst wieder alleine stehen konnte, dauerte es eine Viertelstunde. Doch er wusste, dass er noch gut weggekommen war. Nach einem harten 400-Meter-Rennen hatte er manche Athleten auch schon auf die Bahn kotzen sehen. Nicht so toll vor all den Kameras.

Silber! Er hatte Silber gewonnen. Ob er das auch geschafft hätte, wenn Samuel nicht im gleichen Rennen gelaufen wäre? Wenn ihn diese irre Wut nicht gepackt hätte?

»Hey, danke«, rief Ryan Samuel zu. »Ohne dich wäre ich wahrscheinlich Vierter geworden.«

Samuels Gesicht war eine Maske kalter Wut.

Jola, Jake und Ryans Freestyler-Freunde grölten ein paar Meter entfernt in der ersten Reihe seinen Namen, schwenkten Fähnchen und führten Freudentänze auf. Halb betäubt vor Glück winkte Ryan ihnen zu. Auf dem Weg zur Umkleide musste er durch den Pulk der Journalisten, selig stammelte er Antworten auf zwei Dutzend Fragen – ob er mit der neuen persönlichen Bestzeit zufrieden sei, was er über den Shitstorm denke, wovon redeten die eigentlich, was für ein Shitstorm? – und folgte einer Freiwilligen ins Dopinglabor, um seine Proben abzugeben.

Es dauerte noch eine halbe Stunde, bis er endlich, endlich inklusive seiner wasserfesten Alltagsprothesen unter der Dusche stand. Seine Oberschenkel fühlten sich an wie zu lange gekochte Spaghetti.

Eine Stunde später war die Siegerehrung. Als er aufs

Treppchen gestiegen war und ihm einer der Offiziellen die Medaille um den Hals legte – handtellergroß und richtig schwer –, brauste Jubel im Stadion auf. Fast so, als sei er ein Argentinier, der hier in Argentinien gewonnen hatte. Wow, aus irgendeinem Grund mochten ihn die Leute hier. *Na, wenn die was übrighaben für Jungs ohne Beine, dann sollen sie erst mal abwarten bis zu den Paralympics in drei Wochen. Da bekommen sie noch ein paar mehr von der Sorte geboten.* Gerührt winkte Ryan zu den Tribünen hoch. Noch ein seltsamer Gedanke: Hätte er es bis hierher geschafft, wenn es diese neblige Nacht auf der Autobahn nie gegeben hätte? Wahrscheinlich nicht. In seinem alten Leben hatte er es selten nötig gehabt, um irgendetwas zu kämpfen.

Als Nächster kam Samuel dran. Bronze. Und auf einmal war es im Stadion totenstill.

Samuels Gesicht versteinerte. Steif stand er da und starrte geradeaus.

Und allmählich dämmerte Ryan, was hier eigentlich abging.

Da hatte sich wohl was herumgesprochen.

OHNE GRENZEN

Allein saß Jola in der Kantine, die Hände um eine Tasse Tee geschlossen, um sie zu wärmen, und starrte auf die Tischplatte. *Dritter Tisch ganz an der linken Seite, das wird er bestimmt finden, oder? Vielleicht hätte ich ihn am Tor abholen sollen, so wäre es höflicher gewesen.* Doch was es zu sagen gab, war sowieso nicht angenehm. Vierter Platz im 200-Meter-Finale und die Sprinterinnen-Staffel, mit der sie eigentlich Bronze gewonnen hatte, disqualifiziert nach einem Wechselfehler … das war so bitter gewesen. Sie würde nichts beitragen können zu der Stiftung, die sie und Ryan geplant hatten. Und vielleicht hatte sie keinen Sponsor mehr, wenn der Tag vorbei war.

Wieso nur hatte sie Tills Angebot nicht angenommen, dabei zu sein bei diesem Gespräch? Er kam mit der Trennung besser klar, als sie gedacht hatte. Wenn er eifersüchtig auf Ryan war, merkte man nichts davon, zwischen diesen beiden war keine Bitterkeit. Sie kamen besser miteinander aus als zuvor, obwohl es einen krachenden Streit gegeben hatte, nachdem Till auch Ryan von seinem kaputten Freestyler-Knie erzählt hatte. Vielleicht würde ihre Trainingsgruppe überleben? Noch war es zu früh, das zu sagen.

Emily konnte sie nicht trösten, im Gegenteil, diesmal war Jola dran, so gut es aus der Ferne ging. Christopher – der gutmütige, nette Christopher – hatte sich von ihr getrennt. Für ein Mädchen aus Augsburg, eine Freundin seiner Schwester. Arme Emily.

Am Nebentisch saß eine Gruppe Athletinnen mit britischen Flaggen auf den Trainingsanzügen und mit halbem Ohr lauschte Jola auf ihr Gespräch.

»Ich sag dir, das wird ein Millionen-Deal. Die wollen mit mir Werbung für Frühstücksflocken machen, das Zeug schmeckt zwar wie Schweinefutter, aber egal. Mein Manager ist gerade dabei, das einzufädeln …«

»Aber damit das durchgeht, musst du mindestens Silber machen, oder? Und was ist eigentlich mit Lindsay, dieser publicitygeilen Schlampe? Was ist, wenn sie von dem Vertrag hört und ihn dir wegschnappt?«

»Oh, bitte, lass uns nicht von der reden. Ich verstehe nicht, wieso die so bekannt ist, sie hat kaum was gewonnen und ist trotzdem ständig in der Presse!«

»Hübsch sein schadet eben nicht. Hab ich euch schon erzählt, dass mir *Aston Martin* ein Auto zur Verfügung stellen will? Ich brauche keine PR-Termine wahrzunehmen, ich soll die Karre einfach nur fahren und hin und wieder im Netz loben, könnt ihr euch das vorstellen?«

Jola stand auf, nahm ihren Tee und setzte sich ein paar Plätze weiter. Das war ja nicht zum Aushalten. *Aber was ist mit mir?* Ein ungebetener Gedanke. *Hier sitze ich und warte brav wie ein Hündchen auf den verdammten Vertreter meines Sponsors. Und wenn mir jemand einen* Aston Martin *anbieten würde gegen ein paar nette Worte im Netz, würde ich da Nein sagen?*

Angeblich war das bei den Paralympics anders. Idealistischer, ehrlicher. Vielleicht interessierten sich die Leute deshalb inzwischen mehr dafür als für die eigentliche Olympiade. Sie gönnte es Ryan, der bei den Paralympics als einer der Stars antreten würde. In einem Wirbel aus Interviews, Sponsorenanfragen und Einladungen zu Galas, Empfängen und Ehrungen nach seiner Rückkehr wusste er kaum noch, wo ihm der Kopf stand. Er würde schon bald einen Manager brauchen.

Da war ihr Sponsor. Clemens Braunhaag. Wie immer in Hemd und Sakko, das braune Haar akkurat gescheitelt. O Gott, nein, er hatte wieder einen riesigen Sack mit Süßigkeiten dabei, sie hatte sowieso schon aufgegeben, all den Leckereien im olympischen Dorf zu widerstehen! Das englische Frühstück mit Eiern und Speck hatte ihr noch lange im Magen gelegen, vielleicht hätten sie und Ryan es nicht gerade um Mitternacht bestellen sollen?

Matt, ohne jede Energie, stand Jola auf, um ihm die Hand zu schütteln. »Tag, Herr Braunhaag. Schön, dass Sie hergekommen sind.«

»Wie geht es Ihnen, Frau Spiegler?«

»Was meinen Sie denn? Nachdem ich zwei Medaillen knapp verpasst habe?« Sofort war sie entsetzt von sich selbst. So konnte man doch mit einem Sponsor nicht reden! Und seit wann war sie pampig zu jemandem, der sie nett begrüßt hatte?

»Erstens ist ein vierter Platz bei einer solchen Konkurrenz alles andere als schlecht. Außerdem sind Medaillen nicht alles, Frau Spiegler.« Braunhaag schob ein Tablet über den Tisch, auf dem ein Film lief. Es war das Video eines Fernsehinterviews, das sie nach der Entführung und dem verpatzten Vorlauf gegeben hatte. »In Deutschland kennt nun jeder Ihren Namen. Es hat Ihnen große Sympathien eingebracht, was Sie durchmachen mussten. Mutige Entscheidung von Ihnen, trotzdem zu laufen. Wir haben alle mitgelitten.«

»Ich konnte nicht anders«, sagte Jola. Das Lob machte sie verlegen. Stimmte das, war sie wirklich so bekannt geworden – einfach dadurch, dass sie sich hatte *ausrauben* lassen?

Was war denn das für eine Leistung? Ein Satz in ihrem Kopf, ungebeten. *Ich verstehe nicht, wieso die so bekannt ist, sie hat kaum was gewonnen und ist trotzdem ständig in der Presse!*

Jola kniff die Lippen zusammen, doch dann rief sie sich ins Gedächtnis, was genau Braunhaag gesagt hatte. Von einer mutigen Entscheidung hatte er gesprochen. Wahrscheinlich hatte er recht, ihre Leistung war wirklich, dass sie nicht aufgegeben hatte. Auch wenn sie gescheitert war.

»Schön auch, dass Sie bei den Interviews Ihre Kleidung mit unserem Sponsoren-Logo getragen haben.« Braunhaags Lächeln wurde breiter. »Die Verkaufszahlen unseres Fitness-Riegels entwickeln sich sehr erfreulich. Ich bin überzeugt davon, dass Sie – eine attraktive junge Frau – weiterhin die beste Werbefigur für uns sind.«

Hübsch sein schadet eben nicht. Auf einmal war Jola übel. Sie atmete tief durch, damit das Gefühl verging, und fühlte eine klare, kühle Entschlossenheit in sich wachsen. »Herr Braunhaag, ich bin keine Figur. Und auch keine Werbefigur. Ich bin Athletin. Wichtig ist mir mein Sport. Wenn Sie das verstehen, können wir gerne weiter zusammenarbeiten.«

Sie hatte erwartet, dass er sich entschuldigen oder ihr seinerseits eine kühle Antwort hinknallen würde. Doch keins von beiden geschah. Braunhaag blickte sie nur einen langen Moment an, er schien sie abzuschätzen.

Schweigend wartete Jola ab, ohne seinem Blick auszuweichen. Es lag ihr noch im Magen, wie viel Druck die *Coronado AG* gemacht hatte, damit sie ihre Beine optimieren ließ. Aber sie würde ebenso wenig vergessen, dass Braunhaag sie trotz des Desasters in Osaka unter Vertrag genommen hatte. Und dass er noch immer bereit war, sie zu fördern.

Ein kleines Lächeln war auf Braunhaags Gesicht erschienen. »Kompliment«, sagte er. »Sie wissen, was Sie wert sind,

Frau Spiegler.« Er streckte die Hand aus. »Auf weiterhin gute Zusammenarbeit.«

Jola ergriff sie. »Komisch, das wollte ich auch gerade sagen«, sagte sie und lächelte zurück.

Den Riesensack Süßigkeiten nahm sie mit. Es gab ein paar Kinder hinter dem Busbahnhof Retiro, die sich vielleicht darüber freuen würden.

Die Cafés von Buenos Aires würde sie vermissen. Nirgendwo sonst konnte Jola so gut abhängen und jetzt, nach ihren Wettkämpfen, Zeit mit Ryan verbringen, ohne dass ein paar Hundert andere Leute zuschauten. Doch diesmal war ihr wehmütig zumute, denn sie mussten bald Abschied nehmen. Nach der großen Schlussfeier morgen wurden die Quartiere im olympischen Dorf für die Athleten der Paralympics gebraucht, Jola musste ihr Zimmer räumen. Samuel flog morgen heim, Till würde mit Ryan hierbleiben und ihn auch während der Paralympics coachen.

»Was ist mit unserer Stiftung?«, fragte Ryan sie. Wie ruhig und ausgeglichen er wirkte. So völlig anders als damals, als sie ihn kennengelernt hatte. »Wir müssen noch jede Menge Details besprechen. Und könntest du schon ein bisschen was dafür vorbereiten, Pressemitteilungen und so weiter? Ich habe schon allen möglichen Journalisten und Bloggern davon erzählt, die wollen mehr Infos.«

»Klar, ich häng mich rein«, versprach Jola. »Aber ich muss auch darüber nachdenken, wie es für mich weitergehen soll.«

»Hast du schon Ideen?«, fragte er und nahm ihre Hand. Jola hätte nie gedacht, dass eine Berührung sich so gut anfühlten könnte, sie sandte goldene Fühler durch ihre ganze Seele.

»Ich werde mir ein paar Wochen freinehmen – einfach mal

was ganz anderes machen, bevor wieder die Hallenmeisterschaften anstehen«, sagte Jola. Sie musste tief durchatmen, bevor sie weitersprechen konnte. »In der Zeit kann ich mir überlegen, was für ein Beruf zu mir passen würde. Vielleicht Meeresbiologin. Auf jeden Fall etwas, was nichts mit Sport zu tun hat. Als eine Art Gegengewicht, weißt du? Damit es mich nicht total zerlegt, wenn es in den Wettkämpfen mal nicht klappt. Und du?«

»Ich werde Medizin studieren«, erzählte Ryan fröhlich. »Gerade habe ich Bescheid bekommen, dass es nächsten Herbst mit dem Studienplatz klappt. Du bist die Erste, die es erfährt.«

Jolas Mund klappte auf. Arzt wollte er werden? Darauf wäre sie nie im Leben gekommen. »Du hast mir gar nicht erzählt, dass du dich beworben hast!«

»Ich wollte erst sichergehen, dass es klappt.« Er zog eine verlegene Grimasse. »Mein Abischnitt war ja nicht perfekt. Aber anscheinend habe ich im Test und bei den Patientensimulationen gut abgeschnitten.«

Vielleicht deshalb, weil er selbst schon so viel Zeit in Krankenhäusern verbracht hatte. Wer wusste besser als er, wie man sich als Patient fühlte? »Du Kaulquappe, ich hätte dir doch die Daumen drücken können«, warf ihm Jola an den Kopf. »Medizin? Das wird hammerhart.«

Ryans Augen blitzten und von seinem Draufgängergrinsen bekam Jola weiche Knie. »Ja, und? Ich brauche doch sowieso ein neues Ziel. Und Zeit zum Trainieren werde ich schon finden, irgendwie.«

»Du bist total irre!« Jola verdrehte die Augen, um zu verbergen, wie gut ihr seine Entschlossenheit gefiel. »Wahrscheinlich gehst du danach direkt zu den *Ärzten ohne Grenzen* oder so was.«

Lächelnd zog er die Augenbrauen hoch. »Respekt, du kennst mich besser als ich mich selber. Auf diese Idee bin ich erst vor ein paar Tagen gekommen. Und meinen Sozialen Dienst mache ich wahrscheinlich als Rettungssanitäter.«

»Musst du denn noch nebenher arbeiten, während du studierst?« Wenn er jobben musste, würde das mit dem täglichen Training schwer werden. Was war dann mit seiner Sprinterkarriere?

»Nee, keine Sorge.« Ryans Grinsen war noch breiter geworden. »Newsflash! Ich bin nicht mehr pleite! Nachdem ich vorgestern ganz nebenbei in einem Interview erwähnt habe, dass mir meine Unfallversicherung bisher keinen Cent ausgezahlt hat, ist heute die Kohle eingetroffen. Die bringt mich locker durchs Studium, auch wenn ich meine ganze Gewinnprämie in die Stiftung stecke.«

»Wow.« Jola musste erst einmal verdauen, was sie gehört hatte. Reich war er jetzt auch noch. Hammer!

Sie suchte nach Neid in sich. Nicht wegen des Geldes, natürlich nicht. Sondern deswegen, weil er *ihren* Traum verwirklicht hatte – er war Olympiazweiter geworden. Doch obwohl Jola tief in ihrer Seele grub, fand sie nur Freude darüber, dass es ihm endlich so gut ging, wie er es verdiente. Irgendwann musste sie es geschafft haben, innerlich loszulassen. Die hässlichen Gefühle zur Hölle zu schicken. *Vielleicht an dem Tag, als er Silber gewonnen hat und ich zusammen mit seinen Freunden fast ausgerastet bin vor Begeisterung.* Die Erinnerung brachte sie zum Lächeln. Ob irgendjemand außer ihr wusste, dass Ryan die Medaille seither unter seinen Klamotten versteckt trug?

»Vorhin hat sogar Heike Appeldoorn Glückwünsche geschickt, kannst du dir das vorstellen?« Lächelnd schüttelte Ryan den Kopf. »Sie freut sich für mich.«

»Mir hat sie auch geschrieben – eine ganz lange Mail«, sagte Jola. Eine Mail, die sie aufbewahren würde, weil sie so persönlich war und ein so guter Trost. Auch Heike war der Ansicht, dass ein vierter Platz in einem Olympia-Finale ein Riesenerfolg war. Allmählich konnte Jola sich sogar ein klein wenig darüber freuen. Denn wenn sie eine Medaille gewonnen hätte … wäre das wirklich *ihr* Sieg gewesen? Oder ein Sieg der modernen Medizintechnik?

»Koray hat dir bestimmt auch geschrieben, oder?« Ryan zeigte ihr das Bild, das Koray ihm gemailt hatte – sein Eichhörnchen hielt eine Glückwunschkarte in den Pfoten, die es schon halb zernagt hatte. »Total witzig.«

Jola lächelte. »Ja, mir hat er auch geschrieben, aber ich habe ein anderes Bild bekommen. Eines, wo sein Eichhörnchen sich die Ohren putzt. Keine Ahnung, was er mir damit sagen will.« Ihr Communicator zeigte eine neue Nachricht an, Jola checkte sie rasch.

Hey, du, wo bist du gerade? Ich bin schon seit ein paar Tagen in Buenos Aires, sorry, dass ich mich nicht gemeldet habe!!! Leni

Eine halbe Stunde später fielen sie sich in die Arme. Leni wirkte gesund und braun gebrannt, ihre Locken umgaben ihren Kopf wie ein Halo und ihre großen braunen Augen strahlten. Sie trug eine bunte Weste aus gewebter Wolle über einem Pullover; der Ethno-Look stand ihr. Natürlich hatte sie ihre – nun etwas verschrammte – Datenbrille auf der Nase. Streamte sie gerade? Egal.

»Du siehst richtig gut aus!«, sagte Jola und drückte sie gleich noch mal. »Wo kommst du denn auf einmal her? Bist du schon lange in der Stadt?«

»Ach, ich wohne mit zwei Freunden seit ein paar Tagen in einem Backpacker-Hostel ein bisschen außerhalb. Wir arbeiten uns gerade zu Fuß, per Bus und per Anhalter von Patagonien hoch bis nach Mexiko«, erzählte Leni fröhlich. »Wir haben schon so viel erlebt, ich könnte stundenlang erzählen.«

Ryan sah ein bisschen neidisch aus. »So was könnte mir auch gefallen. Und, hast du dir hier ein bisschen Olympiade gegeben?«

Leni lachte. »Ja, das Wasserspringen und ein Radrennen, für alles andere hab ich keine Karten mehr bekommen. Zum Glück steht in der Stadt gerade an jeder Ecke ein Monitor, so konnte ich mir eure Staffel anschauen. Ihr wart echt gut – totales Pech, das mit dem Wechselfehler.«

»Und das alles reizt dich gar nicht mehr?«, fragte Jola.

Ohne Zögern schüttelte Leni den Kopf. »Ich bin fertig mit dem Leistungssport. Dieses ganze Training, das wurde mir eh zu viel. Und dann das mit dieser komischen positiven Probe, obwohl ich nicht gedopt hatte … das war irgendwie der letzte Tropfen.«

Sie tranken noch einen Kaffee zusammen und unterhielten sich – mit ausgeschalteter Datenbrille – über Samuel und das, was er getan hatte, und wie Jake es angestellt hatte, einen richtig schönen Shitstorm zu organisieren.

»Soweit er mir erzählt hat, hat er die Aufnahme sofort ins Netz gestellt, aber damit war es ja nicht getan, er musste noch ziemlich viele Leute darauf aufmerksam machen«, berichtete Ryan. »Das hat ihn den Rest der Nacht gekostet, hat er gemeint. Viel Zeit war ja nicht bis zum Finale, und er wollte, dass wirklich alle Bescheid wissen. Am Morgen sind die großen Medien darauf eingestiegen, denn die haben ja über Ao Yuns Tod berichtet und auch über die Reaktionen darauf. Und Samuels Reaktion war vermutlich die krasseste.«

Jola nickte mit verzogenem Gesicht. Ein Athlet, der so über seinen toten Kollegen redete und dazu noch unfreiwillig die Sabotageaktion an Ryans Federn offenbarte, das war der Aufreger des Tages gewesen. Auch Jola klangen Samuels Sprüche noch im Ohr, ob sie wollte oder nicht. *Ein kaputter Halbroboter mehr oder weniger, wen stört's? Vielleicht ganz gut, dass der verreckt ist, dann sehen die Leute, was sie sich mit diesen künstlichen Scheißorganen antun … und dieser Krüppel mit den Heuschreckenbeinen, den hab ich sauber ausgebremst. Hab seine Federn einfach ein bisschen länger behalten, und ohne die Dinger war er nichts, nur ein Großmaul, das nicht mal ohne Hilfe gehen kann …*

Ja, auch ihr wurde schlecht davon.

»Hat Jake Ärger bekommen, weil er das Video ins Netz gestellt hat?«, fragte Leni neugierig. »Persönlichkeitsrechte oder so?«

Ryan grinste schief. »Wie ich auch noch nicht lange weiß, ist Jake ein verdammt guter Hacker. Der weiß, wie man seine Identität geheim hält. Sonst hätte er schon Ärger bekommen, ja.«

»Habt ihr gesehen, dass Samuels AG pleite gegangen ist?«, warf Jola ein. Als sie gesehen hatte, dass der Wert seiner Aktie auf null gesunken war, hatte das ihre Laune sehr verbessert.

Leni fletschte die Zähne zu einem prachtvollen Haifischgrinsen. »Na klar. Wer will schon Anteile an so einem Drecksack?«

Nachdem sie noch eine Weile gelästert hatten, hatte Jola schließlich genug. »Wisst ihr was? Ich habe keine Lust mehr, über diesen Scheißkerl zu reden. Dass wir überhaupt so viel über ihn nachdenken, hat er nicht verdient.«

»Absolut! Der ist so was von *offline*«, sagte Leni, und weil jetzt ihre Freunde im Café auftauchten – zwei sehr nette junge Amerikaner –, gab es sowieso jede Menge anderes zu bequatschen.

»Hey, ihr seid doch die beiden, die ausgeraubt worden sind? Und du, bist du nicht der Typ, der mit Prothesen läuft und Silber gewonnen hat?«, fragte einer der Jungs, ein Biologiestudent, neugierig.

»Stimmt alles«, sagte Ryan, aber er dachte gar nicht daran, seine Medaille unter dem Hemd hervorzuziehen. Wahrscheinlich wäre sie das Erste gewesen, das er aus seiner brennenden Wohnung gerettet hätte, aber es schien ihm nicht wichtig zu sein, dass andere sie – und ihn – bewunderten.

»Wollt ihr nicht mitkommen auf unseren Trip durch Südamerika?«, fragte der andere Junge. »Wenn ihr sowieso schon hier seid … und zusammen wäre es bestimmt noch lustiger …«

»O ja, unbedingt!«, jubelte Leni mit leuchtenden Augen. »Das wäre so cool!«

Ryan und Jola sahen sich an. »Total gerne«, sagte Ryan. »Nach den Paralympics habe ich Zeit, das Studium fange ich erst im nächsten Herbst an. Was ist mit dir, Jo, wäre das was für uns? Vielleicht finden wir dabei auch einen Ort, an dem wir mit Haien tauchen könnten.«

Jola schwieg. Unwillkürlich berührte sie ihre Beine, ihre neuen, ach so tollen Beine. Wie Blei fühlten sie sich gerade an, aber das lag wahrscheinlich daran, dass ihr durch und durch bleischwer zumute war. Weil ihr mit jedem Tag klarer wurde, was sie sich damit angetan hatte. »Das klingt toll … aber ich fürchte, ich kann nicht mit.«

»Wieso?«, fragte einer der Jungen, er klang enttäuscht. »Job, Familie, Studienplatz?«

»Nein, aber eigentlich muss ich mit diesen Optis alle zwei Wochen zum Medizintechniker, um sie überprüfen zu lassen. Manchmal müssen sie auch justiert werden oder so was.« Jola versuchte, den Kloß in ihrer Kehle herunterzuschlucken. Es klappte nicht. »Wahrscheinlich gibt es in vielen Ländern nicht gerade an jeder Ecke so einen Techniker …«

»Quatsch, es gibt in vielen Ländern gute Low-Cost-Reparaturservices für bionische Systeme«, widersprach Ryan und strich ihr über die Wange. »In Indien ist das gerade *die* kommende Branche, und in Brasilien auch, hab ich gehört.«

Jola blickte ihn an und plötzlich kam sie sich furchtbar albern vor. Er hatte zwei künstliche *Beine* und fand nichts dabei, sich zu einem Trip quer durch Südamerika aufzumachen. Wenn sie während einer Trainingspause, wenn ihre Muskeln sowieso weniger zu tun hatten als sonst, mal einen Wartungstermin verpasste … das war bestimmt nicht tragisch. Sie würde mitfahren!

Ja, sie hatte Mist gebaut, die Operation war ein Fehler gewesen.

Aber das Leben ging weiter, irgendwie.

Jolas Familie hatte geplant, den Abschied in einem schicken Restaurant zu feiern. Bevor sie dorthin aufbrachen, schaffte es Jola mit Mühe und Not, ein paar Minuten allein mit ihrem Vater zu ergattern – unter dem Vorwand, ihm, dem Landschaftsarchitekten, wenigstens kurz die Gärten des olympischen Dorfs zu zeigen. Doch er schien zu spüren, dass es nur ein Vorwand war, denn es war sowieso schon fast dunkel, und er warf kaum einen Blick nach links und rechts, als sie nebeneinanderhergingen.

»Dir ist es nicht gut gegangen in den letzten Jahren, oder?«, fragte Jola vorsichtig.

Anton schüttelte den Kopf. »Es tut mir leid, dass ihr darunter leiden musstet. Ich war ziemlich ungenießbar, oder?«

Es fiel Jola unendlich schwer, ihm die Frage zu stellen. »Warum hast du einen Hacker beauftragt?«

Erschrocken blickte ihr Vater zu ihr hinüber. »Er hat mit dir geredet?«

»Nein«, sagte Jola, froh, dass er nicht versucht hatte, alles abzustreiten. »Er ist gut im Dichthalten.«

Ihr Vater schwieg so lange, dass Jola nicht mehr wusste, ob er antworten würde. Aber dann tat er es doch. »Ich wollte wissen, was ihr durch den Kopf geht«, sagte er und seufzte tief. Es lag eine Tonne Unglück in diesem Seufzer. »Er hat in meinem Auftrag all ihre Nachrichten abgefangen. Ein paar Monate lang habe ich jeden Tag alles gelesen. Widerlich, oder?«

Jetzt wusste sie also, was er getan hatte, wenn er angeblich komponierte. »Ziemlich. Aber du hast es nur getan, weil du einen Verdacht hattest.«

»Ja. Das stimmt. Theresa hat ihre Nachrichten an diesen Kerl bombensicher verschlüsselt. Trotzdem wusste ich, dass sie mich belügt. Jake hat mir ihr Bewegungsprofil beschafft. Oft war sie nicht dort, wo sie angeblich war.« Anton blickte zu Boden, während sie ihre Schritte zurück zum Wohnturm der deutschen Athleten lenkten. »Jake hätte mir auch Bilder beschafft, aus Überwachungskameras zum Beispiel. Aber da habe ich Nein gesagt. So weit wollte ich nicht gehen.«

Erleichtert nickte Jola. Es war schon hässlich genug, dass er ihr überhaupt hinterherspioniert hatte. Aber sie hätte auch nie gedacht, dass ihre Mutter ihn betrügen würde. »Wieso hast du nicht um sie gekämpft? Stattdessen hast du dich zurückgezogen.«

»Ich glaube, ich war zu verletzt davon, dass sie einen anderen hatte.« Die Stimme ihres Vaters klang gepresst. »Ich hätte nie gedacht, dass es so weit kommt mit Theresa und mir. Aber noch schlimmer war, zu merken, dass nichts, was ich getan oder angepackt habe, sie noch sonderlich interessiert hat.«

Wie bitter. Wie entsetzlich bitter.

Schon waren sie zurück, sie mussten los zum Restaurant. Selten war Jola weniger nach einem Luxusdinner zumute gewesen. Und ihrem Vater ging es unter Garantie genauso.

Kein Wunder, dass die Stimmung während des Essens zu wünschen übrig ließ. Jannis trank zu viel Wein. Jola ging noch immer im Kopf herum, was ihr Vater erzählt hatte, außerdem lag es ihr schwer im Magen, dass sie jetzt ganze vier Wochen ohne Ryan auskommen musste. Ryan hielt unter dem Tisch ihre Hand und war nett genug, nicht stundenlang über seine tollen neuen Sponsorendeals zu schwärmen. Jake, der ein hässliches *Manchester United*-Sweatshirt trug, gab sich offensichtlich Mühe, seine besten Manieren herauszukehren, und ließ sich nicht anmerken, dass er jemals etwas mit Anton zu tun gehabt hatte. Und ihre Eltern? Die nahmen Jannis unauffällig das Weinglas weg, waren sehr freundlich zu Ryan und Jake, sagten all die richtigen Dinge – und wirkten noch bedrückter als sonst.

»Was ist los? Macht es euch Angst, dass wir in Südamerika herumreisen wollen?«, fragte Jola vorsichtig und hoffte, dass es nur das war.

»Ein bisschen, klar«, sagte Anton und versuchte ein Lächeln. »Eltern sind einfach so, weißt du?«

»Ach, die paar Drogenbarone und Rebellen, mit denen werdet ihr locker fertig«, meinte Jannis. »Aber die Medaille würde ich trotzdem zu Hause lassen, Ryan.«

»Also, was ist jetzt?«, sagte Jola zu Theresa – sie war nicht bereit, lockerzulassen.

Ihre Mutter holte tief Luft. »Es gibt leider ein paar weniger schöne Neuigkeiten. Euer Vater und ich … wir trennen uns. In zwei Wochen ziehe ich aus, ich habe schon eine Wohnung in Sendling gefunden.«

Es traf Jola weniger tief, als sie erwartet hatte. Vielleicht, weil sie nicht überrascht war. Nett, dass sie bis nach der Olympiade gewartet hatte, es ihnen mitzuteilen.

Wie lange sie es wohl schon wussten? Wochen? Wohl eher Monate. Es dauerte eine Weile, bis man in München eine Wohnung gefunden hatte.

»Du wirst nicht allein dort wohnen, oder?«, fragte Jola mit Mühe.

Ihre Mutter nickte. »Mein Freund heißt Andreas. Ihr könnt ihn gerne kennenlernen, wenn ihr möchtet.«

Mitleidig sah Jola zu ihrem Vater hinüber. All seine Befürchtungen hatten sich bestätigt. Es musste sich furchtbar anfühlen, die Frau zu verlieren, die man liebte. Mit der einen so viele gemeinsame Erinnerungen verbanden. Am liebsten hätte sie Anton umarmt, aber Jannis wirkte, als hätte er das noch nötiger. Ungläubig hatte er zugehört und jetzt sackten seine Schultern nach vorne. »Das heißt dann wohl, unsere Familie gibt es nicht mehr, oder?«

Rasch legte Jola den Arm um ihren Bruder und drückte ihn. Auch sie war traurig, aber für sie war es weniger schlimm, weil sie sowieso bald aus dem Nest fliegen würde. Jannis dagegen musste noch einige Jahre daheim wohnen. Wie still und leer es dort bald sein würde. »Nein, das heißt es nicht. Wir sind alle noch da. Und Melli wird bei dir sein.« Hoffentlich hielt seine Freundin jetzt zu ihm.

Weder Jake noch Ryan sagten etwas, doch unter dem Tisch schloss sich Ryans Hand fester um ihre. Dankbar erwiderte Jola den Druck.

»So ist das Leben – Liebe hält nun mal nicht ewig«, sagte Anton, atmete tief durch und orderte noch einen *Café cortado*.

Jola und Ryan blickten sich an.

Unsere schon, sagten Ryans Augen.

Ja, antworteten ihre.

Isla Mujeres (Mexiko), Anfang September 2032

Es war anders, als sie es sich vorgestellt hatte. Vielleicht war es das immer, wenn ein Traum wahr wurde. Jolas Haare flatterten ihr im salzigen Seewind um den Kopf wie eine wild gewordene Fahne, weil sie ihr Haarband vergessen hatte, um sie herum schwatzten amerikanische Touristen, und es herrschte ein furchtbares Gedränge auf dem Tauchboot, weil alle gleichzeitig versuchten, ihre Schnorchelausrüstung anzulegen. Jola hielt sich mit einer Hand an der Reling fest und spülte mit der anderen Hand ihre Maske in dem Plastikbottich mit Meerwasser. Noch mal reinspucken, ausspülen. Konnte das sein, würde sie gleich hier im Meer vor Isla Mujeres Haie sehen, echte Haie, die größten Haie der Welt?

Ryan, der vom Hals bis zu den Beinen in einem eng anliegenden schwarzen Neoprenanzug steckte, war gerade dabei, sich die Flossen über die Prothesenfüße zu ziehen. Mit lachenden Augen blickte er zu ihr hoch, als er ihren Blick bemerkte. »Immerhin, wir müssen uns keine Sorgen machen, dass wir gebissen werden«, sagte er. »Irgendwie hatte ich mir das Ganze gefährlicher vorgestellt.«

»Das hättest du wohl gerne gehabt«, schoss Jola zurück. »Du könntest immer noch einen Schlag mit einer dieser Riesenflossen abbekommen, also pass auf, klar?« Walhaie hatten zwar nur Zähne im Reiskorn-Format, doch dafür das Temperament eines Bulldozers. Die schwammen einen glatt über den Haufen.

»Mach ich«, sagte Ryan, zärtlich diesmal. »Will dir das hier schließlich nicht versauen.«

Es war wunderbar, in seinen Armen zu sein, auch wenn die sich durch das Neopren anfühlten wie die eines Gummi-Kraken. Ein letzter Kuss auf dem schwankenden Deck, dann hustete der Lautsprecher des Tauchboots das Wort *»Tiburo-*

nes!« – Haie! – hervor. Schon sah sie eine Flosse, groß wie eine Haustür, das Meer aufpeitschen, einen gigantischen, hell gefleckten Körper durchs Wasser pflügen. Es ging los!

Wussten Leni und die anderen, die sich gerade am Strand rösteten, eigentlich, was sie hier verpassten?

Das hier war doch das reine Glück und sie hatte es gefunden, endlich.

München, Ende September 2032

Aber eine große Kanne Glück gab es auch anderswo. Einen Tag nach ihrer Rückkehr aus Südamerika klingelte es an ihrer Haustür. Jola öffnete und starrte die hagere Frau mit den kurzen silbergrauen Haaren an, die dort stand. Das Gesicht genauso sonnengebräunt wie ihr eigenes, die eisblauen Augen von Lachfalten umgeben.

»Heike!« Jola konnte nicht anders, sie warf sich ihr einfach in die Arme wie ein Kind. Und ihre alte Trainerin umarmte sie zurück. »Dachte, ich komme einfach mal vorbei.«

»Bist du schon lange in Deutschland? Bis wann bleibst du?« Hinter ihren Augen lauerten Tränen, aber die sollten gefälligst da bleiben. »Komm doch rein, ich mach dir einen Kaffee! Hast du ein bisschen Zeit?« Sie drängte Jannis aus dem Weg, der gerade irgendwas neben der Kaffeemaschine hantierte.

»He, du brauchst dich nicht wie ein Nilpferd zu benehmen, nur weil du Besuch hast!«, zischte er.

Jola rammte ihm den Ellenbogen in die Seite. »Tu mir den Gefallen und verzieh dich, okay? Das hier ist was für vier Augen, klar?«

Mit einer gemurmelten Bemerkung über fiese große Schwestern begab sich Jannis die Treppe hoch zu seinem Zimmer.

Inzwischen hatte Heike Appeldoorn es sich am großen Küchentisch gemütlich gemacht und schaute sich um, neugierig musterte sie die elektronische Pinnwand mit den neuesten Familienfotos und den kleinen Putzroboter, der gerade an der Zimmerdecke Spinnweben entfernte. Dann spürte Jola ihren Blick auf sich. Sie stellte Heike die versprochene Tasse Kaffee hin – wie immer schwarz, mit einem Stück Zucker – und setzte sich ihr mit klopfendem Herzen gegenüber.

»Wie geht es dir?«, fragte Heike sie. Eine so einfache Frage und doch so wichtig.

»Besser«, sagte Jola und atmete aus, ließ sich sinken, entspannte sich ganz bewusst. »Ich bin schon wieder dabei, Pläne zu machen.«

»Was hast du vor?«

»Die nächste Europameisterschaft.«

Heike lachte – dieses heisere, aber klangvolle Lachen, das Jola daran erinnerte, dass ihre Trainerin in jungen Jahren in einer Bluesband gesungen hatte. »Wird dir klein vorkommen nach der Olympiade.«

»Egal. Hauptsache, ich gewinne«, sagte Jola, und Heike lachte noch lauter. Bis Jola sie fragte: »Und du? Gefällt es dir noch in Spanien? Bist du länger in Deutschland?«

»Es ist schön auf meiner Finca.« Heike nippte an ihrem Kaffee. »Aber mein Sohn fehlt mir, er kommt nie dazu, mich in Spanien zu besuchen. Und ihr habt mir auch gefehlt. Ehrlich gesagt, es wurde mir gelegentlich etwas eintönig dort unten.«

»Trotz deiner Alpakas?«

»Die wollen doch sowieso nicht, dass man mit ihnen kuschelt. Nach dem Umzug waren sie schlechter gelaunt denn je. Zu heiß, Gras nicht saftig genug, neuer Stall blöd und so weiter.« Heike seufzte. »Um es kurz zu machen, den größten

Teil des Jahres lebe ich wieder hier und um die Finca kümmert sich ein Verwalter.«

»Dann könntest du doch … du könntest …« Jola traute sich kaum, weiterzusprechen.

Natürlich wusste Heike genau, was sie meinte. »Ja, ich könnte«, sagte sie nur. »Wenn du dir eine Trainerin antun willst, die keine Erfahrungen mit Optimierungen hat.«

»Will ich«, sagte Jola spontan. Sie brauchte jetzt jemanden, dem sie voll und ganz vertrauen konnte. Es war besser, wenn Till in Zukunft ein guter Freund war … und nicht mehr als das. »Aber was ist mit den anderen in unserer Trainingsgruppe? Mit Koray und … mit Ryan?«

»Vielleicht bin ich noch nicht zu alt, um dazuzulernen«, sagte Heike ruhig. »Oder zuzugeben, dass ich einen Fehler gemacht habe.«

»Da bin ich ziemlich sicher«, meinte Jola. Und sie lächelten sich über den Rand ihrer Tassen hinweg an.

München, Ende September 2032

Es war ein unscheinbares, beige gestrichenes, zweistöckiges Haus, vor dem Ryan stand. Nicht mal jetzt, angeleuchtet von der tief stehenden Sonne, sah es besonders hübsch aus. Schon am Gartentürchen, durch das man in den Vorgarten gelangte, musste man sich einer Torhüter-Kamera stellen. Holla, neben Cheyennes Namen stand noch ein anderer auf dem Schild! Bedeutete das etwa …? Ryan klingelte, vergrub die Hände in den Taschen seiner Jeans und blickte in die Kamera. Er schwitzte, aber nicht so sehr, wie er erwartet hatte. Vielleicht, weil diese Bitterkeit in ihm weg war. Weg wie ein Krebsherd, an dem sich ein Chirurg ausgetobt hatte.

Er klingelte noch mal. Keine Reaktion. Beobachtete ihn Cheyenne gerade?

Ein Dalmatiner hielt neben ihm an, schnüffelte am Metallzaun und setzte dazu an, direkt neben Ryan das Bein zu heben. Verlegen versuchte seine Besitzerin, ihn weiterzuzerren, doch der Dalmatiner stemmte sich hartnäckig gegen die Leine. Amüsiert beobachtete ihn Ryan. *Schön, wenn man so genau weiß, was man will.*

Nach erfolgreicher Reviermarkierung wandte der Dalmatiner sich Ryans Jeans zu und schnüffelte interessiert an seinen Schienbeinen. Seine Besitzerin sah aus, als würde sie jeden Moment im Bürgersteig versinken. Mit einem heftigen Ruck beförderte sie ihr Fleckvieh zurück auf die rechte Bahn.

Ryan grinste. Die klugen Hunde hatten es nicht immer am leichtesten im Leben.

Jetzt summte die Haustür doch noch und Ryan ging hoch in den ersten Stock. Dort wartete bereits jemand an der geöffneten Tür auf ihn.

Nicht Cheyenne.

Ein junger Typ. Etwa 1,90, Surferbräune, Label-Klamotten, leicht misstrauischer Gesichtsausdruck. Wahrscheinlich war ihm nicht geheuer, dass Ryan ihn so froh und erleichtert anblickte.

Ryan wollte diesen Kerl umarmen oder ihm wenigstens herzlich die Hand schütteln, ihm gratulieren zu dieser guten Entscheidung. Zu dieser leichten lokalen Blindheit, was das Gesicht einer wirklich spannenden Frau anging. Aber wahrscheinlich bekam er dann eins auf die Nase. Also sagte er nur: »Hi, ich bin Ryan. Ist Cheyenne da?«

Der Surfer entspannte sich etwas. »Telefoniert grad. Ich sag ihr Bescheid.«

Eine halbe Minute später war er zurück.

»Sie sagt, es kann länger dauern, weil 'ne gute Freundin von ihr dran ist. Du könntest gerne warten.« Ganz wohl schien ihm nicht dabei, so etwas auszurichten. »Ähm, willst du vielleicht reinkommen?«

Cheyenne hatte sich einen netten Kerl ausgesucht. Gut. Er gönnte es ihr.

»Nein, ich komme besser ein andermal wieder«, meinte Ryan.

»Okay.« Cheyennes Neuer betrachtete ihn aus zusammengekniffenen Augen, ihm schien langsam zu dämmern, wer Ryan war. »Kann ich was ausrichten?«

»Ach, nein. Sie weiß sowieso, was ich ihr sagen will.«

Er drehte sich um und lief die Treppen wieder hinunter.

Im Erdgeschoss ging er etwas langsamer, damit Cheyenne Zeit hatte zu reagieren. Wie er geahnt hatte, wurde im ersten Stock das Fenster aufgerissen, als er gerade die Haustür hinter sich geschlossen hatte und den Vorgarten durchquerte.

»He! Warte!«, schrie Cheyenne zu ihm hinunter. »Was wolltest du sagen? Verdammt, bleib stehen, du mieser kleiner …«

Ryan drehte sich um und lächelte zu ihr nach oben. Er legte die Hände wie einen Schalltrichter an den Mund. »Ich wollte sagen, dass es mir leidtut!«, brüllte er nach oben. »Ich war ein Arschloch! Es tut mir leid, Cheyenne!«

Einen Moment wirkte sie wie erstarrt. Dann sah er sie zurücklächeln. »Du bist wirklich schrecklich, Ryan Telgart! Willst du reinkommen?«

»Ein andermal«, sagte Ryan, winkte ihr zu, ging durch den Vorgarten und schloss sorgfältig das Tor hinter sich.

NACHWORT UND DANKSAGUNG

Oft ist mir beim Schreiben dieses Romans der Slogan der London Paralympics 2012 durch den Kopf gegangen. »*Forget everything you think you know about strength. Forget everything you think you know about humans. Meet the superhumans!*«

Obwohl wir noch nicht im Jahr 2030 leben und es noch nicht wie in meiner Vision so weit ist, dass behinderte Sportler rechts und links an den »normalen« vorbeiziehen, passt dieser Slogan schon heute. Die Paralympics-Teilnehmer erbringen gegen alle Widerstände unglaubliche Spitzenleistungen, und um sie zu erreichen, braucht man beinahe übermenschliche Entschlossenheit und Zähigkeit. Fast überflüssig zu erwähnen, dass behinderte Top-Athleten ebenso intensiv trainieren wie Spitzensportler ohne Handicap. Manche von ihnen würden sich gerne mit nicht behinderten Sportlern messen, und einige Ausnahmetalente – wie Ryan Telgart im Roman – könnten es auch schaffen, sich für »normale« Wettkämpfe oder sogar die Olympiade zu qualifizieren. Doch das Misstrauen der Sportverbände ist groß. »Viele Menschen denken, man müsste sich nur auf diese Federn stellen und könnte dann Rekordzeiten laufen«, meint David Behre, Weltklasse-Sprinter auf zwei Carbonfedern, kopfschüttelnd.

Wer diesen Roman gelesen hat, weiß, dass es nicht so ist.

Oscar Pistorius, der »Blade Runner«, war und ist eines dieser großen Talente, und er schaffte es, die beiden Welten zu verbinden. Er ist ohne Beine geboren worden, lernte mit Prothesen laufen und sprintete als Jugendlicher auf dem Sportfest seiner Schule – nach drei Wochen Training – 100 Meter in 11,72 Sekunden. Ohne zu ahnen, dass er gerade den Weltrekord in seiner Kategorie gebrochen hatte.

Ganz selbstverständlich nahm er später auf Federn laufend an Wettkämpfen von Nichtbehinderten teil, vertrat zum Beispiel bei den Weltmeisterschaften 2011 sein Land als Teil der normalen Sprintstaffel. Schließlich, nachdem er sich mehreren biomechanischen Studien gestellt hatte, kämpfte er beim *Court of Arbitration for Sport* (CAS) juristisch durch, dass er an der Olympiade teilnehmen durfte, wenn er die Norm schaffte. Denn das Gericht urteilte, dass die Vorteile, die die Prothesen möglicherweise bieten, mehr als aufgewogen werden durch die immensen Nachteile, überhaupt mit Prothesen laufen zu müssen.

Auch wenn er durch die Gewalttat an seiner Freundin nicht nur ein Leben zerstört und sich selbst ins Abseits katapultiert hat – durch seine sportlichen Leistungen hat Pistorius unzählige Menschen mit Handicap inspiriert. Als der damals 20-jährige David Behre nach seinem schweren Zugunfall verzweifelt und von Schmerzmitteln benebelt im Krankenhaus lag und sich fragte, wie seine Zukunft ohne Beine aussehen sollte, schaltete er den Fernseher ein – und durch einen immensen Zufall sah er Oscar Pistorius auf seinen Blades laufen. Einen Mann, der die gleiche Behinderung hatte wie er selbst. »Er lief mit Federn, die speziell für ihn aus Carbon angefertigt wurden, gegen Nichtbehinderte und schlug sie alle. Was war das für ein wahnsinniges Glücksgefühl!«, erzählt er in seiner Autobiografie. »Pistorius zeigte mir, dass man ohne Beine kein Krüppel ist, sondern auf Hightech-Prothesen Höchstleistungen vollbringen kann. Ich war Feuer und Flamme.«

Auf den Tag genau fünf Jahre nach seinem Unfall trat David Behre, mittlerweile Profisportler, bei den Paralympics in London 2012 im Finale der 400 Meter selbst gegen den Südafrikaner an.

Nach wie vor wehrt sich der Spitzensport mit allen Mitteln gegen das, was man so schön »Inklusion« nennt. Anderen Sportlern wie zum Beispiel dem Weitspringer Markus Rehm ist es nicht gelungen, zu regulären Wettkämpfen zugelassen zu werden – obwohl er und andere trotz ihres Handicaps vergleichbare Leistungen bringen.

Natürlich haben die Kritiker nicht unrecht. Es muss ein komisches Gefühl für einen Weitspringer sein, gegen jemanden anzutreten, der mit einer Feder – automatisch denkt man *Sprungfeder*! – statt eines Beins springt. Und wenn man gegen diesen Sportler auch noch verliert, dann taucht der Gedanke IST DAS FAIR? in großen roten Buchstaben im Gehirn auf. Da ist es gut, wenn man weiß, dass es bislang weltweit nur ganz wenige Athleten gibt, die mit Beinprothesen so gut springen wie Konkurrenten mit echten Beinen. So irre Vorteile können Carbonfedern also nicht bieten.

Aber vielleicht gibt es in Zukunft Körpermodifikationen und Prothesen, die einen zu Superman oder Superwoman machen? Ziemlich sicher. Ein paar davon habe ich mir – mit wertvoller Unterstützung von Diplom-Ingenieur Tobias Zobel vom *Zentralinstitut für Medizintechnik* (ZiMT) der Universität Erlangen-Nürnberg – für den Roman ausgedacht. Aber solche zukünftigen Hightech-Entwicklungen werden es für behinderte Sportler noch schwieriger machen, an Wettkämpfen Nichtbehinderter teilzunehmen, weil keiner weiß, wie das auf faire Art gehen könnte. Eine Lösung muss her. In meinem Roman ist diese ganze hitzige Diskussion schon vorüber und die Lösung ist die fiktive Kategorie »Freestyle« mit den beiden verschiedenen Startklassen X (hier treten Menschen mit und ohne Handicap gegeneinander an) und M (für Athleten mit Körpermodifikationen – gegen sie hätten »Normalos« keine Chance). Erlaubt sind in der fiktiven Kategorie X keine technischen Hilfsmittel, nur Prothesen – also Ersatzgliedmaßen –, und keine künstlichen Organe. Die Prothesen dürfen keine Energiequellen haben und müssen aus frei verkäuflichen Teilen bestehen.

Die Vorteile liegen auf der Hand – niemand muss mehr »Techno-Doping« schreien, weil alle wissen, worauf sie sich einlassen. Vielleicht erleben wir in Zukunft tatsächlich, dass Olympiade und Paralympics zum Teil verschmelzen? Fände ich schön. Eher gruselig dagegen ist der Trend zur Körperoptimierung, den ich im Roman beschreibe. Doch leider können wir davon ausgehen, dass es diesen Trend geben wird – was machbar ist, wird gemacht werden. Das gilt auch für das Doping der Zukunft, bei dem Nanotechnologie sicher eine Rolle spielen wird. An Respirozyten wird schon fleißig geforscht, von ihnen hat mir bei der Recherche für *Ruf der Tiefe* ein Chirurg und Tauchlehrer erzählt. Das Konzept für diese Nanomaschinen hat Robert Freitas 1996 entwickelt. Ich bin gespannt, ob und wann sie wirklich zum Einsatz kommen.

Viele Interviewpartner haben mir geholfen, mich in die Welten einzuarbeiten, um die es in diesem Roman geht. Die junge Sprinterin Alexandra Burghardt *(MTG Mannheim)* hat mir von Trainingspartnern und dem Leben mit dem Leistungssport erzählt, von Call Rooms und Weltmeisterschaften, von Sternstunden und Rückschlägen. Danke – ich wünsche dir noch ganz viele Goldmedaillen!

Besonders herzlich bedanke ich mich bei Landestrainer

Christian Walter, dessen Sprintteam der *LG Stadtwerke München* ich beim Training in der Werner-von-Linde-Halle und zu den Bayerischen Hallenmeisterschaften begleiten durfte. Danke auch an Sprinterin Louisa Rieger aus seiner Gruppe, die sich netterweise bereit erklärte, einen kritischen Blick ins Manuskript zu werfen und wir sehr geduldig meine Fragen beantwortet hat! Einige kleine künstlerische Freiheiten habe ich mir dennoch erlaubt – zum Beispiel würden bei den Hallenmeisterschaften die 60-Meter-Sprints sicherlich vor den 400 Metern gelaufen werden. Und die *EuroChallenge* gibt es bislang noch nicht.

Aber der Sport war nur eine der fremden Welten, in die ich eintauchen durfte. Von Michaela Bienert von der Selbsthilfegruppe *ProThesenBewegung Landsberg/München* habe ich gelernt, was ein Mensch alles überleben kann. Wie es ist, wenn man nicht drei Paar Schuhe, sondern drei Beinprothesen im Schrank stehen hat, und wie viel Kraft ein Mensch entwickeln kann, wenn er etwas wirklich will (zum Beispiel auf den Dachstein steigen oder wieder Motorrad fahren). Danke!

Von Holger Kiesel habe ich viel über den Alltag im Rollstuhl erfahren, über Grenzen, Hoffnungen, unerwünschte Helfer und geniale Sprüche, wenn einem eben jene unerwünschten Helfer beleidigt hinterherzetern (»Ich trage Sie ja auch nicht über die Straße, wenn Sie mir zu langsam sind!«).

Danke auch an Simone und Andreas Radspieler für eine Führung der Extraklasse durch ihre Orthopädietechnik-Werkstatt in Neubeuern, in der es tatsächlich oft so ist, dass Menschen im Rollstuhl hineinfahren und anschließend hinauslaufen. Und ihrem Azubi Noel Lemke – dem sicher ungewöhnlichsten Auszubildenden der Welt – danke ich für ein Interview, das ich so schnell nicht vergessen werde!

Frank-Thomas Hartleb, Sportdirektor Leistungssport beim Deutschen Behindertensportverband, gab mir einen ersten Eindruck davon, wie die Paralympics funktionieren, wie Schule und Sport zusammenpassen können, wie die Zukunft des Sports aussehen könnte, und vieles mehr.

Doch das absolute Highlight der Recherche war meine Reise zum TSV Bayer 04 Leverkusen, einem Verein, in dem Ryan keinerlei Probleme gehabt hätte, verstanden und akzeptiert zu werden. Denn dort trainieren einige der weltbesten Sprinter mit Handicap. Es war ein echter Kick, live mitzuerleben, wie diese Blade Runner – darunter die Paralympics-Sieger David Behre, Heinrich Popow und Markus Rehm – gemeinsam mit Siebenkämpferinnen trainieren. Letztere sind es längst gewohnt, dass mal irgendwo am Rand der Halle ein Bein herumsteht :-)

Danke an Karl-Heinz Düe, seit 1977 hauptamtlicher Trainer der Leichtathletik-Abteilung und dieser hochkarätigen Paralympics-Sprinter, für die Dos and Don'ts bei Olympiade/Paralympics, viele Anekdoten und seine Bereitschaft, sein langjähriges Know-how mit mir zu teilen.

Ein großes Dankeschön geht an David Behre, der sich einen ganzen Abend Zeit genommen hat für ein Interview, das für dieses Buch sehr wertvoll war und außerdem viel Spaß gemacht hat. Behindert? Nein, so kann man ihn wirklich nicht nennen – wenn er lange Hosen trägt, ist es unmöglich zu merken, dass etwas an seinen Beinen anders ist. Und diesen Effekt nutzt er ähnlich wie Ryan im Roman, wenn er Patienten im Unfallkrankenhaus besucht, um ihnen Mut zu machen. Und um ihnen zu zeigen, dass das Leben nach einer Amputation nicht vorbei ist. Manchmal sagt er provozierend, dass er seine richtigen Beine gar nicht zurückhaben möchte, und ich glaube es ihm.

Sehr lesenswert ist übrigens seine Autobiografie *Sprint zurück ins Leben*, in der er ehrlich und eindrucksvoll erzählt, wie man buchstäblich durch die Hölle gehen und auf der anderen Seite wieder herauskommen kann.

David ist einer derjenigen, den es reizen würde, an regulären Wettkämpfen teilzunehmen. »Auf Sportfesten laufe ich öfter gegen Nichtbehinderte. Dabei habe ich bislang ausschließlich positive Erfahrungen gemacht«, erzählt er. »Es ist für mich ein ganz besonderer Ansporn, gegen Sportler ohne Handicap anzutreten. Die finden es cool, gegeneinander zu laufen, und haben Respekt vor meiner Leistung.«

Danke auch an Matthias Behre, der mir erzählt hat, was es für eine Familie bedeutet, wenn der Sohn nur knapp überlebt – und dann eine so atemberaubende Karriere hinlegt!

Diese Interviews hätten nicht geklappt ohne die Unterstützung von Jörg Frischmann, beim TSV Bayer 04 Leverkusen Leiter der Geschäftsstelle Behindertensport – danke fürs Interview und das Schnell-mal-jemand-anrufen-der-weiterhelfen-kann! Einer dieser Anrufe ging an Tom Kipping *(APT Service GmbH)*, den Orthopädiemechaniker der Paralympics-Nationalmannschaft. Er erklärte mir, was eine Sportprothese aushält und was nicht, wie man indischen Zollbeamten klarmacht, was eine Carbonfeder ist, und zur Not mit Sekundenkleber den Tag rettet.

Sehr spannend war für mich auch das Interview mit Georg Meyer (Bronze im Hochsprung bei den Paralympics Sydney 2000) – seither habe ich zumindest eine kleine Ahnung davon, wie man sich bei einer Eröffnungsfeier fühlt, wenn 80 000 Menschen die Athleten mit Standing Ovations begrüßen. Danke, Georg, für die Geduld, mit der du mir jederzeit meine Fragen beantwortet hast!

Die dritte fremde Welt, in die mich der Roman führte, war Argentinien. Buenos Aires ist nicht ganz so schön, wenn das Gepäck irgendwo anders eingetroffen ist, und ohne die Hilfe von Julia Schlehofer von *Colibri UmweltReisen* wäre ich aufgeschmissen gewesen. Ohne es zu wissen, bin ich während meiner Streifzüge durch die Stadt ganz in der Nähe der Villa Miseria am Busbahnhof Retiro gewesen – doch da diese Slums auf keiner Karte verzeichnet sind, wusste ich es nicht.

Zu der Szene, in der Ryan Maria trifft, hat mich eine Passage in der sehr berührenden Autobiografie von Wojtek Czyz, einem beinamputierten Spitzenathleten, inspiriert. Erschüttert von der Begegnung, gründete Czyz das Projekt »Sailing4Handicaps« *(sailing4handicaps.de)* – er und seine Lebensgefährtin Elena Brambilla segeln mit einem Katamaran um die Welt und bauen direkt an Bord Prothesen für in Armut lebende Menschen. Auch David Behre plant eine Stiftung, denn als erfolgreicher Athlet kommt man viel in der Welt herum und kann die Augen nicht davor verschließen, wie übel es Menschen mit Handicap in anderen Ländern ergeht.

Zurück nach Deutschland, zu Michaela Bienert, die seit ihrem Motorradunfall mit einer Prothese lebt und nicht daran denkt, sich für ihr Bein aus Kunststoff und Metall zu schämen. »Am doofsten ist, wenn Leute dich angaffen und tuscheln«, erzählt sie. »Da ist es schon besser, wenn sie fragen, was passiert ist, auch wenn das auf Dauer anstrengend sein kann. Einmal ist ein fremder Mann in den Aufzug gekommen, in dem ich gerade mitfuhr, und hat mich im Dialekt angequatscht: ›Was hast'n du gemacht?‹ Und weil er der Vierte an diesem Tag war, der mich das gefragt hat, habe ich so getan, als wäre ich total überrascht. ›Oh, wo ist denn mein Bein?‹, habe ich meinen Freund gefragt. Er ist sofort darauf eingegangen: ›Hm, unten hab ich ein Bein liegen sehen, ist das vielleicht deins?‹ Der Mann war völlig baff. Manchmal sage ich aber auch, ich hätte das Bein beim Kartenspiel verwettet. Kommt ebenfalls gut an.«

Hiermit ernenne ich dich zur Ehren-Freestylerin, Biene!

Ganz herzlich danke ich meinen Testlesern und Testleserinnen, die mir auch diesmal wieder wertvolle Tipps gegeben haben: Christian Münker, Jesse Zacharo, Lina Oppermann, Ulla Scheler, Beatrix Mannel, Nadja Schüpbach, Louisa Rieger, Wiebke Assenmacher und Christin Zingelmann. Richtig gute Anregungen kamen von meinen Lektoren Christian Walther und Frank Griesheimer, die sich mit wunderbarer Offenheit auf das ungewöhnliche Thema eingelassen haben. Vielen Dank auch meinen Praktikantinnen Céline Krost, Vanessa Gabrys und Alexandra Mentzel, die mich während der Romanentstehung unterstützt haben. Aber das größte Dankeschön geht an meinen Sohn Robin, der mein neugieriger Assistent bei vielen Rechercheterminen war, Ryan und die anderen Freestyler von Anfang an cool fand und mich mit seiner Begeisterung für diesen Roman immer wieder gerührt hat. Deshalb ist dies der erste Jugendroman, den ich ihm widme.